CLAIRE WINTER

Die verbotene Zeit

CLAIRE WINTER

Die verbotene Zeit

Roman

DIANA

Von Claire Winter sind im Diana Verlag erschienen:
Die Schwestern von Sherwood
Die verbotene Zeit
Die geliehene Schuld

MIX
Papier aus verantwortungsvollen Quellen
FSC® C014496

Verlagsgruppe Random House FSC® N001967

8. Auflage
Taschenbucherstausgabe 03/2017

in der Verlagsgruppe Random House GmbH,
Neumarkter Straße 28, 81673 München
Dieses Werk wurde vermittelt durch die Literarische Agentur
Thomas Schlück GmbH, 30827 Garbsen
Redaktion: Carola Fischer
Umschlaggestaltung: t.mutzenbach design, München
Umschlagmotiv: © Keystone/Gettyimages;
Nadi555, Paul D. Smith/Shutterstock
Satz: Leingärtner, Nabburg
Druck und Bindung: GGP Media GmbH, Pößneck
Printed in Germany

ISBN 978-3-453-35921-5

www.diana-verlag.de
Dieses Buch ist auch als E-Book lieferbar

Für M.
und
die, die wir nicht vergessen werden …

Prolog

England, Cornwall, 1959

Sie hatte die Tür zugeschlagen und war aus dem Haus gerannt – den schmalen Weg durch den Garten entlang und weiter zu der Sandstraße, die ans Meer führte. Nur weg hier! Sie lief, so schnell sie konnte. Es war nicht ihr erster Streit, doch dieser war anders als alle anderen zuvor gewesen. Als wäre etwas unwiderruflich für immer zerbrochen. Die Kälte in seinen Augen war schlimmer als die Schläge, zu denen er sich manchmal in seiner Wut hinreißen ließ, wenn er getrunken hatte. Sie fühlte, wie ihr im Laufen die Tränen über die Wangen rannen, während sie sich fragte, ob es wirklich an ihr lag. Was hatte sie nur falsch gemacht? Hasste er sie? Wie blind lief sie weiter. Sie spürte weder den Wind, der ihr scharf ins Gesicht schnitt und die salzige Luft des Ozeans mit sich trug, noch sah sie die kargen herbstlichen Wiesen, auf denen vereinzelt Schafe weideten. Nebelschwaden hingen über der einsamen Landschaft. Sie rannte und rannte, bis ihre Lungen brannten und sie nicht mehr konnte. Längst hatte sie die Steilküste erreicht. Erschöpft blieb sie stehen und trat außer Atem bis zum äußersten Rand vor, um nach unten zu blicken – in die tosenden Wellen, die mit unbändiger Kraft wieder und wieder gegen die Felsen schlugen. Einen Augenblick lang fühlte sie sich in Versuchung, einfach einen Schritt weiterzugehen. Wie schnell musste man von dem schäumenden aufgepeitschten Wasser verschlungen werden … Unwillkürlich wich sie zurück und ließ sich schließlich verzweifelt auf einem der Felsen hinter sich nieder. Noch immer liefen ihr die Tränen über die Wangen. Was sollte sie nur tun? Eine Weile saß sie so und schaute in die Ferne aufs Meer zum Horizont, an dem das Wasser und der Himmel in einer dunstigen Linie ineinander übergingen. Ihr Atem beruhigte sich, doch die Verzweiflung wollte nicht weichen. Erst da bemerkte sie den Mann. Er stand ein Stück weit entfernt, dort wo der schmale Uferweg seinen höchsten Punkt hatte, und starrte zu ihr herüber. Ein beklommenes Gefühl ergriff sie, als er nun auf sie zulief, ohne sie aus den Augen zu lassen. Sie sah ihn nicht zum ersten Mal. Schon öfter hatte sie seine Gestalt in letzter Zeit hier an der Steilküste erblickt, wie er in seinem langen flatternden Mantel oben auf den Felsen stand und rauchte.

Während er näher kam, konnte sie sein Gesicht deutlicher erkennen. Er hatte harte, kantige Züge, schmale Lippen und eine lederne Haut. Etwas Kaltes, beinah Brutales ging von ihm aus, das durch seine kurzgeschnittenen Haare, die er in einem strengen Seitenscheitel aus der Stirn trug, noch verstärkt wurde.

Sie erhob sich instinktiv von dem Felsen und wünschte, sie wäre ihrem ersten Impuls gefolgt und weggelaufen, doch nun war es zu spät. Er blieb direkt vor ihr stehen und nickte knapp, bevor er sie eingehend musterte. Einen Moment lang schien es, als würde er jedes Detail an ihr wahrnehmen, um es sich einzuprägen – ihr dunkles Haar, die bereits weiblich gewordene Figur, das noch weiche junge Gesicht … Ein Lächeln glitt über seine Lippen, aber es lag keine Freundlichkeit darin, sondern eine Genugtuung, die sie nicht verstand.

»Wie schön, dass du hier bist. Sonst hätte ich dich suchen müssen …« Er sprach die Worte hart und mit fremdländischem Akzent aus.

Sie blickte ihn unsicher an, weil er so tat, als würden sie sich kennen. Etwas in ihr war plötzlich wie gelähmt.

Er zündete sich eine Zigarette an. »Ich wusste, dass wir uns begegnen werden!« Seine Augen glänzten, und mit einem Mal spürte sie die Bedrohung, die von ihm ausging, so deutlich, dass sie zurückwich und wegrennen wollte. Doch noch bevor sie den ersten Schritt machen konnte, schnellte er nach vorne und hielt sie mit hartem Griff am Arm fest. »Aber, aber … wohin willst du? Ich habe dir etwas zu erzählen! Etwas sehr Wichtiges, das du hören solltest!« Er blies den Rauch seiner Zigarette langsam aus, als würde er die Situation auf einmal genießen und hätte sich schon oft und lange ausgemalt, wie dieser Augenblick sein würde.

»Lassen Sie mich!« Voller Panik versuchte sie, sich loszureißen, und blickte sich um. Sie waren alleine hier. Selbst wenn sie schrie, niemand würde sie hören.

Sein Griff verstärkte sich. »Halt still, sonst tue ich dir weh!«, sagte er barsch. Und dann fing er an zu reden. Worte kamen aus seinem Mund, die erst keinen Sinn ergaben und sie so sehr verwirrten, dass sie eine Zeit lang sogar ihren Widerstand vergaß. Bis sie zu verstehen begann. Das, was er sagte, war so schrecklich, dass sie es nicht glauben wollte. Sie weinte und flehte ihn an, mit dem Reden aufzuhören und sie loszulassen. Nie wieder konnte die Welt sein wie zuvor. Doch er hielt sie unerbittlich fest und sprach immer weiter, als würden ihre Tränen und ihr Schmerz ihn nur noch anstacheln.

»Nein, das ist nicht wahr!« Sie schrie, aber er lachte nur. »Es ist wahr«, sagte er. »Und du sollst es wissen!«

Sie schluchzte und blickte ihn voller Entsetzen an. Es schien ihr, als würde der Boden unter ihren Füßen nachgeben und sie in die Tiefe eines brodelnden Abgrunds stürzen, der alles zerstörte.

Dann riss sie sich mit aller Kraft von ihm los …

Sechzehn Jahre später

CARLA

1

London, Oktober 1975

London blieb seinem Ruf wieder einmal treu – über den Dächern der englischen Hauptstadt hing am Morgen ein dichter Nebel. Nur schemenhaft konnte man auf der anderen Straßenseite die herrschaftlichen viktorianischen Häuser und die Umrisse der schmiedeeisernen Zäune und beschnittenen Bäume erkennen. Selbst die Lichter der Autos wirkten von Weitem wie eine Täuschung. Früher hatte Carla den Nebel immer gemocht. Als sie neu nach London gekommen war, war sie bei diesem Wetter oft durch die Stadt gelaufen, manchmal hinunter bis zum Ufer der Themse. Die Stimmung hatte sie an zu Hause erinnert – an die herbstlichen Tage ihrer Kindheit im Norden von Cornwall. Dort lag oft ein dunstiger Schleier über den schroffen Klippen der Küste, der die Weite des Horizonts verschluckte. Heute empfand sie die eingeschränkte Sicht vor ihrem Fenster jedoch eher als beunruhigend, ja fast symbolisch. Vergeblich versuchte Carla, gegen ihre Unruhe anzukämpfen. Sie hatte schlecht geschlafen. Wie so oft in letzter Zeit. Seit dem Unfall schreckte sie regelmäßig in der Nacht hoch. Mit klopfendem Herzen lag sie dann im Dunkeln wach und bemühte sich vergeblich, die quälenden Fragen zu verdrängen, die unentwegt durch ihren Kopf geisterten. Obwohl fast zehn Wochen vergangen waren, konnte sie sich noch immer nicht damit abfinden, was geschehen war. Angespannt strich Carla sich eine Strähne ihres langen, glatten Haars aus dem Gesicht. Sie wandte sich vom Fenster ab und ging zurück zu dem Schreibtisch, auf dem eine aufgeklappte Mappe lag. Der ausgeschnittene Zeitungsartikel einer Lokalzeitung lag darin. Er war vor über zwei Monaten, am 25. Juli 1975, verfasst worden:

Auf der Autobahn M4 Richtung West Drayton ist es gestern in den späten Nachmittagsstunden während des Sturms zu einem schweren Unfall gekommen. Die Fahrerin eines Personenwagens verlor auf der regennassen Straße die Kontrolle über ihr Fahrzeug, das die Leitplanken durchbrach und sich anschließend mehrmals überschlug. Die Verletzte, bei der es sich um eine achtundzwanzigjährige Frau handelte, wurde von einem Hubschrauber zum »London Hospital« transportiert. Sie schwebt zurzeit noch in Lebensgefahr.

Ein leiser Schauer lief ihr über den Rücken, wie immer, wenn sie diese Zeilen über sich selbst las, denn sie erinnerte sich an nichts. Weder an den Unfall noch – und das war das Schlimmste – an die sieben Monate, die davor lagen. Die Zeit war wie ausgelöscht aus ihrem Gedächtnis. *Retrograde Amnesie,* so lautete die medizinische Diagnose. Nicht ungewöhnlich nach einem derartig schweren Unfall. Es sei ein Wunder, dass sie überhaupt noch am Leben sei, hatten die Ärzte gesagt. Sie hatte etliche Prellungen, zwei Rippenbrüche und schwere Kopfverletzungen davongetragen und war mehrere Tage nach dem Unglück nicht bei Bewusstsein gewesen.

Carla biss sich auf die Unterlippe. Anfangs hatte sie geglaubt, die vergessene Zeit würde von alleine zurückkehren. Sie bräuchte vor allem Ruhe und Entspannung, hatte man ihr geraten, doch sie müsse sich darüber im Klaren sein, dass es keine Garantie dafür gebe, dass jemals alles so wie vorher sein würde. Inzwischen zweifelte Carla daran auch. In den letzten Wochen war nicht einmal ein vages Bild der vergangenen Monate wieder in ihrem Gedächtnis aufgetaucht.

Ein Geräusch hinter ihr riss sie aus ihren Gedanken. Sie drehte sich um. Es war Tom, ihr Mann, der die Treppe von der Galerie zu ihr heruntergekommen war.

»Du bist schon wach?« Prüfend blickte er sie an, und sie bemühte sich um ein Lächeln, aber wie so oft in letzter Zeit verspürte sie in seiner Gegenwart eine leichte Anspannung.

Tom hatte bereits geduscht. Sie musste zugeben, dass er selbst zu dieser frühen Uhrzeit gut aussah. Dunkelbraunes Haar umrahmte sein Gesicht, in dem nicht die Spur von Müdigkeit, verschlafene Augen oder die Andeutung von Fältchen auszumachen waren. Sein Aussehen schien nie, wie bei anderen Menschen, tageszeitlichen oder emotionalen Schwankungen zu unterliegen. Ganz im Gegensatz zu ihr. Aus dem Spiegel hatte Carla am Morgen eine blasse Frau entgegengeblickt. Seit dem Unfall fühlte sie sich weit älter als achtundzwanzig Jahre.

»Hast du wieder schlecht geschlafen?«, fragte Tom und küsste sie auf die Wange. Der Duft seines Aftershaves stieg ihr in die Nase. Sie war ungerecht. Die meisten Frauen würden sie um einen Mann wie ihn vermutlich beneiden. Tom war attraktiv, charmant, als Anwalt überaus erfolgreich und ihr gegenüber fürsorglich und immer verständnisvoll gewesen. Seitdem sie aus dem Krankenhaus gekommen war, hatte er sie nicht einen einzigen Tag bedrängt. Unwillkürlich beschlichen sie Schuldgefühle. Sie war es, die sich verändert hatte, nicht er.

»Ich war nur früh wach«, wich sie aus.

Er strich ihr mit der Hand sanft über die Wange. Gegen ihren Willen versteifte sie sich. Einen Moment lang hoffte sie, er würde es nicht merken, doch seine Hand sank langsam nach unten. »Ach, Carla«, sagte er leise.

»Es tut mir leid! Ich … ich kann einfach nicht aufhören zu grübeln, mich zu fragen, was in der Zeit vor dem Unfall geschehen ist«, stieß sie hervor, als würde das ihr Verhalten erklären.

»Aber das weißt du doch!«

Etwas an der Bestimmtheit seines überlegenen Tonfalls ärgerte sie. Ja, sie wusste es, weil er oder andere es ihr erzählt hatten, aber das reichte nicht. Warum konnte Tom das nicht verstehen? Manchmal fürchtete sie, den Verstand zu verlieren. Das Gefühl, sieben Monate ihres Lebens verloren zu haben, sieben Monate, in denen sie alles getan haben könnte – Gutes wie Schlechtes –, verstörte sie und machte ihr Angst. Sie musste an ihr letztes Gespräch mit Dr. Norton denken, dem Psychologen und Neurologen, zu dem sie regelmäßig ging. Ihre Emotionen seien nicht ungewöhnlich, hatte er ihr gesagt. Es sei nur normal, dass sie sich verunsichert fühle. »Fällt es Ihnen denn schwer, den Menschen in Ihrem Umfeld zu glauben, was sie Ihnen über die Zeit erzählen, die Sie vergessen haben?«

»Manchmal schon. Ich habe einfach das Gefühl, dass es nur ein Ausschnitt der Wahrheit ist«, hatte sie nach kurzem Zögern erwidert, und das zuzugeben war ihr selbst vor Dr. Norton schwergefallen.

Dr. Nortons Brauen zogen sich bei ihren Worten ein Stück nach oben. »Sie zweifeln, dass es stimmt, was man Ihnen erzählt? Gibt es dafür einen Grund?«

Sie schwieg. Es war ein Gefühl, wurde ihr bewusst. Tief in sich konnte sie sich nicht des Eindrucks erwehren, man würde ihr etwas verheimlichen. »Alle sind so bemüht, mir klarzumachen, wie gut es mir geht und wie glücklich ich mit meinem Leben sein müsste«, begann sie zu erklären.

Der Psychiater drehte den Stift in seinen Händen und musterte sie. »Nun, könnte es nicht auch sein, dass der Verlust

Ihrer Erinnerungen ein solcher Schock für Sie war, dass Sie es schlichtweg nicht akzeptieren können, dass nur der Unfall dafür verantwortlich war und Sie deshalb mehr hinter allem vermuten?«

»Ja, das könnte natürlich sein«, hatte Carla höflich erwidert, weil jede andere Antwort auch in ihren eigenen Ohren komisch geklungen hätte. Aber sie wusste, es war nicht der Schock. Es gelang ihr einfach nicht, emotional an die Zeit vor dem Unfall anzuknüpfen, und sie war sich inzwischen sicher, dass es dafür einen Grund gab. Als sie aus dem Krankenhaus gekommen war, hatte sie die Menschen, die ihr nahestanden – Tom, ihre Familie und Freunde –, immer wieder gefragt, was sie im letzten halben Jahr genau getan und erzählt hatte, um durch die Antworten vielleicht eine Verbindung zu ihren Erinnerungen herstellen zu können. Doch die Auskünfte waren vage gewesen und hatten ihr nicht weitergeholfen – im Gegenteil, sie hatte oft das Empfinden gehabt, man würde ihr ausweichen. Vor allem bei Tom wurde sie nie das Gefühl los, er verheimliche ihr etwas.

Als Carla eine gute halbe Stunde später mit ihrem Mann am Frühstückstisch in der eleganten Wohnküche saß und er ihr einen frisch gepressten Orangensaft reichte, verspürte sie angesichts dieses Gedankens ihm gegenüber erneut ein schlechtes Gewissen. Er war ihr Mann, sie sollte ihm vertrauen.

»Was wirst du heute machen?«, fragte Tom. Er hatte die Zeitung neben seinem Teller nicht angerührt und lächelte sie an.

Clara trank von ihrem Saft. Obwohl es ihr körperlich schon seit einiger Zeit wieder gut ging, war sie aufgrund ihrer Amnesie noch krankgeschrieben. Sie arbeitete eigentlich als Redakteurin bei dem Magazin *Art & Living*. »Ich habe einen Termin bei Dr. Norton und werde mich später noch mit Rachel treffen.«

Er blickte sie überrascht an und goss sich Tee ein. »Ist sie wieder in London?«

Carla nickte. Trotz seines beiläufigen Tonfalls merkte sie Tom an, dass sich seine Begeisterung über ihre Verabredung in Grenzen hielt. Rachel war ihre engste Freundin. Sie arbeitete für einen Radiosender und war ein Jahr als Korrespondentin in New York gewesen. Tom und sie hatten sich nie besonders gemocht.

Mit ausdrucksloser Miene bestrich er sich seinen Toast mit Butter. »Ich habe heute Mittag einen Termin mit Arthur Henderson. Er würde es unterstützen, wenn ich eine aktivere Rolle in der Partei übernehmen würde, vielleicht sogar ein Amt«, berichtete er.

Einen Moment wusste sie nicht, was sie sagen sollte. »Davon hast du doch immer geträumt, oder?«, fragte sie vorsichtig. Ihre politischen Meinungen gingen auseinander, aber sie wusste, dass Tom, der Mitglied der Tories war, seine Teilhaberschaft in der Kanzlei nie als sein endgültiges berufliches Ziel angesehen hatte.

Verblüfft schaute er sie an. »Ja, das stimmt!« Er lächelte und biss mit Appetit von seinem Toast ab. Seine gute Laune schien mit einem Schlag zurückgekehrt. Unwillkürlich fragte Carla sich, warum. Eine leichte Unsicherheit ergriff sie, weil sie das Gefühl hatte, ihr fehlte eine Information, die diesem Gespräch vorausgegangen war. Sie beobachtete, wie Tom noch einen Schluck von seinem Tee trank und dann aufstand, um sich auf den Weg in die Kanzlei zu machen. Als er sich verabschiedete und sich die Haustür schließlich hinter ihm schloss, konnte sie nicht dagegen an, einen Anflug von Erleichterung zu verspüren.

2

Über dem Hyde Park hing noch immer ein nebliger Schleier, als Carla später auf dem Weg zu ihrem Termin bei Dr. Norton war. Trotz der schlechten Sicht nahm sie die Abkürzung durch den Park. Die Praxis lag in einer Seitenstraße, die von vornehmen Stadtvillen flankiert wurde. Dr. Norton war ein renommierter Psychiater, zu dessen Patienten etliche bekannte Londoner Persönlichkeiten zählten. Gewöhnlich gab es für seine Praxis eine lange Warteliste, doch Tom kannte den Arzt persönlich – er hatte ihm vor einigen Jahren bei einer juristischen Angelegenheit geholfen –, sodass Carla von ihm sofort als Patientin angenommen worden war.

»Wie geht es Ihnen heute?«, erkundigte er sich.

Die Frage entbehrte nicht einer gewissen Ironie, wenn man zu einem Psychiater kam, fand Carla und lächelte leicht. »Danke, gut«, sagte sie dann jedoch höflich, während sie auf einem der niedrigen grünen Sofas Platz nahm, die genau wie die übrige Einrichtung des Raums eher den Eindruck erweckten, sich in einem Wohnzimmer zu befinden. Sie schlug die Beine übereinander und nahm wahr, wie Dr. Norton sie mit geübtem professionellem Blick musterte und jedes Detail an ihr wahrzunehmen schien – von der modischen Schlaghose, dem schlichten engen Pullover bis hin zu ihrem Ring, dem einzigen Schmuck, den sie außer der Uhr trug –, so, als würden all diese Dinge etwas über ihren Gemütszustand verraten. Sie mochte den Psychiater, er war ein sympathischer grauhaariger Mann in den Fünfzigern, aber es fiel ihr dennoch nicht leicht, ihm ihr Innenleben zu offenbaren.

»Tatsächlich? Das Wetter schlägt Ihnen nicht so wie mir aufs Gemüt?«, fragte Norton mit einem Lächeln, während er ihr gegenüber auf einem Lehnstuhl Platz nahm.

Sie schüttelte den Kopf und warf einen kurzen Blick aus dem Fenster. Normalerweise hatte man von hier eine beeindruckende Sicht auf den Hyde Park. »Nein. Ehrlich gesagt, mag ich den Nebel sogar.«

Die buschigen Augenbrauen des Psychologen hoben sich. »Wirklich?«

»Ja, es erinnert mich immer ein wenig an zu Hause. Ich bin an der Küste in der Nähe von Boscastle groß geworden, dort ist das Wetter häufig so«, erklärte sie, und dabei wurde ihr bewusst, dass sie das Meer und die wilde Landschaft tatsächlich oft vermisste.

»Ihre Eltern stammen von dort?«

Sie sah, dass Norton wieder begann, sich Notizen zu machen. »Nein, aus Berlin, aber ich bin in Boscastle geboren.«

»Ihre Familie kommt aus Deutschland?« Überrascht blickte er auf. »Sind Ihre Eltern während des Krieges geflohen?«, erkundigte er sich dann interessiert.

Carla schüttelte den Kopf. »Sie sind erst kurz danach nach England gezogen.«

»Wissen Sie, warum?«

Sie zuckte die Achseln. »Ich glaube, es waren vor allem geschäftliche Gründe, und sie wollten irgendwo neu anfangen. Genau haben wir nie darüber gesprochen«, erwiderte sie knapp. Sie musste plötzlich an den Traum denken, der sie im Morgengrauen hatte aus dem Schlaf schrecken lassen. »Es ist seltsam, dass Sie mich nach meiner Familie fragen«, sagte sie zu Norton. »Heute Nacht habe ich nämlich von meiner Schwester geträumt!«

»Haben Sie beide ein gutes Verhältnis?«

Einen Augenblick lang wusste sie nicht, was sie sagen sollte. Dann wurde ihr klar, dass sie mit ihm bisher kaum über ihre Familie gesprochen hatte. Er konnte es nicht wissen. »Meine

Schwester lebt nicht mehr.« Über Carlas Gesicht glitt ein Schatten. »Anastasia ist schon lange tot. Ich war damals noch ein Kind.«

»Das tut mir sehr leid«, sagte Norton betroffen. »Möchten Sie erzählen, was mit Ihrer Schwester geschehen ist?«

Sie zögerte, denn das Letzte, was sie wollte, war, über Anastasia und die schrecklichen Tage und Wochen zu sprechen, die sie und ihre Familie vor sechzehn Jahren durchlebt hatten. »Eigentlich nicht. Ich rede nicht gerne darüber.«

Er musterte sie mit undurchdringlicher Miene. »Vielleicht ist es ja kein Zufall, dass Sie gerade jetzt von ihr träumen?«

Sie hob die fein geschwungenen Brauen über ihren grünen Augen. »Sie meinen, weil in meinem Kopf ohnehin einiges nicht in Ordnung ist?«

Sein leichtes Lächeln zeigte ihr, dass er ihren ironischen Unterton sehr wohl mitbekommen hatte. »Nein, ich wollte damit eher andeuten, dass Ihr Unterbewusstsein vielleicht gerade Ihre Erinnerungen in der einen oder anderen Weise aufarbeitet.«

Sie schwieg, musste aber zugeben, dass seine Annahme vielleicht stimmen konnte. In den letzten Wochen dachte sie auffällig oft an ihre Kindheit und Jugendzeit. Mit plötzlicher Verzweiflung blickte sie ihn an. »Ehrlich gesagt habe ich nicht das Gefühl, dass sich in meinem Gedächtnis irgendetwas tut. Ich erinnere mich nach wie vor an gar nichts …« Sie brach ab.

»Sie können es nicht erzwingen, Mrs. Whiteman«, erwiderte der Psychiater behutsam. »Vom medizinischen Standpunkt aus betrachtet, müssen Sie froh sein, dass Sie nur ein paar Monate verloren haben. Entscheidend und wichtig ist, dass Sie lernen, damit umzugehen.«

Sie schwieg. *Nur ein paar Monate!* Als sie später die Praxis verließ, gingen ihr Nortons Worte noch immer durch den

Kopf. Sie wusste, er hatte recht. Wie musste man sich wohl erst fühlen, wenn man seine gesamten Erinnerungen verloren hatte? Sie schauderte bei dem Gedanken und schlug im Gehen ihren Mantelkragen hoch, während sie weiter in Richtung der Oxford Street lief. Ein buntes Gewühl an Menschen unterschiedlichster Kulturen und Hautfarben war dort unterwegs. Das Geräusch der Stimmen und Schritte auf dem Asphalt um sie herum vermischte sich mit dem Lärm des Verkehrs, dem Motorengeräusch der roten Omnibusse und Taxen. Der typische Geruch Londons lag in der Luft, ein eigentümliches Gemisch aus Abgasen, Kohle und feuchtem Nebel, den sie überall wiedererkannt hätte. Sie vergrub ihre Hände in den Manteltaschen und erreichte einige Straßenkreuzungen weiter die James Street, wo sie mit Rachel verabredet war. Sie kannten sich beide noch aus Cornwall, waren zusammen zur Schule gegangen und später zum Studium nach London, wo sie sich drei Jahre lang – bis Carla Tom kennenlernte – eine Wohnung geteilt hatten. Rachel war ihre engste und beste Freundin.

Vor ihr aus dem Dunst des Nebels tauchte der Schriftzug des Cafés *Bohemian* auf, in dem sie sich schon früher immer getroffen hatten. Es war Lunchzeit, und die Leute saßen dichtgedrängt an den schmalen Tischen. Der Rauch von Zigaretten hing in der Luft. Sie war kaum durch die Tür getreten, als an einem der Ecktische eine zierliche Frau mit blasser Schneewittchenhaut und blauen Augen vom Stuhl aufsprang und ihr zuwinkte.

»Carla!«

Wie immer sprühte Rachel vor Energie. Wenigstens sie schien sich nicht verändert zu haben. Carla merkte plötzlich, wie sehr sie sich auf das Wiedersehen gefreut hatte. Die beiden Freundinnen fielen sich in die Arme. Innerhalb weniger

Augenblicke waren sie ins Gespräch vertieft. Sie bestellten sich etwas zu essen und zu trinken und brachten sich auf den neuesten Stand in ihrem Leben. Rachel berichtete ein wenig von New York, bevor sie sich eingehend nach ihrem Unfall erkundigte.

Carla hatte ihr in ihren Briefen und einigen kurzen Telefonaten zwar von ihrem Gedächtnisverlust erzählt und auch, wie schwierig es war, damit umzugehen, aber nicht, dass sie sich in ihrem eigenen Leben seitdem wie eine Fremde fühlte. Rachel hörte ihr nun mit ernster Miene zu. »Du hast das Gefühl, dass etwas geschehen ist, das man dir verheimlicht? Mein Gott, das klingt ja wie in einem Film von Hitchcock«, sagte sie schließlich.

Carla nickte stumm.

Rachel legte ihr Besteck zur Seite und zündete sich eine Zigarette an. »Aber wer sollte dir denn etwas verheimlichen? Tom?«

»Ich weiß, es klingt paranoid ...«

Rachel schüttelte den Kopf. »Nein, überhaupt nicht. Nur, welchen Grund sollte er haben?«

»Ich habe keine Ahnung. Das ist ja das Schreckliche, und zwischendurch zweifle ich auch immer wieder an mir und denke, ich bilde mir alles nur ein und es liegt an mir ...« Sie verzog unglücklich das Gesicht.

Rachel legte ihre Hand auf die ihre. »Das glaube ich nicht. Ich kenne dich lange genug. Du hast immer einen sehr guten Instinkt gehabt. Weißt du noch, damals mit deiner Schwester, da hast du auch schon lange vorher etwas geahnt.«

Carla nickte angespannt. Einen kurzen Augenblick stiegen die Bilder der Vergangenheit wieder vor ihren Augen auf – die furchtbaren Tage, in denen die Polizei die Wälder durchkämmt und den Küstenabschnitt nach ihrer Schwester abgesucht hatte.

Ihr wurde plötzlich bewusst, dass sie schon zum zweiten Mal an diesem Tag an Anastasia dachte.

»Es tut so gut, mit jemandem zu sprechen, der mir glaubt!«, sagte sie zu Rachel. »In der Zeit vor dem Unfall haben wir doch telefoniert, oder?«, fragte sie dann. »Gab es da irgendetwas, was ich Auffälliges erwähnt oder gesagt habe?«

Rachel, die begriff, worauf sie hinauswollte, überlegte. »Ich entsinne mich, dass wir vor allem über deine Fehlgeburt gesprochen haben. Es ging dir nicht besonders gut.«

Carla nickte. Diese Zeit gehörte auch zu den letzten Erinnerungen, die sie selbst noch im Kopf hatte. Tom und sie hatten sich immer Kinder gewünscht, und im letzten Jahr war sie endlich schwanger geworden, doch sie hatte das Baby verloren und war deshalb einige Zeit sehr niedergeschlagen gewesen.

»Ehrlich gesagt, ist mir nichts aufgefallen«, fuhr Rachel fort. »Ich erinnere mich nur, dass unser letztes Telefonat vor deinem Unfall etwas merkwürdig war. Du wolltest mir etwas erzählen. Etwas Wichtiges, sagtest du.«

Carlas Finger spannten sich um das Weinglas, und ihr Herz schlug auf einmal schneller. »Und was war das?«

Rachel zuckte die Achseln. »Nichts. Wir wurden unterbrochen. Tom kam früher nach Hause, und du hast das Telefonat daraufhin schnell beendet und gesagt, du würdest dich in den nächsten Tagen wieder melden. Das hast du aber nicht getan.«

Carla versuchte, ihre Enttäuschung zu verbergen. Sie wünschte, sie hätte gewusst, was sie damals hatte erzählen wollen.

Als sie später das Café verließen, liefen die beiden Freundinnen noch ein Stück zusammen die belebte Oxford Street entlang. Rachel hakte sie unter. »Weißt du, wenn dein Gedächtnis dich im Stich lässt, musst du dir vielleicht die vergessene Zeit dann einfach anders zurückholen.«

»Anders?«

»Ja, als wenn es nicht dein Leben wäre. Du hast doch für euer Magazin auch oft Porträts über Künstler oder berühmte Leute geschrieben. Stell dir vor, du würdest über einen von ihnen berichten und recherchieren müssen, was er im letzten halben Jahr getan hat. Hast du schon mal überlegt, dich deiner Erinnerung auf diese Weise zu nähern?«

Carla wich einem Passanten aus und lächelte schief. »Vor Tom müsste ich das geheim halten. Er hätte sicherlich das Gefühl, ich würde ihm nicht vertrauen.«

»Womit er ja nicht ganz falschliegt«, gab Rachel trocken zur Antwort.

»Ja, vielleicht bin ich auch deshalb bisher davor zurückgeschreckt«, gestand Carla. Sie drehte sich zu Rachel. »Aber ich weiß, dass ich etwas tun muss, sonst werde ich noch verrückt. Alles ist besser, als einfach darauf zu warten, dass mein Gedächtnis wieder von alleine zurückkommt.«

3

Stanford, Green & Whiteman gehörte zu den renommiertesten Kanzleien Londons. Möbel aus geschliffenem Mahagoniholz, lederne Clubsessel und Antiquitäten zierten die hohen Räume, in denen der Besucher bei jedem Schritt unweigerlich die Macht und den Erfolg spürte, die seit Jahrzehnten die Firmengeschichte bestimmten.

Tom liebte diese Atmosphäre. Es war früher Nachmittag, als er von seiner Lunchverabredung zurückkam. Solange er zurückdenken konnte, hatte er Anwalt werden wollen, ein erfolgreicher wohlgemerkt, und sein Ehrgeiz hatte ihn dieses Ziel bereits früh erreichen lassen. Vor drei Jahren war er mit gerade einmal Mitte dreißig Partner in der Kanzlei geworden. Aber Tom wollte mehr, und er hatte nie daran gezweifelt, dass er das auch schaffen würde.

»Für die nächste Stunde bitte keine Telefonate und Besuche. Ich möchte nicht gestört werden«, sagte er bei seiner Rückkehr zu Lucy, seiner Sekretärin, in deren hübschem Gesicht eine Frage und ein stiller Vorwurf zugleich lagen. Er ignorierte beides. Es fiel ihm nicht leicht, aber es war besser so.

Tom schloss die Tür hinter sich. Auf seinem Schreibtisch stapelten sich die Akten eines Klienten, den er morgen vor Gericht verteidigen würde. Seine Gedanken weilten jedoch noch immer bei dem Gespräch, das er eben geführt hatte. Es war gut verlaufen, sehr gut sogar. Arthur Henderson, der ihn protegierte, hatte sich ausführlich mit ihm über seine politische Zukunft unterhalten – über ein potenzielles Amt in der Partei genauso wie über die Möglichkeit, in ein, zwei Jahren für das Unterhaus zu kandidieren.

»Sie bringen alles mit, Tom«, sagte er. »Sie sind jung, erfolgreich, intelligent und sympathisch! Die Wähler werden Sie lieben. Das sehe nicht nur ich allein so.«

»Ich fühle mich sehr geehrt, das zu hören«, erwiderte er so bescheiden wie möglich, und Henderson hielt ihm daraufhin einen Vortrag, was ihn in der Politik erwarten würde. Mit einem selbstbewussten Lächeln hörte Tom ihm zu, stellte genau die Zwischenfragen, die von ihm erwartet wurden, und hatte Henderson und der Partei schließlich noch einmal seiner absoluten Loyalität versichert.

Angespannt glitt sein Blick jetzt jedoch zu dem gerahmten Foto seiner Frau, das am Rande seines Schreibtischs stand. Carla konnte alles gefährden. Die Situation mit ihr war schwierig und keineswegs stabil. In den letzten Tagen hatte Tom manchmal befürchtet, dass sie sich vielleicht doch wieder erinnern würde und diese Tatsache nur vor ihm verbarg. Andererseits hatte Carla sich noch nie besonders gut verstellen können. Aber ihr Verhalten war seltsam. Sie hatte sich verändert, fast als würde sie etwas spüren. Ganz zu schweigen von ihren vielen Fragen. Er ging grübelnd von seinem Schreibtisch zu einem Schrank, hinter dessen polierten Holztüren sich eine kleine Bar und ein Eisfach versteckten. Tom griff ein Glas und goss sich nachdenklich einen Whisky ein. Normalerweise trank er während der Arbeitszeit nicht, doch gelegentlich half es ihm bei schwierigen Fällen beim Nachdenken. Er nahm einen Schluck. Der rauchige Geschmack des Whiskys hinterließ sofort ein angenehmes Gefühl, und er merkte, wie sich der Alkohol wärmend in seinen Adern ausbreitete.

Er musste es analytisch, wie einen seiner Fälle, betrachten. Es war nicht zu verhindern, dass Carlas Erinnerungen vielleicht doch zurückkehrten – obwohl die Ärzte sich ihm gegenüber zu seiner Erleichterung nicht besonders optimistisch geäußert hatten. Aber jede Woche, jeder Monat später würde ihm die Möglichkeit geben, besser reagieren zu können, wieder mehr Einfluss auf sie zu gewinnen. Vor seinen Augen tauchten unwillkürlich wieder die Bilder im Krankenhaus auf. Er entsann sich seiner Anspannung und Angst. Es war ihm wie ein Geschenk vorgekommen, als Carla das Bewusstsein wiedererlangte und klarwurde, dass sie einen Teil ihres Gedächtnisses verloren hatte und nicht mehr wusste, was vor dem Unfall geschehen war.

Tom trank einen weiteren Schluck, dann stellte er das Glas zur Seite. Er schätzte es, Kontrolle über sich und die Dinge zu haben. In seiner Karriere und seinem Leben gab es nichts, was er dem Zufall überlassen hatte. Die meisten Menschen glaubten, ihm seien die Dinge von alleine zugefallen, aber dieser Eindruck war bewusst gesteuert.

Seine Gedanken kehrten zu seiner Frau zurück. Er spürte ihre innere Distanz, die Gefahr, dass sie ihm emotional entglitt. Seit dem Unfall schliefen sie in getrennten Zimmern, weil sie in der Nacht immer wieder hochschreckte und oft stundenlang wach war. Doch er war sich bewusst, dass das nicht der einzige Grund war. Sie brauche Zeit für sich, hatte sie gesagt, und ihm war gar nichts anderes übrig geblieben, als den verständnisvollen Ehemann zu spielen. Zu viel hing davon ab.

Vor zwei Tagen hatte er mit ihrem Vater telefoniert. Der alte Herr war beunruhigt gewesen, weil Carla Fragen gestellt hatte, weshalb sie in dem halben Jahr vor dem Unfall mehrere Male in Cornwall gewesen war. Tom hatte lange mit ihm telefoniert. Er presste die Lippen zusammen. Sie durfte auf keinen Fall die Wahrheit erfahren. Niemand durfte sie erfahren!

4

Als Carla am frühen Nachmittag von ihrem Treffen mit Rachel nach Hause kam, setzte sie sich an den Schreibtisch und fing an, ein Kalenderblatt für die Monate vor dem Unfall anzulegen. Eine neue Entschlossenheit hatte sie ergriffen.

Das letzte Ereignis, das sie noch deutlich vor Augen hatte, lag im Dezember des vergangenen Jahres. Der Unfall war im Juli darauf geschehen. Sie musste herausfinden, was sie in der Zeit dazwischen getan hatte – Tag für Tag. Die Ausbeute aus ihrem Filofax und anderen Unterlagen, die Carla schon zigmal zuvor durchgegangen war, war spärlich. Leider hatte sie nie zu den Menschen gehört, die regelmäßige Eintragungen in ihren Kalender machten. Neben einigen beruflichen

Terminen, wie ihren Redaktionssitzungen, und Geburtstagen hatte sie nur ihre drei Besuche bei ihrem Vater in Cornwall notiert.

Ihr Blick irrte über die vielen weißen Kästchen, die für die Tage standen, an die sie sich nicht erinnern konnte, und sie fragte sich, wo sie nur anfangen sollte. Plötzlich beschlich sie die Angst, dass sie sich doch lächerlich machte. Was, wenn Tom gar nichts vor ihr verheimlichte und sie es nur nicht wahrhaben wollte? Amnesien gingen oft mit Verunsicherungen, ja regelrechten Identitätskrisen einher. Das hatte ihr nicht nur Dr. Norton gesagt, sondern sie hatte es auch selbst nachgelesen.

Sie merkte, dass ihr kalt war. Draußen hatte sich der Nebel inzwischen gelichtet, doch wenn der Wind so wie jetzt auf dem Haus stand, zog es stets ein wenig durch die alten viktorianischen Fenster. Sie fröstelte und erhob sich von ihrem Schreibtisch, um ins Schlafzimmer zu gehen und sich dort eine Strickjacke zu holen. Nachdenklich holte sie das Kleidungsstück aus dem Schrank und schlüpfte hinein. Dabei merkte sie, dass sich in einer der Taschen ein gefalteter Zettel befand. Sie zog ihn hervor und wollte ihn schon wegwerfen, als sie sah, dass es ein alter Abholschein für die Reinigung war. Vom 10. Juli. Überrascht blickte sie auf das Datum. Das war zwei Wochen vor ihrem Unfall gewesen! Ihr Herz klopfte mit einem Mal schneller. Sie versuchte, irgendeine winzige Insel der Erinnerung in ihrem Kopf zu finden. Doch da war nichts. Aber sie kannte die Reinigung, weil sie dort schon oft etwas abgegeben hatte. Sie lag nur ein paar Straßen entfernt. Kurz entschlossen griff Carla nach ihrer Handtasche und ihrem Mantel und machte sich auf den Weg dorthin.

Eine Frau mit beeindruckend knallig roten Haaren stand hinter dem Ausgabetresen, als sie das Geschäft betrat. Ungläubig starrte sie auf den Abholschein, den Carla ihr reichte. »10. Juli? Also, das ist ja ein bisschen her«, sagte sie in breitem Cockney, einem Dialekt, den man vor allem im Londoner East End sprach. »Kann ich Ihnen nicht versprechen, dass die Sachen noch da sind. Wir sind nicht verpflichtet, die Kleidung länger als acht Wochen aufzuheben …«

»Ich weiß«, sagte Carla, die sich unwillkürlich fragte, ob sie die Frau vor sich schon einmal gesehen hatte. Sonst hatte hier immer eine ältere Dame an der Ausgabe gearbeitet. »Vielleicht könnten Sie trotzdem einmal nachsehen?«, bat sie sie mit einem liebenswürdigen Lächeln. »Ich war im Krankenhaus. Es war mir leider nicht möglich, vorher vorbeizukommen …«

Die Frau musterte sie und nickte. »Ich werde mal nachschauen«, sagte sie etwas freundlicher. »Wir lagern die Sachen hinten in einer Kammer, bevor wir sie weggeben. Sie glauben ja gar nicht, was die Leute alles vergessen!« Carla sah ihr hinterher, wie sie kopfschüttelnd durch eine Tür entschwand.

Ihr Blick glitt durch den Raum, in dem ein konzentrierter Geruch nach Reinigungsdämpfen und frischer Wäsche hing. Sie war hier gewesen, am 10. Juli. Sie versuchte, sich vorzustellen, wie sie in der Reinigung gestanden hatte. Doch sosehr sie sich auch bemühte, ein Bild vor Augen zu bekommen, es gelang ihr einfach nicht. Stattdessen flackerte die altbekannte Panik in ihr auf. Sie merkte, wie ihr der Schweiß auf die Stirn trat, wie jedes Mal, wenn sie sich in einer Situation befand, von der sie wusste, dass sie sich hätte erinnern müssen. Es fühlte sich an, als würde sich vor ihren Füßen ein schwindelerregender Abgrund auftun, der sie in seine Tiefe zu ziehen drohte. Sie war dankbar, als in diesem Augenblick die Tür wieder aufging und die Frau mit mehreren Bügeln über dem

Arm zurückkam. »Da haben Sie aber Glück gehabt! Mrs. Murry hat die Sachen extra noch aufgehoben!«

Sie legte die Sachen vor sich auf den Tresen. Es waren zwei Kleider und ein Sommertrenchcoat. »Ach, und das war in einer der Manteltaschen. Sie sollten sie vorher immer leeren!«, erklärte sie mit strenger Miene und reichte ihr eine durchsichtige Tüte, in der sich ein Stift, ein kleines rotbraunes Notizbuch und eine angebrochene Packung Bonbons befanden.

Carla blickte überrascht auf den Inhalt. »Natürlich. Vielen Dank!«

Es war nicht das erste Mal, dass sie ein Notizbuch in ihren Taschen vergaß, denn sie trug eigentlich immer eines bei sich, entweder in ihrem Mantel oder der Handtasche. Seit sie Redakteurin war, hatte sie sich diese Angewohnheit zugelegt, damit sie jederzeit etwas aufschreiben konnte, wenn ihr eine Idee für einen Artikel kam oder sie etwas recherchierte. Auf dem Dachboden gab es eine ganze Kiste voll dieser Büchlein.

Sie bezahlte die Reinigungssachen und gab zusätzlich ein großzügiges Trinkgeld. »Richten Sie Mrs. Murry bitte noch einmal meinen herzlichen Dank aus, dass sie die Sachen noch aufbewahrt hat.«

Als sie wieder draußen war, zog sie die kleine Tüte hervor und nahm das Notizbuch heraus. Sie blätterte es durch. Ungefähr ein Drittel der Seiten war beschrieben. Es waren kurze Notizen über Andy Warhol, Gustav Klimt, einen österreichischen Maler, und einen bekannten Londoner Kunstsammler, mit dem sie ein Interview geführt hatte. Carla wusste von Tom, dass sie im Sommer an Artikeln über die drei Männer gearbeitet hatte. Sie überflog das Geschriebene. Weiter hinten zwischen den leeren Seiten hatte sie anscheinend ein Geburtsdatum notiert: 10.04.1918. Sie erkannte an ihrer Schrift, dass sie dabei in Eile gewesen sein musste. Doch es befanden sich leider keinerlei private oder persönliche Einträge in ihren Notizen. Carla verspürte eine leise Enttäuschung – nicht der kleinste Hinweis. Sie steckte das Notizbuch wieder ein und lief nachdenklich nach Hause.

Die Stille im Haus hatte mit einem Mal etwas Beunruhigendes. Sie schaltete das Radio ein. In den Nachrichten wurde über die Festnahme eines mutmaßlichen IRA-Attentäters und die Auswirkungen der Ölkrise berichtet. Schließlich setzte sie sich an den Schreibtisch und griff noch einmal nach dem Notizbuch, das man ihr in der Reinigung zurückgegeben hatte. Sie ging die Seiten mit den Einträgen über Warhol und Klimt erneut durch, aber auch beim zweiten Durchsehen fand sich nichts. Ihr Blick blieb an dem Geburtsdatum hängen, das sie hinten zwischen den leeren Seiten notiert hatte. Kurz überlegte Carla, ob das Datum – der 10.04.1918 – etwas mit Warhol zu tun haben konnte, aber dann entsann sie sich, dass er erst zehn Jahre später, 1928, geboren war. Carla verzog das Gesicht. Nun, zumindest diese Information schien sich noch in ihrem Gedächtnis zu finden. Sie schlug dafür in einem Nachschlagewerk *Gustav Klimt* nach. Er war tatsächlich 1918 verstorben, entdeckte sie, aber nicht am 10. April, sondern am 6. Februar. Das konnte es also auch nicht sein. Stirnrunzelnd stellte Carla das Buch zurück. Das schrille Klingeln des Telefons riss sie aus ihren Gedanken.

Es war ihr Vater. Mit schlechtem Gewissen fiel ihr ein, dass sie sich heute bei ihm hatte melden wollen.

»Stör ich dich gerade? Ich wollte nur wissen, wie es dir geht.« Aus seiner Stimme, die immer ein wenig heiser klang, war deutlich der deutsche Akzent herauszuhören.

»Mir geht's gut, Dad! Mach dir keine Sorgen.« Sie wechselte ins Deutsche, die Sprache, in der sie aufgewachsen war und die sie zu Hause immer mit ihren Eltern gesprochen hatte.

»Das freut mich!« Ihr Vater war noch nie ein Mann großer Gefühlsbezeugungen, doch nach ihrem Unfall war er sehr besorgt gewesen. Carla hatte begriffen, wie viel sie ihm wirklich bedeutete.

»Was macht Mum?«, erkundigte sie sich. Sie konnte spüren, wie er zögerte.

»Sie hat Gott sei Dank eine stabile Phase. Ich habe sie gestern besucht. Wir waren sogar spazieren.«

»Wie schön. Das klingt gut!«, sagte Carla aufrichtig erfreut. Die Tagesform ihrer Mutter wechselte sehr. Nach dem Tod ihrer Schwester hatte sie versucht, sich das Leben zu nehmen, weil sie nie über den Verlust von Anastasia hinweggekommen war, und wurde seitdem nicht nur von schweren Depressionen heimgesucht, sondern war auch oft verwirrt. Sie war deshalb schon seit Langem in einer Klinik mit einem angeschlossenen psychiatrischen Heim untergebracht. Ihr Vater fuhr drei, manchmal vier Mal in der Woche zu ihr und verbrachte die Nachmittage bei ihr im Heim, das zwanzig Meilen von seinem Haus entfernt lag.

»Gib ihr einen Kuss von mir und sag ihr, dass ich sie auch bald wieder besuche«, sagte Carla, die seit dem Unfall noch nicht wieder zu Hause gewesen war. Als sie das Gespräch beendet hatten und sie den Hörer auflegte, verspürte sie plötzlich Sehnsucht nach Cornwall. Vielleicht sollte sie wirklich ein paar Tage nach Hause fahren. Das Meer und die Natur dort hatten ihr schon immer auf besondere Weise Kraft geschenkt. Ihre Hand lag noch immer auf dem Hörer, und dabei fiel ihr Blick auf die durchsichtige Wählscheibe, in deren Mitte die Telefonnummer prangte. Das Bild der Zahlen erinnerte sie an etwas. Sie stutzte. Dann griff sie plötzlich nach dem Notizbuch und verglich das Datum mit der Nummer. Die Anzahl der Zahlen stimmte überein. Konnte das sein?

Sie überlegte nur kurz, dann versuchte sie, die Nummer zu wählen. Eine Ewigkeit schien zu vergehen, bis schließlich ein Freizeichen ertönte – es war tatsächlich ein existierender Anschluss. Carla verspürte ein trockenes Gefühl im Mund. Ihr wurde bewusst, dass sie keine Ahnung hatte, was sie sagen sollte. Fast war sie erleichtert, dass niemand abnahm. Sie wollte gerade wieder auflegen, als sich am anderen Ende doch noch unerwartet eine tiefe Männerstimme meldete.

»Grant, hallo?«

Im ersten Moment fühlte sie sich in Versuchung, einfach wieder aufzulegen. »Verzeihung, mit wem spreche ich dort?«, fragte sie vorsichtig.

»Mit Grant, David Grant«, ertönte es ungeduldig, als hätte sie den Mann bei etwas gestört.

»Es klingt bestimmt etwas seltsam, was ich sage, aber ich bin mir nicht sicher, ob wir uns kennen«, brachte Carla stockend hervor.

»Hätten Sie die Güte, mir vielleicht erst einmal Ihren Namen zu verraten?«

Ihren Namen? Carla durchflutete mit einem Mal ein Gefühl der Panik. Sie musste daran denken, dass Tom ein bekannter Anwalt war. *Was tat sie hier?* »Ich … Verzeihen Sie bitte die Störung. Es war ein Irrtum. Ich habe mich getäuscht. Auf Wiederhören.«

»Nein, legen Sie nicht auf«, unterbrach sie der Mann unerwartet hastig. Sein Tonfall hatte sich mit einem Schlag verändert. Sie konnte hören, wie er tief durchatmete. »Sind Sie Carla … Carla Whiteman?«

Sie erstarrte. »Wie kommen Sie auf diesen Namen?«

»Wir kennen uns«, sagte er eilig, und sein Ton hatte dabei etwas Beschwörendes, als fürchtete er, sie könnte einfach auflegen. »Ich hatte Ihre Stimme nur nicht sofort erkannt. Mein

Name ist David Grant. Ich bin Journalist und habe Sie vor einigen Monaten kontaktiert. Sie sind Carla Whiteman, nicht wahr?«

Sie konnte spüren, wie ihr Herz raste. »Ja, das bin ich«, antwortete sie schließlich.

5

David Grant wollte ihr am Telefon nicht sagen, warum er sie vor einigen Monaten kontaktiert hatte, sondern bat um ein Treffen, um ihr alles in Ruhe erklären zu können. Sie verabredeten sich für den kommenden Tag in der Lobby-Bar des Hyde Park Hotels.

Es kam Carla mit einem Mal vor, als würde sie vor einer Tür stehen, und obwohl sie sich einerseits nichts mehr wünschte, als zu erfahren, was sich dahinter verbarg, hatte sie gleichzeitig Angst davor. Nur mit Mühe konnte sie am Abend vor Tom ihre Anspannung verbergen.

»Ist alles in Ordnung? Du wirkst nervös«, sagte er misstrauisch.

»Aber nein, mir geht es gut«, erwiderte sie und versuchte ihn mit Fragen nach seinem Treffen mit Arthur Henderson abzulenken. Sie hörte seinen Antworten kaum zu. Ihre Gedanken kehrten immer wieder zu dem seltsamen Telefongespräch zurück. *Keine Sorge, ich werde Sie erkennen,* hatte Grant versichert. Erst nachdem sie aufgelegt hatte, war ihr bewusst geworden, wie eigenartig diese Äußerung war und dass der Journalist nicht einmal nachgefragt hatte, weshalb sie nicht wusste, wer er war.

Am nächsten Tag stand sie vor der imposanten Fassade des

Hyde Park Hotels. Ein livrierter Hotelpage hielt ihr mit beflissener Höflichkeit die Tür auf.

In der Eingangshalle herrschte emsiger Betrieb. Menschen waren am Kommen und Gehen – die meisten elegant gekleidet, wie es dem Publikum eines Fünfsternehotels entsprach. Hotelangestellte schoben mit Koffern beladene Gepäckwagen vor sich her, und Wortfetzen fremder Sprachen drangen zu ihr.

Die Bar, die auch für die Londoner ein beliebter Treffpunkt für geschäftliche Verabredungen war, befand sich links. Carla ließ ihre Augen über die Gäste schweifen, die in den Sitzgruppen der braunen Lederclubsessel saßen, und fragte sich, ob einer von ihnen David Grant sein könnte. Zögernd ließ sie sich schließlich in einer Ecke an einem Tisch nieder und bestellte bei dem Kellner Mineralwasser und einen Tee.

Ein Schatten fiel auf sie.

»Mrs. Whiteman?«

Carla drehte sich um. Sie schaute in das Gesicht eines Mannes, der vielleicht Ende dreißig, Anfang vierzig sein mochte. Er hatte dunkles Haar und ein auffallend markantes Gesicht, in dem sich ein leichter Bartansatz zeigte, als hätte er es am Morgen nicht geschafft, sich zu rasieren.

Ihr Blick blieb an seinen grauen Augen hängen, die sie offen und ungewöhnlich direkt musterten. Etwas an ihm kam ihr vertraut vor.

Sie nickte. »Ja, das bin ich.«

»David Grant! Sie erlauben …«

Er deutete auf den Sessel ihr gegenüber und nahm dort Platz.

Carla beobachtete, wie er beim Kellner ebenfalls einen Tee bestellte. Seine Stimme war genauso tief wie am Telefon. Grant wirkte auf eine unaufdringliche Weise selbstbewusst.

Sie musterte ihn prüfend – und dann erstarrte sie, denn sie sah den Mann keineswegs zum ersten Mal. Er war im Krankenhaus gewesen, nach dem Unfall! Es war in jenen Tagen gewesen, als es ihr körperlich zwar langsam besser ging, sie aber seelisch völlig aufgelöst war, weil sie zu begreifen begann, dass ihr die Erinnerung an mehrere Monate fehlte. An einem dieser Nachmittage hatte er plötzlich im Zimmer gestanden, und sie war in Tränen ausgebrochen, weil sie nicht wusste, wer er war. Sie konnte seinen besorgten Gesichtsausdruck noch immer vor sich sehen. Tom, der gerade zu Besuch gewesen war, hatte ihn eilig aus dem Zimmer geleitet.

»Sie waren im Krankenhaus!«, sagte sie mit tonloser Stimme.

Ein erstaunter Ausdruck huschte über sein Gesicht. »Ich war mir nicht sicher, ob Sie sich erinnern!«

»Ich entsinne mich nur nicht der Zeit *vor* dem Unfall!«

»Ich verstehe, deshalb wissen Sie nicht mehr, wer ich bin«, stellte er ruhig fest, aber es klang nicht sonderlich überrascht, als wenn Tom ihm im Krankenhaus bereits von ihrer Amnesie erzählt hätte. Was auch Grants Reaktion am Telefon erklärte.

»Nein, leider nicht«, erwiderte sie stockend. »Ich versuche die Zeit so gut es geht zu rekonstruieren, aber es ist schwierig. Ihre Telefonnummer habe ich in meinem Notizbuch gefunden. Nur deshalb habe ich angerufen. Es stand nicht einmal ein Name dabei.«

»Ich bin froh, dass Sie sich gemeldet haben!« Der Blick seiner Augen traf sie erneut. »Ich habe Sie im letzten April das erste Mal angerufen«, erzählte er. »Wir haben uns daraufhin einige Male getroffen und auch telefoniert.«

»Und *weshalb* haben Sie mich angerufen?«, fragte Carla, die versuchte, ihre plötzliche Unsicherheit zu verbergen.

»Ich habe Sie um Hilfe gebeten. Die Geschichte ist etwas

kompliziert«, sagte Grant, der nach den richtigen Worten zu suchen schien. »Der beste Freund meines verstorbenen Vaters, Jules, dem ich sehr viel verdanke, hat mich im letzten Jahr um einen großen Gefallen gebeten. Er lebt selbst in Israel, ist aber in Berlin aufgewachsen und auf der Suche nach seiner Jugendliebe, einer gewissen Edith von Stettenheim, die er kurz nach dem Krieg das letzte Mal gesehen hat. Ich versuche für ihn herauszubekommen, was aus ihr geworden ist.«

Carla hob die Augenbrauen. »Und wie um Gottes willen sollte ich Ihnen dabei helfen?«

Grant lächelte leicht. »Verzeihen Sie, aber genau dasselbe haben Sie auch gesagt, als wir uns das erste Mal gesehen haben!«, sagte er dann. »Edith von Stettenheim war eine enge Freundin Ihrer Mutter Dora. Sie hat sie 1946 in Berlin besucht. Danach verliert sich ihre Spur leider.«

Carla blickte ihn überrascht an. Sie hätte nicht sagen können, was sie von dem Treffen mit dem Journalisten erwartet hatte – aber ganz sicher nicht, dass es um eine einstige Freundin ihrer Mutter ging. Sie hatte den Namen Edith noch nie gehört. »Ich verstehe trotzdem nicht ganz ...« Sie runzelte die Stirn. »Wenn wir schon einmal darüber gesprochen haben, dann wissen Sie doch auch, dass meine Mutter psychisch krank ist und in einem Heim lebt.«

Grant, der einen Schluck von dem Tee getrunken hatte, stellte seine Tasse ab. »Ja, sicher, und es liegt mir auch fern, Sie zu bedrängen. Ihre Situation ist bestimmt schon schwierig genug.« Es klang ehrlich, wie er das sagte.

Sie schwieg. »Sie möchten, dass ich meine Mutter nach Edith frage?«, schlussfolgerte sie.

Er zögerte. »Sie hatten Ihre Mutter bereits auf Edith angesprochen«, sagte er zu ihrer Überraschung. »Aber sie hat nichts gesagt und wohl sehr ungewöhnlich reagiert. Als wir das letzte Mal telefonierten, hatten Sie deshalb angefangen, selbst einige Nachforschungen anzustellen.«

Carla starrte ihn an. »Ich? Aber warum?«

Ein nicht zu deutender Ausdruck huschte über Grants Gesicht. »So wie Sie es mir zu dieser Zeit schilderten, hatten Sie wohl das Gefühl, dass die Vergangenheit Ihnen vielleicht eine Antwort auf die Depressionen Ihrer Mutter geben könnte«, erklärte er vorsichtig.

Carla schaute ihn mit wachsender Verwirrung an. Inwieweit hätte es in der Vergangenheit ihrer Mutter eine Erklärung für deren Depressionen geben können? Sie merkte, dass der Journalist sie aufmerksam beobachtete, und mit einem Mal wurde ihr bewusst, wie eigenartig die Situation war. Hier saß sie mit einem für sie wildfremden Menschen, der mehr über ihr Leben zu wissen schien als sie selbst, und sie erinnerte sich an nichts.

»Sie müssen mir verzeihen, das alles ist etwas schwierig für mich«, stieß sie schließlich hervor. »Selbst wenn meine Mutter und diese Edith sich 1946 getroffen haben. Das ist doch Jahre her, und meine Eltern sind zu dieser Zeit auch nach England gegangen.«

»Das stimmt«, gab Grant zu. »Aber es ist der letzte Anhaltspunkt, den es zu Edith gibt.«

Nachdenklich trank Carla einen Schluck von ihrem Mineralwasser. Sie musste an die wechselnde Gemütsverfassung ihrer Mutter denken. Es war nicht sonderlich erstaunlich, dass sie nichts zu Edith gesagt hatte, wenn sie einen schlechten Tag gehabt hatte. Carla musste zugeben, dass Grants Geschichte ihre Neugier geweckt hatte. »Wenn ich das nächste Mal in Boscastle bin, kann ich meine Mutter noch einmal fragen«, sagte sie zu Grant. »Vielleicht sagt sie diesmal mehr. Sie hat sehr unterschiedliche Tagesformen.«

»Ich wäre Ihnen für jede Information dankbar.« Er blickte sie an, und einen Moment lang konnte sie sich nicht des Gefühls erwehren, dass er ihr nicht alles erzählt hatte.

Carla gab dem Kellner ein Zeichen, dass sie zahlen wollte, doch Grant bestand darauf, die Rechnung zu übernehmen. Als sie das Hotel verließen, wandte sie sich noch einmal zu ihm. »Die Geschichte mit Ihrem Freund Jules klingt sehr romantisch. Diese Edith muss ihm viel bedeutet haben.« Ein nachdenklicher Ausdruck lag auf ihrem Gesicht. »Wie eigenartig, dass meine Mutter und sie so eng befreundet waren. Ich habe noch nie von einer Edith von Stettenheim gehört. Wissen Sie, woher sie sich kannten?«

Er nickte. »Sie sind zusammen aufgewachsen. Ihre Mutter Dora Wilmer war die Tochter des Hausmädchens der Theußenbergs. Edith war das jüngste Kind der Familie. Wie Jules es mir schilderte, waren die beiden Mädchen von Kindheit an unzertrennlich!«

Carla blickte ihn erstaunt an.

Als sie auf dem Weg nach Hause war, merkte sie, wie sehr sie das Treffen mit dem Journalisten aufgewühlt hatte. Sie hatte gehofft, von ihm etwas zu erfahren, das ihr vielleicht einen Schlüssel zu ihren verlorenen Erinnerungen geben würde. Wie merkwürdig, dass ihre Gedanken stattdessen nun um die Vergangenheit ihrer Mutter kreisten. Ein Bild tauchte vor ihren Augen auf – von früher. Sie waren im Garten, und ihre Mutter hatte ihre Schwester und sie in die Arme genommen und sie beide so fest an sich gedrückt, als hätte sie Angst, sie zu verlieren: *Ihr seid die kostbarsten Schätze, die mir das Leben geschenkt hat. Ich liebe euch …*

Carla ging auf, dass sie mit ihren Eltern nie über deren eigene Jugend gesprochen hatte. Bisher hatte sie das immer auf den Krieg geschoben. Niemand aus der älteren Generation sprach schließlich gerne über diese Zeit. Es fiel Carla schwer, sich ihre Mutter jung und unbeschwert als junge Frau oder gar als Kind vorzustellen. Wie mochte sie damals wohl gewesen sein?

DORA

6

Berlin, Januar 1922

Draußen herrschte klirrende Kälte. Dora wünschte sich, sie hätten sich nicht einfach ohne Schal und Mütze aus dem Haus gestohlen. Doch der Anblick der schneebedeckten Natur – der weißen Wiesen und Bäume, deren Äste sich unter der schweren Last nach unten bogen, sodass man sie fast greifen konnte – ließ sie die Kälte sofort wieder vergessen. Glitzernd lag der sichelförmige Lietzensee vor ihnen. Eine dünne Eisschicht hatte ihn überzogen. Zarte Flocken fielen vom Himmel und tanzten, hier und da durch einen Windstoß getrieben, übermütig durch die Luft, und Dora kam sich vor wie im Märchen.

Sie rannte und hörte neben sich Ediths helles Lachen. »Oh, ist das nicht wundervoll!«

Dora nickte strahlend. Ihr dunkelblondes Haar wehte hinter ihr her. Später würde ihre Mutter ihr eine Predigt halten, da war sie sicher, aber jetzt war sie hier, zusammen mit Edith. Der Schnee stob zu ihren Füßen hoch, und ein Glücksgefühl durchströmte sie. Im Sommer hatte ihre Mutter eine Anstellung im Hause des Papierfabrikanten Theußenberg angenommen, und seitdem wohnten sie im Dienstbotentrakt des Hauses. Der Unternehmer und seine Frau gehörten in der dritten Generation zur besseren Gesellschaft Berlins und lebten im wohlhabenden Charlottenburg in einem eleganten herrschaftlichen Stadthaus, das sich über drei Stockwerke zog und sogar einen eigenen Garten hatte. Die Familie hatte einen Sohn, Carl, der fast erwachsen war, und eine jüngere Tochter, Edith. Seitdem Dora sie das erste Mal gesehen hatte, hatte sie sich nichts mehr erträumt, als dieses Mädchen zu ihrer Freundin zu haben. Sie waren beide im gleichen Alter. Wie oft hatte sie am Fenster gestanden und die andere sehnsüchtig beobachtet – wenn Edith allein durch den Garten lief, mit ihrem großen Bruder Ball spielte oder sich am Abend lachend in die Arme ihres Vaters warf – sie wirkte so frei und unbeschwert.

Ihre Mutter hatte ihre Blicke sehr wohl mitbekommen. »Sie kann nicht deine Freundin sein!«, hatte sie in einem strengen Tonfall erklärt, der keinen Widerspruch duldete. Dora hatte folgsam genickt. Nie hätte sie es gewagt, die Tochter des Hauses von sich aus anzusprechen. Doch was sollte sie tun, wenn Edith es ihrerseits tat? Das Stadthaus war groß, und sie begegneten sich oft. Meistens grüßten sie sich nur, und Dora, die gerne so viel sagen wollte, brachte kaum mehr als ein scheues Lächeln zustande, aber heute war Edith auf einmal überraschend im Flur des Dienstbotentrakts vor ihr aufgetaucht. »Hast du gesehen, es hat geschneit! Kommst du mit nach draußen?«, hatte sie mit leuchtenden Augen gefragt.

Dora hatte gezögert und unwillkürlich zum Hauswirtschaftsraum geschaut, wo ihre Mutter dabei war, Wäsche zu mangeln.

Edith hatte ihren Blick mitbekommen. »Nur kurz. Es wird niemand mitbekommen«, wisperte sie leise, und eh Dora recht zum Nachdenken kam, hatte sie genickt, ihren Mantel gegriffen, und sie waren beide nach draußen gelaufen.

Nun rannten die beiden Mädchen zum Ufer hinunter. Ihre Wangen hatten sich gerötet, und ihre Mäntel flatterten beim

Laufen um ihre Beine, während der feine Schnee wie Puderzucker zu ihren Füßen aufstob. Edith griff ihre Hand.

»Schau, der See ist schon zugefroren!«

Einen Moment hielten die beiden Mädchen atemlos inne und beobachteten, wie eine Katze über den einsamen See spazierte und eine zarte Spur ihrer Pfoten hinterließ.

»Komm!« Edith zog sie weiter mit sich.

Doch Dora blieb stehen. »Das Eis ist bestimmt noch nicht fest genug!«

»Ach wo, es ist schon seit Tagen kalt, und wir sind doch ganz leicht!«, gab Edith mit einem unbekümmerten Lachen zur Antwort.

Dora kam sich feige vor. Ihr Glücksgefühl bekam einen feinen Riss, aber sie blieb stehen, während Edith schon ohne sie weiterrannte, hinaus auf den See.

»Wovor ist dir so bange? Sieh, es ist ganz fest!« Übermütig drehte Edith sich mit ausgebreiteten Armen um die eigene Achse. Wieder und wieder. Ihre dunklen Locken flogen im Wind. Einen Moment lang war Dora voller Neid und Bewunderung, weil Edith so frei war und keine Angst zu kennen schien. Dora wünschte, sie hätte sein können wie sie.

Dann hörte sie ein Geräusch – als würde jemand auf einen riesigen Berg von Glas treten. Ein erschrockenes Gesicht blickte sie vom Eis aus an, und ein lautes, bedrohliches Knirschen ertönte, bevor Dora nur noch voller Entsetzen sah, wie Edith mit einem angsterfüllten Aufschrei einbrach und unter Wasser verschwand.

»Edith!« Doras gellender Schrei hallte über den einsamen Lietzensee.

Eine Hand tauchte aus dem Wasser auf. »Hilfe!« Verzweifelt ruderte Edith mit den Armen, ihr Kopf geriet für einen kurzen Moment erneut unter Wasser, bevor sie nach Luft schnappend wieder auftauchte. Sie versuchte, die Kante des Eises zu fassen, die unter ihrem Gewicht wegbrach und sie ein weiteres Mal untergehen ließ.

Panisch schlug sie im Wasser um sich.

Dora sah sich voller Angst um, nirgends war eine Menschenseele. Hilfe zu holen würde zu lange dauern.

»Warte, ich komme!« Dora entsann sich, dass ihr Bruder nach einem Treffen seiner Pfadfindergruppe einmal erzählt hatte, man könne jemandem, der im Eis eingebrochen war, nur helfen, wenn man sein Körpergewicht verteile, und müsse sich selbst dafür flach auf die Eisfläche legen. Sie brauchte etwas, an dem Edith sich festhalten konnte … Ihr umherirrender Blick blieb an einem langen Ast hängen. Sie griff ihn und war mit schnellen Schritten auf dem See. Dann lag sie auch schon auf dem Eis und robbte sich zu der Einbruchstelle heran, den Ast vor sich. In ihrer Angst spürte sie nicht einmal die Kälte.

Sie sah die Panik in Ediths Gesicht, die immer wieder hustend Wasser schluckte und unterging.

Wie tief mochte der See sein? Ihr Bruder hatte auch gesagt, es sei das Gefährlichste, wenn man unter die Eisfläche geriet. Sie schauderte bei dem Gedanken. »Du musst nach dem Ast greifen!«

Ediths Augen suchten sie, ihre Hand griff nach dem Holz, doch ihre klammen Finger rutschten daran ab.

Eine unbeschreibliche Furcht ergriff Dora. »Versuch es noch mal. Du musst dich ganz doll festhalten. Du schaffst das!«

Endlich bekam Edith den Ast erneut zu fassen, und diesmal gelang es ihr, sich daran zu klammern.

»Ich halte dich fest. Du musst dich weiter hochziehen!«

»Mein Mantel. Er ist so schwer«, stieß Edith hervor, aber es gelang ihr keuchend, ein Stück weiter hochzukommen. Ihre

Schultern kamen aus dem Wasser. Dora musste am anderen Ende ihr ganzes Gewicht dagegenstemmen und geriet trotzdem ins Rutschen. Doch schließlich schaffte Edith es, sich mit dem Oberkörper weiter aus dem Eisloch zu ziehen. Sie stützte sich mit der einen Hand an der Eiskante ab, die erneut gefährlich knackte, aber jetzt hielt, weil sie flach lag. Voller Erleichterung sah Dora, dass Edith ihren Rumpf weiter aufs Eis hieven konnte, während sie selbst sich gleichzeitig bemühte, rückwärts zu robben und den Ast mit sich zu ziehen. Es war schwer, aber die Schneedecke kam ihr glücklicherweise zu Hilfe. Edith rutschte in ihre Richtung. Dora zog weiter, und Edith kroch mit letzter Kraft auf sie zu. Ihre Lippen waren ganz blau. Endlich konnte Dora ihre Hand greifen.

»Kannst du laufen?«, fragte sie, als sie Augenblicke später am Ufer waren. Edith nickte mit klappernden Zähnen. Sie sah furchtbar aus. Dora versuchte, sich ihre Sorge nicht anmerken zu lassen, und half ihr, den Mantel auszuziehen. Dann legte sie ihr den ihren um die Schultern. »Komm. Ich bring dich schnell heim.«

7

»Wie kannst du, ohne mich zu fragen, das Haus verlassen? Noch dazu mit dem Fräulein!« Anna Wilmer, Doras Mutter, war außer sich über das Verhalten ihrer Tochter. Ihre Nerven lagen blank. Es war schwierig genug, zwei Kinder allein großzuziehen, wenn man den ganzen Tag arbeiten musste. Der Junge, Wilhelm, hatte Gott sei Dank gerade eine Lehre begonnen, doch Dora war mit ihren elf Jahren nach der Schule oft sich selbst überlassen. Nun sah man, wo das hinführte!

»Wir wollten doch nur kurz raus …«

»Und was ist dabei rausgekommen? Fräulein Edith ist beinah ertrunken!« Eine schallende Ohrfeige traf Doras Wange. Tränen schossen dem Mädchen in die Augen. Ihr Gesicht brannte.

»Frau Wilmer, nicht!«, ertönte eine sanfte Stimme.

Frau Theußenberg war in der Tür zur Küche aufgetaucht. Die Köchin und die Küchenhilfe, die den Streit aus dem Hintergrund unbeeindruckt verfolgt hatten, hielten unwillkürlich in ihrer Arbeit inne. In ihrem eleganten wadenlangen Kleid, den sorgfältig hochgesteckten Haaren und funkelnden Diamanten an ihren Ohren hätte der Gegensatz zwischen der Hausherrin und dem Personal kaum größer sein können. Doras Augen blieben an den schmalen Händen hängen. Frau Theußenberg war Pianistin und hatte vor der Geburt ihrer Kinder sogar Konzerte gegeben, wie ihr Josef, der Chauffeur, erzählt hatte. Wenn sie oben in der Beletage spielte, lauschten selbst die Dienstboten unten gebannt ihrer Musik.

»Dora trifft keine Schuld, Frau Wilmer!«, sagte Frau Theußenberg jetzt freundlich, aber bestimmt. »Edith hat sie überredet, mit ihr hinauszugehen. Wir sind ihr sehr dankbar! Edith hat uns erzählt, was passiert ist. Ohne deine Hilfe wäre sie nie aus dem Eisloch herausgekommen«, sagte sie und wandte bei diesem letzten Satz ihren Kopf zu dem Mädchen. Sie schenkte ihm ein warmes Lächeln, das Dora den Schmerz der Ohrfeige sofort vergessen ließ. Scheu senkte sie den Kopf.

Ihre Mutter schien dagegen unschlüssig, wie sie auf die Worte ihrer Dienstherrin reagieren sollte. »Verzeihen Sie, Frau Theußenberg, auch wenn Dora ihr geholfen hat, aber es gehört sich einfach nicht. Sie muss lernen, dass es Grenzen zwischen Ihnen und uns gibt.«

Ein ungläubiger Ausdruck huschte über Frau Theußenbergs

Gesicht, bevor sie auflachte. »Aber Frau Wilmer, wir leben im 20. Jahrhundert! Dora ist doch nicht weniger wert als Edith, nur weil Sie bei uns arbeiten! Im Gegenteil. Edith würde sie sehr gerne sehen. Bitte, wenn wir keinen Anstoß an der Freundschaft zwischen den beiden Mädchen nehmen, sollten Sie es doch auch nicht, oder?«

Dora blickte sie ungläubig an. Ihre Wangen glühten. Sie hatte *Freundschaft* gesagt!

Ihre Mutter, die dem Einwand von Frau Theußenberg nichts entgegenzusetzen wusste, nickte widerstrebend.

»Dann haben Sie bestimmt nichts dagegen, wenn ich Dora mit zu ihr hochnehme!«

Frau Wilmer schüttelte den Kopf. »Wenn Sie nichts dagegen haben und Fräulein Edith gerne mit Dora Zeit verbringen möchte, dann bin ich natürlich einverstanden«, sagte sie steif.

Frau Theußenberg lächelte, und kurz darauf folgte Dora ihr die Treppe nach oben und weiter durch die große Eingangshalle mit dem riesigen Kristallleuchter ins obere Stockwerk. Dort befanden sich die persönlichen Räume der Familienmitglieder. Vor der Tür zu Ediths Zimmer drehte sich Frau Theußenberg zu ihr. Sie legte ihr beide Hände auf die Schultern und blickte sie erneut voller Wärme an. »Du bist ein sehr mutiges und besonderes Mädchen, Dora. Ich möchte, dass du weißt, dass ich nie vergessen werde, was du heute getan hast!« Dann öffnete sie die Tür. Edith lag im Bett. Sie hatte die Augen geschlossen und schien zu schlafen. Ihr Gesicht war sehr blass, und sie sah noch immer so mitgenommen aus, dass Dora sofort die Furcht beschlich, sie könnte ernsthaft krank sein.

»Keine Angst, der Arzt war bei ihr. Es geht ihr gut«, sagte Frau Theußenberg leise.

In diesem Augenblick öffnete Edith matt die Augen. Als sie sah, wer in ihr Zimmer gekommen war, glitt ein Lächeln über ihr Gesicht. »Dora!« Sie streckte ihre Hand nach ihr aus, und Dora ging zu ihr.

»Das war ganz schön kalt«, sagte Edith mit einem schiefen Grinsen, als sie sich zu ihr auf die Bettkante setzte.

Dora schüttelte mit leichtem Vorwurf den Kopf. »Mann, habe ich eine Angst gehabt! Du bist bestimmt drei Mal untergegangen. Wenn am Ufer nicht der Ast gelegen hätte …«

Frau Theußenberg schloss mit einem leisen Lächeln die Tür hinter den beiden.

8

Von jenem Tag im Winter an waren sie unzertrennlich. Wann immer es ihnen möglich war, verbrachten sie ihre Zeit zusammen. Dora spürte wohl, dass ihre Mutter nach wie vor Vorbehalte gegen die Freundschaft hegte, doch nachdem Frau Theußenberg bei ihr in der Küche aufgetaucht war, wagte sie nichts mehr zu sagen. Nur ihre zusammengepressten Lippen ließen keinen Zweifel, was sie davon hielt, wenn Dora die Treppe zu Edith hocheilte oder, noch schlimmer, diese zu ihr nach unten kam. Doras Bruder, Wilhelm, der mit seinen fünfzehn Jahren gerade eine Lehre als Schlosser begonnen hatte, hielt mit seiner Meinung weniger hinter dem Berg. »Die wird dich fallen lassen wie eine heiße Kartoffel, sobald sie deiner überdrüssig ist«, sagte er an einem Abend beim Essen zu ihr.

»Das wird sie nicht!«

Wilhelm zuckte die Achseln und schob sich einen Löffel Suppe in den Mund. Im letzten Jahr war seine Stimme plötzlich tief geworden, und er interessierte sich für Mädchen und Politik. Seitdem spielte er sich immer öfter als Familienoberhaupt auf. »Wird sie doch. So eine wie die – die will früher oder später wieder unter ihresgleichen.«

»Sprich nicht so respektlos, Wilhelm!«, fuhr ihn die Mutter an.

»Ist nur die Wahrheit, Mutter!«

Dora schwieg. In solchen Momenten wünschte sie sich, ihr Vater würde noch leben. Er war im Krieg gefallen. Ob ihr Bruder sich auch so viel herausnehmen würde, wenn er noch hier mit ihnen am Tisch säße?

Sie war sicher, dass das, was Wilhelm über Edith sagte, nicht stimmte, aber tief in ihrem Inneren blieb ein Quäntchen Angst, ihr Bruder könnte möglicherweise recht haben. Es erschien ihr wie ein Wunder, dass Edith ihre Freundin geworden war und ihre Zuneigung erwiderte. Nun spielten sie zusammen, erkundeten das Haus und den Garten auf der Suche nach geheimen Schlupfwinkeln oder beobachteten das Leben der Erwachsenen, als wäre es schon immer so gewesen. Versteckt hinter den alten Kastanien, sahen sie zu, wie Ediths älterer Bruder Carl und sein bester Freund Fritz rauchten, oder sie gingen nach unten zu den Dienstboten und lauschten ihrem Tratsch. Manchmal stahlen sie sich auch heimlich am Abend aus ihren Betten und schlichen sich nach oben auf die Galerie. Von dort konnte man alles hören und sehen, vor allem, wenn unten eine der vielen Gesellschaften oder Feste bei den Theußenbergs gegeben wurde. Sie konnten beide nicht genug bekommen von der Musik, dem Lachen und den plaudernden Frauen und Männern, die zu später Stunde ausgelassen und auf neumodische Weise tanzten.

Ediths Leben schien Dora schön und vollkommen. Wenn sie mit ihr durchs Haus lief, staunte sie immer wieder über die eleganten Möbel, die Gemälde an den Wänden, die weichen Teppiche und die schweren Vorhänge mit den üppigen Volants, die überall die Räume zierten. Allein das Bad! Niemals zuvor hatte Dora eine so große Badewanne gesehen, die noch dazu in den Boden eingelassen war, sodass man über Treppenstufen in sie hinabsteigen konnte. Sie selbst bewohnte mit ihrer Mutter und ihrem Bruder im Dienstbotentrakt unter dem Dach zwei schmale Kammern, und sie mussten sich mit der Köchin und Küchenhilfe die Toilette teilen.

Dora begriff jedoch, dass Edith in ihrer Welt oft nicht weniger allein war als sie selbst in der ihren. Sie war ein Nachkömmling, ihr Bruder war fast erwachsen und wenig zu Hause und die Eltern viel mit ihren gesellschaftlichen Verpflichtungen beschäftigt. Im letzten Schuljahr hatte Edith eine schwere Lungenentzündung für mehrere Monate ans Bett gefesselt, und ihre Eltern hatten sie seitdem voller Sorge zu Hause unterrichten lassen. »Ich beneide dich, dass du in die Schule gehen darfst«, sagte Edith zu ihr, die ihren Hauslehrer, einen Engländer namens Mr. Richard, nicht besonders mochte. Ein sehnsuchtsvoller Ausdruck glomm bei diesen Worten in ihren Augen auf, und sie strich widerwillig eine dunkle Locke aus der Stirn. »Bis zum Sommer werde ich noch von ihm Unterricht bekommen!«

»Um Mr. Richard bist du wirklich nicht zu beneiden!«, gab Dora zu. Zumindest in diesem Punkt schien ihr Leben eindeutig vorteilhafter, denn sie ging gerne zur Schule, auch wenn sie dort mit niemandem so eng befreundet war wie jetzt mit Edith. Zum ersten Mal gab es in Doras Leben jemanden, mit dem sie über alles reden konnte. Selbst über die Schwierigkeiten mit ihrer Mutter, die in manchen Momenten so streng war, dass Dora Angst vor ihr hatte, und in anderen wieder so müde und abgearbeitet wirkte, dass sie sich voller Sorge vornahm, immer folgsam zu sein. Sie sprach mit Edith auch über ihren Bruder, der ständig versuchte, ihr Vorschriften zu machen, und neuerdings die politischen Ziele der Kommunisten guthieß.

»Stellst du dir manchmal vor, wie es später ist? Ich meine, was du machen wirst, wenn du erwachsen bist?«, fragte sie Edith an einem Nachmittag. Sie saßen auf den beiden Schaukeln, die hinten im Garten nebeneinanderhingen. Dora nickte. Darüber dachte sie oft nach. »Ich wünsche mir eine Familie und viele Kinder, mindestens vier«, erklärte sie ernst. Dann stieß sie sich ein Stück mit den Füßen ab, nur ein wenig, sodass sie sich sachte durch die Luft bewegte und ihre Zöpfe mitwippten. Dabei sah sie die Zukunft ganz deutlich vor Augen. »Und ich möchte in einem Haus mit Garten wohnen!«

»So wie hier?«

Dora runzelte die Stirn und betrachtete die herrschaftliche Fassade der Stadtvilla, die man schemenhaft zwischen den Bäumen erkennen konnte. Ihr fielen ihre Mutter und die vielen anderen Angestellten ein. »Nein, in einem kleineren Haus – und ich will eine Katze und einen Hund. Und vielleicht Hühner!«

Edith kicherte. »Hühner? Das klingt nach einem Bauernhof.«

Dora schwieg. Als sie klein war, hatten sie am Rande von Berlin gelebt, und ihre Mutter hatte im Hinterhof drei Hühner gehabt. Während des Krieges und in den Jahren danach, als sie oft unter Hunger litten, war ihr nichts köstlicher vorgekommen als diese Eier, die es am Sonntag gab. Sie drehte sich auf der Schaukel zu der Freundin. »Und du? Was willst du später machen?«

Edith legte den Kopf schräg und ließ sich in der Schaukel zurückhängen, bevor sie sich abstieß. »Ich möchte die Welt sehen und ein aufregendes Leben haben. Vielleicht werde ich Sängerin oder Schauspielerin.«

»Und einen Mann?« Doras Blick folgte Edith, die mit Schwung nach oben schaukelte.

Edith lachte und warf den Kopf nach hinten. »Den auch, aber er muss gut aussehen und nett sein!«

Dora dachte an Bilder von der Schauspielerin Asta Nielsen und konnte sich solch ein aufregendes Leben nur zu gut für Edith vorstellen. Doch sie selbst hatte einen anderen Traum. Sie nahm Schwung und ließ sich nach hinten fallen, um noch ein bisschen höher zu schaukeln.

9

Der Sommer kam, und mit dem neuen Schuljahr sollte Edith wieder am Unterricht teilnehmen. Die beiden Mädchen konnten ihr Glück kaum fassen, als beschlossen wurde, dass sie in dieselbe Klasse auf die Oberschule kommen würden. Anna Wilmer war zunächst nicht dafür. Sie fand, dass es die Volksschule für Dora bei Weitem auch getan hätte. »Was soll meine Tochter auf einer höheren Mädchenschule?«, sagte sie streng. »Da gehört sie nicht hin! Sie soll einen ordentlichen Beruf erlernen und dann hoffentlich heiraten. Und das Schulgeld können wir uns auch nicht leisten.«

Doch die Theußenbergs, die von Doras guten schulischen Leistungen wussten, erklärten sich bereit, die Kosten zu übernehmen, und intervenierten. Erst sanft, dann mit Druck, bis Anna Wilmer schließlich nachgab.

»Bist du sicher, dass du das willst?«, fragte sie ihre Tochter, die eifrig nickte. Mit einem Seufzen strich Anna Wilmer ihr übers Haar.

In den ersten Wochen hatte Dora allerdings das Gefühl,

dass sie besser daran getan hätte, dem Wunsch ihrer Mutter Folge zu leisten. Sie fühlte sich unwohl auf der neuen Schule, denn die meisten Mädchen kamen aus besseren Verhältnissen und ließen sie ihre Herkunft deutlich spüren. Eines Tages hatte Dora in der Pause ihre Jacke im Klassenzimmer vergessen. Als sie zurückkehrte, bekam sie mit, wie sich eine ihrer Mitschülerinnen, Lisa Meyenburg, die aus einer reichen Industriellen-Familie kam, zu Edith wandte. »Findest du es nicht komisch, mit der Tochter eures Hausmädchens befreundet zu sein und mit ihr in die gleiche Klasse zu gehen?«, fragte Lisa mit einer Geringschätzung, die Dora bis ins Mark traf. Erstarrt blieb sie hinter den beiden stehen.

»Nein, überhaupt nicht. Ich finde es nur *komisch,* dass du so etwas Ungehöriges fragst!«, erwiderte Edith kalt und drehte Lisa dann voller Verachtung den Rücken zu.

»Das musst du nicht!«, sagte Dora leise zu ihr.

»Ich weiß, aber sie ist einfach so eine furchtbar dumme Person«, erwiderte Edith laut genug, dass es auch die anderen Mädchen hören konnten, und hakte sie demonstrativ unter. Von diesem Tag an war ihre Herkunft nie wieder ein Thema. Dora war sicher, dass es für die anderen Mädchen durchaus weiter einen Unterschied ausmachte, aber aus einem Grund, den sie nie richtig verstand, wagte niemand, sich mit Edith anzulegen. Diese ignorierte es mit der ihr eigenen Entschlossenheit, wenn jemand doch versuchte, Dora zu übergehen. Wurde sie eingeladen, brachte sie die Freundin wie selbstverständlich mit, kam umgekehrt Besuch in das Haus der Theußenbergs, war Dora stets dabei. So gewöhnte man sich an sie, und irgendwann gehörte sie schließlich, ohne dass es jemand laut gesagt hätte, dazu.

Die Welt um sie herum tat indessen ihr Übriges, den Hochmut aller zu dämpfen. Deutschland ging es schlecht. Die

Folgen des Krieges waren auch fünf Jahre nach Friedensschluss noch immer überall zu spüren.

Die Erwachsenen sprachen von *Schulden* und *Staatsbankrott* und immer wieder von dem verhassten *Versailler Vertrag,* dessen Zahlungen an die Siegermächte kaum noch aufzubringen waren.

An einem kühlen Januartag des neuen Jahres stürmte Wilhelm mit hochrotem Kopf in die Küche. »Diese verdammten Franzosen! Wie ich sie hasse. Dieses raffgierige Pack ist ins Ruhrgebiet einmarschiert!«, stieß er voller Wut hervor und knallte die Zeitung auf den Tisch.

»Nein, das haben sie nicht gewagt!«, entfuhr es Josef, dem Chauffeur. Er ließ seinen Kaffee stehen und griff nach der Zeitung.

»Doch! Weil wir angeblich mit den Reparationslieferungen in Rückstand gekommen sind. Die haben doch nur nach einem Vorwand gesucht.« Hass loderte in seinen Augen auf, und er wirkte, als wollte er gleich selbst zur Waffe greifen.

Dora, die in der Ecke an ihren Hausarbeiten saß, blickte ihn überrascht an. Wenn ihr Bruder so aufgebracht war, machte er ihr Angst. Sie verstand seine Leidenschaft für die Politik nicht und erst recht nicht seine ständig wechselnden Ansichten, die damit einhergingen. In letzter Zeit war seine Sympathie für die Kommunisten wieder abgekühlt, weil sie nicht stark genug für die nationale Sache eintraten.

»Eine Schande ist es, dass wir uns das bieten lassen müssen«, sagte er aufgebracht.

»Nun ist es aber gut, Wilhelm«, schritt Anna Wilmer ein.

Doch in den nächsten Tagen wurde von nichts anderem mehr gesprochen – auf der Straße, in der Schule und auch zu Hause.

Die Regierung rief zum Streik gegen die französischen

Besatzer im Ruhrgebiet auf und unterstützte die dortigen Arbeiter und die Bevölkerung mit Geld, das man eigens für sie drucken ließ. Die Auswirkungen waren bald im ganzen Land zu spüren, denn die Reichsmark verlor so schnell an Wert, dass man zusehen konnte. Anfangs lachten sie in der Schule noch alle, als ein Ei im Juni auf einmal 800 Mark kostete, doch dann, nicht einmal sechs Monate später, lag der Preis bei 320 Milliarden. Eine unvorstellbar hohe Summe, wie ihnen im Mathematikunterricht bewusst wurde, als sie die vielen Nullen aufschreiben sollten. Man konnte nun nicht mehr mit einzelnen Scheinen zahlen, sondern brauchte Bündel voller Geld. Schließlich gingen die Menschen mit Schubkarren voller Scheine zum Einkaufen. Betreten erlebte Dora mit, wie ihre Mutter tagelang weinte, weil all ihr mühsam Erspartes mit einem Mal wertlos geworden war. Und dabei ging es ihnen noch gut, denn die Theußenbergs zahlten ihr ihren Lohn nun in Naturalien aus – in Brot, Butter, Speck und Käse –, aber viele andere Menschen wussten nicht mehr, wovon sie leben sollten, und hungerten. Ediths Vater hingegen profitierte mit seiner Fabrik von der Krise, da er Papier an die Regierung und die Reichsbank lieferte und die Nachfrage danach angesichts des steigenden Bedarfs an neuen Banknoten ständig stieg. Er musste zusätzliche Leute einstellen, um die Maschinen in einer zweiten Schicht auch bei Nacht arbeiten lassen zu können. Doch die Stimmung war auch bei den Theußenbergs gedrückt. Niemand konnte sich vor dem Elend der anderen verschließen. Die Welt war aus den Fugen geraten.

»Egal, was geschieht, lass uns immer Freundinnen bleiben, ja?«, brach es an einem Nachmittag mit unerwarteter Heftigkeit aus Edith hervor. Dora und sie waren zusammen auf dem Dachboden. Es war ihr geheimer Platz, an den sie sich gerne zurückzogen. Sie liebten es, hier herumzustöbern, sich zu verkleiden und zu zweit den Spielen ihrer Fantasie zu überlassen.

Dora, die mit angezogenen Beinen auf einer Truhe saß und in einem alten Nähkorb herumkramte, in dem sich noch einige benutzte Garnrollen und ein Nadelkissen befanden, blickte erstaunt auf. »Aber natürlich!«, sagte sie.

»Dann lass uns einander Treue schwören!«

Dora lachte ungläubig, denn dafür brauchte sie keinen Schwur. Seit jenem Wintertag, als sie zusammen zum Lietzensee gelaufen waren, war ihre Freundschaft so eng, wie sie nur sein konnte. Nichts hätte sie jemals von Edith weggebracht. Als sie jetzt die Miene der Freundin wahrnahm, erstarb ihr Lachen jedoch. Mit einem Mal wurde sie selbst ernst. Sie nickte stumm.

Ehe sie sichs versah, hatte Edith eine Nadel aus dem kleinen Kissen im Nähkorb gezogen und stach sich mit feierlicher Miene in den Finger. Ein Blutstropfen quoll aus der hellen Haut hervor. Sie reichte Dora die Nadel, die es ihr nachtat. Die beiden Mädchen blickten sich an und pressten dabei die Finger gegeneinander – und besiegelten so ihren Schwur.

CARLA

10

London, 1975

Carla stand mit einem Glas Weißwein in der Hand zwischen den Gästen und bemühte sich um ein Lächeln. Es war voll, überall drängten sich elegant gekleidete Menschen, die tranken, rauchten und sich angeregt unterhielten. Sie befand sich mit ihrem Mann auf einer Party des Unternehmers Phil Harrison, die alljährlich ein gesellschaftliches Ereignis darstellte – Leute aus Wirtschaft und Politik waren genauso gekommen wie Künstler und Journalisten.

Tom hatte den Arm um sie gelegt, und Carla fragte sich, woher er nur die Fähigkeit nahm, derart überzeugend Interesse zu heucheln, während ihr Gastgeber, ein rotgesichtiger Mann in den Fünfzigern, ihnen in einem nicht enden wollenden Monolog von sich und seinem erfolgreichen Firmenimperium erzählte. Carla hatte selten einen derart unsympathischen Menschen erlebt, und seine durchdringende laute Stimme trug leider auch nicht dazu bei, diesen Eindruck zu ändern. Sie bereute aufrichtig, dass sie sich hatte überreden lassen, Tom zu dieser Party zu begleiten. Doch da er ihr gesagt hatte, wie wichtig dieser Abend für seine Kanzlei war, die beabsichtigte, Harrison als Klienten zu gewinnen, hatte sie ihm den Wunsch nicht abschlagen können.

»Nun, ein anderer Mann hätte vielleicht aufgegeben, nachdem man ihm die Genehmigung nicht gegeben hatte! Aber wissen Sie, was ich stattdessen getan habe?«, fragte Phil Harrison mit dröhnender Stimme und schaute dabei herausfordernd in die Runde, zu der sich inzwischen auch Toms Kanzleipartner Stanford und noch zwei weitere Männer gesellt hatten.

Carla verspürte wenig Lust, die sicherlich ausufernde Antwort abzuwarten. Sie löste sich aus Toms Arm, stellte ihr Glas ab und warf ein gespieltes Lächeln in die Runde. »Wenn die Herren mich kurz entschuldigen würden?«

Eilig floh sie und machte sich auf die Suche nach dem Bad. Die Stadtvilla von Harrison, die ein Stararchitekt entworfen hatte, schien aus unzähligen modern eingerichteten Räumen auf mehreren Ebenen zu bestehen, in denen sich überall die Gäste drängten. Schließlich fand Carla das Badezimmer in einem angrenzenden Flur.

Mit Erleichterung nahm sie die plötzliche Stille um sich herum wahr und schloss hinter sich ab. Ihre Schläfen pochten. Es fiel ihr nicht leicht, hier zu sein. Tom liebte solche Veranstaltungen. Sie gaben ihm Gelegenheit, gesellschaftliche Verbindungen zu vertiefen und neue Klienten zu gewinnen. Es war für ihn wie ein Spiel, eine Art Jagd, hatte er ihr einmal erklärt. Am Anfang ihrer Beziehung hatten Carla solche Abende durchaus auch amüsiert, doch inzwischen konnte sie ihnen nicht mehr viel abgewinnen. Es kam ihr alles verlogen vor.

Sie ließ den Wasserhahn laufen und hielt eines der kleinen zusammengefalteten Handtücher darunter, die man an der Seite für die Gäste platziert hatte, um sich damit die Schläfen zu kühlen.

Einen Moment lang starrte sie sich in dem großen Spiegel an. Es war fast eine Woche her, dass sie David Grant gesehen hatte, aber das Gespräch mit dem Journalisten ging ihr nicht aus dem Kopf. Immer wieder musste sie daran denken, was Grant erzählt hatte, dass sie, nachdem sie ihre Mutter nach Edith gefragt hatte, angeblich selbst angefangen hatte, Nachforschungen anzustellen. Stimmte das? Es würde immerhin erklären, weshalb sie im Juni und Juli so kurz hintereinander nach Boscastle gefahren war. Carla hatte nach dem Treffen mit Grant ihren Vater angerufen und ihn noch einmal gefragt, ob er wisse, warum sie in dieser Zeit zweimal zu ihm gekommen sei. Aber er war ihr ausgewichen. Es habe keinen besonderen Grund gegeben. Wie sie darauf komme? Etwas an der Art, wie er das gesagt und dann eilig das Thema gewechselt hatte, war seltsam gewesen. Carla hatte sich unweigerlich daran erinnert gefühlt, wie auch Tom immer ihren Fragen auswich. Nachdenklich griff sie nach ihrer Handtasche und verließ das Bad.

Da sie wenig Lust verspürte, zurück zu Tom und Harrison zu gehen, schlenderte sie in die entgegengesetzte Richtung. Sie betrachtete die Bilder – es war überwiegend moderne Kunst –, die an den Wänden hingen. Carla musste zugeben, dass es eine beeindruckende Auswahl war. Sie entsann sich dunkel, einmal gelesen zu haben, dass der Unternehmer vor zwei Jahren für eine enorme Summe bei Sotheby's ein Gemälde ersteigert hatte. Allerdings hielt sie es, nachdem sie Harrison kennengelernt hatte, für fraglich, ob für jemanden wie ihn Kunst mehr als nur eine Geldanlage war. Sie nahm von einem der vorbeilaufenden Kellner in Livree ein Glas Wein entgegen und betrachtete das Bild vor sich. Ein echter Mondrian, stellte sie fest.

»Carla?«

Eine blonde Frau in einem langen Kleid war neben ihr stehen geblieben. Carla blickte sie überrascht an, denn sie kannte sie gut. Es war Susan Winston, eine Kollegin von *Art & Living*.

»Wie geht es dir? Wir haben uns alle solche Sorgen um dich gemacht«, sagte Susan.

»Danke, gut. Körperlich bin ich wieder ganz in Ordnung, aber mit meinen Erinnerungen hapert es leider noch etwas«, erwiderte Carla mit einem Lächeln.

Susan nickte. »Das hat Tom erzählt. Ich habe ein paarmal angerufen, als du im Krankenhaus warst, aber er meinte, die Ärzte hätten gesagt, du solltest nicht zu viel Besuch bekommen und bräuchtest vor allem Ruhe. Er wirkte sehr besorgt. Ich freue mich, dass zwischen euch wieder alles so gut läuft.«

Carla schaute sie verblüfft an und wusste im ersten Moment nicht, was sie sagen sollte. Tom hatte ihr nie von Susans Anrufen erzählt. Sie hatte sich immer gewundert, dass sie niemand aus der Redaktion im Krankenhaus besucht hatte. Und was meinte sie damit, dass zwischen ihnen *wieder* alles so gut lief? »Es tut mir leid, ich hätte mich auch schon längst bei euch melden sollen, aber ich bin ziemlich durcheinander gewesen«, wich sie aus. »Ehrlich gesagt, fehlt mir die Arbeit, aber die Ärzte sind der Meinung, ich soll noch etwas warten, bis ich wieder richtig anfange.«

»Natürlich. Überstürze nur nichts«, sagte Susan mit warmer Stimme. »Warum besuchst du uns nicht einfach mal so in der Redaktion?«

Carla versprach, in den nächsten Tagen vorbeizukommen, und sah Susan nach, wie sie im Gedränge der Leute verschwand. Ihr Blick streifte über die Gäste.

Das Stimmengewirr war im Laufe des Abends unmerklich lauter geworden. In diesem Moment nahm sie wahr, dass jemand von der anderen Seite des Raumes zu ihr schaute. Überrascht wandte sie den Kopf herum. Es war David Grant –

er stand mit zwei anderen Männern und einer Frau zusammen und nickte ihr mit einem Lächeln zu. Einen Augenblick lang wirkte es, als wollte er sich von seinen Gesprächspartnern abwenden und zu ihr herüberkommen. Dann jedoch hielt er abrupt in seiner Bewegung inne.

Sie fragte sich gerade, warum, als sich eine Hand auf ihre Schulter legte und Tom neben ihr auftauchte. »Da bist du ja! Ich habe dich schon überall gesucht.«

Sie stellte ihr Glas ab und hoffte, dass er den Blickkontakt zwischen ihr und dem Journalisten nicht bemerkt hatte. Sie hatte Tom nichts von ihrem Treffen mit Grant erzählt.

»Ich habe Susan aus der Redaktion getroffen!«, erzählte sie.

»Ach ja?«

Carla nickte und wandte sich mit Tom zum Gehen. Sie war sicher, David Grants Augen in ihrem Rücken zu spüren, bis sie aus seinem Blickfeld verschwunden war.

11

In der Nacht hatte sie wirre Träume. Sie saß tränenüberströmt in einem Auto und wollte den Motor starten, doch es gelang ihr nicht. David Grant stand vor dem Wagen und sagte etwas, das sie durch die Scheibe nicht verstehen konnte. Jäh löste sich seine Gestalt auf, und auf einmal sah sie in Toms Gesicht. *So geht das nicht, Carla,* sagte er. Dann war sie plötzlich in ihrem Haus in London. Sie war eingeschlossen in einem Zimmer und wollte raus. Verzweifelt hämmerte sie gegen die Tür, doch niemand öffnete ihr. *Hier kommen wir nie heraus,* sagte eine Stimme neben ihr, und als sie sich umdrehte, saß ihre Schwester Anastasia im Schneidersitz neben ihr auf dem Boden und lächelte sie an. Schweißgebadet fuhr Carla aus dem Schlaf hoch. Ihr Herz raste, und sie brauchte einen Moment, bis sie wieder wusste, wo sie war.

Draußen regnete es. Sie konnte hören, wie die Tropfen laut gegen die Scheiben trommelten. Oktober in London – Nebel oder Regen, eines von beiden hatte man immer. Ein Blick auf den Wecker verriet ihr, dass es noch nicht einmal sechs Uhr war. Sie stand dennoch auf, da an Schlaf nicht mehr zu denken war. Die Bilder ihres Traums hatten sie beunruhigt. Das Gefühl, geweint zu haben, war so echt, als hätte sie es tatsächlich getan. Nicht zum ersten Mal fragte sie sich nach dem Aufwachen, ob das, was sie geträumt hatte, wirklich nur ihrer Fantasie entsprang oder ob sich darunter vielleicht doch Fragmente ihrer Erinnerungen befanden. Dr. Norton hatte ihr in einer ihrer ersten Sitzungen einmal erklärt, dass manche Patienten in ihrer Verzweiflung dazu neigten, ihre Gedächtnislücken selbst zu füllen. *Konfabulationen* nannten die Psychologen solche Erfindungen, die die Erinnerungen ersetzten. War das bei ihr jetzt auch schon der Fall? Carla griff nach ihrem Morgenmantel und knipste das Licht an.

Leise ging sie nach unten in die Küche, goss sich ein Glas Wasser ein und ging damit in ihr Arbeitszimmer zurück. Dort holte sie erneut das Kalenderblatt hervor. Obwohl sie nicht sehr viel mehr eingetragen hatte, kamen ihr die weißen Felder der Tage und Wochen weniger entmutigend vor. Sie war inzwischen sicher, dass ihre beiden Reisen nach Boscastle ein Schlüssel zu den anderen Tagen und Wochen darstellten.

Carla trank einen Schluck Wasser und ließ den Kalender liegen, um duschen zu gehen. Als sie zurückkam, stand Tom an ihrem Schreibtisch. Er war noch im Morgenmantel und betrachtete mit undurchdringlicher Miene das Kalenderblatt. Eine leichte Anspannung ergriff sie. »Guten Morgen!«, sagte sie.

Er nickte, ohne den Blick vom Schreibtisch abzuwenden. »Was ist das?«

»Du meinst den Kalender?« Sie strich sich durch ihr Haar, das noch etwas feucht war. »Ich versuche, für mich zu rekonstruieren, was geschehen ist!«

Er drehte sich abrupt zu ihr. »Wozu? Darüber haben wir doch schon zigmal gesprochen.«

Er wirkte ungehalten, und sie konnte sehen, wie er die Lippen zusammenpresste. Weshalb hatte sie das Kalenderblatt bloß auf ihrem Schreibtisch liegen gelassen! »Ich glaube, dass es mir helfen könnte, wieder zu meinen Erinnerungen zurückzufinden«, bemühte sie sich zu erklären.

»Unsinn!«, fuhr er sie an.

»Dr. Norton hat mir dazu geraten!«, log sie. »Ich verstehe überhaupt nicht, was du so schlimm daran findest«, fügte sie hinzu.

Er schwieg. »Verzeih«, sagte er dann jedoch. »Ich denke nur, dass du nach vorne schauen solltest! Du kommst mir manchmal wie besessen vor mit dieser vergessenen Zeit!«

»Du magst recht haben«, erwiderte sie und seufzte. »Ich habe überlegt, ein paar Tage nach Cornwall zu fahren«, sagte sie schließlich. »Ich glaube, es würde mir guttun, und ich habe meine Mutter so lange nicht gesehen!«

Er musterte sie und zog sie in seine Arme. »Vielleicht wird es dir wirklich guttun.« Er küsste sie. Es fühlte sich vertraut an, und einen Moment lang wünschte sie, es könnte alles wieder so sein wie früher, und sie gab sich Mühe, seinen Kuss zu erwidern. Aber etwas fehlte. Sie erinnerte sich an die Leidenschaft und das tiefe Gefühl, das es früher zwischen ihnen gegeben hatte, und fragte sich, weshalb sich ihre Beziehung so verändert hatte. Unwillkürlich stieg vor ihren Augen die Erinnerung auf, wie sie Tom vor sechs Jahren kennengelernt hatte. Sie hatte noch studiert. Auf der Party einer Freundin hatte er sie angesprochen, ein junger Anwalt, der einige Jahre älter war als die männlichen Studienkollegen, mit denen sie sonst zu tun hatte. Tom hatte sie beeindruckt – er sah gut aus, hatte in Oxford Jura studiert und arbeitete bereits einige Jahre erfolgreich in einer Kanzlei. Aber es war vor allem seine lebensbejahende und optimistische Art, die sie angezogen hatte. Sie konnte mit ihm lachen und auf eine Weise unbeschwert sein, die neu für sie war. Mit Tom hatte sie in dieser Zeit zum ersten Mal das Gefühl, die Schatten ihrer Kindheit und Jugend wirklich hinter sich lassen zu können. Sie fragte sich, wann sie jetzt in den zurückliegenden Monaten das letzte Mal mit ihm gelacht hatte. Damals schien ihr das Leben perfekt. Sie war glücklich gewesen. Warum war nun nur alles so anders geworden?

12

David Grants Schreibtisch, den er noch von seinem Großvater geerbt hatte, war überhäuft mit Notizen und Unterlagen, und um ihn herum stapelten sich Zeitungen und Bücher, die schon lange nicht mehr in die bis unter die Decke gefüllten Regale passten. Er war froh, dass sich sein Büro in seiner Wohnung befand, denn er arbeitete gerne allein. Schon immer war er ein Einzelgänger – als Mensch wie als Journalist. Seit einigen Jahren befand er sich in der privilegierten Situation, dass er sich die Themen seiner Artikel selbst aussuchen konnte. Er bot sie verschiedenen Zeitungen an, mit denen sich über die Jahre eine enge Zusammenarbeit entwickelt hatte. Im Gegensatz zu den meisten seiner Kollegen war er dabei nicht auf ein bestimmtes Ressort festgelegt. In dem eingespannten Bogen seiner Schreibmaschine befand sich heute eine angefangene Reportage über die neue Parteivorsitzende der Tories, Margaret Thatcher, eine Frau, die man nicht unterschätzen sollte, aber seine Konzentration ließ leider zu wünschen übrig. Immer wieder schweiften seine Gedanken ab, und er musste an Carla Whiteman denken. Er war überrascht gewesen, sie gestern auf dem Fest bei Harrison zu sehen. Das Bild, wie sie dort mit nachdenklichem Ausdruck in ihrem dunklen Kleid mit dem tiefen Rückenausschnitt zwischen den anderen Gästen gestanden hatte, wollte nicht aus seinem Kopf verschwinden. Von ihrer ersten Begegnung an hatte sie etwas in ihm berührt, das er nicht erklären konnte. Vielleicht war es diese ungewöhnliche Mischung aus Verletzlichkeit und Entschlossenheit, die sie ausstrahlte.

Seit jenem denkwürdigen Tag, als sie ihn im Krankenhaus nicht erkannt hatte, war er ihr nicht mehr begegnet und hatte auch keinen Kontakt zu ihr gehabt. Als vor zehn Tagen nun ihr unerwarteter Anruf gekommen war, hatte er lange überlegt, wie er reagieren sollte. Er war schließlich vorsichtig gewesen und hatte ihr bei dem Treffen nicht alles erzählt. Es war eine merkwürdige Situation gewesen, von ihr mit dieser distanzierten Höflichkeit wieder wie ein Fremder behandelt zu werden.

Davids Finger spielten nachdenklich mit einem Stift, der neben seiner Schreibmaschine lag. Es war ihm nicht leichtgefallen, sich zurückzuhalten, denn er musste sich eingestehen, dass Carla Whiteman einen wichtigen Schlüssel zu seinen Nachforschungen darstellte. Doch er hatte kein Recht, in der jetzigen Situation auf diese Weise in ihr Leben einzugreifen.

Sein Blick wandte sich unwillkürlich nach links zu der Pinnwand neben seinem Schreibtisch, die übersät war mit Notizen und Zeitungsartikeln zu der Suche nach Edith von Stettenheim. Seine Augen wanderten nach oben, zu dem alten verblichenen Schwarz-Weiß-Foto, auf dem ein unscharfes junges Frauengesicht mit kinnlangen dunklen Haaren zu erkennen war. Sie war vielleicht Ende zwanzig, hatte den Kopf schräg gelegt und lächelte. Ein amüsiert spöttischer Ausdruck schien sich auf ihrem Gesicht zu spiegeln. Das Papier des Bildes wies einen kleinen Riss und mehrere Knicke auf. Jules Cohn hatte es ihm im letzten Februar gegeben, da war er anlässlich eines Konzerts in London gewesen. Er würde den Augenblick, als der alte Freund seine Brieftasche hervorzog und ihm das Foto gab, wohl nie vergessen. Der schmerzerfüllte und gleichzeitig so unerwartet weiche Ausdruck, mit dem er die Frau kurz betrachtete, enthüllte mehr, als es jedes Wort vermocht hätte.

Es war kein Zufall, dass Jules ausgerechnet ihn um Hilfe gebeten hatte. Davids verstorbener Vater und er waren eng befreundet gewesen. Außerdem war David in den letzten Jahren als Journalist viel nach Berlin gereist. Die deutsche Politik hatte schon immer in seinem Fokus gestanden, und er besaß eine gewisse Erfahrung im Aufspüren von Menschen, denn er hatte eine Reihe von Artikeln über Naziverbrecher geschrieben, die nach dem Krieg untergetaucht waren. Davids Interesse dafür kam nicht von ungefähr. Sein Vater, ein englischer Soldat, war Ende 1943 in deutsche Kriegsgefangenschaft geraten und wegen eines angeblichen Vergehens bei der Zwangsarbeit ins KZ überstellt worden. Dort war sein Vater dem jüdischen Jules Cohn begegnet, der schon damals ein begnadeter

Violinist gewesen war und nur überlebt hatte, weil einer der SS-Führer im Lager eine Schwäche für klassische Musik hatte. Es überstieg Davids Vorstellungsvermögen, wie man sich fühlen musste, wenn man gezwungen war, seinen Feind unter diesen Bedingungen regelmäßig bei Laune zu halten, und das eigene Leben davon abhing. Seltsamerweise war Jules kein verbitterter Mensch geworden. Im Gegensatz zu Davids Vater, der, als er aus Deutschland zurückkehrte, ein gebrochener Mann war. Körperlich hatte er sich nie wieder richtig erholt und war 1950 an einem Herzinfarkt gestorben. Nach seinem Tod war Jules immer für ihn und seine Mutter da gewesen und hatte sie nicht nur menschlich, sondern auch finanziell unterstützt. Es war für David daher eine Selbstverständlichkeit, ihm jetzt zu helfen. Er schuldete es diesem Mann, der für ihn fast wie ein zweiter Vater war, herauszufinden, was aus Edith von Stettenheim geworden war.

Grübelnd betrachtete er noch einmal das Foto. Ohne dass er es wollte, merkte er dabei, dass sich das Bild einer anderen Frau erneut in seine Gedanken schlich.

Er griff nach dem Telefonhörer. Das Freizeichen ertönte einige Male, bis sich am anderen Ende eine Stimme meldete. »Wie geht es dir, Jules? Wie war dein Konzert? … Das freut mich. Ich rufe aus einem bestimmten Grund an. Carla Whiteman hat sich wieder bei mir gemeldet! Ich dachte, das solltest du wissen!«

13

Nachdem Tom zur Arbeit gegangen war, hatte sie erst ihren Vater und dann Rachel angerufen. Carla erzählte ihr von ihrem Treffen mit Grant und dass sie beabsichtigte, ein paar Tage nach Hause zu fahren.

»Wenn ich meine Moderation tauschen kann, komme ich vielleicht auch zum Wochenende hoch! Wie hieß dieser Journalist, sagst du? David Grant? Der Name sagt mir irgendetwas«, meinte Rachel nachdenklich.

Als Carla wenig später den Hörer auflegte, beschloss sie, den Rest des Vormittags zu nutzen und, wie sie es Susan versprochen hatte, in der Redaktion vorbeizuschauen. Sie fragte sich erneut, warum Tom ihr nie gesagt hatte, dass die Redakteurin im Krankenhaus angerufen hatte. So vieles war merkwürdig am Verhalten ihres Mannes. Auch ihren Kontakt mit Grant hatte er nie erwähnt. Dabei war Carla sicher, dass sie ihrem Mann von der ungewöhnlichen Geschichte des Journalisten und seiner Bitte, mit ihrer Mutter zu sprechen, erzählt haben musste. Außerdem war Tom David Grant im Krankenhaus begegnet. Sie erinnerte sich, wie er den Journalisten aus ihrem Krankenzimmer geführt hatte, weil sie nicht mehr gewusst hatte, wer er war. Ein grübelnder Ausdruck zeigte sich auf ihrem Gesicht.

Draußen regnete es noch immer, und sie nahm ein Taxi.

Die Redaktion von *Art & Living* befand sich nicht weit vom Piccadilly Circus entfernt. Ihr Blick glitt an den großen Werbeanzeigen an der Conventry Street entlang, und sie ließ sich vom Fahrer an der Ecke absetzen.

Ihre Kollegen begrüßten sie freudig. »Solange du uns noch alle erkennst, kann es ja nicht so schlimm mit deiner Amnesie sein«, sagte ihr Kollege Scott, der immer gern zu einem Scherz aufgelegt war. Carla musste lächeln. Es war seltsam, krankgeschrieben zu sein, obwohl es ihr körperlich gut ging. Sie war froh, dass sie nur als freie Redakteurin für das Magazin arbeitete, so war ihr Ausfall nicht allzu schlimm. Vor zwei Jahren hatte man ihr eine feste Stelle angeboten, doch sie hatte abgelehnt und darum gebeten, weiter frei arbeiten zu können, weil sie auf diese Weise ihre Zeit auch später, wenn sie eine Familie haben würde, flexibel gestalten konnte.

Mr. Morrow, der Redaktionsleiter, ein schwarzhaariger Mann mit Schnauzer und goldumrandeter Brille, kam, angelockt von dem Lärm, ebenfalls in den Flur und begrüßte sie mit einem Lächeln. Er bat sie in sein Büro. »Ich freue mich, dass es Ihnen besser geht.«

»Danke! Ich vermisse die Arbeit«, sagte sie ehrlich.

»Und wir vermissen *Sie,* aber lassen Sie es ruhig angehen. Sie wissen ja, wie sehr wir Ihre Artikel schätzen. Niemand wird Ihnen Ihren Platz streitig machen! Es trifft sich, dass Sie heute hier sind. Das hätte ich Ihnen nämlich sonst geschickt …« Er griff hinter sich in eine Ablage nach einem großen dicken Umschlag und reichte ihn ihr. »Hier sind noch einige Postsachen, die in den letzten Wochen in der Redaktion für Sie eingetroffen sind. Ich denke, die wollen Sie bestimmt haben.«

»Danke.« Carla nickte. Sie konnte fühlen, dass etliche Briefe in dem Umschlag waren. Das meiste würden vermutlich Leserzuschriften und Werbung sein.

Bevor sie die Redaktion verließ, ging sie noch einmal bei Susan vorbei, die gerade in der Arbeit für einen Artikel steckte. »Ich wollte dich nicht stören und nur kurz Hallo sagen …«, sagte Carla und blieb auf der Schwelle stehen.

Susan stand auf und umarmte sie. »Ich muss leider den Artikel bis 16:00 Uhr fertig haben«, entschuldigte sie sich und schob ihre Brille hoch. Einige Haarsträhnen hatten sich aus ihrer Frisur gelöst, und auf ihren Wangen zeigten sich zwei nervöse rote Flecken.

Carla grinste. Sie kannte die hektische Atmosphäre so kurz vor Redaktionsschluss nur zu gut. »Kein Problem. Wir telefonieren einfach«, sagte sie und wandte sich zur Tür. Doch dann blieb sie noch einmal stehen. »Kann ich dir noch kurz eine Frage stellen?«

Susan, die ihre Brille wieder hinuntergeschoben hatte und sich hinter ihre Schreibmaschine setzen wollte, nickte. »Natürlich!«

»Was meintest du damit, als du auf dem Fest bei Harrison gesagt hast, du freust dich, dass zwischen Tom und mir wieder *alles so gut läuft?*«

»Ach, das wollte ich gar nicht so sagen. Du hast mir im Sommer nur mal erzählt, dass es zwischen Tom und dir Schwierigkeiten gab.«

Carla blickte sie erstaunt an. »Habe ich gesagt, was für Schwierigkeiten das waren?«

Susan wurde plötzlich etwas verlegen und schien erst jetzt zu realisieren, dass sie sich daran ja nicht mehr erinnern konnte. »Ihr hattet wohl eine kleine Krise …«

»Und seit wann?«

»Ich glaube, es hat einige Zeit nach deiner Fehlgeburt begonnen. Carla, es lag wirklich nicht in meiner Absicht, dich überhaupt daran zu erinnern. Als ich mit Tom telefoniert habe, habe ich gemerkt, wie unglaublich besorgt er um dich war und wie viel du ihm bedeutest!«, beteuerte sie.

Carla nickte. »Danke, dass du es mir trotzdem erzählt hast. Ich hatte so eine Ahnung, weißt du. Ich will dich nicht weiter vom Arbeiten abhalten.« Sie verabschiedete sich eilig und war froh, als sie die Redaktion verlassen konnte. Draußen hatte der Regen etwas nachgelassen. Also hatte sie ihr Gefühl, dass etwas nicht in Ordnung war, auch in dieser Hinsicht nicht getäuscht. Sie war wie betäubt. Tom und sie hatten eine Krise durchlebt! Fühlte sie deshalb diese große Entfremdung? Warum hatte er nie etwas davon erwähnt, sondern immer so getan, als wäre in der Zeit vor dem Unfall nichts Besonderes geschehen? Plötzlich verspürte sie Wut auf ihn. Er hatte schon immer eine Neigung gehabt, die Dinge so zu handhaben, wie er es für richtig hielt.

Aufgewühlt entschied sie sich, ein Stück zu Fuß zu laufen und am Bahnhof vorbeizugehen, um ihre Fahrkarte nach Cornwall zu kaufen. Anschließend setzte sie sich in ein Café. Sie bestellte bei dem Kellner einen Mocca und versuchte, ruhig nachzudenken. Susan hatte gesagt, dass die Krise zwischen ihr und Tom im Sommer, einige Zeit nach ihrer Fehlgeburt, begonnen hatte. Der Verlust des Kindes war ihr sehr nahegegangen. Möglicherweise hatte Tom ihr nur nichts erzählt, weil er keine alten Wunden aufreißen wollte? Carla unterdrückte ein Seufzen. Warum hatte sie nur das Gefühl, sich mit ihren Emotionen ständig im Kreis zu drehen? Sie überlegte, sich eine der Tageszeitungen, die vorne auslagen, zu holen, um sich auf andere Gedanken zu bringen. Doch dann fiel ihr der Umschlag ein, den ihr Morrow gegeben hatte. Sie zog ihn aus ihrer Tasche hervor und nahm die Briefe heraus. Wie sie vermutet hatte, war das meiste Werbe- und Informationsmaterial. Einige Leserzuschriften waren auch dabei und außerdem ein Brief vom Reisebüro. Sie öffnete ihn. Es war eine Rechnung. Unten auf dem Blatt befand sich der aufgestempelte Vermerk »*Bereits bezahlt*«. Verblüfft las sie das Anschreiben, das der Rechnung beilag.

Sehr geehrte Mrs. Whiteman,
beiliegend senden wir Ihnen die Rechnung zu Ihrem Flug von London-Heathrow nach Berlin-Tempelhof.

Wir wünschen Ihnen eine angenehme Reise und verbleiben hochachtungsvoll …

Sie ließ das Papier in ihren Händen sinken und starrte ungläubig darauf. Dann schaute sie noch einmal auf die Rechnung. Ihre Kehle fühlte sich plötzlich wie zugeschnürt an. Der Flug mit der Pan Am war für den 24. Juli gebucht gewesen – der Tag, an dem sie den Unfall gehabt hatte.

DORA

14

Berlin, 1929

Sie hatten sich am Kurfürstendamm verabredet. Edith wartete schon auf sie. Seit Neuestem trug sie die Haare kurz – gerade einmal bis zum Kinn. *Pagenschnitt* oder *Bubikopf* hießen die neuen Frisuren jetzt. Es ließ Edith erwachsener und auch ein bisschen frivol wirken. Vor allem mit ihrem neuen Hut. Dora hätte es ihr gerne nachgetan und sich ebenfalls die Haare geschnitten, aber ihre Mutter hatte es ihr verboten. Sie war außer sich gewesen, als sie den Gedanken nur erwähnte. Worte wie *unsittlich* und *Mannsweib* waren aus ihrem Mund gekommen, und Dora hatte mit einem Seufzen nachgegeben. Heimlich hatte sie die Haare jedoch trotzdem ein Stück gekürzt, aber sie konnte sie noch zusammennehmen und hochstecken, sodass ihre Mutter nichts merkte.

Edith umarmte sie. Seit vorletztem Sommer überragte sie Dora um ein kleines Stück. Äußerlich waren sie ein gegensätzliches Paar – Edith hatte mit ihren dunklen Haaren und der schmalen Figur die Eleganz ihrer Mutter geerbt, Dora dagegen war blond und hatte trotz ihrer zierlichen Statur weiblichere Formen. Doch die Unterschiede, die man auf den ersten Blick zwischen den beiden auszumachen glaubte, täuschten darüber hinweg, dass sie einander nicht weniger eng als in Kindertagen verbunden waren und wie Pech und Schwefel zusammenhielten.

»Hast du gehört, was an der Börse los ist?«, fragte Edith, während sie mit zügigen Schritten in Richtung Fasanenstraße weiterliefen, wo sie zu einer Geburtstagsfeier von Erik Ludwig, einem Freund von Ediths Bruder Carl, eingeladen waren.

Doras Blick glitt zu den großen Reklametafeln an den hohen Häusern, den vielen Cafés mit ihren Terrassen, in denen zum Nachmittagstanz gebeten wurde, den Theatern, kleinen Cabarets und Lichtspielhäusern, die es überall am Ku'damm gab. Sie konnte sich an dem Leben hier nie sattsehen. Elegant gekleidete Damen und Herren eilten über den Boulevard. Eine Gruppe junger Männer in Mantel und Hut kam ihnen entgegen und sah den beiden jungen Frauen hinterher.

Dora schüttelte den Kopf. »Nein, was denn?«

»An der Börse in Amerika ist seit letzter Woche der Teufel los. Die Kurse sind abgestürzt, und wie! Nun beginnt hier auch alles zusammenzubrechen! Papa meint, es wird über kurz oder lang auch die Banken treffen.«

Jetzt hatte Edith ihre volle Aufmerksamkeit. Beunruhigt schaute Dora die Freundin an und erinnerte sich, dass sie auf der Rückfahrt von Kreuzberg eine Ansammlung von Menschen vor einem Bankhaus gesehen hatte. Sie war so mit sich beschäftigt gewesen, dass sie dem weiter keine Beachtung geschenkt hatte. Noch immer überlegte sie, wie sie Edith die Neuigkeit beibringen konnte, ohne dass sie es falsch verstand.

»Meinst du etwa, es wird wieder so schlimm wie vor sechs Jahren?«, fragte Dora besorgt. Sollte ihre Mutter erneut ihr mühsam Erspartes verlieren? Keiner von ihnen hatte vergessen, wie 1923 innerhalb weniger Wochen der Wert des Geldes so rapide verfallen war.

»Papa meint, es könnte jetzt sogar noch schlimmer werden, weil es die ganze Weltwirtschaft betrifft!«, erwiderte Edith.

»Das wäre ja furchtbar!« Dora hoffte inständig, dass Herr Theußenberg sich täuschte.

»Warum haben wir uns eigentlich hier getroffen und sind nicht zusammen von zu Hause losgegangen?«, fragte Edith neugierig.

»Ich musste noch etwas erledigen ...«

Edith lachte. »Das klingt ja geheimnisvoll. Hast du etwa einen heimlichen Freund, von dem keiner wissen darf?«, neckte sie die Freundin.

»Unsinn!« Zu ihrem Ärger spürte Dora, wie sie rot wurde. »Natürlich nicht!«

»Und wenn schon, ich würde es doch gar nicht schlimm finden! Vielleicht ein verheirateter Mann?«

Dora verdrehte die Augen und lief weiter. Edith hatte schon immer eine Schwäche für heimliche und möglichst dramatische Liebesverhältnisse gehabt. Sie hatte eindeutig zu viele schlechte Romane gelesen. Wusste der Himmel, wo das noch mal hinführte. Doch sie sah ein, dass sie der Freundin endlich die Wahrheit erzählen musste.

»Ich war im Krankenhaus!«

Ediths Gesichtsausdruck hätte kaum verblüffter wirken können. »Warum das denn? Hast du jemanden besucht?«

Dora schüttelte den Kopf. Sie zögerte noch immer. »Nein, ich habe mich dort beworben«, sagte sie dann. »Schon vor einiger Zeit – an der Krankenpflegeschule! Und ich bin angenommen worden«, setzte sie hinzu. Sie strahlte, weil ihr bewusst wurde, wie sehr sie sich über die Neuigkeit freute. Im Sommer würde sie mit der Ausbildung anfangen.

»Du willst Krankenschwester werden?« Edith starrte sie

an. »Aber wieso das denn? Du hast fast das Abitur! Du könntest studieren. Medizin, wenn es denn sein muss … Das machen doch jetzt viele Frauen.«

Dora hatte mit dieser Reaktion von Edith durchaus gerechnet. Trotzdem schmerzte es. Sie merkte, wie ihre ganze Freude darüber, dass sie an der Krankenpflegeschule im Krankenhaus am Urban angenommen worden war, wie ein Kartenhaus in sich zusammenbrach.

»Kannst du das denn nicht verstehen, Edith? Ich bin deinen Eltern unendlich dankbar, dass sie mir die ganzen Jahre die Schule bezahlt haben, aber ich muss endlich auf eigenen Beinen stehen. Ich könnte es mir ohnehin nie leisten zu studieren«, stieß Dora hervor. So eng ihre Freundschaft war, manchmal stellte es sich einfach als schwierig heraus, dass die Freundin in ihrer Zuneigung nicht akzeptieren wollte, dass sie trotzdem aus unterschiedlichen Verhältnissen stammten. In den letzten zwei Jahren hatte Dora mitbekommen, wie ihrer Mutter die Arbeit als Hausmädchen zunehmend schwerer fiel. Sie hatte Probleme mit ihrer Hüfte und Schmerzen in den Gelenken. Ihr Bruder Wilhelm, der die Familie schon seit Jahren mit eigenem Geld unterstützte, hatte seine Schwester vor einigen Wochen zur Seite genommen. »Wie lange willst du dich denn noch von den Theußenbergs aushalten lassen? Wann fängst du endlich an, Mutter auch finanziell unter die Arme zu greifen?« Dora hatte sich furchtbar gefühlt, weil sie wusste, dass er recht hatte. Gleichzeitig verspürte sie jedoch auch ein schlechtes Gewissen gegenüber Ediths Eltern, die ihr Schulgeld bezahlt hatten und sie immer großzügig bedachten, ob es gelegentlich ein Buch oder ein Kleidungsstück war, das Frau Theußenberg regelmäßig aus Versehen zu klein für Edith kaufte und stattdessen Dora zufällig wie angegossen passte. Sie war dankbar dafür, sehr sogar und auch dafür, dass

Edith und ihr Bruder immer wie selbstverständlich für sie zahlten, wenn sie zusammen ausgingen, obwohl sie noch immer dagegen protestierte. Doch auf lange Sicht wollte und musste sie sich selbst ernähren.

»Ich sag ja auch gar nicht, dass du studieren musst«, wandte Edith ein. »Aber du könntest viel mehr! Du hast bessere Noten als ich und die meisten anderen von uns!«

Dora blieb aufgebracht stehen. »Aber ich will gar nicht viel mehr! Ich will heiraten und eine Familie, Edith. Und im Übrigen finde ich Krankenschwester einen schönen und wichtigen Beruf!«

Die Freundin blickte sie betroffen an. Schweigend liefen sie einige Schritte nebeneinander her. Plötzlich fasste Edith Dora am Arm. »Verzeih mir«, bat sie. »Krankenschwester ist natürlich ein schöner und auch sehr ehrenwerter Beruf. Ich war nur so überrascht, und wahrscheinlich gefällt mir einfach die Vorstellung nicht, dass wir uns dann nicht mehr jeden Tag sehen. Du möchtest das wirklich, oder?«, fragte sie kleinlaut.

Dora nickte. »Ja!«

»Dann finde ich es auch gut!«, sagte Edith entschlossen.

Sie lächelte schief. »Im Krankenhaus am Urban, ja? Dann stehen die Chancen wohl ziemlich gut, dass dein Zukünftiger ein Arzt sein wird, schätze ich.«

Dora schaute sie kopfschüttelnd an, doch dann mussten sie beide lachen.

15

Erik Ludwig gehörte zur Clique von Ediths Bruder Carl. Er stammte aus begüterten Verhältnissen, seine Eltern waren Besitzer eines Warenhauses und einiger weiterer Geschäfte, die er mit Mitte zwanzig bereits als stellvertretender Geschäftsführer mitleitete. Das neu gebaute Jugendstilhaus in der Fasanenstraße, in dem sich seine Sechszimmerwohnung befand, gehörte ebenfalls zum familiären Besitz und hatte selbstverständlich nicht nur ein Telefon, sondern auch einen der neumodischen Rundfunkempfänger. Im Laufe der Zeit hatte Dora gelernt, in zwei Welten zu leben – der ihrer Mutter und des Personals und in der von Edith und dem Freundeskreis, dem sie seit Jahren fest angehörte. Sie war dabei nie, wie ihre Mutter es immer befürchtet hatte, Gefahr gelaufen, die Bodenhaftung zu verlieren. Dora wusste sehr wohl, woher sie kam und wer sie war, aber dank Edith und ihrer Familie hatte sie nie das Gefühl gehabt, deshalb weniger wert zu sein. Im Gegenteil.

Einen kurzen Moment lang bereute Dora jetzt jedoch, dass sie sich nicht doch besser angezogen oder zumindest noch eine Stola und Schmuck von Edith geliehen hatte, denn obwohl es sich um eine Einladung am Nachmittag handelte, waren die meisten Gäste wie für eine Abendveranstaltung gekleidet. Die Geburtstagsfeier war bereits in vollem Gange. Vom Grammophon ertönten laute Charleston-Klänge, und im Salon wurde ausgelassen getanzt, während der Alkohol in Strömen floss.

Wie sie feststellte, gehörten einige der leicht bekleideten jungen Frauen eindeutig nicht zu dem engeren Bekanntenkreis. Dora wusste von Edith, dass ihr Bruder und seine Freunde regelmäßig die Revuen und Nachtclubs der Stadt besuchten. Offensichtlich hatten sie dabei auch einige Bekanntschaften geschlossen. Sie musste daran denken, was sie ihrer Mutter versichert hatte. »Es ist eine Nachmittagseinladung, die in den Abend hineingeht. Du brauchst dir keine Sorgen zu machen. Ediths Bruder wird ein Auge auf uns haben und uns auch nach Hause fahren.« Ihre Lippen zogen sich spöttisch nach oben, als sie Carl Theußenberg jetzt sah. Sie bezweifelte, dass er dazu noch in der Lage sein würde. Carl stand in einer Ecke und hielt zwei der freizügig gekleideten Schönheiten im Arm, über deren tiefe Ausschnitte lange Perlenketten baumelten. Seiner Haltung nach zu schließen, hatte er bereits reichlich getrunken.

Als er seine Schwester und Dora in den Wohnsalon kommen sah, ließ er die beiden Frauen los und kam auf sie zu. »Hey, da kommt ja mein hübscher Doppelpack! Eine schöner als die andere!« Er küsste sie beide.

Edith lachte. »Du bist ja betrunken, Carl!«

Er grinste und winkte ab. »Nur ein bisschen. Amüsiert euch, ihr beiden, aber wenn euch einer anrührt, gibt's Ärger! Ich habe zu Hause mein Wort gegeben.«

Die beiden sahen ihm hinterher, wie er zurück zu den beiden Frauen ging, und gratulierten Erik, der in der Bibliothek stand und ihnen zwei Gläser Champagner in die Hand drückte.

Dora nippte an ihrem Glas und merkte, wie ihr der Alkohol in den Kopf stieg, während Edith von einem Freund auf die Tanzfläche entführt wurde.

Neben ihr waren zwei Männer in ein ernsthaftes politisches Gespräch vertieft, und sie hörte unfreiwillig mit.

»Machen wir uns nichts vor, Hindenburg ist ein schwacher alter Mann. Er wird diesen neuen Reparationszahlungen auch zustimmen!«

»Es ist eine Schande! Das bedeutet die Verknechtung von uns Deutschen über Generationen hinweg!«, erwiderte der andere. »Und wer wird davon profitieren? Die Franzosen und Engländer und vor allem die verdammten Juden mit ihren Geldgeschäften. Ohne die hätten wir diesen Krieg doch nie verloren!«

Dora wandte unwillkürlich das Gesicht zu dem Mann, der die letzten Worte gesprochen hatte. Er war hochgewachsen und blond und hieß Heinrich, wie sie wusste. Sie hatte ihn schon einige Male zusammen mit Carl gesehen. Sie blickte auf seine zusammengepressten Lippen. Die unterdrückte Wut in seiner Stimme erinnerte sie an Wilhelm. Er sprach genauso hasserfüllt und sympathisierte schon seit einiger Zeit mit den Nationalsozialisten.

Erik hatte den Wortwechsel der Männer ebenfalls mitbekommen. Mit einem Lächeln schlug er den beiden freundschaftlich auf die Schulter. »Keine schlechten Bemerkungen über Juden, bitte. Meine Großmutter war jüdischen Glaubens und dabei die größte Patriotin, die ich kenne. Gott hab sie selig. Sie wäre am liebsten selbst mit gezogener Waffe in den Krieg gezogen, um den Franzosen und Engländern den Garaus zu machen!«

Die beiden Männer lachten, doch Dora nahm sehr wohl wahr, dass Heinrichs Augen kühl blieben. Sie war froh, als Carls Freund Fritz auf sie zukam.

»Wie sieht's aus, kleine Dora, auf einen Tanz?«

»Mit Vergnügen. So klein bin ich gar nicht mehr!«, sagte sie mit blitzenden Augen, als sie seine Hand nahm.

Er lachte. »Das stimmt, aber trotzdem wirst du immer so etwas wie eine kleine Schwester für mich bleiben!«

Sie lächelte, während sie sich ausgelassen den Klängen der Musik überließ. Die Vorstellung gefiel ihr durchaus. Insgeheim hatte Dora Edith immer ein wenig um ihren Bruder und dessen Freunde beneidet, die so ganz anders als Wilhelm waren.

Später, als sie erhitzt vom Tanzen eine Pause machte, kam Edith zu ihr. »Weißt du, wer auch hier ist? Ich habe ihn gerade gesehen!«

»Wer denn?«

»Jules Cohn!«

Dora hatte ihn im selben Augenblick ebenfalls entdeckt. Er stand mit zwei anderen Männern und einer Frau zusammen und unterhielt sich. Unwillkürlich klopfte ihr Herz etwas schneller. Mit seinen schwarz gewellten Haaren, dem ebenmäßigen Gesicht und den breiten Schultern sah er in seinem Anzug aus wie ein Filmstar, fand Dora. Jules war Mitte zwanzig und Violinist. Sein Vater, ebenfalls Musiker, war mit Ediths Mutter befreundet, und die beiden waren öfter zu Besuch im Hause der Theußenbergs, in dem Künstler und Intellektuelle gern gesehene Gäste waren. An einem Abend vor einigen Wochen hatte Jules dort etwas auf seiner Violine vorgespielt. Nicht einmal das Klavierspiel von Ediths Mutter hatte Dora derart mitgerissen.

Edith grinste, als sie den Gesichtsausdruck der Freundin bemerkte. »Na, vielleicht nehme ich das mit dem Zukünftigen als Arzt doch zurück«, sagte sie gerade laut genug, dass nur sie beide es hören konnten.

Dora wurde rot, doch bevor sie etwas erwidern konnte, kam der hochgewachsene blonde Mann, Heinrich, dessen Wortwechsel sie vorhin mitbekommen hatte, auf Edith zu.

»Darf ich dich um diesen Tanz bitten?«, fragte er sie förmlich.

»Ich fürchte, ich bin gerade etwas erschöpft. Verzeih mir«, erwiderte Edith mit einem Lächeln, das charmant wirkte. Dora kannte sie jedoch gut genug, um dahinter ihre ganze Abneigung gegen Heinrich zu spüren. Es verwunderte sie nicht, dass die Freundin ihn nicht besonders mochte. Die Theußenbergs waren moderne und freigeistige Menschen, die immer Wert darauf gelegt hatten, ihre Kinder zu toleranten und weltoffenen Menschen zu erziehen. Heinrich war das ganze Gegenteil davon.

»*Ich* würde aber sehr gerne mit dir tanzen!«, ertönte eine weibliche Stimme hinter ihnen. Es war Lisa Meyenburg, die zu Heinrich getreten war und ihm ein süßliches Lächeln zuwarf.

Dora nickte ihr knapp zu. Sie hatte ihr den Vorfall auf dem Schulhof vor sechs Jahren nie richtig verziehen, obwohl Lisa niemals wieder etwas gesagt hatte und sie seitdem immer mit ausnehmender Höflichkeit behandelte.

»Vielleicht später dann?«, sagte Heinrich zu Edith und entschwand mit Lisa zum Tanzen.

Edith und Dora sahen den beiden hinterher.

»Das perfekte Paar«, sagte Edith trocken, als würde sie Doras Gedanken erraten.

16

Herr Theußenberg sollte recht behalten – *der Schwarze Freitag*, der gewaltige Börseneinbruch in New York, war schon bald dabei, nicht nur Deutschland, sondern die ganze Welt in eine Krise zu stürzen, wie es sie noch nie zuvor gegeben hatte. Zu Beginn des Jahres stieg die Arbeitslosigkeit im Land auf drei Millionen. Die ewigen Kämpfe der zersplitterten Regierung in Weimar, die sich über keinerlei Maßnahme einigen konnte, um die Krise in den Griff zu bekommen, schienen sich indessen zunächst nicht viel von denen der vorhergehenden

Jahre zu unterscheiden. Ebenso wie die Verunsicherung und Unruhe in der Bevölkerung. Dora konnte sich im Grunde nicht erinnern, dass es jemals stabile politische Zeiten gegeben hatte. Ohnehin hatte sie andere Probleme. Ihrer Mutter ging es nicht gut. Sie musste starke Medikamente nehmen, um die Schmerzen in ihrer Hüfte und den Gelenken zu ertragen, und fiel bei der Arbeit immer öfter aus. Dora machte sich Sorgen, wie es mit ihr weitergehen sollte. Wilhelm konnte von seinem Lohn als Schlosser nicht viel erübrigen, und sie selbst würde in der Ausbildung anfangs auch kaum etwas verdienen. Die Rente, die ihre Mutter zu erwarten hatte, würde aber längst nicht zum Leben reichen. Es war ihr nur ein geringer Trost, dass Frau Theußenberg sie an einem Tag zur Seite nahm, um ihr zu versichern, dass sie Anna Wilmer, auch wenn sie nicht mehr arbeiten könnte, selbstverständlich weiter finanziell unterstürzen würden.

»Aber das können wir nicht annehmen!«, widersprach sie.

»Natürlich kannst du das. Dora, du bist für mich und meinen Mann fast wie eine eigene Tochter, und deine Mutter war so lange in unseren Diensten …«

Die Aussicht beruhigte sie etwas. Ihr Bruder dagegen reagierte aufgebracht. Eines Abends stand er in seiner Schlossermontur vor ihr. »Das ist alles deine Schuld. Wenn du schon arbeiten würdest, könnten wir beide selbst für Mutter sorgen! Dann wären wir nicht auf Almosen von diesen Theußenbergs angewiesen«, fuhr er sie an. »Na, wenigstens sind sie keine Juden!«, setzte er hinzu.

Dora blickte sein sommersprossiges Gesicht ungläubig an. Ihr Bruder und sie hatten sich schon vor Jahren auseinandergelebt, doch in letzter Zeit war er ihr vollends fremd geworden. »Was hat das denn damit zu tun?«

»Eine Menge! Du glaubst doch nicht, dass ich Geld für Mutter von ihnen annehmen würde, wenn sie Juden wären?«

Einen Moment lang verschlug es Dora die Sprache, als sie seine Miene sah. Bisher hatte sie die politischen Phrasen, die er von sich gab, nur bedingt ernst genommen. Sie hatte wohl seinen unterschwelligen Hass mitbekommen, aber der richtete sich schließlich nicht nur gegen Juden, sondern auch gegen Franzosen, Engländer oder Amerikaner – eigentlich gegen alles, was nicht deutsch war, wenn sie genau darüber nachdachte. Wilhelm war, solange sie zurückdenken konnte, in seinen Ansichten immer sehr emotional und einseitig gewesen. Plötzlich hatte sie jedoch zum ersten Mal das Gefühl, seine Äußerung nicht so stehen lassen zu können. »Das ist doch Unsinn, was du da redest. Was soll denn so schlimm daran sein, dass jemand jüdisch ist? Halb Berlin ist das!«, sagte Dora. Das war selbstverständlich etwas übertrieben, aber sie musste an die vielen jüdischen Künstler und Intellektuellen denken, die bei den Theußenbergs ein und aus gingen. »Und darunter sind im Übrigen viele bedeutende Leute«, fügte sie erbost hinzu. »Kurt Tucholsky, Alfred Kerr, Max Liebermann, Max Reinhard, selbst dieser Einstein, der den Nobelpreis bekommen hat, ist Jude!«

Doch wenn sie geglaubt hatte, Wilhelm mit ihrer Äußerung zum Einlenken oder gar zum Nachdenken zu bringen, hatte sie sich geirrt. Sein Gesicht verzog sich, ganz im Gegenteil, zu einer wutentbrannten Fratze. »Genau das ist es ja! Wenn wir nicht aufpassen, werden sie uns Deutsche und unsere Kultur so lange unterwandern und zersetzen, bis sie uns ausgelöscht haben. Die Juden sind unsere Feinde!«

Dora starrte ihn an. »Aber sie sind doch auch alle deutsch!«

Wilhelm schnaubte. »Ganz bestimmt nicht. Aber das verstehst du nicht. Anscheinend hat man dir in deiner Oberschule völlig den Kopf verdreht und nur Unsinn beigebracht! Doch eines sage ich dir, wage es nicht, dich jemals mit einem Juden einzulassen. Das würde ich bei meiner Schwester nicht dulden!«

Etwas an der Art, wie er das sagte, machte Dora Angst. »Du spinnst ja! Und außerdem hast du mir gar nichts vorzuschreiben«, sagte sie, bevor sie sich einfach wegdrehte und wieder ihren Schulbüchern zuwandte, um weiterzulernen. Aber der Streit hing ihr noch lange nach. Sie begriff nicht, dass Wilhelm so denken konnte, und erzählte nicht einmal Edith von ihrer Auseinandersetzung, weil ihr die Ansichten ihres Bruders peinlich waren.

17

Im Frühling standen die Abschlussprüfungen an der Schule bevor, und Dora und Edith verbrachten die Nachmittage der Wochen zuvor mit Lernen. Sie bestanden das Abitur beide mit guten Noten und feierten es ausgiebig. In der Zeit, bis Doras Ausbildung begann, gingen sie aus und amüsierten sich, wann immer es ihnen möglich war. Sie liebten das Kino und Theater oder trafen sich mit Freunden in einem der vielen Cafés, in denen man schon am Nachmittag tanzen konnte. Am Abend gingen sie ins Varieté, in die Bars und Tanzsäle und machten die Nacht zum Tage. Sie waren jung, und das Leben in Berlin schien ihnen unendlich aufregend, ständig erfüllt von einer vibrierenden Atmosphäre der Verheißung und des Verbotenen, das es zu entdecken galt. Zu ihrer Clique von festen Freunden gehörten nicht nur Ediths Bruder Carl, Fritz und Erik, sondern inzwischen auch Jules Cohn. Edith wollte die Freundin mit ihm verkuppeln, doch sosehr Dora auch für den jungen Musiker geschwärmt hatte – der Funke wollte einfach nicht überspringen. Sie fand noch immer, dass Jules wie ein Filmstar aussah, aber etwas an seiner ernsten, nachdenklichen Art, schüchterte sie ein, und es gelang ihr nicht, sich in Jules' Gegenwart ähnlich gelöst und unbeschwert zu verhalten wie in der von Carl oder ihrem gemeinsamen Freund Erik. Manchmal, wenn sie alle zusammen unterwegs waren, musste sie an Wilhelms Worte denken, an seine Warnung, dass er es nicht dulden würde, wenn sich seine Schwester mit einem Juden einließ. Sie fragte sich, ob seine Drohung sie unbewusst beeinflusste und sie sich Jules Cohn gegenüber anders verhalten würde, wenn er kein Jude wäre, aber dann verwarf sie den Gedanken wieder. Unter ihren Freunden und Bekannten waren viele jüdisch. Wenn sie in ihn verliebt wäre, hätte sie es auf die Konfrontation mit ihrem Bruder ankommen lassen. Nein, es lag vermutlich eher daran, dass sie sich einen Mann wie Jules Cohn, einen Künstler, einfach nicht in einem normalen Leben vorstellen konnte, wie sie es sich immer erträumt hatte – mit einem eigenen kleinen Haus und Kindern. Sie verspürte das Bedürfnis nach Ordnung und Stabilität, und auch wenn Dora beim Tanzen mit dem einen oder anderen flirtete und durchaus ihre Verehrer hatte, sie betrachtete doch jeden Mann insgeheim unter dem Blickwinkel, ob er derjenige sein könnte, mit dem sie einmal ihr Leben teilen würde.

Edith war da ganz anders als sie. Die Männer umschwärmten sie, und sie genoss es, von ihnen umworben zu werden. Ihre Begleiter wechselten schnell. Sie fand die Aussicht, dass sie sich einmal fest für einen einzigen Mann entscheiden sollte, beängstigend, wie sie Dora an einem Morgen gestand, als sie nach durchtanzter Nacht nach Hause kamen. Die Luft war mild und lau, und sie waren noch in den Garten gegangen und hatten sich wie in Kindertagen hinten in ihren Abendkleidern auf die Schaukeln gesetzt.

»Du warst nur noch nie richtig verliebt!«, sagte Dora.

Die Freundin drehte sich in den Schaukelseilen um sich selbst. »Vielleicht«, gab sie zu. Edith verzog nachdenklich die Stirn. Für den Herbst hatte sie sich an der Universität als Gasthörerin eingeschrieben, aber heimlich nahm sie seit dem Winter Gesangs- und Schauspielunterricht, weil sie entschlossen war, Schauspielerin zu werden. Dora hatte sie in ihren Plänen unterstützt. Edith gehörte zu den Menschen, die in einen gefüllten Raum kamen und dort sofort zum Mittelpunkt wurden. Sie war wie ein Magnet, um den sich alles neu ausrichtete, und gehörte einfach auf eine Bühne, das hatte Dora schon immer gefunden.

Es waren unbeschwerte Sommermonate, die die beiden Freundinnen erlebten. Um sie herum mehrten sich indessen die Anzeichen, dass sich die Wirtschaftskrise, statt besser zu werden, zunehmend verstärkte. Die Arbeitslosigkeit war weiter gestiegen. Dora, die mit ihrer Mutter gelegentlich ihren Onkel Franz besuchte, einen Arbeiter, der mit Frau und Sohn im Wedding wohnte, sah selbst, wie schlecht es vielen Menschen ging. Wenn sie mit der Straßenbahn durch die Stadt fuhren, vom reichen Ku'damm in Charlottenburg in die bedürftigen Viertel, erblickte man noch immer zahlreiche Kriegsversehrte, Männer, die ein Bein oder einen Arm verloren hatten oder auch ihr Augenlicht, und viele ärmlich gekleidete Menschen – Frauen mit Kindern, Alte und Bettelnde, deren Gesichter vom Hunger gezeichnet waren. Onkel Franz lebte mit seiner Familie in einer der großen dunklen Mietskasernen im dritten Hinterhof, und ihre Mutter ließ es sich trotz ihrer Schmerzen nicht nehmen, alle acht Wochen zu ihm zu fahren. Die zwei Zimmer der Wohnung waren kalt und feucht, und im Treppenflur, in dem die Kinder spielten, roch es nach Kohl und Abfällen. Im letzten Monat hatte er seine Arbeit verloren; die Fabrik hatte Stellen kürzen müssen, weil sie nicht mehr genug Aufträge bekam. Doras Mutter packte für die Verwandten stets etwas zu essen mit ein, und die Köchin gab ihr oft noch etwas von den Resten mit.

Pflichtschuldig tranken sie bei ihren Besuchen den dünnen, schalen Kaffee aus Bohnenersatz. »Und du bist jetzt endlich fertig mit der Schule?«, sagte der Onkel zu Dora und musterte sie aus seinem rot geäderten Gesicht. Seit letztem Jahr zogen sich durch sein braunes Haar graue Strähnen. Er trank schlürfend einen Schluck aus seiner angesprungenen Tasse. »Wird auch Zeit, dass du endlich was lernst und lieber deine Mutter unterstützt, anstatt deinen Kopf mit so unnützem Zeug vollzustopfen!«, erklärte er streng.

Dora schwieg, aber wenn sie zurückfuhren, verspürte sie ein leises Schuldgefühl, dass es ihr selbst so gut ging. Wenn ihre Mutter nicht die Anstellung bei den Theußenbergs bekommen hätte – wie leicht hätte sie auch in genau solchen Verhältnissen leben können! Ihr fiel auch auf, dass ihr Onkel ihr gegenüber genau dieselben Worte wie ihr Bruder benutzte und sich ebenso abfällig über Juden äußerte. Nach wie vor hielt Dora Wilhelms Einstellung für eine Ausnahme. Doch sie sollte sich irren. Als es im Spätsommer 1930 unerwartet zu Neuwahlen kam, weil die Regierungskoalition in Weimar endgültig zerbrochen war, wurde sie eines Besseren belehrt. Die Nationalsozialisten, die bisher kaum jemand ernst genommen hatte, wurden zweitstärkste Partei.

»Das kann doch nur der Protest der Leute sein, weil sie gerade um ihre Existenz fürchten, das wird bestimmt nicht von Dauer sein«, sagte Edith ungläubig zu ihr. Im Hause der Theußenbergs war man zum ersten Mal aufrichtig besorgt.

Dora hoffte sehr, dass Edith recht hatte. Noch immer sah sie Wilhelms Gesicht vor sich, als er nach der Wahl in die Küche gestürmt war. »Und das ist erst der Anfang!«, hatte er triumphierend verkündet, und seitdem verspürte Dora, wann immer sie an die Zukunft dachte, ein beklommenes Gefühl.

CARLA

18

England, Cornwall 1975

Die Sonne war zwischen den Wolken hervorgekommen, als sie aus dem Bahnhof heraustrat. Carla hatte bis Exeter den Zug genommen und wollte dort in den Bus umsteigen, doch dann sah sie auf dem Fahrplan, wie lange sie unterwegs sein würde. Und umsteigen musste sie auch noch! Es half alles nichts, sie brauchte einen Wagen. Zögernd wanderte Carlas Blick zu der Autovermietung, die sich auf der anderen Seite des Bahnhofs befand. Seit dem Unfall war sie nicht mehr gefahren, allerdings nicht aus Angst – immerhin war der Vorteil ihrer Amnesie zumindest der, dass sich auch keinerlei traumatische Erinnerungen in ihrem Kopf fanden –, sondern allein aus Vorsicht heraus und auch, weil Tom sie darum gebeten hatte. Seit sie achtzehn war, hatte Carla einen Führerschein und fuhr Auto. Sie hasste es, sich so unselbstständig zu fühlen. Es wurde Zeit, dass sie ihr Leben wieder in die Hand nahm!

Kurz entschlossen überquerte sie die Straße und betrat die Autovermietung. Nicht einmal zehn Minuten später saß sie mit einem Schlüssel und den Papieren in einem orangefarbenen Vauxhall und startete den Motor. Als sie sich in den Straßenverkehr einfädelte und die Stadt Richtung Norden verließ, fühlte sie sich wie befreit. Ein Lächeln glitt über ihr Gesicht. Sie schaltete das Radio ein. Draußen vor dem Fenster zog schon bald eine abwechslungsreiche Landschaft aus Hügeln, Feldern und Wald an ihr vorbei. Kirchturmspitzen kündigten die wenigen kleinen Dörfer, die sie durchfuhr, schon aus der Ferne an. Sie bestanden aus Cottages aus grauem Stein, die an engen Straßen gebaut waren. Seit Jahrhunderten hatte sich hier nicht viel verändert, und nach der Hektik Londons kam es Carla jedes Mal, wenn sie nach Hause fuhr, vor, als würde sie in eine andere Zeit eintauchen. Sie spürte, wie sie eine innere Ruhe erfasste. Sie war froh, etwas Abstand von London zu bekommen. Tom hatte sie am Morgen zum Zug gebracht, und sie hatten sich bemüht, so zu tun, als würde alles gut sein und nichts zwischen ihnen stehen. Doch sie wussten beide, dass es nicht so war.

Innerhalb weniger Tage hatte sich auf einmal alles verändert. Erst das Treffen mit Grant, dann Susans Bemerkung über ihre Beziehung und schließlich die mysteriöse Rechnung über den Flug nach Deutschland. Weshalb hatte sie nach Berlin gewollt? Hing es mit den Nachforschungen zusammen, die David Grant erwähnt hatte? Die Frage beschäftigte sie unentwegt. Ausgerechnet an dem Tag, an dem sie den Unfall gehabt hatte? Nicht nur zeitlich, sondern auch örtlich kam es genau hin, dass sie sich auf dem Weg zum Flughafen befunden hatte, denn sie war auf der M4 nicht weit von Heathrow unterwegs gewesen. Diese Autobahn fuhr sie allerdings gewöhnlich auch ein Stück, wenn sie London in Richtung Cornwall verließ. Bisher hatte Carla immer geglaubt, sie wäre an jenem Tag nach Boscastle zu ihrem Vater gefahren. Tom hatte ihr das zumindest erzählt, und ihr Vater hatte es bestätigt. Im ersten Moment hatte sie überlegt, ob sie selbst die Reise vor den beiden vielleicht hatte verheimlichen wollen, aber dann hätte sie nicht gesagt, dass sie nach Cornwall fahren würde.

Nein, es blieb nur die eine Schlussfolgerung: Tom und ihr Vater mussten sie angelogen haben. Aus irgendeinem Grund wollten sie nicht, dass sie von ihrer Absicht, nach Berlin zu fliegen, erfuhr. Das Bewusstsein, dass sie den beiden Menschen, denen sie am meisten vertrauen sollte, plötzlich misstraute, setzte Carla zu. Sie hatte erwogen, Tom zur Rede zu stellen, aber am Ende hatte sie sich dagegen entschieden. Es überstieg ihre Kraft, sich jetzt auch noch mit ihm auseinanderzusetzen. Er würde vermutlich doch nur alles abstreiten und irgendwelche Ausreden erfinden. Von Beginn an war er ihren Fragen ausgewichen oder hatte sie einfach abgetan. Nein, bevor sie nicht verstand, weshalb er sich so verhielt und was er genau vor ihr verheimlichte und vor allem warum, riet ihr eine innere Stimme, ihm und auch ihrem Vater besser nichts von ihren Nachforschungen zu verraten. Grübelnd verzog Carla das Gesicht, während sie weiterfuhr. Sie drehte die Musik lauter, um sich etwas abzulenken.

Nach anderthalb Stunden erreichte sie Bude, einen kleinen Badeort. Bis nach Boscastle waren es noch einige Meilen, aber sie hatte ihrem Vater gesagt, sie würde erst am Nachmittag bei ihm eintreffen, denn sie wollte vorher noch ihre Mutter besuchen.

Die Straße schlängelte sich zwischen felsigen Hügeln ihren Weg. Der weißgetünchte Bau des Heims, das in der Einsamkeit der Landschaft auf einer Anhöhe lag, war schon von Weitem zu sehen. Hohe Hecken, hinter denen sich ein Zaun verbarg, umschlossen das Grundstück. Carla parkte den Wagen und ging auf das schmiedeeiserne Tor zu, durch das sie schon so viele Male vorher gegangen war. Das Heim mit der angeschlossenen Klinik war eine private Einrichtung, und sie war froh, dass ihr Vater das Geld hatte, ihre Mutter hier unterzubringen. Die Pfleger und Ärzte kümmerten sich gut um sie.

Dennoch ergriff Carla stets ein trauriges Gefühl, wenn sie herkam. In der ersten Zeit nach ihrem Selbstmordversuch hatte ihr Vater alles unternommen, um ihre Mutter zu Hause betreuen zu lassen, aber es war immer wieder zu Zwischenfällen gekommen. Mal hatte sie einfach das Haus verlassen und sich auf den Klippen verirrt, dann wieder ließ sie den Herd oder das Wasser an, oder sie hatte in einer Depressionsphase erneut versucht, all ihre Tabletten auf einmal zu schlucken. Mit der Zeit war die bittere Erkenntnis gereift, dass sie eine zu große Gefahr für sich selbst war. Es war schrecklich gewesen.

Carla ging auf das Pförtnerhäuschen zu und meldete ihren Besuch an. »Guten Tag, ich wollte zu Dora Behringer. Ich bin ihre Tochter.«

Einer der Pfleger, ein rothaariger junger Mann namens Danny, brachte sie zu ihr. »Ihre Mutter wird sich bestimmt freuen, Sie zu sehen, Mrs. Whiteman. Im Moment ist sie gerade draußen im Garten. Sie hat heute einen guten Tag!«, berichtete er.

Carla folgte ihm durch einen langen Flur nach draußen.

Ihre Mutter saß eingehüllt in eine warme Decke auf einer Holzbank und blickte zum Meer. Sie strahlte etwas Zerbrechliches aus, wie sie dort saß. Eine Strähne ihres grauen Haars, in dem noch immer ihr ehemaliges Dunkelblond zu erkennen war, hatte sich aus ihrer Frisur gelöst und flatterte im Wind. Carla blieb unwillkürlich stehen.

»Wenn Sie wieder gehen, sagen Sie mir Bescheid. Dann hole ich sie rein, sonst wird es zu kühl«, sagte Danny.

Sie nickte und ging zu ihr. »Mum?«

Doch ihre Mutter reagierte nicht. Carla ging vor ihr in die Knie und fasste sie sanft am Arm. »Mum!«, sagte sie erneut.

Ihr Gesicht erhellte sich. »Carla!« Sie lächelte, und Carla versuchte den Schmerz zu ignorieren, der sie ergriff, als sie ihre Mutter in die Arme schloss. Sie setzte sich neben sie auf die Bank und nahm ihre Hand. »Wie geht es dir, Mum?«

Dora Behringer lächelte scheu und hatte trotz ihrer vierundsechzig Jahre plötzlich etwas Kindliches. Feine Fältchen zogen sich durch ihr Gesicht, das immer noch ahnen ließ, dass sie einmal eine schöne Frau gewesen war. »Gut.«

»Es tut mir leid, dass ich so lange nicht hier war. Ich hatte einen Unfall …«, begann Carla. Sie war nie sicher, was ihre Mutter wirklich verstand und mitbekam. An manchen Tagen, so wie heute, war sie ganz klar, an anderen wieder so verwirrt oder depressiv, dass sie sie kaum erkannte. Carla erzählte ihr trotzdem alles Wichtige, das in ihrem Leben geschah.

»Einen Unfall?«

»Es ist alles wieder in Ordnung«, beruhigte Carla sie. »Ich bin nur manchmal etwas durcheinander, weil ich einen Teil meiner Erinnerungen verloren habe.«

Ihre Mutter blickte wieder aufs Meer. »Das muss wundervoll sein, sich nicht mehr zu erinnern!«, sagte sie auf einmal unerwartet. Ihre Stimme klang derart sehnsüchtig, dass Carla erstarrte. Sie konnte nichts dagegen tun – ihr lief ein Schauer über den Rücken.

»Was meinst du damit, Mum?«, fragte sie schließlich vorsichtig.

Doch ihre Mutter antwortete nicht. Ihre Gedanken schienen sich wieder in ihrer eigenen Welt verloren zu haben.

Carla strich ihr über die Hand, die noch immer in der ihren ruhte. Sie musste sie fragen. »Mum, sagt dir der Name *Edith* etwas?«

Ihre Mutter wich jäh ein Stück von ihr zurück. Ihr Kopf fuhr zu ihr herum. »Du hast versprochen, nicht mehr darüber zu sprechen. Anastasia darf es nicht erfahren …«, stieß sie hervor.

Mit allem hatte Carla gerechnet, nur nicht mit der Panik, die sich auf einmal im Gesicht ihrer Mutter zeigte. Und was sollte die Bemerkung mit Anastasia? Es war zwar nicht das erste Mal, dass sie so tat, als würde ihre Schwester noch leben, dennoch konnte Carla sich nie daran gewöhnen. Die Ärzte schrieben es der Verwirrtheit ihrer Mutter zu, einer Art Flucht vor der Realität, in der sie sich ihre eigene Wirklichkeit baute. So verstört und ängstlich hatte Carla sie jedoch noch nie erlebt. Das hatte sie nicht gewollt. Grants Worte fielen ihr ein, als er ihr erzählt hatte, dass sie ihre Mutter schon einmal auf Edith angesprochen habe. *»Sie hat nichts gesagt und wohl sehr ungewöhnlich reagiert …« Ungewöhnlich* konnte man das wohl kaum nennen. Sie hatte eindeutig Angst, aber wovor? Und warum hatte Grant das nicht erwähnt?

»Mum, es war nicht so gemeint. Es war doch nur eine Frage!«

Ihre Mutter presste die Lippen zusammen.

Carla sah ein, dass sie ihr nichts mehr sagen würde. »Ist schon gut, Mum«, sagte sie und strich ihr beruhigend über den Arm. »Ich werde dich nicht mehr fragen.« Sie spürte, wie sich ihre Mutter unter ihren Berührungen etwas entspannte, aber ihr Blick blieb starr.

Eine Weile saßen sie einfach schweigend nebeneinander und schauten aufs Meer. Carla versuchte, über ein anderes Thema zu sprechen und ihr von ihrem Leben in London zu erzählen, doch die Stimmung blieb angespannt, als würde ihre Mutter die ganze Zeit fürchten, sie könnte noch einmal auf Edith zu sprechen kommen.

Als sie sich schließlich verabschiedete, drückte Carla ihr einen Kuss auf die Stirn. Sie versprach, am nächsten Tag wiederzukommen, und machte sich auf die Suche nach dem Pfleger. Sie fand Danny in der Teeküche, wo er dabei war,

Getränke vorzubereiten. »Und, hatten Sie schöne Stunden mit ihr?«, fragte er.

»Es war etwas schwierig ...«, antwortete Carla. Sie brach ab und blickte Danny plötzlich an. »Im letzten Sommer war ich doch öfters hier, oder? Hat meine Mutter sich da bei einem meiner Besuche irgendwie auffällig verhalten?«

»Meinen Sie diese Panikattacke? Aber ja. Erinnern Sie sich denn nicht mehr daran?«, fragte der Pfleger erstaunt, während er einen Kessel mit heißem Wasser vom Herd nahm.

»Nein«, erwiderte Carla. »Ich hatte im letzten Sommer einen Unfall, und meine Erinnerungen aus den Monaten davor sind leider nicht mehr präsent!«

Danny schaute sie überrascht an. »Oh, das tut mir leid! ... Ich habe den Nachmittag noch gut im Kopf. Ihre Mutter hat aus heiterem Himmel eine Panikattacke erlitten. Sie haben mich zu Hilfe gerufen, und ein Arzt musste kommen, um ihr ein Beruhigungsmittel zu spritzen.« Er schüttelte den Kopf, dann füllte er das heiße Wasser in die vorbereiteten Thermoskannen. »Sie konnten es sich auch nicht erklären. Sie hatten sie nur nach einer alten Schulfreundin gefragt. Der Arzt meinte, es könnte vielleicht eine Überreaktion auf das neue Medikament gewesen sein ...«

Man sah Danny an, dass er die Richtigkeit dieser Erklärung bezweifelte – und nicht nur er tat das. Carla hatte die Angst im Gesicht ihrer Mutter nur zu deutlich gesehen. »Danke, damit haben Sie mir sehr geholfen. Das wusste ich wirklich nicht mehr!«, sagte sie schließlich. Sie verabschiedete sich und verließ das Heim.

19

Aufgewühlt wollte sie sich wieder ins Auto setzen, doch dann sah sie die rote Telefonzelle auf der anderen Straßenseite. Sie überlegte. Schließlich steckte sie den Wagenschlüssel wieder ein und suchte nach Kleingeld in ihrer Tasche. Die Nummer war so lange durch ihren Kopf gegeistert, dass sie sie auswendig kannte.

»Grant?«

»Hier spricht Carla Whiteman!«

»Oh, hallo! … Wie geht es Ihnen?« Etwas an dem überraschten, aber zugleich erfreuten Tonfall seiner Stimme verwirrte sie.

»Ich bin gerade in Cornwall und habe eine Frage«, antwortete sie. »Sie sagten bei unserem Treffen, ich hätte Ihnen erzählt, dass meine Mutter ungewöhnlich reagiert habe, als ich sie auf Edith ansprach. Sagte ich *ungewöhnlich,* oder erwähnte ich, dass sie damals eine Panikattacke erlitten hatte und eine Beruhigungsspritze bekommen musste?« Carla merkte selbst, dass ihr Tonfall schärfer klang, als es in ihrer Absicht lag.

Man konnte Grants Zögern am anderen Ende spüren. »Sie erwähnten die *Panikattacke*«, gab er zu.

»Warum haben Sie mir das nicht erzählt?«, fragte sie aufgebracht. Auf einmal war sie es leid, dass niemand bereit zu sein schien, ihr die Wahrheit zu sagen.

»Ich wollte Sie nicht beunruhigen. Wir hatten uns seit dem Unfall nicht gesehen, und ich wusste nicht, wie es Ihnen geht. Carla, ich …« Er brach ab.

Carla? Sie starrte auf den schwarzen Telefonkasten vor sich.

»Wir haben uns beim Vornamen genannt?«, entfuhr es ihr.

»Ja.«

»Warum haben Sie … mir das nicht gesagt?« Es kam ihr vor, als würde sie plötzlich auf schwankendem Boden stehen.

»Ich glaube, wir sollten uns persönlich unterhalten.« Seine Stimme klang mit einem Mal anders, vertrauter. Vielleicht lag es auch nur an der Erkenntnis, dass sie sich anscheinend besser kannten, als sie bisher angenommen hatte. Carla spürte, wie sie eine zunehmende Wut und Ohnmacht darüber ergriff, dass sie keine Ahnung hatte, was in dem halben Jahr vor dem Unfall in ihrem Leben los gewesen war.

»Wieso? Gibt es noch mehr, was ich wissen sollte? Ich meine, über meine Mutter und diese Geschichte ihrer Freundschaft mit Edith und was damals geschehen ist«, beeilte sie sich hinzuzufügen, weil ihr im selben Moment die Doppeldeutigkeit ihrer Frage bewusst wurde.

Er antwortete nicht sofort, was sie noch mehr beunruhigte.

»Wussten Sie, wusstest du«, verbesserte sie sich, »dass ich nach Berlin fliegen wollte?«, fragte sie und sah, dass die Anzeige im Telefon blinkte. Ihr Geld war fast verbraucht, und sie hatte nicht mehr Kleingeld bei sich.

»Ich wusste nur, dass du darüber nachgedacht hast.«

Sie starrte auf die blinkende Anzeige. »Ich hatte einen Flug gebucht. Für den Tag, an dem ich den Unfall hatte!«

»Carla, ich …«

Und dann wurde die Verbindung unterbrochen. Ein durchdringender Ton war an ihrem Ohr zu hören. Das Gespräch war abgelaufen. Wie passend!

20

Verwirrt fuhr sie weiter Richtung Boscastle. Es schien Carla, als hätte die Welt plötzlich einen feinen Riss bekommen, und sie hatte keine Ahnung, was dahinter zum Vorschein kommen würde. Wie gut hatten David Grant und sie sich gekannt? Vergeblich versuchte sie, ihre Gedanken zu ordnen, die immer wieder zu ihrer Mutter zurückkehrten. Weshalb reagierte sie mit dieser unerwarteten Heftigkeit, ja mit regelrechter Panik, wenn man sie auf Edith ansprach? Zwischen den beiden Frauen musste etwas geschehen sein. Aber was? Immerhin verstand Carla nach dem merkwürdigen Verhalten ihrer Mutter nun, weshalb sie angefangen hatte, Nachforschungen anzustellen. Genau diesen Wunsch verspürte sie jetzt auch. Hatte sie deshalb nach Berlin fahren wollen? Das Bewusstsein, dass sie ihre Handlungen vom Sommer wiederholte, hatte etwas Unheimliches.

Carla hatte Boscastle fast erreicht, aber statt den Abzweig zum Haus ihres Vaters zu nehmen, fuhr sie weiter zur Steilküste. Sie stellte den Wagen ab, um ein Stück zu Fuß zu gehen, denn sie spürte, dass sie nachdenken musste.

Die Sonne war zwischen den Wolken verschwunden, und ein starker Wind, der den salzigen Geruch des Meeres mit sich führte, wehte ihr entgegen. Es war anstrengend zu laufen, aber sie merkte schnell, wie ihre Schritte und ihr Atem seinen eigenen Rhythmus fanden. Sie kannte den schmalen Pfad, der direkt oben an der Steilküste entlangführte, seit ihrer Kindheit. Selten traf man hier oben einen Menschen. Auch heute war sie ganz allein.

Als sie den höchsten Punkt der Klippen erreicht hatte, blieb sie einen Augenblick stehen und sah nach unten. Sie spürte, wie ihr Mantel und ihre Haare um sie herumflatterten. Unten peitschte das aufgeschäumte Meer wieder und wieder mit Wucht gegen die Felsen und ließ die Gischt hochspritzen. Die Natur hatte etwas Unbändiges und Kraftvolles, das Carla immer geliebt hatte. Der Norden von Cornwall hatte wenig mit dem lieblichen und romantischen Süden gemein – die Winde hier waren kühler, die Klippen schroffer und das Meer rauer.

Ihr fiel ein, wie oft sie früher an dieser Stelle gestanden und sich gefragt hatte, ob Anastasia wirklich ertrunken war. Einige Wochen nach ihrem Verschwinden waren der kleine Rucksack, den ihre Schwester immer bei sich getragen hatte, und ihr Halstuch ein paar Meilen weiter westlich an Land gespült worden. Die Polizei hatte ihnen eröffnet, dass man von Anastasias Tod ausgehen müsse. Vielleicht sei es ein Unfall gewesen, aber die Behörden schlossen auch ein Gewaltverbrechen nicht aus. Man hatte sogar ihren Vater verhört, weil er und Anastasia sich so oft gestritten hatten. Carla hatte damals nicht glauben können, dass ihre Schwester tot war. Egal wo sie war, sie hatte immer nach ihr Ausschau gehalten. Es hatte Jahre gedauert, bis sie bereit war zu akzeptieren, dass sie Anastasia nie wiedersehen würde. Sie seufzte. Sie konnte nichts dagegen tun, wenn sie hierherkam, wurde für einen Augenblick stets alles so gegenwärtig, als wäre es erst gestern und nicht vor sechzehn Jahren geschehen. Manchmal kamen ihr die Erinnerungen an diese Zeit wie die Wellen des Meeres vor, die wieder und wieder heranrollten, bevor sie sich von Neuem zurückzogen.

Sie lief mit zügigem Tempo weiter und ließ mit jedem Schritt die Vergangenheit erneut ein Stück los. In tiefen Atemzügen sog sie die frische Luft ein. Carla hätte nicht sagen können, wie lange sie so gelaufen war, als in einiger Entfernung ein kleines, heruntergekommenes Haus vor ihr auftauchte, das einsam auf einem der Felsen stand. Die Fenster waren an der einen Seite mit Brettern zugenagelt. Carla verlangsamte ihren Schritt. Über ihr kreischte ein Schwarm Möwen. Als Kinder und Jugendliche war es ihnen verboten gewesen, bis hierher zu laufen, denn in dem Haus hatte früher ein alter Kriegsveteran gewohnt, den alle für verrückt hielten. Einmal waren sie in einer Gruppe von Kindern zu einer Art Mutprobe doch gekommen. Der Mann war aus dem Haus gestürzt, bewaffnet mit einer Eisenstange, und hatte sie wütend verscheucht. Schreiend waren sie davongelaufen.

Carla fragte sich gerade, ob er wohl noch lebte, als sie die Gestalt sah, die bewegungslos an der Wand des Hauses lehnte. Sie fuhr zusammen. Obwohl Jahre vergangen waren, sah der Mann genauso aus, wie sie ihn in Erinnerung gehabt hatte. Noch immer trug er einen langen Militärmantel. Wie alt mochte er jetzt sein? Sie schätzte, in den Sechzigern. Neben ihm konnte sie eine Ansammlung kurioser Gegenstände erkennen – offensichtlich Strandgut, ein kaputtes Stuhlgestell, eine Kiste, Stangen, ein abgebrochenes Ruder und Planen, aber auch Plastikmüll.

Als sie den durchdringenden Blick des Mannes auf sich spürte, überlegte sie, ob sie umdrehen sollte. Doch sie hatte keine Angst. Carla entsann sich, dass Anastasia ihr einmal erzählt hatte, sie habe sich mit ihm unterhalten und er sei ganz anders, als die Leute behaupteten. Sie war damals voller Bewunderung für den Mut ihrer Schwester gewesen. Nach Anastasias Verschwinden hatte der Kriegsveteran, genau wie ihr Vater, einige Zeit im Verdacht gestanden, etwas damit zu tun zu haben. Die Polizei hatte ihn lange verhört, aber man hatte ihm nichts nachweisen können.

Kein Wunder, dass sie ihn als Kinder so gefürchtet hatten, dachte Carla jetzt, als sie ihn anschaute. Er hatte immer noch etwas Schreckenerregendes mit seinem Bart und dem finsteren

Ausdruck in seinem von Wind und Wetter gegerbten Gesicht. Die Sonne blendete sie etwas. Als sie weiterging, blitzte plötzlich ein Bild vor ihren Augen auf. *Sie stand vor dem Veteranen, in seinem Haus, und wollte etwas von ihm. »Verschwinde!«, herrschte er sie an.* Dann war das Bild auch schon genauso schnell wieder verschwunden. Carlas Herzschlag beschleunigte sich, während sie sich fragte, ob die Begebenheit, die sie eben vor sich gesehen hatte, nur ein Produkt ihrer Fantasie gewesen oder wirklich geschehen war. Sie nickte dem Veteranen zu, bevor sie in einem Bogen hinter seinem Haus auf dem Pfad weiterlief, und versuchte, ihrer Verwirrung Herr zu werden.

21

Vlad sah ihrer Gestalt ausdruckslos hinterher, ohne sich anmerken zu lassen, wie überrascht er war. Im ersten Augenblick hatte er sie fast nicht erkannt. Es verirrten sich selten Menschen zu seinem Haus. Die Einheimischen mieden den Kontakt mit ihm. Gelegentlich gelangte der eine oder andere Tourist hierher, aber Vlads Anblick reichte gewöhnlich, um die Menschen schnell wieder in die Flucht zu schlagen. Er wusste, dass ihn viele für verrückt hielten, aber es störte ihn nicht. Im Gegenteil, er tat alles, um diesen Eindruck zu bestärken, denn er liebte seine Einsamkeit und verspürte schon lange keine Sehnsucht mehr nach anderen Menschen. Für seinen Geschmack hatte er in diesem Leben bereits zu lange und zu viel in das wahre Antlitz seiner eigenen Spezies geblickt.

Die Gestalt der jungen Frau wurde langsam kleiner. Sie

hatte einen zügigen entschlossenen Schritt, aber sie war schmaler geworden und wirkte verändert. Er sah sie wieder vor sich, wie sie im Sommer auf einmal vor ihm gestanden und angefangen hatte, Fragen zu stellen. Natürlich hatte er nichts gesagt, sondern sie angefahren, dass sie verschwinden solle. Aber sie hatte sich von seinen Drohungen nicht einschüchtern lassen. *Ich weiß, dass Sie etwas wissen,* hatte sie gesagt und nicht geahnt, dass er ihr im Grunde einen Gefallen tat, nicht zu antworten. Zweimal war sie bei ihm aufgetaucht. Sie war hartnäckig und hatte ihn schließlich regelrecht angefleht, doch er hatte sich nicht erweichen lassen.

Vlad griff in seine Manteltasche nach seinem Tabakpäckchen und zündete sich eine selbst gerollte Zigarette an.

Während er den starken Tabak inhalierte, erinnerte er sich daran, wie ihre Familie kurz nach dem Krieg hierhergekommen war. Als wollte ihn das Schicksal verhöhnen, so war es ihm erschienen, als er erfuhr, dass sie Deutsche waren. Im Ort sprach man über die neu Zugezogenen. Niemand mochte die Deutschen so kurz nach dem Krieg, aber irgendwann hatte man sie dann doch akzeptiert. Nur er hatte das nie getan – und sein Gespür hatte ihm recht gegeben.

Es hatte ihn Mühe gekostet, seinen Hass zu zügeln, wenn er ihnen manchmal oben auf den Felsen begegnet war. Sie sprachen ein hartes, schlecht klingendes Englisch und wirkten wie eine ganz normale Familie, aber er ließ sich von ihnen nicht täuschen. Er hatte immer geahnt, dass sie etwas getan hatten. Nur das Mädchen war anders gewesen. Er sah sie wieder vor sich, wie sie das erste Mal bei ihm aufgetaucht war. Man hatte ihr angesehen, dass sie geweint hatte.

Vlad nahm einen weiteren tiefen Zug und strich die Asche an einem verbeulten Zinnbecher auf dem Fensterbrett ab, den er unten am Strand gefunden hatte. Er kniff die Augen zusammen, die Frau war kaum noch zu erkennen. Er wusste, dass sie zurückkommen würde. Die Fragen würden ihr keine Ruhe lassen.

22

Das Haus ihrer Eltern lag einige Meilen außerhalb des kleinen Küstenorts Boscastle, nur unweit der Steilküste. Im Sommer überzogen Wildblumen und Heidekraut die Landschaft, aber jetzt im Herbst hatten die Wiesen und Felder etwas Karges. Als Kind hatte Carla die Einsamkeit, in der sie gelebt hatten, nie gestört. Ohne Frage war das Haus, das ihre Eltern damals erworben hatten, etwas Besonderes. Es stammte aus dem 18. Jahrhundert, war aus grauen Steinen gebaut, über die sich üppiger Efeu rankte, und besaß hohe Bogenfenster und ein Reetdach. Das Schönste aber war der verwunschene Garten, in dem wilde Blumen, Sträucher und Hecken eine eigene Landschaft zu formen schienen. Dennoch, als Carla mit dem Auto die Straße zum Haus ihrer Eltern fuhr, fragte sie sich zum ersten Mal, weshalb sie wohl damals ausgerechnet hierhin gezogen waren und nicht in einen der größeren Orte oder eine der Städte an der Küste. Um Geld hatten sie sich zu dieser Zeit keine Sorgen mehr machen müssen. Ihr Vater war früher in Berlin Steuerberater gewesen, hatte jedoch während des Naziregimes viel Geld damit verdient, Besitz für Klienten, die in Deutschland vor Nationalsozialisten fliehen mussten, unter seinem Namen in Aufbewahrung zu nehmen oder sogar für sie zu verkaufen. Wie ihre Eltern zu Wohlstand gekommen waren, gehörte zu dem wenigen, was Carla über ihre Zeit in Deutschland wusste. Sie entsann sich, dass ihr Vater ihr einmal erzählt hatte, dass er am Rande von Berlin ein Stück Land mit zwei Scheunen gekauft habe, die er über Jahre als Lager für Gemälde, Schmuck und andere Wertgegenstände nutzte. Nach dem Krieg hatte er das meiste an seine Besitzer – so sie noch lebten – zurückgeführt. Die Dankbarkeit, die man ihm dafür entgegenbrachte, hatte ihm seinerseits durch die Nachkriegszeit geholfen. Einer seiner ehemaligen Klienten, der sich in London in einflussreicher Position befand, war es schließlich auch gewesen, der ihrem Vater geholfen hatte, ein Visum für die Familie für England zu bekommen.

Nachdenklich hielt Carla vor dem Haus. Ihr Vater musste das Motorgeräusch des Wagens gehört haben, denn die Haustür öffnete sich, kaum dass sie ausgestiegen war. Seine große Gestalt hielt sich trotz seiner neunundsechzig Jahre noch immer genauso aufrecht wie früher, nur sein Haar war inzwischen völlig ergraut. Er kam auf sie zu und schloss sie mit einem Lächeln fest in die Arme.

»Warum hast du mir nicht gesagt, wann du ankommst? Ich hätte dich abgeholt«, sagte er vorwurfsvoll.

Sie erwiderte seine Umarmung. Es tat gut, ihn zu sehen. »Ich weiß, aber ich war noch bei Mum.«

Er musterte sie überrascht, sagte aber nichts, sondern bestand darauf, ihr die Taschen abzunehmen. Sie folgte ihm zum Haus und sah, dass er beim Gehen etwas steif lief.

»Macht dir dein Knie wieder Probleme?«

Er machte eine abwehrende Bewegung. »Ein bisschen, im Herbst bei der feuchtkalten Luft merke ich es stets.« Seit einer Verletzung, die er sich in jungen Jahren bei einem Sportwettkampf zugezogen hatte, litt er trotz mehrerer Operationen immer wieder unter Beschwerden.

Während ihr Vater einen Tee für sie aufsetzte, rief Carla Tom an, um ihm zu sagen, dass sie gut in Cornwall angekommen sei. Dann brachte sie ihre Sachen nach oben in ihr ehemaliges Kinderzimmer, wo sie nach wie vor schlief, wenn sie zu Besuch kam. Ein Teil der Einrichtung, wie das Bett und der Kleiderschrank, war inzwischen ersetzt worden, doch in den Regalen befanden sich noch immer ihre Bücher und einige Spiele. Auch der Schreibtisch war derselbe, an dem sie früher ihre Schularbeiten gemacht hatte. Sie strich mit der Hand darüber. Der vertraute Geruch ihrer Kindheit hing in der Luft, und Carla ließ sich einen Moment aufs Bett sinken. Ihr Blick fiel auf die Wand, an der ein alter Glasrahmen hing, unter dem das Schwarz-Weiß-Foto eines Charlie-Chaplin-Films zu sehen war. Anastasia hatte es ihr an dem letzten Weihnachtsfest geschenkt, bevor sie verschwunden war. Carla hatte es geliebt, diese alten Filme mit ihrer Schwester zu sehen. Lachend hatte sie vor dem Fernseher gesessen, den damals noch nicht viele Familien besessen hatten. Wie lange das her war! Sie griff sich einen Pullover aus ihrem Koffer. Als sie nach unten ging, hatte sie für einen kurzen Moment wieder die seltsame Situation vor dem Haus des Kriegsveteranen im Kopf. Hatte ihre Fantasie ihr nur einen Streich gespielt?

Im Wohnzimmer hatte ihr Vater bereits den Tisch gedeckt. »Mrs. Leeds hat es sich nicht nehmen lassen, einen *apple pie* zu backen, als sie hörte, dass du kommst«, erklärte er.

Carla lächelte. Die Haushaltshilfe, die mehrmals in der Woche aus Boscastle kam, war eine Seele von Mensch. Sie hatte selbst drei Kinder und war, als Carlas Mutter damals in die Klinik kam, für sie eine Art Ersatzmutter gewesen. Sie biss mit Appetit in den frisch gebackenen Kuchen, den Mrs. Leeds schon früher oft für sie gebacken hatte. Erst jetzt fiel ihr auf, dass sie den ganzen Tag kaum etwas gegessen hatte. Ihre Augen schweiften zu den großen Fenstern, durch die man direkt in den Garten schauen konnte, den ihr Vater noch immer liebevoll pflegte. In der Ferne, hinter Wiesen und Feldern, konnte man die Umrisse einiger Felsen erkennen. Sie verstand, dass ihr Vater trotz der Einsamkeit gerne hier lebte.

»Du siehst gut aus. Sehr viel besser, als ich dich das letzte Mal in London gesehen habe«, stellte ihr Vater fest.

»Es geht mir auch besser.«

Er fragte sie nach Tom. Sie verschwieg, wie schwierig es zurzeit zwischen ihnen war, denn sie wusste, wie gern er ihren Mann mochte. Ihr kam kurz der Flug nach Berlin in den Sinn, aber sie hielt daran fest, weder ihn noch Tom darauf anzusprechen, bevor sie nicht mehr herausbekommen hatte. Sie erzählte stattdessen von ihrem Besuch in der Redaktion und wie sehr ihr die Arbeit fehlte.

Er hörte ruhig zu, sagte aber nicht viel.

»Zündest du heute Abend den Kamin an?«, fragte sie. Carla liebte das knisternde Feuer im Wohnzimmer.

»Gerne.« Er lächelte, als würde er sich ebenso wie sie daran erinnern, wie sie früher oft die Abende davor verbracht hatten. Sie spürte, wie sehr er sich freute, dass sie da war.

Carla trank einen Schluck von ihrem Tee. »Dad, sagt dir der Name Edith etwas? Sie muss eine alte Freundin von Mum gewesen sein.«

Einen kurzen, kaum wahrnehmbaren Augenblick erstarrte das Gesicht ihres Vaters. Dann hatte er sich jedoch sofort wieder gefangen. »Nicht wirklich«, sagte er und sah sie an. »Wie kommst du darauf?«

»Ich habe ihren Namen in meinen Notizen gefunden. Anscheinend muss ich mich in der Zeit vor dem Unfall mit ihr beschäftigt haben«, behalf sie sich mit einer Ausrede, da sie ihm nicht von ihrem Treffen mit Grant erzählen wollte. »Was weißt du denn über diese Edith?«, fragte sie.

Ihr Vater zuckte die Achseln. »Sie war eine Freundin deiner

Mutter, als sie jung war. Aber das ist lange her. Niemand, der eine besondere Bedeutung hatte …«

Carla hatte ihren Vater in zu vielen schwierigen Situationen und Lebenskrisen erlebt, als dass sie nicht an seinem Gesicht hätte ablesen können, wenn er sich unwohl fühlte. Und das tat er. Er sagte nicht die Wahrheit! Sie war auf einmal sicher, dass er etwas über Edith wusste.

Zögernd nahm sie einen Bissen von dem Apfelkuchen. Doch der Kuchen schmeckte ihr plötzlich nicht mehr. Sie schob den Teller ein Stück von sich weg und holte zum Gegenangriff aus. »Wenn Edith keine besondere Bedeutung in Mums Leben hatte, wieso reagiert sie dann so panisch, wenn man sie auf sie anspricht?«

»Du hast sie auf Edith angesprochen?« Der Tonfall ihres Vaters war unerwartet scharf. Seine blauen Augen hatten sich ein Stück verengt.

Sie zuckte die Achseln, obwohl sie durchaus ein schlechtes Gewissen verspürte, dass sich ihre Mutter so aufgeregt hatte. »Woher sollte ich wissen, dass es so schlimm ist, sie auf eine alte Schulfreundin anzusprechen?«

Ihr Vater schwieg. Sein Blick schweifte aus dem Fenster. Ein müder Ausdruck zeigte sich auf seinem Gesicht, als er sich wieder Carla zuwandte. »Die Dinge, die mit früher zusammenhängen, regen sie auf. Versprich mir, dass du sie nicht mehr darauf ansprichst«, bat er sie.

Carla nickte. Sie hatte ohnehin nicht die Absicht gehabt. »Trotzdem verstehe ich nicht, warum die Dinge aus ihrer Jugendzeit so eine Reaktion bei ihr auslösen. Das liegt doch lange vor der Zeit, bevor das mit Anastasia passiert ist«, insistierte sie noch einmal.

Ihr Vater rührte in seinem Tee. »Es war einfach eine schwierige Zeit. Niemand erinnert sich gerne an den Krieg. Wir alle haben damals Dinge erlebt, die wir lieber vergessen wollen«, sagte er.

Carla spürte, dass seine Erklärung nur eine Ausrede war, um ihr nicht den wahren Grund zu nennen. »Weißt du, was aus dieser Edith geworden ist? Wo sie heute lebt?«

»Nein, keine Ahnung.« Ihr Vater schüttelte den Kopf. Auf einmal wirkte er abwesend, als wäre er mit seinen Gedanken an einem ganz anderen Ort …

PAUL

23

Berlin, 11. März 1933

Paul starrte auf den Verband an seinem Knie und strich sich mit einer missmutigen Bewegung die dunkelblonden Haare aus der Stirn. Es war das dritte Mal in zwei Jahren, dass er im Krankenhaus war, und so wie es aussah, würde es wohl auch nicht das letzte Mal bleiben. Sein Blick wanderte durch das schlicht eingerichtete Krankenzimmer, in dem ein leichter Geruch von Desinfektionsmitteln hing, an den er sich inzwischen gewöhnt hatte. Seit einer Verletzung vor drei Jahren waren das Gelenk und die Bänder seines Knies geschädigt, und er befand sich immer wieder in ärztlicher Behandlung. Er versuchte, die Verbitterung, die unweigerlich wieder in ihm hochzusteigen drohte, zu unterdrücken. Er war siebenundzwanzig Jahre alt und hätte eigentlich eine große Laufbahn als Sportler vor sich gehabt. Die Natur hatte ihm alles dafür mitgegeben – er war groß, athletisch gebaut und besaß die erforderliche Muskelkraft und Schnelligkeit. Schon in der Schule hatte er in der Leichtathletik alle Rekorde gebrochen. Er gewann Wettbewerbe und Medaillen und selbst die Deutschen Meisterschaften im Zehnkampf, ohne sich groß anstrengen zu müssen. Die nächsten Olympischen Spiele schienen nur eine logische Fortsetzung seiner Laufbahn. Aber dann war alles anders gekommen. Bei einem Wettbewerb stürzte Paul unglücklich. Er verletzte sich den Knöchel, der zunächst schnell wieder heilte. Erst später wurde offensichtlich, dass sein Knie von dem Unfall ebenfalls betroffen war. Er hatte Schmerzen, das Training fiel ihm plötzlich schwer, und seine alten Verletzungen zwangen ihn, immer wieder zu pausieren. Doch am schlimmsten war, dass es ihm trotz aller Anstrengungen nicht gelang, an seine alte Leistungsfähigkeit anzuknüpfen. Zwei Jahre lang quälte er sich, bis er begriff, dass er als Sportler keine Zukunft mehr hatte.

Vorsichtig massierte Paul das Gewebe um sein Knie, das seit der jüngsten Operation noch ganz steif war. Er hatte sich damit abgefunden, dass er nicht berühmt werden und keine Weltrekorde brechen würde. Stattdessen würde er sich nun auf die Prüfung als Steuerberater vorbereiten und hoffte, in dem Steuerbüro seines Vaters später eine Anstellung zu bekommen. Nur gelegentlich erfasste Paul noch immer ein Anflug von Wut, dass es so gekommen war. Es waren die Augenblicke, in denen ihm bewusst wurde, wie sehr er den Sport vermisste – die Herausforderung und das Hochgefühl, wenn er einen Wettkampf gewonnen oder einen neuen Rekord gebrochen hatte. Seine Augen wanderten zu den Unterlagen für die Prüfung, die sich neben ihm auf dem weißen Nachttisch türmten. Sein Vater hatte sie ihm am Morgen mitgebracht, aber er fühlte sich einfach nicht in der Stimmung zu lernen. Dabei hatte er gerade deshalb seine ganze Überzeugungskraft bei der Schwester dafür eingesetzt, allein in einem der privat bezahlten Zweibettzimmer untergebracht zu werden, von denen es im Krankenhaus nur wenige gab.

Draußen im Flur hörte man aufgeregte Stimmen. Paul runzelte die Stirn. Schon den gesamten Tag herrschte im Krankenhaus eine angespannte Atmosphäre.

Statt nach den Unterlagen griff er nach der Tageszeitung.

Die Schlagzeilen beschäftigten sich noch immer mit den Wahlergebnissen der letzten Woche. Die Nationalsozialisten hatten 43,9 Prozent der Stimmen bekommen und schienen nun endgültig nicht mehr aufzuhalten zu sein. Bereits im Januar war Hitler zum Reichskanzler ernannt worden. Die ständigen Aufmärsche der Braunhemden, die ihre neue Macht demonstrierten, gehörten seitdem zum Straßenbild. Paul hielt nicht viel von Politik. Sie war ihm schon immer suspekt vorgekommen, und er bezweifelte, dass Hitler und seine Partei alles besser machen würden. Bisher schienen sich die Nationalsozialisten vor allem durch ihre brutalen Methoden auszuzeichnen, mit denen sie gegen Juden und politische Gegner vorgingen. Man hörte von Übergriffen ihrer Sturmtruppe, der SA, die seit letztem Monat nun auch noch offiziell zur Hilfspolizei gehörte, auf Sozialdemokraten, Kommunisten und Gewerkschaftler. Paul hatte bisher vieles für Übertreibung gehalten, aber seitdem er hier im Krankenhaus am Urban war, hatte er mehrfach mitbekommen, wie Patienten eingeliefert wurden, die Opfer der SA geworden waren. Der Anblick der Verletzten, die schrecklich zugerichtet waren, hatte ihn schockiert. Er verdrängte die Bilder aus seinem Kopf, überschlug die aktuellen politischen Seiten, in denen selten etwas über diese Vorfälle zu lesen war, und blätterte zum Sportteil vor.

Plötzlich horchte er auf. Draußen vom Hof hallte der Lärm von quietschenden Reifen zu ihm herauf. Schwere Autotüren wurden zugeschlagen, und Stimmen schrien laute Befehle. Ein ungutes Gefühl ergriff ihn plötzlich. Dummerweise konnte er von seinem Bett aus nichts sehen. Er versuchte, sich unter Schmerzen aufzusetzen, was sich mit seinem steifen Knie keineswegs als leicht erwies, und griff nach seiner Krücke. Ächzend schleppte er sich darauf gestützt zum Fenster und schob sich zwischen die Gardine und Scheibe.

Ungläubig sah er, was sich unten im Hof abspielte. Zwei LKWs mit SA-Leuten, mit ihren typisch braunen Hemden, Stiefeln und der roten Hakenkreuzbinde, hatten dort angehalten, und ein ganzes Bataillon von Männern sprang gerade von den Wagen ab.

Was wollte die SA hier?

Ein Arzt im weißen Kittel kam unten in den Hof gerannt und versuchte, mit dem Führer der Truppe zu reden, einem arrogant aussehenden Mann in den Dreißigern, dessen Gesichtszüge bereits die Anzeichen eines Doppelkinns zeigten. Doch dieser ignorierte ihn. Paul zuckte zusammen, als er beobachtete, wie stattdessen einer seiner Gefolgsleute dem Arzt den Gewehrkolben ins Gesicht schlug. Der Arzt stürzte zu Boden. Blut lief über sein Gesicht, während Männer, ohne ihn weiter zu beachten, an ihm vorbeiliefen. Pauls Kehle schnürte sich zu.

In diesem Augenblick spürte er einen Windzug in seinem Rücken. Als er sich umdrehte, sah er, dass sich die Tür zu seinem Zimmer geöffnet hatte und eine junge Krankenschwester in sein Zimmer gestürmt war. Sie warf einen schnellen Blick zu den beiden leeren Betten und schien ihn nicht zu bemerken, weil die Gardine ihn verdeckte. Hastig schloss sie die Tür hinter sich. Erst jetzt bemerkte Paul, dass sie nicht allein war – sie hatte einen jungen Mann im Arztkittel mit in den Raum gezogen, der leichenblass war.

24

Sie hatte oben vom Treppengeländer im zweiten Stock aus gesehen, wie die SA hereinstürmte und Ärzte und Pfleger wahllos bei ihren Kitteln griff, um sie nach ihren Namen zu fragen. Zwei jüdische Ärzte wurden sofort mitgenommen. Voller Entsetzen beobachtete sie, wie man sie den Flur entlangtrieb.

Ohne lange zu überlegen, hatte Dora den Assistenzarzt Dr. Wiesenthal, der wie gelähmt neben ihr stehen geblieben war, mit sich gezogen und die erstbeste Tür geöffnet. Es war eines der privaten Patientenzimmer. Seit dem Morgen hatte es Gerüchte gegeben, aber niemand hatte ihnen Glauben geschenkt. Dass Juden auf der Straße beleidigt und angegriffen wurden, war keine Besonderheit mehr – aber Ärzte, in einem Krankenhaus!

»Schnell, Sie müssen sich verstecken!«, stieß sie hervor. Ihre Augen irrten durch den Raum, und dabei nahm sie zwei Dinge wahr – dass der Kleiderschrank das einzig mögliche und zugegebenermaßen nicht besonders gute Versteck war und dann die beunruhigende Tatsache, dass sie nicht alleine waren. Ein Mann befand sich mit ihnen im Zimmer, ein Patient. Er stand in der Ecke am Fenster auf eine Krücke gestützt und starrte sie mit ungläubigem Blick an. Die Gardine hatte ihn verdeckt. Panik ergriff Dora, denn ihr wurden mit einem Mal die Konsequenzen ihres Tuns bewusst. Doch die Monate im Krankenhaus hatten sie gelehrt, in Gefahrensituationen schnell zu handeln. »*Der eine Moment, in dem Sie zögern, kann Ihren Patienten das Leben kosten. Das dürfen Sie nicht vergessen. Handeln Sie schnell, und verlassen Sie sich in solchen Augenblicken auf ihre Intuition. Die ist oft besser als ihr Ruf …*« Als Dr. Friedrichs, einer ihrer Ausbilder, das zu ihnen allen sagte, hatten sie gelacht, aber jetzt merkte Dora, dass sie trotz der übermächtigen Angst, die durch ihren Körper flutete, tatsächlich dazu in der Lage war. Sie ignorierte den Blick des Mannes, riss die Türen des weißen Metallkleiderschranks auf, schob den leichenblassen Arzt, dem die Todesangst ins Gesicht geschrieben stand, in den Garderobenteil und schloss eilig ab. Kaum hatte sie den Schlüssel in ihre Kitteltasche gleiten lassen, da hörte sie draußen auf dem Flur auch schon schwere Schritte.

Die Tür öffnete sich, und drei SA-Leute kamen in den Raum marschiert. Hacken wurden zusammengeschlagen.

»Heil Hitler! Wir sind auf der Suche nach allen jüdischen Ärzten, Krankenschwestern und Pflegern!« Wie eine schwarze Wolke breitete sich die Bedrohung im Raum aus.

Dora hatte plötzlich das Gefühl, keine Luft mehr zu bekommen. Sie starrte auf die schwarzen Stiefel, doch sie hob den Arm. Es war bekannt, dass das Nichterwidern des Grußes bei den Aufmärschen der SA regelmäßig von diesen zum Anlass genommen wurde, sich brutal an den Leuten zu vergreifen.

»Heil Hitler. Hier ist niemand, meine Herren! Bitte entschuldigen Sie, aber ich muss mich hier gerade um einen Patienten kümmern!« Sie nickte ihnen zu, als wäre es an der Tagesordnung, dass SA-Leute in Krankenzimmer hineinmarschierten, und ging auf den Mann am Fenster zu. »Sie können doch nicht einfach aufstehen! Also, das geht nicht. So kurz nach der Operation«, sagte sie, bemüht, einen strengen Tonfall anzuschlagen, und schickte ein stummes Stoßgebet zum Himmel, dass man ihr nichts anmerkte. Ihre Hände waren feucht vor Angst, und ihr Herz schlug so schnell und laut, dass sie sicher war, jeder im Raum müsste es hören. Sie zwang sich, sich auf den Mann zu konzentrieren. Er hieß Paul Behringer, wie sie an dem Schild am Fußende seines Bettes las, und sah sie noch immer ungläubig an.

»Ich wollte nur kurz ans Fenster, Schwester«, erwiderte er schließlich. Anscheinend war er bereit, das Spiel mitzuspielen. Er griff sie am Arm, um sich zurück ins Bett helfen zu lassen, und sie merkte, dass er tatsächlich Schmerzen hatte.

»Was ist in dem Schrank hier?«, unterbrach sie einer der SA-Leute in diesem Moment in schneidendem Ton. Sie konnte hören, wie er an dem Türknauf rüttelte.

Dora drehte sich halb zu ihm. »Decken, Handtücher, Verbandszeug und Sauerstoffflaschen«, gab sie mit ruhiger Stimme Auskunft, doch ihre Hände zitterten. Sie nahm wahr, dass der Patient an ihrer Seite plötzlich sie stützte und nicht umgekehrt. Der Griff an ihrem Arm verstärkte sich. Der Blick seiner blauen Augen traf sie, als wollte er ihr etwas sagen, und aus unerfindlichen Gründen fand sie darin etwas, das ihr auf einmal Halt gab.

»Und jetzt bleiben Sie schön liegen, Herr Behringer!«, sagte sie, während die Gedanken durch ihren Kopf rasten. Was, wenn Dr. Wiesenthal es nicht schaffte, ruhig zu bleiben, oder nicht genügend Luft bekam? *Oder wenn die Männer den Schrank aufbrachen?*

»Wer hat den Schlüssel?«, fragte der SA-Mann.

»Die Stationsschwester.«

Der SA-Mann musterte den Schrank abschätzend, und Dora stellte sich gerade aufs Schlimmste ein, als sein Gefolgsmann unerwartet einen Schritt nach vorne auf das Bett zukam. Schon die ganze Zeit hatte er den Patienten immer wieder gemustert.

»Sie sind Paul Behringer?«, brach es jetzt aus ihm heraus. Aufgeregt blickte er ihn an. »Der Leichtathlet? Haben Sie nicht 1925 die Deutschen Meisterschaften gewonnen?«

Paul Behringer nickte aus seinem Bett heraus. Er deutete auf sein Bein. »Das Knie hat dummerweise nicht mehr so mitgemacht!«

»Das tut mir leid. Ich habe Sie gesehen! Sie waren so ein großes Talent. Der König der Athleten. Auf Männer wie Sie sind wir in Deutschland stolz!« Angesichts der unerwartet emotionalen Sympathiebekundungen des Mannes, dessen Gesicht bis eben nichts als gefühlskalte Härte gezeigt hatte, wurde Dora beinah übel. Wie konnte sich ein Mensch innerhalb weniger Sekunden so verändern? Die gesamte Stimmung schien mit einem Mal umgeschlagen. Selbst der SA-Vorgesetzte blickte angetan zu Paul. Die Männer wirkten jetzt beinah freundlich.

»Nun dann, wir müssen weiter. Hier gibt's noch einiges zu erledigen, bis wir das Krankenhaus von dieser Brut gesäubert haben. War mir eine Ehre, Herr Behringer! Sie werden sich wahrscheinlich auf ein paar Doppelschichten einstellen müssen, Schwester, bevor wir ordentlichen deutschen Ersatz gefunden haben«, fügte der Vorgesetzte, zu Dora gewandt, hinzu. Er lächelte leicht, bevor er erneut die Hacken zusammenschlug und verschwand. Fassungslos starrte Dora auf die Tür, die sich hinter den Männern schloss.

»Geben Sie mir den Schlüssel!«, ertönte eine leise Stimme neben ihr.

Sie schüttelte den Kopf.

»Ich werde ihn rauslassen, wenn sie weg sind. Es ist viel zu auffällig, wenn Sie das tun«, raunte er.

Dora sah ihn an. Erst dann merkte sie, dass er beruhigend ihre Hand ergriffen hatte – sie zitterte am ganzen Körper.

25

Edith hatte schon mehrmals auf die schmale goldene Uhr an ihrem Handgelenk geblickt. Es war fast neun, aber von Dora fehlte noch immer jede Spur. Sie waren mit einer Gruppe von Freunden zum Essen bei *Schwanneckes* verabredet, einem bekannten Künstlerlokal, und um sie herum herrschte lautes Stimmengewirr an dem langen Tisch. Wortfetzen und Lachen vermischten sich mit dem Klirren von Gläsern. Wo blieb Dora nur? Gewöhnlich verspätete sie sich nie mehr als zehn Minuten, und selbst dann hatte sie schon ein schlechtes Gewissen. Es war Samstag, und sie hatte Dienst im Krankenhaus gehabt. Vielleicht hatte es noch einen Notfall gegeben …

»Vermisst du deinen Zwilling? Ihr könnt nicht ohne einander, oder?«, fragte Erik, der zu ihrer Rechten saß, mit einem breiten Grinsen.

Edith strich sich eine dunkle Strähne ihres Bubikopfs aus dem Gesicht. »Ich frage mich, wo sie bleibt!«

Erik trank einen Schluck von seinem Wein. »Ich kann es immer noch nicht fassen, dass sie als Krankenschwester arbeitet«, sagte er kopfschüttelnd.

Edith lächelte ehrlich. »Ja, sie ist wahrscheinlich die Einzige von uns, die etwas wirklich Sinnvolles tut«, erwiderte sie, und wie zur Bestätigung glitt ihr Blick über die anwesende Tischgesellschaft. Neben ihrem Bruder Carl, an dessen Schulter seine neueste Begleiterin, eine rothaarige Varietétänzerin, klebte, gehörten auch Jules Cohn, Fritz, Lisa Meyenburg und noch einige andere Freunde dazu, die alle eines auszeichnete – sie waren entweder von Haus aus reich oder bezeichneten sich selbst als Künstler und Intellektuelle, was auf einige von ihnen auch wirklich zutraf. »Ich bin stolz auf Dora«, fügte sie hinzu, und das meinte sie ernst. Als die Freundin ihr erzählt hatte, dass sie Krankenschwester werden wollte, war sie entsetzt gewesen, denn Edith fand, sie habe ein weit größeres Potenzial, aber dann begriff sie, dass der Beruf genau zu ihrer Bodenständigkeit, zu ihrer Wärme und Fähigkeit, für andere da zu sein, passte. Dora war ein besonderer Mensch, denn sie war auf einzigartige Weise immer sie selbst. Schon als Kind hatte sie nie versucht, etwas anderes vorzugeben oder zu sein. Die meisten Menschen, die Edith sonst kannte, waren anders.

Manchmal beneidete sie Dora darum, dass sie so geerdet war und in sich ruhte.

Nachdenklich zog sie aus ihrer Abendhandtasche ihre Zigaretten, setzte eine von ihnen an die lange Spitze des Mundstücks und ließ sich von Erik Feuer geben. Sie selbst war immer auf der Suche, ohne dass sie wirklich wusste, wonach. Eine ständige Unruhe und ein Lebenshunger, der nicht zu stillen schien, trieben sie an. Manchmal glaubte sie, an dem inneren Feuer zu verbrennen. An einem Tag schien ihr alles ein einziges großes Abenteuer, und am nächsten fürchtete sie, dass sie nichts als ein sinnloses Dasein fristen würde.

Bestimmt vier der Männer am Tisch hätten alles dafür gegeben, mit ihr alleine auszugehen und ihre Zuneigung zu gewinnen, aber sosehr Edith sie mochte, ihre offensichtliche Bewunderung langweilte sie. Sie schien ihr zu offensichtlich, zu vorhersehbar in dem, was geschehen würde. Beruflich ging es ihr kaum anders. Der Schauspielunterricht, den sie nahm, gefiel ihr, und sie hatte bereits einige Male die Gelegenheit bekommen, für ein Stück auf der Bühne vor echtem Publikum zu spielen. Man hatte ihr Komplimente gemacht, und alle sagten, sie habe großes Talent, doch Edith wusste, dass ihr etwas fehlte. Sie fühlte nicht die Leidenschaft, von der ihr ihre Mutter als Pianistin immer erzählt hatte oder die sie sah, wenn Jules selbstversunken Violine spielte. Ihr Spiel ergriff sie selbst nicht in der Tiefe, und sie kannte zu viele Künstler, um nicht zu wissen, dass sie deshalb immer beliebig und oberflächlich in ihrer Darstellung bleiben würde.

»Du bist heute so ernst«, stellte Erik fest. »Machst du dir etwa Sorgen um Dora?«

Edith schüttelte den Kopf. »Aber nein! Ich war nur in Gedanken …«

Sie verspürte plötzlich das Bedürfnis nach frischer Luft, drückte ihre Zigarette aus, die sie gerade erst angezündet hatte, und griff nach ihrer Stola. Als sie das Restaurant durchquerte, nahm sie wahr, dass ihr die Blicke folgten. An einem der Tische in der Nische, die gewöhnlich für besondere Gäste reserviert waren, wandte ein Mann den Kopf zu ihr. Er war ausgesprochen attraktiv – seine klaren Gesichtszüge hatten etwas Sinnliches und Männliches zugleich, das durch sein kantiges Kinn und die dunklen Haare, die er glatt aus dem Gesicht gekämmt trug, noch unterstrichen wurde. Er hatte seinen Arm lässig auf der Stuhllehne abgelegt, über der wie hingeworfen ein Mantel mit aufwendigem Pelzkragen lag, und musterte sie in ihrem engen Seidenkleid von oben bis unten mit einem abschätzenden Blick, der etwas derart Unverschämtes hatte, dass Edith ihn am liebsten zurechtgewiesen hätte.

Sie fragte sich, wer er war, als ihre Aufmerksamkeit abgelenkt wurde. Durch die Schwingtür des Restaurants kam eine Gestalt gehastet. Es war Dora. Sie wirkte völlig aufgelöst, beinah verstört. Selbst das Rouge auf den Wangen konnte nicht darüber hinwegtäuschen, dass sie leichenblass war. Edith schaute sie besorgt an.

»Es tut mir leid, dass ich erst so spät komme«, sprudelte es aus Dora heraus. »Ich konnte nicht früher aus dem Krankenhaus weg. Es war ein furchtbar …« Sie brach ab, als die Garderobiere auf sie zukam und ihr den Mantel abnahm.

»Was ist denn geschehen?«, fragte Edith, während sie die Freundin mit zu ihrem Tisch nahm. Aus den Augenwinkeln bemerkte sie, dass der Mann in der Nische sie noch immer beobachtete. Doch sie ignorierte ihn.

»Da bist du ja endlich, Dora!«, sagte Carl, als sie zu ihrem Tisch kamen. Obwohl sie längst erwachsen waren, übernahm er immer noch gern für sie und Edith die Beschützerrolle. »Mein Gott, was ist mit dir passiert? Du siehst ja aus, als wenn dir der Tod persönlich begegnet wäre!«, entfuhr es ihm dann jedoch sogleich.

Fritz stieß seinen Freund Carl in die Seite. »Was für eine geistreiche Bemerkung, das zu einer Krankenschwester zu sagen.«

Alle am Tisch lachten – bis auf Dora. Irgendjemand hatte einen Stuhl gebracht, auf den sie sich neben Edith niederließ. In der ausgelassenen Runde fielen ihre ernste Miene und die Blässe ihres Gesichts doppelt auf. »Was ist denn los?«, fragte Edith erneut.

Dora starrte sie an. »Ihr habt es nicht mitbekommen?«

»Was denn?«, fragte Fritz von der anderen Seite des Tisches und brachte die Gespräche um sie herum mit einer Handbewegung plötzlich zum Schweigen.

Dora zögerte und schaute sich in dem Restaurant um, als fürchtete sie, jemand könnte ihr zuhören.

Ediths Besorgnis wuchs. *Schwanneckes Weinstube* war ein typisches Künstlerlokal, in dem man noch immer sagte, was man dachte, aber in der letzten Zeit vergiftete ein zunehmendes Misstrauen überall in Berlin die Atmosphäre. Die vielen Geschichten über Festnahmen und Verhöre, über die Spitzel und Spione, die jedes Gespräch an die Nazis weitertrugen, hinterließen immer stärker ihre Spuren. Es war ein Klima der leisen Angst, in dem sie alle auf einmal lebten – man überlegte sich, was man laut sagte.

»Die SA war heute im Krankenhaus und ist auch jetzt noch dort. Sie hat es regelrecht gestürmt.« Doras Augen irrten zu Jules Cohn, und sie senkte den Blick. Überrascht entdeckte Edith in den Augen der Freundin einen Ausdruck von Schuldgefühl.

»Sie haben alle jüdischen Ärzte und Pfleger vertrieben und einige sogar mitgenommen. Sie waren furchtbar brutal«, berichtete sie stockend. »Prof. Zondek, dem Direktor des Krankenhauses, hat die SA in einem der Dienstzimmer eine Art Tribunal bereitet. Man hat ihm erklärt, dass er seines Amtes enthoben sei … Es war schrecklich!« Dora verstummte.

Am Tisch war es mit einem Schlag still. Die Gespräche und das Gelächter der anderen Gäste schienen wie aus einer anderen Welt zu ihnen zu dringen.

»Aber mit welcher Rechtfertigung konnten sie das tun?«, entfuhr es Erik.

»Ach, das ist bestimmt nichts als lautes Säbelrasseln und nur eine Einschüchterungstaktik. Morgen sind sie sicher alle zurück«, versuchte Carl den Vorfall abzuschwächen.

Jules Cohn, der sich am anderen Ende eine Zigarette angezündet hatte, schüttelte den Kopf. »Nein, das denke ich nicht. Die Nazis planen, dass jüdische Ärzte und Juristen vollständig aus dem öffentlichen Dienst entfernt werden. *Wiederherstellung des deutschen Berufsbeamtentums* nennt man das, glaube ich«, erklärte er mit kaltem Spott und blies den Rauch seiner Zigarette aus.

Edith lief ein Schauer über den Rücken. Sie verspürte plötzlich das Bedürfnis, ihr Glas Wein in einem Zug hinunterzustürzen. »Das ist doch der reine Wahnsinn alles«, sagte sie. Sie wandte den Kopf zu Dora, die mit versteinerter Miene auf ihren Teller starrte und noch immer so verstört wirkte, dass

Edith mit einem Mal begriff, dass noch etwas geschehen sein musste – etwas, das sie nicht in großer Runde erzählen wollte oder konnte.

26

Der Alkohol half. Die ersten zwei Gläser Wein hatte sie kaum gemerkt, obwohl sie gewöhnlich wenig vertrug, aber als sie den Cognac trank, den Edith ihr schweigend reichte, spürte sie endlich, wie die Angst etwas erträglicher wurde. Sie saß zwischen den anderen, blickte in ihre Gesichter und konnte nicht begreifen, dass sie einen ganz normalen Tag erlebt hatten, dass das Leben einfach so weiterging, nach dem, was geschehen war. Die ganze Zeit fragte sie sich, was die SA mit den Assistenzärzten und Pflegern tun würde, die sie mitgenommen hatte. Ein entsetzliches Gefühl der Scham ergriff sie, wenn sie sich daran erinnerte, was man dem Direktor des Krankenhauses angetan hatte. Einige Schwestern und Ärzte waren genauso entsetzt gewesen wie sie, aber in manchen Gesichtern ihrer Kollegen hatte Dora auch Genugtuung und Zustimmung über das Vorgehen der SA gesehen. Sie hatten Prof. Zondek wie einen Kriminellen behandelt. Es war erschütternd. Einen anerkannten und geschätzten Mediziner, der sich immer mit Hingabe seinen Patienten gewidmet hatte. Männer wie Gustav Stresemann und der ehemalige Reichstagspräsident Paul Löbe hatten zu ihnen gehört …

»Bitte, ich brauche noch einen Cognac«, sagte sie zu Edith, obwohl sie wusste, dass der schale Geschmack, den sie auf der Zunge verspürte, damit auch nicht weggehen würde.

Sie hatte sogar kurz überlegt, ihren Bruder um Hilfe zu

bitten. Wilhelm hatte inzwischen wichtige Verbindungen. Doch sie machte sich nichts vor, er war ein begeistertes Parteimitglied und würde ihr nur wieder eine Predigt halten.

Sie versuchte, ihre Schuldgefühle zu verdrängen, und verspürte keinen Appetit. Ediths prüfender Blick traf sie mehrmals, und Dora war froh, dass sie ihr keine weiteren Fragen stellte, so als ahnte sie, dass hier nicht der richtige Ort dafür war. Beinah war sie erleichtert, als sie schließlich zahlten und alle aufbrachen. Die Freunde wollten noch tanzen gehen. Dora stand der Sinn nicht nach Vergnügungen, aber noch weniger wollte und konnte sie jetzt allein sein. Sie wollte sich betäuben, die Bilder genauso aus ihrem Kopf bekommen wie die Angst und die Schuldgefühle, und ließ sich schließlich von den Freunden überreden, sie noch zu begleiten.

Sie gingen ins *Johnny,* eine Bar, in der amerikanischer Jazz gespielt wurde. Die Musik und der Alkohol trugen sie fort. Irgendwann zog Edith sie schließlich mit sich, einen schmalen Gang entlang zum Hinterausgang, der in einen dunklen Hof mündete. Hier waren sie alleine. »Du hast nicht alles erzählt, oder?«, fragte sie ernst.

»Hast du eine Zigarette?«

»Du rauchst doch gar nicht!«

Dora merkte, wie ihr die kalte Luft jäh die angenehme Benommenheit nahm. Sie fröstelte und sah sich wieder um, als könnte sie hinter einem der dunklen Mauervorsprünge oder den Umrissen der Mülltonnen jemand belauschen. Auch wenn es wenig wahrscheinlich war, dass man in einem Jazzclub, in dem amerikanische Musik gespielt wurde, Leute traf, die mit den Nationalsozialisten sympathisierten. Schließlich begann sie Edith stockend auch den Rest der Geschehnisse zu erzählen, den sie vorhin am Tisch verschwiegen hatte – nicht nur, wie die SA das Krankenhaus gestürmt hatte, sondern auch, wie sie Dr. Wiesenthal im Schrank eines Patienten versteckt hatte, wie die SA dann ins Krankenzimmer gekommen und zu ihrem Entsetzen auch noch später im Krankenhaus geblieben war. »Es war furchtbar. Ich habe noch nie solche Angst gehabt, Edith. Wir mussten Dr. Wiesenthal im Dunkeln aus dem Krankenhaus bringen.« Dora zitterte bei der Erinnerung daran. »Ich habe mich so gefürchtet«, sagte sie erneut.

Edith legte den Arm um sie. »Du warst sehr mutig!«, erwiderte sie leise voller Bewunderung. »Du bist ein wundervoller Mensch, Dora!«

»Nein«, stieß sie mit unerwarteter Heftigkeit hervor. »Das bin ich nicht. Ich hatte solche Angst, dass ich es beinah bereut habe und mir gewünscht habe, ich hätte ihm nicht geholfen. Ich habe auf einmal nur an mich gedacht, daran, was sie mit mir machen, wenn sie es herausfinden.« Sie weinte. »Ich bin ein schrecklicher Mensch!«

Edith zog sie in ihre Arme. »Das bist du nicht, Dora! Jeder hätte in dieser Situation solche Gedanken gehabt. Genau das wollen diese Leute ja erreichen.«

Ein Geräusch hinter ihr ließ sie zusammenfahren. Ausgerechnet Jules Cohn war zu ihnen nach draußen getreten. Dora wischte sich hastig die Tränen aus dem Gesicht.

»Verzeihung«, sagte er und machte Anstalten, sich wieder abzuwenden, aber Dora schüttelte den Kopf. »Nein, bleib! Bitte …«

Er nickte zurückhaltend und zündete sich gedankenverloren eine Zigarette an. Einen Moment lang beobachteten sie alle drei, wie der helle Dunst seines Rauchs nach oben stieg und sich in der Dunkelheit verlor. Dora hätte nicht sagen können, was sie bewegte, plötzlich das Wort an ihn zu richten. Vielleicht war es einfach der Alkohol, der ihr die Hemmungen genommen hatte. »Du solltest hier weggehen, dieses Land verlassen, Jules!«, brach es aus ihr heraus.

»Dora!« Edith blickte sie entgeistert an.

Sie schwieg. »Ich meine es nur gut«, sagte sie schließlich leise.

»Ich verstehe schon, was du meinst«, erwiderte Jules und nahm einen tiefen Zug von seiner Zigarette. Er sah sie an. »Und du hast recht, Dora, das sollte ich eigentlich tun.« Ein resignierter Ton schwang in seiner Stimme. »Aber wohin soll ich gehen? Ich habe nicht einmal Verwandte im Ausland. Meine Familie und alles, was ich bin, ist hier. Deutschland ist meine Heimat.«

27

Die nächsten Tage im Krankenhaus fielen Dora schwer, und sie war fast dankbar dafür, dass es durch die fehlenden Ärzte und Pfleger, die nach und nach durch nichtjüdisches Personal ersetzt wurden, so viel zu tun gab, dass sie kaum zum Nachdenken kam. *Der Patient steht immer an erster Stelle,* hatte Prof. Zondek zu sagen gepflegt, und es tröstete sie, dass er als Erster gewollt hätte, dass sie ihren Aufgaben weiter so gewissenhaft nachkam, als wäre nichts geschehen. Einige Tage nach dem Vorfall erfuhr sie von einer älteren Schreibkraft in der Verwaltung, Greta, dass der Direktor des Krankenhauses noch am selben Abend Deutschland verlassen hatte. Flüsternd berichtete diese ihr, der Arzt sei mit seinem Bruder Samuel, ebenfalls ein Mediziner, in die Schweiz geflohen. Die Nachricht erleichterte Dora im gleichen Maße, wie sie sie traurig machte. Es schien ihr unvorstellbar, dass sie diesen warmherzigen Mann nie wiedersehen sollte. Genau wie Dr. Wiesenthal, von dem sie einen Dankesbrief erhielt. Er war nach Frankfurt gegangen und wollte dort nun in einem jüdischen Krankenhaus arbeiten.

Das Verhältnis zu den neuen Ärzten am Urban war distanziert, da keiner sicher war, wie fest sie mit der SA-Führung verbunden waren.

Während ihres Dienstes sah Dora auch Paul Behringer wieder. Es gab seit jenem Tag, als sie Dr. Wiesenthal in seinem Zimmer versteckt hatte, eine besondere Verbindung zwischen ihnen.

Sie sprachen beide nie über das, was vorgefallen war, doch die schrecklichen Geschehnisse waren auch so allgegenwärtig. Dora wurde seitdem oft von Albträumen gequält. Manchmal, wenn Paul Behringer sie ansah, fand sie in seinen Augen genau denselben Ausdruck wie an jenem Tag, als die SA in sein Zimmer gekommen war und sie geglaubt hatte, ihre eigene Angst würde sie überwältigen. Etwas darin gab ihr Halt und schien ihr jetzt wie ein Versprechen, dass sie sich nicht zu fürchten brauchte und die Welt und das Leben noch andere und schöne Dinge für sie bereithalten würden.

Paul Behringer, den sie schon bald beim Vornamen nannte, erzählte ihr von seiner Sportler-Laufbahn, von seiner Aussicht, an den Olympischen Spielen teilzunehmen, und wie er sich dann von seinen Träumen verabschieden musste. Dora war beeindruckt von ihm. Es gefiel ihr, dass er sich von diesem Schicksalsschlag nicht unterkriegen ließ, sondern einen soliden Beruf ergreifen wollte. Sie fühlte sich wohl in seiner Gegenwart und nahm wahr, dass er sich freute, wenn sie zu ihm kam. Anfangs machten sie seine Fragen ein wenig verlegen, aber schließlich begann sie bereitwillig, ihm von ihrem Leben zu erzählen, von Edith und wie sie im Hause der Theußenbergs aufgewachsen war. Sie gewann ein tiefes Vertrauen zu ihm und gestand ihm sogar, dass sie schon als kleines Mädchen immer von einer eigenen Familie geträumt hatte, weil sie selbst nie wirklich eine gehabt hatte. Er belächelte sie nicht, sondern nickte nur voller Wärme und Verständnis, und Dora merkte nicht nur, wie sie die täglichen Momente mit ihm immer mehr herbeisehnte, sondern auch, wie sehr er ihr gefiel. Gelegentlich blieb sie sogar im Anschluss an ihre Arbeit noch etwas länger, um sich mit ihm zu unterhalten. Wenn sie zu ihm ging, schaute sie vorher in den Spiegel, zog ihre Haube zurecht und legte heimlich einen Hauch von Rouge auf die Wangen. Manchmal huschte für einen kurzen Augenblick ein Ausdruck der Anerkennung über sein Gesicht, wenn sie hereinkam, und wenn sein Blick sie streifte, blitzte eine männliche Herausforderung auf, die ihr Herz schneller schlagen ließ. Doch er versuchte nie, mit ihr zu flirten, geschweige denn sie zu berühren, als wollte er die unsichtbare neutrale Linie zwischen ihnen nicht übertreten. Sein Verhalten verunsicherte sie, ja Dora fühlte tief in ihrem Inneren eine leise Enttäuschung. Gewöhnlich zeigten ihr die Männer, dass sie sie anziehend fanden.

Pauls Genesung schritt indessen voran. Er konnte mithilfe seiner Krücken wieder alleine gehen, und seine Entlassung nahte. Dora wurde bewusst, wie sehr sie ihn vermissen würde. Als der Arzt schließlich seine Papiere unterschrieb, ergriff eine tiefe Niedergeschlagenheit von ihr Besitz.

Doch dann stand er auf einmal vor dem Schwesternzimmer in seinem dunklen Anzug vor ihr, groß und frisch rasiert – so, wie sie ihn noch nie gesehen hatte. In der einen Hand hielt er seine Reisetasche und in der anderen einen der kleinen Blumensträuße, die im Krankenhaus verkauft wurden. Noch nie war ihr aufgefallen, wie blau seine Augen waren.

»Ich wollte mich für alles bedanken, Dora, und ich hoffe, dass es nicht zu vermessen ist, Sie zu fragen, ob Sie mit mir ausgehen würden?«

Sie nickte und wurde dabei tatsächlich ein wenig rot. »Das würde ich sehr gerne«, stieß sie atemlos hervor, und als er ihr die Blumen reichte, wusste sie, dass sie ihr Herz schon jetzt ein wenig an ihn verloren hatte.

Sie erzählte Edith von ihm.

»Wie romantisch, dass ihr euch kennengelernt habt, als ihr einem anderen Menschen das Leben gerettet habt«, sagte Edith, die ihre Leidenschaft für ungewöhnliche Liebesgeschichten nicht verloren hatte. Die beiden Freundinnen saßen wie einst auf dem Dachboden. Sie blickten durch das schräge Dachfenster nach draußen in den klaren Sternenhimmel, und für einen Augenblick schien die Welt fast wie früher voller Verheißungen, die auf sie warteten.

CARLA

28

Cornwall, 1975

Sie hatte lange geschlafen. Als sie in die Küche hinunterkam, sah sie, dass ihr Vater bereits Tee und Toast auf einem Tablett vorbereitet hatte. Er hatte einen Zettel danebengelegt, auf dem er ihr einen guten Morgen wünschte und mitteilte, dass er nach Bude gefahren sei und gegen Mittag wieder zurück sein würde. Carla entsann sich, dass er ihr erzählt hatte, er gehe dort zurzeit mehrmals in der Woche für sein Bein zur Massage und therapeutischen Behandlung.

Sie setzte den Kessel mit Wasser auf, wartete, bis das schrille Pfeifen ankündigte, dass es kochte, und goss den Tee auf. Mit einem dampfenden Becher in der Hand trat sie kurze Zeit später auf die Terrasse hinaus. Ein leichter Nebel lag über der Landschaft. Die Felsen der Küste waren kaum zu erkennen, und es war kühl. Carla fröstelte, obwohl sie sich eine dicke Strickjacke übergezogen hatte. Sie tat ein paar tiefe Atemzüge. Beim Aufstehen hatte sie sich an etwas erinnert. Ein schemenhaftes Bild hatte sich vor ihren Augen gezeigt, doch bevor es klarer geworden war und sie den Gedanken, der sich damit verband, ganz zu fassen bekam, war ihr auch schon wieder alles entglitten und in den Tiefen ihres Unterbewusstseins entschwunden.

Sie trank einen Schluck von ihrem heißen Tee. Es war richtig gewesen hierherzukommen. Obwohl sie nicht erklären konnte, warum, spürte sie, dass sie ihren Erinnerungen hier näher als in London war.

Sie musste an ihren gestrigen Besuch bei ihrer Mutter und auch an die Reaktion ihres Vaters denken. Was versuchten die beiden zu verbergen? Sie nahm noch einen Schluck von ihrem Tee, bevor sie wieder ins Haus ging.

Carla überlegte, ob sie David Grant noch einmal anrufen sollte. Die Frage, wie gut der Journalist und sie sich gekannt hatten und ob er noch mehr über die Vergangenheit ihrer Mutter wusste, ging ihr nicht aus dem Kopf. Doch sie entschied sich dagegen. Sie musste sich erst selbst über einige Sachen klar werden. Stattdessen wählte Carla Rachels Nummer. Sie erzählte der Freundin, was geschehen war.

»Seltsam, dass deine Mutter so reagiert hat, wenn sie mit ihr befreundet war«, meinte Rachel. »Aber andererseits kann es viele Gründe geben, warum ihre Freundschaft mit dieser Edith vielleicht unschön auseinandergebrochen ist. Zumal damals Krieg war!«

»Das stimmt«, sagte Carla, die sich mit dem Telefon in der Hand in einen großen Sessel sinken ließ, bis zu dem die Schnur gerade reichte. Dann berichtete sie über die mysteriöse Rechnung von dem Reisebüro. »Ich glaube, dass Tom und mein Vater mich angelogen haben. Ich war gar nicht auf dem Weg nach Cornwall, als der Unfall passiert ist, sondern ich wollte nach Berlin fliegen.«

Sie konnte hören, wie Rachel am anderen Ende leise durch die Zähne pfiff. »Mann, das klingt allerdings so, als wenn hinter der ganzen Sache noch etwas ganz anderes steckt. Hast du deinen Dad darauf angesprochen?«

»Nein, ich habe das Gefühl, dass ich erst herausfinden muss, warum ich überhaupt nach Berlin wollte.« Sie zögerte.

»Weißt du, was mich so irritiert?«, sagte sie. »Ich verstehe einfach nicht, warum mein Vater mir nicht die Wahrheit sagt. Manchmal denke ich schon, dass mich alle nur vor etwas schützen wollen, dass ich irgendetwas Schreckliches getan habe …« Sie brach unsicher ab.

»Du meinst, dass du vielleicht etwas Kriminelles verbrochen hast?«, fragte Rachel spöttisch. »Unsinn, das glaube ich nicht!«

»Klinge ich paranoid?«

»Ein bisschen.«

Carla stöhnte auf.

»Mir würde es an deiner Stelle nicht anders gehen«, beruhigte Rachel sie. »Lass dich nicht einschüchtern. Du hast ein Recht, die Wahrheit zu erfahren. Hast du noch etwas von diesem Journalisten gehört?«

Sie berichtete ihr kurz von dem Telefonat mit David Grant, das durch ihren Mangel an Kleingeld unterbrochen worden war, bevor die beiden Freundinnen sich verabschiedeten.

Nachdem Carla den Hörer aufgelegt hatte, überlegte sie, wie sie mehr über die Geschichte mit Edith in Erfahrung bringen konnte. Nur, indem sie *mehr* über die Vergangenheit ihrer Mutter herausbekam, wurde ihr klar. Sie entsann sich, dass es oben auf dem Dachboden einige Kisten mit alten Sachen gab. Nach dem Selbstmordversuch ihrer Mutter hatte ihr Vater alle Dinge weggepackt, die diese an Anastasia oder früher erinnern könnten. Soweit sie wusste, befanden sich darunter auch einige ältere Fotoalben.

Carla beschloss, die Zeit, in der ihr Vater noch weg war, zu nutzen und einen Blick in die Kisten zu werfen.

29

Der Dachboden war so vollgestopft mit alten Möbeln, Kartons und Koffern, dass kaum ein schmaler Gang dazwischen frei geblieben war. Anscheinend hatte ihr Vater alles, was er im Haus nicht mehr gebrauchen konnte, einfach oben abgestellt. Spinnweben und eine dicke Staubschicht zeugten davon, dass er schon längere Zeit nicht hier gewesen war. Carlas Blick irrte ungläubig über die vielen Gegenstände. Sogar ihr Kinderfahrrad stand noch in einer Ecke.

Die alten Sachen von früher hatten sich immer hinten links befunden. Bemüht, nicht zu viel Staub abzubekommen und vor allem nichts umzustoßen, schlängelte Carla sich vorsichtig zwischen den Hindernissen zu ihrem Ziel hindurch. Schließlich hatte sie die Kisten erreicht.

Nach dem Gespräch gestern würde ihr Vater es sicherlich nicht gern sehen, dass sie auf dem Dachboden nach Spuren der Vergangenheit suchte. Tat sie unrecht, seinen Wunsch nicht zu respektieren? Doch dann dachte sie wieder an ihren Flug nach Deutschland und daran, dass er und Tom behauptet hatten, sie wäre auf dem Weg nach Cornwall gewesen. Irgendetwas musste sie herausgefunden haben, das sie dazu gebracht hatte, nach Berlin reisen zu wollen. Etwas, das sie nicht erfahren sollte.

Staub stieg ihr in die Nase, und Carla musste mehrmals niesen, als sie den ersten Deckel öffnete. Vor ihr lagen Kinderkleidungsstücke und Babysachen von Anastasia und ihr. Sie nahm einen kleinen Strampelanzug in die Hand. Einen kurzen Moment lang versetzte ihr der Anblick einen schmerzhaften Stich, denn sie musste an ihr eigenes Kind denken, das sie im letzten Jahr verloren hatte. Wäre zwischen ihr und Tom alles anders, wenn sie das Baby bekommen hätte? Es fiel ihr schwer, sich jetzt noch eine gemeinsame Zukunft und eine Familie mit ihm vorzustellen. Sie spürte, dass sie nicht mehr derselbe Mensch war.

Sie schloss den Deckel und wandte sich dem nächsten Karton zu, alte Hefte, in denen ihr Vater akribisch Buch über Pferdewetten geführt hatte, lagen darin. Die Wetten waren alle in den Dreißigerjahren notiert worden, in deutscher Sprache. Stirnrunzelnd betrachtet Carla die seltsamen Pferdenamen. Es war ihr neu, dass ihr Vater anscheinend einmal eine Leidenschaft für Wetten gehabt hatte. Sie legte die Hefte zur Seite und entdeckte zwischen einer Decke und einem Silberleuchter ein uraltes Adressbüchlein. Der Schrift nach musste es ihrer Mutter gehört haben. Es war bereits vergilbt und stammte noch aus Berlin, wie sie an den Namen und Telefonnummern erkannte. Neugierig blätterte Carla die Seiten durch. Ediths Telefonnummer fand sich nicht darin, aber dafür die eines *Wilhelm Wilmers*. Dunkel entsann sie sich, dass ihr Vater einmal erzählt hatte, es gebe noch einen Onkel in Berlin, den Bruder ihrer Mutter, mit dem sie allerdings schon seit Jahren keinen Kontakt mehr hatten. Ihre Mutter und er hätten sich nie besonders verstanden. Sie nahm das Adressbuch an sich und kramte weiter. Ganz unten in der Kiste entdeckte sie schließlich die Fotoalben von früher. In dem ersten befanden sich hauptsächlich Bilder aus den Jahren in England, als Carla selbst noch ein Kind und Anastasia eine Jugendliche gewesen war. Auf den meisten Fotos sahen ihre Schwester und sie sehr glücklich aus und lachten viel – ob beim Spielen im Garten, am Strand oder vor dem Weihnachtsbaum. Heute als erwachsene Frau fiel Carla auf, wie hübsch Anastasia gewesen war. Wie sie wohl jetzt ausgesehen hätte? Carla blätterte die Seiten weiter durch und spürte, wie die Vergangenheit dabei lebendig wurde. In Gedanken konnte sie auf einmal wieder

Anastasias Stimme und ihr Lachen hören, als wenn sie hier oben auf dem Dachboden neben ihr sitzen würde. Wie sehr sie ihr noch immer fehlte …

Beim Weiterblättern stellte Carla fest, dass es kaum Fotos von ihren Eltern in dem Album gab, und wenn, wirkten die beiden meistens sehr ernst. Vor allem ihre Mutter. Das war ihr früher nie aufgefallen. Nachdenklich sah sie sich ein Foto von ihr an, das ihr Vater von ihr im Garten beim Beschneiden der Rosensträucher aufgenommen hatte. Ein scheues Lächeln lag auf den Lippen ihrer Mutter, aber Carla konnte sich nicht des Eindrucks erwehren, dass es bemüht, fast gezwungen wirkte. Zum ersten Mal fragte sie sich, ob ihre Mutter vielleicht schon vor der Tragödie mit Anastasia Ansätze von Depressionen gezeigt hatte. Sie griff nach dem anderen Album. Als sie es aufschlug, erkannte sie sofort, dass die Fotos aus einer früheren Epoche stammten. Ein Teil musste in Deutschland aufgenommen worden sein, denn sie selbst war darauf nicht zu sehen und Anastasia noch ein kleines Mädchen. Sie betrachtete ein Schwarz-Weiß-Foto, auf dem ihre Schwester neben ihrer Mutter stand und sich eng an sie schmiegte. Man merkte, welche innige Beziehung die beiden hatten. Einen Augenblick schnürte es Carla die Kehle zu.

Schließlich blätterte sie weiter und entdeckte ganz vorne auch einige ältere Bilder von ihren Eltern, als sie noch jung waren. Auch ihr Hochzeitsbild befand sich darunter. Dann folgten seltsamerweise mehrere leere Seiten. Als Carla genau hinsah, bemerkte sie, dass sich Abdrücke und Reste von Klebstoff und Papier darauf fanden. Sie stutzte. Jemand hatte die Fotos von diesen Seiten anscheinend entfernt. Aber warum? *Wer oder was war auf den Bildern zu sehen gewesen?*

Plötzlich fühlte Carla sich unwohl, als hätte sie etwas entdeckt, das nicht für ihre Augen bestimmt war.

Sie verspürte das Bedürfnis nach frischer Luft. Vorsichtig legte sie die Alben weg, verstaute sie wieder und ging nach unten.

Es war erst elf Uhr. Ihr Vater würde vermutlich nicht vor eins zurückkommen. Carla beschloss spontan, nach Boscastle zu fahren. Der Ort war nicht groß, aber es gab ein kleines Café dort, und es würde ihr sicher guttun, etwas unter Menschen zu kommen.

30

Boscastle lag in einem engen Tal zwischen hügligen Felsen am Meer. Die alten Steinhäuser, von denen viele noch aus der Zeit Elisabeths I. stammten, schmiegten sich um einen idyllischen Hafen. Bis ins 19. Jahrhundert war er für den Abtransport von Schiefer aus nahe gelegenen Steinbrüchen oder Kohle aus Wales benutzt worden.

Schmale Steinmauern und Hecken begrenzten die Straßen, die zu dem Ort führten. Carla parkte den Wagen am Ortsrand und lief das letzte Stück zu Fuß. Im Hafen sah man Fischer bei der Arbeit, die von ihrer Fahrt zurückgekommen waren.

Sie kaufte sich eine Zeitung und besorgte in einem kleinen Lebensmittelladen etwas Obst und Brot. Die Verkäuferin, Mrs. Shepheard, die sie seit ihrer Kindheit kannte, begrüßte sie herzlich. »Wie schön, Sie zu sehen, Carla! Ihr Vater freut sich bestimmt, dass Sie hier sind. Wie geht es Ihnen?«

»Gut, vielen Dank! Was gibt es Neues in Boscastle?«, erwiderte sie mit einem Lächeln.

»Ach, nichts Besonderes. Sie wissen ja, hier tut sich nicht so viel wie in London«, erwiderte Mrs. Shepheard, während sie die Lebensmittel einpackte und auf einer alten Registrierkasse die Summen eingab. »Die Wilsons und Portmans fechten immer noch ihren alten Nachbarschaftsstreit aus, und die kleine Catlin Wyatt hat letzten Monat ihr drittes Kind bekommen.«

Wie Carla erfuhr, hatte sie einem gesunden Jungen das Leben geschenkt. Catlin und sie waren früher zusammen in die Grundschule gegangen. Interessiert vernahm sie den neuesten Tratsch und vergaß darüber einen Augenblick ihre eigenen Sorgen und Gedanken. Sie kannte die meisten Bewohner und erkundigte sich immer nach ihnen, wenn sie hier war. Sosehr sie London liebte, von Zeit zu Zeit hatte es etwas Beruhigendes, dass sich die Welt hier kaum veränderte.

Sie versprach, ihren Vater zu grüßen, zahlte und verließ den Laden. Ihre Entdeckung auf dem Dachboden hatte mit einem Mal an Dramatik verloren. Ein paar Fotos fehlten in einem Album. Was war schon so Besonderes daran? Dafür konnte es viele Gründe geben. Vermutlich interpretierte sie einfach zu viel in die Dinge hinein.

Sie lief an der Mole vorbei und wollte gerade das Café betreten, als eine junge Frau mit rotblonden Haaren auf sie zukam. »Carla?«

Es war Lauren, eine ehemalige Mitschülerin von Anastasia, die mit ihrer Schwester befreundet gewesen war. Die beiden Frauen umarmten sich. »Du warst lange nicht hier. Ich habe mich schon gewundert. Vor allem nach unserem letzten Gespräch im Sommer«, erklärte Lauren, in deren sommersprossigem Gesicht sich bereits die ersten Lachfältchen zeigten.

Carla blickte sie überrascht an. Sie musste sich bei ihrem letzten Besuch mit ihr unterhalten haben – vor ihrem Unfall. »Hast du Lust und Zeit auf einen Kaffee oder Tee?«, fragte sie in der Hoffnung, dabei vielleicht mehr von ihr zu erfahren.

Lauren warf einen Blick auf ihre Uhr und nickte. »Eine halbe Stunde hätte ich, dann muss ich meine Tochter abholen.«

Als sie wenig später an einem der dunklen Holztische in dem Café Platz genommen hatten – die Einrichtung mit den Spitzengardinen erinnerte ein wenig an ein viktorianisches Wohnzimmer –, nahm Carla den Faden ihres Wortwechsels wieder auf. »Warum hast du dich nach unserem Gespräch gewundert, dass ich so lange nicht hier war?«

»Ach, ich dachte, du würdest weitere Nachforschungen anstellen. Ich konnte nur zu gut verstehen, dass dich die Geschichte mit deiner Schwester noch immer so beschäftigt. Nach unserem Gespräch ist das bei mir selbst auch alles wieder hochgekommen. Ich hing sehr an Anastasia. Es war schwer für mich, damals darüber hinwegzukommen. Aber wem erzähle ich das«, sagte Lauren mit einem schiefen Lächeln und rührte zwei Stück Zucker in ihren Tee.

Carla starrte sie an. »Lauren, ehrlich gesagt, habe ich keine Ahnung, wovon du sprichst«, erwiderte sie seufzend und berichtete ihr von ihrem Unfall und der Amnesie. »Es würde mir sehr helfen, wenn du mir erzählen könntest, worüber wir im Sommer genau gesprochen haben!«, schloss sie.

»Mein Gott, das tut mir leid«, entfuhr es Lauren. Ein mitfühlender Ausdruck war, während Carla sprach, über ihr Gesicht geglitten. »Du hattest mich angerufen und mir erzählt, dass du dir so viele Gedanken über Anastasia machst«, erklärte sie dann. »Wir haben uns getroffen und lange über deine Schwester gesprochen. Dabei hast du mich auch gefragt, ob ich mich an irgendetwas Besonderes in Verbindung mit ihrem Verschwinden erinnere und ob ich damals eine Vermutung gehabt hätte, was mit ihr geschehen sei.«

»Und hattest du das?«, fragte Carla, die ihr gebannt zuhörte.

Lauren nickte. »Es fiel mir erst nicht sofort ein, weil ich es über die Jahre selbst verdrängt hatte, aber dann habe ich mich wieder erinnert … Mein Patenonkel war damals ja als Kommissar mit dem Fall betraut. Er erzählte uns, dass einige Tage nachdem man den Rucksack deiner Schwester an der Küste gefunden hatte, ganz in der Nähe eine Leiche angespült wurde. Ich habe immer geglaubt, dass der Mann der Mörder deiner Schwester war.«

Dunkel entsann sich Carla, dass man auch in der Schule über den Toten gesprochen hatte, aber in der Aufregung und dem Schock um ihre Schwester war ihr der Vorfall wieder entfallen. »Das hatte ich auch vergessen. Aber wieso hast du geglaubt, dass der Tote meine Schwester umgebracht hat?«

»Ach, ich bildete mir ein, dass es kein Zufall sein könnte, dass Anastasias Rucksack und die Leiche fast genau an derselben Stelle angespült wurden – dass dieselbe Strömung sie dorthin getrieben haben müsste.« Lauren wirkte plötzlich ein wenig verlegen. »Aber mein Onkel meinte immer, das sei Unsinn.«

Carla konnte jedoch durchaus verstehen, dass sie diesen Gedanken gehabt hatte. Wie viele Nächte hatte sie selbst wach gelegen und sich ausgemalt, was ihrer Schwester zugestoßen sein könnte. Genau wie Lauren hatte sie diese schreckliche Zeit aber später auch verdrängt.

»Wusste man, wer der Mann war?«

Lauren schüttelte den Kopf. »Nein, jedenfalls erinnere ich mich nicht mehr daran.« Sie blickte Carla an. »Wenn du mehr wissen willst, solltest du dich vielleicht mal mit meinem Onkel unterhalten. Das wolltest du im Sommer übrigens auch!«

Sie kramte in ihrer Handtasche und zog ein kleines abgegriffenes Adressbuch hervor, aus dem sie ihr die Adresse und Telefonnummer von ihm heraussuchte.

Carla notierte sie sich.

Als die beiden Frauen das Café verließen und noch ein Stück die Straße entlangliefen, wandte sich Lauren noch einmal mit einem warmen Lächeln zu ihr. »Weißt du, Anastasia hing sehr an dir. Vielleicht erinnerst du dich nicht daran, aber sie hat sich damals oft sehr schlimm mit deinem Vater gestritten. Manchmal war sie regelrecht verzweifelt. Sie sprach darüber, einfach wegzulaufen. Aber dann sagte sie immer, sie könne das wegen dir nicht tun!«

Carla ergriff ein beklommenes Gefühl. »Nein, das wusste ich nicht. Ich meine, ich habe natürlich mitbekommen, dass die beiden sich gestritten haben, aber dass Anastasia manchmal weglaufen wollte, das hat sie nie gesagt!«

Lauren lächelte leicht. »Nun ja, wahrscheinlich ist das nicht ungewöhnlich. Die meisten Teenager streiten sich mit ihren Eltern, oder?« Sie umarmte Carla. »Melde dich, wenn du wieder hier bist. Ich freue mich immer, von dir zu hören!« Carla sah ihr hinterher, wie sie mit schnellen Schritten die Straße entlanglief.

Nachdenklich ging sie zu ihrem Auto zurück.

31

Auf dem Weg zurück hielt sie auf einer Anhöhe in einer Parkbucht, von der aus man das Meer sehen konnte. Es war ein stürmischer Tag, und das Wasser war aufgewühlt. Wilde Schaumkronen tanzten auf den Wellen. Dennoch hatte der Anblick etwas Beruhigendes. Carla versuchte, das Chaos an Gedanken und Überlegungen, das durch ihren Kopf tobte, zu ordnen. Ihr Leben kam ihr immer mehr vor wie ein Puzzlespiel, dessen Teile nicht recht zusammenpassen wollten. War es nur eine logische Konsequenz gewesen, dass sie sich bei den Nachforschungen zu der Vergangenheit ihrer Mutter unweigerlich auch wieder mit der Tragödie um ihre Schwester beschäftigt hatte? Carla dachte daran, dass sie sich seit dem Unfall auffällig oft an früher und Anastasia erinnert hatte.

Sie lehnte die Stirn gegen die Scheibe und starrte nach draußen, bevor sie schließlich den Motor startete, um weiterzufahren. Während die hüglige Landschaft an ihr vorbeiglitt, ging sie in Gedanken noch einmal durch, was Lauren erzählt hatte. Sie würde ihrem Onkel, diesem Kriminalkommissar, auf jeden Fall einen Besuch abstatten. Die Geschichte mit dem Toten, den man gefunden hatte, ließ sie nicht los.

Ein wenig später nahm sie den Abzweig an der Landstraße zum Haus ihrer Eltern und sah, dass vor der Auffahrt ein Wagen stand. War ihr Vater schon zurück? Beim Näherkommen erkannte Carla, dass es jedoch nicht sein Auto war, sondern ein dunkler Ford. Eine Gestalt lehnte davor. Es war David Grant. *Er war aus London gekommen?*

Sie parkte auf der Straße und versuchte, sich ihre Verunsicherung nicht anmerken zu lassen, als sie mit den Einkäufen ausstieg. »Anscheinend gibt es einiges, an das ich mich nicht mehr erinnere. Zum Beispiel, wann ich dir erzählt habe, wie mein Vater heißt und wo er wohnt«, sagte sie.

»Es war nicht besonders schwierig, das herauszubekommen«, erwiderte er mit einem entschuldigenden Lächeln. »Tut mir leid, dass ich dich so überfalle, Carla«, fügte er hinzu, »aber ich dachte, wir sollten uns lieber persönlich unterhalten.«

Sie ging an ihm vorbei zum Haus. Das hatte er schon am Telefon gesagt. Es fühlte sich irritierend vertraut an, dass er sie beim Vornamen nannte, aber sie merkte, dass es ihr nicht gefiel, seinem Wissensvorsprung ausgeliefert zu sein. »Und warum sollten wir das?«

Er war ihr gefolgt. »Weil es mir leidtut, dass ich dir nicht alles gesagt habe.«

Etwas an der Art, wie er sie anblickte, machte sie nervös. Eine seltsame Spannung war zwischen ihnen zu spüren. Sie blieb mit dem Schlüssel in der Hand vor dem Eingang stehen. Plötzlich keimte ein Verdacht in ihr auf, ein Gefühl, das sie seit ihrer ersten Begegnung im Hyde Park Hotel hatte … Sie stellte die Papiertüte ab und fuhr sich mit der Hand durch die Haare. »Nimm es mir nicht übel, aber ich bin zurzeit nicht besonders gut darin, Zwischentöne wahrzunehmen, und gehe ohnehin nur noch vom Schlimmsten aus. Gibt es irgendetwas zwischen uns, das ich wissen sollte?«

Er schien einen Augenblick zu brauchen, bis er verstand. »Du meinst, weil wir uns beim Vornamen nennen?«

Das Gefühl, nicht auf festem Boden zu stehen, hatte inzwischen etwas erschreckend Vertrautes in ihrem Leben bekommen. Sie nickte.

David Grant blickte sie erneut entschuldigend an. »Ich hätte dir gleich sagen sollen, wie gut wir uns kannten. Aber du kannst unbesorgt sein, es war rein freundschaftlich, Carla.«

Es hätte nicht viel gefehlt, und sie wäre rot geworden. Obwohl sie seine Worte hätten beruhigen sollen, taten sie das keineswegs. Mit einem Mal war ihr alles zu viel.

Doch das Schicksal wollte kein Einsehen mit ihr haben, denn hinter ihnen machte sich auch noch das Motorgeräusch eines heranfahrenden Wagens bemerkbar. Ihr Vater war zurück.

Er hielt vor der Garage und blickte überrascht von Carla zu dem Fremden, als er zu ihnen kam.

»Hi Dad, wie war es bei deiner Behandlung? Darf ich dir

jemand vorstellen …« Carla deutete auf David Grant, doch bevor sie weitersprechen konnte, streckte der Journalist ihrem Vater bereits höflich die Hand entgegen.

»Mr. Behringer? Mein Name ist David, ich bin ein Arbeitskollege Ihrer Tochter.«

Ein wenig irritiert nahm sie zur Kenntnis, dass er sich nur mit seinem Vornamen vorstellte und ihr beinah etwas unhöflich zuvorgekommen war.

»Aus London?«, fragte Paul Behringer erstaunt.

»Ja, ich recherchiere etwas in der Gegend.«

Ihr Vater nickte, schien sich dann aber auf seine Erziehung zu besinnen. »Wollen Sie nicht hereinkommen?«

David Grant schüttelte den Kopf. »Vielen Dank, aber ich wollte Ihre Tochter gerade fragen, ob sie mich zu einem Spaziergang begleiten kann. Ich bräuchte ihren beruflichen Rat.«

»Natürlich. Soll ich die Sachen mit hineinnehmen?«, fragte Paul Behringer zu seiner Tochter gewandt. Er wirkte plötzlich verletzlich.

»Danke.« Sie gab ihm einen Kuss. »Ich bin nicht lange weg. Dann essen wir zusammen, ja, Dad?«

32

Paul sah den beiden durchs Fenster hinterher. Er hatte mitbekommen, wie der Mann sie angesehen hatte. Ein alter Beschützerinstinkt aus den Tagen, als Carla noch ein Teenager gewesen war und sie sich mit den ersten Jungen verabredet hatte, meldete sich bei ihm zurück.

Als sie im Sommer den Unfall gehabt hatte, war ihm klar geworden, dass er es nicht ertragen würde, sie zu verlieren. Er wollte, dass es ihr gut ging, dass sie glücklich war. Wenigstens sie … Unwillkürlich fragte er sich, wer der Mann war, ob er eine Bedeutung in ihrem Leben hatte.

Es kam ihm plötzlich vor, als würde eine riesige dunkle Welle auf ihn zurollen, die, wenn er nicht aufpasste, alles mit sich reißen würde. Am Vormittag war er bei Dora gewesen. Sie war unruhig und nervös gewesen, voller Angst. Doch er hatte es geschafft, sie zu beruhigen. Lange hatte er bei ihr gesessen und ihre Hand gehalten. Er liebte sie noch immer – nichts würde daran jemals etwas ändern. Ihre Gespräche waren Wortwechsel, die für jeden Außenstehenden seltsam klingen mussten, aber sie waren durch ihre Verwirrtheit hindurch noch immer emotional miteinander verbunden. Er hatte nach ihrem Selbstmordversuch schnell begriffen, dass seine Frau einen Teil der Vergangenheit ausblendete, weil sie sie nicht ertragen konnte. In ihrem Kopf vermischten sich die Zeitachsen von damals und heute, als würde sie in verschiedenen Welten gleichzeitig leben. Paul hatte gelernt, damit umzugehen, und trotz allem gab es noch immer Momente des stillen Glücks zwischen ihnen.

In den Jahren nach ihrem Selbstmordversuch war er durch tiefe Täler der Schuld gegangen. Er hatte sich Vorwürfe gemacht, dass er es nicht verhindert und dafür gesorgt hatte, dass alles anders gekommen war.

Es war Carla gewesen, die damals noch ein Kind war, die ihn davor bewahrte, dass er sich völlig seiner Verzweiflung überließ. Er musste für sie sorgen, weiterleben und ihr eine Zukunft geben. Nach der Schule war sie zum Studium nach London gegangen und hatte dort Tom kennengelernt. Er war glücklich gewesen, dass es ihr gut ging, und hatte geglaubt, die Vergangenheit könnte sie nicht mehr berühren. Aber er hatte sich geirrt.

Schon als Kind konnte sie sich ungewöhnlich hartnäckig mit etwas beschäftigen, wenn sie etwas verstehen wollte. Sie hatte sich nicht verändert.

Paul wandte sich vom Fenster ab. Er fühlte sich plötzlich alt, als er zum Telefon ging. Er würde alles dafür tun, damit sie es nicht erfuhr. Einen Moment zögerte er, bevor er schließlich die Nummer in London wählte.

33

Eine Weile waren sie schweigend nebeneinander hergelaufen. Er hatte die Hände in den Taschen seiner Lederjacke vergraben und schien nachdenklich. Im Laufen fiel ihr auf, dass er ein ganzes Stück größer war als sie.

»Und in welcher Angelegenheit kann ich dir beruflich mit meinem Rat nun weiterhelfen?«, fragte sie spöttisch. Ihr Gespräch von vorhin war ihr ein wenig unangenehm, doch seine Antwort hatte sie erleichtert. Gleichzeitig hatte sie, irritiert über sich selbst, festgestellt, dass sie es immerhin für möglich hielt, es könnte mehr als nur ein freundschaftliches Verhältnis zwischen ihnen gegeben haben.

»Ich fand, deinem Vater die gesamten Umstände zu erklären, wäre etwas kompliziert.« David Grant lächelte leicht. Er war attraktiv, musste sie zugeben, als sie ihm einen Seitenblick zuwarf, wenn auch auf eine völlig andere Art und Weise als ihr Mann. Er besaß eher die kantige Ausstrahlung eines Abenteuerreisenden, wenn man ihn mit Tom verglich, der so viel Wert auf seine konservative äußere Erscheinung und die damit verbundene Wirkung auf Menschen legte. David Grant dagegen wirkte nicht, als würde er sich sonderlich viel um die Meinung anderer kümmern. Er strahlte eine wohltuende Authentizität aus, die sich nicht nur in seinen offenen Gesichtszügen, sondern in seiner ganzen Art, sich zu geben, spiegelte.

»Kann ich dich um etwas bitten?«, fragte sie ihn.

»Sicher.«

»In meinem Leben ist momentan nichts mehr so, wie es einmal war, und ich ertrage es nicht, dass mir alle etwas vormachen. Bitte sag mir die Wahrheit!«

Er wandte den Kopf zu ihr. »Ich werde dir erzählen, was ich weiß«, versprach er ernst. »Wir haben uns in den Monaten vor deinem Unfall relativ oft gesehen und auch telefoniert«, begann er. »Die Reaktion deiner Mutter hatte dich intensiv beschäftigt, und ich glaube, die Geschichte von Jules, der nach seiner Jugendliebe sucht, hatte dich sehr berührt.« Er berichtete ihr weiter, dass sie mehrmals nach Cornwall gefahren sei und den Eindruck gewonnen habe, dass etwas in der Vergangenheit ihrer Mutter geschehen sei, das mit dem Tod ihrer Schwester zu tun habe.

Nach dem Gespräch mit Lauren verwunderte es Carla nicht, was David ihr erzählte. »Weißt du, warum ich nach Berlin fliegen wollte?«

Er schien nach den richtigen Worten zu suchen. »Nein, nicht genau, du sagtest nur, dass alle Spuren dorthin zurückführen«, sagte er dann. »Ich wusste nicht, dass du am Tag deines Unfalls nach Berlin fliegen wolltest. Ich habe einige Tage danach bei dir angerufen, und eure Haushälterin hat mir von deinem Unfall erzählt. Im Krankenhaus hast du mich dann nicht erkannt. Du bist in Tränen ausgebrochen. Dein Mann hat mir von deinem Gedächtnisverlust berichtet und mich gebeten zu gehen, weil du dich nicht aufregen solltest.«

Sie waren an den Klippen stehen geblieben, und Carla starrte aufs Meer hinaus, bevor sie sich zögernd zu ihm drehte. »Habe ich mit dir je über meine persönliche Situation gesprochen?«

»Du meinst über deinen Mann? Ich weiß, dass es Schwierigkeiten zwischen euch gab, aber du hast nie Näheres darüber gesagt.«

Sie blickte ihn überrascht an. Gewöhnlich machte sie die Dinge mit sich selbst aus oder sprach mit Rachel darüber, aber die war zu dieser Zeit in New York gewesen. Nachdenklich strich Carla sich das Haar zurück, das der Wind ihr immer wieder ins Gesicht wehte. Die Tatsache, dass sie nicht nur Susan, sondern auch David Grant gegenüber ihre Schwierigkeiten erwähnt hatte, war eindeutig ein Indiz, dass sie sich mit Tom wirklich in einer Krise befunden haben musste.

Sie waren schweigend ein Stück weitergelaufen, als David sie anblickte. »Erzähl mir von deiner Amnesie. Ist es sehr schwer für dich?«

Sie überlegte, wie sie ihre Gefühle in Worte fassen sollte. »Ja. Es fühlt sich an, als wenn einem ein Stück seines Lebens gestohlen worden wäre«, sagte sie schließlich und wusste auch nicht, warum sie bereit war, sich ihm anzuvertrauen. »Ich bin verunsichert, zweifle an mir ... und komme einfach nicht zurecht damit, dass ich in diesen Monaten, die mir verloren gegangen sind, alles getan haben könnte, ohne dass ich mich daran erinnere.« Sie lächelte schief. »Gleichzeitig habe ich Angst, mir irgendetwas einzubilden. Deshalb ist es für mich so wichtig herauszufinden, was wirklich geschehen ist. Aber momentan entdecke ich nur lauter Dinge, die immer neue Fragen aufwerfen und die ich nicht verstehe ...« Sie zuckte die Achseln.

Er fasste sie sanft am Arm. »Es wird bestimmt besser werden, und ich glaube, du tust genau das Richtige, wenn du versuchst herauszubekommen, was in dieser Zeit geschehen ist, Carla.«

Sie konnte durch ihren Mantel die Wärme seiner Finger fühlen und blickte ihn an. Eine Situation blitzte jäh in ihrem Kopf auf, wie eine winzige Insel der Erinnerung: *Sie stand genau so vor ihm, und er hatte seine Hand auf ihren Arm gelegt. Tränen liefen über ihre Wangen. Sie war aufgebracht und wütend, und dann küsste er sie auf einmal …* Carla starrte ihn fassungslos an. Das Gefühl, seine Lippen auf den ihren zu spüren und seine Arme, die sie an sich zogen, war so echt, dass ihr Herzschlag sich beschleunigte.

»Alles in Ordnung?«, fragte David, der sie forschend anschaute.

Einen Augenblick lang brachte sie keinen Ton hervor. *Hatte er gelogen?* »Es tut mir leid, ich muss zurück. Mein Vater wartet bestimmt schon«, stieß sie schließlich hervor. Sie drehte sich auf dem Absatz um und hastete zurück zum Haus …

EDITH

34

Sommer 1934

Die üppigen Baumkronen des Tiergartens erglühten in einem rötlichen Schimmer. Wie ein Feuerschweif zerriss die untergehende Sonne den Himmel darüber in zwei Teile – der eine bläulich, ins beginnende Dunkel getaucht, der andere noch von einem kräftigen Orange erhellt.

Edith beobachtete aus dem fahrenden Wagen heraus den spätabendlichen Betrieb, Reiter kehrten von ihrem letzten Ausritt zurück, Spaziergänger waren noch immer unterwegs, und im Schutze der Bäume küssten sich Verliebte. Es war ein idyllisches Bild. Der Park war bei den Berlinern beliebt. Auch sie selbst hatte hier schon manchen Nachmittag in den schattigen Alleen verbracht. Unwillkürlich wandte sich Ediths Blick zur anderen Straßenseite, wo sich die prachtvollen Villen der diplomatischen Vertretungen aneinanderreihten.

Sie war mit ihren Eltern und ihrem Bruder Carl auf dem Weg zur italienischen Botschaft. Vittorio Cerruti, der Botschafter, war ein Freund der Familie und hatte sie zu dem großen Sommerfest eingeladen. Edith wünschte, Dora hätte sie begleiten können, doch sie hatte Spätdienst und würde sich im Anschluss vermutlich noch mit Paul treffen. Die Freundin war verliebt. Edith gönnte ihr ihr Glück von ganzem Herzen, obgleich es ihr schwerfiel, Dora auf einmal zu teilen. Dabei war an Paul nichts auszusetzen. Er war intelligent, hatte offensichtlich einen vorbildlichen Charakter, sah gut aus und strahlte genau das Verantwortungsbewusstsein dem Leben gegenüber aus, das Dora suchte. An Pauls Blicken sah man, was er für die Freundin empfand. Die Beziehung zwischen den beiden war keine oberflächliche Liebelei, sie war ernst und von Tiefe durchdrungen. Vielleicht spürte Edith deshalb diesen leichten Stich. Sie ahnte, dass Paul Dora genauso wenig teilen wollte wie sie. Nicht, dass er jemals eine Chance hätte, Dora und sie auseinanderzubringen, aber sie merkte, dass die Freundin sich manchmal zwischen ihnen zerrissen fühlte, und dieses Gefühl wollte sie ihr nicht geben. Niemand hatte das Glück mehr verdient als sie. Nachdenklich strich Edith den roten Seidenstoff ihres Abendkleids glatt.

Der Wagen hatte die Fahrt verlangsamt. Vor der Botschaft staute sich der Verkehr. Schon von Weitem sah man, dass Fackeln den Eingang beleuchteten. Die Feste bei den Italienern waren legendär. Obwohl Edith nicht das erste Mal zu Gast bei Cerruti war, kam sie auch an diesem Abend nicht umhin, sich von dem Prunk der Botschaft beeindruckt zu fühlen, als sie schließlich anhielten und sie mit ihren Eltern und ihrem Bruder die Stufen hochstieg. Durch einen hallenartigen Flur, der mit glänzendem Marmor ausgelegt war, gelangten sie in den Festsaal. Glitzernde Kronleuchter tauchten den barocken Raum in ein gedämpftes Licht, in dem eine ausladende Tafel mit Silber und Kristall gedeckt war. Ein Spalier von livrierten Dienern stand für das Wohl der Gäste bereit, und eine Kapelle spielte Musik. Die großen Flügeltüren zu der Terrasse waren weit geöffnet, und die laue Sommerluft vermischte sich aufs Angenehmste mit der Kühle des Raums. Es hätte einer der traumhaften Abende werden können, die sie schon so oft hier erlebt hatten. Doch etwas war anders geworden. Zwischen den sommerlichen Abendroben der Gäste sah man zahlreiche schwarze Uniformen – Offiziere der SS. Die Stimmen dieser Männer schienen ein wenig lauter, und etwas an der Art, wie sie sich präsentierten – ihr herrisches Gebaren, als würde die Welt allein ihnen gehören –, löste in Edith mehr als nur eine leichte Beklemmung aus. Sie waren wie eine Seuche, die alles und jeden infizierte, dachte sie mit unterdrückter Wut. Wie Ratten, die auf einmal aus der Kanalisation emporgestiegen waren. Erst hatte man sie fast täglich im Straßenbild bemerkt, dann waren sie in ihren Uniformen auf einmal im Theater und in der Oper aufgetaucht und nun sogar hier. Edith hatte immer geglaubt, dass die Nazis nicht mehr als eine vorübergehende Erscheinung sein könnten, doch in letzter Zeit wurde ihr bewusst, dass sie sich etwas vorgemacht hatte. Die Gewalt und Willkür ihrer Herrschaft machten ihr Angst. Seit der Machtergreifung hatten viele Freunde das Land verlassen. Nicht nur Juden, die in Deutschland keine Zukunft mehr für sich sahen, sondern auch viele Künstler, Intellektuelle und Wissenschaftler – Walter Gropius, Marlene Dietrich, die Brüder Heinrich und Thomas Mann waren nur einige von ihnen. Einstein, so hieß es, sei letztes Jahr erst gar nicht aus den USA nach Deutschland zurückgekehrt. Selbst ihr Vater hatte neulich die Überlegung ausgesprochen, die Fabrik zu verkaufen und mehr Zeit in der Schweiz zu verbringen, wo die Familie ein Haus besaß. Edith war außer sich gewesen. »Aber das kann doch nicht die Lösung sein, dass sämtliche Menschen, die halbwegs intelligent sind und noch Werte haben, Deutschland den Rücken zukehren und wir unser Land diesen widerlichen Nazis überlassen«, hatte sie aufbegehrt. Am Tisch hatten alle geschwiegen. Es war gefährlich geworden, Worte wie diese laut auszusprechen. Seitdem Hitler letztes Jahr das Ermächtigungsgesetz im Reichstag verabschiedet hatte, gehörten Geschichten von Verhaftungen und Folterungen in ihrer aller Umfeld zum Alltag. Stück für Stück schien die Freiheit unter den Füßen der Nazis zu Staub zermalmt zu werden, und die Welt wurde immer weniger zu der, die sie einst geliebt hatte. Mit zusammengepressten Lippen blickte sie auf die Uniformen.

»Edith!« Vittorio Cerruti, der Gastgeber, riss sie aus ihren Gedanken. Sie begrüßte ihn mit einem Lächeln. Als wenn er spüren würde, was in ihr vorging, begleitete er sie zu einem Platz an der Tafel, um den herum hauptsächlich Italiener und Vertreter anderer Botschaften saßen. Ihre Eltern und Carl hatten weniger Glück. Sie sah, wie ihr Vater am anderen Ende mit schmalen Lippen gezwungen war, Konversation mit einem SS-Offizier zu machen.

Nun, sie würde den Nazis nicht den Triumph gönnen, sie daran zu hindern, sich zu amüsieren! Mit diesem Vorsatz wandte sie sich ihrem Tischnachbarn zu, einem römischen Geschäftsmann, und war schon bald in ein angeregtes Gespräch vertieft. Nach dem Galadinner lachte und tanzte sie bewusst mit jedem einzelnen Italiener. Es war beinah Mitternacht, als sie sich nach einem Tango, noch ein wenig erhitzt, wieder setzte und nach ihrem Glas greifen wollte, da fiel auf einmal ein dunkler Schatten auf sie. Sie hob den Kopf. Ein Mann in schwarzer Uniform und dem Hakenkreuzabzeichen stand vor ihr.

»Man könnte meinen, du hast etwas gegen deutsche Männer!«, sagte er.

Sie starrte ihn an. Es war Heinrich. In seiner SS-Uniform hätte sie ihn fast nicht erkannt, obwohl sie es nicht einmal überraschte, dass er der Gesinnung, die er von jeher hatte, offensichtlich deutliche Taten hatte folgen lassen. Er streckte ihr mit einem Lächeln die Hand entgegen. »Du schuldest mir noch einen Tanz. Erinnerst du dich?«

Sie nahm wahr, dass eine Gruppe SS-Offiziere von der anderen Seite des Saals zu ihnen herübersah. Offensichtlich Freunde von ihm. Noch immer blickte Heinrich sie an.

»Bitte!«, setzte er mit Nachdruck hinzu, und dabei lag etwas Bedrohliches in seiner Haltung und der gesamten Situation, wie sie beobachtet wurden, dass sie es plötzlich nicht wagte, ihm seinen Wunsch abzuschlagen. Steif erhob sie sich von ihrem Stuhl. Es war nur ein Tanz, ein einziger Tanz, und dennoch hasste sie sich für ihre eigene Feigheit. Sie erinnerte sich an Dora und wie sie im letzten Jahr den jüdischen Arzt im Krankenhaus versteckt hatte. Zum ersten Mal verstand sie, was sie mit ihrer Angst und der Scham über sich selbst gemeint hatte.

Er war ein guter Tänzer. In einem der großen barocken Spiegel, an dem sie vorbeiglitten, sah sie für einen Augenblick ihr Bild – er in der schwarzen Uniform und sie in dem schimmernden roten Kleid. Seine Hand lag besitzergreifend unter ihrer Schulter, und es kam ihr vor, als würde ihre Haut darunter verbrennen.

Er beugte lächelnd den Kopf zu ihr. »Du siehst wunderschön aus. Es gibt keinen Mann in diesem Raum, der dich nicht anschaut!«

»Tatsächlich?«, erwiderte sie spitz und fand zu ihrer Erleichterung endlich ihre Sprache wieder. »Mir kommt es eher so vor, als wenn du und deine SS-Freunde alle Aufmerksamkeit auf sich ziehen.«

Er hatte ihren Unterton bemerkt. »Warum sollten wir uns verstecken? Wir sind stolz auf das, was wir sind, Edith! Deutschland geht dank uns endlich durch eine Phase der nationalen Erneuerung.«

Obwohl sie wusste, dass es nicht klug war, schaffte sie es nicht, an sich zu halten. »Indem man Bücher verbrennt und jeden, der anders denkt, verhaftet und ins Zuchthaus oder in eure Konzentrationslager steckt?«

Seine Miene wurde kühl. »Du solltest aufpassen, was du sagst! Man könnte dich leicht falsch verstehen. Im Übrigen wurde keine Revolution je mit friedlichen Mitteln durchgesetzt«, erwiderte er von oben herab. »Und Deutschland braucht diese Säuberung, um wieder stark zu werden und zu seinen Wurzeln zurückzufinden! Das wirst du auch noch verstehen.«

Die Leidenschaft, die in seinen Worten schwang, bereitete ihr Übelkeit. »Du meinst das wirklich ernst, oder?«, entfuhr es ihr ungläubig, während sie sich über die Tanzfläche drehten. Am liebsten hätte sie sich losgerissen und wäre einfach weggerannt.

»Edith, ich war lange mit deinem Bruder befreundet, und du bedeutest mir etwas. Versuche mich nicht als Feind zu sehen!«, sagte er eindringlich. Sein Griff wurde plötzlich fester. »Du musst begreifen, dass sich die Zeiten geändert haben – und du solltest mit deinem Vater sprechen«, fügte er etwas leiser hinzu.

Mit ihrem Vater? Sie starrte ihn an. »Warum?«

Er zog sie unerwartet näher zu sich, und sie konnte seinen warmen Atem auf ihrer Wange spüren. »Man spricht über ihn. Er ist ein Mann mit Einfluss«, sagte er dann mit gesenkter Stimme. »Aber es verkehren zu viele Leute in eurem Haus, die dem Führer nicht wohlgesinnt sind. Er sollte in die Partei eintreten. Das würde die Gemüter etwas beruhigen.«

Edith fühlte einen leichten Schwindel, weil die Bedrohung hinter seinen Worten nur zu deutlich war. Sie dachte daran, dass man erst vor wenigen Wochen den SA-Chef Ernst Röhm überraschend verhaftet und hingerichtet hatte. In den Zeitungen hatte etwas von einem Putschversuch Röhms gestanden, doch hinter vorgehaltener Hand sprach man von internen Machtkämpfen. Auch die übrige Führungsspitze der SA war nahezu vollständig eliminiert worden. Ediths Mitleid mit dem brutalen SA-Chef hielt sich wahrlich in Grenzen, aber es war bekannt, dass sich die Nazis mit dieser politischen Säuberungswelle gleichzeitig auch anderer unliebsamer Gegner entledigt hatten. Den ehemaligen Reichskanzler Schleicher hatte man sogar in seinem eigenen Haus erschossen. Doch ihr Vater war nie politisch aktiv gewesen.

Trotz ihrer Furcht hob sie das Kinn. »Ich glaube nicht, dass mein Vater jemals etwas entgegen seinen eigenen Überzeugungen tun würde!«

Ein gefährlicher Ausdruck blitzte in Heinrichs Augen auf. »Sei nicht dumm! Wer nicht *für* uns ist, ist *gegen* uns, Edith! Du solltest deinen Vater lieber überzeugen!«

Erleichtert nahm sie wahr, dass das Musikstück zu Ende war. Es dauerte einen Augenblick, bis sich sein Griff lockerte und er sie losließ. Hastig trat sie einen Schritt von ihm zurück.

»Edith«, sagte er, und etwas Bittendes lag auf einmal in seinem Blick, das ihr fast noch mehr Angst machte als seine Drohung.

»Entschuldige mich«, stieß sie hervor und wandte sich eilig ab.

35

Wie blind schlängelte sie sich zwischen den anderen Gästen zu den Terrassentüren hindurch. Die Luft war noch immer lau, als sie nach draußen trat. Ihr Herz raste. Sie merkte, dass sie Angst hatte, zum ersten Mal. Hatte Heinrich sie nur beeindrucken und zeigen wollen, wie nah er der Macht war? Oder stimmte es, befand sich ihr Vater unter Beobachtung der SS?

Überall schienen Edith plötzlich zu viele Menschen. Selbst auf der Terrasse. Sie stieg mit schnellen Schritten weiter die Stufen zum Garten hinab, der von Fackeln erleuchtet wurde, und lief einen von Hecken gesäumten Weg entlang. Erleichtert, hier alleine zu sein, verlangsamte sie ihren Schritt und blieb schließlich vor einem kleinen Springbrunnen stehen. Aus der Figur eines antiken Gottes, Poseidon, der einen Fisch hielt, ergoss sich im hohen Bogen das Wasser. Edith ließ sich bedrückt auf dem Rand nieder.

Aufgewühlt tauchte sie ihre Hand in das kühle Wasser und versuchte, sich zu beruhigen, als hinter ihr ein Geräusch zu hören war. Sie fuhr herum. Die Gestalt eines Mannes war neben den Hecken zu erkennen.

»Selbst eine Göttin würde bei Ihrem Anblick neidisch werden!«, sagte er, und sogar im Halbdunkeln konnte sie dabei das Lächeln sehen, das seine Lippen umspielte. Der Unbekannte trug einen weißen Smoking, und sein maskulines Gesicht wurde von dunklem Haar umrahmt, das er aus der Stirn gekämmt hatte. Etwas Selbstbewusstes, ja beinah Überhebliches lag in seiner Haltung, als er nun näher kam. Sie schätzte ihn auf Anfang dreißig. »Wenn ich ein Maler wäre, würde ich versuchen, dieses Bild mit Ihnen für immer festzuhalten!«, erklärte er und musterte sie dabei in einer Weise, die Edith in einer anderen Situation vermutlich geschmeichelt hätte, aber jetzt nur aufbrachte. Sie nickte ihm knapp zu. Immerhin trug er keine Uniform. Irgendetwas an ihm kam ihr bekannt vor. Sie musste ihm schon einmal begegnet sein, entsann sich aber nicht mehr, wo – und es war ihr auch egal. Sie wollte alleine sein.

Er zog die Augenbrauen hoch, als er ihre wenig begeisterte Reaktion bemerkte, und ließ sich neben ihr auf dem Brunnenrand nieder. »Sagen Sie mir nicht, dass dieser Idiot in der Nazi-Uniform Ihnen das Herz gebrochen hat!«, sagte er in überraschend nüchternem Tonfall.

Sie maß ihn mit einem kühlen Blick. »Ganz sicher nicht! Wollen Sie mich beleidigen?«

Die Andeutung eines Lächelns huschte über sein Gesicht. »Nein, Ihre Antwort erleichtert mich dennoch. Erlauben Sie mir die neugierige Frage, warum Sie dann überhaupt mit diesem Jüngling getanzt haben?« Er zog im Schein der Fackel ein silbernes Zigarettenetui hervor, das er aufklappte und ihr hinhielt.

Edith nahm sich eine Zigarette und zuckte die Achseln. »Ich kenne ihn von früher. Mein Bruder war mit ihm befreundet – bevor seine Gesinnung so offensichtlich wurde«, fügte sie hinzu, als er ihr Feuer gab. Sie nahm einen Zug von der Zigarette. Dabei verfinsterte sich ihr Gesicht. »Wie ich diese Leute verabscheue«, stieß sie leise hervor.

Ohne den Blick von ihr zu nehmen, zündete er sich ebenfalls eine Zigarette an und machte eine abfällige Handbewegung. »Ach, in ein paar Jahren werden sie wieder von der Bildfläche verschwunden sein, und niemand wird sich an ihre mindere Intelligenz und ihr Kampfgeschrei nach einem neuen Deutschland noch erinnern«, erwiderte er voller Arroganz und stützte den Arm lässig auf dem Brunnenrand ab.

Sie musterte ihn mit neu erwachtem Interesse – es gefiel ihr, was er sagte. Vermutlich, weil sie bis vor Kurzem genauso gedacht hatte. Doch jetzt wollten ihr Heinrichs Worte nicht mehr aus dem Kopf gehen. Sie spürte, dass der Unbekannte sie nicht aus den Augen ließ, und plötzlich fiel ihr ein, wo sie den Mann schon einmal gesehen hatte: im *Schwanneckes*. Er hatte in einer ähnlich selbstbewussten Haltung in der Nische gesessen und sie mit seinen Blicken geradezu ausgezogen. Ein leichtes Lächeln glitt über ihr Gesicht. Sie musste zugeben, dass er – genau wie damals – gut aussah.

»Woher wissen Sie eigentlich, mit wem ich eben getanzt habe?«

»Nun kokettieren Sie«, stellte er mit gespieltem Tadel fest.

Edith hob verständnislos die Brauen.

Er beugte sich zu ihr. »Meine Liebe, ich habe Sie den ganzen Abend beobachtet, seitdem Sie in Ihrem roten Kleid in den Saal gerauscht sind und jedem Mann in Ihrer Nähe den Kopf verdreht haben …«

Sie legte den Kopf schräg. »Tatsächlich? Warum haben Sie mich stattdessen nicht lieber zum Tanzen aufgefordert?«

Er schmunzelte. »Weil es mir einen gewissen Vorteil verschafft hat, Sie zu beobachten. Auf diese Weise habe ich weit mehr über Sie erfahren!«

»Zum Beispiel?«

»Dass Sie die meisten Männer unerträglich langweilen und Sie nur mit ihnen spielen!«

Sie blies den Rauch der Zigarette aus. »Sie sind ziemlich unverschämt, wissen Sie das?«

Er lächelte. »Aber nicht langweilig …«

Edith schenkte ihm einen spöttischen Augenaufschlag. »Nein, es liegt vermutlich in Ihrem Charakter, denn es ist schon das zweite Mal, dass mir dieser Wesenszug an Ihnen auffällt!« Mit einem Mal war sie dankbar, dass er hier aufgetaucht war. Die Begegnung mit Heinrich verlor in seiner Gegenwart plötzlich an Schrecken.

»Ah, Sie erinnern sich also ans *Schwanneckes!*«, stellte er nicht ohne Eitelkeit fest.

»Ihr Blick damals war kaum zu ignorieren.«

Er schnippte seine Zigarette weg. »Das würde ich eher von Ihrem Kleid behaupten. Wobei dieses hier Ihr anderes noch einmal bei Weitem übertrifft!« Seine Augen glitten aufreizend langsam an ihr herunter, und er schüttelte den Kopf. »Wie konnten Sie das den armen Italienern um sich herum nur antun!«

»Was sollte so schlimm daran sein, sich zu unterhalten und zu tanzen!«

Er lachte in der Dunkelheit, und er streckte ihr die Hand hin. »Nun, dann tanzen Sie doch jetzt mit mir und geben Sie diesem Abend noch eine Chance!«

36

Er hieß Maximilian. Auf dem Weg zurück in den Saal bestand er darauf, dass sie ihm erzählte, was sie so bedrückte und aufgebracht hatte. Da er für die Nazis genauso wenig Sympathien zu haben schien wie sie, berichtete Edith ihm von ihrem Gespräch mit Heinrich und der unterschwelligen Drohung, die darin gelegen hatte.

Er hörte ihr aufmerksam zu. »Ich glaube nicht, dass Sie beunruhigt sein müssen, aber wenn Sie erlauben, könnte ich ein paar Erkundigungen einziehen!«

»Gerne.« Edith war sich nicht sicher, wie ernst seine Äußerung gemeint war, aber sie zweifelte nicht, dass er über die entsprechenden Möglichkeiten verfügte. Er wirkte wie ein Mann, für den Macht und Einfluss mehr als selbstverständlich waren und der es schon immer gewohnt war, dass sich die Menschen seinen Anordnungen fügten.

Sie erfuhr, dass er aus einer alten adligen Familie stammte, die Güter und Wälder in Mecklenburg und im Norden Deutschlands besaß. Sein Vater war ein Freund des letzten Kaisers,

Wilhelms II. Letzterer war der Pate bei Maximilians eigener Taufe gewesen war. Er erzählte derlei Dinge, als würde es sich dabei um unwichtige Nebensächlichkeiten handeln. Edith musste zugeben, dass sie noch niemals einen Mann wie ihn getroffen hatte. Sein übermäßiges Selbstbewusstsein hatte etwas Überhebliches, ja beinah Blasiertes, und in seinen Worten schien ein ständiger Spott zu schwingen, als ob er nichts so recht ernst nehmen könnte. Doch er war auch ungewöhnlich geistreich und kultiviert. Während sie sich unterhielten, erfuhr sie, dass er viel gereist war. Er kannte Paris, Rom und London ebenso wie Indien und New York – und besaß einen sprühenden Charme, der sich mit einer Sinnlichkeit paarte, die es ihr schwer machte, seiner Anziehungskraft zu widerstehen. Sie tanzte mit ihm den Rest der Nacht. Ihre Eltern und ihr Bruder waren schon längst gegangen, und auch Heinrich und seine SS-Freunde, als sie sich noch immer mit ihm über das Parkett drehte. In seinen Armen spürte sie eine Geborgenheit, als würde sie eine schützende Mauer umgeben. Gleichzeitig hatte sie sich noch nie so sehr als Frau gefühlt. Aber sie ahnte auch, dass Maximilian ein Mann war, der in der Eroberung die Herausforderung suchte, und beabsichtigte nicht, es ihm leicht zu machen.

Als er sie im Morgengrauen nach Hause fuhr, ließ sie zu, dass seine Hand auf ihrem Oberschenkel ruhte, doch sie verweigerte ihm mit einem Lächeln den Kuss, den er so sicher vor der Haustür zu bekommen glaubte. Sein überraschter Ausdruck gefiel ihr und blieb ihr noch lange später im Gedächtnis, als sie schon längst wieder alleine in ihrem Bett lag.

37

Es war ein hektischer Tag im Krankenhaus. Mehrere Schwestern und zwei Ärzte waren wegen einer schweren Sommergrippe ausgefallen, und Dora hatte ihren Dienst zwischen der Chirurgischen und der Inneren Station aufteilen müssen. Sie hatte das Gefühl, nur gerannt zu sein – von der Station zur Arzneimittelausgabe und wieder zurück, dann zur Waschküche und Desinfektionskammer und erneut zur Station. Neben den üblichen Operationen gab es zurzeit zahlreiche Fälle von Tuberkulose, Keuchhusten, aber auch Diphtherie und Lungenentzündungen. Der Anteil der Wohlfahrtskranken im Krankenhaus war groß. In den Leiden dieser Patienten spiegelten sich oft die Armut und die schlechten hygienischen Bedingungen, in denen sie leben mussten. Wenn Dora in ihre blassen Gesichter blickte, musste sie unweigerlich an ihren Onkel aus dem Wedding denken. Viele der Kranken lebten in ebensolchen dunklen, feuchten Wohnungen in den Mietskasernen der Arbeiterviertel.

Dora brachte die Medikamente, die man ihr im Vorzimmer des OP-Saals für zwei frisch Operierte gegeben hatte, zur Station und wechselte auf dem Weg mit zwei, drei Patienten, die etwas Zuspruch und Aufmunterung bedurften, einige kurze Worte. Zwei Ärzte kamen ihr entgegen, und sie erwiderte den Hitlergruß, der inzwischen zur Normalität geworden war. Es fehlte nur noch, dass sie alle die Hacken zusammenschlugen! Die Stimmung im Krankenhaus am Urban hatte sich verändert. Im Zimmer der Ärzte hing jetzt ein Bild des Führers, und neuerdings sprach man davon, dass nicht mehr die Versorgung der Hilfsbedürftigen, sondern die »Förderung des biologisch Wertvollen« gegenüber dem »Geringwertigen« im Mittelpunkt der Medizin stehen müsse. Dora ließ sich nicht anmerken, wie sehr sie diese neuen Grundsätze verabscheute. Sie hatte Krankenschwester werden wollen, um zu helfen – unabhängig davon, wie schwach oder stark, wie krank oder gesund jemand war. Auch im Krankenhaus am Urban wurden jedoch seit letztem Jahr Eingriffe zur sogenannten »Verhütung erbkranken Nachwuchses« durchgeführt, Sterilisationen, die staatlich angeordnet und auch gegen den Willen der Frauen vorgenommen wurden. Es kostete Dora Mühe zu verbergen, wie schrecklich sie, die von nichts mehr träumte, als selbst Kinder und eine Familie zu haben, diese Operationen fand.

Sie beschleunigte ihren Schritt. Die große Uhr im Flur zeigte, dass es fast sieben war. Sie würde wieder einmal zu spät kommen. Eilig unterrichtete sie Lore, die Schwester für den Spätdienst, über die wichtigsten Vorkommnisse des Tages und meldete sich bei der Oberschwester ab. Dann hastete sie zum Schwesternheim hinüber. Sie hatte noch immer ihr Zimmer im Haus der Theußenbergs, aber während des Dienstes wohnte sie jetzt hier auf dem Gelände des Krankenhauses. Dora schlüpfte in ein anderes Kleid, kämmte sich das Haar und legte etwas Rouge und Lippenstift auf, bevor sie nach ihrer Handtasche griff. Sie war mit Paul verabredet. Ein Lächeln glitt über ihr Gesicht, denn sie war schrecklich verliebt – und stolz auf ihn. Längst hatte er seine Prüfungen absolviert und arbeitete nun erfolgreich als Steuerberater. Seit letztem Jahr waren sie ein Paar, und es verging kaum ein Tag, an dem sie sich nicht sahen. Bei ihrem ersten Rendezvous hatte er sie in ein kleines, romantisches Restaurant geführt, und sie war auf einmal sehr befangen gewesen. Doch dann saßen sie bis spät in der Nacht zusammen, redeten und lachten, und er griff mit einer Selbstverständlichkeit ihre Hand, als hätte er es schon immer getan. Später küsste er sie auf dem Nachhauseweg –

sanft und zärtlich. *»Du bist etwas ganz Besonderes, Dora!«*, sagte er. Sie spürte seine unterdrückte Leidenschaft, aber er überschritt die Grenze des Anstands nicht. Fast bedauerte sie es. Er war so ganz anders als Ediths Brüder und ihre anderen Freunde, beinah ein wenig altmodisch, hätte man denken können, aber Dora hatte schnell begriffen, dass Paul Behringer einfach ein Mann war, der feste Prinzipien hatte. Was die Leute um ihn herum taten oder sagten, interessierte ihn genauso wenig wie irgendwelche modischen Strömungen. Sie war sicher, er wäre auch kein anderer gewesen, wenn er fünfzig Jahre früher oder später das Licht der Welt erblickt hätte, und es war diese Charakterfestigkeit, die sie von ihrer ersten Begegnung an angezogen hatte. Schon immer hatte sie von einem Mann wie ihm geträumt!

Sie war froh, dass auch Edith ihn mochte. Nur zu gut entsann sie sich, wie sie Paul der Freundin das erste Mal vorgestellt hatte. Dora war nervös gewesen, denn natürlich hatte sie Ediths anfängliche Vorbehalte gespürt. Auf eine ans Unhöfliche grenzende Weise hatte sie Paul Fragen gestellt, als würde sie vermuten, er würde irgendetwas zu verbergen haben. Aber schließlich, am Ende des Abends, war das Eis zwischen den beiden doch geschmolzen. »Ich mag ihn«, hatte sie mit einem aufrichtigen Lächeln verkündet und darauf bestanden, auf die beiden anzustoßen. Erst da war Dora bewusst geworden, wie wichtig ihr Ediths Zustimmung war.

Während sie jetzt nach ihrem Mantel griff, fragte sie sich, weshalb Edith in dieser Woche wohl zweimal im Schwesternheim angerufen hatte. Dora war im Dienst gewesen und hatte später – obwohl es eigentlich nur in Notfällen erlaubt war – versucht, die Freundin zurückzurufen, aber sie war nicht zu Hause gewesen. Wenn es etwas wirklich Wichtiges gewesen wäre, hätte Edith ihr eine Nachricht hinterlassen. Nächstes

Wochenende würden sie sich ohnehin sehen, beruhigte sie sich. Sie knipste das Licht aus, schloss die Tür und machte sich mit schnellen Schritten auf den Weg zu Paul, der sicher schon vor dem Schwesternheim auf sie wartete.

38

Nach dem Botschaftsempfang hatte Maximilian mehrmals angerufen, aber Edith war nicht zu Hause gewesen. Er schickte keine Blumen oder Pralinen, was sie ihm hoch anrechnete. Solche Banalitäten hätten einfach nicht zu ihm gepasst, wie sie fand. Stattdessen erhielt sie eine Einladung für die Oper. Es war eine förmliche Karte. Sie glich kaum mehr als einer nüchternen Benachrichtigung, dass er sie für kommenden Freitag in die Oper und zu einem anschließendem Dinner einladen und sein Chauffeur sich erlauben würde, sie um sieben Uhr abzuholen. Keinerlei sonstige persönliche Worte. Nur auf der Rückseite hatte ein Satz gestanden. »*Was gewisse Erkundigungen angeht – Sie können unbesorgt sein!*«

Sie wusste, dass er Heinrichs versteckte Drohung meinte. Er hatte es also ernst mit seiner Hilfe gemeint.

Erleichterung durchflutete sie. Nach dem Botschaftsfest hatte sie ihrem Vater von ihrem Gespräch mit Heinrich erzählt, aber er hatte darauf nur mit einer abschätzigen Handbewegung den Mund verzogen. »Bei Gott, niemand wird mich dazu bringen, jemals in diese Partei einzutreten oder mir vorzuschreiben, wen ich in meinem Haus als Gast empfange!«, sagte er verächtlich, genau wie sie es geahnt hatte, und damit war die Angelegenheit für ihn erledigt. Sie selbst aber hatte seitdem beständig eine leise Unruhe in sich gefühlt, und auch ihre Mutter sprach wieder davon, in die Schweiz zu gehen.

Als am Freitag der Chauffeur klingelte, um Edith abzuholen, und sie in ihrem Abendkleid nach draußen trat, lehnte Maximilian in seinem Smoking am Wagen. Seine lässige Haltung konnte nicht über seinen glühenden Blick hinwegtäuschen, der ihren Puls beschleunigte. Sie ging auf ihn zu.

»Guten Abend, Edith«, sagte er und küsste ihre Hand, bevor er ihr die Wagentür öffnete.

»Danke für Ihre Nachricht. Sie ahnen nicht, wie erleichtert ich bin«, sagte sie, als er neben ihr in die Sitze sank.

Er wandte den Kopf zu ihr und lächelte kaum wahrnehmbar. »Ich pflege mein Wort zu halten – und um Sie zu beruhigen, es liegen keine Verdachtsmomente gegen Ihren Vater vor, und aufgrund seines Alters ist kaum davon auszugehen, dass man ihn unter Druck setzen wird. Auch wenn die Nationalsozialisten es natürlich gerne sehen, dass Unternehmer und Fabrikbesitzer in die Partei eintreten. Ihr Vater sollte sich nur vor Kontakten mit allzu missliebigen Personen hüten«, setzte er hinzu.

»Natürlich«, erwiderte sie tonlos. Die großen gesellschaftlichen Abende, an denen man frei über Politik, über Kunst und Philosophie im Hause der Theußenbergs diskutierte, gehörten ohnehin der Vergangenheit an, da ein weiter Teil des Freundeskreises entweder inzwischen emigriert, mit Verboten in seiner Arbeit belegt oder so eingeschüchtert worden war, dass niemand mehr wagte, seine Meinung in größerer Runde laut zu äußern.

»Noch etwas«, ließ sich Maximilian vernehmen. »Halten Sie sich möglichst von diesem Heinrich fern! Ich habe eine Kontaktperson bei der Gestapo, die mich hat wissen lassen, dass er sehr gezielt Erkundigungen über Ihre Familie und vor allem über Sie eingezogen hat.«

Edith wurde blass. »Aber warum?«

Maximilian blickte sie mit einem dunklen Lächeln an. »Nun, ich würde sagen, dass Sie ihm offensichtlich besser gefallen, als ihm guttut. Aber seien Sie unbesorgt. Er wird nicht mehr wagen, Ihnen zu nahe zu treten.« Bei diesen Worten strich er ihr sanft über die Hand.

Edith unterließ es, ihn zu fragen, weshalb er jemanden bei der Gestapo kannte, denn in diesem Fall war sie dankbar dafür, dass jemand Heinrich in seine Schranken verwiesen hatte.

Der Wagen hatte die große Prachtstraße *Unter den Linden* erreicht, in der seit einiger Zeit überall Hakenkreuzflaggen hingen. Der Chauffeur hielt am Kaiser-Franz-Joseph-Platz an der Oper. Maximilian reichte ihr den Arm, als sie ausstiegen, und sie bemerkte, wie sie die Blicke auf sich zogen, während sie die Treppe hochstiegen.

Natürlich besaß er eine eigene Loge. Als sich der Vorhang hob und es im Raum dunkel wurde, spürte sie seine Gegenwart so überdeutlich – die Wärme, die sein Körper neben ihr ausstrahlte, den herben Duft seines Eau de Toilette und seine Hand, die erneut sanft über die ihre strich –, dass sie von der Oper kaum etwas mitbekam.

In der Pause standen sie im Foyer, und Leute kamen zu ihnen. Maximilian stellte sie vor, die Hand auf ihrem Rücken, als wären sie schon längst ein Paar. Auch sie selbst traf Bekannte, wie Jules Cohn, den sie schon einige Wochen nicht mehr gesehen hatte. Er hatte noch immer etwas von einem Filmstar, wie es Dora in ihrer Schwärmerei einmal beschrieben hatte, aber ein Hauch von Melancholie schien ihn zu umgeben. Es wunderte Edith nicht. Ihr Bruder hatte ihr erzählt, dass Jules einige Konzerte in Frankreich gegeben hatte. Sie hatte sich für ihn gefreut, denn im letzten Jahr war sein Vertrag bei dem

Philharmonischen Orchester in Berlin gekündigt worden. Und das, obwohl er als einer der begabtesten jungen Violinisten Deutschlands galt. Aber in keinem staatlichen Opern- und Konzerthaus durften inzwischen mehr jüdische Künstler angestellt werden. Es war furchtbar.

»Jules! Ich dachte, du wärst noch in Frankreich.« Sie umarmte ihn erfreut und stellte die beiden Männer einander vor.

Beim Anblick von Maximilian wurde der Freund eine Spur reservierter. Er nickte höflich.

»Besuchst du uns in den nächsten Tagen?«, fragte sie.

»Sicher«, antwortete Jules mit einem Lächeln, das gezwungen wirkte. Sie sah ihm hinterher, wie er in der Menge verschwand. Er hat sich verändert, schoss es Edith kurz durch den Kopf. Doch dann wurde ihre Aufmerksamkeit von einem Bekannten Maximilians abgelenkt, der zu ihnen trat und sie in ein Gespräch verwickelte, und sie verlor ihn aus den Augen. Als ihr Blick auf der Suche nach ihm erneut über die Besucher glitt, die dicht gedrängt standen, erspähte sie statt Jules jemand anderen, auf dessen Gegenwart sie liebend gern verzichtet hätte. Heinrich! Zusammen mit Lisa und einem anderen SS-Offizier und dessen Begleiterin. Sie wandte hastig den Kopf weg und war dankbar, dass Maximilian sie in diesem Augenblick enger an sich zog.

39

Heinrich hatte Mühe, sich nichts anmerken zu lassen, als er sie auf der anderen Seite des Foyers erblickte. Kurz hatte er den Eindruck, sie hätte ihn ebenfalls gesehen, aber dann hatte sie den Kopf schon wieder in die andere Richtung gewandt.

Eigentlich hatte der Opernbesuch heute eine angenehme Abwechslung werden sollen. Ein alter SS-Kamerad, den er noch vom nationalsozialistischen deutschen Studentenbund her kannte, Hugo, hatte ihn dazu eingeladen. »Bring deine Freundin mit, meine Verlobte wird auch kommen«, hatte er augenzwinkernd gesagt, und Heinrich hatte, in Ermangelung einer festen Beziehung, Lisa gefragt. Wie zu erwarten, hatte sie freudig zugesagt.

Gewöhnlich machte er sich nicht viel aus klassischer Musik, aber da bekannt war, dass auch der Führer die Oper liebte, schien es ihm mehr als angemessen, sich dieser Form des Kulturbetriebs in Zukunft mit etwas mehr Enthusiasmus zu widmen. Der erste Akt – man gab die Zauberflöte – war überraschend kurzweilig gewesen. In der Pause hatten sie dann zusammen im Foyer gestanden, und Hugo hatte eine Runde Champagner ausgegeben. Die Luft war heiß und stickig, und überall drängten sich die Besucher, die Frauen in langen eleganten Kleidern, die Männer im Anzug und viele, so wie Hugo und er, in Uniform oder zumindest mit dem Abzeichen des Hakenkreuzes am Revers. Langsam wurde aus Deutschland wieder ein Land, auf das man stolz sein konnte.

Er begann gerade, den Abend zu genießen, und wahrscheinlich hätte er sie gar nicht bemerkt, wenn Lisa sich nicht auf einmal zu ihm gebeugt hätte. »Schau einer an, Edith ist auch hier«, sagte sie mit gesenkter Stimme zu ihm, als hätte sie ein lästiges Ungeziefer entdeckt. »Und in welch hochwohlgeborener Gesellschaft!«

Er wandte den Blick zur Seite und sah sie sofort durch die anderen Besucher hindurch – als wenn alles andere um sie herum verblassen würde. Sie trug ein silbernes Abendkleid, und der Mann an ihrer Seite hatte seine Hand vertraulich auf ihren Rücken, unten am Ansatz zu ihrer Taille, gelegt. Diese eindeutige Geste, dieses Signal, dass sie zu ihm gehörte, ließ die Eifersucht wie eine lodernde Flamme in ihm hochsteigen. Er war indessen nicht der Einzige, der sich im Foyer verstohlen nach ihr umdrehte. Einen Augenblick hasste er Edith fast dafür, dass sie diese Anziehungskraft auf ihn ausübte, obwohl sie in keiner Hinsicht eine Frau für ihn war. Nicht einmal blond und politisch noch dazu unbelehrbar, von ihrer Einstellung her im Grunde ein innerer Feind des Reichs. Doch egal was ihm seine Vernunft riet, seine Augen wanderten jetzt immer wieder durch die Menschen hindurch zu ihr. Er beobachtete, wie sie lachte, mit ihrem Begleiter, den er leider nicht richtig erkennen konnte, flirtete und die beiden sich wie zufällig berührten. Die Erkenntnis, dass sie diesem Mann gefallen wollte, traf ihn wie ein Messerstich. Nur mit halbem Ohr gelang es ihm, der Erzählung Hugos zu folgen.

Was hatte Lisa vorhin gesagt? *Hochwohlgeboren?* Er überlegte, was sie damit gemeint hatte, als Ediths Begleiter einen Schritt nach vorne trat, um jemanden zu begrüßen, und er erkannte, um wen es sich handelte. Er erstarrte. Sie hatte mit ihm schon auf dem Fest in der italienischen Botschaft getanzt, erinnerte er sich. An dem Abend, an dem Heinrich versucht hatte, mit ihr zu sprechen. Er hatte Edith klarmachen wollen, wie wichtig ein Mann wie er zu ihrem und dem Schutz ihrer Familie an ihrer Seite sein würde, aber er war gar nicht so weit gekommen.

»Ist alles in Ordnung?«, riss ihn Lisas Stimme aus den Gedanken. Sie schaute mit fragendem Blick zu dem Glas in seiner Hand, das er so fest am Stiel umklammerte, dass es zu zerbrechen drohte. Hugo war gerade erneut zur Bar gegangen, um eine zweite Runde zu bestellen, und seine Verlobte Elvi war währenddessen zu den Toiletten entschwunden, um sich die Nase zu pudern. Er schenkte Lisa ein gespieltes Lächeln und legte den Arm um sie. Eine wie sie hätte er lieben sollen. Sie wäre die perfekte Frau – blond, blauäugig und kerngesund. Das wandelnde arische Ideal und wie gemacht, um ihm viele Kinder zu schenken. »Ich war nur in Gedanken, entschuldige«, sagte er, aber er konnte nicht anders, als noch einmal kurz zu Ediths Begleiter zu schauen. Heinrich wusste, wer der Mann war. In NS-Kreisen sprach man über Maximilian von Stettenheim – und plötzlich begriff er. Die Ereignisse fügten sich wie Puzzleteile vor seinem geistigen Auge zusammen, denn vor zwei Tagen war er überraschend zu seinem Vorgesetzten zitiert worden, und man hatte ihm untersagt, weitere Nachforschungen über Edith Theußenberg und ihre Familie anzustellen.

Heinrich dachte mit Unbehagen an das Gespräch zurück, denn es war das erste Mal, dass er eine solche Maßregelung erfahren hatte. Seine Karriere war seit der Machtergreifung steil bergauf gegangen, trotz seines mittelmäßigen Juraexamens. Schon während seiner Studienzeit war er in die SS eingetreten. »Männer wie Sie, die dem Führer schon lange vor der Geburtsstunde des neuen Deutschland ihre Treue bewiesen haben, müssen an vorderster Front bei unserer nationalen Erneuerung stehen«, hatte man ihm gesagt. Als Jurist war er der Inneren Sicherheit zugeteilt worden, und seit letztem Jahr war Heinrich für den Sicherheitsdienst des Reichsführer-SS tätig, einem Geheimdienst, der eng mit der Gestapo zusammenarbeitete. Zu ihren Aufgaben gehörte die Überwachung und Bekämpfung von politischen, aber auch weltanschaulichen Gegnern und Parteimitgliedern. Es war für Heinrich daher ein Leichtes gewesen, bei seiner Arbeit nebenbei auch mehr über Edith und ihre Familie in Erfahrung zu bringen. Derlei Nachforschungen gehörten zu seinem Tätigkeitsfeld. Die unerwartete Zurechtweisung über sein Vorgehen hatte ihn folglich verwundert. Als er sich in aller Höflichkeit nach dem Grund erkundigte, hatte sein Obersturmbannführer ihm nur eine knappe Antwort gegeben.

»Es gibt in diesem Fall höhere Interessen, die für uns wichtiger sind.«

Nun begriff er, was mit diesen *Interessen* gemeint war.

Hugo war mit dem Champagner zurückgekehrt. »Na, dann Prosit. Auf den Führer!« Heinrich nahm sein Glas entgegen, und sie stießen an. Erst als die Vorstellung fortgesetzt wurde und er wieder auf seinem Platz saß, kehrten seine Gedanken noch einmal zu Ediths Begleiter zurück. Er war mächtig, aber Heinrich war nicht bekannt, welche genauen Verbindungen er in die Partei und SS hatte. Es würde sich vermutlich lohnen, das herauszufinden.

40

Nach der Oper führte Maximilian sie zum Essen ins *Horcher* in die Lutherstraße. Das berühmte Feinschmeckerrestaurant zählte kaum mehr als neun Tische, und der Besitzer persönlich begrüßte sie mit Ehrerbietung. Sie bestellten *Faisan de presse,* eine Spezialität des Hauses, für die Knochen des Fasans durch eine Presse gedreht und als Soße zubereitet am Tisch flambiert wurden.

»Erzähl, wer ist dieser Jules Cohn genau? Ein Freund? Ihr scheint euch sehr nahezustehen«, fragte er, nachdem sie beiden einen Schluck von dem hervorragenden Rotwein getrunken hatten. Irgendwann auf dem Weg von der Oper hierher waren sie zum Du übergegangen.

Edith sah ihn erstaunt an, dass er auf die kurze Begegnung

noch einmal zu sprechen kam. Sie ahnte, dass Jules' Aussehen seinen Teil dazu beitrug. »Ja, ein sehr guter – und darüber hinaus ein begnadeter Violinist! Er hat für das Philharmonische Orchester gespielt.«

»Jude?«

»Ja. Wieso?«, fragte sie scharf.

Er zuckte die Achseln. »Du hast ›hat gespielt‹ gesagt.« Er bemerkte ihren Blick. »Ein Jammer um die vielen begnadeten Talente, die Deutschland verliert!« Seine Finger strichen über ihren nackten Arm. »Nur ein Freund, ja? Ich teile nicht gerne, das solltest du wissen«, erklärte er beiläufig.

Edith wandte den Kopf zu ihm. »Ich wusste gar nicht, dass es etwas zu teilen gibt?«

Sie konnte sehen, wie er lächelte, als er sich auf einmal zu ihr beugte und seine Finger federleicht ihre Lippen berührten. Ihr Herzschlag beschleunigte sich. »Ich habe kein Problem, dich zu umwerben«, sagte er dann mit dunkler Stimme. »Wochen, Monate, wenn es sein muss. Ich bin sicher, diese Zeit wird auch ihren Reiz haben, aber am Ende wirst du sehen, dass mein Interesse an dir absolut ernsthaft ist.«

»Tatsächlich?« Es sollte spöttisch klingen, doch sie merkte selbst, dass es sich eher überrascht anhörte. Maximilians Worte waren aufrichtig gemeint, das fühlte sie, aber dennoch konnte sie diesen Mann nicht richtig deuten. Seine draufgängerische Direktheit wirkte kalkuliert, als wüsste er genau um ihre Wirkung, und dennoch versetzte er sie damit in Aufruhr. Auch wenn sie es sich nicht anmerken ließ, er faszinierte sie. Sie fragte sich, wie es sein mochte, von einem Mann wie ihm geküsst oder gar geliebt zu werden. Beinah war sie froh, als der Fasan kam und ihr Gespräch sich beim Essen unverfänglicheren Themen zuwandte. Maximilian erzählte von Paris und Rom, und Edith gestand ihm ihre Sehnsucht, mehr von der Welt zu sehen. Doch unterschwellig steigerte sich die Spannung zwischen ihnen bei jeder zufälligen Berührung und mit jedem Blick ins Unerträgliche.

»Danke, ich möchte kein Dessert«, sagte sie, als der Kellner ihr schließlich erneut die Karte reichen wollte.

Maximilian sah sie fragend an. »Nein?«

»Nein!«

Er nickte und gab dem Kellner ein Zeichen, ihm die Rechnung zu bringen. Nur Augenblicke später legte er ihr die Stola um die Schultern, und sie verließen das Restaurant. Als sie neben ihn in den Rücksitz des Wagens sank, legte er den Arm um sie. Draußen zogen die glitzernden Leuchtreklamen an ihnen vorbei, die verheißungsvolle Vergnügungen in Tanzpalästen, in Varietés und Cabarets ankündigten. Der Lichterstrom der Automobile und Straßenlaternen erhellte die dunklen Straßen, in denen das nächtliche Leben der Stadt aufregend pulsierte. Sie drehte den Kopf zu Maximilian, und als er sie endlich küsste, glaubte sie, dieses Pulsieren selbst mit jeder Faser ihres Körpers zu spüren.

41

Wie früher betrat Dora das Haus der Theußenbergs durch den Dienstboteneingang. Es war Wochenende, Paul hatte eine Verabredung mit einem Klienten, und sie würde den Abend wie in alten Zeiten mit Edith verbringen.

Sie fand ihre Mutter in der Küche, wo sie dabei war, Bettwäsche und Strümpfe zu stopfen. In letzter Zeit ging es ihr etwas besser. Sie konnte nur noch sehr leichte Tätigkeiten im Sitzen verrichten und hatte letztes Jahr deshalb kündigen wollen, aber Frau Theußenberg hatte darauf bestanden, dass sie blieb. Ohne ihre Hilfe würde der gesamte Haushalt zusammenbrechen, hatte sie erklärt. Und wer sollte die beiden jungen Hausmädchen anleiten, die von nichts eine Ahnung hatten? »Nein, das können Sie mir nicht antun!«, hatte sie gesagt, denn in ihrer Feinfühligkeit hatte sie gespürt, dass Anna Wilmer nicht bereit sein würde, von ihr Almosen anzunehmen, und auch weiter eine Aufgabe brauchte.

»Dora, gut schaust du aus, mein Kind!«, sagte Anna Wilmer. Sie war alt geworden in den letzten Jahren. Tiefe Falten gruben sich in ihr Gesicht, und ihre Haare waren ergraut, doch jetzt überzog ein Strahlen ihr Gesicht. Seitdem Dora im Krankenhaus arbeitete, war sie auf eine neue Weise stolz auf sie.

Sie umarmte ihre Mutter, als man schnelle Schritte von der Treppe her hörte und auch schon die Tür aufgerissen wurde und eine Gestalt im hellen Sommerkleid hereinstürmte. »Da bist du ja endlich!«, stieß Edith hervor. »Frau Wilmer, Sie müssen entschuldigen, aber ich muss mit Dora schon die ganze Woche reden. Darf ich sie gleich entführen? Warum gehst du in diesem furchtbaren Schwesternheim eigentlich nie ans Telefon?«, setzte sie im gleichen Atemzug vorwurfsvoll hinzu.

»Weil ich arbeite, Edith!«

»Deshalb kann man doch das Telefon benutzen!«

Dora grinste. »Das ist nur in Notfällen erlaubt.«

»Nun, das ist einer, glaub mir!«

Anna Wilmer sah mit einem Lächeln zu den beiden jungen Frauen. Schon seit geraumer Zeit hatte sie sich mit der Freundschaft zwischen den beiden abgefunden, und Edith, die es sich zur Gewohnheit gemacht hatte, nach unten zu kommen, wenn Dora nicht hier war, um sich nach ihrem Befinden zu erkundigen, hatte längst auch ihr Herz erwärmt.

»Geh nur. Wir sehen uns ja später noch«, sagte sie zu ihrer Tochter, und Edith zog sie, wie früher, sogleich mit sich.

»Jetzt bin ich ehrlich gespannt!«, erklärte Dora. Sie waren nach hinten in den Garten zu den Schaukeln gegangen. Edith lehnte sich gegen das Gerüst. »Ich habe jemanden kennengelernt«, platzte es aus ihr heraus.

Dora, die sich auf eine der Schaukeln gesetzt hatte, verzog spöttisch den Mund. Das war nun wirklich keine besondere Neuigkeit. Edith hatte ständig neue Bekanntschaften. Die Männer liefen ihr in Scharen hinterher. Erst dann bemerkte sie den aufgewühlten Gesichtsausdruck der Freundin.

»Ich weiß nicht, was ich machen soll. Er ist so ganz anders als alle Männer, die ich bisher kannte«, stieß Edith hervor und begann, ihr in allen Einzelheiten von Maximilian zu erzählen.

»Du bist verliebt«, stellte Dora ungläubig fest, die sie noch nie so erlebt hatte.

»Nein … Ach, ich weiß nicht!« Edith blickte sie unglücklich an. Es war offensichtlich, dass ihr ihre eigenen Emotionen nicht ganz geheuer waren.

Dora lachte. »Klar bist du das! Stellst du ihn mir vor?«

Edith nickte. »Ich habe ihn gebeten, heute Abend dazuzukommen. Carl mag ihn nicht«, setzte sie kleinlaut hinzu.

Dora grinste. »Das wundert dich? Er ist dein Bruder.«

»Aber du bist auch wie eine Schwester für ihn, und Paul schätzt er über alles. Er bekommt sich gar nicht ein vor lauter Lob über ihn!«, entgegnete Edith vorwurfsvoll. Sie hatte grübelnd die Stirn verzogen angesichts dieser Ungerechtigkeit.

Dora hätte Edith erklären können, dass ihr Bruder mit Sicherheit andere Beurteilungskriterien für einen Mann an ihrer Seite hatte als für sie selbst, aber als sie Maximilian am Abend kennenlernte, begriff sie durchaus, warum Carl Ediths neuem Freund gegenüber Vorbehalte hatte. Alles an diesem Mann wirkte eine Spur übertrieben, an der Grenze zur Dekadenz – seine dandyhafte Kleidung, die manikürten Nägel und die glatt aus dem Gesicht gekämmten Haare genauso wie seine etwas arrogante Art. Er kam direkt auf sie zu, als wüsste er genau, welche Bedeutung sie für Edith hatte. »Sie müssen Dora sein«, sagte er warm und verwickelte sie sogleich in ein Gespräch. Sie musste anerkennen, dass er charmant und geistreich war. Er kannte sich sogar etwas mit Medizin aus. Auf einem Empfang war er dem ehemaligen Leiter des Krankenhauses, Prof. Zondek, begegnet, und sie unterhielten sich über ihn. Einmal mit Maximilian ins Gespräch vertieft, war es schwer, ihn nicht zu mögen, und Dora konnte durchaus nachvollziehen, was Edith an ihm faszinierte. Sie beobachtete, dass er die Freundin zwar hofierte, ihr aber gleichzeitig mit einer gewissen Ungezwungenheit und einem gelegentlich spöttischen Unterton begegnete. Beides war vermutlich neu für Edith, denn die meisten Männer beteten sie an – nicht ahnend, wie sehr sie das hasste. Es war wahrscheinlich das erste Mal, dass sie mit Maximilian jemanden auf Augenhöhe traf. Dora fragte sich nur, ob dieser wirklich erkannte, welch ungewöhnlich tiefer und besonderer Mensch sich hinter Ediths schöner Fassade verbarg.

42

»Edith ist verliebt«, erzählte Dora Paul am nächsten Tag, als sie ihn traf. Es war ein warmer Spätsommernachmittag, und sie hatten sich entschieden, zum Wannsee hinauszufahren und ein Ruderboot zu mieten. Paul hatte seine Ärmel und die Hosenbeine hochgekrempelt und ruderte in kräftigen Zügen, bei denen sich unter seinem Hemd die Muskeln anspannten. Das Band ihres Strohhuts flatterte im Wind, während sie in gleichmäßigen Stößen über den spiegelglatten See glitten.

Er blickte sie fragend an, da er sie inzwischen gut genug kannte, um ihr anzusehen, dass der Tatbestand von Ediths Verliebtheit eine gewisse Zwiespältigkeit in ihr auslöste. »Und was gefällt dir daran nicht?«

Sie tauchte nachdenklich die Hand in das kühle Wasser. »Es gefällt mir. Ich freue mich selbstverständlich für sie …« Dora brach ab und suchte nach den richtigen Worten. »Maximilian passt in gewisser Weise zu ihr – er ist adlig und ein sehr ungewöhnlicher Mensch, aber ich bin mir dennoch nicht sicher, ob sie mit diesem Mann glücklich wird«, sprach sie ihre Bedenken mit fast mütterlicher Besorgnis aus.

Paul lachte. »So, wie du mir Edith bisher geschildert hast, wird sie vielleicht gar nicht lange genug mit ihm zusammenbleiben, um das festzustellen.«

»Nein, diesmal ist es etwas Ernstes!«, widersprach Dora.

Paul hatte die Ruderschläge verlangsamt. Sie befanden sich in einer kleinen Bucht, die am Ufer dicht von Schilf und Bäumen bewachsen war. Ein Schwanenpaar glitt an ihnen vorbei. Es war wunderschön hier, und sie merkte, wie sie sich entspannte, als ihr mit einem Mal auffiel, dass Paul sie unverwandt ansah. Er hatte die Ruder abgelegt.

»Mit uns ist es auch etwas Ernstes, oder?«, fragte er leise.

Sie nickte überrascht.

»Ich werde mich selbstständig machen!«, erzählte er. »Ich habe mich gestern mit einem anderen Steuerberater getroffen, der mich schon vor einiger Zeit gefragt hat, ob wir zusammen ein Steuerbüro eröffnen wollen – und ich habe Ja gesagt!«

»Paul, wie wundervoll. Und was sagt dein Vater dazu?«

»Nun, er hat natürlich Angst, aber er versteht meine Entscheidung. Ich würde dort im Büro bei ihm auf lange Sicht nicht weiterkommen.«

Das Boot wankte, als Paul sich auf einmal vorsichtig von der Bank erhob und zu ihr herüberkam, um sich neben sie zu setzen. Er legte den Arm um sie und strich ihr sanft eine Haarsträhne aus dem Gesicht. »Du bedeutest mir sehr viel, Dora. Ich möchte gerne mit dir mein ganzes Leben verbringen.«

»Das möchte ich auch, Paul«, wisperte sie, und ihr Herz klopfte ganz schnell.

Er rutschte etwas vor. Und dann, ehe sie sichs versah, kniete er auf einmal auf einem Bein vor ihr und hielt ein kleines geöffnetes Samtkästchen in der Hand. Ein Ring steckte darin. Glitzernd reflektierten sich die Sonnenstrahlen darin.

Ihr stockte der Atem.

»Liebe Dora, würdest du mir die Ehre erweisen und meine Frau werden? Du würdest mich zum glücklichsten Mann der Welt machen.«

Sprachlos blickte sie von ihm zu dem Ring und umarmte ihn darauf so stürmisch, dass das Boot gefährlich ins Schwanken geriet. »Ja, ich will, Paul! Ich will so sehr«, stieß sie atemlos hervor und küsste ihn.

CARLA

43

»Du hast einen Brief bekommen«, sagte ihr Vater am Morgen zu ihr und reichte ihr einen Umschlag. Carla nahm ihn überrascht entgegen. Sie saßen gerade beim Frühstück. Die Stimmung zwischen ihnen war noch immer ein wenig angespannt. Auch wenn sie sich beide bemühten, darüber hinwegzugehen, ihre Fragen nach Edith standen nach wie vor zwischen ihnen.

Carla sah, dass der Brief keinen Absender hatte und nicht einmal einen Poststempel aufwies. Sie öffnete ihn. *»Bitte, ruf mich an, ja? David.«*

Es hätte nicht viel gefehlt, und sie wäre rot geworden. Sie bekam ihre gestrige Begegnung mit David Grant einfach nicht aus ihrem Kopf. Sobald sie an ihn dachte, spürte sie das Gefühl, wie sie sich küssten, wieder so intensiv, dass sie erschrak. Es war keine Einbildung, sondern wirklich geschehen. Immerhin dessen war sie sich zumindest absolut sicher. Aber die Tatsache trug leider nicht dazu bei, sie zu beruhigen. Warum hatte David behauptet, sie hätten ein rein freundschaftliches Verhältnis gehabt? Als sie sich gestern an der Steilküste plötzlich so abrupt abgewandt hatte, war er ihr hinterhergelaufen und hatte sie am Handgelenk festgehalten. »Was ist denn auf einmal, Carla?«

Die Berührung seiner Finger hatte sie erneut wie ein Blitzschlag getroffen, und sie war seinem Blick ausgewichen. »Bitte, ich kann jetzt nicht darüber sprechen«, hatte sie nur hervorgestoßen und war zurück zum Haus gelaufen. Er war ihr nicht weiter gefolgt.

Sie steckte den Brief zurück in den Umschlag und spürte dabei den prüfenden Blick ihres Vaters.

»Nur eine Nachricht von dem Kollegen, der mich gestern hier besucht hat.«

»Von diesem David? Wie hieß er noch gleich mit Nachnamen?«

Ihr Vater goss sich einen pechschwarzen Kaffee ein – eine der wenigen Gewohnheiten, die er aus Deutschland beibehalten hatte.

»Grant.«

Ihr Vater starrte sie an. *»Grant?«*

Sie nickte. »Ja, wieso?«

»Nichts, nur so«, murmelte er und trank einen Schluck Kaffee. »Er schreibt für *Art & Living?*«

Carla schüttelte den Kopf. »Nein, er arbeitet als freiberuflicher Journalist für verschiedene Zeitungen. Wir sind nur Berufskollegen.« Sie trank ihren Tee aus. »Ich wollte zu Mum fahren und mich am Nachmittag mit Rachel treffen. Sie ist übers Wochenende auch hier.«

Er nickte. »Sicher. Ich muss ohnehin noch einiges im Garten machen und habe Mrs. Leeds auch versprochen, ihr bei ihrer Steuererklärung zu helfen. Grüß Rachel von mir«, sagte er und schenkte ihr ein warmes Lächeln. Schon früher, als sie eine Jugendliche gewesen war, hatte er sich stets bemüht, ihr ein gutes Gefühl zu geben, wenn sie ausging und ihn alleine zurückließ. Trotz der Schicksalsschläge ihrer Familie hatte er alles dafür getan, dass sie das normale Leben eines Teenagers führen konnte. Sie gab ihm einen Kuss.

Es stürmte, und ein leichter Regen fiel vom Himmel, als

Carla wenig später nach draußen trat. Eilig zog sie sich die Kapuze über ihre langen Haare und lief mit schnellen Schritten zu ihrem Auto.

Ein wenig verspürte sie ein schlechtes Gewissen, dass sie ihrem Vater nicht die ganze Wahrheit gesagt hatte. Sie hatte Lügen und Heimlichkeiten schon immer gehasst, und nun schien ihr Leben immer mehr daraus zu bestehen, doch sie hatte keine Wahl. Sie war am Nachmittag nicht nur mit Rachel verabredet, sondern würde sich vorher noch mit jemand anderem treffen – mit Laurens Onkel, Pete Howard, dem Kriminalkommissar, der damals die Untersuchungen zu Anastasias Verschwinden geleitet hatte. Sie hatte ihn gestern Abend angerufen, heimlich, als ihr Vater im Garten war.

Carla startete den Motor und fuhr auf die Landstraße. Graue Wolken hingen über der verregneten Landschaft. Statt dass sich die Dinge aufklärten, schienen immer neue Fragen in ihrem Leben aufzutauchen. Ihre Gedanken wanderten erneut zu David Grant. Nicht die Tatsache, dass sie sich geküsst hatten, sondern was sie bei der Erinnerung daran noch immer empfand, verstörte sie. War David der Grund, dass sie sich in ihrer Ehe so entfremdet fühlte? Sie entsann sich plötzlich wieder, wie Susan ihr erzählt hatte, dass es zwischen ihr und Tom Schwierigkeiten gegeben habe. War sie am Ende daran schuld? Sie seufzte..

Ihre Mutter war in ruhiger ausgeglichener Verfassung, als sie zu ihr kam. Sie freute sich, sie zu sehen. Fast war es Carla ein wenig unheimlich, dass sie sich nicht daran zu erinnern schien, wie aufgelöst sie bei ihrem letzten Besuch auf ihre Fragen reagiert hatte – oder hatte sie es nur verdrängt?

Da das Wetter nicht dafür angetan war, nach draußen zu gehen, setzten sie sich in den Erker des verglasten Aufenthaltsraums, der wie ein großes gemütliches Wohnzimmer eingerichtet war, mit einem eigenen Kamin und Sitzecken mit Sesseln, Sofas und kleinen Tischen, an denen auch andere Bewohner des Heims anzutreffen waren.

Carla bemühte sich, nur über unverfängliche Alltagsdinge zu sprechen und dieses Mal jede Aufregung zu vermeiden. Sie erzählte ihrer Mutter von dem Apfelkuchen, den Mrs. Leeds gebacken hatte, den beschnittenen Rosensträuchern im Garten und wie sehr sie die Spaziergänge am Meer genoss. Ihre Mutter lächelte, hörte ihr aufmerksam zu und sagte gelegentlich einen kurzen Satz. Zwischendurch schien sie jedoch immer wieder in ihre eigene Welt abzugleiten. Was ging wohl in ihr vor? Carla sah in Gedanken das Hochzeitsfoto mit ihr und ihrem Vater vor sich – wie jung und strahlend hatte sie darauf gewirkt. Man erkannte, wie verliebt die beiden gewesen waren, und obwohl ihre Mutter ein anderer Mensch geworden war, liebten die beiden sich auf ihre Art noch immer.

Hatte ihre und Toms Beziehung je diese Tiefe gehabt? Nein, musste sie ehrlich zugeben. Gegen ihren Willen schob sich wieder das Bild von David Grant vor ihre Augen – wie er sie anblickte und plötzlich in seine Arme zog und voller Leidenschaft küsste … Aufgewühlt schaute sie aus dem Fenster, als sie spürte, wie ihre Mutter ihr sanft, fast ein wenig tröstend über die Hand strich. Carla wandte den Kopf zu ihr und konnte sich einen Augenblick lang nicht des Eindrucks erwehren, dass sie genau ahnte, welches emotionale Chaos in ihrem Inneren tobte. Wie sehr wünschte sie, ihr alles erzählen zu können! »Ach Mum«, sagte sie leise und legte den Arm um sie.

Als sie gegen Mittag das Heim verließ und zurück zu ihrem Auto ging, blieben ihre Augen an der roten Telefonzelle hängen, aus der sie David Grant bei ihrem letzten Besuch angerufen hatte. Sie würde mit ihm reden müssen, persönlich, wenn sie Klarheit wollte. Doch nicht jetzt. Sie brauchte etwas Abstand. Zu viel ging ihr durch den Kopf.

Sie verdrängte jeden weiteren Gedanken an David Grant und machte sich stattdessen auf den Weg zu ihrer Verabredung mit Pete Howard.

44

Tom befand sich in einem Meeting mit seinen beiden Kanzleipartnern, als seine Sekretärin in den Raum kam und sich zu ihm beugte. »Ein Anruf für Sie«, sagte sie leise. Er schenkte ihr einen kurzen missbilligenden Blick. Alle Angestellten von *Standford, Green & Whiteman* wussten, dass bei den Partner-Meetings keine Störungen erwünscht waren. »Nicht jetzt!«

»Es ist Ihr Schwiegervater. Er meinte, es sei wichtig.«

Tom wandte sich entschuldigend zu den beiden anderen Männern. »Verzeihen Sie, eine familiäre Angelegenheit, die anscheinend keinen Aufschub erlaubt«, sagte er und erhob sich.

Er ließ das Gespräch in sein Büro stellen.

»Tom, verzeih, dass ich dich störe …«

Er hörte ungläubig zu, was ihm sein Schwiegervater erzählte. »David Grant? Weißt du das genau?«, fragte er. Er hatte erst gestern mit Paul telefoniert und wusste daher, dass Carla Besuch von einem Kollegen bekommen hatte. Tom hatte sich nichts dabei gedacht. Es war nur seiner langjährigen Routine juristischer Gründlichkeit zu verdanken, dass er Paul gebeten hatte, wenn es ging, den Nachnamen des Journalisten in Erfahrung zu bringen. Und nun das! Wieso hatten die beiden wieder Kontakt?

Tom ballte die Faust, als er sich plötzlich an das Fest bei Harrison erinnerte. Natürlich hatte er Grant bemerkt, doch er war sicher gewesen, dass die beiden nicht miteinander gesprochen hatten. Unwillkürlich sah er diesen Journalisten wieder vor sich, als er im Krankenhaus aufgetaucht war. Tom hatte ihn vom ersten Moment an nicht ausstehen können. Vielleicht, weil der Journalist das ganze Gegenteil von ihm war. Er hatte ihn mit höflicher Miene aus dem Krankenzimmer geleitet. »Wissen Sie, dass Carla ihr ganzes Leben versucht hat, der Vergangenheit zu entfliehen? Lassen Sie sie in Ruhe, wenn Ihnen wirklich etwas an ihr liegt!«

Grant hatte ihn nur schweigend gemustert. *»Wenn Sie sich nicht erinnert, werde ich nichts sagen, aber falls sie mich fragt – ich werde sie nicht anlügen!«*

Ihm wurde klar, dass er unbedingt nach Cornwall musste. Die Dinge begannen, eine gefährliche Wendung zu nehmen. »Ich komme zu euch«, sagte er zu seinem Schwiegervater.

Er drückte einen Knopf auf seinem Schreibtisch, und nur Sekunden später kam seine Sekretärin Lucy in den Raum geglitten.

»Ja?«

»Lucy, könnten Sie bitte alle Termine für heute absagen und auf nächste Woche verschieben? Ich muss nach Cornwall zu meinem Schwiegervater.«

»Natürlich. Auch den Mittagstermin?« Sie klang noch immer unterkühlt, er spürte ihre unterdrückten Emotionen. Es war nicht leicht, zu der alten Förmlichkeit zurückzufinden. Vielleicht würde eine Gehaltserhöhung sie etwas milder stimmen.

»Ja, den bitte auch!«

Sie nickte und rauschte aus dem Raum. Tom stand auf und griff sich ein Hemd und einen Satz Wäsche aus dem Schrank, die er genauso wie einen Rasierer und Zahnbürste immer im Büro hatte. So musste er sich nicht die Mühe machen, noch einmal nach Hause zu fahren, sondern stieg direkt in den dunkelblauen Porsche, den er vor der Kanzlei geparkt hatte. Es war Freitagmittag, und die Stadt war voll. Ungeduldig drückte er ein paarmal auf die Hupe, während er sich mit seinem Sportwagen durch den dichten Verkehr schlängelte.

Seine Gedanken wanderten erneut zu Carla. Die Zeit, die sie auf dem Fest bei Harrison alleine war, war viel zu kurz gewesen, als dass sie sich hätte mit Grant länger unterhalten können. Die beiden mussten sich bei einer anderen Gelegenheit getroffen haben.

Er drückte aufs Gas. Manchmal wünschte er, er hätte die Zeit noch einmal zurückdrehen können. Als er Carla vor sechs Jahren kennengelernt hatte, schien sie die perfekte Frau für ihn – attraktiv, charmant und gebildet. Sie war eigenständig und selbstbewusst, ohne dass sie gleich eine dieser grauenhaften Feministinnen war, die auf die Straße rannten und glaubten, sich mit ihren BHs auch von jeder Weiblichkeit trennen zu müssen. Carla wollte zwar arbeiten, aber ohne dabei zu ehrgeizige Ambitionen zu zeigen – die Toms Meinung nach Frauen auch nicht stand –, und hatte sich immer eine Familie gewünscht. Sie war ihm auf der Party damals sofort aufgefallen. Ihre männlichen Kommilitonen umschwärmten sie, aber es war ihm schnell gelungen, ihre Aufmerksamkeit zu gewinnen, und sie hatten sich ineinander verliebt. Nach und nach hatte er damals Carlas Geschichte erfahren. Sie sprach nicht viel darüber, aber die Vergangenheit war wie ein Schatten, der immer über ihr zu schweben schien. Es fiel ihm leicht, sie aus ihren Stimmungen zu reißen, sie zu amüsieren und mit ihr zu lachen. Seiner Ansicht nach brachte es ohnehin nichts, sich zu viel mit der Vergangenheit zu beschäftigen. Was geschehen war, konnte man schließlich nicht beeinflussen. Im Gegensatz zu dem, was in der Zukunft lag. Und genau das war der springende Punkt. Sie durfte nicht wieder anfangen, Fragen zu stellen! Ein grimmiger Ausdruck glitt über sein Gesicht. Es würde nur unschönen Staub aufwirbeln.

Er überholte einen LKW und gab erneut Gas, als er sah, dass er endlich den Zubringer zur Autobahn erreicht hatte. Wenn er gut durchkam, würde er, noch bevor es dunkel wurde, in Cornwall sein.

45

Pete Howard wohnte nicht weit entfernt von Tintagel. Der kleine Ort war berühmt für seine verwitterten Ruinen, die sich auf einer vorgelagerten Halbinsel befanden. Als Carla an dem Parkplatz vorbeifuhr, sah sie jedoch nur wenige Autos. Angesichts des Wetters verwunderte sie das nicht – es regnete inzwischen in Strömen. Sie spähte durch die Scheibenwischer, die im gleichmäßigen Takt vor ihr hin- und herfuhren, und hielt Ausschau nach dem Abzweig, den ihr Pete Howard beschrieben hatte. Die zweite Kreuzung rechts nach Tintagel Castle, hatte er gesagt. Nach gut einer halben Meile Fahrt entdeckte sie tatsächlich eine schmale, hinter verwilderten Hecken versteckte Straße. Sie bog ab, und wenig später konnte sie schon von Weitem eine Ansammlung alter Cottages entdecken. Eines der Steinhäuser lag etwas abseits, seine Fassade war weiß getüncht und das Schieferdach wellig, als hätten Wind und Sturm über die Jahrhunderte eine eigene Form geprägt. Die Büsche und Rosensträucher im Garten waren liebevoll gepflegt. Das musste es sein!

Pete Howard hatte zurzeit Urlaub und sie deshalb gebeten, zu ihm nach Hause zu kommen. Der Kriminalkommissar war ein grauhaariger Mann mit kantigen, undurchdringlichen Gesichtszügen. Er musste ungefähr Ende fünfzig sein, trug einen Wollpullover und Tweedhosen, und in seinem Mundwinkel klemmte ein Zigarillo, als er ihr die Tür öffnete.

»Danke, dass Sie Zeit für mich haben«, sagte Carla.

Er musterte sie mit einem durchdringenden Blick, der ihr eine leise Ahnung davon gab, wie sich ein Verdächtiger ihm gegenüber fühlen musste.

»Gerne. Kommen Sie doch rein. Meine Frau ist einkaufen, aber sie hat extra Butterkuchen für Sie gebacken.«

Carla lächelte. Sie vergaß immer wieder, welche Bedeutung Gastfreundschaft in dieser Gegend noch hatte.

Das Haus war schlicht mit alten Möbeln aus dem letzten Jahrhundert eingerichtet. Die frisch gewaschenen Gardinen und Spitzendeckchen auf dem Tisch verrieten indessen die weibliche Hand.

»Lauren erzählte, Sie hätten einen Unfall gehabt?«, erkundigte sich Mr. Howard, nachdem sie sich an den bereits gedeckten Tisch gesetzt hatten. Er schenkte ihr Tee ein und gab ihr ein Stück Kuchen.

»Ja, ich hatte Glück, habe aber leider meine Erinnerungen aus den Monaten vor dem Unfall verloren.«

»Retrograde Amnesie, ja?« Sein Tonfall war sachlich.

»Genau.«

»Und warum beschäftigt Sie auf einmal, was damals passiert ist?« Er schaute sie neugierig an, und dabei entdeckte sie in seinen braunen Augen einen überraschend warmen Ausdruck.

Sie hatte ein Stück von ihrem Kuchen gekostet, der köstlich schmeckte, und blickte auf die silberne Gabel, deren Stiel ein kleines Familienwappen zierte. »Ich versuche zu verstehen, was mich vor dem Unfall beschäftigt hat. Lauren hat mir erzählt, dass wir im Sommer über meine Schwester gesprochen haben, und jetzt merke ich, dass ich ziemlich viele Fragen zu früher habe.«

Er nickte. »Irgendwann kommen die Fragen, das ist immer so. Sie waren ja noch sehr jung. Was möchten Sie denn wissen?«

Carla hatte die halbe Nacht wach gelegen und genau darüber nachgedacht. »Warum sind Sie damals, nachdem Anastasia verschwunden ist, so sicher gewesen, dass meine Schwester tot ist?«

Der Kriminalkommissar stellte seine Tasse ab und lehnte sich etwas zurück. »Es ist eine Frage der Indizien und ein Erfahrungswert«, erklärte er. »Man hatte damals den Rucksack und das Halstuch Ihrer Schwester gefunden. Die Sachen waren lange im Meer. Sehen Sie, wenn sie noch gelebt hätte, wenn Anastasia weggelaufen wäre, dann hätte ihr Verschwinden Spuren hinterlassen. Sie dürfen nicht vergessen, es gab eine landesweite Fahndung nach ihr. Die Polizei, Bahnhöfe, Busstationen – überall war man informiert. Irgendjemand hätte sie früher oder später irgendwo sehen müssen. Zumal sie nach der damaligen Gesetzeslage noch nicht einmal volljährig war und ihre Möglichkeiten sehr begrenzt waren, etwas zu tun. Dieser ganze Fall war furchtbar tragisch, aber nach dem Fund von ihren Sachen an der Küste sprach alles dafür, dass es einen Unfall oder, sehr viel wahrscheinlicher, ein Gewaltverbrechen gegeben hat. So leid es mir tut.«

Carla schwieg. Seine sachlich nüchterne Art war überzeugend. Nur ansatzweise konnte sie erahnen, wie sich ihre Mutter und ihr Vater gefühlt haben mussten, als man ihnen die Fakten über ihre verschwundene Tochter so dargelegt hatte. Sie versuchte, die Bilder, die gegen ihren Willen vor ihr aufstiegen, aus ihrem Kopf zu bekommen. Als sie dreizehn, vierzehn Jahre alt war, hatte sie sich immer wieder vorgestellt, wie es sein musste, im Meer zu ertrinken, in dem dunklen Wasser nach unten gezogen zu werden und nicht mehr an die Oberfläche zu kommen … Ein Schatten glitt über ihr Gesicht, doch dann wandte sie sich wieder Pete Howard zu. »Mein Vater wurde damals auch verhört, oder?«

Der Kriminalkommissar nickte. »Es war reine Routine. Wir sind verpflichtet, jeder Spur nachzugehen, und Ihre Schwester und Ihr Vater hatten sich oft gestritten. Ich wusste außerdem von meiner Nichte Lauren, dass er manchmal gegenüber Anastasia handgreiflich geworden war.«

Carla erstarrte. Ihr Vater? Er hatte ihre Schwester geschlagen? Sie wollte protestieren, aber dann erinnerte sie sich, wie sie immer in ihr Zimmer geflüchtet war, wenn die beiden sich stritten, und sich ein Kissen über die Ohren gehalten hatte, um sie nicht hören zu müssen …

»Sie sollten das nicht überbewerten«, sagte der Kriminalkommissar, der zu ahnen schien, was in ihr vorging. »Kinder im Teenageralter und ihre Eltern streiten sich oft. Das ist damals nicht anders gewesen, und ihr Vater hat früher wohl manchmal etwas zu viel getrunken«, fügte er entschuldigend hinzu.

»Das wusste ich nicht«, erwiderte sie überrascht, denn sie konnte sich nicht daran erinnern, dass ihr Vater in ihrem Beisein jemals einen Tropfen Alkohol angerührt hatte. Nicht einmal Silvester. »Es ist nicht gut für mich, wenn ich trinke«, hatte er einmal gesagt. So vieles, was in ihrer Kindheit geschehen war, bekam auf einmal eine ganz andere Bedeutung.

Sie nahm nachdenklich noch einen Bissen von ihrem Kuchen und spürte, dass der Kriminalkommissar sie aufmerksam beobachtete.

»Lauren hat mir erzählt, dass es damals einen Toten gab, der an derselben Stelle an Land gespült wurde«, sagte sie.

»Ja, sie hat immer geglaubt, der Mann wäre Anastasias Mörder gewesen«, entgegnete Pete Howard kopfschüttelnd und zündete sich einen Zigarillo an. »Aber man konnte beim besten Willen keine Verbindung zu ihm herstellen. Zumal an dieser Stelle an der Küste aus unterschiedlichen Strömungsrichtungen etwas an Land getrieben werden kann. Dennoch war es schon eine seltsame Geschichte mit dem Mann.« Er nahm einen tiefen Zug von seinem Zigarillo. »Er kam nicht von hier – sondern aus Deutschland.«

Eine kurzen Augenblick glaubte Carla sich verhört zu haben. *Aus Deutschland!?* »Wissen Sie noch, wie er hieß?«, erkundigte sie sich mit zugeschnürter Kehle.

Mr. Howard schüttelte den Kopf. »Nein, wir haben seinen Namen leider nie herausgefunden.«

»Aber wie konnten Sie dann wissen, dass er aus Deutschland kam?«, fragte Carla verwirrt.

Pete Howard strich die Asche seines Zigarillos in dem kugelförmigen Glasaschenbecher ab. »Laut Autopsie stammten seine Zahnkronen aus einem deutschen Labor, und er hatte so eine Nazi-Tätowierung, ein Totenkopfsymbol. Das war das Abzeichen einer SS-Einheit. Die der übelsten Sorte. Sie waren vor allem für die Konzentrationslager zuständig.« Er verzog angewidert den Mund und nahm einen weiteren Zug von seinem Zigarillo. »Wir haben damals sogar überlegt, ob es eine Verbindung zu Ihren Eltern geben könnte, weil sie auch aus Deutschland kamen, aber sie konnten den Mann auch nicht identifizieren. Und Ihre Eltern waren zu diesem Zeitpunkt ja auch schon lange in England. Der Presse haben wir die deutsche Herkunft des Mannes vorenthalten«, erzählte er weiter. »Wir wollten nach der Tragödie mit Ihrer Schwester nicht noch mehr Staub aufwirbeln, aber wir haben eine Beschreibung an die Behörden der BRD rausgegeben. Seine Identität konnte jedoch nie festgestellt werden.«

Carla starrte ihn an. Sie fragte sich, was der Mann hier gewollt hatte. »Und er ist ertrunken, sagen Sie?«

Mr. Howard nickte. »Das war die Todesursache, die man in der Autopsie festgestellt hat. Aber er hatte Narben, und sein Körper zeigte Spuren, dass er wohl des Öfteren in Schlägereien verwickelt war.«

46

Der Regen hatte nachgelassen, als sie sich von Mr. Howard verabschiedete. »Wenn Sie noch Fragen haben, Sie können sich jederzeit wieder melden«, sagte er. Er blickte sie an, als spürte er genau, wie sehr Carla seine Antworten aufgewühlt hatten.

»Danke, vielleicht werde ich das wirklich noch einmal tun«, erwiderte sie ehrlich, bevor sie wieder in ihr Auto stieg. Ein Sturm von Gedanken tobte durch ihren Kopf, als sie sich auf den Rückweg machte. Es konnte kein Zufall sein, dass der Tote genau wie ihre Eltern aus Deutschland stammte. Hatten ihr Vater und ihre Mutter wirklich nicht gewusst, wer er war? Irgendetwas sagte ihr, dass es einen Zusammenhang zwischen diesem Unbekannten, ihren Eltern und Anastasias Verschwinden gab. Der Mann war in der SS gewesen. Wie kam man dazu, sich einen Totenkopf als Symbol auszuwählen? Carla schauderte bei der Vorstellung und dachte an die furchtbaren Dinge, die damals in Deutschland geschehen waren – an die Konzentrationslager, die Judenverfolgung und den

Krieg, der so viele Menschenleben gekostet hatte. Bis heute erfreuten sich die Deutschen in England keiner besonderen Beliebtheit. Als Kind hatten sie und Anastasia das oft zu spüren bekommen. Wenn es Streitereien gab, fielen schnell Schimpfwörter, wie *du Nazi-Ziege* oder *du Drecks-Deutsche.* »Mach dir nichts daraus, das hat nichts mit uns zu tun«, hatte Anastasia einmal tröstend zu ihr gesagt, als sie nach der Schule geweint hatte. Und ihre Eltern hatten sie als Kinder immer ermahnt, dass sie besonders freundlich und höflich sein müssten, weil sie aus einem anderen Land kamen. Sie selbst waren darin vorbildlich gewesen – beinah zu sehr, wie Carla früher oft fand. Sie hatte ihr Verhalten nie ganz verstanden, denn sie selbst hatte sich immer durch und durch als Engländerin gefühlt. Schließlich war sie hier geboren, auch wenn sie zu Hause Deutsch miteinander sprachen.

Carla fragte sich erneut, wer dieser SS-Typ gewesen war, und merkte, wie es in ihrem Kopf unaufhörlich arbeitete, irgendeine logische Verbindung zwischen alldem herzustellen.

Es fiel ihr schwer, sich vorzustellen, dass ihr Vater früher getrunken hatte und sogar handgreiflich gegenüber Anastasia geworden war, denn sie kannte ihn nur als liebevollen Menschen. Die Vergangenheit schien ein völlig anderes Bild ihrer Eltern zu enthüllen, als sie es bisher gehabt hatte.

Draußen hatte sich der Himmel etwas aufgezogen, und einige zögerliche Sonnenstrahlen waren durch die Wolkendecke gedrungen. Sie hielt in Tintagel vor einer Telefonzelle und beschloss Rachel, mit der sie ausgemacht hatte, sie nach ihrem Gespräch mit Pete Howard anzurufen, zu fragen, ob sie sich nicht hier treffen wollten. In ihrer Schulzeit hatten sie beide den Ausflug zu den alten mystischen Ruinen geliebt, die der Legende nach die Geburtsstätte von König Arthus waren.

Rachel war begeistert. »O, ja. Gerne. Ich könnte in zwanzig Minuten da sein! Ich muss dir nachher übrigens was erzählen, das dich bestimmt interessieren wird.«

»Was denn?«

»Es betrifft diesen Journalisten, David Grant. Ich habe mich ein bisschen in der Redaktion über ihn umgehört. Berichte ich dir gleich alles.«

Carla verzog das Gesicht. Ausgerechnet! »In Ordnung, ich warte in dem Pub neben der alten Post!«, sagte sie dann und hängte den Hörer ein. Was konnte Rachel wohl über David Grant in Erfahrung gebracht haben? Den ganzen Tag hatte sie immer wieder an den Journalisten gedacht und sich gefragt, ob sie ihrer Kollegin Susan im Sommer vielleicht etwas von ihm erzählt hatte. Immerhin hatte die Redakteurin auch über die Schwierigkeiten zwischen Tom und ihr Bescheid gewusst. Vielleicht sollte sie sie einfach fragen. Kurz entschlossen kramte Carla in ihrem Portemonnaie noch einmal nach Kleingeld und warf genügend Münzen für ein Ferngespräch nach London ein. Das Freizeichen ertönte gerade zweimal, als sich auch schon Susans Stimme meldete.

»Bexley, Redaktion *Art & Living?*«

»Hallo, hier spricht Carla. Störe ich dich gerade?«

»Aber nein, überhaupt nicht!«, sagte Susan. »Ich freue mich, dass du anrufst. Ich habe immer noch ein ganz schlechtes Gewissen, dass ich beim letzten Mal so unter Zeitdruck war. Aber du weißt ja, wie es bei Redaktionsschluss zugeht!«

»Das war völlig in Ordnung. Ehrlich gesagt, habe ich noch eine Frage an dich, eine etwas seltsame vielleicht ...«, begann Carla zögernd.

»Etwa immer noch wegen der Sache zwischen dir und Tom? Ich hätte wirklich nichts sagen sollen«, entgegnete Susan zerknirscht.

»Aber nein«, widersprach Carla ernst. »Ich bin dir dafür sogar sehr dankbar. Ich habe die ganze Zeit gespürt, dass etwas nicht stimmt.« Sie suchte nach den richtigen Worten und gab sich schließlich einen Ruck. »Als ich dir im Sommer erzählt habe, dass es zwischen Tom und mir Schwierigkeiten gibt, habe ich da einen anderen Mann erwähnt?« Sie holte tief Luft. »Ich meine, weißt du, ob ich eine Affäre hatte?«

Einen Moment war es am anderen Ende der Leitung still. »Hat Tom das etwa behauptet?«, platzte Susan heraus. »Dass du eine Affäre hattest?« Sie klang aufgebracht, beinah wütend. »Mein Gott, nein, Carla. Er hat eine gehabt! Nicht du.«

Carla starrte auf den schwarzen Apparat vor sich. »Tom hatte eine Affäre? Aber mit wem denn?«, stieß sie hervor.

»Ach, Carla, ich wollte es dir wirklich nicht sagen. Mit seiner Sekretärin ... Ich dachte, es spielt keine Rolle mehr und es wäre wieder alles in Ordnung zwischen euch.«

Ein vages Bild von einer jungen Frau namens Lucy tauchte vor Carlas Augen auf. Sie merkte, wie sich ihre Hand um den Hörer krampfte. »Nein, danke, dass du es mir gesagt hast!«, erwiderte sie mit tonloser Stimme. »Du hast mir sehr geholfen, Susan. Ich melde mich.«

Sie hängte eilig den Hörer ein, bevor Susan noch etwas sagen konnte. Einen Augenblick blieb sie einfach in der Telefonzelle stehen und sah nach draußen. Tom hatte eine Affäre gehabt – und sie hatte einen Mann geküsst, den sie ein halbes Jahr zuvor nicht einmal gekannt hatte. Anscheinend gab es nicht nur in der Vergangenheit ihrer Eltern einige Geheimnisse, sondern auch in ihrem eigenen Leben!

PAUL

47

Berlin, 1935

Sie legte die Arme um seinen Hals, und er hob sie hoch, und noch während er mit ihr über die Schwelle trat, küsste er sie voller Leidenschaft.

Dora lachte, als sich ihre Lippen von seinen lösten und Paul sie sanft auf den Boden hinunterließ.

»Willkommen in Ihrem neuen Heim, Frau Behringer!«

Ihr war schwindlig – vor Liebe, Champagner und so viel Glück, dass sie glaubte, zerspringen zu müssen. Am liebsten hätte sie die ganze Welt umarmt.

»Dora, darauf habe ich so gewartet«, murmelte er, während er sie schon erneut küsste, und sie wusste, dass er nicht die bevorstehende Nacht meinte, sondern das gemeinsame Leben, das vor ihnen lag. Langsam zog er ihr den Schleier vom Kopf und öffnete das kunstvolle Flechtwerk ihres Haars. Endlich waren sie alleine.

Sie hatten ihre Hochzeit im kleinen Rahmen am Rande von Berlin gefeiert, nur mit den engsten Freunden und der Familie. Es war eine seltsame, nicht recht zueinanderpassende Gesellschaft gewesen: Edith in Begleitung von Maximilian, die Theußenbergs, Pauls Eltern, sein neuer Kompagnon Ferdinand, schließlich ihre Mutter, ihr Onkel Franz aus dem Wedding und Wilhelm. Dora hatte ihren Bruder gebeten, auf seine

Uniform zu verzichten. Seitdem er in der SS eine offizielle Funktion innehatte, trug er sie ständig. Nur widerstrebend war er ihrer Bitte nachgekommen und hatte mürrisch das Gesicht verzogen, doch nach der Hochzeitsfeier umarmte sogar er sie gerührt. »Na, jetzt hast du endlich einen ordentlichen deutschen Mann geheiratet, Dora! Ich gratuliere euch beiden«, sagte er und drückte ihr sein Geschenk in die Hand, ein Buch – »Deutsche Mutter und Ehefrau«. Pauls Vater nannte sie etwas steif *»meine Tochter«*, und ihre Mutter weinte. Selbst Frau Theußenberg hatte Tränen in den Augen, während Edith sie ganz fest in die Arme nahm. *»Ich wünsche dir alles Glück dieser Welt, Dora!«*, flüsterte sie.

Ja, es war eine schöne Feier gewesen, aber sowohl Paul als auch sie waren froh, nun endlich alleine zu sein. Schon vor einem Monat hatte er eine Vierzimmerwohnung im bürgerlichen Wilmersdorf für sie angemietet, die sie zusammen eingerichtet hatten.

Sie spürte Pauls Hände an ihrer Taille und wie er begann, die Schnürung ihres Oberteils zu öffnen, während er sich gleichzeitig mit ihr in Richtung Schlafzimmer bewegte. Eine leichte Röte schoss in ihre Wangen. Nun war sie doch nervös, obwohl sie den Augenblick so herbeigesehnt hatte.

»Schließ die Augen«, sagte er sanft und zog sie weiter mit sich – und dann standen sie auf einmal vor dem Bett. Ein zarter Duft lag im Raum, und als sie die Augen wieder öffnete, sah sie, dass über dem Bett und dem Boden überall Blütenblätter verstreut lagen. Sein Gesichtsausdruck war plötzlich ernst, und er legte die Arme um sie.

»Ich will, dass es schön für dich wird, dass du dich immer an diesen Tag und die Nacht erinnerst. Auch wenn wir schon alt und grau sind und Scharen von Enkelkinder uns umgeben. Ich liebe dich!«

»Ich liebe dich auch, Paul«, flüsterte sie und legte die Arm um seinen Hals, um ihn zu sich zu ziehen. Sie nahm wahr, wie ihr Kleid zu Boden fiel und sie fast nackt vor ihm stand. Bewundernd schaute sie auf die Muskeln seiner Arme, auf die Festigkeit seines durchtrainierten Körpers, dem man noch immer den einstigen Sportler ansah, während er sich auszog. Ein dunkler Glanz brannte in seinen Augen, bevor er sie erneut küsste – mit einer so ungezügelten Leidenschaft, dass es ihr den Atem raubte. Sie wusste, dass sie immer auf ihn gewartet hatte, als sie mit ihm aufs Bett sank. Ja, sie wollte seine Frau sein. Nichts hatte sie je so sehr gewollt.

48

Drei Monate waren seit ihrer Hochzeit vergangen. Wie konnten zwölf Wochen alles so verändern? In manchen Momenten hatte Paul das Gefühl, dass er träumen müsste. Er war nicht gläubig, aber letzte Woche war er nach der Arbeit heimlich in die Kirche gegangen und hatte eine Kerze angezündet – aus Dankbarkeit. Von dem Moment an, als Dora im Krankenhaus in sein Zimmer gestürzt war, wild entschlossen, diesen jungen Arzt zu schützen, und gleichzeitig so voller Angst, hatte er sein Herz an sie verloren. Beinah war er für jenen schrecklichen Märztag dankbar. Wer wusste, ob das Schicksal sonst dafür gesorgt hätte, dass sich ihre Wege kreuzten?

Es war nicht allein ihr zauberhaftes Aussehen mit den blitzenden blauen Augen, sondern vor allem ihr Wesen, in das er sich sofort verliebt hatte: ihre Warmherzigkeit, die fürsorgliche Art ihren Patienten gegenüber, für die sie immer ein offenes Ohr hatte, ihr gradliniger geerdeter Charakter, der Mut, mit dem sie diesen Dr. Wiesenthal versteckt hatte – und die Verletzlichkeit, die sie zugleich ausstrahlte. Er verspürte das Bedürfnis, sie zu beschützen, und gleichzeitig hatte er den Wunsch, ihr die Welt zu Füßen zu legen. Er wollte ihr ein Leben bieten, das sie verdient hatte. Eines, in dem sie sich keine finanziellen Sorgen zu machen brauchte. Auch deshalb hatte er sich selbstständig gemacht. Die Steuerberatungsgeschäfte liefen gut. Sein Blick glitt nachdenklich zu den Unterlagen auf seinem Tisch zurück, und er dachte über die Anfrage nach, die ihm sein Klient, Herr Kirschbaum, ein jüdischer Geschäftsmann, gestellt hatte. Es war nicht die erste dieser Art gewesen, doch bisher war es niemals um diese Größenordnung gegangen, sondern höchstens um ein Bild oder antikes Möbelstück. Er unterdrückte ein Seufzen.

Ein großer Teil seiner Klienten war jüdisch. Das kam nicht von ungefähr, denn seit zwei Jahren war es Juden auch untersagt, sich neu als Steuerberater niederzulassen. Paul und sein Partner hatten durch diese Tatsache unter ihnen schnell neue Klienten gewonnen, zumal es sich herumgesprochen hatte, dass sie beide hinter geschlossenen Türen nicht die nationalsozialistische Gesinnung vieler ihrer Kollegen teilten.

Er blätterte erneut die Unterlagen durch, die auf seinem Eichenholzschreibtisch lagen. Hinter ihm im Regal türmten sich Akten und Nachschlagewerke. Sein Büro war ein nüchtern eingerichteter Raum, nur die beiden Topfpflanzen auf dem Fensterbrett, die Dora ihm mitgebracht hatte, und das Foto von ihr, das im Silberrahmen vor ihm auf seinem Schreibtisch stand, brachten einen Hauch persönlicher Atmosphäre.

Herr Kirschbaum hatte ihn um Hilfe gebeten. Wie viele hoffte er noch immer, dass die Nationalsozialisten nur eine vorübergehende Erscheinung sein würden oder sich in ihrer Einstellung den Juden gegenüber zumindest wieder mäßigten, aber er wollte für den Fall der Emigration vorbereitet sein. Die Frage war jedoch, wie er bei einer solchen Entscheidung nicht gleichzeitig das Vermögen verlieren würde, das sein Großvater und Vater in mühevoller Arbeit aufgebaut hatten. Paul hatte vollstes Verständnis dafür, doch die Lage war nicht einfach. Der Staat erhob bei einer Auswanderung nicht nur die Reichsfluchtsteuer – 25 % auf das Gesamtvermögen –, sondern hatte die Freigrenze von Devisen auch auf gerade einmal 10 Reichsmark herabgesetzt. Damit ließ sich kein neues Leben beginnen! Wertpapiere und Gelder auf der Bank konnten nur gegen so hohe Abschläge ins Ausland transferiert werden, dass davon fast kaum etwas übrig blieb.

Es gab einige Ratschläge, die Paul seinem Klienten heimlich geben konnte. Selbstverständlich tat er das nur inoffiziell und unter vier Augen. Geld nach und nach in bewegliche Güter umzuwandeln, die man leicht transportieren konnte, wie Schmuck oder Diamanten, war nur ein Beispiel. Natürlich verlor man dabei, aber es war immer noch besser, als alles hier zurückzulassen. Es war ebenfalls von Vorteil, wenn man arische Freunde hatte, die bereit waren, den einen oder anderen Koffer über die Grenze zu bringen, da Juden fast immer streng kontrolliert wurden. Er sagte seinen Klienten aber auch, dass sie sehr vorsichtig sein mussten. Seit letztem Jahr gab es ein engmaschiges Netz bei den Behörden, um Fluchtabsichten aufzudecken. Ein Haus oder eine Lebensversicherung, die verkauft wurden, wurden genauso gemeldet wie ein Nachsendeantrag oder die Beauftragung eines Spediteurs. Bei Verdacht auf Emigration konnten die Behörden sofort die geschätzte Reichsfluchtsteuer einfordern.

Kirschbaum hatte jedoch eine andere Idee. Er wollte seine Villa verkaufen, aber gleichzeitig ein anderes, kleineres Haus erstehen, um den Behörden nicht aufzufallen. Die Idee war klug. Kirschbaum hatte ihm dann einen Vorschlag gemacht, einen moralisch zwiespältigen, aber reizvollen. Er wollte, dass Paul die Villa kaufte – zu einem geringeren Preis, als sie wert war, als Jude hatte Kirschbaum inzwischen ohnehin keine Chance, den echten Marktwert zu erhalten – und sie später, wenn er emigriert war, dann mit einem Aufschlag verkaufte. Den Gewinn sollten sich beide teilen. Paul hatte ihn ungläubig angeschaut. Es gab viele Deutsche, die aus der Zwangslage der Juden Profit herausschlugen, vor allem Geschäftsleute, aber auch Ärzte und Rechtsanwälte und in gewissem Sinne ja sogar er selbst durch seine neu gewonnenen Klienten, aber niemals wäre es ihm in den Sinn gekommen, sich bewusst zu bereichern. »Auf keinen Fall werde ich aus Ihrer Situation Kapital schlagen!«

»Irgendeiner wird es ohnehin tun, und Sie helfen mir damit ja«, hatte Kirschbaum entgegnet. Er war ein kleiner Mann mit einem intelligenten Gesicht und einem altmodischen Zwicker, den schon sein Großvater besessen hatte.

»Aber wenn Sie emigriert sind, könnte ich Ihnen das Geld nicht einmal zukommen lassen!«

»Schicken Sie mir Diamanten oder deponieren Sie es unter einem anderen Namen auf der Bank! Irgendwann werden die Deutschen schon merken, welches Geistes Kind diese Leute sind, und ich komme mit meiner Familie bestimmt zurück«, erwiderte er.

»Aber wir könnten nicht einmal einen schriftlichen Vertrag machen. Sie müssten mir einfach vertrauen!«, gab Paul zu bedenken.

Kirschbaum, der sich von seinem Stuhl erhoben hatte, blickte ihn an. Ein müdes Lächeln glitt über sein Gesicht. »Das müsste ich und tue ich«, sagte er und hatte Paul das Versprechen abgenommen, darüber nachzudenken.

49

Als unter ihnen das Häusermeer von Berlin sichtbar wurde und das Flugzeug zum Landeanflug in Tempelhof ansetzte, machte sich Ediths schlechtes Gewissen bemerkbar. Sie drehte sich zu Maximilian. »Ich muss als Allererstes zu Dora!«

Er musterte sie amüsiert. »Nicht zu deinen Eltern?«

Edith schüttelte den Kopf. Er küsste sie sanft auf die Wange. »Wer könnte Ihnen einen Wunsch abschlagen, Madame de Stettenheim?«

Sie lächelte nervös. In Paris war ihr das, was sie getan hatten, aufregend und berauschend vorgekommen. Die Stadt hatte wie eine sinnliche Droge auf sie gewirkt, die jeden rationalen Gedanken ausschaltete, aber hier in Berlin, im Angesicht des trüben, grauen Himmels, fragte sie sich, ob sie die Sache nicht doch ein wenig überstürzt hatten.

Maximilian legte ihr fürsorglich die Pelzstola, die er ihr in Paris gekauft hatte, um die Schultern, als sich die Flugzeugtüren öffneten. »Du bereust es doch nicht, oder?«, fragte er beiläufig, während sie die Treppe hinunterstiegen.

Sie schüttelte den Kopf. »Aber nein. Ich überlege nur, wie ich es ihnen beibringe.«

Er zog die Brauen hoch. »Jetzt gibst du mir ein bisschen das Gefühl, als müsstest du gestehen, dass du dich mit dem Chauffeur eingelassen hättest!«

Sie lachte, da sie genau diese Art, die Dinge nie ganz ernst zu nehmen, so an ihm mochte. »Das trifft wohl eher umgekehrt zu …«

Er legte im Laufen den Arm um sie und zog sie an sich. »Ich bin sicher, sie werden sich für uns freuen.«

Sie betrachtete sein schönes, sinnliches Gesicht. »Das werden sie bestimmt«, sagte Edith, aber das angespannte Gefühl blieb. Unter konventionellen Gesichtspunkten war Maximilian eine mehr als gute Partie, nur ihre Eltern waren nun mal nicht konventionell. Genauso wenig wie Dora. Ihnen allen lag einzig ihr Glück am Herzen, und auch wenn sie Maximilian mochten, sogar ihr Bruder tat das inzwischen, spürte Edith doch, dass sich unter all der Freundlichkeit und dem Wohlwollen, mit dem sie ihm begegneten, die Ansicht verbarg, er sei nicht der richtige Mann für sie. Plötzlich wurde ihr klar, dass sie genau deshalb in Paris sofort Ja gesagt hatte – um sie vor vollendete Tatsachen zu stellen! Ihre Gefühle für Maximilian hatten auf den ersten Blick vielleicht etwas Oberflächliches, aber die Wahrheit war, dass sie mit diesem Mann an ihrer Seite mit einer Intensität lebte, nach der sie sich immer gesehnt hatte. Niemals zuvor war sie so verliebt gewesen – das Dasein mit Maximilian hatte etwas Rauschhafes, an jeder Ecke schien etwas Neues und Aufregendes auf sie zu warten, und sie konnte nie sicher sein, was er als Nächstes tun würde. Sie erinnerte sich, wie er sie vor einigen Wochen an einem Abend abgeholt hatte, weil sie ausgehen wollten, und der Chauffeur sie nicht nach Charlottenburg oder nach Schöneberg fuhr, sondern in Richtung Stettiner Bahnhof. In irgendeiner dunklen, unbeleuchteten Straße, in die sie und auch niemand sonst, den Edith kannte, jemals einen Fuß gesetzt hätte, weil bekannt war, dass sich hier nur Dirnen, Obdachlose und Kriminelle herumtrieben, stiegen sie aus. Maximilian führte sie durch mehrere finstere Hinterhöfe, bis er schließlich an eine Tür klopfte. Kurz darauf fand sich Edith in einem Kellergewölbe wieder, in dem ein unvorstellbarer Lärm herrschte und sich rufende und johlende Menschen drängten – grell geschminkte Frauen in billigen Kleidern und zwielichtige Gestalten, aber auch betuchte Leute, die einer Welt angehörten, die Edith niemals zuvor kennengelernt hatte. Der Rauch von

Zigaretten vermischte sich mit dem Geruch von Schweiß und Alkohol, und erst dann sah sie, dass in der Mitte des Saals ein Ring aufgebaut war, in dem zwei Männer mit nacktem Oberkörper unter den anfeuernden Rufen des Publikums gegeneinander boxten. Buchmacher liefen durch die Menge, denn man setzte auf die Kämpfenden, auch Maximilian, der wie überall selbst hier Leute zu kennen schien. Edith musste zugeben, dass sie fasziniert gewesen war.

Selten hatte sie sich so lebendig gefühlt. Sie war schon immer neugierig gewesen, begierig darauf, Neues zu erfahren und ihren Horizont zu erweitern. Dabei hatte sie nie den Wunsch verspürt, sich nur in ihrer eigenen gesellschaftlichen Klasse zu bewegen – die Welt war größer und weiter. Das hatte sie stets gewusst und begriffen, dass es Maximilian ebenso ging.

Ein Lächeln glitt bei der Erinnerung an diesen Abend über ihre Lippen, und ihr wurde bewusst, wie wichtig es ihr war, dass Dora sie verstand.

50

Als sie Wilmersdorf erreichten und der Chauffeur vor dem gutbürgerlichen Jugendstilhaus hielt, in dem Dora seit ihrer Hochzeit mit Paul wohnte, fiel Edith ein, dass die Freundin möglicherweise noch bei der Arbeit im Krankenhaus war.

Die Tür unten öffnete sich jedoch auf ihr Klingeln, und sie betrat den Hausflur. Auf der Treppe kam ihr ein kleiner Junge entgegen, der sie mit offenem Mund anstarrte.

Ich hätte die Pelzstola im Wagen lassen sollen, dachte Edith. Sie zwinkerte ihm im Vorbeigehen zu. »Hallo!«

Dora stand schon oben in der Tür. »Edith, du bist es? Oh,

wie schön!«, rief sie. Die beiden Freundinnen fielen sich in die Arme.

»Seit wann bist du denn zurück?«

Edith grinste. »Ich komme direkt vom Flughafen. Ich störe euch doch nicht?«

»Nein, Paul ist noch im Büro. Du siehst toll aus – wie ein Filmstar. Wie war es denn?« Sie zog Edith, begierig, mehr zu erfahren, mit ins Wohnzimmer, einen schlicht eingerichteten Raum, in dem man doch überall, an den Blumen, gestickten Deckchen und Bildern an den Wänden, die liebevolle Hand von Dora erkannte. Edith ließ sich aufs Sofa fallen und dachte unweigerlich an die eleganten luxuriösen Räume, in denen sie die letzten zehn Tage verbracht hatte, und dass sie sich hier trotzdem sofort wohlfühlte. Sie schlüpfte aus ihren Schuhen und zog die Füße an.

»Ich muss dir etwas erzählen!«

»Das denke ich mir! Immerhin warst du zehn Tage in Paris. Ist die Stadt so toll, wie alle sagen?«, fragte Dora, die sich neben sie in einen Sessel setzte.

»Ja, unglaublich beeindruckend – und romantisch.« Edith blickte sie vielsagend an.

Dora stutzte. »Oh, hat Maximilian dir einen Antrag gemacht?«, entfuhr es ihr aufgeregt.

Edith wand sich verlegen. »Ja, und nicht nur das …« Sie streckte ihr die Hand mit ihrem Ring entgegen.

Dora entwich ein Schrei. »Du hast geheiratet? In Paris?«

Edith nickte. »Es war nicht geplant, er hat mich damit überrascht«, beeilte sie sich schuldbewusst zu erklären, als Dora schon von ihrem Sessel aufgesprungen war und sie umarmte. »Ich freue mich so für dich! Du musst mir sofort alles erzählen.«

Und das tat Edith. Sie berichtete von Maximilians Antrag,

den er ihr bei einem romantischen Essen in einem historischen Palais gemacht hatte, wie sie Ja gesagt hatte und sie schließlich noch in derselben Nacht in einer kleinen Kapelle geheiratet hatten, mit zwei Angestellten des Hotels als Trauzeugen.

Dora lachte. »Unglaublich, das passt wieder mal zu dir«, sagte sie.

»Du bist mir nicht böse, oder?«, fragte Edith zerknirscht. »Ich hätte natürlich dich als Trauzeugin gewollt!«

»Aber nein, eine ganz normale Hochzeit wäre dir und Maximilian auch gar nicht gerecht geworden! Was sagen denn deine Eltern?«

»Die wissen es noch nicht.«

Dora blickte sie ungläubig an, doch dann spürte Edith, wie sehr sie sich freute, dass sie als Erstes zu ihr gekommen war. »Ich wusste gar nicht, dass man das machen kann – einfach im Ausland heiraten?«

Edith zuckte die Achseln. »Es ist wohl auch nicht so einfach. Aber Maximilian hat gute Beziehungen und hatte die ganzen Papiere und Genehmigungen schon länger vorbereitet. Die Ehe muss hier nur noch beglaubigt werden.«

Dora lächelte. »Dann sind wir jetzt beide verheiratet! Ist das nicht toll? Komm, darauf müssen wir anstoßen.«

Sie entschwand in die Küche und kam mit zwei Gläsern und einer Flasche Sekt zurück.

Der Korken knallte. »Auf uns!«

»Auf uns – und die Zukunft«, sagte Edith mit einem Lächeln.

51

Er hätte nicht sagen können, wann es angefangen hatte, dass er durch die Stadt lief – nicht, weil er ein bestimmtes Ziel hatte, sondern einfach nur so, weil er sich wie ein Getriebener fühlte, der die Geschlossenheit der Räume nicht mehr aushielt. Die Straßen mit ihren Fahrzeugen, die Fassaden der Häuser und Parkanlagen glitten wie die Leinwand eines Films an Jules vorbei, und manchmal bekam er gar nicht mit, wo er war oder gerade langging. Er lief einfach. Mal über Stunden durch denselben Bezirk, dann wieder quer durch die ganze Stadt. Etwas hatte sich jedoch verändert: Es waren die Gesichter der Menschen, die er auf einmal anders wahrnahm, mit einer Deutlichkeit, als hätte er sie vorher gar nicht gesehen, und vermutlich hatte er das auch nicht. Er war ignorant gewesen. Einmal war er hoch bis in den Wedding gekommen, dort, wo die Straßen aus endlosen Reihen von Mietskasernen bestanden und sich die Müdigkeit und Erschöpfung schon in jungen Jahren unwiderruflich in die Gesichter der Frauen und Männer gebrannt hatte. Es war ihm vorgekommen, als würde er zum ersten Mal die aufgesprungene Haut an schwieligen Händen bemerken und die gebeugte Haltung und Leere in den Augen von Menschen erkennen.

In einer Straße mit kleinen Geschäften, die ihre Sonderangebote anpriesen, hatte er sich vor einem schmalen Laden wiedergefunden, der die Dienste einer Wahrsagerin anbot. Er war hineingegangen. Eine unansehnliche Frau, unter deren Fingernägeln sich schwarze Ränder abzeichneten und die nach Schweiß roch, hatte ihm aus der Hand gelesen. *»Dein Leben ist schwer, aber es wird besser werden!«*

Er hatte sie bezahlt, beschämt darüber, dass ein so lächerlicher Satz, den sie vermutlich jedem sagte, ihm fast Trost spendete. Wie sollte es besser werden? Seitdem ihm beim Philharmonischen Orchester gekündigt worden war, schien sein Leben jede Orientierung verloren zu haben.

Jules hielt in seinem Schritt inne. Durch seine düsteren Gedanken hindurch merkte er, dass er von seiner Wohnung in Schöneberg bereits am Brandenburger Tor vorbeigelaufen war und vor ihm die Kroll-Oper auftauchte. Hakenkreuzflaggen flatterten an den Fahnenmasten, und er blieb voller Abscheu stehen, denn es gab kaum einen Platz, der symbolischer für die Veränderungen seines eigenes Lebens und dieser Stadt war. Früher waren hier einmal bahnbrechende moderne Opern aufgeführt worden. 1931, während der schlimmen Wirtschaftskrise, hatte man das Haus aus finanziellen Gründen schließen müssen, und nach dem Reichstagsbrand hatten die Nationalsozialisten dann die Kroll-Oper zu ihrer neuen Tagungsstätte gemacht. Wie es hieß, hatte man die Decke im Zuschauerraum abgesenkt, um die als unpassend empfundenen Deckengemälde verschwinden zu lassen. Wehmut ergriff ihn. Wie konnten an einem Ort, an dem einst etwas so Schönes wie Musik entstanden war, nun die Reichstagssitzungen dieser Nationalsozialisten stattfinden?

Er sah, wie ein Vater mit seinem kleinen Sohn einige Meter neben ihm stehen geblieben war und ihm zulächelte, bevor er sich wieder zu dem Jungen wandte. »Und dort hält unser großer Führer Adolf Hitler seine Reden vor dem Parlament!«

Jules ging schnell weiter. Es war dieser Stolz und die Begeisterung der Menschen, mit denen er nicht fertigwurde. Die Veränderungen in seinem Leben waren schleichend gekommen. Dabei war es nicht das Geld. Er konnte mit seiner Musik noch immer überleben. Über den *Jüdischen Kulturbund* – eine Selbsthilfeorganisation, die versuchte, entlassene jüdische Künstlerinnen und Künstlern zu unterstützen – bekam er Auftritte vermittelt, und er spielte regelmäßig auf jüdischen Festen und Hochzeiten. Es war weit weniger, als er früher verdient hatte, aber es reichte zum Überleben. Das Materielle hatte ihm noch nie viel bedeutet. Doch das Bewusstsein, dass er womöglich niemals wieder in einem deutschen Konzert- oder Opernhaus spielen würde, brachte ihn um. Alles, was er war, war er durch seine Musik. Er hatte sich nie mit seinen jüdischen Wurzeln identifiziert, ja er war nicht einmal gläubig, und es entbehrte nicht einer gewissen Ironie, dass er nun genau darauf reduziert wurde.

Seine nichtjüdischen Freunde waren noch immer für ihn da, aber er sah sie nur noch selten. Das Leben hatte sie in unterschiedliche Richtungen getrieben.

Seitdem sein Vater im letzten Jahr gestorben war, ließ Jules sich auch bei den Theußenbergs kaum noch blicken. Carl, seine Mutter und auch Edith hatten ihn immer wieder eingeladen, doch er hatte Ausreden erfunden, um einem Besuch aus dem Weg zu gehen, der ihn zu sehr an die alten Zeiten erinnert hätte. Außerdem ertrug er das Mitleid in ihren Gesichtern nicht. Einen kurzen Moment tauchte in seinem Kopf das Bild von Edith auf, wie er sie vor Wochen in der Oper mit diesem adligen Mann getroffen hatte. Vor einigen Tagen hatte in der Zeitung ihre Hochzeitsanzeige gestanden. Er verdrängte den Gedanken. Was sie wohl an einem Mann wie diesem Maximilian von Stettenheim fand? Aber er wollte nicht ungerecht sein, er kannte ihn nicht. Jules warf einen Blick auf die Uhr. Heute Abend hatte er einen Auftritt auf einer großen Geburtstagsfeier draußen in Wannsee, aber die Zeit würde noch reichen, um beim *Kulturbund* vorbeizuschauen und sich nach der Auftragslage für die nächsten Wochen zu erkundigen.

Er schätzte den Leiter und Gründer dieser Institution. Dr. Kurt Singer, Sohn eines Rabbiners und anerkannter Neurologe und Musikwissenschaftler, war bis kurz vor der Machtergreifung Intendant der Städtischen Oper Berlin gewesen. »Wie geht es Ihnen?«, fragte er mit einem warmen Lächeln, als Jules an diesem Tag in sein Büro trat.

Er zuckte die Achseln, weil er auf diese Frage keine rechte Antwort wusste. Singer schloss die Tür.

»Sie hadern«, stellte er tadelnd fest.

»Vielleicht«, gab Jules zu.

»Es ist für keinen von uns leicht zurzeit!«, erwiderte Singer sanft.

Jules nickte schuldbewusst. »Ja, ich weiß, und mir geht es wahrscheinlich sogar noch besser als den meisten. Aber es fehlt mir, in einem echten Orchester zu spielen«, gestand er.

Singer faltete die Hände. »Nun, ich denke, in allem steckt ein Sinn. Vielleicht brauchen die Menschen, vor denen Sie jetzt spielen, ja den Genuss und die Ablenkung Ihrer Musik mehr als Ihr ehemaliges Publikum im Philharmonischen Orchester!?«

Jules kam bei dieser Überlegung nicht umhin zu lächeln. »Damit mögen Sie recht haben.« Einen Augenblick schwieg er, aber dann schaute er Singer an. »Haben Sie nie den Gedanken, dass wir uns zu leicht in unser Schicksal fügen? Dass wir uns vielleicht dagegen wehren sollten?«, fragte er. Zweifel spiegelten sich in seinem Gesicht.

»Wehren? Sie meinen, weil wir wieder einmal in guter alter Tradition als Sündenbock herhalten müssen?« Singer verzog ironisch den Mund. »Nein …« Er schüttelte den Kopf. »Sich zu wehren, darüber habe ich noch nie nachgedacht. Aber ich bin mir auch sicher, dass Hitler und sein Regime wieder vergehen, so wie so viele vor ihm.«

Jules schwieg. Er hoffte inständig, dass Dr. Singer recht behalten würde.

CARLA

52

Cornwall, 1975

Der Pub war nahezu leer. Nur ein einziger Gast war außer ihr zugegen, ein grauhaariger Mann in fadenscheiniger Jacke, dessen rötliche Gesichtsfarbe ebenso wie die leeren Schnapsgläser vor ihm verrieten, dass er hier Stammgast war. Carla setzte sich an einen Tisch in der Ecke und bestellte einen Whisky. »Einen doppelten, bitte!«, sagte sie zu dem Wirt.

Sie musste noch immer um Fassung ringen. Nach dem Unfall hatte sie sich nichts mehr gewünscht als zu erfahren, was in den Monaten zuvor geschehen war, aber sie hatte nicht damit gerechnet, dass auf einmal nichts mehr in ihrem Leben so war, wie sie geglaubt hatte. Dass ihr angeblich liebender Ehemann, dem gegenüber sie ein schlechtes Gewissen verspürt hatte, eine Affäre gehabt hatte, schien dabei nur die Spitze des Bergs an Lügen und Heimlichkeiten zu sein. Wie oft hatte Tom ihr immer wieder versichert, dass in der Zeit vor dem Unfall nichts Besonderes geschehen sei und sie einfach nur ein glückliches Paar gewesen seien! Manchmal hatte sie schon geglaubt, an Wahnvorstellungen zu leiden, weil sie sicher war, dass das nicht stimmen konnte. Und dabei hatte er eine Affäre gehabt. Sie versuchte, sich Tom mit dieser Lucy vorzustellen. Sie war hübsch. Carla hatte schon des Öfteren mit ihr telefoniert, wenn Tom in einer Besprechung war und Lucy ihr etwas von ihm ausrichten ließ und sie hatte die Sekretärin auch bei einigen Gelegenheiten persönlich gesehen. Ein schaler Geschmack machte sich in ihrem Mund breit. War es das erste Mal gewesen, dass er sie betrogen hatte? Sie trank einen Schluck von dem Whisky, den der Wirt brachte. Der Alkohol brannte in ihrer Kehle, und sie musste ein Husten unterdrücken, aber es tat gut. Sie war gerade dabei, einen weiteren Schluck zu nehmen, als Rachel durch die Tür trat.

Die Freundin zog die Mütze vom Kopf und blickte mit hochgezogenen Brauen von dem Glas zu Carlas blassem Gesicht. »Alles in Ordnung?«

»Nein, gar nichts ist in Ordnung!«, verkündete Carla düster.

»Was ist denn?« Rachel ließ sich neben ihr auf einen der dunklen Holzstühle sinken.

»Tom hatte eine Affäre … Und ich habe diesen Journalisten geküsst.« Carla leerte den Rest ihres Glases in einem Schluck, ohne Rachels ungläubige Miene zu beachten.

Rachel riss die Augen auf. »Mal langsam! Tom hatte eine Affäre? Wann das denn – und vor allem mit wem?«

»Im Sommer, mit Lucy, seiner Sekretärin. Klischeehafter geht es nicht. Ich weiß es von Susan«, berichtete ihr Carla.

»Am Boden zerstört wirkst du nicht gerade«, stellte Rachel fest.

Carla zuckte mit den Achseln. »Ach, ich bin verletzt, aber ich habe die ganze Zeit gespürt, dass zwischen uns etwas nicht stimmt. Ehrlich gesagt bin ich fast erleichtert, dass ich jetzt weiß, warum. Ich bin nur wütend, dass er mir die ganze Zeit etwas vorgemacht hat und ich ihm vertraut habe. Alle lügen mich nur an. Tom, mein Vater … sogar dieser David Grant!«

Rachel musterte sie. »Womit wir beim interessanten Teil sind – du hast diesen Journalisten geküsst?« Sie grinste.

»Ja.« Carla berichtete ihr von dem kurzen Erinnerungsblitz, als sie mit David Grant an der Steilküste gewesen war.

Rachel griff ihren Arm. »Aber das ist doch ein gutes Zeichen, dass du dich wieder an etwas erinnerst. Das hast du dir schließlich die ganze Zeit gewünscht!«

Carlas Miene verfinsterte sich. »Ja, aber es hilft mir nicht weiter, denn es ist das Einzige, an das ich mich erinnere. Ich weiß weder, was vorher, noch, was nachher geschehen ist«, stieß sie hervor. Sie spürte, wie eine bittere Wut in ihr hochstieg.

»Immerhin ist es ein Anfang. Das erste Mal, dass etwas von dieser Zeit überhaupt wieder in deinem Kopf zurückgekehrt ist«, wandte Rachel ein.

»Ja, das stimmt«, gab Carla zu, doch dann wurde ihr bewusst, dass es nicht das erste Mal war. Als sie dem Kriegsveteranen oben auf den Klippen begegnet war, hatte sie schon einmal solch einen kurzen Moment der Erinnerung gehabt.

Sie gab dem Wirt ein Zeichen, dass sie zahlen wollte. »Komm, lass uns zu den Ruinen laufen«, sagte Carla. »Es gibt noch mehr, was ich dir erzählen muss.«

Wolken tanzten am Himmel, und die Sonne schien, als sie nach draußen traten. Nach dem starken Regen waren kaum Touristen zu der Sehenswürdigkeit unterwegs. Der Weg zu der Halbinsel, die auf einem Vorgebirge lag, führte gut eine halbe Meile über karge, bemooste Hügel und Klippen. Zu beiden Seiten konnte man das Meer sehen, das unten mit ungebrochener Kraft schäumend gegen die Felsen schlug. Der Wind blies ihnen durch Kleidung und Haare.

Ihr Blick glitt unwillkürlich zum Ufer zurück. Irgendwo dort waren Anastasias Sachen an Land getrieben worden, und dort hatte man auch die Leiche dieses Mannes gefunden. »Ich war heute bei Pete Howard, Laurens Onkel, dem Kriminalkommissar«, berichtete sie und erzählte Rachel dann, was sie von ihm erfahren hatte.

Die Freundin hörte ihr aufmerksam zu. Ein sprachloser Ausdruck machte sich auf ihrem Gesicht breit. »Der Mann, den sie damals gefunden haben, hatte eine Totenkopf-Tätowierung, sagst du? Aber was hat ein Typ, der mal in der SS war, denn hier zu suchen? Es ist ja wohl kaum vorstellbar, dass er in England Urlaub gemacht hat, oder?«, meinte Rachel.

»Nein, sicher nicht«, stimmte ihr Carla zu, die ihren flatternden Schal in den Kragen steckte. »Ich denke auch nicht, dass es ein Zufall war, dass er genau wie meine Eltern aus Deutschland kam.«

Der Weg war schmaler geworden, und vor ihnen zeigte sich eine steile Treppe, die über mehrere Etappen die Klippen nach oben zu den Ruinen der Burg führte. Die beiden Freundinnen machten sich an den Aufstieg. Der Ausblick, der sie oben empfing, war spektakulär – vor ihnen das offene Meer, hinter ihnen die Küste Cornwalls. Sie nickten zwei anderen Touristen zu, die sich in einer nordischen Sprache unterhielten, und ließen sich auf einem Vorsprung der alten Mauerreste nieder.

»Dann glaubst du, dieser Tote und deine Eltern haben sich gekannt?«, fragte Rachel nachdenklich.

»Ja, das glaube ich.« Carla schlug ihren Kragen hoch. Der Wind hier oben blies strenger, und man spürte die salzige Feuchtigkeit des Meeres, die er mit sich führte.

Sie blickte Rachel an, deren Wangen sich genauso wie ihre von der frischen Luft gerötet hatten. »Du wolltest mir noch etwas über David Grant erzählen.«

»Ich weiß.« Rachel schaute sie zögernd an. »Er bedeutet dir etwas, oder?«, fragte sie dann geradeheraus.

»Ja, ich glaube schon«, gab Carla ehrlich zu. »Erzähl schon«, sagte sie mit einem Seufzen, da Rachels ernste Miene ahnen ließ, dass es ihr nicht gefallen würde, was sie über ihn zu berichten hatte.

»Ich habe mich ein bisschen unter meinen Kollegen umgehört«, begann Rachel. »Grant ist eine echte Nummer, ein herausragender politischer Journalist, der schon einige Preise gewonnen hat. Er hat auch mehrere Reportagen über untergetauchte Naziverbrecher geschrieben. Bei zweien war er wohl maßgeblich dafür verantwortlich, dass man sie in Südamerika wieder aufgespürt hat. Deutschland und der Zweite Weltkrieg sind eines seiner Spezialgebiete, aber er hat den Ruf, den Deutschen ziemlich unversöhnlich gegenüberzustehen.«

Carla nickte. Vor dem Hintergrund der Historie fand sie das durchaus verständlich, aber sie sah Rachel an, dass sie noch mehr zu berichten hatte.

»Ich bin neugierig geworden und habe mir einige seiner Artikel im Archiv bestellt und seine Biografie angeschaut«, fuhr Rachel fort. »Vielleicht hätte ich das nicht machen sollen, aber ich dachte, du solltest es wissen …«

Carla starrte sie an.

»Grant hat vor sechzehn Jahren seine Karriere bei einer Zeitung hier in Cornwall begonnen. Er hat damals auch mehrere Artikel über Anastasias Verschwinden geschrieben und auch über deine Familie, insbesondere über deinen Vater.« Sie zögerte. »Er kommt nicht sehr gut dabei weg. Grant erhebt sogar Verdächtigungen gegen ihn.«

Carla schwieg betroffen. *Er war damals in Cornwall gewesen und hatte Verdächtigungen gegen ihren Vater erhoben?* Wie alt konnte er gewesen sein? Höchstens Anfang, Mitte zwanzig, überlegte sie. »Hast du diese Artikel?«, fragte sie tonlos, während sie auf das aufgewühlte Meer blickte.

Rachel nickte. »Sie liegen im Auto. Ich habe eine Kopie gemacht. Es tut mir leid, Carla. Vielleicht hat es auch gar nichts zu bedeuten. Die ganze Sache ist immerhin sechzehn Jahre her!«

53

Die Mappe lag neben ihr im Auto. Sie hatte nur einen kurzen Blick darauf geworfen und einen der Artikel überflogen, aber das allein reichte schon. Obwohl David Grant 1959 noch am Anfang seiner Karriere stand, konnte man in seinen Texten bereits seine journalistischen Qualitäten erkennen. Seine Sprache war klar, präzise und immer sachlich im Ton. Vielleicht traf es Carla deshalb umso stärker, dass es ihm gelungen war, in genau diesem Stil, indem er einfach nur Fragen stellte, ein mehr als zwielichtiges Bild ihres Vaters zu entwerfen. Er fragte darin, weshalb Paul Behringer und seine Frau 1946, so kurz nach dem Krieg, nach England gekommen waren, obwohl sie hier mit Ressentiments gegen die Deutschen rechnen mussten, und beschrieb, wie ihr Vater in Nazideutschland durch das Vermögen und den Besitz von Emigranten auf doch moralisch fragwürdige Weise zu Wohlstand gekommen war. Das Verhältnis zu seiner ältesten Tochter sei schwierig und zerrüttet gewesen. Wie glaubwürdig war es – auch angesichts der Aussagen seines Umfelds, dass er oft getrunken habe –, hieß es weiter, dass er mit dem Verschwinden von seiner Tochter nichts zu tun habe? Es las sich entsetzlich. Nichts von dieser Darstellung entsprach dem Bild, das Carla von ihrem Vater hatte. Und doch traf einiges im Kern das, was auch Pete Howard ihr erzählt hatte. Tief in ihrem Inneren musste Carla zugeben, dass David Grant Fragen stellte, die sie selbst auch hatte. Dennoch war sie zutiefst betroffen über den beinah feindseligen Ton, der zwischen den Zeilen herauszuhören war. Es wunderte sie nicht einmal, dass David ihr nichts von diesen Artikeln erzählt hatte. Sie wäre ganz sicher sofort auf Distanz zu ihm gegangen und hätte ihn nicht mehr getroffen. Als er ihr die Geschichte von Jules erzählt hatte, der auf der Suche nach seiner Jugendliebe sei, hatte sie ihm geglaubt, aber nun beschlichen Carla auf einmal Zweifel. Hoffte er vielleicht doch, über sie irgendetwas über ihre Mutter und ihren Vater in Erfahrung zu bringen? Aber das war doch lächerlich. Das alles lag viel zu lange zurück.

Carlas Hände schlossen sich fest um das Lenkrad, als ihre Gedanken wieder zu ihrem Vater zurückwanderten. Er schien früher ein anderer Mensch gewesen zu sein. Hatte es am Alkohol gelegen, dass er und Anastasia sich so gestritten hatten und ihre Schwester sogar am liebsten weggelaufen wäre? Oder gab es andere Gründe dafür?

Nur ihr Vater konnte ihr darauf eine Antwort geben. Sie musste noch einmal mit ihm reden. Und diesmal würde sie sich nicht mit irgendwelchen fadenscheinigen Ausreden zufriedengeben.

Als sie mit dem Wagen in den Weg einbog, der zum Haus führte, wappnete Carla sich innerlich für die bevorstehende Auseinandersetzung.

Zu ihrer Überraschung stand in der Einfahrt zur Garage Toms Porsche. Wieso war er nach Cornwall gekommen? Sie hatte am Morgen mit ihm telefoniert, aber er hatte nichts von seinen Plänen erwähnt, sie am Wochenende zu besuchen, und sie verspürte auch weiß Gott kein Bedürfnis, ihn zu sehen. Unwillkürlich presste Carla die Lippen zusammen, als sich das Bild von Lucy vor ihre Augen schob. Sie straffte den Rücken und betrat das Haus.

Die beiden saßen im Wohnzimmer, und ihr Gespräch verstummte auffällig abrupt, kaum war sie hereingekommen. Irgendetwas stimmte nicht, wurde ihr sofort klar, als sie sah, wie die beiden einen kurzen Blick wechselten. Das Gesicht ihres Vaters wirkte angespannt, während Tom entschlossen das Kinn hob.

»Hallo!« Sie nickte den beiden zu. »Du hast mir gar nicht gesagt, dass du kommen wolltest«, sagte sie zu ihrem Mann, der nun aufgestanden war und ihr mit einem Lächeln, das nicht ganz echt wirkte, einen Kuss gab. Am liebsten hätte sie ihn weggestoßen, doch sie wollte vor ihrem Vater keine Szene machen. Tom trug Anzug und Krawatte, was in der ländlichen Atmosphäre seltsam deplatziert wirkte. Anscheinend musste er direkt aus dem Büro in London hierhergefahren sein.

»Nein, es war auch nicht geplant, dass ich komme – eine Überraschung!«, erwiderte er jetzt, und sie merkte, dass er kurz auf ihre Hosenbeine starrte, die Spuren des schlammigen nassen Untergrunds von ihrem Ausflug aufwiesen. Erneut fiel ihr die seltsame Stimmung im Raum auf.

»Wir müssen mit dir reden, Carla. Es ist wichtig«, sagte ihr Vater.

»Ihr beide?«

Einen kurzen Moment flackerte im Gesicht ihres Vaters ein unsicherer Ausdruck auf. »Tom ist dein Mann, ich fand es wichtig, dass er dabei ist«, sagte er dann.

Sie ließ sich abwartend den beiden gegenüber in einem Sessel nieder.

»Es geht um diesen Journalisten, den du gestern getroffen hast!«, erklärte Tom geradeheraus.

»Um David Grant?« Irritiert fragte sie sich, woher er davon überhaupt wusste, und begriff, dass ihr Vater ihm davon erzählt haben musste. Ungläubig blickte sie ihn an. »Du rufst Tom an, um ihm zu sagen, mit wem ich mich treffe? Wie kommst du dazu?«

»So ist es nicht!«, widersprach Paul Behringer.

»Carla, es ist wichtig, was ich dich jetzt frage. Wieso hat David Grant Kontakt mit dir aufgenommen?«, unterbrach Tom sie in ernstem Ton.

Carla versuchte zu begreifen, was die beiden von ihr wollten. Sie kam sich plötzlich wie bei einem Verhör vor. »Er hat mich nicht kontaktiert. *Ich* habe ihn angerufen. Seine Nummer war in meinem Notizbuch! Und im Übrigen geht das keinen von euch etwas an!«, erwiderte sie, während sie spürte, wie eine lange unterdrückte Wut in ihr hochstieg. »Vielleicht solltet ihr beide lieber endlich aufhören, mich anzulügen, und mir die Wahrheit sagen. Warum ihr mir zum Beispiel verheimlicht, dass ich am Tag meines Unfalls nach Berlin fliegen wollte, und stattdessen behauptet, ich wäre auf dem Weg hierher nach Cornwall gewesen.«

»Nach Berlin? Wer hat das behauptet? Dieser Grant?«, fragte Tom scharf.

»Nein, ich habe die Rechnung vom Reisebüro gefunden!«, entgegnete sie kalt.

Zu ihrer Befriedigung schien es ihm einen Augenblick die Sprache zu verschlagen. »Carla …«, sagte er dann. Er wollte besänftigend ihre Hand greifen, doch sie zog sie hastig weg. »Wir wollten dich nur schützen. Es geht hier um viel mehr als nur um deine Erinnerungen, die du verloren hast!«, bemühte er sich zu erklären.

»Tatsächlich!? Nun, das habe ich inzwischen auch begriffen!«

Zumindest ihr Vater hatte den Anstand, schuldbewusst auszusehen. »Bitte hör mir zu, Carla«, bat er sie. »David Grant hat damals, als Anastasia verschwunden ist, mehrere Artikel geschrieben, auch über unsere Familie. Er hat versucht, mir furchtbare Dinge zu unterstellen – dass ich etwas mit dem Tod von Anastasia zu tun hätte –, und er hat alles dafür getan, mich als Nazi darzustellen …«, sagte ihr Vater. Seine Stimme klang brüchig.

Tom hielt auf einmal zwei Zeitungsartikel in der Hand. »Das solltest du vielleicht lesen.«

Wortlos nahm Carla sie entgegen. Es waren dieselben Artikel, die auch Rachel kopiert hatte. Nur handelte es sich hier um die Originale, wie das leicht vergilbte Papier zeigte. Sie war plötzlich froh, dass sie den Inhalt schon kannte.

»Du musst den Kontakt zu diesem Mann abbrechen«, sagte Tom eindringlich. »Ich habe Erkundigungen über ihn eingezogen. Er ist besessen. Sein Vater ist als englischer Soldat im KZ gewesen, und deshalb hasst er die Deutschen. Sie sind für ihn alle nur Nazis.«

Carla schwieg. Ihr schoss durch den Kopf, was Rachel über David Grant erzählt hatte: dass er als herausragender Journalist galt, der zahlreiche Preise für seine Arbeit gewonnen hatte. Eine leise Angst ergriff sie.

»Ist etwas dran an dem, was er geschrieben hat?«, fragte sie tonlos.

Ihr Vater wurde blass. »Nein, natürlich nicht. Ich habe nie mit den Nazis paktiert. Man hätte uns nach dem Krieg auch nie nach England gelassen, wenn dieser Verdacht bestanden hätte«, antwortete er unerwartet heftig. »Aber wenn solche Gerüchte erst einmal in Umlauf gebracht sind, fragt niemand mehr nach der Wahrheit. Ich weiß nur zu gut, wie das ist und welche Folgen das hat.« Er verstummte.

»Aber warum sollte David Grant nach all den Jahren sich wieder mit deiner Vergangenheit beschäftigen?«, fragte Carla irritiert.

»Ich habe keine Ahnung.« Paul Behringer starrte auf seine Hände.

»Er ist einfach ein Besessener. Es gibt solche Leute«, sagte Tom erneut in scharfem Ton. »Und es ist auch egal, warum er wieder damit angefangen hat. Wenn er jetzt aufs Neue in der Vergangenheit herumwühlt, ist das für niemanden von uns gut. Nicht nur für deinen Vater, sondern auch für uns und unsere Zukunft.«

Ihre Zukunft? Sie dachte an Lucy. Im Grunde ging es ihm nur um seine Karriere. Einen Schwiegervater mit einer zwielichtigen Vergangenheit, der verdächtigt wurde, ein Nazi zu sein, und vielleicht sogar in den Tod seiner eigenen Tochter verwickelt war, konnte er dabei nicht gebrauchen. Sie strich sich das Haar aus dem Gesicht. »Ich bin mir nicht sicher, ob wir noch eine Zukunft haben, Tom!«

Einen Augenblick sah er sie verständnislos an. »Was redest du da? Etwa wegen dieses Grant? Er will über dich doch nur an Informationen rankommen«, herrschte er sie an. Die Eifersucht, die sie in seinem Gesicht entdeckte, überraschte sie.

»Es hat nichts mit Grant zu tun, sondern mit uns. Bitte lass uns darüber sprechen, wenn wir allein sind«, erwiderte sie und widerstand der Versuchung, ihn an seine Affäre mit Lucy zu erinnern.

»Wie du meinst«, gab Tom zur Antwort, der Mühe hatte, sich zu fangen.

Ihr Vater schaute verwirrt von Tom zu ihr. Als sie den müden Ausdruck in seinen Augen sah, verspürte Carla plötzlich Mitleid. Trotz allem war er ihr Vater, und sie liebte ihn.

»Dad …«

»Bitte, vertrau mir und lass die Vergangenheit ruhen, Carla«, sagte er leise. »Wenn du es nicht für mich tust, dann zumindest für deine Mutter.«

Es war das zweite Mal, dass er sie in ihrem Namen darum bat. Sie starrte nach draußen in den Garten, in dem sie früher mit Anastasia gespielt hatte und ihre Mutter an glücklichen Tagen die Rosensträucher beschnitten hatte. Selbst wenn sie gewollt hätte, sie war einfach nicht in der Lage, die Vergangenheit ruhen zu lassen, wurde ihr bewusst. Es gab zu viele Fragen, auf die sie eine Antwort brauchte.

»Dad, David Grant hat mich nie etwas zu dir oder Mum gefragt, auch nicht zu Anastasia … Er ist für einen alten Freund auf der Suche nach einer Frau, die mit Mum eng befreundet war – Edith von Stettenheim! Warum willst du mir nicht sagen, was damals geschehen ist und wer diese Frau ist?«, fragte sie mit zugeschnürter Kehle.

Das Gesicht ihres Vaters verschloss sich, und der bittende Ausdruck, der sich eben noch in seinen Augen gezeigt hatte, wich von einem Moment zum anderen einer undurchdringlichen Maske, die es ihr unmöglich machte zu erahnen, was in ihm vorging. »Ich habe dir doch schon alles gesagt, was ich über Edith weiß. Sie war früher eine Freundin deiner Mutter. Wie gesagt, niemand, der Bedeutung gehabt hat. Und selbst wenn es anders wäre: Was spielt es für eine Rolle? Er braucht nicht nach ihr zu suchen – sie ist tot, schon lange.«

Carla blickte ihn überrascht an. »Ich dachte, du wüsstest nicht, was aus ihr geworden ist?«

Ihr Vater schwieg.

»Wann ist sie gestorben?«

»1943, während des Krieges. Mehr weiß ich auch nicht«, sagte er. Er wich ihrem Blick aus.

David hatte ihr erzählt, dass Jules und Edith sich 1946 noch einmal gesehen hatten. Warum log ihr Vater? Plötzlich wusste sie, dass er ihr nie sagen würde, was wirklich geschehen war. Und dafür musste es einen triftigen Grund geben. Es war nicht allein die Tatsache, dass er befürchtete, Anastasias Tod und seine deutsche Vergangenheit würden wieder ans Tageslicht gezerrt werden. Er hatte Angst, dass David Grant noch etwas anderes herausfinden könnte – etwas, das vor allem sie auf keinen Fall erfahren sollte, wurde ihr schlagartig klar. Deshalb hatte er sich sogar mit Tom verbündet. Ihr fiel wieder der tote SS-Mann ein, von dem ihr Pete Howard erzählt hatte. Was war damals in Deutschland passiert? Es kam ihr vor, als hätte sie die Spitze eines Eisbergs entdeckt, dessen wahres Ausmaß sie nur dunkel erahnen konnte.

54

Wie betäubt nahm sie ihre Sachen aus dem Kleiderschrank und begann, sie in ihrer Tasche zu verstauen. Sie war nach oben gegangen, um zu packen. Ihr Vater hatte kein weiteres Wort geäußert, als hätte er begriffen, dass es ohnehin keinen Sinn hatte, noch etwas zu sagen. Seine unnachgiebige Haltung tat weh, bestärkte sie aber gleichzeitig in ihren schlimmsten Vermutungen. Nur sie selbst würde die Wahrheit in Erfahrung bringen können, von ihm würde sie sie nicht hören.

»Du packst? Willst du ihm das wirklich antun?« Tom stand auf einmal auf der Schwelle zu ihrem Zimmer.

Ihre Stimme war kühl, als sie sich zu ihm wandte. »Ich tue ihm nichts an. Ich will nur die Wahrheit wissen.«

Er lehnte sich gegen den Türrahmen. »Und was, wenn die Wahrheit alles zerstören könnte?«

Sie blickte ihn, ungläubig über das indirekte Geständnis, das in dieser Frage lag, an. »Mit welcher Berechtigung weißt du mehr als ich? Ich bin seine Tochter!«

Tom schüttelte den Kopf. »Ich weiß nicht mehr. Ich akzeptiere nur den Wunsch deines Vater und verstehe, dass es Dinge gibt, die besser dort bleiben, wo sie sind – nämlich in der Vergangenheit.«

»Das würde ich gerne selbst entscheiden!«, entgegnete sie, während sie nach zwei Pullovern griff, die sie zu den anderen Sachen in ihre Tasche steckte.

»Bitte, Carla«, sagte Tom sanft und hielt sie am Arm fest. »Zerstör nicht alles. Gib uns eine Chance.«

Sie riss sich los und sah ihn verächtlich an. »Ich weiß von deiner Affäre im letzten Sommer!«

Tom erstarrte. Für den Bruchteil eines Augenblicks konnte man auf seinem Gesicht einen Anflug von Schuldbewusstsein erkennen. Er fuhr sich durchs Haar. »Es hatte nichts zu bedeuten, wirklich!«

Sie zog ironisch die Brauen hoch. »Das wird Lucy sicher begeistern zu hören«, sagte sie und wandte sich von ihm ab, um weiterzupacken.

»Verdammt, Carla, es war ein Fehler, und ich habe es bereut«, fuhr er sie an. »Wir hatten im Sommer keine leichte Zeit und ja, ich war froh, dass du dich nicht mehr an die Monate davor erinnert hast, weil ich gehofft habe, wir könnten einfach neu anfangen, wenn du es genau wissen willst. Ich liebe dich!«

Sie glaubte ihm nicht. Fassungslos starrte sie ihn an, als ihr klar wurde, dass er sich keinen Augenblick gefragt, geschweige denn verstanden hatte, wie sie sich gefühlt hatte und noch immer fühlte. Entschieden schüttelte sie den Kopf. »Nein, das tust du nicht. Ich weiß nicht, was genau geschehen ist, aber ich weiß, dass wir uns schon lange entfremdet haben, und nicht nur, weil ich das Kind verloren habe.«

Sie schloss die Tasche und griff nach ihrer Jacke.

Tom war blass geworden. »Was soll das heißen? Willst du dich von mir trennen?«

»Ich brauche Zeit für mich. Alleine! Das ist das Einzige, was ich weiß.« Sie wollte an ihm vorbei, doch er stellte sich ihr unerwartet in den Weg. Ein hasserfüllter Ausdruck glitt über sein Gesicht. »Das kannst du nicht tun. Meine ganze Karriere könnte ruiniert werden, alles, was ich mir mühsam aufgebaut habe, wenn du jetzt anfängst, in der Vergangenheit rumzuwühlen, und wir uns vielleicht sogar trennen.«

Sie schaffte es nicht, ihre Verachtung zu verstecken. Wie hatte sie sich nur einmal in ihn verlieben können? Plötzlich wusste sie, dass es vorbei war. »Wir leben in den Siebzigern. Es ist an der Tagesordnung, dass sich Paare trennen, Tom!«, sagte sie kalt.

»Aber in der Politik kann das spielentscheidend sein!«

Carla zuckte die Achseln, obwohl sie innerlich zitterte. Mit einem Mal war ihr das alles zu viel. »Dir wird schon etwas einfallen. Schieb es mir zu. Wahrscheinlich wird ein kleiner Makel deinem blütenreinen Lebenslauf sogar guttun. Und jetzt lass mich bitte durch.«

Zu ihrer Erleichterung wich er zurück und kam ihr auch nicht hinterher.

Sie stieg die Treppe hinab und ging ins Wohnzimmer. Ihr Vater saß noch immer mit versteinerter Miene in dem Sessel, so wie sie ihn zurückgelassen hatte. »Dad, ich fahre nach London zurück.«

Er drehte den Kopf zu ihr, als würde er jäh aufwachen. »Um diese Zeit?«

»Ich nehme den Nachtzug von Exeter aus. Ich rufe dich an, ja?«

Er nickte, als wüsste er, dass er ihre Entscheidung ohnehin nicht mehr beeinflussen konnte.

»Pass auf dich auf!«, sagte er leise.

»Das werde ich.« Sie zögerte und blieb noch einmal stehen. »Dad, ich möchte, dass du etwas weißt: Ich liebe dich und werde dich immer lieben – egal, was geschehen ist«, erklärte sie, bevor sie sich umdrehte und ging.

DORA

55

Berlin, 1937

Dora war besorgt, schon lange. Einige Wochen nach der Hochzeit hatte es angefangen. Erst war es nur eine leise Unruhe gewesen, die mit den Monaten unterschwellig immer stärker wurde, bis sie sicher war, dass etwas nicht stimmte. Heimlich hatte sie sich einen Termin beim Arzt besorgt – einem anerkannten Gynäkologen, der sie nach sorgfältiger Untersuchung und einigen Tests jedoch beruhigte. Gesundheitlich sei alles genau so, wie es sein sollte. »Haben Sie nur etwas Geduld, Frau Behringer. Manchmal geht es nicht so schnell, wie man denkt. Der eigene Wunsch kann einem da im Wege stehen. Aber keine Angst, Sie werden Ihrem Mann und dem Führer noch viele Kinder schenken«, sagte er und tätschelte ihr tröstend den Arm.

Doch seine Worte hatten ihr nicht ihre Unruhe genommen – im Gegenteil. Waren Paul und sie nicht schon fast zwei Jahre verheiratet? Beinah wäre es Dora lieber gewesen, es hätte einen medizinischen Grund gegeben, weshalb sie trotz der leidenschaftlichen Liebesnächte noch immer nicht schwanger war. Dann hätte sie vielleicht etwas Konkretes tun können – ein Medikament einnehmen, sich regelmäßigen Sitzbädern oder auch körperlichen Ertüchtigungen unterziehen. Sie wäre vor nichts zurückgeschreckt. So aber kam es ihr vor, als wäre es ihre Schuld.

Wenn sie durch ihre Wilmersdorfer Wohnung lief, mied sie es, den vierten, noch unmöblierten Raum zu betreten, den Paul und sie bei ihrem Einzug zum Kinderzimmer bestimmt hatten. Ein stiller Vorwurf schien hinter der Tür zu lauern, die sie geschlossen hielt, weil sie die Leere nicht ertragen konnte.

Sie sprach auch mit Paul über ihre Furcht, sie könnte vielleicht einfach nicht fähig sein, Leben zu schenken. Ungläubig blickte er sie an, als er hörte, dass sie sogar bereits einen Arzt konsultiert hatte, und lachte. »Aber Dora, bei vielen Paaren dauert es etwas, bis sie das erste Kind bekommen. Wenn es erst so weit ist, werden wir uns wahrscheinlich nach dieser Zeit zurücksehnen, die wir ganz für uns alleine haben. Wir sollten sie genießen!«

Um sie zu beruhigen, erklärte er sich jedoch bereit, sich ebenfalls untersuchen zu lassen. Aber der Arzt bescheinigte ihm, wie Dora, dass er kerngesund sei. »Siehst du! Du musst uns einfach etwas Zeit geben!«, sagte er.

»Wahrscheinlich hast du recht«, gab Dora verlegen zur Antwort und kam sich mit einem Mal fast ein wenig albern vor. Wer wusste, ob am Ende nicht gar ihre Zweifel und Besorgnis allein schuld daran waren, dass sie längst noch nicht schwanger war? Sie nahm sich vor, zuversichtlicher zu sein, und für einige Zeit gelang es ihr auch. Ohnehin nahmen andere Sorgen sie schon bald mehr in Anspruch.

Ihre Mutter war nach einem schweren Schlaganfall ins Krankenhaus gekommen. Es ging ihr schlecht. Sie war bewusstlos, und es gab wenig Hoffnung. Dora erinnerte sich, wie Paul und sie ihr nach der Hochzeit angeboten hatten, zu ihnen zu ziehen, doch Anna Wilmer hatte abgelehnt. »Was soll ich bei einem jung verheirateten Paar? Da stör ich bloß, und hier braucht man mich!« Dora war insgeheim ein klein wenig erleichtert gewesen, ihr Glück mit Paul erst einmal alleine genießen zu können. Doch nun saß sie hier am Krankenbett und hielt die raue schwielige Hand ihrer Mutter und dachte darüber nach, wie wenig sie im Grunde über sie wusste. War sie je verliebt gewesen und hatte Träume gehabt? Solange Dora zurückdenken konnte, war das Leben ihrer Mutter allein davon bestimmt gewesen, hart zu arbeiten, um sich und ihre Kinder durchzubringen. Sie wünschte plötzlich, sie hätten mehr Zeit füreinander gehabt.

Paul und Edith standen ihr in diesen schweren Tagen zur Seite, und auch ihr Bruder kam ins Krankenhaus. Dora sah, wie Schwestern und Ärzte Wilhelm mit einer Mischung aus Angst und Respekt grüßten, wenn er in seiner Uniform mit stechendem Schritt durch den Flur kam.

»Vielleicht ist es besser für sie zu sterben, als je wieder so aufzuwachen – gelähmt und ohne dass sie richtig sprechen kann«, sagte er beim Anblick der bewegungslosen Gestalt.

Die nüchterne Kälte in seinen Worten schockierte Dora. Schon immer war ihr Wilhelms Charakter fremd gewesen, aber in den letzten Jahren erkannte sie ihn kaum noch wieder. Er hatte das aufbrausende Temperament seiner Jugendjahre verloren, aber mit ihm waren auch jede Wärme und die letzte Weichheit aus seinem Wesen verschwunden. In seinen Gesichtszügen spiegelte sich stattdessen eine entschlossene Härte, die ihr Angst machte. Obgleich sie Geschwister waren, spürte sie, dass sie vorsichtig sein musste, vor allem, wenn es um seine Überzeugungen ging, denn er arbeitete inzwischen für die Gestapo. Nur zu gut war ihr noch im Kopf, wie Wilhelm ihr und Paul vor einigen Wochen auf einmal überraschend einen Besuch abgestattet hatte, um sie zu überzeugen, in die Partei einzutreten. Dora war vor Schreck fast das Herz stehen geblieben, und es war nur Pauls diplomatischem Talent zu verdanken gewesen, dass ihr Bruder schließlich wieder unverrichteter Dinge ging. »Na, lass es gut sein, du sorgst ja mit deiner Arbeit immerhin auch dafür, dass die Juden endlich das zahlen, was sie unserem Land schuldig sind!«, sagte er zum Abschied zu Paul, und Dora hatte erleichtert aufgeatmet, als sich die Tür endlich wieder hinter ihm geschlossen hatte.

Und jetzt saß sie hier mit ihrem Bruder im Krankenhaus, und nicht einmal ihre gemeinsamen Kindheitserinnerungen waren noch stark genug, um eine Verbindung zwischen ihnen herzustellen. Als ihre Mutter fünf Tage später starb, weinte Dora bitterliche Tränen – ein Abschnitt ihres Lebens war damit für immer unwiderruflich vorbei. Unvorstellbar schien es ihr, dass ihre Mutter ihr nie wieder tröstend über das Haar streichen oder in dem ihr eigenen strengen Ton *»Aber Dora!«* sagen würde. Niemals wieder würde sie jemandes Kind sein, und bei dieser Erkenntnis flammte ihr Wunsch, endlich selbst Mutter zu werden, mit umso stärkerer Heftigkeit wieder in ihr auf.

Es erschien ihr wie ein Wunder, als sie zwei Monate später feststellte, dass sie tatsächlich schwanger war.

56

Das Hotel Kaiserhof am Wilhelmplatz lag gegenüber der Reichskanzlei und war das erste Luxushotel Berlins. Hakenkreuzflaggen flatterten draußen an dem herrschaftlichen Gebäude, dessen Geschichte in den letzten Jahren eng mit dem Aufstieg der Nationalsozialisten verbunden war. Hitler hatte hier früher genächtigt, wenn er in Berlin weilte, und war 1932 ganz in das Hotel gezogen, um aus dem obersten Stockwerk seinen Wahlkampf zu organisieren und eine provisorische Parteizentrale der NSDAP einzurichten. Im Kaiserhof waren politische Pläne geschmiedet und Erfolge gefeiert worden. 1935 hatte Göring sogar im hiesigen Festsaal zur pompösen Hochzeitfeier mit seiner zweiten Frau geladen.

Heinrich betrachtete mit zufriedener Miene die eindrucksvolle Halle mit den ausladenden Kristallleuchtern. Die letzten Jahre waren gut für ihn gelaufen, sehr gut sogar – in jeder Hinsicht. Er hatte zeigen können, was in ihm steckte – Loyalität, Einsatzbereitschaft und die Fähigkeit, mit Härte und der nötigen Brutalität gegen die Feinde des neuen Deutschlands durchzugreifen. Dabei war er unaufhaltsam aufgestiegen. Gerade kam er von einem Essen mit dem SS-Gruppenführer Reinhard Heydrich und einigen anderen Größen der nationalsozialistischen Führungsspitze. Sie hatten zusammen mit Vertretern des Reichskriegsministeriums in einem der privaten Dinersalons des Kaiserhofs gespeist. Lange und ausführlich hatte man beim Essen über die Zukunft des Deutschen Reichs gesprochen, über den immensen Bedarf an Rohstoffen, den man brauchen würde, um die Rüstung weiter mit diesem Tempo voranzutreiben. Der Anschluss Österreichs im letzten Monat war nur der Beginn einer neuen Ära.

Als er weiter die Treppe hinunterstieg, glitt sein Blick über die elegant gekleideten Gäste in der Empfangshalle. Er stutzte. Der Mann in dem pelzbesetzten Mantel stach zwischen den anderen Leuten hervor. Heinrich hätte ihn überall wiedererkannt. Nicht nur wegen seiner arroganten Haltung. Es war Maximilian von Stettenheim!

Er presste die Lippen zusammen. Inzwischen wusste er, warum dieser Mann so besondere Beziehungen bis zur obersten Führungsebene hatte. Jäh erinnerte Heinrich sich an den

Tag, als er die Hochzeitsanzeige in der Zeitung entdeckt hatte. Es hatte ihn wie ein Schlag getroffen, musste er zugeben. Seit jenem Tag in der Oper hatte er Edith nicht mehr gesehen. Doch die Zeiten hatten sich verändert. Er überlegte nur kurz, dann steuerte er, einer plötzlichen Eingebung folgend, direkt auf Maximilian von Stettenheim zu.

57

Edith stand mit nachdenklicher Miene am Fenster. Die Villa, die sie mit Maximilian bewohnte, lag direkt am Wannsee. Es war ein großzügiges Anwesen, geradezu verschwenderisch luxuriös, wie sie fand. Ihr Vater war ein vermögender Mann, aber der Wohlstand, in dem sie groß geworden war, stand dennoch in keinem Vergleich zu Maximilians Verhältnissen. Der neue Lebensstil war Edith anfangs nicht leichtgefallen. Ob diese Form der Dekadenz denn immer nötig sei, hatte sie ihren Mann anfangs einmal gefragt.

»Liebling, die Leute erwarten von jemandem meiner Herkunft, dass er genau so lebt. Wer bin ich, dass ich sie enttäuschen würde?«, erwiderte Maximilian in seiner typisch spöttischen Art. Doch sie machte sich nichts vor. Er liebte es, genau so zu leben.

Die Verwaltung seines Besitzes und seiner Geschäfte nahm einen Großteil seiner Zeit in Anspruch. Keine Macht sei etwas wert, wenn hinter ihr nicht die entsprechende Finanzkraft steckte, das war seine feste Überzeugung. Edith runzelte die Stirn, denn es waren Äußerungen wie diese, die sie störten. Es kam ihr ganz sicher nicht zu, ihn zu kritisieren, da sie schließlich mehr als jeder andere von diesem Reichtum profitierte. Maximilian war großzügig. Er bestand darauf, dass sie die neueste Mode aus Paris und London trug, und überhäufte sie mit Geschenken, mit Schmuck und allem, was sie begehrte. Sogar ein eigenes Auto besaß sie nun, und sie liebte es, sich selbst hinter das Steuer ihres Mercedes zu setzen. Und dennoch, Edith hatte sich ihr gemeinsames Leben mit Maximilian anders vorgestellt, musste sie zugeben. Vielleicht war sie auch einfach zu bürgerlich erzogen worden. Sie erinnerte sich, wie erstaunt sie gewesen war, als Maximilian ihr bei ihrer Rückkehr aus Paris eröffnete, dass sie selbstverständlich getrennte Schlafzimmer und Bäder hätten – das sei in seinen Kreisen seit Jahrhunderten so üblich. Es hielt ihn nicht davon ab, die meisten Nächte bei ihr zu verbringen, aber an manchen Tagen zog er sich am Abend alleine zurück, und als würde es ein ungeschriebenes Gesetz im Haus geben, wagte sie dann nicht, ihn zu stören. Einige Tage im Monat fuhr er auch stets nach Norddeutschland oder Mecklenburg, um nach seinen Gütern zu schauen. Doch er wollte nie, dass sie ihn begleitete. »Du würdest dich nur langweilen!«, erklärte er bestimmt.

Sie besaßen noch eine Wohnung in der Stadt, und wenn er wegfuhr, verbrachte sie die Zeit dort und besuchte ihre Eltern oder Dora. Obwohl die Freundin und sie in so unterschiedlichen Welten lebten, waren sie einander nach wie vor eng verbunden.

An der Uni, an der Edith noch immer unter ihrem Mädchennamen studierte, war sie inzwischen nur noch selten. Ihre Tage waren stattdessen ausgefüllt mit gesellschaftlichen Verpflichtungen und Einladungen, und sie veranstalteten auch regelmäßig bei sich zu Hause aufwendige Diners und Feste, die auszurichten nun in ihren Aufgabenbereich fiel. Maximilians Sekretär, Johann, stand ihr bei der Organisation zur Seite. Edith mochte ihn nicht, und ihr war immer klar gewesen, dass sie mit ihm irgendwann aneinandergeraten würde. Unglücklicherweise schätzte Maximilian Johann sehr.

Edith schaute auf das spiegelglatte Wasser des Wannsees, das die Sonnenstrahlen reflektierte.

»Hallo, Liebes, hast du gut geschlafen?«, riss sie Maximilians Stimme aus ihren Gedanken. Er war, ohne dass sie es mitbekommen hatte, in seinem weißen Seidenmorgenmantel die Treppe heruntergekommen und kam nun mit einem Lächeln auf sie zu.

»Ja, sehr gut!«

Er legte den Arm um sie und zog sie an sich. »Du riechst wundervoll«, murmelte er, und einen Moment lang fühlte sie sich in Versuchung, sich seiner Umarmung hinzugeben. Doch sie musste mit ihm sprechen. Entschlossen entzog sie sich ihm, und er ließ sie mit hochgezogenen Brauen los.

»Was ist?«, fragte er ruhig und setzte sich auf die Fensterbank, das eine Knie lässig an sich gezogen. Sein Morgenmantel, der auffiel, gab den Blick auf seine Brust frei.

»Es geht um die Gästeliste für Freitag!«

Er fuhr sich durch sein dunkles Haar, das ihm in einer langen Strähne ins Gesicht fiel. »Was sollte damit sein?«

»Johann hat einige Namen hinzugefügt.«

»Ja, auf meinen Wunsch!«, bestätigte Maximilian.

Sie sah ihn überrascht an. »Nun, ich bin sicher, du hast nicht alle Namen gesehen!«

Sie reichte ihm die Liste.

Er überflog sie. »Doch, ich habe alle gesehen. Und?« Eine leichte Ungeduld schwang in seiner Stimme.

Edith blickte ihn ungläubig an, als sie begriff, dass es tatsächlich seine Anordnung gewesen war. »Du willst diesen Mann zu uns einladen? Heinrich Raven? In unser Haus? Warst du es nicht, der gesagt hat, ich solle mich von ihm fernhalten?«, fragte sie scharf.

Maximilian zuckte die Achseln. »Die Situation ist jetzt eine ganz andere. Du bist inzwischen meine Frau. Er würde es nicht wagen, dir Avancen zu machen. Aber Raven ist mittlerweile eine Größe, die man nicht ignorieren kann. Er gehört zum engsten Kreis von Himmler und Heydrich.«

Ediths Augen sprühten vor Wut, als sie sich zu ihm beugte. »Genau das ist es ja! Er ist ein elender Nazi. Genau wie gut die Hälfte der anderen Gäste. Ich will ihn und sie nicht an meinem Tisch haben.«

Maximilian seufzte. »Sei nicht so naiv, das steht dir nicht. Was glaubst du, wie ich meine Geschäfte mache?«

Sie starrte ihn fassungslos an.

»Liebling, das hier ist kein privates Essen unter Freunden. Glaubst du im Ernst, ich würde mich mit diesen Leuten persönlich abgeben? Ich verabscheue sie genauso wie du, aber dank der Dummheit dieses Volkes sind sie nun mal gerade an der Macht. Man kann sie unmöglich ignorieren, sondern muss sie zu manipulieren wissen. Sonst können sie umgekehrt schnell zu einer Gefahr werden …«

Edith schwieg. Natürlich war ihr klar, dass man, so furchtbar es war, im Berufs- und Geschäftsleben inzwischen nicht umhinkam, sich mit den Nationalsozialisten zu arrangieren. Selbst ihr Vater musste das in Maßen tun, dennoch hätte er diese Leute niemals zu sich nach Hause eingeladen. Sie dachte daran, dass Maximilian ihr letzte Woche erzählt hatte, dass er im Osten, an der Grenze zu Polen, zusätzliche Wälder gekauft hatte. Der Verkauf von Holz war einer der wichtigsten Pfeiler seiner Geschäfte geworden.

»Weshalb sind diese Leute so wichtig für dich?«

Er zuckte die Achseln. »Ich bin einer der größten Besitzer

von Privatwäldern in diesem Land, und der Staat ist schon immer mein größter Auftraggeber gewesen. Holz hat in den letzten Jahren als Rohstoff eine wachsende Bedeutung bekommen, nicht nur als Bauholz, sondern vor allem für die Rüstungsindustrie …«

»Du meinst für Waffen?«, entfuhr es ihr.

»Ja, als Faserstoff für Sprengstoff, aber auch für die Herstellung von Gewehren und sogar für bestimmte Teile von Zerstörern.«

Einen Moment lang fehlte ihr die Sprache – sie war tatsächlich naiv gewesen. Aus unerfindlichen Gründen hatte sie immer geglaubt, Maximilians Macht und Einfluss wären groß genug, um die Nationalsozialisten aus ihrem Leben fernzuhalten, und jetzt musste sie feststellen, dass er aufs Engste mit ihnen verbunden war.

Sie zwang sich zu einem ruhigen Ton, aber es gelang ihr nicht, ihre Verachtung zu verbergen. »Das heißt, deine Geschäfte zwingen uns, uns mit diesen Leuten gemein zu machen?«

»Aber nein. Wir werden uns nie mit ihnen gemein machen«, erwiderte er. »Wir sind nur intelligent genug, ihnen nicht zu zeigen, was wir wirklich von ihnen halten. Wenn wir sie nicht einladen würden, wüssten sie es sofort. Außerdem, man muss seine Feinde kennen, um dann im richtigen Augenblick gegen sie kämpfen zu können, Edith!«

Doch seine Worte besänftigten sie nicht. Sie klangen zu sehr nach einer Ausrede. Alles in ihr sträubte sich dagegen, Heinrich oder irgendwelche anderen einflussreichen Nationalsozialisten in ihrem Haus zu empfangen.

Er ergriff ihre Hand. »Kannst du einen solchen Abend nicht wie eine Rolle in einem Theaterstück sehen?«, schlug er vor.

»Etwas anderes wird mir wohl kaum übrig bleiben!«, entgegnete sie bitter. Ein Satz ihres Vaters kam ihr in den Sinn. *»Alles hat seinen Preis«*, hatte er einmal gesagt. Es kam ihr vor, als wenn sie zum ersten Mal die tiefere Bedeutung dieser Worte erfasste.

58

Als sie sich am Nachmittag mit Dora traf, die inzwischen aufgehört hatte zu arbeiten, erzählte sie ihr, welchen unerwünschten Besuch sie am Freitag als ihren Gast empfangen musste. Wie früher bummelten sie den Ku'damm entlang, der sich in den letzten Jahren wie so viele Orte in der Stadt verändert und mehr und mehr sein aufregendes Flair verloren hatte. Anrüchige Bars und Varietés hatten zumachen müssen, viele Galerien und kleine Theater waren verschwunden, und ein großer Teil der jüdischen Geschäfte und Kaufhäuser war inzwischen geschlossen worden. Dafür flatterten jetzt überall Hakenkreuzfahnen.

»Nun, Maximilian ist bestimmt in einer Position, in der er das nicht freiwillig macht, sondern sich wirklich mit diesen Leuten gut stellen muss«, bemühte sich Dora vermittelnd zu sagen, aber Edith sah ihr an, dass sie nur zu gut verstand, wie unwohl sie sich dabei fühlte.

Sie blickte im Vorbeilaufen zu der Schlagzeile einer Zeitung in einem Kiosk. *»Das deutsche Volk ist endlich wieder vereint!«*, prangte dort in schreierischen Großbuchstaben. Die Zeitungsblätter waren noch immer voll mit Nachrichten über den Anschluss Österreichs. Manchmal kam ihr die Macht der Nationalsozialisten vor wie eine Schlinge, die sich immer enger um sie alle zog. Sie wandte sich mit niedergeschlagener Miene wieder zu Dora.

»Als ich mich damals in Maximilian verliebt habe, war ich so dankbar, dass er dafür gesorgt hat, dass Heinrich mir und meiner Familie nicht mehr zu nahe kommen kann. Diesem Menschen jetzt gegenübertreten zu müssen kommt mir wie eine nachträgliche Kapitulation vor!«

Dora hakte sie unter. »Wir müssen alle unsere Kompromisse machen!«, gab sie zu bedenken. »Und immerhin ist Heinrich wenigstens niemand, mit dem du verwandt bist«, setzte sie hinzu. »Kannst du dir vorstellen, wie ich mich mit Wilhelm fühle? Er ist jetzt tatsächlich bei der Gestapo.« Sie senkte die Stimme, als sie sah, dass ihnen zwei Männer in nationalsozialistischer Uniform entgegenkamen.

»Wirklich?« Edith blickte sie betroffen an.

»Hast du schon gehört, dass Erik weggezogen ist?«, fragte sie dann. »Seine Familie hat Verwandte in Amerika, die ihnen geholfen haben, ein Visum zu bekommen.«

»Aber er war doch gar nicht jüdisch?«

»Nur seine Großmutter, aber seine Mutter gilt laut der Rassengesetze nun als Halbjüdin und er selbst als Nichtarier. Es gab immer wieder Anschläge auf ihre Geschäfte …«

Einen Augenblick lang schwiegen die beiden Freundinnen.

»Ach, es ist einfach alles zu schrecklich, lass uns das Thema wechseln«, sagte Edith dann mit finsterer Miene. »Erzähl mir, wie geht es dem Kind?«

»Gut, und ich fühle mich blendend.« Ein Leuchten war bei ihrer Frage über Doras Gesicht geglitten, die nur zu gerne bereit war, das Thema zu wechseln. Sie deutete auf ihren Bauch. »Manchmal habe ich das Gefühl, schon etwas zu spüren, obwohl der Arzt meint, es sei noch zu früh!«

Edith lächelte. »Du wirst bestimmt eine wundervolle Mutter!«

»Ich hoffe!«

Der Nachmittag mit Dora lenkte Edith ab, aber später auf der Rückfahrt in Richtung Wannsee wanderten ihre Gedanken immer wieder zum kommenden Freitag zurück.

Sorgfältiger als sonst achtete sie darauf, dass für diesen Tag alles perfekt vorbereitet wurde und jeder der Dienstboten am Abend genaue Instruktionen erhielt. Sie wählte mit Bedacht ein Kleid aus Paris, das elegant war und ihr gleichzeitig einen Hauch von Unnahbarkeit verlieh. Dazu trug sie wertvollen Schmuck aus dem Familienbesitz der von Stettenheims.

»Du siehst atemberaubend aus!«, sagte Maximilian, als sie die Treppe hinunterkam. Sie lächelte, obwohl ihr nicht danach zumute war.

Die Abendgesellschaft stellte eine Mischung aus einflussreichen Industriellen, Geschäftspartnern von Maximilian und Persönlichkeiten aus dem Kulturleben und der Politik dar. Edith schüttelte Hände, küsste Wangen und tauschte charmant Höflichkeiten nach allen Seiten aus.

Sie begrüßte einen Zeitungsverleger und den Intendanten der Oper nebst Gemahlin sowie einen Baron, der entfernt mit den von Stettenheims verwandt war, da stand Heinrich auf einmal vor ihr – groß und wie immer in seiner Uniform.

Einen kurzen Moment lang war sie innerlich wie gelähmt. »Edith!« Nicht einmal die Andeutung eines Lächelns glitt über seine Lippen, als er ihr formvollendet die Hand küsste. In seinem Blick lag etwas Brennendes.

Ein Gefühl der Panik stieg in ihr auf. Es kam ihr plötzlich vor, als wäre keine Zeit verstrichen, als wäre sie nicht verheiratet und würde Maximilians Schutz genießen, sondern würde noch immer auf dem Sommerfest in der italienischen

Botschaft vor ihm stehen und sich gezwungen fühlen, mit ihm zu tanzen. Ihr fiel auf, dass Heinrich sich verändert hatte – er wirkte auf provozierende Weise selbstbewusst, und die Art, wie die anderen Gäste ihn voller Respekt begrüßten und sich um ihn bemühten, ließ sie begreifen, wie mächtig er inzwischen geworden sein musste.

Sie zwang sich zu einem Lächeln und war froh, dass Maximilian in diesem Augenblick zu ihr trat und den Arm um sie legte.

»Wie schön, dass Sie kommen konnten, Sturmbannführer!«

»Heinrich, bitte!«, sagte er gewandt.

»Maximilian!«

Die beiden Männer schüttelten sich die Hand, und Heinrichs Blick glitt erneut zu ihr. Dann wandte er sich zur Seite. »Darf ich euch meine Verlobte vorstellen, Fräulein Meyenburg?«

Überrascht erkannte Edith die Frau, die sich etwas hinter ihm gehalten hatte – es war Lisa. Auf der Gästeliste war vermerkt gewesen, dass Heinrich in Begleitung kommen würde, aber sie hatte nicht geahnt, dass es sich dabei um ihre ehemalige Mitschülerin handelte, die ihr nun ein süßlich triumphierendes Lächeln schenkte.

Sie hätte sich freuen sollen, dass Heinrich verlobt war, aber etwas in ihr ahnte, dass es keinen Unterschied machte.

»Lisa, wie geht es dir? Ich freue mich für euch beide«, sagte sie. Edith fühlte sich, als würde sie tatsächlich eine Rolle in einem Theaterstück spielen. Am liebsten hätte sie die Flucht ergriffen.

Als sie sich zu Tisch begaben, war sie dankbar, dass sie die Sitzordnung so arrangiert hatte, dass Heinrich und Lisa am anderen Ende ihren Platz hatten. Maximilian beugte sich, während der erste Gang serviert wurde, zu ihr. »Siehst du, er ist sogar verlobt, deine Befürchtungen waren also ganz unnötig«, raunte er.

Sie schwieg. War er tatsächlich so blind? Aber Edith musste zugeben, dass Heinrich sein Spiel beherrschte. Er unterhielt sich angeregt mit seinen Tischnachbarn über seine Italienreise, bei der er das Vergnügen hatte, Mussolini vorgestellt zu werden, wie er berichtete, und er war zuvorkommend und charmant zu Lisa, die ihn anhimmelte. Doch zwischendurch wanderten seine Augen immer wieder für kurze, kaum wahrnehmbare Augenblicke in ihre Richtung.

Nach dem Essen verteilte sich die Gesellschaft im Salon und stand in kleinen Grüppchen plaudernd und rauchend zusammen. Edith nutzte die Gelegenheit, um unter einem Vorwand in die Küche zu fliehen. Über Stunden die Fassade der charmanten Hausherrin aufrechtzuerhalten und sich nichts von ihren wahren Gefühlen anmerken zu lassen war anstrengend. Sie trank ein Glas kaltes Wasser. Was war nur mit ihr los?

Schließlich straffte sie den Rücken und trat von der Küche zurück in den Flur. Im gleichen Moment erstarrte sie. Heinrich stand dort, ein Glas Cognac in der Hand, als hätte er auf sie gewartet. Er betrachtete ein Porträt von ihr an der Wand, das Maximilian kurz nach der Hochzeit von ihr hatte malen lassen.

»Sehr hübsch, aber es wird dir nicht gerecht. Du bist schöner«, sagte er und drehte sich zu ihr.

»Danke«, entgegnete sie knapp.

Er musterte sie. »Bist du glücklich?« Er deutete mit dem Glas in Richtung Salon. »Mit ihm?«

Mit dieser persönlichen Frage hatte sie nicht gerechnet. »Natürlich!«, brach es aus ihr heraus. »So wie du mit Lisa. Ich gratuliere übrigens!«

Er zuckte die Achseln. »Das ist nur Pflichterfüllung meinem

Land gegenüber. In meiner Position erwartet man von mir, dass ich heirate und Kinder zeuge … Du hast keine Kinder!«, stellte er fest. Er war einen Schritt an sie herangetreten und strich ihr unerwartet eine Strähne ihres Haars aus dem Gesicht.

»Nein – *noch nicht!*«, erwiderte sie dann nüchtern und wich zurück.

Ein kühles Lächeln, das sie nicht zu deuten wusste, zeigte sich auf seinem Gesicht. »Ich muss zugeben, ich war überrascht, dass du einen Mann geheiratet hast, der unserer Sache so nahesteht und uns in dieser Weise unterstützt!«

Was meinte er damit? Eine leichte Unsicherheit erfasste sie. Edith setzte ein gespieltes Lächeln auf. »Tatsächlich? Nun, entschuldige mich, ich muss zu den anderen Gästen zurück.« Sie wollte an ihm vorbei, doch er hielt sie unerwartet am Handgelenk fest.

»Edith …«

Einen Augenblick fürchtete sie, er könnte sich vergessen, aber dann ließ er sie genauso plötzlich wieder los.

»Verzeih … ich wollte dir nur sagen, wie sehr ich mich freue, dass wir uns jetzt bestimmt öfter sehen werden!«

Sie brachte nicht mehr als ein knappes Nicken zustande und floh zurück zu den anderen Gästen, doch seine Worte über Maximilian hatten sich wie ein Widerhaken in ihr Inneres gebohrt.

59

Dora war wie ausgewechselt – sie strahlte von innen heraus, und es schien, als hätte es das letzte Jahr mit all seiner Unsicherheit und der Furcht nie gegeben. Paul hatte nie daran gezweifelt, dass sie schwanger werden würde, dennoch war er überrascht, wie verändert sie auf einmal war. Ihre Niedergeschlagenheit und Angst hatten ihn besorgt, aber noch viel mehr die Ausschließlichkeit, mit der sich ihr gesamtes Fühlen und Denken nur auf diesen einen Wunsch, ein Kind zu haben, fixiert hatte. Eine leise Freude durchströmte ihn nun, wenn er sah, wie glücklich sie war, und er die Veränderungen wahrnahm, die sich allmählich auch körperlich an ihrem gerundeten Bauch zeigten.

Ja, es ging ihnen gut. Auch beruflich und finanziell. So erschreckend die politischen Zeiten waren, er profitierte davon. Die Entscheidung vor zwei Jahren, auf den Vorschlag von Kirschbaum einzugehen und seine Villa zu kaufen, hatte sich als richtig erwiesen. Der jüdische Geschäftsmann war kurz danach mit seiner Familie emigriert, und Paul hatte sein Haus inzwischen wieder verkauft – mit dem erhofften Gewinn. Fünfzehn Prozent hatte er davon für sich behalten – mehr anzunehmen hatte er sich geweigert –, das restliche Geld hatte er in Diamanten umgetauscht. Diese hatte er, versteckt in einem Päckchen Pralinen, an einen gewissen Mr. Brighton nach England geschickt. Die Adresse hatte ihm Kirschbaum vor seiner Abreise gegeben. Jeder briefliche Kontakt mit einem Juden im Ausland, erst recht mit einem ehemaligen Klienten, wäre auffällig gewesen. Paul war dennoch in Sorge gewesen, dass das Päckchen verloren gehen könnte. Einige Wochen später erhielt er zu seiner Erleichterung jedoch aus London von Mr. Brighton einen Brief:

Werter Freund,
meine Freude über die köstliche Schokolade war grenzenlos und hat mir mein Vertrauen in die guten Qualitäten deutscher Erzeugnisse, für die ich Deutschland immer geliebt habe, zurückgegeben. Sie mögen sagen, dass es doch nur einige Pralinés gewesen seien, aber Sie haben mir, wie Sie wohl wissen, damit die Tränen in die Augen getrieben. Umso mehr, als die Größe der Packung es erlaubt hat, dass auch meine Kinder davon in den Genuss kommen werden!

In der Hoffnung, Sie bald wiederzusehen,
Charles Brighton

Der Brief hatte etwas tief im Inneren von Paul berührt, das er nicht beschreiben konnte. Er wusste plötzlich, dass es richtig gewesen war, was er getan hatte. Dora hatte er nichts von den Diamanten erzählt, um sie nicht zu beunruhigen. Jüdischen Besitz zu arisieren und sich dabei zu bereichern war eine Sache, aber eine andere, dass das Geld wieder an die Juden zurückfloss.

Kirschbaum, der ihn an Bekannte und Freunde weiterempfohlen hatte, war schon längst nicht mehr der Einzige, dessen Immobilie er zu günstigen Konditionen erworben hatte. Paul achtete bei jedem Kauf und Verkauf peinlichst darauf, sämtliche Gesetze und steuerlichen Vorschriften einzuhalten. Er überwies auch nie direkt Geld ins Ausland, damit sein Name nicht bei den Behörden auftauchte und da der Staat ja ohnehin 90 % der Devisen einbehielt. Manchmal schickte Paul seinen Klienten, wie bei Kirschbaum, ein Päckchen mit versteckten Diamanten, dabei gab er stets einen falschen Absender an, sodass man die Sendung nicht zurückverfolgen konnte. In anderen Fällen erwarb er Goldbarren, die er in der Bank in einem Schließfach deponierte, denn viele Emigranten hofften und glaubten fest daran, irgendwann wieder zurückzukommen.

Weit öfter als um den Kauf einer Immobilie wurde Paul inzwischen darum gebeten, wertvollen Besitz aus dem Hausstand der Emigranten in Verwahrung zu nehmen – vor allem Kunstwerke und Schmuck, aber auch Pelze und kostbare Antiquitäten. Auch andere Deutsche taten das heimlich, wie er wusste. *Aufbewarier*, so wurden diese Leute im Volksmund heimlich genannt. Paul hatte für die Lagerung der Sachen am Rande von Berlin eigens ein Stück Land gekauft, auf dem sich zwei alte Scheunen befanden. Er hatte sie unterkellern lassen, damit die Lagerräume Schutz vor Einbruch, aber auch vor Feuchtigkeit boten. Sein größtes Problem war es indessen, nicht den Überblick über seinen Scheinbesitz zu verlieren, da er darüber nicht regulär Buch führen konnte. Er entwickelte einen Code und tarnte das Ganze als Aufzeichnungen über Pferdewetten.

Paul blickte auf die Steuererklärungen auf seinem Tisch, die er noch für zwei Klienten zu erledigen hatte. Doch seine Gedanken drohten immer wieder abzuschweifen. Die politische Situation beunruhigte ihn. Der Anschluss von Österreich, die restriktive Politik gegen die Juden, das katastrophale Haushaltsdefizit Deutschlands und andererseits die Rüstung, die trotzdem mit allen Mitteln weiter vorangetrieben wurde … Wo sollte das hinführen?

Nachdenklich griff Paul nach seinem Stift, um endlich mit seiner Arbeit weiterzumachen, als das Telefon klingelte.

»Behringer?«

»Herr Behringer? Hier spricht die gynäkologische Arztpraxis von Dr. Ritter«, meldete sich eine weibliche Stimme, die kurz zögerte, bevor sie weitersprach: »Ihre Frau ist gerade bei uns, und Dr. Ritter denkt, dass es gut wäre, wenn Sie sofort vorbeikommen würden.«

Er konnte spüren, wie sich sein Herzschlag vor Schreck beschleunigte. »Was ist mit meiner Frau?«

»Es geht ihr den Umständen entsprechend gut. Dr. Ritter wird Ihnen alles erklären, wenn Sie hier sind.«

Den Umständen entsprechend?

Noch während er den Hörer auflegte, war er schon aufgesprungen und hatte nach seinem Mantel gegriffen.

60

Die Gesichter von schwangeren Frauen und jungen Müttern starrten ihn wie einen Eindringling an, als er nur zwanzig Minuten später in die Praxis hineinstürzte. Er wandte sich Hilfe suchend an eine Frau mit Schwesternhäubchen. »Paul Behringer, Sie haben mich angerufen!«

Sie nickte und brachte ihn zum Arzt, der ihn mit ernster Miene empfing. »Danke, dass Sie sofort gekommen sind. Wir konnten bei der Untersuchung die Herztöne Ihres Kindes nicht mehr hören. Ihre Frau muss in eine Klinik …«

Paul erstarrte, als er begriff, was der Arzt ihm sagen wollte. Er dachte daran, was diese Nachricht für Dora bedeuten würde.

»Wo ist sie?«, fragte er tonlos.

»Nebenan.«

Mit einem Satz war er bei der Tür. Sie saß auf einem Stuhl und weinte. Eine Schwester redete beruhigend auf sie ein, doch ihr ganzer Körper bebte.

Er schloss sie in die Arme. »Dora!«

Sie hob den Kopf. Tränenüberströmt blickte sie ihn an. »Paul, das Kind, unser Kind … Sie sagen, es lebt nicht mehr!«

Tröstend strich er ihr über den Rücken.

»Ich habe einen Termin für Sie im Martin-Luther-Krankenhaus machen lassen«, sagte Dr. Ritter.

»Nein, ich möchte ins Krankenhaus am Urban. Dort kenne ich die Ärzte«, widersprach Dora.

Paul legte ihr den Mantel um, und man rief ihnen ein Taxi. Wenig später waren sie auf dem Weg nach Kreuzberg. Er erinnerte sich daran, wie sie sich hier das erste Mal begegnet waren. Es zerriss ihm das Herz, sie so zu sehen.

Eine Schwester, die Dora kannte, nahm sie auf. »Wir machen den Eingriff gleich. Dann hast du es hinter dir«, sagte sie tröstend. Er weigerte sich zu gehen.

Als sie danach ins Krankenzimmer geschoben wurde, hielt er ihre Hand. Stumm liefen ihr die Tränen über die Wangen. »Es wäre ein Mädchen gewesen …«, stieß sie leise hervor.

Seine Kehle schnürte sich zu, doch er musste stark sein und sagte nichts, sondern strich ihr nur sanft übers Haar.

»Lassen Sie sich diese Sache nicht zu sehr zu Herzen gehen«, sagte der Arzt, der später zu ihr kam. »Manchmal reguliert sich die Natur auf diese Weise von alleine, wenn etwas nicht in Ordnung ist. Ich rate Ihnen beiden zu einigen Wochen Enthaltsamkeit, aber dann spricht nichts dagegen, dass Sie gleich wieder schwanger werden, Frau Behringer!«, erklärte er.

»Er hat recht, Dora. Wir werden ein Kind bekommen«, sagte Paul leise.

Sie nickte, aber der Ausdruck ihrer Augen wirkte stumpf. Er blieb, bis sie unter dem Einfluss der Medikamente eingeschlafen war.

Am nächsten Tag konnte sie wieder nach Hause. Körperlich ging es ihr schon bald besser, aber sie sprach kaum und wollte nicht essen. Paul telefonierte heimlich mit dem Arzt, der ihn beruhigte. Diese melancholischen Stimmungen seien normal, das sei nur die Umstellung der weiblichen Hormone. Er müsse ihr etwas Zeit geben … Doch ihr Zustand blieb unverändert. Seine Arbeit erlaubte ihm nicht, ständig bei ihr zu sein, und schließlich bat er Edith um Hilfe, die sofort kam.

»Mein Gott, es tut mir so leid. Warum hast du mir nicht eher Bescheid gesagt?«, setzte sie hinzu, als sie im Flur ihren Mantel abwarf und zu Dora eilte. Fast eine Woche kam sie jeden Tag, wenn er zur Arbeit ging, und blieb, bis er zurück war. Langsam schien es Dora wieder besser zu gehen. »Du brauchst dir keine Sorgen mehr zu machen«, sagte sie eines Abends mit einem zaghaften Lächeln zu ihm. Er schloss sie fest in die Arme und spürte dennoch, dass sich etwas in ihr für immer verändert hatte.

61

November 1938

Man sagte oft, dass der Mensch dazu neigte, immer das Schlechteste anzunehmen, aber Jules musste feststellen, dass bei ihm das Gegenteil zutraf. Tief in seinem Inneren hatte er immer fest daran geglaubt, dass sich die Dinge wieder zum Positiven wenden würden. Wie sehr er sich damit geirrt hatte, begann er nun zu begreifen.

Als er im Radio von dem »Volkszorn« hörte und davon, dass es angeblich im ganzen Reich »spontane judenfeindliche Kundgebungen« gab, weil in Paris, tausend Kilometer entfernt, ein jüdischer Emigrant auf einen deutschen Botschaftsangehörigen namens Ernst vom Rath geschossen hatte, nahm er die Nachrichten nicht ernst. Es wurde von einer Verschwörung des Judentums gegen das deutsche Volk gesprochen. »*Weltjuda reißt endlich die Maske vom Gesicht*«, so prangte es in großen Buchstaben auf der Morgenausgabe der Zeitung, die im Hausflur lag. Aber Jules war sicher, dass es sich nur wieder um eine dieser grässlichen Agitationen des Propagandaministeriums handelte. Es schien ihm absurd, dass dieser Vorfall in Paris Auswirkungen auf sein Leben haben sollte und irgendjemand diesen Schwachsinn glaubte. Selbst als im Radio der Tod von vom Rath verkündet wurde, machte er sich keine Gedanken. Doch noch in derselben Nacht brannten die Synagogen. Man konnte den Rauch sehen, der in hellen Schwaden über den Dächern von Berlin in den dunklen Himmel aufstieg. Als er am nächsten Morgen durch die Stadt lief, sah es aus, als hätte es Krieg gegeben. Der Kurfürstendamm war ein einziger Scherbenhaufen. Kein einziges jüdisches Geschäft hatte man verschont, und noch immer schien die Zerstörungswut kein Ende gefunden zu haben. Mit Brechstangen demolierten Männer in Uniform und auch ganz normale Passanten Einrichtungen und Fenster. Eine Horde Hitlerjungen leistete ihnen Hilfe.

In einem Modegeschäft warfen mehrere SA-Männer oben durch die herausgebrochenen Scheiben im ersten Stock Stoffballen glänzender Seide aus dem Fenster, ein Tisch folgte krachend und sogar eine Schreibmaschine, die splitternd auf der Straße zerbrach. Unten johlten die Leute begeistert. Einige griffen sich etwas von der Beute und liefen weg. Doch Jules sah auch betretene Gesichter, die sich abwandten. An der Ecke Fasanenstraße stand eine kleine Menschenmenge zusammen und starrte zur Synagoge, deren Kuppel noch immer von Rauch umhüllt war.

Wie in Trance lief Jules durch die Stadt und versuchte zu begreifen, was geschehen war. Noch immer kam es ihm vor, als würde er die Szenen in einem schrecklichen Film anschauen, der nichts mit ihm zu tun hatte. Erst ein offener Wagen mit SA-Männern, der auf der anderen Seite die Straße entlangfuhr, ließ ihn zusammenzucken. Sah man ihm an, dass er Jude war? Ihm wurde bewusst, dass er sich diese Frage noch nie gestellt hatte. Die Männer im Wagen lachten, blickten aber zu seiner Erleichterung nicht in seine Richtung. Plötzlich bremste das Fahrzeug ein Stück weiter vorne ab. Jules hielt instinktiv in seinem Schritt inne, als sie von dem Fahrzeug absprangen und sich einen dunkelhaarigen Passanten griffen. Voller Entsetzen beobachtete Jules, wie die SA-Männer mit Knüppeln auf ihn einschlugen. Man hörte Schreie, und er wurde Zeuge, wie der Mann zusammenbrach, dann schleiften sie ihn zu ihrem Wagen.

Panik ergriff ihn. Er drehte sich um und lief mit schnellen Schritten und gesenktem Haupt durch schmale Seitenstraßen zurück zu seiner Wohnung. Als er die Tür hinter sich abschloss, zitterte er.

Doch die Sicherheit des geschlossenen Raums erwies sich als trügerisch. Nur Stunden später klingelte es Sturm an seiner Tür.

»Jules Cohn?«, bellte ihm eine Stimme entgegen, kaum hatte er die Tür einen Spalt weit geöffnet.

Er nickte, als man ihn auch schon zur Seite stieß. Drei SS-Männer stürmten herein.

»Wir sind befehligt, Ihre Wohnung nach Waffen zu durchsuchen!«

»Ich habe keine Waffen.«

Einer der SS-Männer blickte ihn verächtlich an. »Das wollen wir doch mal sehen.« Dann begannen sie wahllos Schränke aufzureißen, Möbel umzuwerfen, Schubladen wurden auf den Boden ausgeleert. Sie nahmen sein weniges Geld und seine Manschettenknöpfe, während Geschirr und Gläser klirrend auf den Boden flogen, genauso wie die Fotografie seiner Eltern, die sie mit ihren Stiefeln zertraten.

Er starrte auf das zersplitterte Glas, das sich in das Gesicht seines Vaters und seiner Mutter bohrte, und etwas in ihm wurde angesichts dieser Wut und dieses Hasses, den er nicht verstand, ganz ruhig – als würden alle Gefühle in ihm mit einem Mal aufhören zu existieren.

Plötzlich hielt einer von ihnen ein Brotmesser in der Hand. »Keine Waffe? Und was ist das hier?«

»Ein Brotmesser«, antwortete er, da traf ihn auch schon der erste Schlag. Beim zweiten ging er zu Boden. Sie traten ihn. »Verdammter Saujude! Glaubst du, dass du mir auch noch frech kommen kannst? Dich nehmen wir mit!«

Sein Kopf schmerzte, und er spürte, wie Blut über seine Wange lief, aber in einem seltsamen Überlebensinstinkt dachte er nur an seine Hände, die sein Werkzeug waren, und versuchte, sie zu schützen. Man zog ihn grob an seinem Hemdkragen hoch.

»Guckt mal, was ich hier gefunden habe!«, hörte er eine Stimme hinter sich.

Der Dritte von ihnen, der anscheinend sein Schlafzimmer durchsucht hatte, hielt seine Geige in der Hand. *Nicht seine Violine!*

»Ein jüdischer Fiedler, was?«

Der SS-Mann strich mit dem Bogen voller Spott über die Saiten des Instruments, das ein schrecklich krächzendes Geräusch von sich gab. Es ging Jules durch Mark und Bein. Dann stieß man ihn aus der Wohnung, die Treppe hinunter. Unten auf der Straße stand ein Wagen, auf dem bereits mehrere festgenommene Männer saßen. Angst spiegelte sich in ihren Gesichtern. Zwei von ihnen kannte Jules – der eine war ein Arzt, Herr Dr. Lichtstein, der andere, Herr Ahorn, ein wohlhabender Juwelier aus der Gegend. Zwei SS-Leute bewachten die Gefangenen.

Ein dritter Mann in Uniform, den Jules erst jetzt bemerkte, stand neben einer Laterne und rauchte eine Zigarette.

»Er hat eine Waffe gehabt, Sturmbannführer«, sagte der Mann, der ihn gepackt hatte, und hielt das Brotmesser hoch.

Der Vorgesetzte des Trupps kam näher. »Das ist ein Brotmesser!«, sagte er vernichtend und warf seine Zigarette weg.

Seine Gesichtszüge waren nicht unsympathisch, und die Art, wie er sprach und sich bewegte, ließ Jules begreifen, dass er intelligenter und kultivierter war als alle seine Männer zusammen. Seltsamerweise machte ihm gerade diese Erkenntnis Angst. Der Sturmbannführer musterte ihn mit zusammengekniffenen Augen.

Jules hatte plötzlich das Gefühl, dass sie sich schon einmal begegnet waren.

Der, der ihn festhielt, zuckte die Achseln. »Und wenn schon. Er war unverschämt. Das sollte man diesem Juden austreiben«, erwiderte er, doch in seiner Stimme schwang ein Hauch Unsicherheit.

»Lass ihn los!«, befahl sein Vorgesetzter. »Der Befehl lautete: wohlhabende oder vermögende Juden!« Er sah auf eine Liste, die er in der Hand hielt. Eine Reihe von Namen stand darauf. »Sie sind Jules Cohn?«

»Ja.«

Der Blick des Mannes wanderte an seiner lädierten Gestalt hinunter. »Sie sind nicht wohlhabend, oder?«, fragte er beinah höflich. In seinem Tonfall lag etwas, das Jules nicht recht deuten konnte.

Er schüttelte den Kopf. »Nein.«

»Gut, dann können Sie gehen! Tut mir leid, dass meine Männer Ihnen zu nahe getreten sind«, fügte er hinzu. Der Sturmbannführer blickte zu seinem Untergebenen, der noch immer das Instrument in der Hand hielt. »Und gib ihm seine Violine zurück. Sofort!«, befahl er. Man reichte Jules das Instrument, und wenig später stand er alleine in der dunklen Straße. Die Violine an sich gedrückt, schaute er dem davonfahrenden Wagen hinterher, bis die Lichter nicht mehr zu sehen waren. Erst da spürte er, wie sein Herz raste und dass er Mühe hatte, sich auf den Beinen zu halten.

62

Vielleicht wäre ihm alles nur wie ein böser Spuk vorgekommen, wenn sich der Anblick der Gefangenen auf dem Wagen – die unbeschreibliche Angst in ihren Gesichtern – nicht in sein Gedächtnis gebrannt hätte. Er konnte nicht aufhören, an sie zu denken und sich zu fragen, was man mit ihnen getan hatte. Über Tage wagte Jules sich nicht auf die Straße. Als er schließlich hinausging, schien die Welt eine andere geworden zu sein.

Er lief durch die Stadt, die noch von den schrecklichen Ereignissen gezeichnet war. Vor einigen der zerstörten Geschäfte standen Schilder, die Aufschriften trugen wie »*Rache für den Mord an Ernst vom Rath*« oder »*Tod dem internationalen Judentum*«. SS-Leute zwangen die jüdischen Besitzer, die Scherben aufzusammeln. Wie es hieß, mussten sie selbst für die Schäden aufkommen. Selbst wenn eine Versicherung zahlen sollte, würden die Leistungen vom Staat konfisziert werden, war bekannt geworden.

Zum ersten Mal erkannte Jules in jenen Tagen andere Juden auf der Straße an dem Ausdruck in ihren Gesichtern – an der Verzweiflung, der Verständnislosigkeit und vor allem der Furcht.

Er hatte das Gefühl, irgendetwas tun zu müssen, und suchte schließlich die Familien der beiden Juden auf, die die SS in der Nacht mitgenommen hatte. Die Männer waren seitdem nicht wieder aufgetaucht. Niemand wusste etwas über ihren Verbleib. Die Verzweiflung der beiden Ehefrauen, die Kinder hatten und deren Wohnungen ebenso mutwillig verwüstet worden waren wie seine eigene, schnürte ihm die Kehle zu. Jules versprach Frau Lichtstein und Frau Ahorn, für sie bei der Polizei nachzufragen, um etwas über den Verbleib ihrer Männer in Erfahrung zu bringen, aber dort wollte man ihm keine Auskunft geben. Mit den Tagen, die verstrichen, mehrten sich indessen Gerüchte, die immer mehr zur Gewissheit wurden: Fast dreißigtausend jüdische Männer, mehr als zwölftausend davon allein in Berlin, waren verhaftet und in Konzentrationslager verschleppt worden.

Jules wusste, dass er es nur einem glücklichen Zufall verdankte, dass er sich noch in Freiheit befand. In jener Nacht, als er alleine mit seiner Violine am Straßenrand gestanden hatte, war ihm plötzlich eingefallen, woher er den Sturmbannführer kannte. Es war bei einem seiner ersten Konzerte gewesen, die er mit dem Philharmonischen Orchester gegeben hatte. Man hatte Jules als großes neues Talent gefeiert, und viele Menschen hatten ihn später in seiner Garderobe um ein Autogramm gebeten. Einer von ihnen war der Sturmbannführer … Es war ein anderes Leben gewesen – in seinem neuen Dasein ließ der Schock der Ereignisse nur langsam nach.

Anfang Dezember verurteilte die Regierung die Juden zusätzlich zu einer Sühneleistung, einer Sonderabgabe von einer

Milliarde Reichsmark für den Tod von Ernst vom Rath. Es war an Lächerlichkeit kaum noch zu überbieten. Glaubten sie wirklich an dieses Verschwörungsmärchen? Zwanzig Prozent seines Vermögens musste nun jeder Jude abführen, der mehr als 5000 Reichsmark besaß.

Jules nahm seine Spaziergänge durch die Stadt wieder auf – auch wenn seine Freiheit dabei inzwischen eingeschränkt worden war. Seit Neuestem gab es für bestimmte Gebiete wie *Unter den Linden*, den *Wilhelmplatz* oder die *Voßstraße* einen Judenbann. Ohne zuvor genehmigten Passierschein durfte man dort nicht entlanggehen. Auch der Besuch von Theater, Kino, Konzerthäusern, Museen und Badeanstalten war Juden verboten worden. Da seine finanziellen Mittel solche Vergnügungen inzwischen ohnehin nicht mehr gestatteten, ließen ihn die neuen Gesetze kalt. Er lief stundenlang an der Spree entlang, während er sich fragte, was er tun sollte. Er liebte die Kanäle, die sich wie Lebensadern durch die Stadt zogen. Eines späten Nachmittags, es wurde bereits dunkel, glitt sein Blick über das Wasser, hinter dem sich die Silhouette der Häuser zeigte. Er zündete sich eine Zigarette an. Sollte er doch emigrieren? Aber welches Land würde ihn schon aufnehmen? Er besaß weder Geld, noch sprach er andere Sprachen, und die Botschaften konnten sich inzwischen vor Anträgen auf Immigration kaum mehr retten.

In diesem Augenblick bemerkte er die Frau, die nicht weit von ihm entfernt am Uferrand stand. Sie starrte nach unten in das schwarze Wasser. Es war ihre Haltung, die Verzweiflung, die sie ausstrahlte. *Sie würde springen …*

Er reagierte instinktiv, ohne nachzudenken, warf seine Zigarette weg und war in schnellen Schritten bei ihr, sodass er sie gerade noch rechtzeitig zu fassen bekam, bevor sie nach vorne ins Leere treten konnte. Sie schrie auf, und sie taumelten beide zurück und stürzten schließlich zu Boden. Jules hielt die Frau einen Moment lang fest, voller Angst, sie könnte sich wieder losreißen. Mit schreckgeweiteten Augen sah sie ihn an. Sie zitterte.

Erst da erkannte er sie.

»Dora?«, stieß er ungläubig hervor.

CARLA

63

London, 1975

Es war seltsam, zurück in das leere Haus nach London zu kommen. Als sie die Tür aufschloss und ihre Tasche abstellte, wurde ihr bewusst, wie viel in den letzten Tagen – es waren tatsächlich nur Tage – passiert war. Carla ging in die Küche und goss sich ein Glas Orangensaft ein. Der Nachtzug war im Morgengrauen am Bahnhof Paddington angekommen, und sie hatte kaum geschlafen. Zu viele Gedanken waren durch ihren Kopf gegeistert.

Nachdenklich ging sie ins Wohnzimmer und blieb einen Augenblick stehen. Sie erinnerte sich, mit wie viel Liebe sie bei ihrem Einzug in das Haus den Raum eingerichtet hatten – die grünen Sofa, den modernen runden Glastisch, die alten englischen Schränke … Ihr Blick blieb an den Fotos auf dem Sideboard hängen, die Tom und sie in glücklichen Momenten zeigten. Carla war froh, dass er vermutlich erst heute mit dem Auto aus Cornwall zurückkommen würde und sie etwas Zeit für sich allein im Haus hatte. Sie spürte, dass es ein Abschied war. Als Tom gestern dort im Haus ihres Vaters vor ihr stand und erklärte, sie könne sich nicht trennen, weil sie damit alles zerstören würde, was er sich aufgebaut hatte, war ihr klar geworden, dass er nie verstanden hatte, wie es ihr ging und sie sich fühlte. In diesem Moment hatte sie erkannt, dass es zwischen ihnen vorbei war. Es schmerzte dennoch und war nicht alleine Toms Schuld. Ja, er hatte sie angelogen und betrogen. Doch Carla war sich selbst gegenüber ehrlich genug zuzugeben, wie sehr sich ihre Gefühle für ihn schon seit Längerem verändert hatten. Sie liebte ihn nicht mehr! Der Mann, den sie vor sechs Jahren kennengelernt und geheiratet hatte, war ein anderer gewesen, als Tom es heute war.

Sie trank noch einen Schluck Orangensaft. Dann griff sie ihre Reisetasche und ging nach oben ins Schlafzimmer. Aufgewühlt packte sie die alte Wäsche aus und hielt einen Moment nachdenklich das alte Adressbüchlein ihrer Mutter in der Hand, das sie in die Seitentasche gesteckt hatte. Ihr Entschluss stand fest.

Sie öffnete den Kleiderschrank, um sich neue Sachen herauszunehmen. Um kurz vor zehn machte sie sich auf den Weg zum Reisebüro.

»Guten Tag, Madam. Was kann ich für Sie tun?«, begrüßte sie eine Frau, die in mittleren Jahren war und ihre Haare streng hochgesteckt trug, als sie durch die Tür trat.

»Ich möchte gerne einen Flug nach Westberlin buchen«, sagte Carla, während sie auf einem Stuhl Platz nahm und sich fragte, ob die Frau sie auch beim letzten Mal bedient hatte. Doch die Reisebüroangestellte zeigte in ihrer Reaktion keinerlei Anzeichen, dass sie sich kannten. Die Unsicherheit in solchen Situationen würde sie vermutlich nie ganz verlassen, aber Carla merkte, dass es ihr gelang, inzwischen ein wenig besser damit umzugehen.

Die Frau nickte und griff nach einem Stift. »Für welches Datum?«

»Wenn es geht, noch für heute«, erwiderte Carla.

Die Reisebüroangestellte lächelte professionell. »Sie haben einen gültigen Reisepass?«

»Ja.« Carla öffnete ihre Handtasche und holte ihre Papiere hervor, die sie ihr gab.

Die Frau notierte ihre Ausweisnummer und wählte eine Nummer auf ihrem Telefon. Carla hörte ihr zu, wie sie verschiedene Flüge bei der Pan Am abfragte. *»Ja, verstehe. Ausgebucht. Und später? Ja? Gut … Ja, einen Augenblick, bitte.«* Sie hielt den Hörer etwas von ihrem Gesicht weg. »Um 19:30 wäre noch ein Platz in der Abendmaschine frei? Soll ich den für Sie buchen?«

Carla nickte. Eine leise Aufregung ergriff sie. »Ja, bitte!«

64

Sie hatte alles erledigt. Ihr Koffer war gepackt. Die Unterlagen für den Flug befanden sich in ihrer Handtasche, und sie hatte Tom einen kurzen Brief hinterlassen, in dem sie ihm mitteilte, dass sie einige Tage wegfahren und, wenn sie zurückkam, ausziehen würde. Sogar Rachel hatte sie noch einmal angerufen.

Jetzt blieben ihr bis zum Abflug noch einige Stunden Zeit, und sie wusste, dass sie noch etwas anderes zu tun hatte. Auch wenn sie die Begegnung scheute.

Carla rief sich ein Taxi, das sie nach Chelsea brachte. Die Adresse hatte sie sich aus dem Telefonbuch herausgesucht.

Der Fahrer hielt vor einem schmalen roten Backsteinhaus. »Das wäre die Nummer 48!«

»Danke!« Carla gab ihm sein Geld und stieg aus.

Sein Name stand neben der Tür. Ein Anflug von Nervosität ergriff sie, als sie den Klingelknopf drückte.

Es dauerte etwas, doch dann hörte sie Schritte im Flur, und die Tür wurde mit Schwung aufgerissen.

Überrascht starrte David Grant sie an. »Hallo, Carla!«, sagte er dann.

Er trug Jeans, einen schwarzen Rolli, der seine breiten Schultern betonte, und der Schatten eines Bartansatzes zeigte sich auf seinen Wangen. All ihre Emotionen stiegen wieder in ihr hoch, als sie ihm auf einmal so gegenüberstand. Sie versuchte, die Erinnerung an den Kuss auszublenden und stattdessen an die Artikel zu denken, die er geschrieben hatte.

»Ich muss mit dir reden!«, erklärte sie kühl.

Er nickte. »Natürlich, komm rein.« David trat einen Schritt zur Seite. Sie folgte ihm durch einen breiten Flur, in dem auf der einen Seite große gerahmte Schwarz-Weiß-Fotografien von Vietnam hingen und auf der anderen Seite Regale standen, die bis unter die Decke mit Büchern gefüllt waren. Er führte sie in ein Zimmer, das sein Büro zu sein schien und keinen Zweifel ließ, mit welcher Leidenschaft er seinen Beruf ausübte. Carlas Blick glitt von dem großen Arbeitstisch mit der Schreibmaschine, in die ein halb voll getippter Bogen gespannt war, zu der Tasse Tee, die danebenstand – sie musste ihn mitten aus der Arbeit gerissen haben. Überall türmten sich Bücher- und Papierstapel. An einer großen Pinnwand hingen Notizen, Zeitungsausschnitte und Fotos. Die Atmosphäre gefiel ihr. Unwillkürlich fragte sie sich, ob sie schon einmal hier gewesen war. In ihrer Erinnerung fand sich kein Bild von diesem Raum, aber seltsamerweise hatte sie sich vorgestellt, dass David genau in so einer Umgebung arbeiten würde.

»Setz dich doch.« Er deutete auf einen modernen schalenförmigen Sessel, der neben seinem Schreibtisch stand. »Willst du etwas trinken? Warum hast du aus Cornwall nicht mehr angerufen?« Er lehnte sich gegen seinen Schreibtisch und musterte sie durchdringend aus seinen grauen Augen, als wollte er ergründen, was in ihr vorging. Wieder gab es diese eigentümliche Mischung aus Vertrautheit und Spannung zwischen ihnen.

Carla ignorierte seine Fragen. »Warum hast du mir etwas vorgemacht und so getan, als wenn wir uns im letzten Frühjahr das erste Mal begegnet wären, und mir nichts von den Artikeln erzählt, die du vor sechzehn Jahren über meine Familie geschrieben hast?«, fragte sie aufgebracht.

Ein verblüffter Ausdruck glitt über sein markantes Gesicht. »Ich habe dir nichts vorgemacht! Ich habe dir nur nicht davon erzählt«, erwiderte er dann ruhig.

Seine Gelassenheit ließ die Wut in ihr hochsteigen. »Verdreh nicht die Tatsachen! Du weißt ganz genau, dass ich dir nie etwas erzählt hätte, wenn ich gewusst hätte, dass du diese Artikel geschrieben hast!«, fuhr sie ihn an.

Er verschränkte die Arme, ohne das leiseste Anzeichen von Reue zu zeigen. »Genau deshalb habe ich es auch nicht getan!«

»Dann sag mir wenigstens jetzt, warum du mich wirklich kontaktiert hast. Ist das irgendeine Rachegeschichte, weil meine Eltern Deutsche sind und dein Vater bei den Nazis in Kriegsgefangenschaft war?«

Für den Bruchteil einer Sekunde wirkte er sprachlos, dann verärgert. Seine Augen verengten sich. »Das hat nichts, aber wirklich überhaupt nichts miteinander zu tun. Ich war selbst überrascht über die Verbindung zwischen Edith und deiner Mutter, als Jules mich um Hilfe gebeten hat«, sagte er mit unterkühlter Stimme.

»Du erwartest nicht wirklich, dass ich dir das glaube, oder? Dein journalistischer Ruf eilt dir diesbezüglich leider voraus – du hast einen Preis für eine deiner Reportagen über einen Naziverbrecher bekommen und bist bekannt dafür, dass du nicht gerade Sympathien für Deutsche hegst!«, entgegnete sie schneidend und stellte dabei fest, dass ein Teil ihrer Wut daher rührte, dass sie ihm wirklich vertraut hatte.

David starrte sie ungläubig an und kam einen Schritt auf sie zu. »Anscheinend hast du dich ja gründlich über mich informiert.« Mit einem Mal hatte er etwas fast Einschüchterndes, als er direkt vor ihr stand. »Aber ich habe noch nie etwas aus Rache geschrieben. Ich bin Journalist, Carla. Ich recherchiere und schreibe nichts als die Wahrheit!«, sagte er scharf.

»Und die Wahrheit ist, dass mein Vater ein Nazi war?«

Er schüttelte den Kopf. »Das habe ich in meinen Artikeln nie behauptet, sondern nur, dass er auf moralisch zweifelhafte Weise zu seinem Geld gekommen ist – nämlich durch die Not anderer Menschen.«

Sie schwieg und merkte, wie sehr es sie traf, diese Worte aus seinem Mund zu hören. Was hatte sie erwartet? Dass David die Behauptungen aus seinen Artikeln zurücknehmen würde? Und wer wusste, ob er nicht sogar recht damit hatte? Carla erinnerte sich, wie ihr Vater – der genau wie ihre Mutter nur selten über ihr früheres Leben in Deutschland gesprochen hatte – ihr manchmal von den Scheunen am Rande von Berlin erzählt hatte, in denen er Wertsachen von jüdischen Emigranten aufbewahrt hatte. Es kam ihr jetzt beinah naiv vor, dass sie diese Dinge nie hinterfragt hatte. Die Vorstellung, dass ihr Vater oder ihre Mutter früher in Deutschland vielleicht ganz andere Menschen gewesen waren, war ihr unerträglich. Sie wich Davids Blick aus.

»Carla!«, sagte er eindringlich. »Diese Artikel haben nichts mit heute zu tun. Ich wusste wirklich nicht, dass Jules' Jugendliebe mit deiner Mutter befreundet war. Bitte glaub mir, das ist die Wahrheit. Ich schwöre es.« Er fasste sie in einer versöhnlichen Geste am Arm und stand mit einem Mal so dicht vor ihr, dass sie wieder die aufwühlende Spannung zwischen ihnen wahrnahm. Sie hob den Kopf.

»Du schwörst, dass es die Wahrheit ist? Die gleiche Wahrheit, als du mir in Cornwall versprochen hast, ehrlich zu sein?«, fragte sie kalt.

Er hob seine dunklen Brauen. »Aber ich *war* ehrlich!«

»Du hast gesagt, es sei nichts zwischen uns gewesen!«, stieß sie gepresst hervor.

Einen Moment schien er nicht zu verstehen, doch dann sah sie ihm an, dass er auf einmal begriff. »Deshalb hast du mich an der Steilküste einfach stehen lassen. Du erinnerst dich …«, stellte er fest.

»Nicht an alles!«

Etwas an seiner Haltung veränderte sich plötzlich, und in seinen Augen blitzte ein herausfordernder Ausdruck auf, der ihren Herzschlag beschleunigte.

»Ich war ehrlich«, erklärte er. »Wir hatten keine Affäre, Carla. Es ist nichts passiert. Es gab nur das hier …«, sagte er. Und dann beugte er sich auf einmal zu ihr – und küsste sie. Das Gefühl, das sie durchzog, war genau so wie in ihrer Erinnerung. Sie nahm wahr, wie sich seine Hände um ihre Taille legten, er sie mit unerwarteter Festigkeit an sich zog und sie seinen Kuss, ohne nachzudenken, erwiderte. Innerhalb von Sekunden wurde ihre Umarmung leidenschaftlicher, als hätten sie beide seit ihrer Wiederbegegnung im Hyde Park Hotel nur ihre Gefühle unterdrückt. Für einen Moment vergaß Carla, warum sie hierhergekommen war. Die Gegenwart vermischte sich mit den konfusen Splittern ihrer Erinnerung, und sie verspürte eine unerwartete Sehnsucht nach mehr – und plötzlich begriff sie, dass sie im Sommer dabei gewesen war, sich wirklich in ihn zu verlieben. Die Erkenntnis durchfuhr sie wie ein Schock.

Aufgewühlt wich sie vor ihm zurück. Er leistete keinen Widerstand, sondern ließ sie sofort los, ohne den Blick von ihr zu nehmen. Ihr Atem ging schnell, genau wie seiner, und sie schaute ihn verwirrt an. »David, ich kann nicht …«

Er nickte und fuhr sich mit der Hand durch seine Haare. »Verzeih, aber wie du eben so wütend vor mir standest, da war es fast wie im Sommer, als du auf einmal hier hereingestürmt bist.«

Sie fühlte eine unerwartete Verletzlichkeit. »Warum hast du es mir nicht erzählt?«

Er zuckte die Achseln. »Ich war mir nicht sicher, ob du es später bereut hast. Du bist danach einfach aus der Wohnung gerannt.«

Sie verschwieg, wie nah sie daran war, jetzt das Gleiche zu tun. Es war emotional alles zu viel. Die Auseinandersetzung mit ihrem Vater, die Erkenntnis, dass ihre Ehe mit Tom am Ende war, und nun er, sein Kuss und das, was sie fühlte …

Sie entsann sich ihrer ersten Begegnung im Hyde Park Hotel und wich seinem Blick aus. Dabei streiften ihre Augen die große Pinnwand neben seinem Schreibtisch und blieben an mehreren angepinnten Notizzetteln hängen, die mit Namen beschriftet waren: *Edith von Stettenheim – Jules Cohn* und etwas weiter rechts und kleiner stand der Name ihrer Mutter, *Dora Behringer,* der mit einem Fragezeichen versehen war. Überrascht trat sie auf die Pinnwand zu. Unter den Notizzetteln hing ein altes Schwarz-Weiß-Foto, das eine ungewöhnlich hübsche junge Frau zeigte. Der Kleidung und dem Haarschnitt nach zu schließen, musste es in den Zwanziger- oder Dreißigerjahren aufgenommen worden sein. Trotz der Unschärfe wirkte das Foto ungewöhnlich lebendig: Die Frau schaute mit schräg gehaltenem Kopf amüsiert und spöttisch zugleich in die Kamera, sodass man das Gefühl hatte, sie würde einen direkt ansehen.

»Ist sie das?«, fragte sie mit einem eigenartigen Empfinden im Bauch.

Er war neben sie getreten. »Ja, das ist Edith von Stettenheim.«

Man spürte, dass sie eine besondere Frau gewesen sein musste. Carla sah in Gedanken das Hochzeitsbild ihrer Mutter vor sich – die beiden Frauen waren etwa gleich alt auf den Fotografien – und stellte sich die beiden zusammen vor. Sie drehte sich zu David.

»Ich habe meinen Vater noch einmal nach Edith gefragt. Er behauptet, sie sei 1943 gestorben.«

»1943?« David schüttelte entschieden den Kopf. »Das kann nicht sein. Jules hat Edith nach dem Krieg noch einmal gesehen!«

»Ich weiß«, erwiderte Carla, denn das hatte er ihr auch bei ihrem letzten Treffen im Hotel erzählt. Aber weshalb log ihr Vater und behauptete, Edith sei bereits 1943 ums Leben gekommen?

Grübelnd betrachtete sie erneut das Bild von Edith, das sie auf unerklärliche Weise berührte. »Ich werde heute Abend nach Berlin fliegen!«, sagte sie zu David.

Er starrte sie einen Moment lang mit einem schwer zu deutenden Ausdruck an. Das Schweigen zwischen ihnen lag plötzlich greifbar im Raum.

»Warum willst du auf einmal nach Berlin?«, fragte er schließlich.

Sie zögerte und stellte fest, dass sie ihm trotz allem vertraute. »Ich glaube, dass es einen Grund gibt, warum meine Mutter so ungewöhnlich reagiert hat. Sie und mein Vater verheimlichen mir etwas, das damals geschehen ist.« Dann erzählte ihm Carla in knappen Worten, was sich in Cornwall zugetragen und sie in Erfahrung gebracht hatte – auch von dem toten SS-Mann. »Ich glaube, dass ich die Antworten auf meine Fragen nur in Berlin finde.«

David war unerwartet ernst geworden, als sie von dem Toten erzählte. »Wann geht dein Flug?«

»Um 19:30.«

Er warf einen Blick auf seine Uhr. Es war kurz vor zwei.

»Lass uns etwas essen gehen. Uns bleibt noch genug Zeit – und ich muss dir etwas erzählen.«

65

Sie gingen in einen Pub um die Ecke. Der Wirt kannte David und begrüßte ihn mit seinem Vornamen.

Es war voll und duftete verlockend nach Essen. Carla wurde schlagartig bewusst, dass sie noch nicht einmal gefrühstückt hatte.

»Das Übliche?«, fragte der Wirt, als sie an einem der kleinen Holztische Platz genommen hatten.

David wandte sich zu ihr. »Das Übliche ist Breakfast mit Eiern und Bohnen – oder willst du lieber Lunch?«

Sie lächelte leicht. »Breakfast ohne Bohnen und noch einen Salat dazu.«

Der Wirt nickte.

»Ich frühstücke meistens erst mittags«, erklärte David. Er hatte seine Lederjacke ausgezogen und die Ärmel seines Pullovers hochgeschoben. Sie merkte, wie er sie ansah. Plötzlich fühlte sie inmitten der anderen Leute und des Stimmengewirrs um sie herum eine eigenartige Intimität.

»Ist es dir unangenehm, dass wir uns geküsst haben?«, fragte er, als würde er spüren, was in ihr vorging.

»Du bist ziemlich direkt!«

Er grinste. »Berufskrankheit, vermute ich.«

Carla trank einen Schluck von ihrem Mineralwasser, das der Wirt gebracht hatte. »Nein, es ist mir nicht unangenehm, aber es ist emotional alles etwas zu viel zurzeit«, antwortete sie ehrlich.

David nickte nachdenklich, und sie war froh, dass ihre Bestellung kam. Eine Zeit lang aßen sie schweigend, bevor er erneut das Wort ergriff. »Als ich nach deinem Unfall ins Krankenhaus gekommen bin und du dich nicht mehr erinnern konntest, wer ich bin, hat dein Mann mich gebeten, dich in Ruhe zu lassen. Deshalb bin ich, als du mich anriefst und wir uns wiedergesehen haben, vorsichtig gewesen.« Er zögerte. »Ich habe dir nicht alles erzählt, weil ich dich nicht beunruhigen wollte.«

Carla horchte auf. »Was meinst du mit *beunruhigen?*«

David war mit einem Mal ernst geworden. »Ich war in Berlin, Carla. Als Jules mich im letzten Jahr um Hilfe gebeten hat, habe ich dort einige Nachforschungen angestellt …« Er schien nach den richtigen Worten zu suchen, bevor er weitersprach: »Ich musste zu meiner Überraschung feststellen, dass ich nicht der Erste war, der Erkundigungen nach Edith von Stettenheim eingezogen hat. Jahre zuvor hat das schon mal jemand getan.«

Carla hatte plötzlich ein trockenes Gefühl im Mund. »Und weißt du, wer?«

David zögerte. »Es war eine junge Frau.«

Sie starrte ihn an. *Eine junge Frau?*

Er nickte, und etwas an seinem Gesichtsausdruck machte ihr Angst.

»Ich glaube, dass deine Schwester Anastasia vielleicht noch lebt, Carla!«, sagte er leise.

Sie wurde leichenblass. »Nein, das kann nicht sein«, entfuhr es ihr tonlos. Es traf sie wie ein Schock. Als Teenager hatte sie über Jahre nicht glauben wollen, dass ihre Schwester tot war. Sich mit diesem Verlust abzufinden war das Schwierigste und Schmerzhafteste gewesen, was sie in ihrem Leben durchgemacht hatte – und nun sagte ihr David, dass ihre Schwester vielleicht noch lebte? Ein Sturm von Gefühlen und Gedanken tobte durch ihren Kopf.

»Wie kommst du darauf, dass die Frau Anastasia gewesen ist?«

»Weil die Beschreibung genau zu ihr passte. Die Leute haben immer betont, dass sie sehr jung und hübsch gewesen sei und aus England komme. Deshalb war sie ihnen auch noch so gut in Erinnerung, obwohl es so viele Jahre zurücklag. Ich hatte schnell einen Verdacht, dachte aber, ich müsste mich täuschen, doch schließlich habe ich mir aus meiner alten Redaktion in England das Fahndungsfoto von Anastasia nach Berlin schicken lassen. Die Leute waren sicher, dass sie es war …«

Carla starrte ihn an. Auf einmal begriff sie. »Wollte ich deshalb im Sommer nach Berlin?«

Er nickte. »Ja, ich habe dir von meinem Verdacht bezüglich Anastasia erzählt.«

Carla blickte auf den halb aufgegessenen Teller vor sich, und es kam ihr vor, als würden sich in ihrem Kopf auf einmal Teile dessen, was sie nicht verstanden hatte, zusammenfügen – ihr Gespräch mit Lauren über ihre Schwester und dann der Erinnerungsblitz, als sie in dem heruntergekommenen Haus des Kriegsveteranen stand und etwas von ihm wissen wollte – sie hatte ihn nach Anastasia gefragt, wusste sie plötzlich.

»Aber wenn meine Schwester tatsächlich noch leben sollte, warum hat sie sich dann nie gemeldet?«, fragte sie verwirrt.

David sah sie an. »Ich weiß es nicht, die Antwort wirst du wahrscheinlich nur in der Vergangenheit finden, Carla.«

66

Die Lichter, die man unter ihnen sehen konnte, ließen nicht ahnen, dass mitten durch die Stadt unter ihnen eine Mauer lief, die diese in zwei Hälften teilte. Carla legte den Reiseführer zur Seite und blickte aus dem kleinen Fenster, durch das die beleuchteten Gebäude und Straßen in rasanter Geschwindigkeit immer größer wurden, als das Flugzeug in einer Schleife zur Landung ansetzte.

Sie hatte keine Ahnung, was sie in Berlin erwartete.

Die Möglichkeit, dass Anastasia noch lebte und ihre Schwester sie alle wissentlich in dem Glauben gelassen hatte, sie sei tot, schien ihr unvorstellbar. Eine seltsame Begebenheit war ihr eingefallen – ungefähr ein Jahr nachdem ihre Schwester verschwunden war, hatte in ihrem Briefkasten eine Postkarte gelegen. Eine Filmszene eines Charlie-Chaplin-Films, den sie und ihre Schwester immer besonders geliebt hatten, war auf der Rückseite zu sehen gewesen. Die Karte war an Carla adressiert – nicht handschriftlich, sondern die Worte waren auf der Schreibmaschine geschrieben. Sonst hatte nichts darauf gestanden. Carla war damals sicher, ihre Schwester hätte sie ihr geschickt, aber ihre Eltern hatten ihr die Karte weggenommen und erklärt, es würde sich nur um eine Werbung handeln. Carla hatte furchtbar geweint, ihnen aber am Ende geglaubt, denn ihre Schwester hätte ihr bestimmt etwas geschrieben, davon war sie damals überzeugt.

Man konnte hören, wie das Flugzeug die Räder ausfuhr und zur Landung in Tempelhof ansetzte. Sie verdrängte die Gedanken an Anastasia.

Sanft setzte die Maschine auf. *Berlin!* Jetzt war sie tatsächlich hier. Carla wusste nicht viel über die Stadt. Während des Fluges hatte sie ein wenig in dem Reiseführer geblättert. Dass Berlin in vier Sektoren aufgeteilt war, hatte sie schon in der Schule gelernt: einen sowjetischen in Ostberlin und den amerikanischen, französischen und englischen in Westberlin. Dennoch fragte Carla sich jetzt, wie es sein musste, in einer Stadt zu leben, die durch eine Mauer geteilt war.

Sie war angespannt, aufgeregt und auch neugierig. Einen konkreten Plan, was sie tun würde, hatte sie noch nicht. Sie wollte die Orte aufsuchen, an denen ihre Mutter aufgewachsen war und gelebt hatte. Carla war überzeugt, dass sich von dort aus alle weiteren Schritte ergeben würden. Außerdem wollte sie versuchen, den Bruder ihrer Mutter zu finden. In dem alten Adressbuch, das sie vom Dachboden mitgenommen hatte, stand neben seinem Namen eine Straße und Hausnummer. Vielleicht hatte sie Glück, und er wohnte noch immer dort.

Als Carla wenig später ausstieg und durch die Passkontrolle ging und dann an dem Gepäckband auf ihren Koffer wartete, kam ihr etwas in dem Berliner Flughafen vertraut vor, obwohl sie noch nie hier gewesen war. Es war die Sprache, stellte sie verblüfft fest. Die deutschen Stimmen, die Wortfetzen, die aus Gesprächen zu ihr drangen und sie an ihre Eltern erinnerten, die in der gleichen Betonung sprachen. Im Grunde war es seltsam, dass sie nie zuvor in Deutschland gewesen war, ging ihr auf. Doch ihre Eltern hatten nie versucht, ihr Interesse an ihrem Heimatland zu wecken.

Sie machte sich mit ihrem Koffer auf den Weg zum Ausgang. Über das Reisebüro hatte sie nicht nur den Flug gebucht, sondern auch ein Zimmer in einem Hotel reservieren lassen, das in einer Seitenstraße des Kurfürstendamms lag.

Der Taxifahrer war ein redseliger Mann mit einem schnoddrigen Berliner Slang. Natürlich fiel ihm sofort ihr britischer Akzent auf, obwohl er einräumte, dass ihr Deutsch perfekt sei.

»Meine Eltern sind geborene Berliner!«, erklärte Carla.

»Na, das ist ja was. Wieso sind sie denn aus dem schönen Berlin nach England ausgewandert?«, fragte der Fahrer kopfschüttelnd, der ein überzeugter Lokalpatriot zu sein schien.

»Ehrlich gesagt, weiß ich das nicht«, erwiderte Carla. »Aber ich freue mich, die Stadt jetzt kennenzulernen.«

Er nickte zufrieden, und während der restlichen Fahrt zählte er ihr auf, was sie sich unbedingt alles anschauen müsse. Carla konnte sich ein Lächeln nicht verkneifen.

Erst als sie im Hotel ankam, merkte sie, wie erschöpft sie war. Es schien ihr kaum vorstellbar, dass sie erst heute Morgen aus Cornwall zurückgekehrt war. Ihre Gedanken wanderten wieder zu David Grant. Nach dem Essen hatte er darauf bestanden, dass sie noch einmal mit zu ihm kam, weil er ihr noch etwas geben wollte. Es war ein Buch, genauer gesagt eine Biografie – von Jules Cohn. »Lies es. Jules ist ein sehr besonderer Mann!«, hatte er gesagt.

Nachdenklich zog Carla das Buch jetzt aus ihrer Reisetasche hervor und schlug die erste Seite auf:

Manchmal sind es die Dinge im Leben, über die wir nicht sprechen und unerwähnt lassen – weil uns die Worte fehlen und sie zu groß und gewaltig sind, um sie in ihrem Schmerz, ihrer schweren Last oder auch ihrer unglaublichen Freude auszudrücken –, die von Bedeutung sind. Obwohl wir nach außen den Anschein erwecken, jene Ereignisse hätten nie existiert, um es uns selbst leichter zu machen, sind sie es doch, die am prägendsten für unser Dasein sind …

EDITH

67

Berlin, Februar 1939

Sie war in der Stadt geblieben, weil sie nach dem Theater noch ausgegangen war. In den letzten Wochen suchte sie Zerstreuung und Ablenkung, wann immer es ihr möglich war. Edith hatte Angst nachzudenken und wusste es. Was brachte es schließlich, wenn man nichts an alldem ändern konnte – weder an der politischen Situation noch an ihrer Ehe. Der Taxifahrer hielt in der Schlüterstraße, in der sich die herrschaftliche Stadtwohnung befand, in der sie in letzter Zeit immer öfter unter Ausflüchten übernachtete, um vor Maximilian zu fliehen. Zurzeit war er ohnehin wieder einmal unterwegs.

»Danke!« Sie gab dem Fahrer ein großzügiges Trinkgeld und wartete, bis er die Wagentür geöffnet hatte. Ein kühler Wind wehte durch die Straße, und sie zog unwillkürlich ihre Pelzstola enger um den Hals, als sie ausstieg und zum Eingang lief.

Sie suchte in ihrer Abendtasche nach dem Schlüssel, als sie aus den Augenwinkeln die Gestalt eines Mannes bemerkte, die sich aus der Dunkelheit löste. Ein Anflug von Panik ergriff sie. Das Taxi war bereits weggefahren, und es war weit und breit kein Mensch zu sehen.

»Edith?«

Überrascht erkannte sie die Gesichtszüge des Mannes.

»Jules? Mein Gott, hast du mich erschreckt. Was machst du hier?«

Sie umarmte ihn.

»Tut mir leid, dass ich dich hier überfalle. Ich warte schon den ganzen Abend. Carl hat mir gesagt, dass du heute in der Stadt sein wirst. Ich muss mit dir sprechen.«

Sie nickte. »Komm mit hoch, hier ist es viel zu kalt.«

Er schüttelte den Kopf. »Nein, ich glaube, das wäre nicht so klug. Um die Ecke ist eine kleine Bar, die noch geöffnet hat. Wenn es dir nichts ausmacht, lass uns dort kurz hingehen.«

Sie ließ sich ihre Verwunderung nicht anmerken. »Wie du meinst. Warum hast du mich nicht direkt angerufen, sondern Carl?«

»Weil ich dich nicht kompromittieren wollte.«

Sie lachte ungläubig auf. »Du bist ein alter Freund, Jules.«

»Ein alter *jüdischer* Freund, Edith.«

Seine Worte trafen sie. »So ist es nicht. Du weißt genau, dass das für mich nie eine Rolle gespielt hat«, widersprach sie, aber dann wurde ihr plötzlich klar, dass es doch so war. Nach und nach waren jüdische Bekannte und Freunde aus ihrem Umfeld und dem Leben verschwunden. Bei den Diners und Festen, die sie mit Maximilian ausrichtete, gab es schon lange keine jüdischen Gäste mehr. Wie auch, wenn ihr Mann die führenden Nationalsozialisten des Deutschen Reichs einlud, um sie für seine Geschäfte bei Laune zu halten, dachte sie voller Bitterkeit. Auf einmal spürte sie eine entsetzliche Scham in sich hochsteigen.

»Wie geht es dir?«, fragte sie leise, während sie in der Dunkelheit die Straße entlangliefen. Sie bekam mit, dass er sich einige Male umdrehte. Er wirkte angespannter als früher, und die Konturen seines attraktiven Gesichts waren schärfer geworden. Sie entsann sich unweigerlich, wie Dora einst für ihn geschwärmt hatte. Jules war für Edith deshalb immer tabu gewesen. Er gehörte zu den wenigen Freunden, mit denen sie nie geflirtet hatte.

Seine Augen hatten einen harten Ausdruck angenommen. »Du willst keine Antwort auf diese Frage, glaub mir«, sagte er. Er deutete auf den schwach beleuchteten Schriftzug einer Bar, das *Tenders,* die sich im Souterrain eines Hauses befand. Sie stiegen die Treppenstufen zum Eingang hinab. Die Bar war nicht groß. Rauch hing in der Luft, und in dem schummrigen Licht konnte man die Gäste am Tresen und den schmalen Tischen nur undeutlich erkennen. Sie ahnte, dass Jules genau deshalb diese Bar ausgesucht hatte. Er geleitete sie zu einem der Tische in einer Nische, die dafür gemacht waren, wenn man zu zweit ungestört sein wollte.

»Was möchtest du trinken?«

»Dasselbe, das du nimmst.«

»Sicher?«

Sie nickte. Er bestellte bei dem Kellner zwei Klare.

Etwas Entschlossenes lag in seiner Haltung, das er früher nicht gehabt hatte, fiel ihr auf. Ihre Augen blieben an einer Narbe neben seiner Augenbraue hängen, sie war noch gerötet, und Edith musste beklommen daran denken, was in den letzten Wochen und Monaten geschehen war, an die Übergriffe und vielen Gesetze, die gegen Juden erlassen worden waren.

»Jules … kann ich irgendetwas für dich tun?«

»Nein, Edith, kannst du nicht«, erwiderte er. Sein kalter Blick traf sie wie eine Ohrfeige. »Und deshalb wollte ich dich auch nicht sprechen. Es geht um Dora!«

»Um Dora?«

»Ja.« Er erzählte ihr von jenem Abend, als er sie am Ufer der Spree davon abgehalten hatte, ins Wasser zu springen.

Fassungslos hörte Edith ihm zu. »Mein Gott«, stieß sie leise hervor. Sie war sicher gewesen, dass Dora ihren Schmerz über das Kind verwunden hatte. Nach ihrem Eingriff im Krankenhaus war sie deprimiert und niedergeschlagen gewesen. Edith hatte sie niemals zuvor so erlebt, aber dann hatte es so ausgesehen, als wäre es ihr besser gegangen. Jedenfalls hatte die Freundin das Paul und ihr immer wieder glaubhaft versichert. Und nun erzählte ihr Jules, dass Dora versucht hatte, sich umzubringen? Wie hatte es sein können, dass sie nicht mitbekam, wie es ihr wirklich ging?

»Ich habe lange mit Dora gesprochen«, berichtete Jules. »Später, als ich sie nach Hause gebracht habe, musste ich ihr versprechen, ihrem Mann nichts zu sagen.« Seine Hände umfassten das Glas, das der Kellner ihnen gebracht hatte, und ein unerwartet mitfühlender Unterton schwang in seiner Stimme. »Sie hat mir von dem Kind erzählt, das sie verloren hat, von ihrer Verzweiflung, der Sinnlosigkeit, die sie empfand, und ihren Schuldgefühlen … Ich dachte, dass du das als ihre Freundin wissen solltest!«

Edith schwieg. »Ich wusste nicht, dass es so schlimm ist«, sagte sie dann leise. »Nach dem Eingriff im Krankenhaus war ich oft bei ihr, aber dann hat sie immer wieder gesagt, dass es ihr besser gehe und mit ihr alles in Ordnung sei.«

Jules musterte sie mit einem nachsichtigen Blick. »Mit der Verzweiflung geht man nicht hausieren, Edith«, sagte er und trank einen Schluck.

Es war sein Tonfall – als wäre sie ein Kind, das im Grunde noch nicht reif genug war, die Tragik dieser Welt zu begreifen –, der sie verletzte. Gleichzeitig fühlte sie Wut in sich aufsteigen. Was wusste er schon von ihr? Vielleicht lag es auch an ihren Schuldgefühlen oder dass sie schon seit dem frühen Abend mehr getrunken hatte, als ihr guttat. Sie zündete sich eine Zigarette an.

»Du glaubst, ich kann das nicht verstehen, oder? Du hältst mich für oberflächlich, weil ich ein privilegiertes Leben führe, und denkst, dass ich nichts von Leid und Verzweiflung weiß, oder?«

Er sah sie verblüfft an. »Ja, möglicherweise denke ich das«, gab er zu.

»Du hast keine Ahnung!«, entgegnete sie bitter.

Seine Miene blieb undurchdringlich.

Schließlich winkte er den Kellner, um zu zahlen, und bestand nicht nur darauf, die Rechnung zu übernehmen, sondern sie auch zurück zu ihrer Wohnung zu begleiten. Schweigend liefen sie die dunkle Straße entlang, und sie spürte, wie sein nachdenklicher Blick sie einige Male streifte.

»Danke, dass du es mir erzählt hast! Dora bedeutet mir sehr viel«, sagte sie vor der Haustür.

»Ich weiß.«

Mit einem Mal lag das Unausgesprochene wie eine unüberbrückbare Kluft zwischen ihnen. Sie wollte ihm sagen, dass sie nicht so war wie die anderen, dass er doch wüsste, wie sie die Nazis hasste, und dass es sie um den Verstand brachte, mit einem Mann verheiratet zu sein, der mit diesen Leuten Geschäfte machte und sie nötigte, sie in ihrem Haus zu empfangen, aber sie brachte kein Wort davon über die Lippen. »Jules, ich …«

Doch er unterbrach sie. »Auf Wiedersehen, Edith!« Und bevor sie noch etwas sagen konnte, hatte er sich auch schon umgedreht, und seine große Gestalt verschwand in der Dunkelheit.

68

Dora hatte niemanden etwas von jenem Abend erzählt, nicht einmal Edith. Es war der Tiefpunkt einer langen Reihe von Tagen gewesen, die ihr so dunkel und düster erschienen waren, dass sie glaubte, nicht mehr die Kraft zum Weitermachen zu finden. Im Nachhinein konnte sie es sich selbst kaum erklären, aber die Trauer um das verlorene Kind, die Angst, dass sie niemals wieder schwanger werden würde, hatten ihr das Gefühl gegeben, versagt zu haben. Alles war ihr auf einmal sinnlos vorgekommen. Hatte Paul nicht eine Frau verdient, die in der Lage war, ihm Kinder zu schenken? In jeder Zeitung, in jedem Magazin konnte man etwas darüber lesen, dass es die einzig wahre Bestimmung der Frau sei, Mutter zu sein. Nur sie war dazu nicht in der Lage. Wenn sie Kinder auf der Straße sah, zerriss es ihr das Herz. Nach außen hatte sie sich nichts anmerken lassen. Sie ahnte, in welcher Sorge Paul um sie war, und wollte ihn nicht auch noch damit belasten. Doch in ihrem Innern hatte sie das Gefühl, in ein immer tieferes schwarzes Loch gesogen zu werden. An jenem Abend am Ufer der Spree war ihr das mögliche Ende wie eine Erlösung vorgekommen, nicht nur für sich, sondern auch für ihn, den sie dann nicht mehr belasten müsste. Dora schauderte, als sie sich erinnerte, in welchem Zustand sie gewesen war. Sie wäre wirklich gesprungen. Jules hatte ihr das Leben gerettet. Und nicht nur das. Er hatte sie nicht gehen lassen, sondern darauf bestanden, dass sie ihm erzählte, was mit ihr war.

Lange hatten sie dort in der Dunkelheit am Ufer der Spree gesessen, ohne dass sie die Kälte fühlte. Sie sprach und weinte einfach nur und berichtete ihm, den sie so wenig kannte, in einer Ehrlichkeit von ihren Gefühlen, wie sie es Paul und auch Edith gegenüber niemals getan hatte, weil sie sich zu sehr für sich selbst schämte. Jules sagte nicht viel, aber er hörte ihr zu, und sie spürte, dass er verstand, was in ihr vorging. Auf wundersame Weise durchbrach er dadurch nicht nur ihre Einsamkeit, sondern spendete ihr auch Trost.

»Ich schulde dir etwas«, sagte sie verlegen, als er sie später noch nach Hause begleitete.

»Nur das Versprechen, dass du so etwas nie wieder tust«, erwiderte er mit einem Lächeln. Er wartete, bis sie ins Haus gegangen war, und als sie oben aus ihrer Wohnung aus dem Fenster blickte, war er schon nicht mehr zu sehen.

Seit diesem Abend war es ihr langsam besser gegangen.

Der Schmerz war noch immer ein Teil von ihr, aber sie konnte ihn auf andere Weise akzeptieren. Sie überlegte, wieder zu arbeiten, um etwas Sinnvolles zu tun. Paul verstand sie, doch er war dagegen, dass sie ins Krankenhaus zurückkehrte. Er hatte zu Beginn des Jahres 1939 ein Häuschen in Kladow am Rande von Berlin gekauft – genau so, wie sie es sich immer gewünscht hatte. »Es muss alles eingerichtet werden und der Garten bepflanzt werden. Wir könnten die Frühjahrs- und Sommermonate ganz dort verbringen, und für die Wintermonate behalten wir unsere Wohnung in der Stadt. Du könntest eigene Hühner haben, das hast du dir doch immer gewünscht, oder?«, fügte er mit einem Lächeln hinzu.

Finanziell ging es ihnen so gut, dass Paul längst ein eigenes Auto gekauft hatte. In nicht einmal einer halben Stunde könne er so mitten in Berlin sein, erklärte er ihr.

Sie erzählte Edith davon, die sie in letzter Zeit wieder öfter sah und die auffällig besorgt um sie war, fast als ahnte sie, was sie bereit gewesen war zu tun. »Das klingt wundervoll, Dora!«

An einem der nächsten Tage, als Paul arbeitete, fuhren die beiden Frauen zusammen nach Kladow raus. Das Haus war bezaubernd und besaß einen großen Garten. »Man könnte sein eigenes Gemüse anbauen«, meinte Dora, als sie durch das hohe Gras stapften und alles inspizierten. »Dort hinter den Hecken und hier vorne würde trotzdem genug Platz für Blumen und den Rasen bleiben.« Ihre Wangen waren von der kalten Luft gerötet, und seit langer Zeit lag wieder ein echtes Lächeln auf ihrem Gesicht.

»Das könnte man«, erwiderte Edith, die sich nur zu gerne von ihrer Begeisterung anstecken ließ. Sie hakte die Freundin im Gehen unter und zog sie zu sich. »Es geht dir besser, oder?«

Dora nickte. »Ja«, sagte sie ehrlich, denn das tat es wirklich.

69

Anfang März 1939

Der Morgen lag still und bleich über dem Wannsee. Sachte bewegte sich das Schilfrohr am Ufer im Wind, doch Sträucher und Bäume waren noch immer kahl. Es war Anfang März, aber vom Frühling fehlte jede Spur.

Nachdenklich starrte Edith vom Steg aus auf das Wasser und zündete sich eine Zigarette an. Obwohl es einige Zeit her war, ging ihr die Begegnung mit Jules noch immer nicht aus dem Kopf. In den letzten Wochen hatte sie wie gewohnt versucht, sich am Abend ins Vergnügen zu stürzen, doch selbst der übermäßige Genuss von Wein oder Champagner hatte ihr nicht die gewünschte Zerstreuung verschafft, diesen ersehnten Zustand, in dem sie alles andere vergessen konnte. Ihre Gedanken ließen sich einfach nicht ausblenden, genauso wenig wie die leise Unruhe und Angst, die sie in sich spürte. Die Welt und das Leben um sie herum veränderten sich, ohne dass sie etwas dagegen tun konnte. Ihr Blick fiel auf einen Schwan, der in einiger Entfernung majestätisch über den See glitt, und für einen Augenblick fand sie es tröstlich, dass zumindest die Natur eine gewisse Beständigkeit hatte. Mit einem Seufzen warf sie die Zigarette auf den Boden, drückte sie mit der Schuhspitze aus und wandte sich ab, um zurück zum Haus zu gehen. Gestern hatte sie sich mit ihrer Familie getroffen. Der Schock saß noch immer tief, denn Carls Entschluss stand fest, ebenso wie der ihrer Eltern – sie wollten Berlin verlassen! Ihr Bruder würde nach Amerika gehen. Schon seit einiger Zeit war er in Kontakt mit einem internationalen Unternehmen, für das er dort arbeiten wollte. Ihr Vater und ihre Mutter wollten sich dagegen in ihrem Haus in der Schweiz niederlassen. Obwohl die Überlegungen wegzugehen schon lange im Raum standen und die jüngsten politischen Ereignisse um die Reichskristallnacht nur den letzten Ausschlag gegeben hatten, war Edith entsetzt. Die Entscheidung ihrer Eltern konnte sie noch nachvollziehen, ihr Vater war nicht mehr der Jüngste, und ihre Mutter befand sich angesichts der politischen Entwicklungen in ständiger Sorge. Schon vor vielen Jahren hatten ihre Eltern einen Teil ihres Vermögens in die Schweiz transferiert, weil sie dort ein kleines Chalet besaßen. Aber Carl? Sie hatte immer geglaubt, dass er die Fabrik weiterführen wollte.

»Seien wir ehrlich, die Fabrik wird auf lange Sicht nicht ohne engste Beziehungen zur Regierung und Partei zu halten sein. Dafür bin ich nicht der Richtige. Außerdem gehe ich auch wegen Lizzy nach New York«, hatte er mit einem schiefen Lächeln erklärt.

Lizzy war eine amerikanische Schauspielerin, die im letzten Jahr einige Monate in Berlin gastiert hatte. Die beiden hatten eine heftige Affäre gehabt, dennoch war Edith überrascht. Es war ihr neu, dass die Geschichte zwischen den beiden so ernsthaft war.

Im Gegensatz zu ihr schienen ihre Eltern keine Schwierigkeiten mit der Entscheidung ihres Bruders zu haben. Ihr Vater eröffnete ihr, dass er die Fabrik auf ihren und Maximilians Namen überschreiben wollte. »Das Unternehmen ist gesund, und wenn wir *Theußenbergs Papier* verkaufen, müssten wir das Geld aufgrund der Devisenbestimmung ohnehin hierlassen«, sagte er. »Da ist es doch besser, ihr habt etwas davon! Und von Zeit zu Zeit kommen wir ja weiter auch nach Berlin.« Zu ihrem Unmut hatte er, noch bevor er mit ihr gesprochen hatte, sich bereits mit Maximilian zusammengesetzt. Dieser war einverstanden, die Leitung der Fabrik mit zu übernehmen, und wollte ihre Eltern selbstverständlich weiter am Gewinn beteiligen. Die Anwälte hatten bereits alle Papiere aufgesetzt.

Edith hatte das Gefühl, als würde über ihr eine Falle zuschnappen. Ihre Mutter, die immer ein untrügliches Gespür dafür hatte, was in ihr vorging, nahm sie später bei einem Spaziergang durch den Garten beiseite. »Der Gedanke, dass du hierbleibst, belastet mich, mein Schatz. Maximilian bringt ohne Frage die erforderlichen Charaktereigenschaften mit, sich in diesen Zeiten anzupassen, aber du bist und warst immer ein Freigeist! Willst du das wirklich?«, fragte sie ernst.

Edith sah sie verwirrt an und fragte sich einen kurzen Augenblick, ob ihre Mutter etwa wusste, dass sie schon seit einiger Zeit an ihrer Ehe mit Maximilian zweifelte. Sie brachte es jedoch nicht über sich, ihrer Mutter von ihren zwiespältigen Gefühlen zu erzählen, die sicher nicht reichten, um eine Trennung zu rechtfertigen. Stattdessen gab sie ihr einen liebevollen Kuss. »Wenn ich es nicht mehr aushalte, komme ich nach. Das verspreche ich«, sagte sie und zwang sich dabei zu einem Lächeln.

Der Gedanke, jetzt von ihrer Familie Abschied zu nehmen und sie nur noch bei gelegentlichen Besuchen zu sehen, schien ihr unerträglich. Immerhin, wenn sie es nicht mehr aushielt, konnte sie wirklich nachkommen. Es war ein Rettungsanker, wenn auch ein ziemlich dürftiger. Fröstelnd schlug sie die Arme übereinander und lief durch das feuchte Gras zurück zum Haus.

Als sie später mit Maximilian beim Frühstück saß, sprach sie ihn auf die Pläne ihres Vaters an.

»Findest du es eine gute Idee, dass die Fabrik auf uns übertragen wird?«, fragte sie.

Maximilian, der einen Schluck von seinem Kaffee genommen hatte, nickte. »Aber ja, und eine kluge noch dazu. Nicht nur wegen der Devisenbestimmung, sondern auch, weil der Zeitpunkt angesichts der Arisierungsprozesse nicht ungünstiger sein könnte, jetzt ein Unternehmen zu veräußern.«

Sie verspürte einen schalen Geschmack im Mund, und der Appetit aufs Frühstück verging ihr, als sie seine Worte hörte. *Arisierungsprozesse* – welch hochtrabendes Wort dafür, dass auch die letzten jüdischen Geschäftsbesitzer und Industriellen gezwungen wurden, ihre Unternehmen und Fabriken für Spottpreise zu verkaufen. Sie wusste, dass auch Maximilian die Gelegenheit ergriffen hatte und sich für lächerliche Summen, wie er selbst zugegeben hatte, als Teilhaber in einige große Unternehmen eingekauft hatte. Plötzlich kam wieder alles in ihr hoch, und sie sehnte sich nach der Verbundenheit zurück, die sie am Anfang ihrer Beziehung gehabt hatten. »Denkst du nicht, dass es unrecht ist, was mit diesen sogenannten Arisierungen gerade geschieht, dass man diesen Menschen einfach alles nimmt?«, fragte sie.

»Selbstverständlich. Aber wenn du dir den Lauf der Welt anschaust, ging es selten gerecht zu«, erwiderte er ungerührt.

Sie kannte ihn gut genug, um dabei den ungeduldigen Ton aus seiner Stimme herauszuhören. Er wollte in sein Brötchen beißen, doch dann bemerkte er ihren Gesichtsausdruck. »Mein Gott, Edith, du willst doch nicht schon wieder mit diesem Juden-Thema anfangen. Finde dich damit ab. Du wirst es ohnehin nicht ändern. Wer als Jude noch halbwegs bei Verstand ist, sollte Deutschland verlassen, und wenn er das nicht tut, ist er selbst schuld! Sie werden die Gesetze immer weiter verschärfen. Und eine ganze Reihe von ihnen ist bereits beschlossen. Was meinst du, was erst geschieht, wenn es Krieg gibt.«

»Du glaubst, dass es wirklich Krieg geben wird?« Edith merkte im gleichen Augenblick selbst, wie einfältig ihre Worte klangen. Die Rüstung wurde seit Jahren mit aller Kraft vorangetrieben, und Hitler hatte nie einen Hehl daraus gemacht, dass er nicht nur die im letzten Krieg verlorenen Gebiete zurückerobern wollte, sondern für das Deutsche Reich mehr Lebensraum, wie er es nannte, und eine Weltmachtstellung anstrebte. Dennoch hatte sie immer geglaubt, die Menschen hätten die Erinnerungen an den letzten Krieg noch gut genug im Kopf.

»Früher oder später wird es unausweichlich sein«, sagte Maximilian, den diese Aussicht nicht zu beunruhigen schien.

Sie schwieg und dachte darüber nach, was er eben noch gesagt hatte, dass es weitere *Gesetze* gegen die Juden geben würde … Plötzlich wurde ihr klar, dass sie unbedingt mit Jules sprechen musste.

70

Ihr Vorhaben ließ sich nicht so leicht umsetzen, wie sie gedacht hatte. Es schien fast, als wäre Jules verschwunden. Dreimal stand sie in den nächsten beiden Wochen vor seiner Wohnung und klingelte, ohne dass ihr jemand öffnete. Vielleicht war er doch fortgegangen, emigriert, irgendein Land hatte ihn aufgenommen. Zumindest hoffte sie das. Als sie sich mit diesem Gedanken umwandte, um die Treppe wieder hinunterzusteigen, öffnete sich auf der anderen Seite des Flurs einen Spaltbreit eine Tür. Das Gesicht einer älteren Dame starrte ihr entgegen.

Edith nickte höflich. »Verzeihung, hier wohnt doch noch Jules Cohn?«, fragte sie einer spontanen Eingebung folgend.

»Sie meinen den Juden? Ja.« Es klang neutral, nicht einmal abfällig, und dennoch spürte sie, wie sie diese Betitelung verärgerte.

»Er ist Violinist!«

»Ja, ich höre ihn manchmal spielen. Sehr schöne Musik.«

»Dann wohnt er noch hier?«, fragte sie erneut.

Die alte Dame nickte. »Aber oft ist der nicht mehr in seiner Wohnung.« Sie öffnete die Tür weiter und schob sich ein Stück über die Schwelle in den Hausflur. Plötzlich schien sie Vertrauen zu Edith gefasst zu haben. »Seitdem die SS im November hier war. Sie wissen schon, als sie die Wohnungen von den Juden durchsucht haben und so viele von ihnen mitgenommen haben«, sagte sie mit gesenkter Stimme und warf einen schnellen Blick durch den Hausflur, ob sie auch niemand hörte oder gar beobachtete. »Herrn Cohn wollten sie auch mitnehmen. Sie haben ihn arg zugerichtet. Ich habe es hören können, so haben sie in seiner Wohnung gewütet. Aber er hatte Glück. Von meinem Fenster aus habe ich beobachtet, wie sie ihm unten am Wagen auf einmal seine Geige wiedergegeben haben und ihn gehen ließen.«

Edith hörte ihr wie versteinert zu. Sie war in jenen Tagen mit Maximilian in London gewesen. Einige Gerüchte waren auch nach England gedrungen, aber sie hatte erst bei ihrer Rückkehr erfahren, was wirklich in Berlin geschehen war. Natürlich hatte sie Carl nach Jules gefragt, als sie von den vielen jüdischen Männern erfuhr, die in Schutzhaft genommen worden waren. Doch ihr Bruder hatte sie beruhigt, dass ihm wohl nichts geschehen sei. Nichts geschehen … Sie dachte an die Narbe, die sie an Jules' Augenbraue bemerkt hatte. Ein Gefühl der Übelkeit stieg in ihr hoch.

»Danke, das wusste ich nicht«, sagte sie tonlos zu der Nachbarin.

Die Frau nickte. »Soll ich ihm etwas ausrichten? Er kommt meistens spät und geht wieder früh.«

Edith schüttelte den Kopf. »Nein, ich werde wiederkommen.«

Betroffen lief sie zurück zu ihrem Wagen. Dabei gingen ihr die Schilderungen von Jules' Nachbarin nicht aus dem Kopf.

Am Abend waren sie auf einen großen Empfang im Kaiserhof eingeladen, zu dem das Reichsaußenministerium lud. Berlin hatte die Nachricht erhalten, dass die deutschen Truppen erfolgreich in der Tschechoslowakai einmarschiert waren. Hitler sei bereits auf dem Weg nach Prag. Böhmen und Mähren hatten bis zum letzten Krieg mit zum österreichischen Teil von Österreich-Ungarn gehört, und nachdem bereits im letzten Herbst die sudetendeutschen Grenzgebiete ins Reich eingegliedert worden waren, hatte kein Zweifel bestanden, dass Deutschland auch Anspruch auf diese Gebiete erheben würde. Allein bei dem Gedanken an die zahlreichen Parteigrößen und ihren Freudentaumel verspürte Edith Kopfschmerzen. »Ich fürchte, ich bekomme eine Migräne. Würde es dir etwas ausmachen, heute Abend ohne mich zu gehen?«, bat sie Maximilian.

Doch ihr Mann schüttelte den Kopf. »Das geht nicht, nicht heute! Das wäre ein Affront und politisch geradezu gefährlich, Edith. Nimm Tabletten!«

Sein Tonfall ließ keinen Zweifel, dass er nicht mit sich würde reden lassen.

Die Stimmung im Kaiserhof war euphorisch. Wie so oft versuchte Edith es wie ein Theaterstück zu sehen. Sie schüttelte Hände und lächelte, während Champagner gereicht wurde und um sie herum alle jubelnd auf den Führer und das Deutsche Reich anstießen.

»Wir werden uns alles zurückholen, was sie uns im letzten Krieg genommen haben, und die Polen sollen sich auch vorsehen!«, sagte ein Offizier neben ihr, und Edith musste an ihr Gespräch mit Maximilian denken, dass ein Krieg auf lange Sicht unvermeidbar sein würde. Sie schwieg. Einige der Anwesenden begannen tatsächlich die Deutsche Nationalhymne und das Horst-Wessel-Lied zu singen, und die anderen Gäste stimmten begeistert mit ein.

Maximilian hatte den Arm um sie gelegt. Niemand hätte ihnen angemerkt, dass ihr Verhältnis distanzierter geworden war. Er war schon immer ein Meister der Täuschung gewesen, und sie wusste, dass es ihm gefiel, dass sie als Paar die Blicke auf sich zogen. Manchmal war sie nicht sicher, ob sie nicht nur eine Trophäe für ihn war. Ein Spielzeug, das er wie so vieles andere besitzen wollte. »Entschuldige mich kurz«, bat er mit einem Lächeln, und sie sah ihm hinterher, wie er zu einem Bekannten ging, der einige Schritte entfernt stand. Edith nippte an ihrem Glas. Sie hätte nicht einmal sagen können, ob er ihr treu war. Er war öfter unterwegs als früher und arbeitete viel, da er dabei war, den Anbau seiner Wälder ganz nach den Vorgaben bestimmter Ministerienstellen auf die zukünftigen Bedürfnisse der Volkswirtschaft auszurichten. Gemeint war damit vermutlich die Rüstung.

»Guten Abend, Edith«, sagte in diesem Augenblick eine Stimme neben ihr. Anscheinend blieb ihr an diesem Abend nichts erspart. Sie nickte Heinrich höflich zu. Zu ihrem Leidwesen war er inzwischen nicht nur regelmäßiger Gast in ihrem Haus – er hatte Maximilian einige lukrative Geschäfte mit der Regierung vermittelt –, sondern schien bei jedem gesellschaftlichen Anlass zugegen zu sein, zu dem sie eingeladen waren. Obwohl er mittlerweile mit Lisa verheiratet war, die ihr erstes Kind erwartete, ließ er keine Gelegenheit aus, ihr zu zeigen, wie sehr er an ihr interessiert war.

»Du solltest freudiger aussehen an solch einem Tag!«

»Dein Eindruck täuscht. Ich habe eine leichte Migräne.«

»Das tut mir leid … Wie ich höre, will deine Familie also Berlin verlassen?«

Woher wusste er davon? »Du bist gut informiert«, erwiderte sie und zuckte dann die Achseln, als würde es sich dabei um keine große Sache handeln. »Carl hat sich in eine Amerikanerin verliebt, und mein Vater fühlt sich inzwischen zu alt, um die Fabrik weiterzuführen.«

Er neigte seinen streng gescheitelten Kopf mit den blonden Haaren zu ihr. »Gib dir keine Mühe, ich kenne die wahren Gründe. Im Reichssicherheitsamt ist man bestens über das Gedankengut deiner Familie im Bilde!«

Sie erstarrte, obwohl sie wusste, dass er derlei Dinge sagte, um sie zu verunsichern und ihr wieder einmal seine Macht zu verdeutlichen. Es war seine Art, auf ihre Ablehnung zu reagieren. Vor einigen Wochen, als er ihr nach einem Essen in ihrem Haus alleine im Flur auflauerte und wieder einmal

Avancen machte, hatte sie ihn scharf zurechtgewiesen. *»Ich bin verheiratet, Heinrich. Akzeptiere das!«*

Aufgebracht hatte er sie angestarrt. *»Ich würde dich glücklicher machen«*, hatte er leise, beinah drohend hervorgestoßen und sie dann stehen lassen. Seitdem begegnete er ihr mit kühler Distanz.

»Soweit ich weiß, hat sich niemand in meiner Familie etwas zuschulden kommen lassen, oder?«, entgegnete sie, nicht bereit, ihn wissen zu lassen, dass sein Einschüchterungsversuch durchaus geglückt war.

Er lächelte kühl. »Hoffen wir, dass es so ist!«

71

In den nächsten Wochen war sie mit der Abreise ihrer Familie beschäftigt, die mit ungeheuer vielen Formalitäten verbunden war – zusätzlich zu der Fabrik wurden das Haus und auch Carls Wohnung auf Ediths Namen übertragen. Unter Tränen verabschiedeten sie sich schließlich.

Sie hatte Jules in dieser Zeit nicht vergessen und war noch einige Male an seiner Wohnung gewesen, hatte ihn aber wie zuvor nie angetroffen. Mitte Mai fuhr sie schließlich erneut nach Schöneberg und überlegte schon, ihm einen Brief zu hinterlassen, als sie im Hauseingang direkt in ihn hineinlief. Er hielt sie gerade noch fest, bevor sie gegen ihn prallte.

»Edith? Was machst du denn hier?«

»Jules! Gott sei Dank. Bist du eigentlich nie zu Hause?«, setzte sie vorwurfsvoll hinzu.

Er ließ sie los. »Du warst schon einmal hier, oder?«, stellte er fest.

»Ja, mehrmals.«

Seine Miene blieb undurchdringlich. »Und warum?«

Edith sah sich um. Sie waren alleine auf der Straße, aber trotzdem war es nicht der richtige Ort, um hier zu reden. »Können wir uns irgendwo in Ruhe unterhalten?«

Er warf einen demonstrativen Blick auf seine Uhr. »Ich habe nicht viel Zeit!«, erwiderte er ablehnend.

Seine beinah unhöfliche Art, die so gar nicht zu dem Jules passte, den sie von früher kannte, machte ihr klar, dass es nicht leicht werden würde. »Ich mache mir Sorgen um dich«, sagte sie ehrlich. »Es wird schlimmer werden. Diese Gesetze für Juden, ich weiß von Maximilian, dass die Regierung sie weiter verschärfen wird«, fügte sie mit gesenkter Stimme hinzu. Sie schaute ihn nervös an. »Erinnerst du dich, was Dora kurz nach der Machtergreifung gesagt hat, dass du Deutschland verlassen solltest? Sie hat recht gehabt, Jules. Du musst hier weg. Die Situation ist gefährlich …«

Er starrte sie an. Dann verzog sich sein Mund in kaltem Spott. »Du bist hierhergekommen, um mir das zu sagen? Danke, Edith, das ist mir noch gar nicht aufgefallen.«

Sie versuchte, seinen verletzend sarkastischen Ton zu ignorieren.

»Vielleicht kann meine Familie dir helfen. Carl ist nach Amerika gegangen, und meine Eltern sind bereits in der Schweiz. Sie würden bestimmt für dich bürgen.«

Die Neuigkeit, dass ihre Familie Berlin verlassen hatte, schien ihn zu überraschen. »Lass es gut sein, Edith«, sagte er dann jedoch kühl. »Vielleicht beruhigt es dich, wenn ich dir sage, dass ich es zu schätzen weiß, dass dich im Angesicht meiner Person Schuldgefühle ergreifen.« Und mit diesen Worten nickte er ihr zu und ließ sie einfach stehen.

Sie rang nur kurz um Fassung, doch sie war nicht bereit

aufzugeben. Mit schnellen Schritten lief sie ihm hinterher und riss ihn am Ärmel. »Es ist mir egal, was du von mir denkst, aber kannst du einen Moment deinen idiotischen Stolz vergessen?«

»Meinen Stolz?« Er lachte finster auf. Unerwartet packte er sie plötzlich beinah grob am Arm. »Los, komm, ich werde dir etwas zeigen. Dann wirst du es vielleicht begreifen!«

Sie folgte ihm. Er lief in großen, zügigen Schritten, ohne sich darum zu kümmern, ob sie hinterherkam, und sie verdammte sich für ihre unbequemen Absatzschuhe.

»Wohin gehen wir?«

»Das wirst du schon sehen«, antwortete er nur. Sie hätte nicht sagen können, wie lange sie gelaufen waren, als er sie vor einem Haus, das nicht weit von den S-Bahn-Gleisen entfernt lag, aufforderte, kurz zu warten. Er verschwand im Kellereingang und kam kurze Zeit darauf mit einem Rucksack wieder, der schwer wirkte. Ohne etwas zu sagen, lief er weiter. Edith versuchte ihre zunehmend schmerzenden Füße zu ignorieren.

An einem bürgerlichen Wohnhaus klingelte Jules, und sie stiegen in den dritten Stock hinauf.

Eine Frau mit hellbraunen, sorgfältig frisierten Haaren, die vielleicht Anfang vierzig sein mochte, öffnete ihnen. Sie hatte ein apartes Gesicht, aber unter ihren Augen lagen dunkle Schatten, und ein sorgenvoller Ausdruck hatte sich in ihr Gesicht gegraben.

»Guten Abend, Herr Cohn!«

»Hallo, Frau Lichtstein. Das ist eine Freundin, Fräulein Theußenberg«, stellte er Edith unter ihrem Mädchennamen vor.

Die beiden Frauen schüttelten sich höflich die Hand, bevor Edith und Jules Frau Lichtstein ins Wohnzimmer folgten. Die Wohnung bestand eigentlich aus mehreren Räumen, aber dieses Zimmer schien dennoch gleichzeitig das Schlafzimmer der Familie zu sein. Drei kleine Mädchen spielten in der Ecke, eines von ihnen war auffallend blass und hustete.

Frau Lichtstein wandte sich zu Edith. »Meine Töchter! … Die anderen zwei Zimmer mussten wir an andere Juden untervermieten«, erklärte sie verlegen.

»Man hat Sie dazu gezwungen?«

Frau Lichtstein nickte, und Edith erinnerte sich, dass sie irgendwo gelesen hatte, dass Vermieter Juden jederzeit kündigen konnten und die Behörden seit Neuestem auch anordnen konnten, dass Juden andere Juden als Untermieter aufnehmen mussten. Ihr Blick glitt durch das Wohnzimmer, und sie nahm das Gemälde wahr, das an der Wand hing. Es war ein malerisches Stillleben – ein Obstteller mit einem Krug, in dem jedoch ein breiter Riss klaffte, als hätte jemand ein Messer durch das Bild gezogen. Dann erkannte sie, dass es nicht die einzige Spur der Gewalt war – auch die Vorhänge wiesen hässliche Risse auf, die Glasscheibe des Service-Schranks war herausgebrochen – der Inhalt leer. An einem Stuhl war eine Lehne abgebrochen und der Stoff des Sofas ebenfalls an einigen Stellen aufgerissen … Die Worte von Jules' Nachbarin schossen ihr durch den Kopf: *Ich konnte hören, wie sie in der Wohnung gewütet haben …* Edith spürte, wie sie ein zunehmendes Entsetzen ergriff.

Jules hatte Frau Lichtstein inzwischen aus seinem Rucksack eine Reihe von Lebensmitteln gegeben – Äpfel, Kartoffeln, Butter, Eier … »Die Medikamente für Ihre Tochter habe ich auch bekommen«, sagte er. Ihr fiel auf, wie warm seine Stimme auf einmal klang. Er gab Frau Lichtstein zusätzlich eine kleine Tüte. Voller Dankbarkeit drückte sie seine Hand.

In diesem Augenblick spürte Edith, wie unten an ihrem Mantel jemand zupfte.

Eines der Mädchen, die Jüngste, die kaum älter als fünf oder sechs Jahre sein konnte, war auf sie zugekommen und blickte sie mit großen Augen an.

»Wie heißt du?«

»Ich bin Edith!«

»Edith Sara?«

Sie konnte sehen, wie Jules' und Frau Lichtsteins Kopf zu ihr herumfuhren. Ihre Kehle schnürte sich zu. Nach einer neuen Bestimmung war es für alle Juden Vorschrift, dass die Mädchen und Frauen ihrem Familiennamen zusätzlich den Namen Sara und die Jungen und Männer den Namen Israel voranstellen mussten.

»Nein, Edith Catherine«, sagte sie dann mit einem warmen Lächeln und strich ihr über das Haar.

»Wir heißen alle Sara mit Vornamen. Ich bin Hanna Sara, und meine Schwestern heißen Ruth Sara und Elisabeth Sara«, berichtete die Kleine treuherzig.

»Hanna, lass unseren Besuch! Entschuldigen Sie, Fräulein Theußenberg«, mischte sich Frau Lichtstein betreten ein.

»Aber nein!«, sagte Edith, der auffiel, wie kühl es in der Wohnung war. Sie sah zu den anderen beiden Mädchen und nickte ihnen freundlich zu. »Was hat deine Schwester?«

»Elisabeth hat schlimmen Husten«, gab Hanna Auskunft.

»Jules hat ihr Medikamente mitgebracht. Sie wird bestimmt bald wieder gesund«, tröstete Edith sie, der der Anblick des blassen hustenden Mädchens ins Herz schnitt.

Als sie mit Jules später die Wohnung verließ, war sie still. »Was ist mit dem Vater passiert?«, brach es schließlich aus ihr heraus.

Jules drehte sich zu ihr. »Er war Arzt. Nachdem die SS die Wohnung verwüstet hat und sie alle Wertsachen gestohlen haben, hat man ihn mitgenommen – ins KZ Sachsenhausen.

Dort ist er gestorben. Ich habe ihn auf dem Wagen gesehen, als sie ihn abgeholt haben. Beinah wäre ich auch dabei gewesen …«

Edith fehlten vor Grauen die Worte.

»Dr. Lichtstein hatte früher eine Praxis«, fuhr Jules fort. »Aber da jüdische Ärzte nur noch Juden behandeln dürfen und ihnen inzwischen auch die Zulassung für die Ersatzkassen entzogen wurde, mussten die Lichtsteins in den letzten beiden Jahren von ihren Ersparnissen leben. Jetzt haben sie nichts mehr. Den anderen beiden jüdischen Familien in der Wohnung geht es nicht besser. Und die öffentliche Fürsorge schikaniert sie, indem sie die Bearbeitung der Anträge von Juden immer wieder hinauszögert, und zahlt ohnehin kaum noch etwas …«

Edith schwieg.

Sie besuchten noch zwei weitere jüdische Frauen, die nicht wussten, wie sie mit ihren Kindern überleben sollten. Ihre Männer waren ebenfalls im November ins KZ verschleppt worden, und niemand hatte Kenntnis darüber, wann sie freikommen würden, obwohl ein großer Teil der Verschleppten nach und nach inzwischen wieder aus der Schutzhaft entlassen worden war. Die Furcht um das Schicksal ihrer Männer war umso größer, als sich schnell herumgesprochen hatte, welches Grauen die aus dem KZ Zurückgekehrten hatten erleiden müssen, die man zur Emigration nötigen wollte. Die eigenen Familien hatten sie manchmal kaum wiedererkannt – es waren traumatisierte gebrochene Menschen, unvorstellbar abgemagert und die Köpfe kahl rasiert, die neben brutalen Misshandlungen und Hunger oft auch schlimmste Erfrierungen an Händen und Füßen erlitten hatten.

Leise sprachen sie darüber, und Edith begriff, dass Jules den Familien nicht nur Lebensmittel brachte, sondern auch versuchte, Erkundigungen nach ihren Männern einzuziehen, und ihnen vor allem das Gefühl vermittelte, dass sich jemand für ihr Schicksal interessierte und sie nicht alleine waren.

Sie fühlte sich schrecklich angesichts des menschlichen Leids und der Ängste, die sie in den Gesichtern sah.

»Woher hast du eigentlich die ganzen Lebensmittel und Medikamente?«, fragte sie, als sie nach dem letzten Besuch die Straße entlangliefen, denn sie wusste von Carl, dass es Jules finanziell auch nicht besonders gut gehen konnte.

Sein Gesicht nahm einen verschlossenen Ausdruck an. »Besser, du weißt das nicht!«

»Ich könnte helfen«, sagte sie leise.

Er blickte sie ungläubig an und schüttelte entschieden den Kopf. »Nein, auf keinen Fall. Das wäre viel zu riskant. Du würdest sie nur zusätzlich in Gefahr bringen.«

»Warum hast du mich dann mitgenommen?«

Er fuhr zu ihr herum. »Damit du siehst, wie es ihnen geht! Jeder von ihnen müsste emigrieren, aber das wird kaum möglich sein, oder?« Seine Stimme hatte wieder den kalten Klang angenommen.

Sie presste die Lippen zusammen, denn sie hatte die Lektion durchaus verstanden. »Du wirst mich nicht dran hindern können zu helfen, wenn ich es will!«, sagte sie, und diesmal ließ sie ihn stehen …

CARLA

72

Berlin, 1975

So viel war an den beiden Tagen zuvor geschehen, dass Carla nach ihrer Ankunft das Gefühl hatte, nicht sofort mit ihren Nachforschungen beginnen zu können. Sie brauchte etwas Zeit zum Durchatmen, um ihren Kopf freizubekommen. Deshalb nutzte sie den Vormittag, um sich ein wenig in der Stadt umzusehen und einen ersten Eindruck von Berlin zu bekommen.

Von ihrem Hotel aus lief sie den bekannten Ku'damm, einen breiten belebten Boulevard mit Geschäften, Kinos, Restaurants und Bars, bis zum Europacenter hoch. Alte prachtvolle Häuser, die um die Jahrhundertwende entstanden waren und einen vagen Eindruck vermittelten, was für eine Stadt Berlin vor dem Krieg einmal gewesen sein musste, wechselten sich mit neuen modernen Gebäuden ab. Neben dem Europacenter ragte als Mahnmal des Zweiten Weltkriegs die zerstörte Kirchturmspitze der Kaiser-Wilhelm-Gedächtniskirche in die Höhe.

Neugierig betrachtete Carla die Menschen, die in schnellen Schritten in dem unfreundlichen Herbstwetter unterwegs waren: viele junge Leute – die in ihren Schlaghosen kaum anders wirkten als in London, vielleicht eine Spur lässiger und weniger etabliert –, Familien, Geschäftsleute und dazwischen hervorstechend, wie die Reliquien aus einer anderen Zeit, immer wieder ältere Damen mit Hütchen und altmodischen Henkeltaschen, deren grimmiger Blick das Gefühl vermittelte, sie würden die neue Lässigkeit der Jugend keineswegs schätzen.

Schließlich fuhr Carla mit dem Bus weiter zur Straße des 17. Juni, um sich die Mauer anzusehen, die dort den Westen vom Ostteil der Stadt trennte.

Ungläubig blickte sie auf die meterhohe betongraue Wand vor sich. »*Sie verlassen den amerikanischen Sektor!*«, stand auf einem Schild. Hinter der Mauer, bereits auf dem Boden Ostberlins, ragte das Brandenburger Tor in die Luft.

Einige amerikanische Touristen schienen den Anblick genauso beklemmend zu finden wie sie. Die vorbeilaufenden Westberliner schenkten der Mauer dagegen kaum Beachtung. Überhaupt machte keiner von ihnen den Eindruck, sich eingesperrt zu fühlen, stellte Carla fest. Die Grenzlinie mitten durch die Stadt schien für sie längst zur Normalität geworden zu sein. Sie machte einige Fotos und stieg dann erneut in den Bus.

In einer Seitenstraße vom *Savignyplatz* aß sie später eine Kleinigkeit in einem Café und studierte den Stadtplan, den sie unterwegs gekauft hatte. Sie würde als Erstes zu dem Haus fahren, in dem ihre Mutter und Edith aufgewachsen waren. Von David wusste sie, dass es im Krieg nicht zerstört worden war, aber die Besitzer gewechselt hatten. Im Nachbarhaus wohnte jedoch eine ältere Dame, Frau List, die die beiden Mädchen noch gekannt hatte.

Carla hatte sich vor ihrer Abreise von David eine Liste der Personen und Behörden geben lassen, bei denen er Erkundigungen über Edith eingezogen hatte. Er hatte es selbst angeboten, denn er schien zu verstehen, dass sie mit eigenen

Ohren hören musste, was die Leute ihm erzählt hatten. Unwillkürlich kehrten ihre Gedanken wieder zu ihrer Schwester zurück. Lebte sie wirklich und war vor Jahren auch hierher nach Berlin gereist, um herauszufinden, was damals geschehen war?

73

Carla war am U-Bahnhof Kaiserdamm ausgestiegen. Als sie um die Ecke der Straße bog, konnte sie bereits den Lietzensee sehen. Liebevoll gestaltete Grünflächen und Wege umgaben den kleinen See, der mitten in der Stadt lag. Nicht weit entfernt konnte man den Funkturm erkennen. Sie lief ein Stück am Ufer entlang. Feuchtes Laub bedeckte den Boden, und von irgendwoher hörte man Kinderstimmen. Obwohl man mitten in der Stadt war, hatte die Natur mit ihren Weidenbäumen, den alten Eichen und dem Schilf am Ufer etwas Verwunschenes. Ob ihre Mutter und Edith hier früher zusammen gespielt hatten? Ein vages Bild von zwei kleinen Mädchen tauchte vor ihren Augen auf.

Carla fand das Haus der Theußenbergs, das in einer Straße mit alten herrschaftlichen Stadthäusern am See lag, sofort. Jugendstilornamente verzierten die prächtige Außenfassade. *Anno 1905* stand über der Tür, und ihr wurde für einen kurzen Moment bewusst, welche großen politischen Veränderungen es in der Welt gegeben hatte, seitdem das Haus vor siebzig Jahre gebaut worden war.

In den drei unteren hohen Stockwerken, in denen früher nur die Familienmitglieder gelebt hatten – die Dienstboten hatten meistens im Dachgeschoss ihre Kammern –, waren heute mehrere Mietparteien untergebracht. Ein großer Garten, von dem aus man direkt auf den See blicken konnte, schloss sich hinten an das Haus an.

Carla wandte sich zu dem Nachbarhaus, in dem Frau List wohnen sollte. Während sie unten neben dem Namensschild auf die Klingel drückte, legte sie sich eine halbwegs plausible Erklärung für ihre Fragen zurecht.

»Ja?«, erscholl in diesem Augenblick eine ältere, wenig freundliche Frauenstimme aus der rauschenden Sprechanlage.

»Guten Tag, mein Name ist Carla Whiteman. Ich bin die Tochter von Dora Wilmer und wollte Sie …«

»Was sagen Sie?« Es knackte, und sie wurden unterbrochen.

Carla trat so nah es ging an die Sprechanlage heran.

»Ich bin die Tochter von Dora Wilmer …«

Wieder rauschte es. »Ich kann Sie nicht verstehen!«, erklang es verärgert. Das Rauschen verstummte abrupt. Anscheinend schien die Dame nicht mehr gewillt, weiter mit ihr zu kommunizieren, aber dann summte unerwartet der Türöffner. Eilig betrat Carla das Haus.

Eine ältere Dame in einem altmodischen Kleid und weißen Haaren, die einen eigenwilligen Lilastich aufwiesen, empfing sie an der Haustür der ersten Etage. Obwohl sie weit in den Achtzigern sein musste, wirkte sie überraschend rüstig. Misstrauisch beäugte sie Carla. »Wollen Sie mir etwas verkaufen? Dann können Sie gleich wieder gehen.«

»Nein, nein. Verzeihen Sie, dass ich einfach so klingele, mein Name ist Carla Whiteman«, stellte sie sich mit einem Lächeln vor. »Ich komme aus England und bin die Tochter von Dora Wilmer.«

Die Frau blickte sie ungläubig an, dann veränderte sich ihr Gesichtsausdruck. »Von Dora Wilmer?«

Carla nickte.

Ehe sie es sich versah, bat Frau List sie herein, und sie folgte der alten Dame in ein Wohnzimmer, dessen Einrichtung wirkte, als wäre irgendwann in den Vierzigerjahren die Zeit stehen geblieben.

»Kaffee?«

»Gerne!«, erwiderte Carla und nahm auf ihre Aufforderung hin an einem kleinen Tisch Platz.

Die Hausherrin holte aus einem Serviceschrank eine zweite Tasse und goss ihr aus einer großen Porzellankanne, die schon länger auf dem Stövchen zu stehen schien, Kaffee ein.

»Die Tochter von Dora? So was aber auch«, sagte sie ein wenig ungläubig.

»Ja, ich bin das erste Mal in Berlin und wollte gerne sehen, wo meine Mutter früher gelebt hat. In dem Haus nebenan wohnt allerdings niemand mehr von früher.«

Frau List schüttelte den Kopf, während sie die Tasse auf einem gehäkelten Deckchen vor Carla abstellte. »Nein, die sind alle neu, die Mieter«, bestätigte sie. »Seltsam, dass Sie mich jetzt besuchen«, sagte sie dann. »Im Sommer hatte mich schon ein Journalist aufgesucht, der sich nach Edith Theußenberg erkundigt hat.«

Das musste David gewesen sein. »Meine Mutter und sie waren befreundet, oder?«, erkundigte sich Carla, die einen Schluck von dem Kaffee getrunken hatte, der so bitter schmeckte, dass sie eilig zwei Stück Zucker in ihre Tasse gab.

Frau List nickte. »Ja, die beiden hingen immer zusammen, obwohl Ihre Mutter ja eigentlich nur die Tochter des Dienstmädchens war«, fügte sie herablassend hinzu. »Verstehen Sie mich nicht falsch, aber in der Nachbarschaft fand man das befremdlich. Früher hat sich so etwas nicht gehört, aber die Theußenbergs waren schon damals ungewöhnlich modern.«

Der missbilligende Blick von Frau List verriet Carla, dass sie vermutlich bis heute andere Ansichten hegte. Die alte Dame trank einen Schluck von ihrem Kaffee.

»Meine Mutter hat leider nie viel von früher und Berlin erzählt«, bemühte sich Carla, mehr in Erfahrung zu bringen.

»Nun ja, es war eine schwere Zeit – Hitler, der Krieg. Darüber reden viele nicht gerne.« Einen Moment lang verstummte Frau List und schien ihren eigenen Erinnerungen nachzuhängen. Dann blickte sie Carla an. »Ihre Mutter hat Edith als kleines Mädchen einmal das Leben gerettet, wussten Sie das?«

Carla schüttelte den Kopf.

»Ja, Edith war immer etwas wagemutig und ist im Winter auf dem See eingebrochen. Niemand hat sie gesehen. Ohne Dora wäre sie sicher ertrunken. Sie hat sie ganz allein aus dem kalten Wasser gefischt …«

Unwillkürlich stellte Carla sich die beiden Mädchen im Winter auf dem Eis vor. »Waren die beiden später auch so eng befreundet?«

»Ja, immer. Selbst als sie schon verheiratet waren. Ich habe sie später noch einige Male gesehen. Es war wirklich sehr ungewöhnlich!«

Carla schwieg. Sie musste an ihren Vater denken, der behauptet hatte, Edith sei niemand von Bedeutung für ihre Mutter gewesen.

»Die Theußenbergs sind ja später in die Schweiz gegangen, und das Haus wurde dann vermietet. Nur Edith ist hier geblieben«, erzählte Frau List, die ihnen noch etwas Kaffee nachgeschenkt hatte. Sie griff das Sahnekännchen, hielt dann jedoch auf einmal in ihrer Bewegung inne. »Wissen Sie, vor Jahren war schon mal jemand bei mir. Eine sehr junge Frau, sie hat sich ebenfalls nach Edith erkundigt. Das habe ich diesem Journalisten auch erzählt.«

Carla spürte, wie sich ihr Herzschlag beschleunigte. *Anastasia!* Obwohl sie keinen Augenblick gezweifelt hatte, dass David ihr die Wahrheit erzählt hatte, war es anders, es persönlich zu hören. Als würde es erst jetzt zur Gewissheit werden.

»Erinnern Sie sich noch, wann das war?«

Frau List verzog nachdenklich ihr faltiges Gesicht. »Das muss vielleicht Anfang der Sechziger gewesen sein … Sie war sehr hübsch und jung, nicht mal zwanzig Jahre, wenn Sie mich fragen. Sie hat erzählt, dass sie die Familiengeschichte der Theußenbergs erforschen würde. Ich habe ihr natürlich gerne mit dem, was ich wusste, geholfen.«

74

London

Er hatte den gesamten Morgen konzentriert an einem Artikel gearbeitet und war froh, dass die Arbeit ihn davon abgehalten hatte, länger über Carla Whiteman nachzudenken. Im Laufe seiner journalistischen Laufbahn war es nicht das erste Mal, dass Dinge, die beruflich begannen, auf einmal eine private Wendung nahmen, doch dieses Mal war es anders. David hatte gespürt, dass Carla der Kuss ebenso unter die Haut gegangen war wie ihm, im Sommer genauso wie jetzt. Als sie dann aber plötzlich so aufgelöst vor ihm zurückgewichen war, hatte er sich gezwungen, daran zu denken, dass sie verheiratet war. Nicht, dass er diesbezüglich unumstößliche Prinzipien hätte, aber angesichts der schwierigen emotionalen Situation, in der sie sich durch ihren Erinnerungsverlust ohnehin befand, war es einfach der falsche Zeitpunkt.

Er war froh, dass er ihr von seinem Verdacht mit Anastasia erzählt hatte. Es war ihm nicht leichtgefallen. Carlas fassungsloses, bleiches Gesicht hatte ihn nur zu gut begreifen lassen, wie verstörend diese Neuigkeit für sie sein musste. Aber sie verdiente Ehrlichkeit. Er fragte sich, ob sie mehr herausfinden würde als er. Kurz vor dem Abflug hatte sie ihm gesagt, dass sie ein altes Adressbuch ihrer Mutter bei sich habe und hoffe, vielleicht noch einige der Personen daraus finden zu können. Möglicherweise würde sie damit wirklich weiterkommen.

Sein Blick schweifte zu der Pinnwand neben seinem Schreibtisch und blieb kurz an dem Foto von Edith hängen. Alles schien mit ihr zusammenzuhängen. Warum war es so schwierig herauszufinden, was aus ihr geworden war? Nachdenklich zog er den Bogen mit seiner fertig getippten Reportage aus der Schreibmaschine und legte ihn in eine Mappe, die er nachher noch zur Redaktion bringen würde.

Ihm ging durch den Kopf, was Carla über ihre Nachforschungen in Cornwall und die SS-Tätowierung des Toten erzählt hatte. Kein Wunder, dass die Polizei sich damals so bedeckt gehalten hatte. In diesen ländlichen Gegenden war man auf den Ruf der Region bedacht, und die angespülte Leiche eines möglichen Nazis hätte zu Spekulationen eingeladen, die man sicherlich vermeiden wollte. Dass die Behörden die Identität des Toten nicht hatten feststellen können, verwunderte ihn daher nicht sonderlich. Aber möglicherweise konnte man doch noch etwas tun. David kannte jemand beim israelischen Geheimdienst, der ihm schon einige Male bei den Nachforschungen für seine Artikel geholfen hatte, denn der Mossad besaß eine umfangreiche Datenbank über die Nazis. Er sah auf die Uhr und wollte gerade zum Telefon greifen, als es draußen klingelte. David runzelte die Stirn und stand auf, um die Tür zu öffnen. Überrascht blickte er den Mann an, der dort mit zusammengepressten Lippen vor ihm stand. Es war Tom Whiteman.

»Ich muss mit Ihnen reden!«, sagte er.

75

Berlin

In der Straße reihten sich kasernenartig Häuser aneinander, die alle dieselbe ockerfarbene Fassade besaßen und aus vier niedrigen Stockwerken bestanden. Einzeln für sich genommen wären sie mit ihren dunkelbraun gestrichenen Türen nicht einmal hässlich gewesen, aber ihre endlos wirkende Duplizierung – einzig die Hausnummern schienen eine Unterscheidung möglich zu machen – hatte etwas Deprimierendes. Die kleinen Fenster verstärkten den kleinbürgerlichen Eindruck noch. Carla blickte sich suchend nach der Nummer 38 um, in der Wilhelm Wilmer, ihr Onkel, wohnen musste.

Sie hatte seinen Namen und seine Adresse im Telefonbuch gefunden, es war immer noch die gleiche wie in dem Büchlein ihrer Mutter. Erst hatte sie überlegt, ihn anzurufen, doch dann hatte sie sich dagegen entschieden und beschlossen, ihn lieber gleich persönlich aufzusuchen.

Ihre Mutter hatte in ihrer Kindheit nie über ihren Onkel gesprochen. Ein besonders gutes Verhältnis schienen die beiden folglich nicht gehabt zu haben. Was würde er wohl sagen, wenn nach all den Jahren auf einmal seine Nichte vor ihm stand?

Carla sah, dass die Haustür unten offen stand. Im Flur roch

es nach Putzmitteln und Kohl. Sie stieg die sterilen steinernen Treppen in den zweiten Stock hoch und klingelte.

Ein Mann in Hosen und geripptem Unterhemd, über dem er bizarrerweise Hosenträger trug, öffnete ihr. Er musste um die siebzig sein und trug sein dünnes graues Haar mit Pomade in einem strengen Seitenscheitel aus seinem Gesicht, das aufgedunsen und kalt wirkte.

»Ja?«, fragte er mit einem stechenden Blick.

Einen kurzen Moment lang fehlten Carla die Worte. Sie hätte nicht sagen können, wie sie sich den Bruder ihrer Mutter vorgestellt hatte, aber ganz sicher nicht so. Sie mochte Wilhelm auf Anhieb nicht und überlegte kurz, ihm einfach zu sagen, sie habe sich in der Tür geirrt, und wieder zu verschwinden, aber dann siegte ihre Neugier.

»Verzeihung, sind Sie Wilhelm Wilmer?«

Er stemmte die Hand in die Hüfte. »Wenn's an der Tür steht, wird's wohl so sein!«, erwiderte er in einem Ton, als würde er sie für begriffsstutzig halten.

Sie ließ sich nicht aus dem Konzept bringen und zwang sich zu einem entschuldigenden Lächeln. »Ich hätte vorher anrufen sollen. Mein Name ist Carla, Carla Whiteman. Ich bin die Tochter Ihrer Schwester Dora«, fügte sie hinzu, beim *Sie* bleibend, da sich etwas in ihr strikt weigerte, diesen Mann als ihren Onkel zu akzeptieren. Mit einer gewissen Genugtuung stellte sie fest, dass es Wilhelm für einige Sekunden die Sprache verschlug. Dann musterte er sie erneut.

»Doras Tochter? … Du hast einen Akzent!« Es klang vorwurfsvoll.

»Ich bin Engländerin und das erste Mal in Deutschland.«

Wilhelms buschige Augenbrauen zogen sich unheilvoll zusammen.

»Dora ist nach England gegangen?«

»Ja«, erwiderte sie. Plötzlich begriff sie, dass Wilhelm das anscheinend all die Jahre nicht gewusst hatte.

Er streckte ihr die Hand entgegen und schüttelte sie mit kräftigem Druck. »Komm rein!«, befahl er dann.

Die Wohnung war genauso kleinbürgerlich wie das Haus, und sie folgte ihm durch den schmalen Flur in ein Wohnzimmer. »Setz dich!«

Er verschwand, und Carla sah sich zögernd um – ein verschlissenes braunes Sofa und ein Fernseher stellten den Mittelpunkt des Raums dar. Auf dem Tisch lag eine Tageszeitung mit dick gedruckten Überschriften und dem Foto eines barbusigen Mädchens. Der Teil mit dem Fernsehprogramm war herausgelegt worden. Auf der anderen Seite des Zimmers stand eine altmodische Anrichte, über der ein paar alte gerahmte Fotos an der tapezierten Wand hingen. Neugierig trat sie näher. Das eine war ein Bild ihrer Großmutter. Carla kannte es, denn dasselbe hatte auch in dem Fotoalbum geklebt, das sie auf dem Dachboden bei ihren Eltern gefunden hatte. Ihre Augen wanderten weiter zu einem Gruppenbild junger Männer in Uniform, unter denen sie auch den jungen Wilhelm erkannte. Die streng gescheitelten Haare und die Hakenkreuzbinde an den Armen der Männer ließen keinen Zweifel, aus welcher Zeit die Aufnahme stammte. Gleich daneben befand er sich wieder in Uniform und mit Hakenkreuzbinde mit zwei weiteren Männern auf einem Foto. Die drei hatten sich gegenseitig die Arme auf die Schultern gelegt. Ein stolzer siegesgewisser Ausdruck lag auf ihren jungen Gesichtern – und schon damals die Kälte.

Carla verspürte einen schalen Geschmack im Mund. Offensichtlich schien Wilhelm seinen damaligen Überzeugungen noch immer treu zu sein, wenn er diese Bilder an der Wand hängen hatte.

Sie hörte hinter sich Schritte.

»Wir müssen doch anstoßen, wenn wir uns endlich mal sehen! Und natürlich sagst du *Du,* schließlich bin ich dein Onkel«, sagte Wilhelm, der mit einer Flasche Schnaps und zwei Gläsern zurückgekehrt war.

Carla schwieg. *Er war ein Nazi …* Hatte ihre Mutter deshalb den Kontakt zu ihm abgebrochen? Am liebsten wäre sie gegangen, aber sie wusste, dass Wilhelm vermutlich der Einzige war, der ihr etwas über die Vergangenheit ihrer Eltern in Berlin erzählen konnte. Obwohl ihre Angst gerade größer geworden war, was sie über ihre Mutter und ihren Vater erfahren würde, ließ sie sich auf einen der Sessel nieder und sah zu, wie Wilhelm zwei Gläser füllte.

Er hatte ihre plötzliche Reserviertheit bemerkt und deutete mit dem Kinn zu den Bildern. »Ich verstecke nicht, was ich gewesen bin. Ich steh dazu. War im Übrigen die beste Zeit meines Lebens. Aber das kannst du nicht verstehen, bist viel zu jung dafür«, stellte er fest. »Erzähl mal lieber, wie geht's denn Dora so? Wie ist sie denn nach England gekommen? Mit Paul?«

»Ja, meine Eltern sind nach dem Krieg nach Cornwall gezogen.«

Er reichte ihr ein Glas, und sie stieß notgedrungen mit ihm an. Es schmeckte fürchterlich und brannte wie Feuer.

»Ich bin in England geboren«, sprach sie dann weiter. »Mum geht es nicht so gut. Sie leidet leider seit einigen Jahren unter schweren Depressionen.«

Wilhelm hörte ihr ungläubig zu. Er hatte sein Glas in einem Zug geleert. »Na, kein Wunder, wenn sie nach England gegangen ist. Dora war schon immer viel zu sensibel. Ich hab ja nie gewusst, was aus ihr geworden ist. Von einem Tag zum anderen sind sie damals verschwunden, ohne etwas zu sagen.« Er schüttelte seinen Kopf mit den grauen Haaren. »Das macht man doch nicht. Auch wenn wir nie so enge waren, aber sie ist doch trotzdem meine Schwester.«

Zu Carlas Überraschung schien er tatsächlich verletzt. »Ich wusste nicht, dass sie damals so überstürzt aus Berlin weggezogen sind«, sagte sie betroffen.

»Und wie! Ich war immer überzeugt, dass sie einen Grund dafür hatten. Das sie irgendetwas getan haben!«

Ihr Herzschlag beschleunigte sich. Er wusste etwas, begriff sie. Sie versuchte, ein ahnungsloses Gesicht zu machen. »Getan? Aber was denn?«

Er beugte sich zu ihr und schien nur zu gerne bereit, darüber zu sprechen. »Keine Ahnung, was es war. Aber es gab Leute, die später nach deinen Eltern gefragt haben, die sie suchten. Es muss irgendwie mit früher zusammengehangen haben. So ein Typ, der bis zum Kriegsende ein hohes Tier bei der SS war, ist damals bei mir aufgetaucht. Ich hatte Mühe, ihm begreiflich zu machen, dass ich selbst nicht wusste, wo sie waren.«

Carla lief ein Schauer über den Rücken. *Ein hohes Tier bei der SS?* »Weißt du noch, wie der Mann hieß?«

»Klar! Raven, Heinrich Raven. Davon haben dir deine Eltern nichts erzählt, was?«, sagte er und griff nach seinen Zigaretten. »Willst du?«

Sie schüttelte den Kopf.

»Na, ist auch besser so. Gehört sich auch nicht, dass eine anständige Frau raucht.«

Sie ignorierte die alberne Bemerkung. »Dieser Raven, lebt er noch?«

Wilhelm, der sich eine Zigarette angezündet hatte, zuckte die Achseln. »Weiß ich nicht. Ich bin ihm danach nicht noch mal über den Weg gelaufen und bin froh drüber. Ich bin nicht zimperlich, aber er hat mich ziemlich hart in die Mangel genommen! Konnte von Glück sagen, dass er mir nicht sämtliche Knochen gebrochen hat.«

Carla starrte ihn ungläubig an. »Das hört sich ja schrecklich an!«, sagte sie, während sie überlegte, was ihre Eltern nur getan haben konnten, dass Raven bereit gewesen war, zu solch rabiaten Mitteln zu greifen, um zu erfahren, wo sie sich aufhielten. Ihr Gespräch mit Pete Howard fiel ihr ein. *»Er hatte Narben, und sein Körper zeigte Spuren, dass er wohl des Öfteren in Schlägereien verwickelt war.«*

»Kanntest du eigentlich Mums Freundin Edith?«

»Edith? Edith Theußenberg? Klar, wir sind ja dort im Haus aufgewachsen. Hat sich immer für was Besseres gehalten. Dora wollte es nicht wahrhaben. Sie hing mehr an Edith als gut für sie war, wenn du mich fragst. Die beiden waren ständig zusammen. Edith hat später diesen von Stettenheim geheiratet, so einen wichtigen Adligen, und hat mit ihm auf großem Fuß gelebt. Dora und sie waren aber trotzdem weiter befreundet«, erzählte er.

Carla musste an sich halten, um ihn nicht zu unterbrechen. »Was ist aus Edith geworden?«

Wilhelm stieß den Rauch aus. Er zuckte die Achseln. Sein Gesicht hatte einen kalten Ausdruck angenommen. »Sie hat sich mit einem Juden eingelassen …«

JULES

76

Berlin, Frühsommer 1939

Er war spät dran. Den ganzen Nachmittag hatte er mit verschiedenen Vertretern der jüdischen Gemeinde gesprochen. Es war nicht das erste Mal. Schon mehrmals hatte man versucht, ihn abzuwehren, aber Jules war hartnäckig geblieben und hatte endlich Erfolg gehabt. Die drei Mädchen – Hanna, Ruth und Elisabeth – waren auf die Liste für den nächsten Kindertransport nach England gesetzt worden. Nach der Reichskristallnacht hatte sich die dortige Regierung bereit erklärt, mehrere tausend jüdische Kinder und Jugendliche im Land aufzunehmen. Die Plätze, für die es lange Wartelisten gab, waren begehrt und reichten längst nicht aus. Wenigstens die Mädchen würden so in Sicherheit kommen. Jules ahnte, dass die Nachricht Annabelle Lichtstein im gleichen Maß erleichtern wie als Mutter verzweifeln lassen würde. Doch es war die beste Lösung, und er hoffte, dass sich ihre Chance, selbst ein Visum für England zu bekommen, dadurch auch verbessern würde.

Jules blickte um sich, bevor er nach rechts in den schmalen Weg bog, der zwischen wild wuchernden Hecken zum Hintereingang des Kellers führte. Schon seit geraumer Zeit hatten sie diesen Ort zu ihrem Treffpunkt und zur Lagerstätte für ihre Vorräte gemacht. Sie waren inzwischen fünf Leute – nicht einberechnet Herrn Schultz, dem das etwas abseits der Straße gelegene Haus mit dem Keller gehörte. Der ältere Herr war früher mit einer Jüdin verheiratet gewesen und hasste die Nazis genauso sehr, wie sie es taten. »Gott hab mein Lenchen selig, dass sie das nicht mehr miterleben muss«, pflegte er oft empört zu sagen.

In den letzten Wochen hatten sich die Entwicklungen überschlagen. Anfangs hatte Jules nur den beiden Familien helfen wollen, deren Männer auf dem Wagen der SS gewesen waren, den Lichtsteins und den Ahorns. Doch der Kreis war schnell größer geworden – und dann hatte er Emil wieder getroffen. Jules war in einem Lebensmittelladen und wollte gerade heimlich zwei Äpfel einstecken – da seine eigenen Mittel kaum reichten, für sich selbst zu sorgen, hatte er es sich zur Gewohnheit gemacht, durch die Läden zu streifen und hier und dort etwas mitgehen zu lassen –, als er überraschend von dem alten Bekannten angesprochen wurde. Emil war Paukist und hatte früher mit ihm im Philharmonischen Orchester gespielt. Wie Jules war er Jude und zur gleichen Zeit entlassen worden.

»Hallo, Jules«, sagte er laut in dem Geschäft zu ihm und flüsterte ihm dann leise im Vorbeigehen zu, dass er gerade von einem Verkäufer beobachtet würde. Hastig legte Jules die Äpfel wieder weg.

Draußen gingen sie ein paar Schritte zusammen.

»Die Lebensmittel, sie sind nicht für mich«, erklärte Jules.

Emil vergrub seine Hände in den Manteltaschen und zuckte die Achseln. »Selbst wenn. Ich mach das auch. Deshalb bist du mir auch aufgefallen«, setzte er mit einem schiefen Grinsen hinzu, bei dem sich die Wangen über seine ausgeprägten Backenknochen hoben.

Schweigend waren sie zusammen die Straße entlangspaziert – sie, zwei ehemalige Musiker des Philharmonischen

Orchesters Berlins, die beide keinerlei Scham darüber empfanden, dass sie zu Dieben geworden waren. Nicht ohne eine gewisse Verwunderung stellte Jules diese Tatsache fest. Er schloss Emil auf völlig neue Weise ins Herz.

»Die kleinen Läden sind gefährlich«, erklärte ihm der Paukist.

»Wo sollte man sonst Lebensmittel auftreiben?«

»Dort, wo die Waren sind, bevor sie in die Läden kommen – in den Lagern am Hafen und Großmarkt!«

»Aber gibt es dort keine Wachen?«

»Doch, du musst den Augenblick abpassen, in dem sie in ihrer Runde gerade vorbeigegangen sind.«

Und so erfuhr Jules, dass Emil zusammen mit einem Freund, dem jungen Andrik, einen Weg gefunden hatte, sich an den Waren im Hafen und Großmarkt zu bedienen. »Wir nehmen nicht viel. Hier ein bisschen, dort etwas – sodass es nicht auffällt. Trotzdem ist es das reinste Schlaraffenland!«, bemerkte Emil augenzwinkernd.

Jules hörte ihm begeistert zu. Es war die Geburtsstunde eines geheimen Hilfskreises, den sie aufzubauen begannen. Außer Emil und Andrik gehörten schon bald noch dessen Freunde Henry und Eva zu ihnen. Jeder von ihnen kannte jüdische Menschen in Not: Bekannte, Freunde und auch viele ältere Leute, die sich nicht mehr stark genug gefühlt hatten, mit ihren Familien zu emigrieren, und nun alleine zurückgeblieben waren. Am Anfang waren es vorwiegend existenzielle Dinge, wie Lebensmittel oder Kohle zum Heizen, die sie besorgten. Emil kannte aber auch einen Apotheker, der notwendige Medikamente beschaffen konnte.

Die Verarmung und Verelendung der Juden, denen man durch Berufsverbote und Zwangsarisierung ihrer Geschäfte und Betriebe mittlerweile jede Existenzgrundlage genommen hatte, nahmen täglich zu. Die jüdischen Gemeinden, die eigentlich Anlaufstelle für die Bedürftigen waren, überforderte die wachsende Zahl Armer schon lange.

Die Hilfe ihrer Gruppe war jedoch auch kaum mehr als ein Tropfen auf den heißen Stein. Sie wollten mehr tun, und der neunzehnjährige Andrik, dessen Vater zu den fünfhundert Juden gehörte, die nach den Verhaftungswellen im KZ umgekommen waren, besaß noch andere ungeahnte Talente. Er war ausgebildeter Grafiker und verstand es meisterhaft, Dokumente und Stempelabdrucke zu fälschen.

Viele jüdische Familien, die sie kannten, lebten seit dem letzten Jahr in der ständigen Angst, dass es erneute Verhaftungswellen geben könnte. Die aus den KZs zurückgekehrten Männer waren zudem oft nur unter der Auflage freigekommen, das Land zu verlassen und ihren Besitz der deutschen Regierung zu übereignen. Verzweifelt versuchten die Betroffenen nun, ihre Ausreise voranzutreiben. Doch ein Visum für ein anderes Land zu bekommen wurde immer schwieriger, ebenso wie von den deutschen Behörden einen Reisepass zu erhalten. Man musste eine Unbedenklichkeitsbescheinigung des Finanzamtes vorweisen, die nur ausgestellt wurde, wenn man die Reichsfluchtsteuer und auch die Sühnesteuern, die Judenvermögensabgabe, bezahlt hatte. Viele Juden konnten die dafür geforderten Summen aber schon lange nicht mehr aufbringen.

»So eine Unbedenklichkeitsbescheinigung ist nur ein Formular mit Stempel. Das zu fälschen ist kein Problem, aber vielleicht sollte man sich lieber gleich an die Pässe machen«, sagte Andrik und zog die Stirn über seiner sommersprossigen Nase kraus, als sie eines Nachmittags zusammen im Keller saßen und feststellten, dass es nicht reichte, den Menschen nur zu essen zu geben.

»Wenn sie uns erwischen, landen wir ohnehin im Lager. Da sollte es sich doch wenigstens lohnen, oder?«, meinte Emil, und die anderen stimmten ihm zu.

Andrik besorgte sich einen alten Pass und zeigte ihnen, wie er unter einer Lupe mit einem spitzen Pinsel den Hoheitsadler und das Hakenkreuz mit violetter Aquarellfarbe, die nicht von der Originalfarbe des Stempelabdrucks zu unterscheiden war, am Fotorand nachzeichnete. Dann nahm er ein Stück Zeitungspapier, das er an einer unbedruckten Stelle befeuchtete, und drückte es auf den Stempel. Das Papier saugte die Farbe auf, sodass ein Spiegelbild des Abdrucks entstand, den man nun wieder einfach auf das Foto des neuen Ausweises drücken musste. Es sah aus wie echt! Das einzige Risiko bestand darin, dass der gefälschte Stempeldruck nicht wasserdicht war.

Sie waren beeindruckt, und so begannen sie, zusätzlich auch noch ins Metier der Fälscher einzusteigen.

77

Als Jules den Keller aufschloss, sah er, dass kein Licht brannte. Die anderen mussten noch unterwegs sein. Er packte eilig ein paar Lebensmittel ein, schaltete das Licht wieder aus und verließ den Keller, um sich auf den Weg zu Frau Lichtstein zu machen. Es war fast zehn Tage her, dass er das letzte Mal bei ihr gewesen war, und er war froh, ihr nun positive Nachrichten über die Plätze für den Kindertransport bringen zu können.

Annabelle Lichtstein öffnete ihm auf sein Klingeln die Tür. »Guten Abend, Herr Cohn«, begrüßte sie ihn und trat zur

Seite, um ihn hereinzulassen. Er folgte ihr durch den Flur, und sie drehte sich im Gehen vor der Schwelle zum Wohnzimmer zu ihm. Ein leichtes Lächeln glitt über ihr Gesicht. »Ach, ihre Freundin ist auch hier. Sie hat den Kindern etwas zum Spielen mitgebracht. Sie ist wirklich eine reizende Person.«

Freundin? Jules blickte sie verwirrt an und wollte sie gerade fragen, wen sie damit meinte, als er im selben Augenblick abrupt in seinem Schritt innehielt, weil er sie selbst sah. *Edith!* Was tat sie hier? Dann wurde ihm bewusst, dass es seine eigene Schuld war. Weshalb hatte er sie auch beim letzten Mal mitgenommen? Es war ein Moment der Schwäche gewesen. Als Edith plötzlich vor seiner Haustür gestanden und ihm gesagt hatte, dass er Deutschland verlassen müsse, hatte ihn eine unerklärliche Wut ergriffen. Vielleicht, weil sie ihn zu sehr daran erinnerte, wie sein Leben früher gewesen war, und sie ihm gleichzeitig so symbolisch schien für all die, die in diesem Land einfach wegschauten und die vorgaben, nicht mitzubekommen, wie Menschen, die einmal Freunde und Nachbarn gewesen waren, Tag für Tag mehr entrechtet und gedemütigt wurden. Er hatte Edith mitgenommen, weil er ihr zeigen wollte, wie es diesen Familien ging. Sie sollte nicht glauben, dass sie sich einfach so von ihren Schuldgefühlen befreien konnte.

Und nun war sie hier. Er musste zugeben, dass er damit nicht gerechnet hatte. Sie saß auf dem Boden und spielte mit den Kindern, genauer gesagt, las sie ihnen eine Geschichte vor, ohne dass sie ihn bis jetzt bemerkt hatte. In der einen Hand ein Buch, den anderen Arm um die kleine Hanna gelegt, die sich eng an sie schmiegte, während Ruth und Elisabeth, der es endlich etwas besser zu gehen schien, dicht vor ihr saßen und wie die Jüngste gebannt an ihren Lippen hingen. Irgendetwas zerriss in Jules, als er dieses Bild sah – diese idyllische Atmosphäre häuslicher Geborgenheit und der Klang von Ediths melodischer Stimme, die etwas an sich hatte, dass man sofort der Erzählung lauschen wollte … Es war eine Vorstellung, wie das Leben hätte sein können und sein sollte – und das alles inmitten dieses Zimmers, das noch immer deutlich von den hässlichen Spuren der Gewalt und Willkür der SS gezeichnet war. Er bemerkte, dass Frau Lichtstein sanft zu Edith und ihren Töchtern blickte, und erinnerte sich plötzlich an früher, an die Abende mit ihrer Clique. Schon damals hatte Edith die Eigenschaft besessen, die Stimmung und die Menschen um sich herum durch ihre Anwesenheit zu verändern.

Sie schien ihn noch immer nicht bemerkt zu haben, und er lauschte einen Moment einfach nur dem Klang ihrer Stimme und betrachtete sie. Sie war schön, wie den meisten Männern war auch Jules das nicht verborgen geblieben, aber er musste zugeben, dass er ihr immer eine gewisse Tiefe abgesprochen hatte. Ein Gespräch mit Frau Theußenberg kam ihm mit einem Mal in den Sinn, als diese ihm vor einigen Jahren erzählt hatte, dass Edith die Schauspielerei wieder aufgegeben habe, weil es ihr an wahrer Passion dafür fehlte.

»Nun, vielleicht kann nicht jeder tiefe Leidenschaft empfinden«, hatte er erwidert.

»Nein, nicht jeder, aber Edith schon! Sie verbrennt sonst an ihrem eigenen Feuer«, hatte sie mit ernster Miene gesagt.

Damals hatte er gedacht, Frau Theußenberg könne nur nicht erkennen, dass ihre Tochter einfach anders und weit oberflächlicher als sie selbst war.

Doch jetzt erkannte er etwas anderes an Edith. Nachdenklich beobachtete er, wie sie dort selbstvergessen zwischen den Kindern saß und nichts außer der Geschichte, die sie vorlas, von Bedeutung zu sein schien, und ihm fiel zum ersten Mal die leise Melancholie auf, die sie umgab. Sie strahlte etwas unerwartet Verletzliches aus, und plötzlich begriff er, dass ihre Schönheit verbarg, wer sie wirklich war. Ausgerechnet in diesem Augenblick hatte sie die Geschichte beendet und hob den Blick.

»Hallo, Jules!«, sagte sie. Ein trotziger Ausdruck leuchtete in ihren Augen auf.

»Guten Abend, Edith.« Er nickte ihr zu. Die Kinder plapperten aufgeregt durcheinander. Hanna war auf ihn zugelaufen und umarmte ihn. Er drückte sie lächelnd und versuchte nicht daran zu denken, was die Trennung von ihrer Mutter für die Mädchen bedeuten würde. Bei diesem Gedanken wandte er sich zu Frau Lichtstein. »Ich muss mit Ihnen sprechen!«

Sie gingen hinaus in den Flur.

Annabelle Lichtstein weinte, als er ihr erzählte, dass er für alle drei Mädchen einen Platz bekommen habe.

»Sie müssen sie nicht wegschicken, wenn Sie nicht wollen«, sagte er sanft, obwohl sie selbst es gewollt hatte. Sie wischte sich die Tränen aus dem Gesicht.

»Nein, nein, ich bin glücklich, wenn sie in Sicherheit sind, die Sorge, was hier aus ihnen wird, bringt mich um. Es ist nur … es wird mir das Herz brechen, sie weggeben zu müssen.«

»Wir werden alles dafür tun, dass Sie auch ein Visum bekommen!«

Sie nickte. »Natürlich, aber das Wichtigste sind die Mädchen. Mein Mann hätte das auch so gewollt. Ich weiß nicht, wie ich Ihnen für alles danken soll, Herr Cohn!«

Er drückte ihr die Hand und bemühte sich, zuversichtlich zu wirken. »Eines Tages werden Sie mich in England zum Tee einladen«, erwiderte er, bevor sie zurück ins Wohnzimmer gingen und er ihr noch die Lebensmittel gab, die er für sie mitgebracht hatte.

»Danke, Fräulein Theußenberg hat uns auch etwas mitgebracht. Das wird ja ein richtiges Festmahl heute!«

»Wie schön!« Er zwang sich zu einem Lächeln, schenkte Edith jedoch einen kühlen Blick. »Wir müssen jetzt gehen!«

78

Sie schwiegen beide, als sie die Treppe hinunterstiegen und das Haus verließen. Erst als sie draußen waren, fuhr er zu ihr herum. »Was soll das? Wieso bist du hierhergekommen?«

»Ich brauche deine Erlaubnis nicht, wenn ich helfen will. Das habe ich dir schon mal gesagt.« Mit schnellen Schritten ging sie weiter. Er lief ihr hinterher. »Du kannst damit alle in Gefahr bringen, dich auch.«

Jäh fuhr sie zu ihm herum. »Vieles in diesem Land ist ja vielleicht ein Vergehen geworden, aber Essen zu verschenken und Kindern eine Geschichte vorzulesen doch zumindest noch nicht. Und wenn, wäre es mir auch egal!«

Ihre Wut überraschte ihn.

Einen Moment lang liefen sie schweigend weiter. »Wo steht dein Wagen?«, fragte er schließlich ruhig.

»Ich bin mit der U-Bahn gekommen.«

Erst jetzt fiel ihm auf, dass sie anders als sonst gekleidet war, schlichter, sodass sie nicht auffiel. Nun, zumindest das hatte sie berücksichtigt.

»Ich nehme nicht an, dass dein Mann von diesem Besuch bei den Lichtsteins weiß, oder?«

»Ich war nicht nur bei den Lichtsteins, sondern auch bei

den Ahorns und Levys – und natürlich weiß mein Mann nichts davon«, fuhr sie ihn an, bevor sie den Blick wieder stur geradeaus richtete.

Vor ihnen führte die Straße unter der S-Bahn durch eine Unterführung. Ediths Absätze hallten auf dem Pflaster wider.

Jules hielt sie an ihrem Ellbogen fest. Über ihnen donnerte die S-Bahn hinweg. Er bemühte sich, einen verbindlichen Ton anzuschlagen. »Edith, ich meine es ernst, dass es zu gefährlich ist. Du bist als Person viel zu exponiert. Und ich glaube kaum, dass dein Mann deine Besuche gutheißen würde. Du musst hier nichts beweisen, damit du dich besser fühlst …«

Sie riss sich aufgebracht los, lief zwei Schritte weiter, nur um sich dann wieder umzudrehen und erneut auf ihn zuzukommen. »Du glaubst, dass es mir nur darum geht? Dass ich mir etwas beweisen will? Für so selbstbezogen und oberflächlich hältst du mich?!«

Ihre Stimme war laut geworden, und er wünschte sich, dass er tatsächlich noch diesen Eindruck von ihr hätte.

»Hör auf«, fuhr er sie an.

Sie verstummte, aber er konnte sehen, wie ihr Atem noch immer schnell ging. »Worüber hast du mit Frau Lichtstein gesprochen, als ihr in den Flur gegangen seid?«, fragte sie auf einmal.

»Wieso interessiert dich das?«

»Sie hat geweint, oder?«, fragte Edith leise.

Einen kurzen Augenblick lang war Jules nicht fähig, etwas zu sagen. »Ich habe einen Platz für die drei Mädchen in einem der nächsten Kindertransporte nach England bekommen.«

»Sie gehen ohne ihre Mutter?«

»Ich hoffe, dass Frau Lichtstein ein Visum bekommt.«

Edith senkte den Kopf und starrte auf eine Pfütze. »Sie hat es mir erzählt, wie sie ihren Mann geholt haben«, sagte sie dann mit tonloser Stimme. »Sie waren gerade mit den Kindern beim Essen, als sie kamen. *Jetzt wirst du mal sehen, was es heißt, ein Jude zu sein,* haben sie gesagt. Er hat gedacht, dass sie sich irren müssten, und ihnen zu erklären versucht, dass er Arzt sei und sich nie etwas zuschulden habe kommen lassen. Doch sie haben nur gelacht.« Sie blickte Jules an. »Er wurde mit den anderen Männern nach Sachsenhausen gebracht. Dort haben sie ihnen die Köpfe rasiert, und sie mussten vierundzwanzig Stunden in der Kälte auf dem Platz beim Appell stehen. Sein Herz war zu schwach. Er ist einfach umgefallen …«

Erstarrt nahm Jules wahr, wie ihr die Tränen über die Wangen liefen.

»Wie kann das sein, dass man an einem Abend mit seiner Familie beim Essen sitzt und am nächsten stirbt, weil man so etwas erleiden muss?« Sie weinte leise. »Ich habe das nicht gewusst, Jules. Ich wusste nicht, was geschieht …«

Er schwieg, und plötzlich konnte er nicht anders, als sie in seine Arme zu ziehen. Ihre Schultern bebten. Eine Zeit lang hielt er sie so. Schließlich hob sie das Kinn. »Du musst hier weg, Jules! Du musst das Land verlassen!«

Er strich ihr sanft über den Rücken, ohne sie aus seinen Armen zu lassen. Ein trauriges Lächeln glitt über seine Lippen. »Ich kann hier nicht weg, Edith! Nicht jetzt.«

79

Dora trat mit einem kleinen Schälchen Milch nach draußen und schaute sich suchend um. Ein Rascheln in den Sträuchern verriet ihr, dass sie bereits erwartet wurde. Vorsichtig kam die kleine Katze auf sie zu. Dora stellte das Schälchen ab und beobachtete, wie das Tier sich gierig über die Milch hermachte. Sie lächelte, bevor sie sich aufrichtete und ihren Blick durch den Garten schweifen ließ. Es war ein warmer Frühsommertag. Im Haus waren die Handwerker dabei, zu streichen und neue Öfen für den Winter zu installieren, während sie draußen arbeitete. Natürlich hätten sie inzwischen das Geld gehabt, einen Gärtner einzustellen, aber die körperliche Tätigkeit tat ihr gut. Sie grub Beete um, die sie für Gemüse und Kartoffeln anlegte, pflanzte Blumen und beschnitt Büsche und Bäume. Paul hatte recht gehabt, sie liebte es, hier zu sein.

Ein Motorgeräusch riss sie aus ihren Gedanken. Als sie den Kopf zu Straße wandte, sah sie, dass auf der unebenen Feldstraße ein Wagen hielt. Der elegante Mercedes konnte nur Edith gehören.

Erfreut lief sie auf sie zu. Die beiden Freundinnen schlossen sich in die Arme.

»Wie geht es dir?«, fragte Dora. »Du siehst blass aus«, stellte sie dann im selben Atemzug fest, als sie sie musterte. In der Tat wirkte Edith – in ihrem Sommerkleid und dem Hut wie immer eine elegante Erscheinung – angespannt und auch ein wenig schmaler als sonst.

»Ach, ich schlafe schlecht. Aber du siehst dafür umso blendender aus!«, wich Edith aus.

Sie begaben sich nach hinten in den Garten, wo unter einem Sonnenschirm Tisch und Stühle aufgestellt waren. Dora goss ihnen etwas von der selbst gemachten Limonade ein. »Mir geht es auch gut hier draußen«, sagte sie und betrachtete die Freundin erneut. »Aber mit dir stimmt etwas nicht!«, stellte sie fest. »Maximilian?«

Edith zuckte die Achseln. »Wir leben mehr oder weniger nebeneinander her. Ich merke nur, dass ich mir immer öfter

Gedanken mache, wie er so enge geschäftliche Beziehungen mit der Regierung haben kann, ohne in der Partei zu sein.«

»Hast du ihn mal gefragt?«

Edith hatte sich eine Zigarette angezündet und wirkte abwesend, doch dann nickte sie. »Ja. Er hat mir einen Vortrag darüber gehalten, dass jemand mit seinem Namen einen Sonderstatus genießen würde und für ihn andere Regeln gelten würden.« Ihr Ton klang sarkastisch.

Dora nippte an ihrer Limonade. »Vielleicht stimmt das ja.«

»Vielleicht.« Edith blies den Rauch aus, und Dora begriff, dass sie ihrem Mann nicht zu vertrauen schien.

»Das ist nicht alles, oder?«, fragte Dora, die sich nicht entsinnen konnte, die Freundin jemals zuvor in solch einer düsteren Stimmung erlebt zu haben.

Edith schwieg. »Fragst du dich nicht manchmal, ob wir etwas gegen das alles tun müssten, gegen Hitler und diesen ganzen Irrsinn?«, stieß sie plötzlich leise hervor.

Dora warf unwillkürlich einen Blick zum Haus, doch die Handwerker konnten sie bis hierhin unmöglich hören. »Nein«, sagte sie dann rasch. »Weil ich es nicht könnte. Das weiß ich seit damals im Krankenhaus!« Es stimmte, was sie sagte. Die Albträume, dass die SA auf einmal vor ihrer Tür stand und sie mitnahm, begleiteten Dora seitdem wie ein unsichtbares Gespenst. Sie wäre nicht noch einmal in der Lage gewesen, dasselbe zu tun wie vor sechs Jahren, als sie Dr. Wiesenthal versteckt hatte. So bitter die Erkenntnis war – sie war nun mal nicht zur Heldin geboren. Sie ertrug die Angst einfach nicht. Dora blickte die Freundin an. »Manchmal finde ich mich schrecklich und schäme mich dafür, aber ich bin einfach zu feige.«

Edith griff ihre Hand. »Wenigstens bist du ehrlich, Dora. Wir anderen sind auch feige, aber zusätzlich noch verlogen.«

Ihr hartes Urteil überraschte Dora, und sie wurde das Gefühl nicht los, dass es noch etwas gab, das die Freundin bewegte, sie es ihr aber nicht erzählen wollte. Sie erinnerte sich, wie Edith und sie sich als junge Mädchen immer ihre Zukunft ausgemalt hatten, aufregend und so voller Träume, doch das Leben hatte sich für sie beide anders entwickelt. Einen Moment lang betrachtete Dora die lila Fliederbüsche, die gerade in voller Blüte standen, und versuchte das Bild aus ihrem Kopf zu verdrängen, das sich unweigerlich vor ihre Augen schob – zwei kleine Mädchen, die durch den Garten tobten. Seitdem sie wusste, dass sie eine Tochter bekommen hätte, waren es in ihrer Vorstellung immer Mädchen. Ein trauriger Ausdruck glitt über ihr Gesicht.

»Denkst du nie über Kinder nach, Edith?«, fragte sie plötzlich. Es war ein Thema, über das sie niemals sprachen. Dora musste zugeben, dass sie insgeheim erleichtert war, dass Edith auch keine Kinder hatte – es war einfacher so –, aber zum ersten Mal interessierte sie, warum. »Ich weiß, dass du nie so davon geträumt hast wie ich«, setzte sie hinzu. »Aber nun bist du verheiratet, und Maximilian ist doch sicher der Typ Mann, der einen Nachfolger, einen Stammhalter, haben will, oder?«

Edith blickte sie überrascht an. Einen Moment schien sie nach den richtigen Worten zu suchen, und man sah ihr an, dass sie sich unbehaglich fühlte. »Nun, Maximilian hat immer gesagt, dass das Zeit hat, und wenn ich ehrlich bin, ich habe es nicht darauf angelegt, schwanger zu werden. Im Gegenteil ...«, gestand sie. Sie wich Doras Blick aus.

»Du hast bewusst versucht, eine Schwangerschaft zu verhindern?« Dora starrte sie ungläubig an. Natürlich wusste sie, dass es Methoden gab, wie man vermeiden konnte, ein Kind zu bekommen, aber es schien ihr unvorstellbar, dass man das wirklich wollte, wenn man gesund war. Was hätte sie selbst alles dafür getan, um endlich ein Kind in ihren Armen halten zu können!

Edith schaute sie verlegen an. »Versteh mich nicht falsch, ich liebe Kinder, und irgendwann möchte ich auch welche haben, aber wenn es jetzt der Fall wäre, ich würde mir mit Maximilian wie gefangen vorkommen.«

Dora nickte, aber sie konnte nichts dagegen tun, dass ein bitteres Gefühl in ihr aufstieg, und ihr wurde bewusst, wie unterschiedlich Ediths und ihre Lebensträume schon immer gewesen waren.

80

Edith empfand Schuldgefühle, als sie nach Hause fuhr. Dora war ihre beste Freundin, sie stand ihr noch immer so nah wie eine Schwester, und es war ihr unendlich schwergefallen, ihr nicht alles zu erzählen, von den Lichtsteins und von ihrer Erkenntnis, dass in diesem einen Moment – als sie die Mutter mit ihren drei kleinen Töchtern in dem Wohnzimmer gesehen hatte – etwas mit ihr passiert war, das sie nicht mehr rückgängig machen konnte. Und auch von Jules. Gerade von Jules, dachte sie und erinnerte sich, wie sie in der Unterführung vor ihm in Tränen ausgebrochen war. In diesem Augenblick war zwischen ihnen etwas geschehen. Es hatte plötzlich eine tiefe Verbindung gegeben, und als er sie in seine Arme zog, hatte sie tatsächlich Trost verspürt, echten Trost – und noch etwas anderes, mit dem sie nicht gerechnet hatte. Edith war noch immer verwirrt darüber, und es kam ihr fast wie ein Betrug vor, ausgerechnet Dora, die seit ihrer Kindheit ihre intimsten

Geheimnisse kannte, nichts davon erzählen zu können. Doch sie hatte ihr Wort gegeben.

»Du darfst niemandem sagen, dass du hier warst, Edith. Wirklich niemandem. Nicht einmal Dora. Versprich mir das. Es geht um mehr, als du weißt und ich dir erklären kann!«, hatte Jules eindringlich verlangt, und sie hatte genickt. Schon bei ihrer letzten Begegnung hatte sie verstanden, dass er mit dem, was er tat, die Grenzen der Legalität längst überschritten hatte und auch nicht alleine arbeitete.

Selbst wenn sie nicht ihr Wort gegeben hätte, sie wusste, dass sie vorsichtig sein musste. Vor allem, was Maximilian anging. Ihre Ehe war distanziert, und sie ließen sich beide ihre Freiheit, aber sie war sicher, dass er nicht geduldet hätte, dass sie Juden half, weil er nie das Risiko eingegangen wäre, sich damit den Unmut seiner nationalsozialistischen Geschäftspartner zuzuziehen.

Als sie nach Hause kam, ging sie zu ihm in sein Büro. Gerade jetzt war es wichtig, den Schein zu wahren, so schwer es ihr fiel. Sie klopfte an die Tür.

Maximilian blickte kurz auf und nickte ihr zu. »Hattest du einen schönen Nachmittag?«

»Ja, danke.«

Derlei unpersönliche Fragen waren typisch für ihn. Sie sah, wie er einige Papiere nahm und diese in eine Mappe legte. Er erkundigte sich nie, wo sie gewesen war oder wen sie getroffen hatte, sondern lediglich, ob sie eine angenehme und schöne Zeit verlebt hatte. Alles andere schien er selbst in einer Ehe als unzulängliche Neugier zu empfinden.

Edith hatte schnell gelernt, ihm selbst nicht zu viele Fragen zu stellen. Sie war überzeugt, dass er gelegentlich das eine oder andere Verhältnis hatte, obwohl er sie in regelmäßigen Abständen noch immer in ihrem Schlafzimmer aufsuchte.

Doch die Leidenschaft zwischen ihnen war schon lange erloschen.

Sie beobachtete, wie Maximilian aufstand und die Mappe mit den Papieren in dem Tresorfach im Schrank verschloss und den Schlüssel abzog. Was verwahrte er dort wohl? In den letzten Wochen hatte Edith, wenn sie allein zu Hause war, angefangen, heimlich Maximilians Korrespondenz und Unterlagen durchzusehen, weil sie die Frage, wie eng seine Verbindungen zu den Nationalsozialisten wirklich waren, nicht mehr losließ. Aber bis jetzt hatte sie nichts gefunden, wenn man einmal von dem umfangreichen Schriftverkehr mit den Ministerien des Reichs absah. Ihr Blick folgte ihm unmerklich, als er jetzt den Schlüssel in das Geheimfach seines Schreibtisches legte.

»Wir sind nächste Woche bei den Ravens eingeladen!«, sagte Maximilian in diesem Augenblick. »Es werden eine Reihe von hochrangigen Leuten erwartet.«

Edith nickte höflich, obwohl ihr allein der Gedanke schon schlechte Laune bereitete. Doch sie würde keine Möglichkeit haben, dem zu entkommen. Solange sie bei allen ihren Einladungen und gesellschaftlichen Verpflichtungen zugegen war und ihre Rolle als Gastgeberin und Frau an seiner Seite gut erfüllte, schien es Maximilian nicht weiter zu interessieren, was sie tat – und darauf kam es ihr zurzeit am meisten an.

81

Fast eine Woche verging, bis sie Jules das nächste Mal sah. Edith ging weiter zu den Lichtsteins, den Ahorns und Levys und brachte ihnen Lebensmittel und auch Seife und andere Toilettenartikel mit. Ihre Eltern hatten ihr vor der Abreise in die Schweiz ihr Konto auf ihren Namen überschrieben. Nicht einmal Maximilian wusste davon. Edith hatte das Geld bis jetzt nicht angerührt, aber nun nahm sie davon.

Vor allem ihre Besuche bei den Lichtsteins waren kaum zu ertragen, denn dort nahte inzwischen der Abschied. Nur wenige Tage blieben noch, bis die drei Töchter das Land verlassen sollten, und die Familie war beim Packen. Es war eine schreckliche Situation. Die drei Mädchen, die nicht verstanden, warum ihre Mutter nicht mit ihnen kommen würde, schwankten zwischen Tränen, Wut und Angst. Annabelle Lichtstein versuchte stark zu sein. »Sobald ich ein Visum habe, komme ich nach«, versprach sie und nahm sie immer wieder in die Arme. Edith, der es selbst das Herz zerriss, fragte sich, woher sie diese Kraft nahm. Sie versuchte, Mutter und Töchter etwas abzulenken und beim Packen zu helfen. Die Kinder durften jeweils nur einen Koffer und ein Handgepäckstück mitnehmen. Kleidung sei am wichtigsten, hatte die jüdische Gemeinde sie wissen lassen. Für persönliche Dinge blieb kaum Platz. Ruth war nur mit Mühe davon abzubringen, ihre gesamten Puppen mit einzupacken. »Du musst dich für eine entscheiden, mein Liebling«, sagte ihre Mutter, als es klingelte. Frau Lichtstein ging zur Tür, während Edith sich bemühte, mit Elisabeth zu reden, die sich weigerte, ihre Geige hierzulassen, die ihr Vater ihr doch zu ihrem letzten Geburtstag geschenkt hatte. Mit Tränen in den Augen stampfte sie wütend mit dem Fuß auf.

»Warum gibst du sie nicht mir? Ich nehme sie in Verwahrung

und passe gut auf sie auf«, sagte in diesem Moment eine tiefe Stimme. Jules stand auf der Schwelle. Mit einem Lächeln ging er auf Elisabeth zu und beugte sich zu ihr hinunter. »Eine schöne Geige«, sagte er bewundernd. »Mein Vater hat mir auch so eine geschenkt, als ich so alt war wie du. Soll ich dir mal etwas zeigen?«

Elisabeth zögerte, doch dann nickte sie. Jules nahm das Instrument vorsichtig an sich, legte es an seine Halsbeuge und ergriff den Bogen. Sanft fuhr er über die Saiten. Ein zarter Ton erklang, und dann begann er zu spielen, während er sich erhob. Eine Melodie erfüllte den Raum. Fasziniert starrten ihn die Kinder an.

Edith hatte Jules viele Male im Haus ihrer Eltern spielen hören. Immer hatte sie seine Musik ergriffen, aber heute schien es ihr, dass sie ihn dabei zum ersten Mal wirklich hörte und auch sah. Die Eleganz, die in seiner Haltung lag, sein Körper, der mit dem Instrument zu verschmelzen schien, seine Augen, die er geschlossen hatte, während er der Geige Töne entlockte, die eine eigene Geschichte erzählten, die trösteten und berührten und sie alle für einen Moment die Wirklichkeit vergessen ließen. Ihr stockte der Atem.

Als Jules sein Spiel beendete, war es still im Raum. Er beugte sich erneut zu Elisabeth. »Ich werde auf deine Geige aufpassen. Ich weiß, was sie dir bedeutet. Ihr wird nichts geschehen, und wenn deine Mutter nach England nachkommt, wird sie sie mitbringen. Glaubst du mir das?«

Elisabeth nickte. Jules strich ihr sanft über den Kopf.

Als Edith an diesem Abend mit ihm die Lichtsteins verließ, herrschte ein seltsames Einvernehmen zwischen ihnen.

»Du bist also wiedergekommen. Das solltest du nicht«, sagte er nachdenklich, als überlegte er, was er nur mit ihr anfangen sollte.

Sie zuckte die Achseln.

Er wandte ihr den Kopf zu. »Es gibt nichts, das dich davon abbringen könnte, oder?«

»Wirst du das Land verlassen?«, entgegnete sie.

Er lächelte leicht. »Versuchst du zu handeln?«

Sie schwieg. »Wird es schwierig, für sie ein Visum zu bekommen?«, fragte sie dann.

»Ja«, erwiderte Jules ehrlich. »Die Botschaften können sich seit letztem November vor Anträgen kaum retten. Es sollte zwar von Vorteil sein, dass ihr Mann im KZ umgekommen ist und ihre Töchter auch in England sind, aber es gibt keine Garantie.«

Bedrückt hörte sie ihm zu. Wie vor zwei Wochen hatten sie die Unterführung erreicht, und ihre Schritte hallten auf dem Pflaster wider. Unvermittelt blieb sie stehen.

»Jules, sie muss ein Visum bekommen«, brach es aus ihr heraus. »Ich weiß, dass in vielen Ländern Bürgschaften für die Emigranten verlangt werden. Wenn es um Geld geht, egal wie viel, das ist kein Problem. Ich habe ein Konto von meinen Eltern. Niemand würde es mitbekommen.«

Er starrte sie an. »Das geht nicht. Jede Überweisung ins Ausland wäre auffällig. Du würdest sofort ins Visier der Gestapo geraten.«

Sein Tonfall war plötzlich schroff. Sie ignorierte es.

»Und wenn man das Geld direkt in die Botschaft bringt?«

»Nein!«

»Warum nicht? Sag mir nicht, dass du es nicht nehmen willst, weil es von mir ist.«

»Hör auf«, sagte er mit belegter Stimme und stand auf einmal in der dunklen Unterführung dicht vor ihr. Die Spannung zwischen ihnen war fühlbar. Für einen Moment hielt sie den Atem an.

Unerwartet sanft strich er ihr eine Haarsträhne aus dem Gesicht. »Weißt du, dass ich mich schon fast strafbar mache, hier so mit dir zu stehen?«

»Das ist mir egal – und außerdem gilt das für uns beide.« Aufgewühlt schaute sie ihn an.

»Ach, Edith«, sagte er leise. Seine Finger strichen über ihre Wange, und sein Blick hielt sie gefangen.

»Es ist mir egal, Jules. Niemand wird mir jemals vorschreiben, was ich fühle«, flüsterte sie und legte die Arme um seinen Hals. Er starrte sie an, als sie den Kopf hob – und dann zog er sie an sich und küsste sie.

82

Heinrich stand in gerader Haltung vor seinem Vorgesetzten Arthur Kroll beim Sicherheitsdienst.

»Setzen Sie sich, Sturmbannführer! Ich habe Ihren Antrag gelesen …«, sagte Kroll mit ausdrucksloser Stimme.

Heinrich, der die Hacken zusammengeschlagen hatte, konnte erkennen, dass seine Akte und das Schreiben direkt vor ihm auf dem Tisch lagen. Vergeblich versuchte er aus den Gesichtszügen seines Vorgesetzten herauszulesen, was er dachte. Schon letzte Woche hatte er in einem respektvoll formulierten Brief und damit verbundenen Antrag darum gebeten, für den Fall des Krieges – es war intern bekannt, dass Hitler bereits im April die Einsatzbereitschaft der Wehrmacht für einen Feldzug in Polen angeordnet hatte – direkt an der Front eingesetzt zu werden. Es war ihm ein persönliches Bedürfnis, für die Ehre und den Ruhm seines Vaterlandes und des Führers zu kämpfen. Doch man hatte auf seine Bitte nicht reagiert. Erst auf seine wiederholte Nachfrage war er heute zu Kroll bestellt worden.

»Um es kurz zu fassen: Ihr Antrag ehrt Sie, und wir haben auch nichts anderes von Ihnen erwartet, aber er wird abgelehnt.«

»Abgelehnt?« Heinrich kämpfte einen Moment, seine Enttäuschung nicht allzu deutlich zu zeigen.

»Ja, Gruppenführer Heydrich hat sich persönlich dagegen ausgesprochen.«

Heinrich blickte ihn überrascht an, denn er hatte immer geglaubt, in der besonderen Gunst des Chefs der Sicherheitspolizei zu stehen. Offensichtlich hatte er sich geirrt.

»Man ist der Meinung, dass Sie hier gebraucht werden«, fuhr Kroll in diesem Augenblick fort. »Wie Sie wissen, gibt es angesichts der gewaltigen Herausforderungen, denen Deutschland gegenübersteht, Überlegungen, das Amt des Sicherheitsdienstes und der Sicherheitspolizei zusammenzulegen, und dafür brauchen wir Leute wie Sie mit besonderen Fähigkeiten und Talenten.« Er deutete auf Heinrichs Akte. »Sie können eine überragende Erfolgsquote bei den Verhören von politisch Verdächtigen vorweisen. Deshalb möchten wir Sie zusätzlich gezielt auf diesem Gebiet einsetzen, auch in den KZs. Selbstredend werden Sie dafür eine entsprechend leitende Position bekommen und auch zum persönlichen Stab des Gruppenführers Heydrich gehören.«

Heinrich brauchte kurz, bis er verstand, dass er die Gunst von Heydrich ganz und gar nicht verloren hatte, sondern ganz im Gegenteil von diesem befördert werden sollte. Welche Auszeichnung! Seit seiner ersten Begegnung mit ihm war Heinrich ein glühender Verehrer von Reinhard Heydrich, der mit Mitte dreißig nur wenige Jahre älter als er selbst war und sich im gleichen Maße durch seine Intelligenz wie seine radikale nationalsozialistische Gesinnung auszeichnete.

»Das ist eine außerordentliche Ehre. Ich versichere Ihnen, ich werde Sie nicht enttäuschen«, sagte Heinrich.

Kroll nickte. »Dessen sind wir uns gewiss!« Er nickte knapp zum Zeichen, dass das Gespräch damit beendet war. Heinrich erhob sich und schlug die Hacken zusammen.

Er hatte alles richtig gemacht! Tiefe Zufriedenheit erfüllte ihn, als er sich in seinem Büro wieder an seinen Schreibtisch setzte. Er begann, die Meldungen und Überwachungsprotokolle von Verdächtigen durchzugehen, die seine Mitarbeiter ihm jeden Tag brachten. Die Auswertung derartiger Informationen gehörte mit zu seinen Aufgaben. Zwischen den Papieren fand sich ein Umschlag, der den Querverweis *Vertraulich* trug. Ein Dossier über Maximilian von Stettenheim, das er schon vor einiger Zeit angefordert hatte, befand sich darin. Angesichts der Aufträge und Geschäfte, die dieser für die Regierung tätigte, waren derlei Überprüfungen reine Routine. Nachdenklich blätterte er die Seiten durch. Er musste zugeben, dass er geradezu hoffte, etwas Verdächtiges in seinem Lebenslauf zu entdecken, etwas, das seine Loyalität zur Partei infrage stellte. Bis jetzt war er leider nicht fündig geworden. Im Gegenteil. Für einen kurzen Augenblick tauchte Ediths Gesicht vor seinen Augen auf. Grübelnd legte er das Dossier zur Seite. Doch in jedem Leben gab es einen dunklen Fleck.

83

Ihre Welt war aus dem Gleichgewicht geraten. Nicht erst durch Jules. Schon lange vorher hatte Edith gespürt, wie sie sich in dem Leben und ihrer Ehe mehr und mehr selbst verlor und ihre eigenen Werte und Empfindungen verleugnen musste. Wie sehr, wurde ihr bewusst, als sie ausgerechnet am Abend nach Jules' Kuss mit Maximilian der Einladung zu Heinrich und Lisa Raven folgen musste. Sie hatte sogar kurz überlegt, eine Krankheit vorzutäuschen.

Nachdenklich blickte sie aus dem Wagen, als sie auf dem Weg zu den Ravens waren. Dichter Wald war links und rechts der Straße zu sehen. Heinrich wohnte mit Lisa seit Neuestem auf Schwanwerder. Die Halbinsel im Wannsee, auf der früher auch viele gut situierte Juden gelebt hatten, war schon seit einiger Zeit erfolgreich zwangsarisiert. Heute residierten hier prominente Nationalsozialisten, wie der Reichsminister Goebbels, Hitlers Leibarzt und auch Albert Speer.

Das Haus der Ravens lag nicht auf einem der exklusiven Wassergrundstücke, sondern in der Mitte der Insel, war aber dennoch überaus luxuriös. Heinrich ließ es sich nicht nehmen, Edith und Maximilian alles persönlich zu zeigen. Die Räume waren durchaus geschmackvoll und elegant eingerichtet, aber in kaum einem Zimmer fehlten die Symbole seiner politischen Überzeugung. Es hatte etwas fast Religiöses, wie Edith fand. Die gerahmten Porträts vom Führer, die Wimpel mit der Hakenkreuzfahne, das für alle im Regal zur Schau gestellte Exemplar von Hitlers *Mein Kampf* … Lisa erschien für einen kurzen Augenblick, um ihnen voller Stolz ihren Sohn vorzustellen. Einen kleinen blonden Jungen, der Heinrich wie aus dem Gesicht geschnitten war.

Edith fühlte ein körperliches Unwohlsein, als sie später mit dem Glas in der Hand durch das Haus wanderte und die Anwesenheit all der Parteifunktionäre und SS-Offiziere wahrnahm, unter die sich einige den Nazis genehme Künstler und andere Personen mischten. Sie hasste sich selbst dafür, hier zu sein. Es kam ihr vor, als wäre sie auf einmal aufgewacht.

Sie musste an Jules denken, an den aufwühlenden Kuss, den sie noch immer auf ihren Lippen spürte. Die Nähe, die sie zu ihm fühlte, verwirrte und erschreckte sie zugleich.

»Amüsierst du dich?«

Sie zuckte zusammen, als sie bemerkte, dass Heinrich neben ihr stand. Lisa sah mit eifersüchtiger Miene von der anderen Seite des Wohnzimmers zu ihnen herüber.

»Aber ja. Ihr habt ein schönes Haus.«

Er musterte sie, ohne auf ihre Bemühungen, Konversation zu machen, einzugehen. »Du hast abgenommen«, stellte er fest, ein missbilligender Unterton schwang in seiner Stimme.

»Nur eine Magenverstimmung.«

»Du solltest aufhören zu rauchen.«

Sie lächelte mit kaltem Spott. »Warum? Weil es sich nicht für eine anständige deutsche Frau gehört?«

Heinrichs Augen wurden schmal. Er beugte sich zu ihr. »Ja, genau deshalb, Edith!«

Beinah erleichtert registrierte sie, wie in diesem Augenblick Maximilian zu ihr trat und den Arm um sie legte.

»Heinrich ist der Meinung, ich sollte mit dem Rauchen aufhören«, erklärte sie.

»Nun, Edith hat ihre Laster, aber ich gebe zu, dass sie das nur noch reizvoller macht«, sagte ihr Mann und küsste sie auf die Wange. Heinrichs Blick verdunkelte sich.

Später sah sie die beiden mit den anderen Männern im Herrenzimmer stehen. Eine der Gestalten in Uniform war der Chef des Sicherheitsdienstes, Reinhard Heydrich. Sie konnte an Heinrichs respektvollem Verhalten ausmachen, wie mächtig er sein musste. Heydrich lachte und scherzte mit Maximilian, als wären sie beste Freunde. Beklommen beobachtete Edith sie und fragte sich erneut, wie eng Maximilians Verbindungen zu den Nationalsozialisten wirklich waren. Sie merkte, dass sie Angst vor der Antwort hatte. Auf einmal erinnerte sie sich an einen Satz, den Heinrich vor Längerem zu ihr gesagt hatte. »Ich muss zugeben, ich war überrascht, dass du einen Mann geheiratet hast, der unserer Sache so nahesteht …«

Edith dachte an das Tresorfach in Maximilians Schrank. Wenn überhaupt, würde sie nur dort fündig werden. Der Gedanke ging ihr den ganzen Abend nicht mehr aus dem Kopf.

Als Maximilian am nächsten Tag in der Stadt Termine hatte – die ganze Woche hatte sie keine Möglichkeit gehabt, sein Büro allein zu betreten –, nutzte sie die Gelegenheit. Sie nahm den Schlüssel aus dem Geheimfach seines Schreibtischs und öffnete den Schrank. Mit zittrigen Händen schloss sie das Tresorfach auf. Ein Bündel Geldscheine und mehrere Mappen lagen darin. Nervös, weil sie sich in ihrem eigenen Haus wie eine Diebin fühlte, nahm sie die Sachen heraus, dabei fiel ihr ein kleines Kästchen entgegen. Sie klappte den Deckel auf. Eine silberne Ehrennadel lag darin. Ungläubig starrte Edith darauf. Ein Hakenkreuz mit dem SS-Abzeichen prangte in der ovalen Mitte. Drum herum konnte man die Worte *DANK DER SS FÜR TREUE, HILFE I. D. KAMPFZEIT* lesen, die mit sechs Eichenblättern verziert waren. Sie spürte, wie ihr übel wurde. Als Kampfzeit betitelten die Nationalsozialisten allgemein die Zeit vor der Machtergreifung. Wieso besaß Maximilian dieses Abzeichen? Hastig begann sie, die Papiere durchzusehen. Es waren vor allem Banküberweisungen. Als sie sah, wer der Empfänger der Zahlungen war, wurde sie blass – ein Verwaltungskonto der SS und der *Freundeskreis Reichsführer-SS.* Die Überweisungen hatten 1930 begonnen, drei Jahre vor der Machtergreifung! Und sie dauerten bis heute an. Die Summen waren nie gleich, aber hoch, ungewöhnlich hoch. Voller Entsetzen verstand sie auf einmal, dass Maximilian die Nationalsozialisten insgeheim all die Jahre unterstützt hatte. Edith rang um Atem.

In diesem Moment hörte sie Schritte auf dem Flur. Panisch steckte sie in Windeseile alles zurück in das Tresorfach und schaffte es gerade noch, den Schlüssel herumzudrehen und den Schrank zu schließen, als auch schon die Tür geöffnet wurde. Ihre Finger umschlossen den Schlüssel in ihrer Hand.

Johann, der Sekretär, starrte sie überrascht an. »Kann ich Ihnen helfen, gnädige Frau?«, fragte er dann in einem Ton, der an Unverschämtheit grenzte.

»Nein, ich habe nur einige Unterlagen gebraucht.«

Der Sekretär musterte sie misstrauisch. »Davon hat mir Herr von Stettenheim gar nichts gesagt.«

Edith warf ihm einen kühlen Blick zu. »Soweit ich weiß, ist mein Mann auch nicht verpflichtet, Sie über Dinge zu informieren, die er mit mir bespricht«, erwiderte sie und bemerkte, während sie die Worte sprach, entsetzt, dass das Kästchen mit der Ehrennadel auf dem Boden vor ihren Füßen lag. Es musste heruntergefallen sein, als sie die Papiere so hastig wieder in den Tresor geschlossen hatte. Sie spürte, wie ihre Hände feucht wurden.

»Wenn Sie mich jetzt bitte wieder allein lassen würden!«, sagte sie zu dem Sekretär in einem Befehlston, der keinen Widerspruch duldete.

Johann zögerte. Einen Augenblick lang glaubte sie, er würde sich widersetzen, doch dann gewannen die Jahre, die er in untertänigen Diensten bei Maximilian angestellt war, die Oberhand. Er nickte, drehte sich widerwillig um und verließ zu Ediths Erleichterung das Büro.

Hastig bückte sie sich, als sich die Tür hinter ihm schloss, und hob das Kästchen auf. Sie konnte nur hoffen, dass er Maximilian nichts erzählte. Ihr Herz raste, als sie den Schrank erneut öffnete, das Tresorfach aufschloss und die Ehrennadel zu der Mappe und den Geldbündeln legte.

Sie zitterte innerlich. Wie hatte sie es nicht mitbekommen können, wer der Mann, den sie geheiratet hatte, wirklich war?

Vermutlich hatte er sich 1930 sogar aus rein strategischem Kalkül zu den Spenden und der fördernden Mitgliedschaft in der SS entschlossen. Und sein Kalkül hat sich auch ausgezahlt, dachte Edith voller Bitterkeit, während sie den Schlüssel hastig, als würde sie sich daran verbrennen, zurück in das Geheimfach legte.

Nachdem sie Maximilians Büro verlassen hatte, wäre sie am liebsten aus dem Haus geflohen. Sie würde sich trennen, sich scheiden lassen, war ihr erster Gedanke. Im Grunde wollte sie das schon lange. Fast genauso schnell wurde ihr jedoch klar, dass sie Maximilian nicht einfach so verlassen konnte. Sie sank im Erker auf einen Stuhl und starrte auf den Wannsee hinaus. Er würde niemals einwilligen. Den Gesichtsverlust, dass sich seine Frau von ihm trennte, würde er mit allen Mitteln zu verhindern suchen. Bei aller Freiheit, die er ihr ließ, in dieser Beziehung war er zutiefst konservativ. Außerdem war die Fabrik ihres Vaters auf ihrer beider Namen überschrieben worden. Ein nicht unbeträchtliches Vermögen ihrer Familie war darin gebunden. Doch die bitterste Erkenntnis war die, dass Edith sich eingestehen musste, dass ihr die Ehe mit Maximilian Schutz bot. Würde sie sich trennen, sie wäre Heinrich ausgeliefert. Allein die Vorstellung ließ Edith schaudern. Plötzlich traten Tränen in ihre Augen. Sie müsste Berlin, Deutschland ganz verlassen – zu ihren Eltern in die Schweiz gehen. Bestimmt würde sie ein Visum bekommen.

Doch dann dachte sie an Jules und was sie für ihn empfand und an die Lichtsteins, die Ahorns und Levys und Dora, und sie wusste, dass sie nicht aus Berlin weggehen konnte, nicht weggehen wollte. Zum ersten Mal seit langer Zeit hatte sie das Gefühl, etwas Sinnvolles zu tun. Sie wollte helfen. Ihr Blick glitt erneut nach draußen. Wenn sie als Ehefrau von Maximilian von Stettenheim ihre Position geschickt ausnutzte, würde sie dann nicht die Möglichkeit haben, wichtige Informationen zu bekommen, durch die sie andere vielleicht sogar schützen konnte?

CARLA

84

Carla atmete erleichtert auf, als sie die Wohnung ihres Onkels verlassen hatte und draußen auf die Straße trat. Es hatte sie übermenschliche Beherrschung gekostet, ihm nicht ständig ins Wort zu fallen und die Meinung zu sagen. Seine Ansichten waren einfach unerträglich gewesen – vor allem, als er in so abfälligem Ton über Jules sprach. Für Wilhelm war er bis heute nur *der Jude*. Carla hatte es sich nicht nehmen lassen, ihren Onkel darüber aufzuklären, dass Jules den Krieg und die Nazis glücklicherweise überlebt hatte und heute ein bekannter Violinist war, der auf den Bühnen dieser Welt stand. »Mag sein«, hatte Wilhelm nur achselzuckend entgegnet. Außer, dass Edith einen engen Kontakt mit Jules gehabt hatte – was ihn offensichtlich noch heute empörte –, hatte Carla ohnehin nicht viel erfahren. Vermutlich wusste Wilhelm auch kaum etwas. Aus dem, was er berichtete, hatte sie jedoch verstanden, dass Edith mit ihrem Mann, Maximilian von Stettenheim, zur damaligen Berliner Lokalprominenz gehört hatte und eine sehr schillernde Gestalt gewesen sein musste. Genau wie ihr Vater behauptete Wilhelm allerdings, dass Edith 1943 gestorben sei. »Dora hat es mir erzählt. Ich war an dem Nachmittag bei ihnen in ihrer Wohnung in Berlin, und sie hat furchtbar geweint. Aber das musste ja so enden …«

Wilhelms Tonfall hatte überzeugend und echt geklungen – so als hätte man Edith zu diesem Zeitpunkt tatsächlich für tot gehalten, dachte Carla jetzt, während die Straße zur nächsten U-Bahn-Station entlanglief. Und doch hatte Jules Edith nach dem Krieg wiedergetroffen.

Ein nachdenklicher Ausdruck glitt über ihr Gesicht. Sie hatte sich von Wilhelm die Adresse von der Wohnung ihrer Eltern in Berlin und dem Haus in Kladow am Stadtrand geben lassen. Vielleicht gab es irgendwo noch ehemalige Nachbarn, die ihr etwas über ihre Mutter und ihren Vater erzählen konnten.

Als sie sich verabschiedete, hatte sie ihn auch gefragt, ob in den vergangenen Jahren schon einmal jemand bei ihm aufgetaucht sei, der etwas über Dora oder Edith hatte wissen wollen. Doch er hatte den Kopf geschüttelt. »Nee, der Einzige, der nach ihr gefragt hat, war dieser SS-Typ!«

Anastasia war also nicht bei ihm gewesen. Möglicherweise hatte sie gar nicht gewusst, dass es in Berlin noch einen Onkel von ihnen gab, überlegte Carla.

Sie stieg die Treppen zur U-Bahn-Station hinunter und kramte in ihrem Portemonnaie nach Kleingeld, um sich am Schalter einen Fahrschein zu kaufen. Etwas, das Wilhelm über ihre Eltern gesagt hatte, ging ihr nicht aus dem Kopf. »Ich war ja immer froh, dass die Dora mit Paul einen ordentlichen deutschen Mann geheiratet hat, aber dass es sie nach England verschlagen hat … Ich meine, nichts für ungut, aber das war doch 1946 praktisch noch Feindesland!«

Auch Davids Fragen in seinen Artikeln hatten auf diesen Umstand abgezielt. Noch seltsamer erschien es Carla allerdings, dass ihre Mutter sich, so schlecht das Verhältnis zu ihrem Bruder auch gewesen war, nicht einmal von Wilhelm verabschiedet hatte, geschweige denn ihm erzählt hatte, dass sie nach England auswandern würde. Es war offensichtlich, dass ihre Eltern vor etwas davongelaufen waren. Und wer war dieser Heinrich Raven, der nach ihnen gesucht hatte? Sie nahm sich vor, David anzurufen, wenn sie wieder im Hotel war, vielleicht konnte er etwas über diesen Raven herausfinden.

Die laute Ansage, dass der nächste U-Bahnzug einfuhr, riss sie aus ihren Gedanken. Menschen drängten sich in dem Waggon, in den sie einstieg. Zwischen den anderen Fahrgästen standen zwei amerikanische GIs in Uniform, die sich Kaugummi kauend unterhielten und daran erinnerten, dass Westberlin noch immer unter der Verwaltung der Alliierten stand, die hier ihre Truppen stationiert hatten. Carla lauschte einen Moment auf die englischen Sprachfetzen, die sich mit dem deutschen Stimmengewirr um sie herum vermischten.

Es tat gut, in Berlin zu sein, stellte sie fest. Seit Monaten war es das erste Mal, dass sie überhaupt nicht an ihre Amnesie dachte. Das Gefühl, dass es hier nichts und niemanden gab, an den sie sich hätte erinnern müssen, war entspannend. Sie fragte sich, wie Anastasia sich wohl damals in Berlin gefühlt hatte. Noch immer schien es ihr so unglaublich, dass sie noch leben sollte, dass sie in manchen Momenten sicher war, David und sie müssten sich täuschen. Doch etwas tief in ihr wusste, dass es die Wahrheit war!

85

London

Richard Norton war froh, als sein letzter Patient gegangen war. Es war eindeutig nicht sein Tag gewesen. Er notierte noch schnell einige Worte in der Akte, verschloss sie in seinem Schreibtisch und stand auf, um seinen Mantel aus dem Schrank zu nehmen und endlich nach Hause zu gehen.

In diesem Augenblick summte die Sprechanlage. »Ein Anruf für Sie, Doktor«, ertönte eine Stimme.

Norton blickte stirnrunzelnd auf seine Uhr. »Jetzt nicht mehr. Wenn es kein Notfall ist, bin ich morgen wieder zu sprechen.« Er griff nach seinem Mantel.

»Es ist Mrs. Whiteman.«

Überrascht hielt er inne. *Carla Whiteman?* Das war in der Tat etwas anderes. Sie hatte zwei ihrer letzten Termine versäumt, und er war bereits etwas in Sorge gewesen, als ihn gestern auf einmal ihr Mann, Tom Whiteman, aufgesucht hatte. Der Psychiater verzog bei der Erinnerung daran grimmig das Gesicht. Der Anwalt hatte darauf bestanden, dass sie zusammen zum Lunch gingen. Er wirkte angespannt und fing beim Essen an, Fragen zu der Therapie seiner Frau zu stellen. Es war eine heikle Situation, denn vor zwei Jahren hatte Tom Whiteman ihn bei einem schwierigen Fall vor Gericht vertreten. Eine von Nortons Patientinnen hatte sich das Leben genommen und ihre einflussreiche Familie ihn daraufhin verklagt. Seine gesamte Karriere hätte damals zerstört werden können, wenn Whiteman nicht einen Freispruch für ihn erstritten hätte. Norton versuchte ihm daher so freundlich wie möglich zu erklären, dass er ihm nichts zu seiner Frau sagen dürfe, da jede Information der ärztlichen Schweigepflicht unterliege.

»Natürlich, das verstehe ich auch«, entgegnete der Rechtsanwalt. »Es ist nur so, ich mache mir Sorgen. Carla wirkt manchmal wie besessen. Sie glaubt, dass wir ihr etwas verheimlichen. Manchmal kommt es mir fast vor, als würde sie unter Verfolgungswahn leiden. Ich glaube, dass sie Hilfe braucht.«

Norton musste zwar zugeben, dass ihm Carla Whitemans Vermutungen bei ihrem letzten Gespräch selbst etwas weit hergeholt vorgekommen waren, aber irgendetwas war seltsam an Tom Whitemans Verhalten. »Nun, ich kann Sie beruhigen, sie wirkte auf mich in absolut gesunder Geistesverfassung«, sagte er bestimmt.

»Haben Sie ihr geraten, einen Kalender über die Zeit ihrer Amnesie anzulegen, wo sie Tag für Tag eintragen soll, woran sie sich erinnert?«, fragte der Anwalt aggressiv.

Das hatte Norton nicht, aber aus einem Impuls heraus nickte er dennoch. »Ja, es soll ihr helfen, zu ihrer Erinnerung zurückzufinden, denn das soll sie doch, oder?«, erwiderte er, und plötzlich erkannte er, dass Tom genau das nicht wollte. Die glatte Fassade des Anwalts bekam mit einem Mal einen Riss.

»Ihre Karriere wäre zerstört gewesen, wenn ich Ihnen damals nicht geholfen hätte, nun ist meine Karriere in Gefahr, weil meine Frau nicht ganz bei Sinnen ist. Ich hoffe, Sie verstehen, was ich meine?«, stieß Tom Whiteman mit zusammengepressten Lippen hervor. Norton stand daraufhin auf. »Absolut, deshalb werde ich auch so tun, als hätte dieses Gespräch nie stattgefunden!« Und mit diesen Worten war er gegangen.

Auf dem Rückweg zu seiner Praxis hatte er ein schlechtes Gewissen verspürt, dass er Carlas Vermutungen, man würde ihr etwas verheimlichen, nicht ernster genommen hatte – nun war er froh, dass sie anrief.

»Mrs. Whiteman, wie geht es Ihnen?«, fragte er erfreut.

»Oh, es ist viel passiert, aber es geht mir besser, sehr viel besser. Ich bin in Berlin und wollte mich entschuldigen, weil ich die letzten Sitzungen nicht abgesagt habe«, begann sie. Ihre Stimme klang anders, heller und irgendwie befreiter, stellte er fest.

»Ihr Mann war gestern bei mir und hat mir ziemlich viele Fragen gestellt.«

»Tom?« Er konnte durch das Telefon hören, wie ihr Atem kurz stockte. »Was haben Sie ihm gesagt?«

»Nichts, ich habe ihm erklärt, dass es eine ärztliche Schweigepflicht gibt.«

Sie seufzte. »Danke. Es steht nicht gerade zum Besten zwischen uns. Ich habe ihm gesagt, dass ich mich trennen werde. Wie ich schon erwähnte, es ist wirklich eine Menge passiert ...«, sagte sie, und er spürte durchs Telefon, dass sie plötzlich zögerte.

»Aber deshalb rufen Sie mich nicht an«, half er ihr weiter.

»Wenn Sie mich so fragen, nein – ich wüsste gerne Ihre Meinung in einer psychologischen Angelegenheit. Als Fachmann sozusagen.«

Er lächelte. »Betrifft es Sie?«

»Nein, es geht um meine Schwester.«

»Sie meinen, Ihre *verstorbene* Schwester?«

»Tja, wie es aussieht, lebt sie noch«, erwiderte sie zu seinem Erstaunen, und dann erzählte sie ihm, was sie erfahren hatte.

Er hörte ihr ungläubig zu. »Das muss ein ziemlicher Schock für Sie sein.«

»Ja, ich nehme an, damals ist etwas passiert, das sie meinen Eltern nicht verzeihen kann, aber ich verstehe einfach nicht, warum sie in all den Jahren nie den Kontakt zu mir gesucht hat und mich auch in dem Glauben gelassen hat, sie wäre tot.« Sie klang aufgebracht und verletzt, und Norton verstand, worum es ihr ging. Er suchte nach den richtigen Worten. »Nun, ich kann Ihnen zwar auch nicht erklären, warum Ihre Schwester das getan hat, aber von anderen Patientenfällen kann ich Ihnen sagen, dass es manchmal für einen Menschen leichter ist, mit allem zu brechen, wenn er etwas Schreckliches erlebt hat. Ein solch radikaler Kontaktabbruch ist immer ein Zeichen, dass jemand anders nicht damit fertigwird. Rein hypothetisch gesprochen könnte es sein, dass der Kontakt mit Ihnen bei Ihrer Schwester unweigerlich wieder die anderen schmerzhaften Erinnerungen zum Leben erweckt hätte oder sie zumindest Angst davor hat, dass es so sein könnte.«

Sie schwieg einen Moment lang. »Danke. Genau so etwas habe ich mir auch gedacht«, sagte sie dann nachdenklich.

86

Obwohl sie müde war, spürte Carla, dass sie nach dem Tag einen Drink brauchte. Sie hatte noch versucht David zu erreichen, aber er war nicht zu Hause. Einen Moment lang blickte sie auf ihre Notizen. Für den morgigen Tag hatte sie sich vorgenommen, Maximilian von Stettenheim aufzusuchen. Er gehörte zu den Personen, mit denen auch David im Sommer gesprochen hatte. Wenn es die Zeit erlaubte, konnte sie anschließend vielleicht noch raus nach Kladow fahren.

Sie machte sich etwas frisch und griff nach ihrer Handtasche, um nach unten in die Bar zu gehen, die zum Hotel gehörte. An den Tischen saßen zwei Paare, aber sonst war es leer. Carla bestellte einen Whisky und setzte sich an den Tresen. Dr. Nortons Worte gingen ihr noch immer durch den Kopf. Nicht zu fassen, dass Tom ihn aufgesucht hatte! Doch viel mehr beschäftigte sie, was der Psychiater über die möglichen Motive Anastasias gesagt hatte. Sie brachte die Dinge einfach nicht zusammen – ihre Eltern, zwei liebevolle Menschen, die irgendetwas getan haben mussten oder zumindest damit in Verbindung standen, das so furchtbar war, dass Anastasia von zu Hause geflohen war und bewusst in Kauf genommen hatte, dass man sie für tot hielt. Carla nippte an ihrem Whisky. Irgendwann im Laufe dieses verrückten Tages hatte sie sich auf einmal daran erinnert, wie sie – kurz nachdem sie nach London zum Studium gegangen war – glaubte, ihre Schwester in der Menschenmenge auf der Oxford Street zu sehen. Obwohl es nur einige Sekunden waren, bevor sie das Gesicht wieder zwischen den Leuten verlor, war es ein Schock gewesen. Später war sie sicher, dass sie sich getäuscht haben musste. Genau wie mit der Charlie-Chaplin-Postkarte. Aber vielleicht hatte sie sich gar nicht geirrt? Ihre Finger umschlossen das Glas in ihren Händen und einen Augenblick lang versuchte sie, nur der Jazzmusik zu lauschen, die in der Bar lief. Aus den Augenwinkeln nahm sie wahr, dass ein Gast in die Bar gekommen war und neben sie an den Tresen trat.

»Ich hoffe, hier ist noch frei?«

Beim Klang der tiefen Stimme fuhr sie herum. Ungläubig blickte sie den Mann neben sich an – es war David.

»Hi, wie geht's?« Er lächelte leicht, und sie merkte überrascht, wie sehr sie sich freute, ihn zu sehen.

In den letzten zwei Tagen hatte sie oft an ihn gedacht. Es war nicht allein die Anziehungskraft, die unleugbar zwischen ihnen bestand. Sie hatte festgestellt, dass sie sich gerne mit ihm ausgetauscht und ihm von den Ergebnissen ihrer Nachforschungen berichtet hätte.

»Ist deine Berlin-Reise eine spontane Entscheidung oder schon länger geplant?«, fragte sie mit einem Lächeln, da er ihr in London nichts von seiner Absicht, auch hierherzukommen, erzählt hatte.

»Teils, teils«, erwiderte er. Er hatte sich auf dem Barhocker neben ihr niedergelassen und bestellte ebenfalls einen Whisky. Erstaunt stellte sie fest, dass er recht passabel Deutsch sprach.

»Ich dachte, dass du vielleicht Unterstützung bei deinen Nachforschungen gebrauchen könntest, aber es gibt hier auch etwas, was ich zu erledigen habe. Jemand, den ich schon seit längerer Zeit unbedingt sehen muss, ist gerade in Berlin«, erklärte er und beobachtete sie dabei, als versuchte er abzuschätzen, ob sie sich durch sein Erscheinen hier vielleicht bedrängt fühlte. Ihre Augen trafen sich.

»Ich freue mich, dass du hier bist«, sagte sie ehrlich. Sie deutete mit einem schiefen Lächeln auf den Whisky vor sich. »War ein ereignisreicher Tag für mich. Ich versuche gerade zu verarbeiten, dass mein Onkel ein Nazi der übelsten Sorte war und ist!«

David sah sie verblüfft aus seinen grauen Augen an. »Du hast einen Onkel in Berlin?«

»Ja, meine Eltern haben nie über ihn gesprochen, aber ich habe seinen Namen in dem alten Adressbüchlein meiner Mutter gefunden und ihn besucht. An seiner Wand hängen noch Fotos von ihm aus den guten alten Zeiten, als der Führer noch lebte«, sagte sie ironisch. Sie trank noch einen Schluck von ihrem Whisky und erzählte David dann, was sie von Wilhelm erfahren hat. »Meinst du, dass du herausbekommen kannst, wer dieser Raven genau war und ob er noch lebt?«

David nickte. »Ich kenne jemand beim Mossad, den ich gestern ohnehin schon angerufen habe, weil er uns vielleicht mit der Identität des Toten in Cornwall weiterhelfen kann.«

Sie drehte sich überrascht zu ihm. »Du kennst jemand beim israelischen Geheimdienst?«

»Ja, sie waren mir schon einige Male mit Informationen behilflich«, erwiderte er, als würde es sich dabei um weiter nichts Besonderes handeln. »Ich hatte übrigens gestern Besuch. Von deinem Mann …«

Carla erstarrte. »O Gott, nein«, stieß sie hervor. Anscheinend war Tom nicht nur bei Norton gewesen!

»Doch. Er war ziemlich aufgebracht, weil er der Meinung war, ich hätte seine Ehe zerstört und würde die Absicht haben, mit meinen Artikeln seiner Karriere und dem Ruf eurer Familie schaden zu wollen.« David zog die Brauen hoch.

»Das tut mir leid. Ich weiß auch nicht, was in ihn gefahren ist.«

»Und er hat mir Geld geboten!«

Entsetzt sah sie ihn an. Das war wieder einmal typisch für Tom, dass er glaubte, sie und die Situation mit seinen Manipulationen unter Kontrolle zu bekommen. »Damit du nichts schreibst? Und was hast du gesagt?«

»Dass ich keinerlei Absicht hege, über ihn oder deine Familie jemals etwas zu veröffentlichen, und er genau drei Sekunden Zeit hat, meine Wohnung zu verlassen.«

Carla schwieg betreten und blickte auf ihr Whiskyglas.

»Du hast mir nicht erzählt, dass du dich von deinem Mann getrennt hast!« Er musterte sie neugierig, aber in seinem Blick lag noch etwas anderes.

»Nein«, sagte sie, und plötzlich begriff sie, dass er nicht hergekommen wäre, wenn er das nicht erfahren hätte.

87

Sie saßen bis spät in der Nacht in der Bar und unterhielten sich. Carla erfuhr, dass David lange als Korrespondent und Kriegsberichterstatter in Vietnam gewesen war, dass er einige Jahre mit einer dänischen TV-Reporterin liiert gewesen und ihre Beziehung an ihrer beider unstetem Lebenswandel gescheitert war und er schon als Jugendlicher Journalist hatte werden wollen. Es war ein ungewöhnlich persönlicher und schöner Abend. Trotz der unterschwelligen Spannung zwischen ihnen küssten sie sich nur auf die Wange, als sie sich schließlich verabschiedeten und jeder in sein Zimmer ging.

Carla schlief tief und traumlos in dieser Nacht. Es war fast neun Uhr, stellte sie beim Aufwachen mit Blick auf die Uhr fest.

Als sie zum Frühstück nach unten kam, sah sie, dass David bei einer Tasse Kaffee an einem der Tische saß und arbeitete. Mehrere Zeitungen lagen neben ihm, und er notierte etwas auf einen Notizblock, das nach Stichworten für einen Artikel aussah.

»Guten Morgen. Gut geschlafen?«, fragte er, als er sie bemerkte.

»Ja, so gut wie seit Langem nicht mehr.« Sie setzte sich zu ihm und goss sich einen Tee ein – der furchtbar schmeckte.

David grinste und legte Notizbuch und Stift beiseite. »In Berlin rate ich dir zu Kaffee.«

Sie befolgte seinen Rat und aß nur ein halbes Brötchen dazu, da sie noch keinen Hunger verspürte.

»Ich habe gleich zwei Termine und wollte noch etwas im Archiv bestellen. Wollen wir uns später treffen?«, fragte er. Da Carla am Vormittag zu von Stettenheim fahren wollte, verabredeten sie sich für den Nachmittag.

Sie fuhr mit der S-Bahn zum Wannsee hinaus und nahm dann ein Taxi. Die mehrstöckige Villa mit dem säulenartigen Vorbau, in der von Stettenheim wohnte, war beeindruckend. Das Grundstück lag direkt am See und hatte einen aufwendig angelegten Garten mit den Ausmaßen eines kleinen Parks. Sie dachte an die wenigen Informationen, die sie von David über ihn bekommen hatte. Nach dem Krieg war von Stettenheim einige Zeit in einem Internierungslager gewesen, da er Mitinhaber mehrerer Rüstungsfirmen gewesen war, aber dann freigekommen, weil ihm keine direkte Beteiligung an den Verbrechen der Nazis nachgewiesen werden konnte. Einen großen Teil seiner Güter, die auf dem Gebiet der heutigen DDR lagen, hatte er durch die Teilung Deutschlands verloren, aber er war immer noch ein sehr vermögender Mann.

Davids Auskunft nach war er in dem Gespräch mit ihm sehr kurz angebunden gewesen, als er erfuhr, dass er Journalist war. Carla hatte deshalb erst gar nicht den Versuch gemacht, ihn anzurufen, sondern beschlossen, ihn, genauso wie Frau List und ihren Onkel, persönlich aufzusuchen.

Das schmiedeeiserne Tor stand offen, sodass sie über die kiesbedeckte Vorfahrt ungehindert bis zur Tür gelangte und klingeln konnte. Eine ältere Haushälterin öffnete ihr die Tür. Mit ihrem charmantesten Lächeln erklärte Carla ihr, wer sie sei und dass es ihr viel bedeuten würde, wenn Herr von Stettenheim etwas Zeit für sie erübrigen könnte, da er ihre Mutter gekannt habe. Das war eine reine Vermutung, doch da Edith eine enge Freundin von ihrer Mutter war, nahm sie an, dass das stimmte.

Die Haushälterin verzog befremdlich das Gesicht, als Carla ihr ihre Visitenkarte gab. »Normalerweise empfängt der gnädige Herr keine unangemeldeten Besucher«, sagte sie in einem Tonfall, als müsse sie sich über die schlechte Kinderstube von ihr wundern, doch dann verschwand sie mit der Karte.

Carlas Blick glitt über das Grundstück, und sie dachte an das Stadthaus der Theußenbergs. Ohne Frage war Edith, obwohl sie schon von zu Hause aus aus gut situierten Verhältnissen stammte, mit dieser Heirat gesellschaftlich noch einmal eine Stufe weiter nach oben gestiegen.

Schritte verkündeten, dass die Haushälterin zurückkehrte.

»Wie gesagt, gewöhnlich empfängt der gnädige Herr keine unangemeldeten Besuche, aber da Sie eigens aus England kommen, wird er eine Ausnahme machen«, verkündete sie, und ihre Miene verriet, dass sie das keineswegs guthieß. »Wenn Sie bitte kurz im Salon warten würden!«

Carla folgte ihr durch eine Eingangshalle mit einer breiten Wendeltreppe, die man sich auch in einem alten Hollywood-Film hätte vorstellen können. Der luxuriös eingerichtete Salon, in den sie traten, wurde von einem gewaltigen glitzernden Kronleuchter an der Decke und einem Flügel dominiert. Vom Fenster aus konnte man direkt auf den See blicken.

Ein Geräusch hinter ihr ließ sie sich umdrehen. Ein groß gewachsener Mann in einem altmodischen seidenen Hausmantel und einem eleganten Gehstock mit silbernem Knauf war in den Raum getreten. Er musste in den Siebzigern sein, schätzte sie. Seine aufgeschwemmten Gesichtszüge verrieten, dass er dem Alkohol mehr zugetan war, als ihm vermutlich guttat, aber dennoch sah man, dass er einmal recht attraktiv gewesen sein musste.

»Mrs. Whiteman?« Er zog ein Bein etwas hinter sich her, als er mit einem durchaus gewinnenden Lächeln auf sie zukam.

»Vielen Dank, dass Sie Zeit für mich haben, Herr von Stettenheim!«

»Nun, für schöne Frauen habe ich doch immer Zeit«, sagte er leicht süffisant. Seine Augen funkelten, als hätten sie sich zu einem Rendezvous verabredet. »Setzen Sie sich«, bat er. »Was verschafft mir denn die Ehre Ihres Besuchs?«

Sie nahmen in zwei ausladenden Sesseln Platz, und er überschlug mit einem neugierigen Blick seine Beine.

»Ich bin die Tochter von Dora Wilmer und auf Spurensuche meiner Familie.«

»Dora? Ja, ich erinnere mich. Sie war Krankenschwester

und hat diesen ehemaligen Sportler geheiratet, nicht wahr? Ich war damals auf der Hochzeit Ihrer Mutter«, fügte er mit einem Lächeln hinzu.

Carla schaute ihn verblüfft an, denn sie hatte Schwierigkeiten, sich das vorzustellen. »Ich weiß, dass meine Mutter früher eng mit Ihrer Frau Edith befreundet war«, sagte sie schließlich. »Eigentlich hätte ich mich gerne mit ihr unterhalten, aber ich weiß leider nicht, was aus ihr geworden ist und ob sie noch lebt.«

Einen kurzen Moment lang wich jede Freundlichkeit aus Maximilian von Stettenheims Gesicht, als er den Namen *Edith* hörte.

»Nun, ich fürchte, da kann ich Ihnen auch nicht weiterhelfen. Ich habe sie das letzte Mal gesehen, als ich die Scheidungspapiere unterschrieben habe.«

Carla blickte ihn erstaunt an. Sie waren geschieden? Hatte David das gewusst? »Dürfte ich Sie fragen, wann das war?«

Er zuckte die Achseln. »Kurz nach dem Krieg – 1946.«

»Und Sie haben keine Ahnung, was danach aus ihr geworden ist?«

»Nein, und ehrlich gesagt, hatte ich auch kein Interesse, es zu erfahren. Sehen Sie, mit der Zeit mag sich der Blickwinkel auf manche Dinge verändern, aber was das angeht …« Sein Blick fixierte sie, und plötzlich hatte er etwas Bedrohliches. »Edith hat mit dem, was sie getan hat, nicht nur ihr Leben, sondern auch meines aufs Spiel gesetzt.«

»Sie meinen, wegen Jules Cohn?«, fragte sie vorsichtig.

Ein unerwartet hasserfüllter Ausdruck glomm in Maximilian von Stettenheims Augen auf, als er den Namen hörte. »Ja, wegen dieses Juden!«

EDITH

88

Edith hatte den Mädchen warme Jacken für England gekauft und alles am Tag vor ihrer Abreise bei den Lichtsteins vorbeigebracht. Am liebsten hätte sie die drei Kinder persönlich zum Zug begleitet, aber das Risiko war zu groß, dass sie jemand am Bahnhof sehen könnte, der sie kannte. Annabelle Lichtstein selbst war es untersagt, ihre Töchter zum Zug zu bringen. Sie musste sich, wie alle Eltern, in einem gesonderten Warteraum von ihnen verabschieden. Die Nationalsozialisten fürchteten wohl zu Recht, dass die tränenreichen Abschiedsszenen, in denen sich schreiende Kinder nicht von ihren Müttern und Vätern trennen wollten, für Aufruhr in der übrigen Bevölkerung sorgen könnten.

Edith ahnte ohnehin, dass der schwierigste Moment der sein würde, wenn Annabelle Lichtstein allein in das leere Wohnzimmer zurückkehren würde. Am Tag der Abreise wartete sie dort auf sie.

Annabelles Gesicht wirkte grau und um Jahre gealtert, als sie die Stufen hochkam. All die Tränen und der Schmerz, den sie mit so übermenschlicher Kraft unterdrückt hatte, um es ihren Töchtern nicht noch schwerer zu machen, brachen nun aus ihr heraus. »Vor einem halben Jahr hatte ich einen Mann und eine Familie – nun ist mir gar nichts mehr geblieben«, sagte sie leise. Sie weinte, und Edith hielt sie lange in den Armen. »Du wirst deine Töchter bestimmt bald wiedersehen«, tröstete sie sie.

Als Edith später auf dem Weg zur U-Bahn war, schwor sie sich erneut, alles dafür zu tun, dass Annabelle wirklich ein Visum bekam. Bedrückt lief sie die Straße entlang und weiter durch die Unterführung – den Weg, den sie in den letzten Wochen so oft gelaufen war.

Sie sah die hochgewachsene Männergestalt, die im Halbdunkel an der Wand lehnte, erst, als sie schon fast vor ihr stand. Es war Jules. Seit ihrem Kuss hatten sie sich nicht mehr gesehen, und dennoch kam es ihr vor, als gäbe es seitdem ein unsichtbares Band zwischen ihnen. Sie begriff, dass er hier gewartet hatte, weil er wusste, dass sie nach der Abreise der Kinder zu Annabelle Lichtstein gehen würde. Ihr Puls beschleunigte sich, als er die Hand ausstreckte und sie, ohne ein Wort zu sagen, in seine Arme nahm. Es lag etwas Selbstverständliches in der Art, wie er das tat, fast so, als wären sie schon längst ein Paar. Ein dunkler Glanz brannte in seinen Augen, und sie spürte, dass er sich ebenso nach ihr gesehnt hatte wie sie.

»Jules!« Ohne nachzudenken legte sie die Arme um ihn, als er sie auch schon küsste. Etwas Verzweifeltes und Leidenschaftliches lag in diesem Kuss. Sie konnte durch ihr Kleid die Wärme seines Körpers fühlen, als er sie enger an sich zog. Für einen Augenblick fiel alles von ihr ab – die Sorgen und Ängste der Gegenwart genauso wie die über die Zukunft und der Gedanke, dass niemand je von ihnen erfahren durfte –, und es gab nur noch sie beide. Sie konnte spüren, wie ihr Blut durch ihre Adern rauschte und ihrer beider Atem schneller ging.

Als ihre Lippen sich schließlich voneinander lösten, griff Jules ihre Hände und schob sie ein Stück von sich weg. »Edith, das hier geht nicht, das weißt du …«, sagte er rau, doch sein Blick strafte seine Worte Lügen, und im nächsten Moment zog er sie auch schon wieder an sich und hielt sie einfach in den Armen.

Sie hätte nicht sagen können, wie lange sie so gestanden hatten, als sie entschlossen ein wenig von ihm wich. »Ich möchte dir etwas zeigen.«

»Ich hoffe, etwas Schönes.«

Sie lächelte leicht. »Eher nützlich. Wir müssen ein Stück gehen«, sagte sie und griff seine Hand, um ihn mit sich zu ziehen. Eine Zeit lang liefen sie schweigend nebeneinander her, die Finger ineinander verschlungen.

Schließlich drehte Jules den Kopf zu ihr.

»Du warst bei ihr, oder?«

Edith nickte. »Es war schrecklich.«

»Ich weiß.« Seine Miene war ernst. »Ich konnte mit jemandem in der englischen Botschaft sprechen. Er hat sich wegen der drei Kinder erweichen lassen, mich anzuhören. Wir könnten vielleicht ein Visum für sie bekommen …«

»Es muss schnell gehen, Jules. Es könnte Krieg geben.«

Jules zuckte die Achseln. »Denkt man das nicht schon, seitdem Hitler an die Macht gekommen ist?«

Edith dachte an die Gespräche, die sie in letzter Zeit mitangehört hatte. »Diesmal ist es ernst. Es gibt eine geheime Anweisung, die Wehrmacht auf den Krieg vorzubereiten. Und Hitler versucht, mit Stalin ein Abkommen zu schließen. Wenn es dazu kommt, wird Deutschland in Polen einfallen.«

Jules schaute sie ungläubig an. »Bist du sicher?« Er wirkte mit einem Mal besorgt. »Es kann Wochen dauern, bis Annabelle einen Reisepass von den Behörden ausgestellt bekommt. Dann müssen wir ihr auf andere Weise Papiere beschaffen«, entschied er.

Sie ahnte, was er meinte. »Ist das schwierig?«, fragte sie nur. Sie war vor einem großen ziegelsteinfarbenen Haus stehen geblieben, dessen Eingangstor zu mehreren Gewerbehöfen führte. Ein Schild von einem Fuhr- und Möbeltransportunternehmen prangte am Eingang, genauso wie das einer Tischlerei und eines Tanzstudios. Ein Wagen kam ihnen entgegen, und sie wichen zur Seite. Von irgendwoher hörte man durch ein geöffnetes Fenster Klaviermusik.

»Wohin gehen wir?«, fragte Jules, der hastig ihre Hand losließ, als ihnen zwei Arbeiter in Overall und Mütze entgegenkamen.

Edith drehte sich im Laufen zu ihm. »Als Carl nach Amerika gegangen ist, habe ich erfahren, dass er vor Jahren von dem Erbe unserer Großeltern hier einen der hinteren Höfe gekauft hat. Niemand weiß davon. Das meiste ist vermietet, genau wie sein Appartement in Charlottenburg. Er hat alles vor seiner Abreise auf meinen Namen übertragen lassen. Im obersten Stockwerk hatte er immer eine kleine Wohnung für sich behalten. Wie du weißt, hat er oft parallel einige Liebschaften gehabt«, erklärte sie entschuldigend.

»Das passt zu Carl«, sagte Jules mit einem Lächeln, das ihr Herz erneut schneller schlagen ließ.

Sie zog den Schlüssel aus der Tasche. »Es ist ein gutes Versteck oder ein Schlupfwinkel, falls man das einmal braucht.«

Er schaute sie überrascht an, sagte jedoch nichts, sondern folgte ihr, als sie im Hinterhof eine Tür öffnete und die Treppe bis zum obersten Stockwerk hochstieg. Die Wohnung war nicht groß – sie bestand aus einer kleinen Küche, Bad und einem einzigen hohen Zimmer mit Stuck an der Decke. Das Fenster gab einen Ausblick auf die Dächer von Berlin frei. Neugierig betrachtete Jules alles.

Edith drehte sich zu ihm. »Durch die Gewerbehöfe kommen und gehen so viele Leute, dass man nicht auffällt. Niemand weiß von der Wohnung. Nur ich.«

Er hatte noch immer nichts gesagt, seitdem sie hereingekommen waren, und wandte den Kopf zu ihr. Mit einem Mal merkte Edith, wie sie die plötzliche Intimität, mit ihm hier allein in diesem Raum zu stehen, nervös werden ließ. Sie reichte ihm den Schlüssel.

»Edith …«, sagte er, aber sie unterbrach ihn, voller Angst, sie würde nicht den Mut aufbringen, ihm zu sagen, was sie eigentlich wollte. Hastig wich sie einen Schritt vor ihm zurück und hob das Kinn. »Ich will mitmachen bei euch, Jules, ich meine, richtig«, erklärte sie. »Ich will mehr tun, als nur Essen zu bringen, und ich bin mir sicher, ich könnte dir, und mit wem immer du noch zusammenarbeitest, nützlich sein.« Es war ihr ernst. Sie hatte es sich gründlich überlegt. Seit dem Tag, an dem sie in Maximilians Tresorfach die Ehrennadel der SS und die Überweisungen entdeckt hatte, stand ihr Entschluss fest.

Jules' Gesicht hatte sich bei ihren Worten verschlossen. Er schüttelte den Kopf. »Nein! Auf keinen Fall.«

»Du vertraust mir nicht?«

Er blickte sie durchdringend an. »Doch, das tue ich, aber es ist zu gefährlich für alle Beteiligten.«

Abrupt wandte sie sich von ihm ab und trat zum Fenster.

Sie konnte spüren, wie er auf einmal hinter ihr stand und seine Hände auf ihre Schultern legte. »Warum tust du das?«, fragte er leise.

Sie lehnte sich an ihn, während sie nach draußen sah. »Weil es sich richtig anfühlt, Jules.« Sie drehte sich zu ihm. »Und weil ich es will!«

Er starrte sie an. »Ich habe keine Wahl, Edith. Du schon.«

Sie schwieg und dachte daran, was sie für ihn empfand, während sie gleichzeitig all die vielen Dinge im Kopf hatte, die in ihrem Leben falsch gelaufen waren, weil sie die Augen vor der Wirklichkeit verschlossen hatte. Schließlich schüttelte sie den Kopf. »Du irrst dich, Jules, die habe ich schon lange nicht mehr.«

Er begriff, wie ernst sie es meinte. »Ich kann das nicht alleine entscheiden.«

Edith nickte. Plötzlich sehnte sie sich danach, dass er sie in die Arme nahm. »Ich will das wirklich!«, sagte sie leise.

Einen Moment lang sah Jules sie an, und sie spürte, dass er das Gleiche fühlte wie sie. »Ich weiß«, sagte er dann. Er strich ihr mit den Fingern zart über die Wange, weiter die Linie ihres Halses entlang bis zum Ansatz ihres Dekolletés. »Du weißt, dass das hier nicht gut ausgehen kann, oder?«

»Das ist mir egal«, flüsterte sie und stand so dicht vor ihm, dass sie seinen Atem auf ihren Wangen wahrnahm.

»Edith«, murmelte er, ohne dass sein Blick sie dabei losließ. Seine Hände glitten über den seidigen Stoff ihres Kleides hinunter zu ihren nackten Armen und streichelten sie, bevor er ihre Taille umfasste und sie an sich zog. Sie schlang die Arme um ihn und drängte sich ihm entgegen, während seine Lippen schon die ihren suchten. Sein Kuss war diesmal anders – ungeduldig und vom Geschmack des Verbotenen erfüllt. Die Empfindungen und die Erregung, die durch ihren Körper jagten, raubten ihr auf einmal den Atem. Hungrig und fiebrig küssten sie sich, und als wäre ein Damm gebrochen, der alle ihre Gefühle zurückgehalten hatte, fanden sie in leidenschaftlichen Umarmungen zueinander, die getragen wurden von der Sehnsucht, dieser Welt und ihrem Schmerz zu entkommen. Und sie wusste, dass nur das hier zählte und alles wert war – dieser Augenblick mit ihm.

89

Es war ein heißer Sommertag, und viele Berliner hatten die Gelegenheit genutzt, um der hektischen Großstadt zu entkommen. Ruderboote glitten über den See, verliebte Pärchen lagen im Gras, und Familien picknickten am Ufer – nicht weit entfernt hörte man Stimmen und Gelächter aus der Wirtschaft eines Ausflugslokals. Eine trügerische Idylle angesichts der angespannten politischen Lage, dachte Edith.

Sie saß zusammen mit Jules auf einem Baumstamm im Schatten eines Wäldchens und blickte den Mann an, der vor ihr an einem Baum lehnte und sie kritisch musterte.

Zwei Tage war es her, dass sie Jules in Carls Wohnung ihren Entschluss mitgeteilt hatte und seine Geliebte geworden war. Alles hatte sich für sie seitdem verändert.

»Warum wollen Sie dieses Risiko eingehen, bei uns mitzumachen? Das braucht jemand wie Sie doch überhaupt nicht«, sagte Emil jetzt mit offenem Misstrauen und drehte dabei den Hut in seinen Händen. Es war seine Idee gewesen, sich hier draußen zu treffen.

Edith konnte ihm seine Ablehnung nicht einmal übel nehmen, dennoch zogen sich ihre Brauen zusammen. »Darf man nur helfen, wenn man jüdisch oder selbst betroffen ist?«

Überraschenderweise zeigte sich auf Emils Gesicht ein Lächeln. »Nein, natürlich nicht. Wir werden auch von anderen Leuten unterstützt. Aber nehmen Sie es mir nicht übel, Sie sind mit einem Mann verheiratet, der nicht nur in der Öffentlichkeit steht, sondern auch dafür bekannt ist, dass er mit den führenden Nationalsozialisten engsten Kontakt pflegt.«

Ein bitteres Gefühl stieg bei seinen Worten in Edith hoch. Natürlich hatte er recht. Sie selbst fragte sich oft genug, wie sie hatte so blind sein können. »Ich weiß. Aber es ist nicht so, wie es wirkt«, sagte sie schließlich ruhig. Sie wandte kurz den Kopf zu Jules, der schweigend neben ihr saß und das Gespräch zwischen ihr und Emil unbeeindruckt verfolgte. Plötzlich beschloss sie, ehrlich zu sein. Sie begann den beiden stockend von Maximilian zu erzählen, von dem Tresorfach und wie sie sich in der ganzen Zeit in ihm getäuscht hatte. »Ich kann vieles nicht mehr rückgängig machen, aber ich will etwas tun, und wenn ich schon mit diesem Mann verheiratet bin, sollen wenigstens andere von meinen Möglichkeiten profitieren. Männer wie Heinrich Raven und andere Führungsköpfe der Nationalsozialisten gehen bei uns ein und aus. Ich weiß vieles, lange bevor es an die Öffentlichkeit dringt.« Ihre Stimme war ernst. »Zum Beispiel, dass schon bald weitere Bestimmungen und Gesetze gegen Juden erlassen werden und dass demnächst wieder Lebensmittelkarten eingeführt werden.«

»Lebensmittelkarten?« Emil schaute sie verblüfft an.

»Ja, es wird Krieg geben«, mischte Jules sich ein. Er war aufgestanden. »Du kannst ihr vertrauen, Emil. Glaub mir! Und gib dir nicht die Mühe, es ihr auszureden. Ich habe es selbst schon vergeblich versucht.«

Emil betrachtete sie nachdenklich. Waren es nun ihre oder Jules' Worte gewesen – er reichte ihr die Hand. »Also gut!«

Noch am selben Tag lernte sie auch die anderen kennen – Andrik, Henry und Eva. Edith erfuhr, wie die Gruppe arbeitete, von den nächtlichen Einbrüchen in den Großmärkten und Lagern am Hafen und wie sie das, was sie erbeutet hatten, weitergaben und verteilten. Im Mittelpunkt ihrer Arbeit stand zurzeit aber vor allem die Beschaffung von Papieren.

»Viele Juden brauchen dringend Pässe, um ausreisen zu können«, erklärte ihr Jules.

»Die ihr fälscht!«, stellte sie fest.

Er nickte.

Andrik erläuterte ihr, wie sie vorgingen. »Am einfachsten ist es, wenn wir einen alten Reisepass von jemandem haben und nur das Foto austauschen und den Stempel fälschen müssen.«

»Und wie kommt ihr an die alten Pässe ran?«, fragte Edith.

Andrik wechselte einen kurzen Blick mit den anderen. »Wir haben deutsche Freunde und Bekannte, die uns unterstützen, indem sie uns ihre Papiere geben und sie selbst als verloren melden. Natürlich können sie das nicht öfter als zwei, drei Mal machen. Sonst müssen wir die Pässe auf dem Schwarzmarkt besorgen. Es gibt Hehler, die *verlorene* Reisepässe und Kennkarten anbieten. Die Preise sind seit letztem Jahr allerdings ins Unermessliche gestiegen. Ausweise sind inzwischen bares Gold wert!«

Edith schwieg. Selbst aus dem Elend ließ sich noch Kapital schlagen. Sie dachte an das Geld, das sie auf dem Konto hatte. Da sie ahnte, dass Jules es ablehnen würde, es zu verwenden, wandte sie sich heimlich an Emil und erzählte ihm davon. »Bist du sicher, dass du das tun willst?«, fragte er zögernd.

»Ja, das Geld gehört meinen Eltern. Sie würden gutheißen, was damit geschieht.«

Emil nickte und legte ihr die Hand auf die Schulter. »Danke. Wir können es gut gebrauchen«, sagte er schlicht.

Jeder Zweifel, ob es richtig war, was sie tat, wurde für Edith nur einige Tage später endgültig beseitigt.

Als sie am Nachmittag in den Keller zu den anderen stieß, saßen sie alle mit blasser Miene um den Tisch herum. Ihre Gesichter wirkten ernst und bedrückt.

»Was ist passiert?«, fragte Edith sofort. Ihr erster Gedanke war, dass vielleicht einer der gefälschten Pässe aufgeflogen war.

Jules reichte ihr wortlos eine Mappe, die auf dem Tisch lag. »Das hier ist passiert«, sagte er in einem Tonfall, der sie frösteln ließ. Sie schlug die Mappe auf, in der sich ein Stapel Fotos befanden. Edith erblasste, als sie sie durchging. Es waren Aufnahmen aus dem KZ – sie mussten nach den Verhaftungswellen im November gemacht worden sein. Man sah Männer, die mit rasierten Köpfen zu vielen Hunderten in Reih und Glied auf einem Platz Appell standen, auf anderen Fotos wurden einzelne Gefangene geschlagen, brutal misshandelt und gedemütigt, zum Teil waren sie halb nackt und knieten vor SS-Wärtern mit Schäferhunden. Einer von ihnen hatte seinen Stiefel auf den Nacken eines Mannes gedrückt … Edith fühlte, wie sich ihr Magen vor Übelkeit zusammenzog. Das Verstörendste war nicht die Gewalt – die sich auf den Bildern noch einmal ganz anders offenbarte, als es eine Erzählung je gekonnt hätte –, sondern die Gesichter der Gefangenen: ihr auf den Boden gerichteter Blick, der gebrochene Ausdruck in ihren Augen, die Angst, die man durch die Fotos hindurch spüren konnte. Ihre Kehle schnürte sich vor Grauen zu. Wie konnten Menschen fähig sein, so etwas zu tun?

»Wir haben den unentwickelten Film gestern bekommen«, berichtete Jules mit belegter Stimme. »Ein Mann vom Wachpersonal des KZs hat ihn heimlich einem der Gefangenen, Arno Hirsch, bei seiner Freilassung in die Hand gedrückt. Hirsch hat den Film versteckt. Letzte Woche ist er nach Amerika emigriert und wollte den Film mitnehmen, hat es dann aber doch nicht gewagt und ihn kurz vor seiner Abreise Henry gegeben. Eva hat die Fotos selbst entwickelt …«

Edith legte die Mappe starr vor Entsetzen auf den Tisch, bevor sie die anderen anblickte. »Was wollt ihr damit machen?«

»Die Bilder müssen ins Ausland! Die Welt muss das sehen«,

sagte Jules entschlossen. »Erst recht jetzt, wo Hitler davorsteht, einen Krieg anzufangen.«

Edith nickte.

»Es dürfte allerdings schwierig werden, die Fotos einfach außer Landes zu schmuggeln«, bekannte Emil, der fahrig eine Zigarette rauchte.

»Und wenn wir sie den Botschaften und den Korrespondenten der ausländischen Presse hier in Berlin zuspielen?«, fragte Edith.

Henry schüttelte den Kopf. »Das Risiko ist zu hoch. Die meisten diplomatischen Vertretungen werden von der Gestapo überwacht.«

»Warum verschicken wir die Abzüge nicht mit der Post?«, schlug Eva plötzlich vor.

»Dann müssten wir einen Absender fingieren«, wandte Henry ein.

»Nein, wir nehmen die Namen und Adressen von Leuten, die bereits emigriert sind«, beschied Emil.

Andrik, dessen Vater zu denen gehörte, die im Winter im KZ umgekommen waren, hatte bis jetzt als Einziger noch nichts gesagt. Er starrte auf die Fotos. »Ich hasse diese Schweine. Das sind keine Menschen mehr«, stieß er leise hervor – und sprach damit aus, was sie alle dachten.

90

Edith bestand darauf, dass sie und nicht die anderen die Briefe zur Post brachte, aber Jules war strikt dagegen.

»Auf keinen Fall. Das ist zu gefährlich.«

»Nein«, widersprach Edith. »Für euch, aber nicht für mich.

Niemand wird wagen, meinen Ausweis zu kontrollieren, und falls doch, wird mein Name mich schützen. Es wäre dumm, wenn *nicht* ich es mache!«

Die anderen schwiegen, aber man sah ihnen an, dass sie ihr zustimmten. »Sie hat recht«, sagte Emil schließlich. Nur widerstrebend gab Jules nach, doch sie spürte, dass er verstimmt war.

Als sie später allein in Carls Wohnung waren, stand er am Fenster und starrte nach draußen. Sie berührte ihn an der Schulter.

»Ist das unser erster Streit?«

Er drehte sich zu ihr und schüttelte den Kopf. »Nein, das ist kein Streit.« Ein düsterer Ausdruck zeigte sich auf seinem Gesicht. »Es war nur leichter, als du nicht dabei warst. Ich habe mir keine Sorgen oder Gedanken gemacht, dass etwas passieren könnte, weil es ohnehin nichts gab, das ich noch hätte verlieren können …«

»Bereust du es?« Sie strich ihm mit den Fingern über die Wange.

Er legte die Arme um sie. Seine Miene war ernst. »Nein, keine einzige Sekunde, Edith. Ich habe nur nicht damit gerechnet, ich habe nicht mit dir gerechnet!«, setzte er hinzu, und als er sie küsste, spürte sie, dass er nicht nur von Leidenschaft und einem seltsamen Zorn erfüllt war, sondern auch von Furcht.

Sie verstand ihn. Die Angst war ein allgegenwärtiger Teil dessen, was sie beide empfanden. Vielleicht lebten sie gerade deshalb jeden Augenblick, den sie miteinander hatten, mit einer Intensität, als müssten sie ihn sich für immer einprägen.

Wann immer sie konnten, trafen sie sich heimlich in Carls Wohnung. Manchmal nur für eine Stunde, dann wieder einen halben Nachmittag und selten die ganze Nacht. Edith wusste, dass sie vorsichtig sein musste. Maximilian, der in verschiedenen Ausschüssen und Vorsitzen von Rüstungsunternehmen saß, musste oft bis spät nach Mitternacht arbeiten, und es war hilfreich, dass ihr Mann und sie ohnehin jeder ihr eigenes Leben führten. Dennoch achtete Edith darauf, dass er keinen Grund hatte, je misstrauisch zu werden. Sie war zu Hause, wenn er kam, und verbrachte mit Jules nur die Nächte, die Maximilian auf seinen Gütern weilte. Dann gab sie vor, in der Stadtwohnung in der Schlüterstraße zu sein, und fuhr zu Carls Wohnung.

Es waren Nächte, in denen sie und Jules nicht schliefen, weil die Zeit ihnen dafür vergeudet schien und sie die Leidenschaft stattdessen wie ein Rausch mit sich riss. Sie liebten sich und redeten bis zum Morgengrauen, weil es zu viel gab, das sie begierig waren, voneinander zu wissen und zu erfahren. Manchmal spielte Jules ihr auch etwas auf der Violine vor. In diesen magischen Momenten, in denen die Musik mit all ihren Gefühlen eins wurde, schien Edith das Glück vollkommen. In den engen vier Wänden von Carls Wohnung enthüllte sich ihnen die Weite einer eigenen Welt, die größer und gewaltiger war als alles, was sie jemals zuvor erlebt oder gefühlt hatte. Ein schützender Kokon schien sie zu umgeben, wenn sie mit Jules zusammen war. Zumindest kurz ließ er sie beide den Irrsinn und die Grausamkeiten draußen vergessen. Und doch war ihnen beiden immer bewusst, dass alles, was sie taten, strafbar war. Rassenschande, so nannte man das seit den Nürnberger Gesetzen. Aber es war ihnen gleichgültig.

Manchmal, wenn sie Jules ansah, erinnerte sie sich an früher, an die Abende mit ihrer Clique. »Du hast damals nie versucht, mit mir zu flirten«, sagte sie einmal zu ihm.

Er lächelte und schlang eine Haarsträhne von ihr um seinen Finger. »Ich habe dich nicht erkannt, Edith – bis zu dem

Nachmittag, als du bei Annabelle Lichtstein in der Wohnung gesessen hast und ich dich gesehen habe, wie du den Mädchen diese Geschichte vorgelesen hast«, sagte er voller Wärme.

Dieser Moment hatte sich auch in ihr Gedächtnis eingeprägt, und ihr wurde bewusst, dass sie bei Jules das erste Mal in ihrem Leben das Gefühl hatte, ganz sie selbst sein zu können. Sie liebte ihn für alles, was er war – für seinen Mut, seine Entschlossenheit, seine Bereitschaft zu kämpfen genauso wie für seinen Humor und sein Gespür für andere. Niemals zuvor hatte sie so empfunden – und sie begriff, dass es etwas Einzigartiges war.

In manchen Augenblicken konnte sie jedoch nicht verhindern, dass sich ihre Gedanken der Zukunft zuwandten. Eine unerklärliche Angst überkam sie dann.

»Versprich mir, dass wir irgendwann von hier weggehen«, sagte sie.

Er küsste sie sanft. »Aber ja«, sagte er mit so viel Zuversicht in der Stimme, dass sie ihm glaubte, obwohl sie ahnte, dass es nie passieren würde.

91

Heinrich stand mit dem Glas in der Hand am Rand der Tanzfläche in der italienischen Botschaft und nickte grüßend einigen Gästen zu. Fast kam ihm vor, als hätte jemand an einem Rad die Zeit zurückgedreht. Wie vor fünf Jahren waren sie alle zum Sommerfest gekommen, und er beobachtete, wie Edith sich zwischen den anderen Gästen über die Tanzfläche drehte. Unwillkürlich hatte er vor Augen, wie er damals mit ihr getanzt hatte. Es war jener Abend gewesen, an dem sie auch Maximilian von Stettenheim kennengelernt hatte, wie er sich nicht ohne Verbitterung erinnerte. Vieles hatte sich seitdem verändert – der italienische Botschafter war inzwischen ein anderer, Italien selbst der Verbündete von Deutschland geworden und er schneller und weiter aufgestiegen, als er es sich damals erträumt hatte; er hatte eine Frau und einen Sohn, und sie war verheiratet – und dennoch begehrte er sie noch immer. So wie in jenem Sommer sah er, wie sie in den Armen eines anderen über das Parkett glitt und die Blicke auf sich zog. Er entsann sich des roten Kleides, das sie damals getragen hatte und wie die anderen gewettet hatten, dass er sie nicht dazu bringen würde, mit ihm zu tanzen. Er hatte die Wette gewonnen, aber dennoch war es nicht so gelaufen, wie er gewollt hatte. Sein Blick verfinsterte sich, als er den Abend wieder in all seinen Einzelheiten vor sich sah, als wäre es gestern geschehen. Er war ungeschickt gewesen, hatte das Gespräch nicht gelenkt, sondern stattdessen wie ein dummer Junge versucht, Edith vom Richtigen zu überzeugen. Heute würde er anders vorgehen, die unzähligen Verhöre, die er in den letzten Jahren führen musste, hatten ihn psychologisch geschult, und er wusste die Macht, die er besaß, in kleineren, aber dafür umso wirkungsvolleren Gesten zu zeigen und einzusetzen.

Nachdenklich blieb sein Blick an Edith hängen. Sie hatte sich verändert. Schon seit einiger Zeit war es ihm aufgefallen. Sie war weniger ablehnend ihm gegenüber, manchmal regelrecht charmant, und suchte das Gespräch mit ihm. Sosehr es ihm gefiel, es irritierte Heinrich nach all den Jahren, in denen sie ihn hinter ihrer aufgesetzten Höflichkeit nur zu deutlich hatte spüren lassen, wie wenig sie von ihm hielt. Er trank nachdenklich einen Schluck aus seinem Glas.

Der Tanz war zu Ende, und ihr Partner, ein italienischer Offizier, begleitete sie zurück zu ihrem Tisch. Sie setzte sich neben ihren Mann, der mit jemandem vom Reichsministerium ins Gespräch vertieft war. Sie war ernster und auch nachdenklicher geworden. Er fragte sich, was in ihrem Leben geschehen war. Lag es an ihrer Ehe? Schon seit einiger Zeit hatte Heinrich mit Genugtuung beobachtet, dass die Beziehung zwischen ihr und ihrem Ehemann abgekühlt war. Maximilian war in der Öffentlichkeit nichts anzumerken, und auch sie spielte ihre Rolle perfekt, aber Ediths Körperhaltung, der Ausdruck, der manchmal für Bruchteile von Sekunden auf ihrem Gesicht zu erkennen war, sprachen eine andere Sprache. Früher oder später würde er es in Erfahrung bringen.

Er wandte sich ab und begab sich zur Bar, an der er Erhard und Sigmund, zwei SS-Kameraden und Kollegen vom Sicherheitsdienst, traf.

»Hast du schon gehört? Es sind schon wieder Fotos aufgetaucht – in Frankreich und in Amerika!«, berichtete Sigmund.

Heinrichs Gesichtsausdruck wurde kalt. »Das muss endlich ein Ende haben«, sagte er. Die Angelegenheit war mehr als unerfreulich. Es war nicht unüblich, dass in den KZs Fotos gemacht wurden. Normalerweise standen sie unter strengem Verschluss, aber nun war einer der Filme in falsche Hände geraten. So beabsichtigt die Angst und der Schrecken waren, die man mit den Fotos bei den Juden erzeugen wollte, um möglichst viele von ihnen zur Auswanderung zu bewegen, so unerwünscht war es, dass das Ausland davon erfuhr. Doch genau das war nun geschehen. Es gab inzwischen eine eigens gegründete Untersuchungskommission im Sicherheitsdienst, die sich mit der Angelegenheit befasste.

»Solange wir nicht wissen, von wo die Fotos kommen, wird es schwierig bleiben«, sagte Erhard.

»Fotos?«, ertönte eine Frauenstimme. »Ich hoffe nichts

Kompromittierendes?« Edith stand plötzlich mit einem Lächeln vor ihnen. »Hallo, Heinrich.«

Überrascht blickte er sie an. »Nein, nicht derart, wie du denkst. Eine eher langweilige Geschichte«, wich er aus und stellte sie untereinander vor. Erhard und Sigmund neigten höflich den Kopf. Ein Anflug von Eifersucht keimte in Heinrich auf, als er sah, mit welchem Blick sie Edith musterten. Immerhin hatten die Kameraden zumindest den Anstand, sie unter einem Vorwand allein zu lassen.

Edith ließ sich neben ihm auf einem Barhocker nieder.

»Es sah aber ganz und gar nicht nach einer langweiligen Geschichte aus, als ihr euch unterhalten habt.«

Heinrich lächelte flüchtig. »Champagner?«

Sie nickte, und er gab dem Barkeeper ein Zeichen.

»Und, was glaubst du, wird es wirklich bald Krieg geben?«, fragte sie nachdenklich.

Er zuckte die Achseln. »Das hängt von den Polen ab. Vielleicht sind sie ja intelligent genug, uns Danzig und den Korridor zwischen Pommern und Ostpreußen zu geben. Andererseits – wir brauchen ohnehin neuen Lebensraum im Osten.«

Edith schwieg, dann blickte sie ihn plötzlich an. »Darf ich dir eine Frage stellen? Was wird mit den Juden passieren, wenn es Krieg gibt?«

Er runzelte die Stirn. »Was soll mit ihnen passieren?«

»Nun, so wie wir mit ihnen umgehen, können sie uns kaum wohlgesonnen sein, oder? Ist das im Kriegsfall nicht eine innenpolitische Gefahr?« Sie legte den Kopf schräg, als würde sie die Tatsache wirklich beunruhigen und seine Antwort interessieren.

Ihre Frage war durchaus berechtigt und intern oft diskutiert worden, aber sie aus ihrem Mund zu hören überraschte, nein, irritierte ihn. Er war bisher sicher gewesen, dass sie irgendwelche sentimentalen Ansichten den Juden gegenüber hegte.

»Es wird einige zusätzliche Vorschriften und Gesetze für sie geben, aber die Macht und der Einfluss, die die Juden einmal besessen haben, gehören ohnehin der Vergangenheit an. Sei dir dessen gewiss, eine innenpolitische Gefahr werden sie ganz gewiss nicht mehr darstellen«, sagte er mit einem sarkastischen Unterton.

Sie lächelte leicht. »Das beruhigt mich.«

Er musterte sie, denn einen Moment lang wirkte sie, als wäre das tatsächlich der Fall. »Soll ich etwa glauben, dass du mit deinen Ansichten endlich zur Vernunft gekommen bist?«

Sie nippte an ihrem Champagner, ohne sich von ihm im Geringsten verunsichern zu lassen. »Vielleicht hast du mich in meinen Ansichten immer falsch eingeschätzt«, sagte sie gelassen. »Hast du dir nie Gedanken gemacht, wie ich sonst mit einem Mann wie Maximilian verheiratet sein könnte?«

»Doch, das habe ich«, erwiderte er ehrlich, ohne sie wissen zu lassen, dass es Maximilian selbst in seinen Augen sogar zeitweilig verdächtig gemacht hatte, dass er eine Frau wie sie geheiratet hatte.

»Nun, ich gebe zu, ich habe den Einstellungen meiner Eltern früher immer eine gewisse Loyalität gegenüber empfunden, aber jeder lernt dazu, oder?« Etwas Kokettes lag in ihrem Blick, und er wünschte, sie würde die Wahrheit sprechen, denn er konnte sich nicht erinnern, dass es jemals einen so vertrauten Moment zwischen ihnen gegeben hatte. Trotzdem war er nicht sicher, ob sie nicht doch nur ein Spiel mit ihm trieb.

92

Der erste September 1939 war ein Freitag und der Tag, der ihrer aller Leben verändern sollte.

Dora erfuhr es am Morgen in Kladow aus dem Radio, als Hitlers Reichstagsrede übertragen wurde, und glaubte im ersten Moment, sich verhört zu haben: »*Seit 5.45 Uhr wird jetzt zurückgeschossen! Und von jetzt ab wird Bombe mit Bombe vergolten …*« Die Rede ließ keinen Zweifel – Deutschland befand sich im Krieg mit Polen. Seit Wochen waren Gerüchte im Umlauf gewesen, und es hatte wahrlich genug Anzeichen gegeben. Die dick gedruckten Propagandameldungen über misshandelte Volksdeutsche auf polnischem Gebiet, die angeblichen Grenzverletzungen der Polen und schließlich die Tatsache, dass die deutsche Bevölkerung in einer neuen Volkskartei für Wehr- und Arbeitseinsatzzwecke erfasst worden war. In der letzten Zeit hatte man zudem mehr und mehr Reservisten gesehen, die mit ihrem Rucksack auf dem Weg zum Bahnhof waren. Und doch hatten sie alle gehofft, dass der Krieg noch zu vermeiden wäre.

Dora sank auf einen Stuhl. 1918 war der große Weltkrieg zu Ende gegangen, da war sie sieben Jahre alt gewesen. Konnte es sein, dass ein Mensch zwei solcher Kriege in einem Leben mitmachte?

Ein Klingeln an der Tür schreckte sie auf. Wer konnte das jetzt sein? Sie eilte zum Eingang.

Ein korpulenter Mann in Uniform stand vor der Tür. Niemand Ranghohes, wie sie sofort erkannte, auch wenn seine gewichtige Miene einen anderen Eindruck zu vermitteln suchte. Er hob den Arm. »Heil Hitler!«

»Heil Hitler«, erwiderte sie pflichtschuldig.

»Sind Sie Frau Behringer? Mein Name ist Morrowitz, Ortsgruppenleiter der Partei in Kladow. Ich möchte mit Ihrem Mann sprechen.«

»Er ist noch bei der Arbeit.«

Morrowitz reichte ihr mit ausdrucksloser Miene eine Karte, auf der die Adresse seines Büros und eine Telefonnummer notiert waren. »Richten Sie ihm aus, dass ich ihn sprechen möchte. Es geht um die Scheunen auf seinem Stück Land – oder vielmehr um das, was sich darin befindet.«

Dora spürte, wie ihre Knie weich wurden, und nur dank eines letzten Rests von Beherrschung schaffte sie es, sich nichts anmerken zu lassen.

»Natürlich, ich werde es ihm sagen.«

Morrowitz nickte ihr knapp zu, und sie sah ihm hinterher, wie er in seinen Wagen stieg. Die Furcht schwappte in einer großen Welle über sie, während sie erstarrt beobachtete, wie sich das Auto mit langsamer Geschwindigkeit auf der unebenen Feldstraße entfernte. Sie hatte es immer gewusst! Seit Jahren war sie insgeheim in Sorge wegen Pauls Aktivitäten – den Immobilien, die er gekauft und verkauft hatte, und den vielen Wertsachen, die er für die Emigranten aufbewahrte. Paul hatte ihr immer wieder versichert, dass er nichts Illegales tun würde. Aber wenn dem so war, so hatte sich Dora oft gefragt, wenn sie nachts nicht schlafen konnte, weshalb war er dann so darauf bedacht, dass niemand davon erfuhr, was sich im Keller unter den Scheunen verbarg? Ja, sie waren durch all das zu Wohlstand gekommen und mussten sich finanziell keine Sorgen mehr machen, aber war es das wert, wenn es sie in Gefahr brachte? Sie musste Paul anrufen. Sofort! Glücklicherweise hatten sie seit Neuestem in Kladow ein Telefon.

»Paul? Hier war gerade ein Mann namens Morrowitz, der Ortsvorstehende der Partei – er hat verlangt, dich zu sprechen. Es geht um die Scheunen!«

»Um die Scheunen?«

»Ja.« Sie konnte selbst hören, dass ihre Stimme einen etwas schrillen Ton angenommen hatte, aber mehr wagte sie am Telefon nicht zu sagen. Paul hatte ihr immer wieder eingeschärft, dass sie von der Gestapo abgehört werden konnten.

»Mach dir keine Sorgen, Dora«, sagte Paul. Doch das tat sie.

Es war der zweite Vorfall, der ihr aus Sorge um ihn die Nerven raubte. Anfang August war Paul auf einmal zur Wehrmusterung einbestellt worden – trotz seines verletzten Knies. Irgendein Beamter hatte ihm vorgeworfen, dass er mit seiner Verletzung übertreiben würde und es für den Frontdienst als Soldat schon reichen würde. Dora hatte in ihrer Verzweiflung schließlich ihren Bruder angerufen, der eingegriffen und die Ernsthaftigkeit von Pauls Verletzung bezeugt hatte. In ihrem Leben hatte sie nicht gedacht, dass sie ihrem Bruder einmal so dankbar sein würde. Und nun fragte dieser Ortsgruppenleiter nach den Scheunen.

93

Paul war beunruhigter, als er Dora eingestehen mochte. Er beschloss, alle Termine, wenn möglich, auf den nächsten Tag zu verlegen, um der Sache gleich auf den Grund zu gehen. Die Nachricht über den Krieg mit Polen hatte ohnehin für so viel Aufregung gesorgt, dass niemand heute bei der Arbeit recht bei der Sache war.

Er sagte der Sekretärin Bescheid und machte sich auf dem schnellsten Weg nach Hause.

Dora war leichenblass, als sie ihm die Tür öffnete. »Paul, er hat gesagt, es geht um die Sachen, die sich in den Scheunen befinden«, stieß sie aufgelöst hervor.

Er griff ihre Hände. »Sie können gar nicht wissen, was sich dort im Keller befindet.« Möglicherweise hatten sie die Wagen gesehen und sich gewundert. Paul nutzte sie als Tarnung – einige seiner Klienten hatten ihm ihre Automobile vor der Emigration zusammen mit den anderen Wertsachen übergeben und er hatte selbst noch einige dazugekauft, um es nach einer Sammlung aussehen zu lassen. Er hatte sie eng an eng in den Scheunen aufgestellt, sodass man nicht einmal etwas von den Kellern darunter erahnen konnte. Sie konnten unmöglich mehr wissen, versuchte er auch sich selbst zu beruhigen, doch er war plötzlich froh, dass er Dora schon vor einiger Zeit von dem Schlüssel erzählt hatte, den er oben in der Gardinenstange versteckt war. Er gehörte zu einem Bankschließfach, in dem Paul eine detaillierte Auflistung sämtlicher Besitztümer und ihrer wahren Eigentümer hinterlegt hatte. In den letzten zwei Jahren, als Paul mehr und mehr Eigentum von verzweifelten Emigranten deponiert hatte und sein Scheinbesitz immer größer wurde, hatte er nachts kaum noch Schlaf gefunden. Der fremde Besitz belastete ihn. Was, wenn ihm etwas passierte? Wenn er einen Unfall hatte oder unerwartet krank wurde und starb? In einer dieser Nächte war er schließlich aufgestanden und hatte akribisch angefangen aufzuschreiben, was einmal wem gehört hatte. Er verfügte außerdem in seinem Letzten Willen, dass all die Dinge wieder an ihre ehemaligen Eigentümer zurückgegeben werden sollten. Solange die Nationalsozialisten an der Macht waren, würde das kaum möglich sein, aber wer wusste schon, was in zehn oder zwanzig Jahren war? Danach hatte sich sein Gewissen etwas befreiter gefühlt. Was allerdings würde nun geschehen, da Krieg herrschte?

Er beschloss, sich jetzt erst einmal sofort auf den Weg zu Morrowitz zu machen.

Der Ortsgruppenleiter saß breitbeinig in seinem Büro, als er zu ihm hereinkam. Ein Bild des Führers und ein Foto von einem Boxkampf mit Max Schmeling hingen an der Wand. Im Hintergrund lief das Radio – Nachrichten über Polen natürlich. Paul überwand sich, den Arm zum Gruß zu heben. »Heil Hitler, meine Frau sagte mir, dass Sie mit mir sprechen wollen?«

Morrowitz musterte ihn. »Ja. Setzen Sie sich. Sie sind nicht in der Partei«, fügte er dann in einem Ton hinzu, als würde man sich damit strafbar machen.

»Nein.« Paul lächelte höflich.

»Und ausgemustert auch noch!«

»Mein Bein, eine alte Sportlerverletzung. Ich war früher Zehnkämpfer«, erklärte er, weil das gewöhnlich seine Wirkung hinterließ, und auch auf Morrowitz' Gesicht zeigte sich ein Anflug von Freundlichkeit.

»Nun, deshalb habe ich Sie auch nicht herbestellt. Es geht um die Scheunen.«

Paul zwang sich zu einem unbeteiligten Gesichtsausdruck. »Was ist damit?«

»Wie kommen Sie zu den ganzen Wagen?«

Er war auf dem Grundstück gewesen! Einen Augenblick wünschte Paul, er hätte Morrowitz sagen können, dass er kein Recht hatte, auf fremdem Grund und Boden herumzuschnüffeln, aber leider war ihm klar, dass das keine Lösung war. Die Gefahr, jemand könnte solche Fragen stellen, hatte immer bestanden, musste er zugeben. Genau deshalb war er auch darauf vorbereitet.

»Ich sammle Wagen. Eine Leidenschaft von mir«, erklärte er mit einem verbrüdernden Lächeln. »Ich muss gestehen, ich konnte in den letzten Jahren den einen und anderen günstig erweben.«

Morrowitz lehnte sich zurück und grinste breit. »Verstehe. Jüdische Autos, was?«

»Ja, die meisten.« Paul verdrängte das Gesicht von Kirschbaum, das unwillkürlich vor ihm auftauchte. Manchmal, wenn er wieder etwas unten in den Kellern lagern musste, ließ er seine Hände über die Kisten und Truhen gleiten, in denen sich, sorgfältig verwahrt, die Spuren und Erinnerungen der Leben befanden, die man diesen Menschen genommen hatte.

»Na, dann haben Sie es richtig gemacht!«, sagte Morrowitz. »Hab durch das Fenster gesehen, dass Sie ein Prachtstück von einem alten Mercedes dort haben. Ein silberner 630 K, oder?«

Paul nickte und hoffte, dass man ihm nicht anmerkte, dass seine Hände nun doch feucht wurden. Genau unter diesem Mercedes befand sich nämlich, verborgen unter einer Matte, der Eingang zum Keller. Morrowitz musste mit der Taschenlampe auf dem Grundstück herumgeschlichen sein, denn sonst hätte er in der dunklen Scheune durch das kleine vergitterte Fenster unmöglich etwas erkennen können.

»Ja, ein Traumwagen, leider ist der Motor defekt. Wenn Sie mögen, können Sie ihn sich gerne mal anschauen«, sagte Paul bedauernd und nahm sich insgeheim vor, bei nächster Gelegenheit den Wagen umzustellen.

Morrowitz nickte. »Bei Gelegenheit. Aber deshalb habe ich Sie nicht hierhergebeten. Ich bin beauftragt zu überprüfen, welche privaten Wagen hier noch der Wehrmacht zur Verfügung gestellt werden können. Wir müssen jetzt alle unseren Beitrag leisten, und ich denke, bei Ihnen wird doch sicherlich das ein oder andere Fahrzeug entbehrlich sein, oder?«

Das war der Grund! Paul verspürte Erleichterung, während er gleichzeitig mit Bedauern ahnte, dass er einige der Automobile wohl los war und zumindest sie ihre ehemaligen Besitzer nicht mehr wiedersehen würden. »Sicher. Einige der Wagen sind nicht mehr ganz fahrtauglich, aber ich stelle Ihnen eine Liste zusammen, was ich Ihnen geben könnte.«

Morrowitz nickte. »Sehr schön. Und machen Sie sich keine Gedanken, wenn es kleine Mängel gibt. Die haben genug Mechaniker bei der Wehrmacht, die sich damit auskennen.«

Er war aufgestanden und klopfte Paul gönnerhaft auf die Schulter.

94

Januar 1940

Es war voll in der U-Bahn, und sie eilte mit schnellen Schritten zwischen den anderen Menschen die Treppe hoch, die Handtasche fest unter den Arm geklemmt. Durch das Stimmengewirr und das Geräusch der heran- und abfahrenden Züge war der schrille Pfiff einer Trillerpfeife zu hören, und sie zuckte zusammen. Als Edith sich im Gehen umwandte, sah sie, wie zwei Polizisten gerade einen jungen Mann bei den Armen packten und auf dem Bahnsteig festnahmen. Ein Schaffner stand daneben. Wie immer, wenn sie solche Szenen sah, fragte sie sich, was der Mann wohl getan hatte. Ob er überhaupt etwas getan hatte …

Jemand stieß gegen sie, und sie musste achtgeben, in dem Gedränge nicht zu stolpern. Mit eisernem Griff hielt Edith ihre Handtasche fest, deren Inhalt sie ohne Weiteres ins Zuchthaus hätte bringen können. Drei Umschläge befanden sich darin – adressiert an eine niederländische und eine schwedische Zeitung sowie an eine jüdische Organisation in Amerika. Sie würde sie oben am Kaiserdamm zur Post bringen. In den letzten Monaten hatten sie eine ganze Reihe dieser Briefe verschickt, aber Edith wechselte die Postämter jedes Mal, um nicht aufzufallen. Sie hoffte, dass die Fotos ihre Wirkung nicht verfehlten, auch wenn sie alle nie erfuhren, welche Reaktion die Bilder genau hervorriefen. Immerhin hatte sie aber über Heinrich mitbekommen, dass ihr Auftauchen im Ausland hier im Reichssicherheitshauptamt für einigen Aufruhr gesorgt hatte.

Leider hatte es der Krieg der Gruppe unmöglich gemacht, auch Abzüge nach Frankreich und England zu schicken, denn nur wenige Tage nach dem Einfall der Wehrmacht in Polen hatten die beiden Länder dem Deutschen Reich den Krieg erklärt. Jede Kommunikation per Telefon und Post war unmöglich geworden. Für einen Augenblick sah Edith Annabelle Lichtstein vor sich, und ein Lächeln glitt über ihr Gesicht. Die Mutter war in der letzten Augustwoche gerade noch rechtzeitig mit einem gefälschten Pass nach England gekommen.

Sie fragte sich, wie der Krieg wohl weitergehen würde. Polen war längst besiegt, Hitler umjubelter denn je, aber Frankreich und England hatten sich trotz ihrer Kriegserklärung noch zu keiner militärischen Intervention durchgerungen. Inzwischen hoffte sie beinah auf ein Eingreifen der anderen Großmächte. Vielleicht war das die einzige Rettung – eine Macht von außen, die Hitler endlich Einhalt gebot und dem ganzen Grauen ein Ende bereitete.

Sie machte sich Sorgen um Jules und auch um die anderen. Der Krieg hatte die Lage für die Juden noch einmal weiter verschlechtert. Ein abendliches Ausgangsverbot war für sie ab acht Uhr erlassen worden, und sie durften nun auch keine Rundfunkgeräte mehr besitzen. Jules und die anderen der Gruppe hatten sich gefälschte Ausweise zugelegt, falls sie abends in eine Kontrolle kamen. Edith mochte sich jedoch nicht ausmalen, was passieren würde, wenn man sie bei einem der Einbrüche am Großmarkt oder im Hafen erwischte und ihre Ausweise weitergehend polizeilich überprüft wurden.

Helles Tageslicht und kalte Luft empfingen sie, als sie nach draußen trat. Sie wandte sich nach links und war kaum einige Schritte gelaufen, da merkte sie, dass eine mit Hakenkreuzwimpeln geschmückte Mercedes-Limousine auf der Straße neben ihr die Fahrt verlangsamte.

Sie ignorierte den Wagen, konnte jedoch nicht verhindern, dass ihr Puls sich beschleunigte.

»Edith?«

Sie wandte den Kopf zur Straße, von wo die Stimme gekommen war. Aus dem heruntergekurbelten Fenster sah ihr ein blonder Mann in SS-Uniform und mit strengem Seitenscheitel entgegen – Heinrich.

Der Schreck fuhr ihr in alle Glieder, als sie an die Briefe in ihrer Handtasche dachte. Sie hob grüßend die Hand und zwang sich zu einem Lächeln, während sie ihm zunickte. Was hatte er hier zu suchen? Die Wilhelmstraße, in der sich der Reichssicherheitshauptamt befand, lag am anderen Ende der Stadt. Edith vermied es bewusst, sich in den Gegenden des Regierungsviertels und auch denen des Kurfürstendamms aufzuhalten, da sie dort jederzeit Bekannten über den Weg laufen konnte. Auch die Postämter hatte sie immer nach diesen Kriterien ausgesucht. Aber am Kaiserdamm war nicht damit zu rechnen gewesen, jemanden wie Heinrich zu treffen …

Zu ihrem Entsetzen sah sie, wie er ausstieg und direkt auf sie zukam. »Edith, was machst du denn hier?« Er küsste sie mit einem Lächeln auf die Wange, und sie war einen Moment wie im Schock. Die Handtasche entglitt ihr und fiel zu Boden. Sie bückte sich hastig – aber er war schneller. Ihre Finger berührten sich, als er ihr die Tasche reichte und wieder aufhalf.

»Du bist ja ganz weiß!« Erstaunt fasste er sie am Arm.

»Mir ist nicht ganz wohl …«, behauptete sie, was in diesem Augenblick sogar der Wahrheit entsprach. Ihre Finger fassten die Handtasche so fest sie konnte, während sie sich zwang, sich zusammenzureißen.

»Seit wann fährst du mit der U-Bahn?«

Er musste sie gesehen haben, als sie die Treppe aus der Station hochgekommen war. Edith suchte schnell nach einer Ausrede. »Mein Wagen ist in der Reparatur«, log sie.

Prüfend schaute er sie an. »Du solltest dich etwas setzen. Ich bestehe darauf, dass wir einen Kaffee trinken«, sagte er mit einem Lächeln und deutete auf ein Café, das sich unglücklicherweise nur wenige Schritte entfernt befand.

Sie spürte, wie ihre Hände in den Handschuhen trotz der Kälte feucht wurden. »Aber nein, das ist wirklich nicht nötig, und ich will dich auch nicht aufhalten …« Etwas in seinem Blick ließ sie einlenken. In den letzten Monaten hatte sie sich erfolgreich um ein besseres Verhältnis zu ihm bemüht, weil sie so leichter an Informationen herankam. Es wäre auffällig gewesen, jetzt zu abweisend zu sein. »Na gut, wenn du darauf bestehst.« Sie nickte und sah, wie er seinem Fahrer ein Zeichen gab.

Das Café war gefüllt, aber beim Anblick von Heinrichs Uniform führte der Ober sie sofort zu einem Tisch in einer der Nischen. Heinrichs Hand berührte sie am Ellbogen, als sie durch das Café dorthin gingen. Er nahm ihr den Mantel ab, und sie zog ihre Handschuhe aus.

»Bringen Sie uns zwei Kaffee und von dem Frankfurter Kranz«, sagte er zu dem Ober, während sie sich setzten. Er drehte sich zu ihr. »Der Zucker wird dir guttun!«

»Danke.« Sie nickte matt, während ihre Nervosität erneut die Oberhand zu gewinnen drohte. Ihre Handtasche lag direkt neben ihr – er hätte nur einmal dorthin greifen müssen. Sie durfte nicht daran denken.

»Was ist mit dir?«, fragte Heinrich.

»Nichts, mir war eben nur wirklich nicht ganz wohl«, antwortete sie mit einem gespielten Lächeln.

Er runzelte die Stirn und schien etwas sagen zu wollen, als ihre Bestellung kam. »Iss etwas!«, sagte er.

Der Zucker beruhigte tatsächlich kurz ihre Nerven, bis sie wahrnahm, wie durchdringend er sie beobachtete. Es machte ihr Angst. Sie hatte das Gefühl, dass er jedes kleine Detail und jeder ihrer Bewegungen wahrzunehmen schien, und erinnerte sich, wie Maximilian ihr einmal erzählt hatte, dass er beim Sicherheitsdienst auch so weit aufgestiegen war, weil er ein Spezialist für besonders schwierige Verhöre war. Sie hätte nicht mit ihm in das Café gehen dürfen! Aber nun war es zu spät.

»Was ist los mit dir, Edith? Ich merke doch, dass etwas nicht stimmt.« Sein Tonfall war wie immer bestimmt, und er griff nun auch noch nach ihrer Hand.

Wieso nur glaubte er, stets in dieser Art mit ihr umgehen zu können, als hätte er ein Anrecht, alles über sie zu erfahren und zu wissen? »Es ist wirklich nichts.« Ihr Ton klang schärfer, als sie wollte, und sie entzog ihm die Hand.

Er schüttelte nachsichtig den Kopf, als würde er mit einem Kind sprechen. »Das stimmt nicht, Edith. Du bist so aufgelöst und nervös, wie ich dich noch nie erlebt habe. Außerdem bist du mit der U-Bahn unterwegs, was mich ehrlich gesagt etwas wundert, da ich weiß, dass ihr mehrere Wagen besitzt und ein Chauffeur in euren Diensten steht.« Er runzelte die Stirn. Seine Augen wanderten an ihrem Kleid hinab – fiel ihm auf, dass sie anders als gewöhnlich angezogen war? – und blieb plötzlich an ihrer Hand hängen. »Und du trägst keinen Ehering!«, stellte er überrascht fest.

Sie spürte die Gefahr, noch bevor er den Satz zu Ende gesprochen hatte. *Der Ring!* Es war ein Fehler gewesen, ihn nicht zu tragen, wurde ihr siedend heiß bewusst. Doch wenn sie sich mit Jules traf und für die Gruppe unterwegs war, trug sie ihn nie. Es mochte albern sein, aber es war für sie ein wichtiger symbolischer Akt, ihn abzulegen. Panik erfasste sie, und sie suchte nach einer Ausrede, die die Situation erklären und verhindern würde, dass Heinrich ihrem Mann von allem erzählte.

»Maximilian … ich glaube, er betrügt mich«, stieß sie mit erstickter Stimme hervor.

Ein verblüffter Ausdruck huschte über Heinrichs Gesicht.

»Ich habe heute Morgen einen Brief an seine Geliebte gefunden und war so außer mir, dass ich seinen Ehering abgestreift habe und einfach aus dem Haus gestürzt bin.« Immerhin war sie inzwischen so verzweifelt, dass ihr wirklich die Tränen in die Augen traten. »Ich bin in den Bus und dann in die U-Bahn gestiegen und einfach gefahren, weil ich nur wegwollte …«

»Edith, mein Gott!«, sagte er unerwartet warm und legte den Arm um sie, während er ihr gleichzeitig sein Taschentuch reichte. Sie tupfte sich damit die Tränen aus dem Gesicht.

»Danke. Entschuldige!«, sagte sie leise. Nie war sie dankbarer für den Schauspielunterricht, den sie einmal genommen hatte.

»Das tut mir wirklich leid«, erklärte er mit einer weichen Stimme, in der ein Unterton schwang, der ihr nicht gefiel. Er blickte sie an. »Ich dachte immer, du wüsstest es!«

Sie rang um Fassung und musste tief Luft holen, als sie verstand, was Heinrich da sagte. »Du hast es gewusst?«

Er nickte. »Ja, schon länger. Er hat ja kein großes Geheimnis daraus gemacht.«

Obwohl Edith in den letzten zwei Jahren ziemlich sicher davon ausgegangen war, dass Maximilian gelegentlich das eine oder andere Verhältnis hatte, überraschte es sie, dass Heinrich davon Kenntnis hatte.

»Nimm es dir nicht zu sehr zu Herzen. Hast du wirklich geglaubt, dass ein Mann wie Maximilian treu sein kann?«, fragte er. Seine Finger strichen über ihren Arm.

»Ich kann es einfach nicht glauben, dass er das getan hat«, sagte sie mit belegter Stimme.

Heinrich beugte sich zu ihr. »Edith, ich habe schon seit einiger Zeit beobachtet, dass du und Maximilian euch nicht mehr so nahesteht wie früher. Das geschieht in Ehen. Manchmal ist etwas Freiheit vielleicht gar nicht das Schlechteste …«

Sie ahnte, worauf er hinauswollte, und auf keinen Fall würde sie es sich anhören. Hastig drückte sie sich das Taschentuch gegen die Augen, als kämen ihr erneut die Tränen. »Heinrich, ich danke dir, dass du ehrlich zu mir warst, aber ich kann jetzt nicht reden. Ich brauche etwas Zeit für mich und muss alleine sein. Das verstehst du doch, oder?«

Widerstrebend nickte er. »Natürlich! Ich rufe dir ein Taxi.«

Er begleitete sie nach draußen. Als er ihr wenig später die Wagentür öffnete und sie einsteigen wollte, hielt er sie an der

Hand fest. »Darf ich dich anrufen? Ich möchte wissen, ob es dir gut geht.«

Sie nickte und war froh, als sich der Wagen in Bewegung setzte. Unterwegs bat sie den Fahrer, an einer Post zu halten. Erst als sie die Briefe aufgegeben hatte und wieder einstieg, merkte sie, dass sie innerlich zitterte. Sie versuchte sich zu beruhigen. Es war alles gut gelaufen. Im Grunde war es ihr Glück, dass Maximilian sie wirklich betrog und Heinrich es wusste. Sie war nicht sicher, ob er ihr sonst geglaubt hätte. Edith unterdrückte ein Seufzen.

Zu Hause angekommen, zog sie sich eilig um und streifte ihren Ehering wieder über. Maximilian war noch unterwegs. Edith ging nach unten in den Salon und bat das Hausmädchen, ihr einen Tee zu bringen. Sie würde Jules nicht erzählen, was heute geschehen war. Er würde sich nur unnötig Sorgen machen, denn er wusste, dass Heinrich ihr schon immer nachgestellt hatte. Sie hatte ihm berichtet, wie schwierig es für sie war, dass Maximilian diesen Mann regelmäßig zu ihnen einlud.

Eine Zeit lang stand Edith am Fenster und blickte nach draußen, aber dann merkte sie, dass sie es nicht aushielt, alleine zu sein. Sie musste mit jemandem reden. Selbst wenn sie nicht alles erzählen konnte. Sie klingelte nach dem Hausmädchen und bat es, ihr noch einmal ihren Mantel bringen und ihren Wagen vorfahren zu lassen.

95

Sie hatten sich in den letzten Wochen selten gesehen, und als Edith nun vor der Tür stand, kam es Dora vor wie in früheren Zeiten, als die eine die Gedanken der anderen erahnte, ohne dass sie etwas sagen mussten.

»Das gibt's doch nicht. Ich habe dich heute schon zweimal angerufen, weil ich mit dir sprechen wollte«, begrüßte Dora sie. »Aber du bist immer unterwegs!«

Sie umarmte die Freundin überschwänglich und wollte gerade ansetzen, ihr die Neuigkeit zu berichten, als sie Ediths angespannten Ausdruck bemerkte.

»Ist etwas passiert?«, fragte sie besorgt, während sie sie mit sich ins Wohnzimmer zog. Im Kamin brannte ein gemütliches Feuer, und sie ließen sich auf dem Sofa nieder.

»Ich bin Heinrich begegnet.«

Dora schaute sie irritiert an. »Tust du das nicht ständig?«

»Ja, auf Gesellschaften, aber nicht alleine. Es war ein dummer Zufall. Ich war in der Stadt unterwegs, als er in seinem Wagen die Straßen entlangfuhr. Er hat mich mehr oder weniger gezwungen, einen Kaffee mit ihm zu trinken, und dabei hat er mir bestätigt, dass Maximilian mich betrügt …«

Ungläubig hatte Dora ihr zugehört. Sie erinnerte sich, dass Edith in den letzten Wochen oft den Eindruck gemacht hatte, als würde sie nicht sie selbst sein. »Er hat es bestätigt? Dann vermutest du es schon länger?«, fragte sie.

»Ja, es gab Anzeichen dafür«, gestand Edith. Einen kurzen Augenblick lang wirkte es, als wollte sie noch mehr sagen, doch dann schwieg sie.

»Es tut mir so leid, Edith.«

Die Freundin presste die Handflächen gegeneinander. »Im Grunde lieben wir uns schon lange nicht mehr. Vielleicht haben wir es überhaupt nie getan. Ich weiß es nicht. Ich denke schon länger darüber nach, mich zu trennen … Aber es ist nicht so einfach. Ich wünschte, ich wäre frei«, brach es aus ihr heraus.

Dora blickte sie an. »Gibt es jemand anderen in deinem Leben?«

»Nein!« Die Antwort kam so schnell und harsch, dass Dora überrascht war. Edith wich ihrem Blick aus und in diesem Moment wusste sie, dass sie mit ihrer Vermutung genau richtiglag.

Edith erkannte es ebenfalls. »Bitte frag mich nicht«, sagte sie in einem flehentlichen Ton, der Dora Angst machte. »Es gibt Dinge, die ich dir erzählen möchte, aber nicht kann, weil sie dich in Gefahr bringen könnten.«

Was meinte sie damit? Dora betrachtete ihr aufgewühltes verzweifeltes Gesicht, und ihre Kehle schnürte sich zu. »Du musst es mir nicht sagen. Wenn es gefährlich ist, will ich es auch gar nicht wissen«, erwiderte sie und meinte es auch so.

Schweigend schauten die beiden Freundinnen in den knisternden Kamin. Dora musste an etwas denken, das ihr Paul vor einigen Tagen berichtet hatte.

»Darf ich dir einen Rat geben, Edith? Sieh dich vor Heinrich vor.« Sie zögerte kurz, bevor sie fortfuhr: »Paul hatte neulich einen Klienten, einen Arzt, der ihm von einem Patienten erzählt hat, der durch eine Namensgleichheit fälschlicherweise festgenommen wurde und dann im Reichssicherheitshauptamt verhört wurde. Von Heinrich Raven … Es muss schrecklich gewesen sein.«

Edith nickte beklommen. »Ich weiß, wie gefährlich er ist. Er macht mir auch Angst.« Einen kurzen Moment lang schien sie ihren Gedanken nachzuhängen, aber dann drehte sie sich zu ihr. »Warum hast du mich denn heute eigentlich zweimal angerufen?«

Dora lächelte. Ihre Augen leuchteten, denn sie konnte es selbst noch kaum glauben. »Im Grunde ist jetzt der völlig falsche Zeitpunkt, nach diesen ernsten Themen – aber ich sage es dir trotzdem. Dr. Ludwig hat es mir vorgestern bestätigt. Ich bin schwanger!«

Edith blickte sie ungläubig an und umarmte sie dann strahlend.

»Das ist ja großartig!«

Dora nickte, denn das war es wirklich.

CARLA

96

Carla hatte Maximilian von Stettenheim schweigend zugehört. Es verwunderte sie, dass man Jahrzehnte später immer noch seine unterdrückte Wut spürte. Das Verhalten seiner Frau musste ihn zutiefst in seiner Eitelkeit verletzt haben.

Ihr Blick glitt unwillkürlich durch den luxuriösen Salon. All das schien Edith am Ende nichts bedeutet zu haben.

»Es müssen schwierige Zeiten damals gewesen sein«, sagte sie schließlich. Ein Dienstmädchen hatte Kaffee für Carla gebracht und trotz der noch frühen Tageszeit einen Cognac für den Hausherrn dazugestellt. Er nahm einen Schluck und betrachtete die rotbraune Flüssigkeit in dem bauchigen Glas.

»Ja, das waren sie. Die Nazis waren Idioten – gewalttätig, dumm und anmaßend –, aber sie waren an der Macht. Man musste sich mit ihnen arrangieren. Es gab nur ein *Für* und *Gegen* sie. Edith hatte immer ihre Schwierigkeiten, sich mit dieser Tatsache abzufinden.«

Ein Punkt, der Edith nur umso sympathischer machte, wie Carla insgeheim fand. Sie war froh, dass von Stettenheim wieder zu seiner Gelassenheit zurückgefunden hatte. Als sie auf Jules Cohn zu sprechen gekommen war, hatte er so aufgebracht gewirkt, dass sie kurz befürchtete, er würde das Gespräch mit ihr abbrechen.

»Können Sie mir beschreiben, wie Edith war? Ich meine, als Mensch und Frau?«, wagte sie einen vorsichtigen Vorstoß, um mehr über die geheimnisvolle Freundin ihrer Mutter zu erfahren.

Er musterte sie und trank einen weiteren Schluck von seinem Cognac. »Sie hatte etwas sehr Besonderes«, sagte er knapp.

»Ja, ich habe ein Foto gesehen. Sie war sehr attraktiv«, bemühte sich Carla, ihn zum Weiterreden zu bewegen.

Er zeigte ein gelangweiltes Lächeln. »Ja, natürlich war sie das«, gab er zur Antwort. »Aber es gibt viele schöne Frauen, und ich kann Ihnen aus Erfahrung sagen, dass man der Schönheit sehr schnell überdrüssig wird. Sie fesselt einen Augenblick, aber sobald wir sie zu kennen glauben, verliert sie auch schon ihren Reiz. Aber Edith war anders. Sie war charmant, geistreich und schlagfertig – und vor allem hatte sie diese Unabhängigkeit. Das war das wirklich Faszinierende an ihr. Es war etwas, das sie ausstrahlte, sobald sie einen Raum betrat, und das sofort den Jagdinstinkt eines jeden Mannes erweckte. Genau das ist ihr auch zum Verhängnis geworden …«

Sein Blick war nach draußen auf den See geglitten, und einen Moment lang wirkte er unerwartet nachdenklich. Dann wandte er ihr wieder den Kopf zu. »Ich hätte Edith das Verhältnis vielleicht noch verzeihen können, ich war weiß Gott auch nicht treu, aber nicht, dass sie ein Kind von ihm bekam. Das nicht!« Sein Mund war schmal geworden, und sein gesamter Gesichtsausdruck hatte sich verhärtet.

Edith hatte ein Kind von Jules bekommen? Das hatte David nie erwähnt. »Das wusste ich nicht«, sagte Carla. »Ich meine, ich kann mich nicht erinnern, dass meine Mutter das erwähnt hat«, beeilte sie sich hinzuzufügen.

»Nein, kaum einer wusste es«, sagte er mit einem maliziösen Lächeln. Er schenkte sich von dem Cognac nach.

Carla fragte sich, wie Maximilian von Stettenheim damals wohl reagiert hatte. So kurz sie ihn kannte, sie konnte sich vorstellen, welche Erniedrigung die Nachricht, seine Frau würde das Kind eines anderen bekommen, für einen Mann wie ihn sein musste.

»Danke, dass Sie mir so viel erzählt haben«, sagte Carla schließlich. »Ich muss zugeben, dass es mich ein wenig verwundert, dass meine Mutter und Edith so eng befreundet waren. Sie waren doch recht unterschiedlich.«

Von Stettenheim verzog herablassend den Mund. »Ich habe nie verstanden, was die beiden verbunden hat, aber sie waren wie Schwestern. Übrigens ist das auch das Letzte, was ich von Edith weiß. Nachdem sie 1946 bei mir auftauchte und ich die Scheidungspapiere unterschrieben habe, wollte sie zu Dora …«

Das hatte von Stettenheim auch im Sommer David erzählt, wie Carla wusste. Sie bedankte sich noch einmal und verabschiedete sich dann. »Ich habe zu danken!« Von Stettenheim erhob sich mithilfe seines Krückstocks. »In meinem Alter ist die Gesellschaft einer jungen Frau immer ein Geschenk, Mrs. Whiteman«, sagte er mit einem Lächeln.

Wie zwei Schwestern, die Worte von Stettenheims wollten ihr nicht aus dem Kopf gehen, als Carla sich auf die Rückfahrt zum Hotel machte. Und ihre Mutter hatte auch vor dem Selbstmordversuch nie ein einziges Wort über ihre Freundschaft zu Edith verloren. Carla musste an die Fotoalben mit den herausgerissenen Bildern denken, die sie auf dem Dachboden gefunden hatte. Als hätte jemand versucht, ein Stück der Vergangenheit auszulöschen … Und dennoch begriff sie einfach nicht, wie das alles zusammenpasste. Im Hotel angekommen, traf sie sich mit David. Sie berichtete ihm von ihrem Gespräch mit von Stettenheim. »Wusstest du, dass Edith von Jules ein Kind bekommen hat?«

Einen Augenblick lang war er sprachlos. »Ein Kind? Das hat von Stettenheim erzählt?«

Carla nickte.

Er schüttelte den Kopf. »Nein, das habe ich nicht gewusst – und Jules auch nicht. Das hätte er mir gesagt.«

Sie schaute ihn nachdenklich an. »Von Stettenheim hat keine Ahnung, was aus Edith geworden ist. Angeblich hat er sie 1946 das letzte Mal gesehen. Richtig weiter bringt uns das alles auch nicht, oder?«, meinte sie seufzend.

»Nun, von Stettenheim hat dir auf jeden Fall eine Menge mehr offenbart als mir im Sommer.«

»Ja, er hat sich sogar noch an meine Mutter erinnert.« Carla verzog das Gesicht. »Es war nicht besonders schmeichelhaft, als er deutlich machte, dass er nie verstehen konnte, warum sie und Edith so eng befreundet waren.«

David grinste. »Das hat er gesagt?«

Sie nickte. Ihre Blicke trafen sich. Der gestrige Abend ging ihr auf einmal durch den Kopf, und ihr wurde bewusst, wie selbstverständlich es sich anfühlte, hier mit ihm in Berlin zu sein. Plötzlich war sie wieder da – diese Spannung zwischen ihnen.

»Ich muss zugeben, ich wüsste zu gerne, was du gerade denkst!«

Carla lächelte leicht. »Irgendwann werde ich es dir vielleicht mal sagen … Ich würde gerne nach Kladow hinausfahren und mir dort das Haus meiner Eltern ansehen. Hast du Lust, mich zu begleiten?«, fragte sie dann.

97

Die Straße war von weiten Wiesen und Feldern umgeben. Als wäre man mitten auf dem Land, dachte Carla ungläubig, und doch gehörte Kladow zu Westberlin.

Sie hatten sich spontan entschieden, einen Mietwagen zu nehmen, da mit öffentlichen Verkehrsmitteln nur schwer zu der Adresse, die ihr Wilhelm gegeben hatte, hinzukommen war. Carla hatte David gegenüber kurz ihre Bedenken geäußert, ob es wirklich eine so gute Idee wäre, dass sich zwei an die linke Straßenseite gewöhnte Engländer hier hinters Steuer setzten, aber er hatte sie zerstreut. »Ich habe keine Schwierigkeiten damit, rechts zu fahren, und ich mag es, in fremden Städten mit dem Auto unterwegs zu sein.«

»Du warst schon oft in Berlin, oder?«, fragte sie jetzt, während die Landschaft an ihnen vorüberzog.

»Ja, ich mag die Stadt und bin gerne hier.«

»Trotz der Nazis?« Der Satz war ihr herausgerutscht, bevor sie es verhindern konnte. »Ich meine, man würde denken, dass du die Deutschen nicht besonders magst«, versuchte sie zu erklären.

Er drehte im Fahren kurz den Kopf zu ihr. Plötzlich war die Leichtigkeit, die es eben noch zwischen ihnen gegeben hatte, verschwunden.

»Ich habe nichts gegen Deutsche, sondern nur dagegen, dass nach dem Krieg so viele Naziverbrecher zu glimpflich davongekommen sind für das, was sie getan haben«, erwiderte er ruhig.

Carla schwieg. Sie musste an ihren Vater denken. Seit ihrem Besuch bei ihrem Onkel und der Erkenntnis, wie sehr dieser noch immer seinen braunen Gesinnungen verhaftet war, hatte sich ihre Angst verstärkt, dass er ähnliche Ansichten gehabt haben könnte.

»Was ist mit dir?«, riss sie Davids Stimme aus ihren Gedanken.

»Ich habe über meinen Vater nachgedacht«, antwortete Carla ehrlich. »Und über das, was du in deinem Artikel über ihn geschrieben hast. Ich habe mir früher nie Gedanken über seine Vergangenheit gemacht, und jetzt frage ich mich ständig, ob und inwieweit er in das Naziregime damals verstrickt war.«

David warf ihr einen kurzen Blick zu. »Carla, diese Artikel, die ich vor sechzehn Jahren geschrieben habe, ich würde sie heute nicht mehr so verfassen. Ich war damals unerbittlich. Ich finde es moralisch zwar noch immer fragwürdig, dass dein Vater mit dem Schicksal dieser Emigranten Geld gemacht hat, aber ich habe später einige Nachforschungen angestellt, und es gibt durchaus ein paar Menschen, die der Meinung sind, er habe ihnen ihr Vermögen gerettet. Das solltest du wissen.«

Carla blickte ihn an. »Danke … Du weißt im Grunde mehr über meinen Vater als ich«, stellte sie fest. »Ich kenne ihn nur als einen liebenden Menschen, der immer alles für mich getan hat und dem ich es trotz aller Tragödien verdanke, dass ich noch so etwas wie eine Kindheit hatte. Als ich letzte Woche von Mr. Howard erfahren habe, dass er früher getrunken hat und handgreiflich gegenüber Anastasia war, konnte ich es nicht glauben. Es gibt so vieles, das nicht in das Bild passt, das ich von ihm habe.«

»Menschen ändern sich!«, wandte David ein.

Ihr Blick glitt nach draußen. »Tun sie das?«, fragte sie zweifelnd und dachte wieder an Wilhelm, der sich ganz sicher nicht geändert hatte.

»Einige schon!« Er lächelte.

98

Es war eine Kopfsteinpflasterstraße mit Häusern, die zum Teil nicht aus diesem Jahrhundert stammten, sondern aus einer Zeit, als Kladow kaum mehr als ein kleines Dorf gewesen sein musste. Die Gärten waren groß, und gelegentlich deuteten der eine oder andere Schuppen oder ein Stallgebäude an, dass hier einmal Landwirtschaft betrieben worden war.

Das Haus ihrer Eltern befand sich fast am Ende der Straße. Es war überraschend schön, ja charmant und besaß ein spitz hochgezogenes Dach. Obwohl der Putz von der ursprünglich weißen Fassade abblätterte und der Garten verwildert wirkte, konnte man noch immer erkennen, welchen einnehmenden Eindruck es früher einmal gemacht haben musste.

Der Name *Reckheim* stand neben dem Türschild. Als Carla klingelte, öffnete ihnen eine sommersprossige Frau mit einem Baby im Arm.

»Ja?«

»Entschuldigen Sie, mein Name ist Carla Whiteman, das ist David Grant, ein Freund«, begann sie und erklärte ihr dann, dass ihre Eltern hier einmal gewohnt hatten und sie auf der Suche nach Menschen waren, die sie möglicherweise gekannt hatten.

»Behringer, sagen Sie? Das sagt mir nichts. Aber wir sind auch erst Anfang der Siebziger hierhergezogen.«

»Wissen Sie, ob es noch Nachbarn gibt, die früher hier gewohnt haben?«

Frau Reckheim überlegte, während sie das Baby leicht in den Armen wippte, das die Besucher mit großen Augen anschaute. »Viele Häuser sind hier erst nach dem Krieg entstanden … Aber fragen Sie vielleicht mal die Ludwigs am Anfang der Straße. Ich weiß von meiner Nachbarin, dass sie hier schon seit Generationen wohnen. Herr Ludwig ist Arzt und hatte früher hier seine Praxis.«

Carla lächelte. »Danke, damit haben Sie mir sehr weitergeholfen.«

Frau Reckheim nickte. Sie blickte von Carla zu David. »Möchten Sie sich vielleicht das Haus ansehen, wenn Ihre Eltern hier einmal gelebt haben? Wir haben allerdings ziemlich viel umgebaut.«

Carla schüttelte den Kopf. »Nein, das ist sehr nett, wir wollen Sie nicht stören, aber wenn es Ihnen nichts ausmacht, würde ich gerne einen Blick in den Garten werfen.«

Frau Reckheim nickte. »Aber sicher, laufen Sie hier einfach rechts um das Haus herum, dann kommen Sie direkt dorthin!«

Sie nickte ihnen freundlich zu, und Carla und David folgten ihrer Aufforderung.

Der Garten war groß und ein wenig verwildert. Mit Ausnahme des Rasens, der gemäht zu werden schien, wirkte der übrige Teil, als wenn man sich nur um das Notdürftigste kümmerte. Carla erkannte an der einen Seite die wuchernden Äste von Fliederbüschen. Im Frühling mussten sie einen wundervollen Anblick bieten. Sie spürte, dass David, der ihr die ganze Zeit das Wort überlassen hatte, sie beobachtete. »Und deine Eltern haben dir nie etwas von Berlin erzählt?«, fragte er neugierig.

Carla schüttelte den Kopf. »Nein, nie. Es war, als hätte es diesen Teil ihrer Vergangenheit einfach nicht gegeben.«

Ihre Augen waren durch den Garten gewandert, und plötzlich ging sie auf die Hecken zu, die sich hinten am Zaun befanden. Es waren Rosensträucher. Ein Bild, wie ihre Mutter in ihrer Kindheit mit der Gartenschere vor den Sträuchern stand und sie liebevoll beschnitt, tauchte vor ihren Augen auf. Carla berührte mit ihren Fingern vorsichtig einen Ast.

»Genau solche Rosen gibt es auch bei uns zu Hause in England im Garten«, sagte sie zu David.

»Die Lieblingsblumen deiner Mutter?«

Carla nickte betroffen, und er legte den Arm um sie.

»Ich würde gerne noch bei den Ludwigs klingeln«, sagte sie schließlich. Sie liefen das Stück die Straße hinauf bis zu dem Haus, das Frau Reckheim ihnen beschrieben hatte. Eine grauhaarige Frau, die in den Sechzigern sein musste, öffnete ihnen die Tür. Carla erzählte ihr, wer sie war.

Ein erstaunter Ausdruck huschte über das Gesicht von Frau Ludwig. »Dora und Paul Behringer? Nun, wenn, dann könnte mein Mann sie gekannt haben. Er ist in diesem Haus groß geworden und hat immer hier gelebt. Mein Mann ist inzwischen pensioniert, aber hält gelegentlich noch Vorträge. Deshalb ist er heute auch auf einem Kongress. Könnten Sie vielleicht morgen Nachmittag noch mal wiederkommen?«

»Ja, gerne.« Carla reichte Frau Ludwig ihre Karte und schrieb vorsichtshalber noch die Telefonnummer des Hotels dazu, bevor sie sich verabschiedeten.

99

Auf der Rückfahrt waren sie beide schweigsam.

»Glaubst du, dass wir wirklich jemals herausfinden werden, was damals geschehen ist?«, fragte Carla schließlich. Die Nachforschungen kamen ihr vor wie ein Puzzlespiel, in dem die wichtigsten Teile vor langer Zeit verloren gegangen waren, sodass das Bild, das sie nun zusammenfügte, einfach keinen Sinn mehr ergeben wollte. »Ich muss zugeben, ich hatte gehofft, dass ich mehr erfahren würde«, sagte sie ehrlich.

»Vielleicht haben wir mehr herausbekommen, als wir wissen! Dein Gespräch mit von Stettenheim und die Information, dass Edith ein Kind bekommen hat, waren bestimmt wichtig.«

Sie blickte ihn an. Auf dem Rückweg zum Auto hatte er wie selbstverständlich den Arm um sie gelegt. Es war ein schönes, aber aufwühlendes Gefühl. Obwohl sie sich, seitdem sie sich in Berlin wiedergesehen hatten, noch nicht einmal geküsst hatten, konnte von Neutralität zwischen ihnen nicht die Rede sein. Im Gegenteil.

»Wirst du Jules von dem Kind erzählen?«

»Ja, aber ich würde gerne erst in Erfahrung bringen, was aus Edith geworden ist.«

Das konnte Carla gut verstehen. Wenn Edith Jules' große Liebe gewesen war, musste die Nachricht ein ziemlicher Schock für ihn sein.

Als sie ins Hotel zurückkamen, war es später Nachmittag. Die Rezeptionistin händigte David einen Umschlag aus. »Und Sie haben zwei Anrufe gehabt.« Sie reichte ihm die Notiz mit den dazugehörigen Nachrichten. David wandte sich zu Carla. »Ich muss eben einen Anruf machen. Wartest du kurz auf mich?«

Sie nickte. »Ich kann gut einen Kaffee gebrauchen.«

Sie begab sich in die Lobby, in der sie sich in einen der großen Sessel niederließ und ihre Bestellung aufgab. Grübelnd zog sie ihr Notizbuch aus ihrer Handtasche hervor und ging noch einmal ihre Aufzeichnungen durch. Dabei wurde sie das Gefühl nicht los, dass sie sich in einer Sackgasse befand oder etwas übersehen hatte. Bis jetzt hatte sie im Grunde nichts in Erfahrung bringen können, das wirklich Licht auf die Geschehnisse warf. Wenn ihr morgen Dr. Ludwig nicht etwas mitteilte, das ihr in irgendeiner Weise einen Hinweis gab, wusste sie auch nicht, wie und wo sie mit ihren Nachforschungen weitermachen sollte …

Sie nahm einen Schatten wahr. Es war David, der zurückgekommen war.

Mit nachdenklicher Miene legte er den Umschlag, den er an der Rezeption bekommen und inzwischen anscheinend geöffnet hatte, neben sich und setzte sich ihr gegenüber. »Ich weiß, wer Heinrich Raven ist!«, verkündete er.

Carla zog die Augenbrauen hoch. »Das ging aber schnell!«

David lächelte leicht und fuhr sich mit der Hand durch sein Haar. »Nun, mein Kontaktmann, den ich angerufen habe, musste auch keine großen Nachforschungen anstellen – es ist in Israel bekannt, wer Heinrich Raven war. Man war ziemlich überrascht, dass ich nach ihm gefragt habe.«

Ein beklommenes Gefühl ergriff Carla. »Warum war man überrascht?«

»Weil Raven als tot galt. Er war ein hochrangiges SS-Mitglied, das für das Reichssicherheitshauptamt gearbeitet hat und zum engsten Kreis von Reinhard Heydrich gehörte. Nach dem Zweiten Weltkrieg war er wie vom Erdboden verschluckt. Deshalb nahm man auch an, dass er tot ist.«

Carla schaute ihn verwirrt an. Raven hatte für Reinhard Heydrich gearbeitet? Sie erinnerte sich dunkel aus ihrem Schulunterricht, dass dieser Mann ein führender Nazi gewesen war, der später einem Attentat zum Opfer fiel, aber sehr viel mehr wusste sie nicht. »Entschuldige, ich fürchte, du musst meinen Geschichtskenntnissen etwas auf die Sprünge helfen. Was war dieses Reichssicherheitshauptamt genau?«

David blickte sie ernst an. »Die Machtzentrale der Nazis, von der aus sie ihren gesamten Terror und ihre Gewalt ausgeübt haben. Zu ihr gehörten die Gestapo, die Kriminalpolizei und der Sicherheitsdienst, eine Art Geheimdienst der SS.«

»Und Reinhard Heydrich war …?«

»Der Leiter dieses Reichssicherheitshauptamtes, ein überzeugter eiskalter Antisemit – und der maßgebliche Organisator des Holocaust.«

Carla verspürte einen schalen Geschmack im Mund. »Und Heinrich Raven hat für ihn gearbeitet!«

»Ja, und er muss ziemlich weit oben in der Hierarchie gestanden haben, wenn er zum engsten Vertrautenkreis gehört hat. Mein Kontaktmann sagt, er sei einer ihrer Verhör-Spezialisten gewesen. Er wird mir das Informationsmaterial über ihn per Eilkurier schicken.«

Carla starrte auf ihren Kaffee, den sie nicht einmal angerührt hatte. Was um Gottes willen konnte ein Mann wie Heinrich Raven nur von ihren Eltern gewollt haben?

»Und nun schau dir das hier an!« David griff nach dem Umschlag neben sich. »Ich war heute Morgen in den Archiven einiger früherer Tageszeitungen. Als du von deinem Gespräch mit Wilhelm erzählt hast, dachte ich, dass es vielleicht einen Artikel oder ein Foto von von Stettenheim von damals gibt. Das haben sie mir vorhin mit dem Nachmittagskurier geschickt.«

Er reichte ihr eine Klarsichthülle, in der sich die Kopien einiger Zeitungsartikel aus den Dreißiger- und Vierzigerjahren befanden. Die meisten stammten aus dem Lokalteil und bezeugten, dass Maximilian von Stettenheim zur damaligen Berliner Prominenz gehörte. Über seine Hochzeit mit Edith Theußenberg wurde dort genauso berichtet wie über seine Anwesenheit auf diversen wichtigen gesellschaftlichen Ereignissen. Es gab auch einige Fotos von ihm. Carla erkannte ihn sofort. Auf einem stand er in einem Smoking mit breitem Lächeln mit mehreren Männern in SS-Uniform zusammen. *»Empfang im Kaiserhof, Erhard Grundberg, Gustav Stein, Maximilian von*

Stettenheim und Heinrich Raven«, stand kleingedruckt unter dem Foto. Carla starrte David ungläubig an. »Raven und von Stettenheim haben sich gekannt?«

Er nickte. »Offensichtlich!«

»Dann könnte Heinrich Raven über von Stettenheim wiederum meine Eltern gekannt haben«, überlegte Carla laut. Plötzlich war sie aufgeregt. »Hast du vielleicht mal ein Stück Papier?«

»Reicht der Umschlag?«

Sie nickte und drehte ihn um, dann griff sie nach ihrem Kugelschreiber und begann in großer Schrift die Namen ihrer Eltern, von Jules, Edith, von Stettenheim, Raven und sogar ihrem Onkel aufzuschreiben und mit Pfeilen in Beziehung zueinander zu setzen. Als sie fertig war, blickte sie auf das Gebilde von Pfeilen und Linien vor sich. Im Mittelpunkt stand ein Name, der alle miteinander zu verbinden schien – Edith …

JULES

100

Februar 1940

Es war kalt, bitterkalt. Schon seit Wochen. Die Flüsse und Seen der Stadt waren zugefroren, und ein eisiger Wind wehte durch die Straßen, der jeden Gang nach draußen unangenehm machte. Der Winter hatte Berlin fest im Griff. Jules schlug fröstelnd den Kragen seines Mantels hoch und war froh, endlich Carls Wohnung zu erreichen. Als er die Tür aufschloss, sah er, dass Edith bereits da war. Sie kniete vor dem knisternden Ofen, der eine wohltuende Wärme verbreitete. Mit einem Lächeln wandte sie ihm das Gesicht zu. »Jules!«

Sein Herzschlag beschleunigte sich. Mit einem Schritt war er bei ihr, und sie küssten sich voller Leidenschaft, als wäre es Wochen her und nicht erst gestern gewesen, seitdem sie sich das letzte Mal gesehen hatten. Es war eine Mischung aus Glück und einem Hauch von Schmerz, der in jedem Wiedersehen lag, weil sie wussten, dass der Abschied unweigerlich folgen würde.

»Ich war bei Herrn Rosenbaum«, erzählte Edith später, als sie eng umschlungen auf dem Bett lagen. »Er braucht unbedingt Kohlen zum Heizen und warme Kleidung.«

Jules nickte. »Ich werde mich mit Emil darum kümmern.« Herr Rosenbaum war ein älterer verarmter Mann, dessen Familie kurz vor Kriegsausbruch noch nach Frankreich emigriert war. Er selbst hatte sich für einen Neuanfang zu alt gefühlt und war hiergeblieben. Berlin sei doch seine Heimat, hatte er mit traurigem Blick erklärt. Sie versorgten ihn regelmäßig mit Lebensmitteln und auch Medikamenten. Doch der ungewöhnlich kalte Winter war für ihn, wie für viele andere, eine Bedrohung.

»Ich habe uns etwas zu essen mitgebracht!«, sagte Edith, zog das Laken mit sich, das sie sich um die Schultern schlang, und war schon aufgesprungen, um ihre Tasche zu holen, die im Flur stand. Auf dem Weg dorthin streifte sie seinen Mantel, den er auf dem Sessel abgelegt hatte. Das Kleidungsstück rutschte von der Lehne und fiel zu Boden – mit einem lauten dumpfen Aufprall. Überrascht hielt Edith in ihrem Schritt inne. Jules fuhr hoch – er wollte nicht, dass sie es entdeckte, aber bevor er es verhindern konnte, hatte sie schon nach dem Kleidungsstück gegriffen. Ein ungläubiger Ausdruck breitete sich auf ihrem Gesicht aus, als sie die Schwere spürte und die Waffe ertastete, noch bevor sie sie aus der Innentasche in seinem Futter hervorzog. Sie schaute mit einem eigenartigen Blick auf die Pistole.

»Edith …«

»Seit wann hast du die?«, fragte sie ruhig.

Jules fuhr sich durchs Haar. »Seit letztem September«, erwiderte er dann ehrlich. Er erinnerte sich unweigerlich, wie Emil die Waffen eines Abends mitgebracht hatte. *»Nur für den Notfall!«* Keinem von ihnen war es angenehm, aber das, was sie taten, war gefährlich geworden. Der Krieg war gerade ausgebrochen, und über 1800 Juden polnischer Herkunft waren in Deutschland verhaftet und in die KZs gebracht worden. Dank Edith, die von diesen Maßnahmen schon im Vorfeld erfahren und sie informiert hatte, konnten sie einige von ihnen warnen und zeitweise sogar bei sich im Keller verstecken.

»Ich wollte erst keine Waffe«, sagte Jules jetzt. »Doch die anderen haben mich gedrängt, gerade für unsere nächtlichen Aktionen.« Er zögerte, denn von alldem hatte er ihr nichts erzählt, um sie nicht zu beunruhigen. »Aber es hat sich als eine gute Entscheidung herausgestellt, auf Emil zu hören, denn kurz darauf wäre ich mit Andrik fast verhaftet worden.«

Edith schaute ihn entsetzt an.

Jules berichtete ihr, wie Andrik und er damals einen der polnischen Juden, Milosz, gewarnt hatten und mit ihm gerade die Wohnung verlassen wollten, als sie auf einmal vor der Tür zwei Gestapo-Beamten gegenüberstanden. Eben noch rechtzeitig konnten sie ihre Pistolen ziehen. Sie nahmen den beiden Männern die Waffen ab und schlossen sie in der Wohnung ein. Dann rannten Andrik und er … und wie sie rannten. Zitternd und außer Atem waren sie viele Straßen weiter in einer engen Häuserzeile zum Stehen gekommen.

»Seitdem habe ich die Pistole immer bei mir«, schloss er.

Edith war schweigend neben ihm aufs Bett gesunken.

»Hättest du geschossen?«

»Ja, ich glaube schon – sosehr es mich selbst erschreckt und der Mensch, der ich einmal war, es verurteilt hätte.« Seit jenem Tag wusste er, dass er tatsächlich dazu fähig war. Er versuchte, in ihrem Gesicht zu lesen, was sie dachte. »Schockiert dich das?«

Sie schüttelte den Kopf. »Nein!« Sie legte die Waffe auf den Nachttisch, bevor sie ihm den Kopf zuwandte. »Im Gegenteil, ich bin froh, dass du sie hast«, sagte sie mit fester Stimme, und etwas lag in ihrem Blick, das bis tief in sein Innerstes drang. Wieder einmal erkannte er, wie besonders und einzigartig sie war. Sie küsste ihn, und innerhalb weniger Augenblicke verloren sie sich beide erneut in den Berührungen des anderen und liebten sich voller Leidenschaft ein zweites Mal.

Später, als der Abschied bevorstand und sie die Wohnung verlassen wollten, spürte er jedoch, wie besorgt sie war.

Er nahm sie in die Arme. »Gib mir etwas Zeit, ein paar Wochen, bis dieser schreckliche Winter vorbei ist, um die Dinge zu regeln«, bat er. »Dann gehen wir von hier weg.« Schon seit einigen Tagen hatte er ihr das sagen wollen.

»Das würdest du wirklich tun?«, fragte sie ungläubig.

Er zeichnete mit dem Finger die Konturen ihrer Wangen nach. »Ja«, sagte er sanft. Die Entscheidung fiel ihm nicht leicht, aber er wusste, dass es keinen anderen Weg mehr gab. Etwas hatte ihn bis jetzt hier gehalten – als hätte er in jener Nacht, in der er den Fängen der SS entkommen war, ein Versprechen gegeben, nicht nur sich selbst, sondern auch jenen gegenüber, die nicht das Glück gehabt hatten zu entkommen. Doch nun hatte er erfahren, dass die Juden in Berlin ab dem Frühjahr zum Zwangseinsatz in kriegswichtigen Betrieben genötigt werden sollten. Ihre Freiheit würde noch weiter beschnitten werden, und sie würden unter der Kontrolle der Gestapo stehen. Auch die Unterstützung und Hilfe, die sie leisteten, würden kaum noch möglich sein. Jules musste einsehen, dass sich die Schlinge um sie immer enger zog, und es würde noch schwieriger als ohnehin schon werden, Deutschland zu verlassen, wenn der Krieg im Frühjahr an der Westfront fortgesetzt wurde.

»Oh, Jules!« Er sah, dass die Erleichterung Edith Tränen in die Augen trieb. Einen Moment hielt er sie und sog den Duft ihres Haars ein. Wie sehr er sie liebte.

Als sie sich kurz darauf unten auf der Straße verabschiedeten und sie in die andere Richtung lief, schaute er ihr hinterher, wie sie sich in ihrem aufrechten Gang entfernte, sich an der Ecke noch einmal umdrehte und die Hand hob, bevor sie entschwand.

Nur widerstrebend wandte er sich in die andere Richtung.

Es war Freitag, und sie würden sich erst am Montag wiedersehen, denn ihr Mann war zurzeit in Berlin. Jules versuchte, nicht an ihn zu denken. Es war weniger Eifersucht als Ohnmacht, die er darüber empfand, dass Edith gezwungen war, dieses gefährliche Doppelleben zu führen.

Einige Kreuzungen weiter blieb er stehen, um den vorbeifahrenden Verkehr abzuwarten. Dabei warf er, wie er es sich schon lange zur Gewohnheit gemacht hatte, einen unauffälligen Blick um sich herum. Nur deshalb bemerkte er den Mann auf der anderen Seite. Er war Jules schon einige Straßen zuvor aufgefallen. War er ihm gefolgt? Eine leise Unruhe ergriff ihn. Er überquerte die Straße und blieb vor einem Schaufenster stehen, um sich unbemerkt nach dem Mann umzusehen. Kurz wirkte es, als würde der Unbekannte ebenfalls in seinem Schritt innehalten und in seine Richtung schauen, aber schließlich lief er weiter. Jules verharrte vor dem Schaufenster, bis der Mann aus seinem Blickfeld verschwunden war, und atmete erleichtert auf. Dann wandte er sich nach rechts. Er bog um die Ecke, als er unvermittelt stehen blieb – zwei Polizisten hatten sich ihm in den Weg gestellt.

»Routinekontrolle. Ihren Ausweis, bitte!«

Jules nickte und versuchte, ruhig zu bleiben, um nicht verdächtig zu wirken. Er war froh, dass er seine gefälschte arische Kennkarte vorzeigen konnte, nach der er Julius Gellert hieß. Wenn er sich mit Edith traf, ging er nie das Risiko ein, seinen jüdischen Ausweis mit dem großen rot gestempelten J bei sich zu tragen.

Die Polizisten, die eine ausdruckslose Miene zeigten, musterten erst ihn eingehend und dann die Kennkarte mit seinem

Foto. Schließlich gab der eine ihm den Ausweis zurück. »Herzlichen Dank!«, sagte er, und Jules konnte es selbst nicht glauben, dass er einfach weitergehen durfte.

101

Paul hatte eine Liste mit einigen Wagen zusammengestellt, die er der Wehrmacht zur Verfügung stellen konnte. Es gefiel ihm nicht, und natürlich hätte er versuchen können, sich den Wünschen von Morrowitz zu widersetzen – vielleicht sogar erfolgreich –, aber sein Instinkt riet ihm davon ab. Ganz offensichtlich wollte der Ortsgruppenleiter sich mit dieser Aktion profilieren und seine Macht beweisen. In diesem Punkt waren sie alle gleich. Nahm Paul ihm diese Möglichkeit, würde Morrowitz ihn das an anderer Stelle spüren und ihn vermutlich fortan nicht mehr aus den Augen lassen. Das war das Letzte, was er gebrauchen konnte. Es war klüger nachzugeben.

Zwei Tage, nachdem er im Büro von Morrowitz gewesen war, fällte Paul noch eine andere Entscheidung. Am Nachmittag fuhr er hinaus zu den Scheunen und brachte alle Wagen nach draußen. Dann schraubte er heimlich die Griffe der hochziehbaren Luken ab, die in die Keller führten, dichtete sie ab und überzog den Boden mit einer dünnen Schicht Zement. Die Arbeit war anstrengend, und das Motorgeräusch eines jeden heranfahrenden Fahrzeugs ließ ihn zusammenzucken und für einen Moment erstarrt innehalten. Am Ende stand ihm der Schweiß auf der Stirn und sein Bein schmerzte so stark wie nach den Operationen, aber er blickte zufrieden auf sein Werk. Man konnte unmöglich noch erahnen, was sich unter dem Boden befand. Zwar war es ihm selbst jetzt auch nicht mehr möglich, in den Keller zu gehen, aber die Gefahr, dass irgendjemand auftauchte und fragte, was sich dort befand, war gebannt.

Dora war erleichtert, als er ihr davon erzählte. »O Gott sei Dank, Paul!«

Sie war wie ausgewechselt, seitdem der Arzt ihre Schwangerschaft bestätigt hatte. Ihre Augen glänzten, nein leuchteten, und ihr Lachen erinnerte ihn wieder an die Zeit, in der sie sich kennengelernt hatten. Vielleicht war es gerade das, was in ihm eine leise Furcht hervorrief. Er hatte nicht vergessen, in welche Depressionen sie damals gestürzt war, als sie das Kind verloren hatte. Die langen Monate, die es gedauert hatte, bis es ihr besser ging, ihre Niedergeschlagenheit, weil sie einfach nicht schwanger wurde, das alles war ihm nur zu gut noch im Kopf. Natürlich freute er sich jetzt, dass sie ein Kind bekamen, über alle Maßen sogar, aber was würde sein, falls dieses Mal erneut etwas passierte? Zu seiner Verwunderung schien Dora selbst frei von derlei Befürchtungen – fast als hätte sie alles vergessen.

»Ich bin sicher, es wird ein Mädchen werden«, sagte sie am Abend zu ihm. »Wie gefällt dir der Name *Anastasia?*«

»Er klingt sehr schön«, sagte er vorsichtig, aber Dora kannte ihn zu gut. Sie merkte, dass etwas nicht stimmte. »Du machst dir Sorgen um mich, oder?«

»Nein, nicht wirklich. Ich sehe ja, dass es dir gut geht«, erwiderte er ehrlich und küsste sie.

Sie würde eine wundervolle Mutter werden. Paul hatte sich einen Weinbrand eingeschenkt und sein schmerzendes Knie auf einen Sitzhocker vor dem Sessel hochgelegt. Eine Zeit lang beobachtete er Dora, die ihr Strickzeug genommen hatte. Mit leisem Klappern glitten die Nadeln mit der Wolle geschickt durch ihre Finger. Er liebte diese abendlichen Stunden, wenn sie zusammensaßen und den Tag hinter sich ließen.

An diesem Abend erzählte Dora ihm auch, dass sie Edith vor Heinrich gewarnt habe. »Weißt du, ich erinnere mich an eine Geburtstagsfeier vor vielen Jahren. Es war in unserem letzten Schuljahr …« Sie ließ nachdenklich die Stricknadeln sinken. »Er hatte schon damals ein Auge auf sie geworfen.«

Pauls Miene wurde ernst. »Sie tut gut daran, sich von ihm fernzuhalten.«

Seine Frau nickte. »Ja, das habe ich ihr auch gesagt, aber das ist nicht so einfach … Ich mache mir Sorgen um sie, Paul. Es gibt etwas in ihrem Leben, das sie mir verheimlicht. Sie hat es sogar zugegeben, aber gemeint, sie könnte es mir nicht erzählen, weil es mich in Gefahr bringen würde.«

Paul schwieg. Er dachte daran, wie leicht es in diesen Zeiten war, etwas zu tun oder nur zu sagen, das strafbar war, und jeder, der wusste, dass der andere es gesagt oder getan hatte, machte sich allein durch dieses Wissen ebenfalls schuldig. So war aus ihnen ein Land von Denunzianten geworden. Er griff Doras Hand. »Wenn sie das sagt, ist es auch gut, dass du es nicht weißt. Damit schützt sie dich und auch sich selbst.«

Dora nickte traurig. »Ja, ich weiß. Aber ist es nicht schrecklich, dass wir uns inzwischen nicht einmal mehr den Menschen anvertrauen können, die uns nahestehen und die wir lieben?«

102

Heinrich hatte selten so viel gearbeitet, wie in den letzten Monaten, denn der Sieg über Polen hatte eine Reihe von neuen Aufgaben und Herausforderungen mit sich gebracht. Mit aller Härte musste in dem eroberten Land gegen die *reichs- und deutschfeindlichen* Elemente vorgegangen werden. Die SS-Einsatztruppen, die für diese Säuberungsaktionen eingesetzt wurden, unterstanden dem Reichssicherheitshauptamt.

Angesichts der vielfältigen Aufgaben und des damit einhergehenden Mangels an Zeit hatte Heinrich die andere Angelegenheit nicht selbst verfolgen können, sondern an einen seiner Leute weitergegeben. Zechow war ein Mann für besonders delikate Fälle, der ihm loyal ergeben und zudem verschwiegen war.

Am Morgen hatte er ihm den ersten Bericht gebracht. Heinrich war nicht sofort dazu gekommen, ihn zu lesen, denn er hatte den Gruppenführer Heydrich zu einem Termin im Reichskanzleramt begleitet. Doch nun war er zurück und starrte auf die nüchternen Sätze, die das Ergebnis der Observation zusammenfassten. Er hatte also recht gehabt! Eine kalte Wut stieg in ihm hoch, die sich mit einer Eifersucht mischte, die ihn einen Augenblick nicht klar denken ließ. Er hob den Kopf.

Schon seit geraumer Zeit hegte er einen Verdacht. Er hatte gemerkt, dass etwas mit Edith nicht stimmte – nur hatte er die Dinge nicht richtig zusammengebracht, wurde ihm klar. Der Tag, als er sie am Kaiserdamm zwischen den anderen Leuten aus der U-Bahn-Station hatte kommen sehen – als wäre sie eine der Sekretärinnen oder Verkäuferinnen –, stand ihm wieder vor Augen. Er hatte sie sofort bemerkt – es war die Art, wie sie sich bewegte und den Kopf hielt, die er überall wiedererkannt hätte. Als er später mit ihr im Café saß, hatte er sofort geahnt, dass Edith nicht die ganze Wahrheit sagte. Sie war einfach nicht die Frau, die in solch überemotionaler Weise auf den Betrug eines Mannes reagierte. Außerdem hatte er zu deutlich ihre Angst gespürt.

Die meisten Verdächtigen verrieten sich in Verhören nicht, weil sie etwas Falsches sagten, sondern allein durch ihre Furcht, eine Emotion, die so mächtig war, dass sie den gesamten Körper beeinflusste: den Atem, den Blick, die Bewegungen und selbst feinste Nuancen der Stimmlage. Den wenigsten Menschen gelang es, diese Faktoren alle zu kontrollieren. Bei Edith waren es die etwas zu hastigen Bewegungen, ihre Blässe und der Ausdruck ihrer Augen gewesen. Dennoch war er überrascht gewesen und hatte sich gefragt, ob sein Gespür ihn möglicherweise täuschte.

Aber als sie sich die nächsten Male sahen, bestätigte sich seine Vermutung. Sie wich ihm aus, war verlegen und wies seine Annäherungsversuche unter fadenscheinigen Gründen zurück. Gleichzeitig war sie bemüht, ihn nicht zu sehr vor den Kopf zu stoßen. Vielleicht war es das, was sie am verdächtigsten machte …

Heinrich blickte erneut auf das Überwachungsprotokoll. Sie war auffallend viel unterwegs, fuhr ständig mit der U-Bahn, und Zechow hatte bemerkt, dass sie vorsichtig war und darauf zu achten schien, nicht beobachtet zu werden. Offenbar war es ihr daher auch immer wieder gelungen, ihren heimlichen Verfolger abzuschütteln. Ungewöhnlich war außerdem, dass sie sich immer wieder in denselben Gegenden aufhielt. Auf der Stadtkarte von Berlin, die an der Wand vor ihm hing, konnte man es deutlich erkennen. Es waren zwei Gebiete im westlichen Stadtzentrum, in Schöneberg und Wilmersdorf. Dort hatte man sie auch einige Male mit dem Mann gesehen.

In einer fingierten Ausweiskontrolle hatte Zechow mit seinen Leuten seinen Namen in Erfahrung gebracht – Julius Gellert! Heinrichs Hände umklammerten den spitzen Brieföffner mit dem eingravierten SS-Symbol, der vor ihm auf dem Schreibtisch lag, bevor er schließlich nach dem Telefon griff und Zechow anrief.

»Kontrollieren Sie, ob es im polizeilichen Register oder in den Gestapo-Akten etwas über diesen Mann gibt, ob er sich schon einmal verdächtig gemacht hat, vielleicht politisch aktiv war und sonst auffällig geworden ist. Sie wissen schon, die ganze Abteilung …«, befahl er.

»Sehr wohl, Sturmbannführer!«, ertönte es am anderen Ende, und Heinrich konnte sich sicher sein, dass Zechow diese Arbeit gründlich erledigen würde.

103

Edith umklammerte den Rand des Waschbeckens und versuchte, einen Moment ruhig durchzuatmen. Was war nur mit ihr los? Sie öffnete den mattgoldenen Hahn der Armatur und ließ kaltes Wasser laufen, mit dem sie ihre Wangen und ihre Stirn benetzte. Dann hob sie den Blick zum Spiegel – zu ihrem blassen Gesicht, in dem ihre Augen unnatürlich groß wirkten … In der letzten Zeit fühlte sie sich öfter unwohl. Das Leben, das sie führte, schlug ihr auf den Magen. Es wunderte sie nicht einmal, denn sie befand sich in einem ständigen Zustand der Anspannung und Sorgen.

Je tiefer und intensiver ihre Beziehung zu Jules geworden war, desto schwerer fiel es ihr, vor Maximilian die Fassade aufrechtzuerhalten. Vor allem körperlich. Nur weil ihr klar war, dass sie sein Misstrauen erregen könnte, wenn sie ihn zurückwies, schaffte sie es, ihre Rolle zu spielen. Weit mehr noch belastete sie jedoch die Situation mit Heinrich. Wie sie befürchtet hatte, hatte er die Tatsache, dass sie von dem Betrug ihres Mannes wusste, als Einladung genommen, ihr wieder Avancen zu machen. Seine Hartnäckigkeit in den letzten Wochen machte ihr Angst.

»Irgendwann wirst du aufhören, mich zurückzuweisen, Edith. Ich weiß, dass du Maximilian nicht mehr liebst. Und er tut es auch nicht. Oder glaubst du, er würde dich sonst so betrügen?«, hatte er kalt gesagt. Es wäre grausam von ihm gewesen, wenn sie noch Gefühle für Maximilian gehegt hätte, so verspürte sie nur einen schalen Geschmack im Mund.

»Heinrich, lass uns Freunde sein. Mir liegt trotz allem an meiner Ehe!«, hatte sie erwidert, bemüht, ihn nicht zu sehr gegen sich aufzubringen. Manchmal schien er ihre Antwort zu akzeptieren, dann wieder wirkte es, als würde er sie auf die Probe stellen. So wie vor zwei Tagen. Sie fröstelte, wenn sie sich daran erinnerte, wie er ihr bei dem Ball, als sie nach draußen gegangen war, um sich etwas zu erfrischen, wieder einmal im Flur aufgelauert und den Weg versperrt hatte. »Weißt du, Edith, was ich mich gefragt habe? Ob es vielleicht jemand anderen in deinem Leben gibt, ob du mich deshalb zurückweist?«

Einen kurzen Augenblick hatte sie geglaubt, ihr Herz würde vor Schreck stehen bleiben, aber dann hatte sie die Angst auf einmal kalt werden lassen. »Du vergisst dich!«, hatte sie nur ruhig gesagt und ihn einfach stehen gelassen. Doch die Gefahr, die von ihm ausging, kam ihr vor wie eine große schwarze Welle, die langsam, aber unaufhaltsam auf sie zurollte.

Sie griff nach einem Handtuch und trocknete sich das Gesicht ab. Jules würde mit ihr weggehen! Ein leises Glücksgefühl durchströmte sie, als sie sich an seine Worte bei ihrem letzten Treffen erinnerte. Sie war so unendlich erleichtert, dass er dazu bereit war. Nur einige Wochen musste sie noch durchhalten! Dann würden sie, weit entfernt von Deutschland, ein neues Leben anfangen. Am besten würden sie als Erstes in die Schweiz gehen. Dort konnte sie auf die Unterstützung ihrer Eltern zählen und ein Visum für Amerika beantragen. Carl würde ihnen bestimmt helfen. Sie spürte, wie die Vorstellung von der Zukunft sie beruhigte.

In dieser Nacht schlief sie tief und fest, aber am Morgen plagte sie erneut eine so schreckliche Übelkeit, dass sie beschloss, zum Arzt zu gehen.

Dr. Isenberg, ihr alter Hausarzt, untersuchte sie lange und gründlich, ohne etwas zu sagen. Als sie wieder angezogen vor ihm saß, glitt über sein Gesicht ein breites Lächeln. »Nun, Frau von Stettenheim, ich darf gratulieren. Sie sind in anderen Umständen.«

Edith blickte ihn fassungslos an. »Ich bin schwanger?«

Er nickte. »Ja, Sie werden Mutter.«

104

Sie fuhr direkt zu Dora. »Du bist schwanger?!«, entfuhr es der Freundin genauso ungläubig wie ihr selbst zuvor. Edith nickte benommen.

»Oh, das ist ja wundervoll. Du freust dich doch, oder?«, fragte sie.

Auf der Fahrt hierher war Edith vieles durch den Kopf gegangen – dass sie sich erst sicher fühlen würde, wenn sie Deutschland mit Jules verlassen hatte, dass die Schwangerschaft alles komplizierter und auch schwieriger machen würde – aber sie freute sich – so sehr, dass es sie selbst überraschte. Das Kind war von Jules – das spürte, nein, wusste sie, denn die wenigen Male, die sie es nicht hatte vermeiden können, dass Maximilian sie im Schlafzimmer aufgesucht hatte, waren Tage gewesen, an denen sie nicht hätte schwanger werden können. Zumindest darauf hatte sie geachtet. Sie konnte es selbst nicht fassen – sie bekam ein Kind von Jules!

Ein Lächeln glitt über Ediths Lippen, während ihr plötzlich die Tränen in die Augen schossen. »Doch, ich freue mich unglaublich. Du ahnst nicht, wie sehr …« Und mit einem Mal wurde ihnen beiden bewusst, dass sie zur gleichen Zeit ein Kind erwarteten. Sie lachten.

»Weiß Maximilian es schon?«, fragte Dora später.

Edith sah sie an. Einen kurzen Moment lang war es so still in dem Raum, dass man eine Stecknadel hätte zu Boden fallen hören können. Die Augen der beiden Freundinnen trafen sich.

»Mein Gott, Edith«, stieß Dora leise hervor.

Ein panisches Gefühl ergriff sie. »Sag nichts! Und es darf vorerst auch noch niemand wissen, dass ich schwanger bin. Du musst mir versprechen, es keinem Menschen zu sagen. Nicht einmal Paul!«

»Natürlich, wenn du mich darum bittest«, sagte Dora betreten. »Aber wie willst du das machen? Ich mache mir Sorgen um dich.«

Edith umarmte sie. »Das musst du nicht. Es wird alles gut werden, Dora!« Wie gerne hätte sie ihr von Jules und allem erzählt! Aber es war zu gefährlich. Als sie später nach Hause fuhr, fühlte sie in sich eine tiefe Ruhe. Ihr wurde klar, dass sie nicht länger warten konnten, sondern Deutschland so schnell wie möglich verlassen mussten. Das Kind war wie ein Zeichen.

Das würde auch Jules so sehen und verstehen! Sie lächelte bei dem Gedanken daran, wie er auf die Neuigkeit reagieren würde.

105

Emil hatte den gesamten Abend im Keller gewartet. Eine zunehmende Unruhe ergriff ihn, als der Freund nicht kam. Es passte nicht zu ihm, dachte er. Gewöhnlich war Jules die Zuverlässigkeit in Person. Er wartete fast bis Mitternacht. Dann lief er besorgt nach Hause. Da Jules kein Telefon hatte, beschloss er, am nächsten Morgen zu seiner Wohnung zu fahren. Vielleicht war er unerwartet krank geworden oder brauchte Hilfe? Emil verbot sich, an etwas anderes zu denken, das sonst geschehen sein könnte.

Die Haustür unten war unverschlossen, und er stieg in den zweiten Stock hoch und klingelte. Es war acht Uhr, aber niemand öffnete ihm. Nachdenklich blieb er stehen. Er wusste, dass es noch eine Wohnung gab, in der Jules sich mit Edith traf, aber er konnte sich nicht vorstellen, dass er dort die Nacht verbracht hatte. Was um Gottes willen war geschehen? In diesem Augenblick vernahm er hinter sich ein Geräusch. Ein Frauengesicht war in der Tür gegenüber aufgetaucht, die sich einen Spaltbreit geöffnet hatte. »Verschwinden Sie lieber!«, flüsterte sie.

Sie warf einen vorsichtigen Blick um sich herum, ob sie auch ja niemand im Treppenhaus hören konnte.

»Wissen Sie, wo Herr Cohn ist?«, fragte er leise.

Sie nickte verängstigt. »Die Gestapo war gestern hier und hat ihn mitgenommen!«

Emil starrte sie entsetzt an.

Im Stockwerk über ihnen waren Stimmen zu hören, und die Frau schloss hastig die Tür.

Wie in Trance stieg Emil die Treppen hinunter und verließ das Haus. Wurde es beobachtet? Er bemühte sich, langsam zu gehen, obwohl er am liebsten gerannt wäre. Sein Puls raste. *Die Gestapo …* War nun alles vorbei? Als er sicher war, dass niemand ihm folgte, steuerte er eine Telefonzelle an. Sie hatten einen Notfallplan für eine solche Situation vorbereitet. Er zwang sich, daran zu denken, was er jetzt tun musste. Emil steckte einige Münzen in den Fernsprecher und wählte die erste Nummer. Es war Henrys und Evas Anschluss. »Spreche ich mit Frau Leinemann, Frau Dr. Leinemann, der Freundin von Jules?«

Er konnte hören, wie Henry scharf den Atem einsog. »Sind Sie sicher, dass Sie den Anschluss von Frau Dr. Leinemann sprechen wollen?«, fragte er dann.

»Ja, absolut sicher!«

»Dann müssen Sie sich verwählt haben.«

Emil hängte den Hörer ein und versuchte, ruhig nachzudenken. Der kurze Dialog war das verabredete Zeichen, dass sie sich vorerst nirgends trafen und untereinander jeden Kontakt vermieden, bis sie wussten, ob sie sich auch in Gefahr befanden. Henry und Eva würden nun Edith informieren, und er selbst machte sich auf den Weg zu Andrik, der nicht weit von hier in einem Zimmer in einer Judenwohnung zur Untermiete wohnte. Dort gab es kein Telefon. Panisch rasten die Gedanken durch seinen Kopf. Weshalb hatte die Gestapo Jules mitgenommen? Es musste nicht unbedingt mit ihren Aktivitäten zu tun haben. Emil hatte gehört, dass sie das manchmal auch nur aus reiner Schikane taten und die Juden nach ein, zwei ungewissen Nächten wieder freiließen. Möglicherweise hatte die Gestapo aber auch einen der polnischen Juden geschnappt, denen sie geholfen hatten. Oder Jules' gefälschter Ausweis war aufgeflogen. Er schauderte. Emil gab sich keiner Illusion hin, unter der Folter würde jeder von ihnen alles erzählen. Ihm fiel ein, dass er auch noch Herrn Schultz informieren musste, denn der Keller gehörte ja zu seinem Haus.

106

Mit bleichem Gesicht legte Edith den Hörer auf, als sie Henrys Worte vernommen hatte. Das konnte nicht sein. Es musste sich um einen Irrtum handeln, war ihr erster Gedanke. Ihr wurde schwindlig, als sie begriff, was geschehen sein musste. Dann wurde ihr übel.

Sie rannte ins Bad und verschloss die Tür hinter sich. Um Atem ringend, hielt sie sich am Rand des Waschbeckens fest. Einige Sekunden war sie sicher, dass sich der Inhalt ihres Magens seinen Weg nach oben bahnen würde, doch dann flaute das Gefühl wieder etwas ab. *Jules* … Etwas war mit Jules passiert! Der Notfallplan war dafür ausgearbeitet worden, falls einer von ihnen verhaftet werden würde. Edith erinnerte sich, wie Emil und Jules sie den seltsamen Anrufdialog im letzten Sommer mehrmals hatten wiederholen lassen, damit sie ihn sich einprägte. Sie hatte gelacht. Es war ihr fast wie ein Spiel vorgekommen. Wie dumm sie gewesen war! Bilder stiegen vor ihren Augen auf – Jules in den Händen der SS und Gestapo, wie er geschlagen und misshandelt wurde. Edith sah die Fotos vor sich, die sie von den KZs verschickt hatten und die die entsetzlichen Demütigungen der Gefangenen gezeigt hatten. Sie spürte, wie die Angst durch ihren Körper kroch und ihr die Tränen über die Wangen liefen. Ein verzweifeltes Schluchzen entrang sich ihren Lippen, während sie sich auf den Boden sinken ließ und ihre Knie umschlang. Das Kind … Er wusste noch nicht einmal davon. Ihr Herz raste, und die Übelkeit stieg erneut in ihr hoch, während sie weinte. Die Verzweiflung, die sie ergriff, war übermächtig. Für einen Augenblick war sie sicher, dass sie den Verstand verlieren würde.

Sie hätte nicht sagen können, wie lange sie so auf dem Boden des Badezimmers gesessen hatte, als ihr klar wurde, dass sie in Erfahrung bringen musste, was genau geschehen war. Zwei Tage sollten sie untereinander jeden Kontakt meiden und keinen ihrer Treffpunkte aufsuchen, damit sie sich im Fall der Observierung durch die Gestapo nicht untereinander verrieten. Doch sie konnte diese Vorsichtsmaßnahmen nicht einhalten. Sonst würde sie durchdrehen. Sie musste wissen, wo sie Jules hingebracht hatten. Vielleicht konnte sie etwas tun, die Gestapo bestechen, ihn befreien … Sie war zu allem bereit.

Zitternd stand sie auf und wusch sich ihr Gesicht, das leichenblass war. Schatten lagen unter ihren Augen. Sie musste sich beruhigen und atmen. Das Baby … Schützend hielt sie ihre Hand auf den Bauch.

Als sie sich einigermaßen stark genug fühlte, verließ sie das Bad. Sie holte sich ihren Mantel und Autoschlüssel. Die Haushälterin, die ihr entgegenkam, blickte sie erschrocken an. »Gnädige Frau, ist alles in Ordnung?«

Edith unterbrach sie. »Ja, nur eine kleine Unpässlichkeit. Ich muss noch mal weg. Sagen Sie meinem Mann, dass ich nicht weiß, wann ich zurück sein werde.« Und dann war sie schon draußen und stieg in ihr Auto. Sie fuhr zu schnell, aber es war ihr egal.

Emil wohnte in Wilmersdorf in einer Einzimmerwohnung. Jules hatte ihr die Adresse einmal für den Notfall gegeben. Sie konnte nur hoffen, dass sie ihn auch zu Hause antreffen würde.

Einige Straßen entfernt parkte sie und lief das letzte Stück zu Fuß. Aus sicherer Entfernung beobachtete sie eine Zeit lang das Haus, konnte aber nichts Auffälliges entdecken. Im Gegenteil, es war nicht einmal ein Passant zu sehen. Entschlossen ging sie weiter und klingelte an der Tür.

Emil starrte sie fassungslos an, als er öffnete. Wortlos zog er sie mit einer hastigen Bewegung in die Wohnung. »Bist du wahnsinnig, hier aufzutauchen«, zischte er aufgebracht.

Ihr Blick fiel auf die Reisetasche, die auf dem Sofa stand. Plötzlich erinnerte sie sich, dass sie im Sommer auch darüber gesprochen hatten, es sei im Ernstfall am besten, für einige Tage unterzutauchen.

»Es tut mir leid, ich konnte nicht anders. Ich muss wissen, was passiert ist«, stieß sie aufgelöst hervor.

Emil schien zu merken, wie schlecht es ihr ging. Sein Ausdruck wurde milder. »Ich weiß es auch nicht, Edith. Wir waren gestern verabredet, aber er ist nicht gekommen«, berichtete er stockend. »Heute Morgen bin ich dann zu seiner Wohnung gefahren, und seine Nachbarin hat mir erzählt, dass ihn die Gestapo abgeholt hat. Sie war völlig verängstigt.«

Edith blickte ihn entsetzt an, als sich ihre schlimmsten Befürchtungen so auf einmal bewahrheiteten. Erneut stiegen Bilder vor ihren Augen auf, und sie spürte, wie ihr die Tränen über die Wangen liefen.

»Edith!« Emil nahm sie in den Arm. »Vielleicht ist es nicht so schlimm, und sie lassen ihn in ein oder zwei Tagen wieder frei!«

Doch sie wussten beide, dass es nicht so sein würde. Edith

wischte sich über die Wangen. »Etwas verstehe ich nicht. Warum haben sie ihn in seiner Wohnung festgenommen? Wenn es um unsere Aktivitäten geht, hätte die Gestapo doch im Keller auftauchen müssen, oder?«

»Ich verstehe das auch alles nicht. Aber ich werde versuchen herauszubekommen, was mit Jules geschehen ist, Edith. Trotzdem müssen wir uns für zwei, drei Tage ruhig verhalten. Versprich mir das – auch zu deinem eigenen Schutz!«

107

Die nächsten Tage waren ein Albtraum. Sie konnte nicht schlafen und kaum etwas essen. Nur das Wissen, dass sie Jules' Kind unter ihrem Herzen trug, brachte sie dazu, überhaupt etwas zu sich zu nehmen. Schließlich blieb selbst Maximilian nicht verborgen, dass etwas mit ihr nicht stimmte. »Es ist nichts, wirklich nur ein Unwohlsein. Mein Magen ist in letzter Zeit etwas gereizt …«, flüchtete sie sich in Ausreden. Doch er bestand darauf, seinen eigenen Hausarzt, Dr. Selbach, kommen zu lassen. Der bestätigte nur, was Edith schon wusste – nämlich, dass sie schwanger war.

»Wer hätte das gedacht«, sagte Maximilian und küsste sie erfreut. Sie nickte matt. Es hätte nicht schlimmer kommen können, aber immerhin lieferte der Arzt damit eine Erklärung für ihren Zustand. »Die Übelkeit und Schwäche, manche Frauen leiden in den ersten Wochen sehr darunter. Auch Stimmungsschwankungen sind ganz normal. Das gibt sich alles, sobald die Schwangerschaft weiter fortgeschritten ist. Ihre Frau Gemahlin sollte sich etwas schonen«, sagte er zu ihrem Mann. Ihr wurden einige Tage Bettruhe verordnet.

Nur Dora ließ sich nicht täuschen. Sie hatte angerufen und war sofort gekommen, nachdem Maximilian ihr von ihrer angeblichen Unpässlichkeit und der Schwangerschaft erzählt hatte. Wortlos schloss sie die Zimmertür hinter sich, als sie Edith erblickte. »Mein Gott, was ist denn nur passiert?«, fragte sie leise und nahm die Freundin in die Arme. »Wenn du nichts sagen willst oder kannst, ist es in Ordnung. Ich bin einfach nur da!« Sie strich ihr über den Kopf, und Edith weinte in ihren Armen wie ein Kind.

»Ich würde dir so gerne alles erzählen, Dora, so furchtbar gerne, aber ich kann nicht!« Und tatsächlich war sie nie stärker in Versuchung, ihr alles zu beichten, als in diesem Moment, aber das durfte sie nicht. Wenn es nur um sie und Jules gegangen wäre, vielleicht hätte sie es dann sogar getan – aber die anderen der Gruppe, ihre Arbeit und die vielen Menschen, die sie dadurch zusätzlich in Gefahr bringen konnten … Es war besser, wenn die Freundin so wenig wie möglich wusste.

Dora strich ihr tröstend über ihr Haar. »Ist schon gut, Edith … Ich habe keine Ahnung, was geschehen ist, aber du darfst jetzt nicht daran denken, sondern nur an dein Kind. Nur das zählt jetzt«, sagte sie dann auf einmal streng. »Und deshalb musst du aufstehen, etwas essen und deinen Schmerz und deine Tränen, und was auch immer sie verursacht hat, überwinden!«

Doras Worte schafften es, zu ihr durchzudringen. Edith wusste, dass sie recht hatte, auch wenn es ihr gleichzeitig wie ein Verrat vorkam, einfach weiterzuleben – zu essen, zu trinken und zu schlafen, während Jules sich in den Händen der Gestapo befand.

Vier Tage nachdem er verschwunden war, rief Emil erneut an. »Spreche ich mit Frau Leinemann, Frau Dr. Leinemann?«

Ihr Herz raste. »Sind Sie sicher, dass Sie den Anschluss von Dr. Leinemann sprechen wollen?«

»Ja, sie hat mir diese Nummer gegeben …«

Edith atmete erleichtert auf. Das war der vereinbarte Satz, dass niemand von den anderen etwas geschehen war und sie sich am nächsten Tag um elf Uhr treffen würden.

»Ich habe nichts herausgefunden. Gar nichts«, sagte Emil, kaum hatte sie den Keller betreten. Er hatte Ringe unter den Augen und wirkte wie die anderen sehr mitgenommen. Andrik rauchte, Henry knetete fahrig die Hände, und Eva war noch schmaler geworden. Plötzlich tat es gut, hier zu sein, den Schmerz und die Angst mit ihnen zu teilen.

»Ich kenne einen Wärter, der im Gestapogefängnis arbeitet«, fuhr Emil fort. »Für das entsprechende Geld verrät er, wen sie dort verhören oder gerade gefangen halten, aber er hat nichts von einem Jules Cohn gehört!«

»Aber wo sollen sie ihn denn sonst hingebracht haben?«, fragte Edith. Sie waren alle gleichermaßen ratlos. Doch Jules blieb spurlos verschwunden.

Schließlich erhielt sie die Antwort, was aus ihm geworden war, von jemandem, von dem sie es am wenigsten erwartet hätte. Edith war mit Maximilian auf einem Bankett eingeladen – sie hatte bis dahin jedes gesellschaftliche Ereignis vermieden, weil sie es nicht ertragen konnte, aber nun, da es ihr besser ging, bestand ihr Mann darauf, dass sie wieder ihren Platz an seiner Seite einnahm.

Auch Heinrich war an diesem Abend wieder einmal zugegen. »Du siehst mitgenommen aus«, sagte er kühl.

Sie lächelte nur müde.

»Stell dir vor, wen wir neulich festgenommen haben. Jemand, den du auch noch von früher kennen müsstest, diesen Juden Jules Cohn.« Seine Augen taxierten sie.

Edith erstarrte, und kurz fürchtete sie, es würde ihr nicht gelingen, ihm etwas vorzuspielen. »Und warum?«

Heinrich lächelte maliziös. »Gefälschter Ausweis und unerlaubter Waffenbesitz. Der Gute hat versucht, so zu tun, als wäre er kein Jude! Das Betrügen haben sie einfach im Blut ...«

In diesem Augenblick wurde Edith klar, dass sie Heinrich abgrundtief hasste. Am liebsten hätte sie ihm ins Gesicht gespuckt. Nur mit äußerster Beherrschung schaffte sie es, die Fassung zu bewahren. Um Jules willen musste sie sich zusammenreißen! »Und was wird jetzt mit ihm passieren?«, fragte sie ruhig.

»Was mit allen in diesem Land *passiert*, die etwas Erziehung und moralische Nachhilfe brauchen, Edith. Er wird ins KZ kommen.«

Entsetzt blickte sie ihn an. »Aber du kennst ihn doch auch von früher. Er war genau wie du Gast im Haus meiner Eltern.«

Heinrichs Augen wurden schmal. »Was denn? Willst du etwa Partei für ihn ergreifen, Edith?«

»Ich bitte dich einfach, an früher zu denken!«

Er beugte sich zu ihr. »Und wie weit würdest du dafür gehen, damit ich das tue, Edith?«, erkundigte er sich leise.

Sie sah ihn an – und begriff, dass er die Macht hatte, Jules wieder freizulassen, und ihr war gleichzeitig klar, dass sie bereit wäre zu tun, was immer er dafür von ihr verlangte. Bevor sie jedoch etwas erwidern konnte, spürte sie, dass Maximilian auf einmal neben ihr stand.

»Und, hat Edith dir schon von der großen Neuigkeit berichtet?«, fragte er mit einem Lächeln und legte den Arm um sie. Heinrich hob fragend die rechte Braue.

»Wir erwarten im Herbst ein Kind. Sie ist in anderen Umständen.«

Heinrich starrte ihn sprachlos an. Sein Blick glitt zu Ediths Bauch. »Ich gratuliere euch«, sagte er dann steif und ließ sie einfach stehen.

108

Sie erzählte den anderen, was sie von Heinrich erfahren hatte. »Waffenbesitz und gefälschter Ausweis – deshalb haben sie ihn verhaftet? … Dann scheinen sie wirklich nichts von unserer Gruppe und Arbeit zu wissen«, meinte Henry.

»Deshalb ist auch niemand von uns von der Gestapo verhört worden«, überlegte Emil laut.

Sie beschlossen, die Arbeit wieder aufzunehmen und weiterzumachen wie zuvor. Edith selbst bestand darauf. »Jules hätte es auch gewollt!«

In einem Moment allein mit Emil erzählte sie ihm von der Schwangerschaft. »Jules, er war bereit wegzugehen … Er hat es mir bei unserem letzten Treffen gesagt.« Ihre Stimme klang brüchig, und sie erinnerte sich an das Glücksgefühl, als er ihr das gesagt hatte.

Voller Mitleid sah Emil sie an. »Du solltest weggehen, Edith. Auch ohne Jules. Um dich und des Kindes willen.«

Sie schüttelte den Kopf. »Nein, das kann ich nicht. Das würde mir wie ein Verrat vorkommen. Nicht, bevor ich nicht alles versucht habe, um ihn freizubekommen«, entgegnete sie. Und sie wusste, dass sie das noch nicht getan hatte. Sie würde Heinrich aufsuchen. Nachdem er auf dem Bankett erfahren hatte, dass sie ein Kind erwartete, hatte er sie den Rest des Abends ignoriert, doch seine Frage hatte sich in ihr Inneres gebrannt. »Und wie weit würdest du dafür gehen, damit ich das tue, Edith?«

Sie würde tun, was immer er forderte. Edith entschied, ihn am nächsten Tag im Reichssicherheitshauptamt aufzusuchen. Mit Sorgfalt wählte sie ein elegantes Kleid, schminkte sich und setzte einen auffallenden Hut auf, bevor sie sich von ihrem Chauffeur in die Wilhelmstraße fahren ließ.

Als sie die Eingangshalle betrat, nahm sie wahr, wie sie die Blicke der Männer auf sich zog. Zwei entgegenkommende SS-Offiziere musterten sie. Erst dann bemerkte sie die vielen Wachen in Uniform und der Hakenkreuzbinde um den rechten Arm. Eine von ihnen kam sofort auf sie zu.

»Kann ich Ihnen helfen, Fräulein?«

Sie lächelte. »Ich möchte gerne zu Sturmbannführer Raven. Edith von Stettenheim ist mein Name.«

»Einen Augenblick bitte!« Er hieß sie in dem vorderen Bereich der Halle zu warten. Seine Stiefel hallten laut auf dem Steinfußboden wider, und sie bemühte sich, nicht daran zu denken, welche Grausamkeiten in diesem Gebäude wahrscheinlich täglich begangen wurden. Nur Minuten später kam er wieder, und sie folgte ihm die Treppe hoch und weiter einen langen Gang entlang. Eine hohe Flügeltür aus Eiche führte in Heinrichs Büro. Es war groß. In einem Vorzimmer saßen mehrere Männer in Uniform und eine Sekretärin, die sie höflich grüßten, als sie an ihnen vorbeiging. Heinrich erhob sich hinter seinem ausladenden Schreibtisch aus seinem Stuhl. Wenn er überrascht war, ließ er es sich zumindest nicht anmerken. »Edith! Wie komme ich zu der Ehre deines Besuchs?« Er küsste ihr formvollendet die Hand. Die Tür hinter ihnen schloss sich.

»Setz dich doch!«

Seine Freundlichkeit konnte nicht über seine unterkühlte Miene hinwegtäuschen. Plötzlich war sie nicht mehr so sicher, ob ihr Plan auch aufgehen würde.

»Es geht um diesen Mann, den wir beide von früher kennen. Jules Cohn. Ich möchte, dass du es verstehst, er war früher ein Freund meiner Familie, denn er war Musiker, und meine Mutter war Pianistin. Es würde mir viel bedeuten, wenn …«

Er unterbrach sie. »So leid es mir tut, aber in dieser Angelegenheit kann ich nichts mehr tun. Sie haben ihn bereits nach Sachsenhausen gebracht.« Sein Blick war kalt.

Ediths Kehle schnürte sich vor Entsetzen zu. »Aber du arbeitest für das Reichssicherheitshauptamt. Du bist ein Mann in mächtiger Position.«

»Das stimmt. Aber es scheint mir einfach nicht der richtige Zeitpunkt.« Er lächelte knapp.

»Was willst du damit sagen?«, fragte sie tonlos.

Er fixierte sie. »Nun, dein Mann hat mir gerade eröffnet, dass du in anderen Umständen bist, und ich muss für einige Wochen nach Polen. Lass uns doch sehen, wie die Dinge in acht oder neun Monaten stehen. Dann mischen wir die Karten neu …« Er stand auf und reichte ihr die Hand.

Wie eine Marionette erhob sie sich von ihrem Stuhl. Plötzlich hatte sie nicht einmal mehr die Kraft, ihm etwas vorzuspielen. »Du weißt genau, was acht oder neun Monate im KZ bedeuten!«

Er zuckte die Achseln. »Einige Monate harte Arbeit werden diesem Cohn bestimmt guttun, und vielleicht lernt er dann, sich in Zukunft an die Gesetze zu halten.«

»Heinrich …«

Er hatte ihre Hand noch immer nicht losgelassen und zog sie unerwartet ein Stück zu sich. »Keine Angst, er wird diese Zeit bestimmt überleben. Ich bin viel zu begierig darauf zu erfahren, wozu du bereit bist, Edith!«

109

Oktober 1940

Dr. Ludwig schenkte Dora ein warmes Lächeln. »Nun, alles bestens, Frau Behringer. Wie es aussieht, wird Ihr Baby nicht mehr lange auf sich warten lassen.«

»Wirklich?« Dora blickte strahlend auf ihren großen Bauch, denn sie konnte es kaum erwarten, das Kind endlich in ihren Armen zu halten.

»Ja. Ich denke, spätestens in zwei Wochen.« Der Arzt notierte etwas in ihre Akte. »Rufen Sie mich oder die Hebamme ruhig jederzeit an, wenn Sie die ersten Wehen spüren!«, fügte er hinzu.

»Danke!« Die Praxis von Dr. Ludwig befand sich kaum einige Hundert Meter von ihrem eigenen Haus entfernt. Es war ein Glücksfall. Gleich zu Beginn der Schwangerschaft hatte Dora dem Arzt von ihrem so lange unerfüllten Kinderwunsch und dem Verlust ihrer Tochter erzählt, und er war voller Verständnis gewesen. »Machen Sie sich keine Sorgen. Es ist nicht ungewöhnlich, dass so etwas passiert. Aus medizinischer Sicht könnte diese Schwangerschaft aber nicht optimaler sein«, hatte er sie beruhigt und damit bestätigt, was Dora tief in sich fühlte. Dass dieses Mal alles gut gehen würde. Von Anfang an hatte sie keine Angst verspürt. Tatsächlich hatte sie den Eindruck, ihr sei es nie besser gegangen als in diesen letzten Monaten. Zwei Wochen, dann würde sie endlich Mutter sein, dachte sie, als sie die Praxis verließ und sich auf den Weg zu ihrem Haus machte.

Ihre Gedanken wanderten unwillkürlich zu Edith, die ihr Kind bereits vor drei Wochen zur Welt gebracht hatte. Es war ein Mädchen, das zu früh gekommen war. Doch der Kleinen, die Annabelle hieß, ging es gut. Das Baby würde Edith wieder Kraft geben. Dora sorgte sich um die Freundin. Seit jenem Tag vor über sechs Monaten, als sie in ihren Armen so verzweifelt geweint hatte, war sie nicht mehr dieselbe. Obwohl Edith sich nach außen hin gefangen zu haben schien, ihren Verpflichtungen nachkam und ihr Leben so weiterführte, wie sie es immer getan hatte – die kleinen Einschränkungen der Schwangerschaft einmal ausgenommen –, kannte Dora sie zu gut, um nicht zu merken, wie sehr sie litt. Sie sprach, lächelte und war charmant, aber ihre Augen sprachen eine andere Sprache, als ihr Körper und Mund es taten. An den Nachmittagen, wenn sie sich alleine trafen, schien manchmal alles von ihr abzufallen, und Dora konnte beobachten, wie in ihrem Blick eine solche Traurigkeit und Verzweiflung lag, dass es ihr Angst machte. Was war nur geschehen? Sie spürte, dass Edith sich in manchen Momenten danach sehnte und kurz davorstand, ihr alles zu erzählen, aber dann tat sie es doch nicht. Dora drängte sie nicht.

Aus eigener Erfahrung wusste sie, wie schwer es war, sich aus der Dunkelheit zu befreien, wenn sie einen erst einmal in den Fängen hatte. Schon lange ahnte sie, dass die Freundin jemanden schützte, den Vater ihrer Tochter, so viel stand fest. Doch wer der Mann wirklich war, weshalb Edith nicht einmal ihr seinen Namen sagen wollte und was mit ihm geschehen war, konnte Dora sich nicht vorstellen. Vielleicht war es auch wirklich besser, dass sie es nicht wusste.

Nur wenn Edith über das Kind sprach oder in der Schwangerschaft manchmal unerwartet die Bewegungen des Babys gespürt hatte, wurde der Ausdruck auf ihrem Gesicht weich, und man merkte, wie für einige Momente alle Last von ihr fiel. Dora hoffte daher, dass ihre Tochter ihr jetzt neue Kraft und auch wieder ein wenig ihrer Lebensfreude zurückgeben würde. Als sie Edith letzte Woche besucht hatte, schien sich diese Hoffnung auch zu erfüllen. Die Geburt war leicht gewesen und die Freundin bereits wieder wohlauf. Ein glücklicher Schimmer lag in ihren Augen, als sie ihr Annabelle zeigte. Dora hielt die Kleine in ihren Armen und umarmte Edith anschließend fest. »Es wird alles wieder gut werden!«

»Ja, das wird es jetzt«, erwiderte diese in einem seltsamen Tonfall, den Dora nicht recht zu deuten wusste.

Was hatte sie wohl damit gemeint?, überlegte sie jetzt erneut, als sie die Haustür aufschloss und ins Wohnzimmer ging. Wie jeden Tag galt ihrer erster Griff dem Radio. Im Frühjahr und Sommer hatte der Krieg Europa überrollt. Hitlers Siegeszug schien kein Ende zu nehmen, fast täglich gab es neue Triumphmeldungen. Im April war die Wehrmacht in Dänemark eingefallen, dann in Norwegen, und im Mai war der Krieg schließlich an der Westfront fortgesetzt worden – die Niederlande, Belgien und schließlich sogar Frankreich waren besetzt worden. Dora wunderte sich, wie die deutsche Wehrmacht durch Europa marschierte und sich ein Land nach dem anderen untertan machte. Insgeheim teilte sie Pauls Meinung, dass das alles nicht gut gehen konnte. Nur England hielt den deutschen Luftangriffen überraschenderweise stand. Als Krankenschwester musste Dora oft an die vielen Verwundeten und Toten denken. Wäre sie nicht schwanger, sie hätte sich wahrscheinlich verpflichtet gefühlt, wieder in ihrem alten Beruf zu arbeiten.

In Deutschland selbst bekam man noch immer wenig vom Krieg mit. Gelegentlich gab es in Berlin Fliegeralarm. Dann mussten die Hausbewohner sich eilig in die Keller oder Luftschutzbunker begeben. Außerdem herrschte Verdunklungspflicht. Kein Licht durfte aus den Wohnungen oder Häusern nach außen dringen, und auch die Lichter der Straßenbahnen und der Straßenlaternen blieben ausgeschaltet.

Dora war froh, dass sie hier am Rande der Stadt in Sicherheit waren.

110

Edith betrachtete mit liebevoller Miene das winzige Wesen, das vor ihr in der Wiege lag und friedlich schlief. Ihre Tochter! Sie war so zart, so winzig und zerbrechlich – und so unglaublich hübsch. Nie würde sie den Augenblick vergessen, als die Hebamme ihr die Kleine nach der Geburt in die Arme gelegt und Annabelle sie angeschaut hatte. Ihr Herz war für einen Moment stehen geblieben – denn es waren Jules' Augen gewesen, in die sie blickte. Wie sehr wünschte sie, er hätte seine Tochter sehen können. Es schnürte ihr die Kehle zu, wie immer, wenn sie an Jules dachte. In den letzten Monaten war sie mit ihren Emotionen durch tiefe Täler gegangen – sie hatte Wut, Verzweiflung, Ohnmacht und Furcht verspürt –, an manchen Tagen war sie depressiv gewesen, und ob sie wach war oder schlief, die ganze Zeit verfolgten sie die Bilder, was man Jules antun könnte. Oft wachte sie nachts schweißgebadet auf, weil sie glaubte, seine Schreie zu hören, und sie sein gequältes Gesicht vor sich sah …

Seitdem das Kind zur Welt gekommen war, war ihre Angst jedoch weniger geworden, und sie spürte eine neue Entschlossenheit. Im Gedenken an die Lichtsteins hatte sie ihre Tochter Annabelle genannt. Sie war sicher, dass Jules diese Geste gefallen hätte. Maximilian, der sich als Vater wähnte, hatte nichts dagegen, bestand allerdings auf die zusätzlichen Namen

Katharina Elisabeth. Er schien nach der Geburt ein wenig enttäuscht, dass es kein Sohn geworden war. Zwei, drei Mal hatte er die Kleine pflichtschuldig hochgenommen, aber schnell wieder zurück in ihre Wiege gelegt, weil er nicht recht etwas mit ihr anzufangen wusste.

Edith war darüber insgeheim erleichtert. Sie beugte sich über sie und drückte der Kleinen einen sanften Kuss auf die Stirn. Leise schloss sie die Tür des Kinderzimmers. Auf dem Weg nach unten fiel ihr Blick in den Spiegel. Sie war inzwischen wieder so schmal, wie sie es immer gewesen war – jemand, der sie nicht kannte, hätte sicherlich kaum vermutet, dass sie erst vor knapp einem Monat Mutter geworden war. Doch selbst während der Schwangerschaft hatte man ihr erst in der letzten Zeit etwas angesehen. Sie nahm an, dass die Angst und Sorgen schuld daran waren, dass sie nie die gleichen Rundungen entwickelt hatte wie Dora oder andere werdende Mütter.

Als sie die Treppe zum Salon hinabstieg und den Flur erreichte, kam ihr die Haushälterin mit einem großen Blumenbouquet entgegen. »Das hier hat gerade ein Bote für Sie gebracht, gnädige Frau! Soll ich es auf den Tisch zu den anderen Präsenten stellen?«

»Ja, bitte«, bat Edith sie. In den letzten Wochen waren fast täglich Geschenke und Glückwünsche zur Geburt ihrer Tochter gekommen. Angebliche Freunde, Bekannte, Geschäftspartner, Parteifunktionäre und selbst Vertreter der Regierung hatten ihnen gratuliert, nicht ahnend, wer ihre Tochter wirklich war. Nur ein Paket hatte Edith wirklich etwas bedeutet – von ihren Eltern aus der Schweiz. Ihre Mutter hatte sogar überlegt zu kommen, aber ihrem Vater ging es unerwartet schlecht.

Ediths Blick glitt über den überladenen Präsent-Tisch im Salon, und sie beobachtete, wie die Haushälterin die Blumen in einer Vase dazustellte. Der Strauß war aufwendig gebunden, zu groß und opulent, wie sie fand. Sie nahm die Karte ab, die dransteckte.

Meine herzlichsten Gratulationen zur Geburt Eurer Tochter.
Ich freue mich auf Deine Rückkehr ins Gesellschaftsleben!
Heinrich.

Sie starrte, einen Moment um Fassung ringend, auf das Relief des Hakenkreuzes, das in dem Papier der Briefkarte zu erkennen war. *Heinrich …* Er hatte sich also doch gemeldet. In den letzten Monaten hatten sie ihn kaum gesehen. Selbst wenn sie sich aber in Berlin begegnet waren, hatte er höchstens ein paar kühle Höflichkeitsfloskeln für sie übrig gehabt und strafte ihre Gegenwart mit Nichtachtung und Kälte. Als könnte er ihre Schwangerschaft nicht ertragen. Manchmal glaubte Edith fast, es hätte jenen Nachmittag, an dem sie ihn in seinem Büro aufgesucht hatte, nie gegeben. Unruhe hatte sie deshalb ergriffen. Was, wenn sein Interesse an ihr vielleicht gänzlich erloschen war? Aber als sie nun seine Karte las, wurde ihr klar, dass dem nicht so war.

Eine seltsame Kälte erfasste sie. Sie dachte an Jules, daran, was er in den Monaten, die zurücklagen, durchlitten hatte. Das, was sie tun musste, war im Vergleich dazu nichts.

Einige Tage später traf sie Heinrich. Natürlich war es kein Zufall. Sie waren zu einem Wohltätigkeitsball des Winterhilfswerks eingeladen, und es war der erste Abend, an dem sie an der Seite von Maximilian wieder ausging.

Heinrich stand auf der anderen Seite des Saals. Edith gab vor, seine Anwesenheit nicht zu bemerken, obwohl sie mitbekam, wie sich sein Blick wie früher auf sie heftete und seine Augen zwischen den anderen Menschen immer wieder zu ihr wanderten. Als Maximilian mit jemand anderem sprach, stand er auf einmal vor ihr.

»Du siehst blendend aus. Man sollte nicht glauben, dass du gerade Mutter geworden bist«, sagte er, und es klang beinah aggressiv.

»Danke«, erwiderte sie schlicht. Ihr war bewusst, wie viel davon abhing, wie sie sich jetzt verhielt. Bekam er mit, wie groß ihre Angst war und welche Macht er über sie besaß, war sie verloren. Sie nahm wahr, wie er sie musterte und zu erwarten schien, dass sie etwas sagte, aber sie tat es nicht.

»Diesem Freund von dir geht es gut«, sagte er schließlich. »Den Umständen entsprechend, sollte ich vielleicht hinzufügen. Ich habe mich vor einigen Tagen mit eigenen Augen davon überzeugt.«

Sie fühlte, wie sich alles in ihr zusammenzog. *Den Umständen entsprechend …*

»Ich dachte, das würde dich interessieren.«

»Das tut es.«

»Gut. Ich werde nächste Woche in Polen sein, aber wenn ich zurückkomme, sollten wir das Gespräch fortsetzen, das wir im letzten Winter in meinem Büro begonnen haben.« Seine Augen brannten dunkel, und plötzlich hatte sie Angst und fragte sich, ob sie wirklich dazu fähig war. Doch dann zwang sie sich zu einem Lächeln. »Ich erwarte deine Nachricht, Heinrich.«

111

Die Wehen hatten kurz nach Mitternacht eingesetzt. Die Hebamme war sofort gekommen. Erschöpft ließ Dora sich in die Kissen zurückfallen und versuchte, ruhig zu atmen, um etwas Kraft zu sammeln, bevor sie auch schon spürte, wie sich die nächste Welle des Schmerzes aufzubauen begann und sich durch ihren Körper kämpfte. Ein Stöhnen entrang sich ihren Lippen. Schon lange hatte sie jedes Gefühl für die Zeit verloren. Sie hörte kaum die Worte der Hebamme, einer mütterlichen Frau in den Fünfzigern, die ihr gut zusprach, sie bemühte sich nur, ihre gesamte Kraft auf dieses qualvolle Reißen zu konzentrieren. Zum Glück hatte sie sich für eine Hausgeburt entschieden und war wenigstens in ihren eigenen vier Wänden.

Jedes Mal, wenn sie glaubte, es nicht mehr auszuhalten, dachte sie an das Kind, das genauso wie sie kämpfen musste, um seinen Weg ins Leben zu finden. Stunden vergingen, in denen sie nur versuchte, die nächste Minute zu überstehen, bis die Wehe wieder nachließ und ihr zwei, drei ruhige Atemzüge erlaubte und sich dann auch schon die nächste ankündigte.

Dr. Ludwig kam zwischendurch, untersuchte sie und setzte sein Stethoskop auf ihren Bauch, um die Herztöne des Kindes zu kontrollieren. Sein Ausdruck, der dabei unerwartet ernst wurde, ließ Dora für einen Augenblick jede körperliche Qual vergessen und vor Schreck die Luft anhalten. Der Arzt setzte das Abhörinstrument an einer anderen Stelle an, horchte erneut, bevor sich sein Gesicht zu ihrer Erleichterung wieder entspannte. Beruhigend tätschelte er ihren Arm. »Alles in Ordnung.«

Bisweilen konnte Dora die Schritte ihres Manns hören, wie er im Flur nervös auf und ab lief.

»Beim ersten Kind ist es immer am schlimmsten, weil man noch nicht weiß, was auf einen zukommt. Sie werden sehen, das zweite kommt wie von allein«, erklärte ihr die Hebamme, die in regelmäßigen Abständen nach draußen ging, um Paul über den Geburtsverlauf zu informieren.

Die Sonne war längst aufgegangen und draußen heller Tag, als sie schließlich das Kind gebar. Die Hebamme legte es ihr auf die Brust. Es war ein Mädchen, wie Dora tief in ihrem Inneren immer gewusst hatte. Sie spürte die Wärme des Neugeborenen auf ihrer Haut, und ein Gefühl, so intensiv, dass sie es nicht beschreiben konnte, durchflutete ihren Körper, als sie schützend ihre Arme um die Kleine legte. Sie weinte vor Freude. Als Paul ins Zimmer kam und sie ungläubig anblickte, lächelte sie. »Nun sind wir endlich eine Familie«, flüsterte sie.

112

Dora war sicher, dass sie niemals zuvor in ihrem Leben so glücklich war. Wenn sie ihre Tochter ansah, empfand sie eine überbordende Liebe und das Bedürfnis, sie zu schützen. Es war ein Gefühl, das anders war, stärker und ursprünglicher sogar als ihre Gefühle für Paul.

Die Kleine, die sie, wie Dora vorgeschlagen hatte, Anastasia nannten, war noch etwas schwach und schlief viel. »Wenn sie etwas zugelegt hat, wird sie schnell munterer werden«, sagte die Hebamme, die in den ersten Tagen kam, um nach ihr und dem Baby zu sehen. Dora, die besorgt war, nickte. Manchmal horchte sie auf den Atem des Kinds und glaubte, er würde für Sekunden aussetzen, aber dann war sie wieder sicher, dass sie sich alles nur einbildete. Nur ungern ließ sie

Anastasia selbst für einen Augenblick alleine. Tagsüber zog sie sie in ihrem Rollwagen mit in jeden Raum, nachts schlief das Kind in der Wiege neben ihrem Ehebett.

»Sie ist entzückend«, stellte Edith fest, die sie besuchte. »Ich freue mich so für dich, und was für ein schöner Name, Anastasia – er passt zu ihr«, sagte sie mit einem warmen Lächeln.

Dora griff Ediths Hand. Ihre blauen Augen leuchteten. »Ist es nicht wundervoll, dass wir zur gleichen Zeit Kinder bekommen haben? Unsere Töchter können zusammen aufwachsen, genau wie wir damals.«

Edith nickte, aber sie wich ihrem Blick aus. Ganz plötzlich war ihr Gesicht sehr ernst geworden.

»Was ist?«, fragte Dora mit einer unguten Ahnung.

»Nichts.«

Sie sah Edith an. »Warum erzählst du es mir nicht?«, entgegnete sie ruhig. »Ich weiß es doch längst, ich meine – dass das Kind nicht von Maximilian ist, sondern von jemand anderem, einem Mann, den du sehr liebst und von dem niemand etwas wissen darf ...«

Edith war still. »Ja, das stimmt, Dora«, gab sie schließlich leise zu. »Ich liebe ihn sehr. Er und Annabelle bedeuten mir alles, aber dieser Mann, er befindet sich in Gefahr. Deshalb kann ich dir nicht sagen, wer er ist. Noch nicht. Aber eines Tages werde ich dir alles erzählen, das schwöre ich.«

Ein entschlossener Ausdruck lag auf Ediths Gesicht. Genau so hat sie schon als Kind geschaut, dachte Dora, wenn sie einen heimlichen Plan hatte und niemandem davon erzählen wollte.

»Versprich mir, dass du nichts machst, was dich in Gefahr bringt. Denk an Annabelle«, sagte sie beschwörend.

Edith lächelte leicht. »Aber nein, ich weiß, was ich tue.«

Aber genau das bezweifelte Dora. Sie fühlte eine Unruhe,

noch lange, nachdem sie gegangen war. In der Nacht träumte sie, sie wären wieder Kinder. Es war Winter, und sie beobachtete Edith, wie sie sich auf dem zugefrorenen See um sich selbst drehte – wieder und wieder und plötzlich wie damals einbrach. Erneut lag Dora flach auf dem Eis und versuchte, die Freundin mit einem Stock aus dem Wasser zu ziehen, doch Ediths Kleidung war so schwer, als würde ein Gewicht an ihren Beinen hängen. Schwerer und schwerer wurde sie. Dora schaffte es nicht, den Stock zu halten. Er entglitt ihren Händen, und sie sah voller Grauen, wie Edith in die Tiefen des Eislochs gezogen wurde – hinab in das dunkle, eisige Wasser. Schweißgebadet fuhr sie mit einem Schrei aus dem Schlaf. Paul legte den Arm um sie. »Du hast einen Albtraum gehabt.«

Sie nickte und blickte zu Anastasia, die ruhig atmend neben ihr in ihrem Bettchen lag.

Langsam fand sie in Pauls Armen schließlich wieder in den Schlaf. Am Morgen wachte sie auf, und die Kleine schlief noch tief und fest. Als hätte sie geahnt, von welch furchtbarem Traum ihre Mutter heimgesucht worden war, hatte sie sie in der Nacht nicht einmal geweckt. Paul war bereits im Bad. Dora ließ das Licht aus und begab sich leise hinunter in die Küche, um Kaffee aufzusetzen und das Frühstück vorzubereiten. Dann ging sie wieder nach oben. Auf dem Weg ins Schlafzimmer nahm sie wahr, dass es ganz still war. Zu still. Gewöhnlich war Anastasia um diese Zeit längst aufgewacht. Sie ging zu ihrem Bettchen und beugte sich zu ihr. »Anastasia, Schätzchen!«, sagte sie leise. Noch bevor sie ihre Hand nach ihr ausstreckte, bemerkte sie, dass sich der Brustkorb des Kinds nicht bewegte. Panik ergriff sie. Die Kleine atmete nicht. Sie riss sie voller Angst aus ihrem Bettchen hoch. »Anastasia!«

Die Lippen des Kindes waren dunkelrot, fast bläulich. *Nein!* In einem Reflex holte sie Luft, legte ihren Mund auf den ihrer

Tochter und versuchte, ihren Atem in die Lungen der Kleinen zu pressen, wie sie es im Krankenhaus gelernt hatte. Einmal, zweimal, dreimal … Doch das Kind rührte sich nicht. Tränen liefen über Doras Wangen, und sie machte weiter, obwohl sie instinktiv wusste, dass es längst zu spät war. Das Gefühl, in einen tiefen schwarzen Abgrund gerissen zu werden, erfasste sie, während sie das Baby verzweifelt an sich drückte. Ein unmenschlicher, gellender Schrei stieg aus ihrer Kehle empor. »*Nein …*«

CARLA

113

Es war laut und verraucht in der Bar, aber es gefiel Carla. Dicht an dicht drängten sich die Leute, und aus den Lautsprechern ertönte dröhnend die Musik der *Doors*.

David, der sich zwischen den Menschen zu ihr zurückgeschlängelt hatte, reichte ihr den Drink. »Und, habe ich zu viel versprochen?«

»Nein.« Verblüfft musterte sie das Leben um sich herum, obwohl es mitten in der Woche war und ein Uhr nachts! Undenkbar in London, wo der letzte Alkohol zur Sperrstunde um 23 Uhr ausgeschenkt wurde. Plötzlich war sie David dankbar, dass er sie überredet hatte, noch auszugehen.

Den ganzen Abend hatten sie beide sich grübelnd bemüht, einen Zusammenhang in die Ergebnisse ihrer Nachforschungen zu bringen, hatten auf Namen und Pfeile zwischen den Personen gestarrt, die Carla aufgeschrieben hatte. Doch sie waren dabei zu keiner neuen Erkenntnis gekommen – außer der, dass Heinrich Raven eine nicht unbedeutende Rolle in den geheimnisvollen Ereignissen von damals gespielt haben musste.

Carla hatte beschlossen, von Stettenheim noch einmal zu kontaktieren, um herauszubekommen, wie eng die Verbindung zwischen ihm und Raven gewesen war. »Wobei ich es für fraglich halte, dass er mir die Wahrheit sagen wird. Die ehemalige Freundschaft zu einem SS-Mann verschweigt man doch heutzutage lieber, oder?«

Nachdenklich hatten sie beide schließlich etwas zu Abend gegessen. David musste noch einen Artikel fertig schreiben, und sie waren beide auf ihre Zimmer gegangen. Dort war Carla gedanklich erneut alles durchgegangen, was sie seit ihrem Besuch in Cornwall herausgefunden hatte. Dabei war ihr auf einmal klar geworden, dass sie einen Namen vergessen hatten dazuzuschreiben – den des Kriegsveteranen Vlad. So viel war passiert, dass sie den Erinnerungsblitz, wie sie vor diesem Vlad stand und er sie anherrschte, dass sie verschwinden solle, fast wieder vergessen hatte. Sie schrieb seinen Namen zu den anderen dazu, als ihr Zimmertelefon klingelte. Es war David.

»Schläfst du schon?«

»Nein, ich bin hellwach, mir ist gerade etwas eingefallen.« Sie erzählte ihm von Vlad.

»Dieser Kriegsveteran, der oben an der Steilküste haust?«

»Du kennst ihn?«, entfuhr es Carla.

»Kennen wäre zu viel gesagt. Als ich damals den Artikel über das Verschwinden deiner Schwester schrieb, habe ich auch Nachforschungen über ihn angestellt und ein, zwei Mal mit ihm gesprochen.«

Carla schossen ihre eigenen befremdlichen Erlebnisse mit ihm durch den Kopf. »Willst du mir sagen, er hat sich mit dir normal unterhalten?«, fragte sie ungläubig.

»Nicht sofort. Erst als ich ihm einige meiner Artikel dagelassen habe. Ich fand ihn ziemlich faszinierend … Komm, lass uns noch etwas trinken gehen, dann erzähle ich dir alles.«

Carla blickte auf die Uhr. »Schöne Idee, aber ich glaube, selbst unsere Hotelbar hat inzwischen geschlossen. Es ist nach Mitternacht.

David lachte. »Du bist in Berlin. Hier geht das Leben jetzt erst gerade los. Es gibt keine Sperrstunde!«

Und so waren sie in dieser Bar in 61, einem Ortsteil von Kreuzberg, gelandet. Sie nippte an ihrem Drink. »Müssen die Leute hier nicht arbeiten?«, fragte sie, während sie neugierig ihre Umgebung beobachtete. Kurz musste sie an Tom denken, an seine maßgeschneiderten Anzüge – undenkbar, dass er hierherkäme. Sie selbst hatte sich einer weisen Intuition folgend für ein enges T-Shirt mit nach unten auseinanderfallenden Trompetenärmeln und Jeans entschieden.

»In Berlin leben viele Künstler, Studenten, Leute, die es hierhergezogen hat, weil die Stadt anders und freier ist«, erklärte ihr David, der sich in einer Ecke neben ihr gegen den Bartresen lehnte.

»Erzähl mir von diesem Vlad«, bat sie.

David stellte seinen Drink ab. »Er heißt Vlad Christopher Greville und war Offizier. Im Zweiten Weltkrieg gehörte er einer Sondereinheit des britischen Militärs an, die half, wichtige Personen mit gefälschten Pässen aus Deutschland herauszubringen«, berichtete er dann. »Hat mehrere Auszeichnungen für besondere Verdienste und Tapferkeit bekommen, bis er 1944 bei einem Einsatz verraten wurde und der Gestapo in die Hände fiel. Was dann folgte, muss die Hölle auf Erden gewesen sein …« David trank einen Schluck, bevor er weitersprach: »Mehrere Wochen wurde er von der Gestapo verhört und gefoltert und kam schließlich ins KZ. Es grenzt an ein Wunder, dass er überhaupt überlebt hat. Nach der Befreiung war er viele Monate in einer Spezialklinik, aber die konnten ihn nur körperlich wieder zusammenflicken. Von Menschen will er nichts mehr wissen …«

Carla blickte ihn betroffen an. Sie dachte daran, was für eine Mutprobe es für sie Kinder gewesen war, sich zu seinem Haus zu wagen, weil sie solche Angst vor ihm hatten. »Kein Wunder! Wie seltsam, dass Anastasia trotzdem gelegentlich bei ihm war. Hast du ihn damals nach ihr gefragt?«, erkundigte sie sich.

David nickte. »Ja, aber er hat mir auch nicht mehr gesagt als der Polizei. Deine Schwester hat ihn manchmal besucht, wenn sie sich mit ihrem Vater gestritten hatte.« Er schaute sie nachdenklich an. »Er wusste ziemlich viel über deine Familie.«

Carla war sich nicht sicher, ob sie diese Neuigkeit eher beunruhigend fand. »Wirklich? Meinst du, Anastasia hat ihm davon erzählt?«

David schüttelte den Kopf. »Einiges vielleicht, aber nicht alles. Es war zu speziell. Ich vermute, dass er noch eine Quelle beim Militär hat. Da er bestimmt kein Fan der Deutschen war, wollte er vielleicht genau wissen, wer deine Eltern waren!«

Carla horchte auf. Konnte es sein, dass Anastasia von ihm etwas über das Geheimnis ihrer Eltern erfahren hatte, etwas, das sie dazu gebracht hatte, zu verschwinden und ihren Tod vorzutäuschen?

Hinter der Bar hatte man die Musik noch lauter gestellt, und sie fand es plötzlich zu anstrengend, sich weiter zu unterhalten. Ihre Augen wanderten erneut über die dicht gedrängten Leute, die trinkend und rauchend zusammenstanden, die lachten und sich unterhielten.

Davids Blick traf sie, und etwas in dem Ausdruck seiner grauen Augen beschleunigte ihren Puls. Mit einem Mal war die erotische Spannung zwischen ihnen so fühlbar, dass sie die Leute um sich herum kaum noch wahrnahm.

»Flirtest du mit mir?«, fragte sie.

»Ja.« Er lächelte leicht. »Aber im Grunde tue ich das schon, seitdem ich nach Berlin gekommen bin«, sagte er – und dann beugte er sich zu ihr und küsste sie sanft. Seine Hand lag an ihrer Taille, und einen Moment lang genoss sie das aufregende Gefühl, seine Lippen auf den ihren zu spüren, den Geruch seiner Haut einzuatmen und sich einfach diesem Kuss hinzugeben. Es kam ihr vor, als wären sie sich hier in Berlin neu begegnet, und vielleicht waren sie das in gewisser Weise auch.

Sehr viel später – sie waren auf dem Weg zurück zum Hotel und gingen noch ein Stück zu Fuß – legte er wieder wie selbstverständlich den Arm um sie. Die Luft war klar und kalt.

»Warum hast du dich eigentlich von deinem Mann getrennt?«

Sie blickte ihn überrascht an – mit seiner direkten Art war David das absolute Gegenteil von Tom. »Ich glaube, ich stand im Sommer schon kurz davor, aber nach dem Unfall wusste ich das nicht mehr, und Tom hat sich auch alle Mühe gegeben, damit ich es nicht herausfinde.«

»Wahrscheinlich hat er gedacht, er könnte so eure Beziehung retten.«

»Wohl eher seine Karriere«, erwiderte Carla und hörte die Bitterkeit in ihrer eigenen Stimme. »Es war nicht immer so zwischen uns«, fügte sie hinzu. »In den ersten Jahren waren wir sehr glücklich. Tom hat mir damals geholfen, die Schatten meiner Vergangenheit hinter mir zu lassen …« Sie schwieg.

»Und jetzt holst du sie wieder hervor!«, stellte er nachdenklich fest.

»Ja, weil ich die Wahrheit wissen muss.«

Er wandte ihr den Kopf zu. »Was, wenn es sehr unschön ist, was du herausfinden wirst, und das Bild deiner Eltern vielleicht verändern oder völlig zerstören wird?«

Fast dasselbe hatte sie auch Rachel in Cornwall gefragt. Ihre Miene wurde ernst. »Damit rechne ich ehrlich gesagt, seitdem ich weiß, dass Anastasia noch lebt!«

114

Am nächsten Morgen wachte sie zerschlagen und mit einem leichten Kater auf. Es war mehr als ein Drink gewesen, den sie getrunken hatte, und schon fast vier Uhr morgens, als sie wieder zurück ins Hotel gekommen waren. David hatte sie ein zweites Mal geküsst, aber danach waren sie beide wieder in ihre Zimmer gegangen. Er schien instinktiv zu spüren, dass es zu viele verwirrende Dinge auf einmal waren, die gerade in ihrem Leben passierten. Dabei war sie in ihn verliebt, sehr sogar, aber sie war ihm dankbar, dass er sie nicht drängte, sondern ihr das Gefühl gab, sie hätten alle Zeit der Welt. Tief in sich wusste sie einfach, sie musste erst die Vergangenheit klären, um den nächsten Schritt in die Zukunft machen zu können.

Nachdenklich erhob Carla sich aus dem Bett und trank ein großes Glas Wasser. Eine heiße Dusche, das war jetzt genau das, was sie brauchte. Sie ging ins Bad, und als das heiße Wasser auf sie herunterprasselte, merkte sie, wie ihre Lebensgeister zurückkehrten. Ein leichter Dunst schwebte im Raum und legte sich auf den Spiegel und die Plexiglaswände der Duschkabine. *Wie Nebel am Meer …* Sie schloss entspannt die Augen und musste an zu Hause, an die Küste in Cornwall denken. Fast schien es ihr, als würde sie einen salzigen Geschmack auf ihren Lippen spüren – und plötzlich erinnerte sie sich an etwas! *Der Nebel war stark, doch sie wusste, wo sie langgehen musste. Das verwitterte Haus tauchte wie von Zauberhand von einem Augenblick zum anderen aus dem grauen Dunst vor ihr auf. Diesmal würde sie sich nicht einschüchtern lassen. Sie klopfte nicht einmal, sondern öffnete sofort entschlossen die Tür und schob den seltsamen durchsichtigen Plastikvorhang zur Seite. Er saß an einem Tisch und baute etwas aus alten Strand-*

gutteilen zusammen. Aufgebracht fuhr er zu ihr herum. »Verschwinde!«

»Nein, Sie wissen, wo meine Schwester ist. Sie war bei Ihnen, kurz bevor sie verschwunden ist, oder? Ich weiß, dass sie noch lebt …«

Er starrte sie an. »Und selbst wenn!«

»Sie ist meine Schwester!«

Dann war auch schon wieder alles vorbei. Carlas Herz raste. Sie stützte sich an der Duschwand ab. Vlad, er wusste etwas. Sie musste mit ihm sprechen. Warum erinnerte sie sich ausgerechnet jetzt daran? Weil sie gestern über ihn gesprochen hatte? Doch sie ahnte, dass ihr entspannter Zustand hier in Berlin ebenfalls dazu beigetragen hatte. Mit zittrigen Händen griff sie nach einem Handtuch. In den Tagen hier in Berlin war ihr Gedächtnisverlust für sie so in den Hintergrund geraten, dass sie die unerwartete Erinnerung erschreckte. Sie merkte, wie sich ihr Atem und ihre Gedanken nur langsam wieder beruhigten, während sie sich anzog.

Als sie hinunter zum Frühstücksraum ging, händigte ihr die Rezeptionistin eine Nachricht aus:

Hallo, Langschläferin, ich muss noch etwas erledigen und jemanden vom Flughafen abholen. Treffen wir uns um 14:00 im Hotel? David

Eine leise Enttäuschung erfasste sie – sie hätte ihm gerne von ihrem Erinnerungsblitz erzählt. Sie steckte den Umschlag weg. Wen um Gottes willen wollte David wohl vom Flughafen abholen?

Sie frühstückte etwas und ging dann noch einmal in ihr Zimmer, um von Stettenheim anzurufen, von dem sie hoffte, noch etwas über Heinrich Raven zu erfahren. Doch die Haushälterin teilte ihr mit, dass der *gnädige Herr* erst am späten Nachmittag wieder zugegen sei.

Carla beschloss daher, den Vormittag stattdessen dafür zu nutzen, sich die Gegend anzuschauen, in der ihre Eltern zu Beginn ihrer Ehe in einer Mietwohnung gewohnt hatten. Das Haus selbst war während des Krieges zerstört worden, wie ihr Wilhelm erzählt hatte.

115

Sie fuhr mit dem Bus bis zum Fehrbelliner Platz und lief das letzte Stück zu Fuß. Es war eine Nebenstraße mit gutbürgerlichen Mietshäusern vom Anfang des Jahrhunderts, die sich, wie überall in der Stadt, mit Neubauten der Nachkriegszeit abwechselten. Zu Letzteren gehörte auch die Hausnummer 37, in der ihre Eltern einmal gewohnt hatten. Eine Zeit lang betrachtete Carla das nicht besonders schöne neue Gebäude, doch es gelang ihr nicht recht, sich an dieser Stelle ein anderes Haus vorzustellen und ein Gefühl dafür zu bekommen, wie es hier früher einmal ausgesehen haben mochte. Dicke alte Kastanienbäume säumten die Straße, und sie bückte sich, um eine der glänzenden braunen Kastanien aufzuheben. Sie war schon ein Stück weitergelaufen, als sie auf der anderen Seite, an der Straßenecke im Erdgeschoss eines alten Hauses, das Schild eines kleinen Lebensmittelladens entdeckte. Der altertümliche Schriftzug musste noch aus der Zeit vor dem Krieg stammen. Carla überlegte nicht lange und überquerte die Straße. Auch die Inneneinrichtung wirkte, als wäre die Zeit stehen geblieben, stellte sie fest, sobald sie den Laden betrat. Die Verkäuferin dagegen war jung, höchstens dreißig, schätzte sie.

»Kann ich Ihnen helfen?«

»Zwei Orangen und zwei Bananen, bitte.«

Die Frau wandte sich zum Obst.

»Existiert der Laden hier schon lange?«

»Ja, er hat schon meinen Eltern gehört. Meine Mutter hilft immer noch.« Sie deutete zu einer alten Dame mit deutlich zu schwarz gefärbten Haaren, die zu einer auffallenden Hochfrisur toupiert waren. Sie sortierte Waren an einem Regal.

Carla lächelte. »Oh, vielleicht hat sie meine Eltern noch gekannt. Sie haben früher in dieser Straße gewohnt, aber das Haus ist bei einem Bombenangriff zerstört worden.«

Die Verkäuferin musterte sie neugierig. »Wie heißen Sie denn?«

»Ich bin Carla Whiteman, aber meine Eltern heißen Dora und Paul Behringer …«

Die Verkäuferin drehte sich um. »Mutti, komm doch mal her. Hier ist eine Frau, deren Eltern wahrscheinlich früher bei euch eingekauft haben«, rief sie.

Die alte Dame kam interessiert zu ihnen.

»Dora und Paul Behringer. Hast du die gekannt?«, fragte ihre Tochter.

»Behringer?« Sie verzog ihr faltiges Gesicht. »Der Name sagt mir nicht sofort etwas … obwohl, war Ihre Mutter so eine hübsche blonde Frau?«

Carla nickte, da das wohl der Beschreibung entsprach, wie sie früher ausgesehen hatte. »Ja, und mein Vater war Steuerberater.«

Das Gesicht der alten Dame erhellte sich. »Aber natürlich, und sie hatten so ein süßes kleines Mädchen! Aber das waren nicht Sie, oder? Sie hatte dunklere Haare.«

»Nein, das war meine Schwester«, bestätigte Carla.

Die Frau nickte. »Ich erinnere mich sehr gut an Ihre Eltern.

Liebenswerte Leute, und sie haben nie etwas angeschrieben! Sie sind in den Dreißigern hierhergezogen und haben später ein Haus draußen in Kladow gekauft. Da waren sie fast nur noch, aber dann sind sie plötzlich wieder zurückgekommen. Im Dezember 1940, das weiß ich noch genau. Ihre Mutter hatte gerade das Baby bekommen. Es war erst ein paar Wochen alt.« Sie blickte Carla neugierig an. »Wir haben uns damals immer etwas gewundert, dass sie zurückgekehrt sind, denn in der Stadt war es durch die Bombenangriffe ja viel gefährlicher als draußen in Kladow«, kam sie ins Reden. »Vor allem mit einem kleinen Kind. Im letzten Kriegsjahr, da war hier schon die halbe Straße zerbombt, sind sie dann auch wieder rausgezogen.«

»Das wusste ich nicht«, sagte Carla ehrlich, die der Frau zustimmen musste, dass es nicht recht nachvollziehbar war, weshalb ihre Eltern das getan hatten. Wie so vieles!

Die alte Dame nickte sinnend. »Na, sie werden schon gewusst haben, warum«, sagte sie dann.

116

Auf dem Rückweg zum Hotel grübelte Carla, welche Gründe ihre Eltern wohl für den Umzug von Kladow nach Berlin gehabt haben konnten. Eine Ahnung beschlich sie, dass der Zufall ihr ein wichtiges Puzzleteil zugespielt hatte, um das mysteriöse Geheimnis von damals zu verstehen.

Sie erzählte David davon, als sie ihn im Hotel traf.

Er hörte ihr aufmerksam zu. »Eigenartig, gewöhnlich sind doch alle Leute während des Krieges aufs Land geflüchtet, oder?«

Carla nickte. Vielleicht würde ihr Gespräch mit Dr. Ludwig Licht in die Angelegenheit bringen.

»Wir haben übrigens gleich eine Verabredung – im Kempinski«, riss David sie aus ihren Gedanken.

Sie hob die Brauen. »Mit wem denn?«

»Mit jemandem, der dich kennenlernen möchte. Im Grunde ist er dafür verantwortlich, dass wir diese Nachforschungen überhaupt anstellen: Jules!«

»Er ist hier in Berlin?«

»Ja, er gibt morgen Abend ein Konzert.«

Jules Cohn. Sie dachte an die Biografie, die sie angefangen hatte zu lesen. Sie freute sich, ihn kennenzulernen, stellte sie fest.

Sie fuhren mit ihrem Mietwagen ein Stück den Ku'damm entlang und hielten dann an der Ecke Fasanenstraße, um zu parken.

Das Kempinski war das führende Luxushotel Westberlins, wie Carla aus ihrem Reiseführer wusste. Hollywoodstars stiegen hier genauso ab wie Nobelpreisträger oder Politiker. Man sah es dem Publikum an. Eine Frau in einem flatternden langen Kleid und einem Turban, deren Gesicht ihr bekannt vorkam, lief durch die Eingangshalle.

David hatte sich nach rechts gewandt, wo sich die Lobby des Hotels befand. Sie ließen sich in einer der Sitzgruppen nieder, als ein groß gewachsener Mann von der anderen Seite des Raums auf sie zukam. Das musste Jules Cohn sein! Obwohl er inzwischen in den Siebzigern war, erkannte Carla ihn sofort von den Fotos aus der Biografie wieder. Graues Haar umrahmte sein Gesicht, durch das sich Falten zogen und das von einem Paar lebendiger dunkelbrauner Augen dominiert wurde. Er war noch immer ein charismatischer Mann, und er besaß eine so warme Ausstrahlung, dass sie ihn auf Anhieb sympathisch fand. Unwillkürlich stellte sie sich ihn und Edith vor, als die beiden jung gewesen waren.

»David …« Jules war vor ihnen stehen geblieben, und die beiden Männer umarmten sich ungewöhnlich vertraut.

»Darf ich dir Carla Whiteman vorstellen?«

Jules wandte sich mit einem warmen Lächeln zu ihr. »Wie schön, Sie kennenzulernen, Mrs. Whiteman.«

»Carla!«, bat sie.

»Gerne. Jules!«

Und dann setzten sie sich.

»David hat mir von Ihrem Unfall erzählt. Ich freue mich, dass es Ihnen besser geht. Es ist lange her, aber ich kannte Ihre Mutter ein wenig. Wahrscheinlich kommt es Ihnen merkwürdig vor, dass ich in meinem Alter diese Nachforschungen über jemanden anstelle«, begann er das Gespräch so vertraut, als würden sie sich schon lange kennen.

Carla schüttelte den Kopf. »Nein, überhaupt nicht. Ehrlich gesagt, hat mich Ihre Geschichte sogar sehr berührt, als David mir davon erzählt hat.«

Jules' Blick glitt kurz zu David und wieder zu ihr zurück, und sie begriff plötzlich, dass die beiden nicht nur im Hinblick auf Edith über sie gesprochen hatten.

»Ich weiß, dass es vielleicht nie möglich sein wird herauszufinden, was aus Edith geworden ist, aber ich will es wenigstens versucht haben«, sagte Jules offen.

David wandte ihm den Kopf zu. »Es wird nur etwas dauern. Und wir haben noch ein paar Fragen zu Edith.«

Jules nickte.

»Weshalb haben Sie eigentlich nicht schon früher nach Edith geforscht?«, fragte Carla vorsichtig.

Er faltete seine Hände mit den schmalen langen Fingern. »Ich verstehe Ihre Frage. Aber nach dem Krieg war ich lange

Zeit nicht fähig, nach Deutschland zurückzukehren. Es hat über zwanzig Jahre gedauert, bis ich mein erstes Konzert hier gegeben habe.« Seine Stimme war ernst geworden. »Zu diesem Zeitpunkt war ich aber bereits wieder verheiratet, und es schien mir ein wenig unangemessen, Nachforschungen nach Edith anzustellen«, erklärte er schlicht und blickte sie an. »Meine Frau ist vorletztes Jahr gestorben, und offen gestanden war sie es, die mir das Versprechen abgenommen hat, nach Edith zu suchen. Irina war eine wundervolle Frau, und wir waren uns immer in tiefer Freundschaft zugetan, aber nie in Liebe. Sie hat Ähnliches durchgemacht wie ich, und wir haben uns geholfen, über das hinwegzukommen, was hinter uns lag. Sie wusste, was Edith mir bedeutet hat …«

Seine Worte berührten sie. »Ihre Frau muss ein sehr besonderer und großherziger Mensch gewesen sein«, erwiderte sie leise.

Jules lächelte traurig. »Ja, das war sie. Aber es ging ihr mit mir umgekehrt nicht anders – ihre große Liebe, ihr Mann, ist im KZ umgekommen.«

Er bemerkte, dass Carla ihre Betroffenheit nicht verstecken konnte. »Wir hatten trotzdem mehr Glück als die meisten anderen, und ich will nicht undankbar sein. Das Schicksal hat mir später viele Dinge zurückgeschenkt.«

»Ich habe angefangen, Ihre Biografie zu lesen«, gestand Carla. »Sie ist sehr beeindruckend. Vor allem, was Sie über die *Dinge und Ereignisse* schreiben, die man *nicht* erwähnt, die aber dennoch *am prägendsten für das Leben* sind«, sagte sie, denn sie musste in Bezug auf ihre Eltern tatsächlich oft daran denken. »Die Jahre zwischen 1938 und 1945 sind in Ihrem Buch beinah völlig ausgespart, oder?«

Jules nickte. »Ja, es waren die schlimmsten Jahre meines Lebens, und dennoch habe ich in jener Zeit auch das größte

Glück erlebt, das ich wie etwas Kostbares in mir verwahre. Es ist schwer, dafür Worte zu finden.« Sein Blick war nachdenklich geworden. Ein gelebtes Leben spiegelte sich in seinen Augen – und eine überraschende Güte.

»Ich muss zugeben, diese Zeit war nicht leicht«, sagte er, als würde er ihre unausgesprochene Frage erahnen. Ein Schatten verdunkelte sein Gesicht. Auf einmal schien er sich nur allzu deutlich wieder an alles zu erinnern …

JULES

117

Sachsenhausen, November 1940

Er fühlte sich, als hätte er sein Menschsein hinter sich gelassen und für immer verloren. Irgendwo auf dem Weg zwischen seiner Festnahme, den vielen Schlägen und Tritten, den peinigenden Verhören – die ihm den letzten Zweifel genommen hatten, dass es noch so etwas wie Gerechtigkeit geben könnte – und schließlich seinem Dasein hier im KZ war es ihm entglitten, wie ein Gegenstand, den man verlor. Die Welt, die er betreten hatte, war eine andere – fremd, furchterregend und von Prinzipien der Willkür und des Sadismus regiert, die nichts mit dem Leben zu tun hatten, das er kannte, und die er sich selbst in seinen schlimmsten Albträumen nicht hätte vorstellen können.

Überleben, das war das einzige Ziel geworden, trotz Kälte, Hunger, trotz Schikanen, psychischen Terrors und schwerster körperlicher Arbeit, die die meisten nur ein paar Wochen oder Monate hier überleben ließ.

Jules hatte schnell gelernt, dass man versuchen musste, nicht aufzufallen, den Blick zu senken, die unzähligen Regeln und Vorschriften zu beachten, die kein Mensch einhalten konnte, und man schlichtweg hoffen musste, dass man übersehen wurde, obgleich man wusste, dass diese Hoffnung vergeblich war. Nach einigen Tagen im Lager zuckte er wie alle anderen zusammen, sobald er die schweren Schritte von Stiefeln hörte oder jemand neben ihm stehen blieb, und er zitterte, wenn man das Wort an ihn richtete. Die ständige Angst breitete sich wie ein zehrendes Geschwür in seinem Körper aus. Unglücklicherweise war er nicht gut darin, nicht aufzufallen. Fast immer zog er die Blicke der Aufseher auf sich, als spürten sie instinktiv, dass sein Widerstand tief in seinem Inneren noch nicht gebrochen war. Er wurde dem schlimmsten Arbeitskommando zugeteilt – unweit des KZs musste von den Häftlingen ein eigenes Ziegelwerk mit Hafen und Natursteinwerk erbaut werden. Die Arbeit dort war hart und berüchtigt – und bereits nach wenigen Monaten fühlte Jules sich so entkräftet, dass er sicher war, er würde nicht mehr lange leben. Er dachte an Edith, hörte in Gedanken ihr Lachen und ihre Stimme, als wäre sie bei ihm, und hoffte, dass es ihr gut ging und sie so klug war, Deutschland auch ohne ihn zu verlassen.

Als Jules an diesem Morgen von einem der Aufseher in barschem Ton befohlen wurde mitzukommen, statt sich zwischen den anderen Mitgefangenen seines Arbeitskommandos einzureihen, und er zum Haus der Lagerkommandantur gebracht wurde, empfand er nicht einmal mehr Angst. Sein linkes Auge war blau und zugeschwollen, sein Knie schmerzte von den Schlägen mit dem Knüppel, und sein Rücken und seine Arme wiesen zahlreiche Prellungen auf. Er humpelte und hatte Mühe, den schnellen Schritten des Aufsehers zu folgen, der ihn zu einem etwas abgelegenen großen Nebengebäude brachte.

Sie stiegen eine breite Treppe hoch und betraten einen Raum, in dem ein Mann am Schreibtisch saß.

»Melde, Häftling 143980, der Jude Cohn, Obersturmbannführer!«

»Danke!«

Der Aufseher verließ den Raum, und der Mann am Schreibtisch blickte auf. Erst jetzt bemerkte Jules, dass auf einem kleinen Tisch neben ihm eine Geige lag. Der Obersturmbannführer musterte ihn.

»Sie sind dem Arbeitskommando am Steinbruch zugeteilt?«

»Ja.«

»Dort werden Sie nicht lange überleben. Ich werde Sie in die Schneiderei versetzen lassen.«

Jules blickte auf den Boden.

Der Obersturmbannführer deutete auf die Geige. »Spielen Sie«, bat er.

Jules hob den Kopf. Zum ersten Mal sah er den Mann vor sich richtig an. Überrascht stellte er fest, dass sie sich kannten. Es war der SS-Mann, der ihn in der Novembernacht vor der Verhaftung bewahrt hatte und vor Jahren einmal nach einem Konzert in seiner Garderobe aufgetaucht war. Seltsamerweise empfand er es als demütigend, vor jemandem zu stehen, der ihn von früher kannte, der wusste, was er einmal gewesen war. Eine Welle der Scham überflutete ihn, als er sich seines Aussehens und Zustands in seinem Sträflingsanzug gewahr wurde.

»Bitte!«

Und dann tat Jules plötzlich etwas, was er selbst nicht verstand: Er schüttelte den Kopf.

Der Obersturmbannführer schaute ihn verblüfft an. »Ich könnte Sie auf der Stelle erschießen lassen!«

Jules schwieg.

»Warum sind Sie nach dieser Nacht damals nicht weggegangen?«, fragte der SS-Mann tadelnd. »Sie werden spielen …«, setzte er dann hinzu, und sein Ton klang dabei nicht unfreundlich, »… und dafür werde ich Ihnen etwas geben.«

Jules hatte noch immer nichts gesagt. Er sah, dass der

Obersturmbannführer etwas aus einer Akte genommen hatte und vor ihm auf den Tisch legte. Es war ein Foto von Edith. Sein Foto – das, auf dem sie auf ihre unnachahmliche Art so amüsiert-spöttisch in die Kamera blickte. Er liebte dieses Bild. Emil hatte es im letzten Sommer gemacht, und er hatte es immer bei sich getragen. Bei seiner Ankunft hier hatte man es ihm zusammen mit seinen anderen persönlichen Sachen abgenommen. Jules spürte, wie sich seine Kehle zuschnürte.

»Eine schöne Frau!«, sagte der Obersturmbannführer. »Ich würde Ihnen das Foto zurückgeben, aber die Aufseher würden es Ihnen sofort wegnehmen und Sie dafür nur bestrafen. Ich werde es aber für Sie aufbewahren, und Sie werden es sich jedes Mal anschauen können, wenn Sie hierherkommen und für mich spielen.«

Jules starrte ihn an und fragte sich, ob er wusste, dass das, was er tat, grausamer war als die Arbeit in seinem Arbeitskommando.

»Das sollte Ihnen Grund genug geben, um überleben zu wollen, oder?« Er reichte Jules die Geige.

Sein Blick war auf das Bild von Edith gerichtet, als er zögernd das Instrument in die Hand nahm und den Bogen ergriff. Als die ersten Töne erklangen und sich zu einer Melodie zu formen begannen, sah er sie vor sich, wie sie in Carls Wohnung vor ihm stand. Ein tiefer Schmerz durchfuhr ihn, während er spürte, wie die Musik ihn forttrug, tief in sein Inneres, zurück zu ihr …

118

Sie hatte eine Nachricht von Heinrich bekommen, dass er sie für den folgenden Tag in seinem Büro erwartete. Als Edith am Abend die Karte mit der knappen Mitteilung aus ihrem Umschlag zog, fröstelte sie.

Am Nachmittag war sie bei Dora gewesen. Die Freundin befand sich in einer tiefen Depression, seitdem ihre Tochter gestorben war. Es war weit schlimmer als damals, nachdem sie ihr Kind in der Schwangerschaft verloren hatte. Wenn es einen Gott gibt, muss er grausam sein, ihnen das alles anzutun, dachte Edith bei sich.

Dora wollte nichts essen, sprach kaum und saß nur apathisch auf dem Sessel oder Stuhl. Ihre Augen waren leer. Alles Leben schien in ihr erloschen. Paul war verzweifelt und außer sich vor Sorge. »Ich habe Angst, dass sie sich etwas antut. Die ganze Schwangerschaft habe ich gefürchtet, es könnte wieder etwas passieren, doch dann ging alles gut. Dora war so glücklich, als die Kleine kam. Wir waren so glücklich«, verbesserte er sich voller Schmerz. »Aber als ich sie gehört habe, dieser Schrei … Ich wusste sofort, dass Anastasia nicht mehr lebt«, sagte er zu Edith. Er weinte, und sie bemühte sich, so gut sie konnte, ihn zu trösten. Sie versuchte auch mit Dora zu reden.

»Paul braucht dich, ich brauche dich. Du darfst dich nicht alleine in deinen Schmerz zurückziehen, hörst du.« Doch sie reagierte kaum. Edith erinnerte sich, wie Jules ihr damals von Doras Versuch, sich das Leben zu nehmen, erzählt hatte. Eindringlich sah sie die Freundin an. »Erinnerst du dich an den Abend, als du Jules am Kanal getroffen hast? Du hast ihm versprochen, es nie wieder zu tun!«

Einen kurzen Augenblick flackerte in Doras Augen ein überraschter Ausdruck auf, aber sie schwieg weiter.

»Es tut mir so leid, so unendlich leid, aber bitte, du musst stark bleiben, Dora.« Edith zog sie in ihre Arme und strich ihr tröstend über das Haar – genau so, wie es die Freundin einige Monate zuvor bei ihr getan hatte. Beinah war sie erleichtert, als sie spürte, wie Dora leise an ihrer Schulter weinte.

Als sie am Abend nach Hause kam, fühlte sie sich müde und um Jahre gealtert. Sie las Heinrichs Karte. Annabelle in den Armen haltend wie einen kostbaren Schatz, versuchte sie, sich gedanklich auf das vorzubereiten, was sie würde tun müssen.

Am nächsten Tag fuhr sie zu der bestimmten Stunde ins Reichssicherheitshauptamt. Sie rätselte, weshalb Heinrich sie nicht an einen privaten Ort bestellt hatte. Wollte er ihr seine Macht demonstrieren? Die Anwesenheit der vielen SS-Leute hatte ohne Frage jedes Mal wieder etwas Einschüchterndes, dennoch war sie erleichtert, ihn hier zu treffen, wo er die Form wahren musste.

»Edith! Wie schön, dass du gekommen bist.« Er hatte sich galant aus seinem Stuhl erhoben, doch in seiner Haltung lag etwas Gefährliches.

So gelassen wie möglich nahm sie auf dem Stuhl vor seinem Schreibtisch Platz, überschlug die Beine und blickte ihn abwartend an.

Er legte die Fingerspitzen aneinander. »Da wären wir also wieder«, sagte er, als hätte es die letzten sieben Monate nicht gegeben. »Die Angelegenheit mit diesem Freund von dir gestaltet sich leider nicht ganz einfach. Du musst wissen, einmal im KZ, kann man jemand nicht einfach so wieder herausholen«, begann er.

Angst ergriff sie, obwohl sie ahnte, dass er mit ihr spielte. »Beim letzten Mal hast du etwas anderes behauptet!«

Er lächelte leicht. »Ich habe nicht gesagt, dass es unmöglich ist, ich möchte dir nur deutlich machen, dass ich ein gewisses

Risiko damit eingehe und, falls du es bei unserem letzten Gespräch nicht ganz verstanden haben solltest – das nur für die entsprechende Gegenleistung deinerseits tun werde.«

»Das habe ich verstanden.«

Seine Brauen zogen sich nachdenklich zusammen. »Dir ist klar, dass ich dich will, Edith? Als Geliebte – und nicht nur für eine Nacht!?«

Sie nickte matt. Wie hätte sie das nicht verstehen können. Nach all den Jahren würde er nun bekommen, was er immer gewollt hatte.

Er musterte sie durchdringend. »Erstaunlich, dass du auf einmal dazu bereit bist. Dieser Freund scheint dir viel zu bedeuten …«

Sie merkte, er stellte sie auf die Probe, und rang sich ein Lächeln ab. »Vielleicht ist er ja nicht der einzige Grund«, versuchte sie ihm vorzumachen.

Heinrich schwieg. Schließlich griff er nach einem Bericht, der auf seinem Tisch lag. »Ich werde ihn nächste Woche zusammen mit einigen anderen Häftlingen zum Verhör in einem Gefangenentransport hierherbringen lassen, dann wird sich im Laufe der Vernehmung ergeben, dass es für uns in einer anderen Angelegenheit von Interesse sein wird, ihn als Spitzel in sein Zivilleben zurückkehren zu lassen, und genau das wird er dann auch tun können …«

Ein Klopfen an der Tür unterbrach sie. Ein untergebener SS-Mann war auf der Schwelle erschienen. »Verzeihen Sie die Störung, Obersturmbannführer, aber Gruppenführer Heydrich verlangt, Sie kurz zu sprechen!«

Heinrich nickte unwillig. »Entschuldige mich kurz«, sagte er zu Edith.

Obersturmbannführer … Anscheinend war er in den letzten Monaten aufgestiegen. Die Tür schloss sich, und auf einmal war sie alleine. Edith dachte darüber nach, was er gesagt hatte, und stellte fest, dass sie ihm nicht traute. Ihre Augen glitten zu seinem Schreibtisch, und sie agierte rein instinktiv, als sie nach dem Papier griff, das Heinrich auf den Schreibtisch zurückgelegt hatte. Ihr Herz klopfte. Es war eine Liste, die die geplanten Gefangenentransporte der nächsten Woche aufführte. Die meisten gingen vom Gestapo-Gefängnis nach Sachsenhausen, einige wenige aber auch von dort nach Berlin zurück. Vermutlich für Verhöre. Der Transport für den kommenden Mittwoch um sechs Uhr abends war von Heinrich unterstrichen worden. Sie blickte auf Jules' Namen, der neben vier weiteren darunter eingetragen worden war. In der Spalte daneben befand sich mit einem Ausrufungszeichen versehen eine Bemerkung zu der Wegstrecke: *Aus Sicherheitsgründen ist die Strecke über die weniger befahrenen Straßen Lehnitz-Borgsdorf-Frohnau zu nehmen*. Ediths Puls raste. Diesen Weg würde der Gefangenentransport fahren? Wie viele Wachen würden den Wagen wohl begleiten? … Sie hörte ein Geräusch aus dem Vorzimmer und legte hastig das Papier zurück. Die Tür hinter ihr öffnete und schloss sich wieder.

Heinrich setzte sich nicht, sondern blieb vor ihr stehen und lehnte sich gegen seinen Schreibtisch. »Wo waren wir stehen geblieben? Genau, bei deinem Freund. Wie gesagt, nach dem Verhör wird er seine Freiheit zurückbekommen. Und als Zeichen, dass du es ernst meinst, werden wir beide uns morgen treffen!« Er griff ihre Hand.

Sie schüttelte den Kopf und entzog sie ihm wieder. »Nein, nicht bevor er in Freiheit ist! Woher soll ich schließlich wissen, ob du dich – wenn du einmal bekommen hast, was du willst – noch unserer Abmachung verpflichtet fühlst?«

Er musterte sie durchdringend. »Du hast keine sehr hohe Meinung von mir, oder? Eine Gegenfrage – woher soll ich umgekehrt wissen, dass du dich noch daran hältst, wenn er erst einmal frei ist?«

Edith lächelte gezwungen. »Du bist mächtig genug, ihm jederzeit wieder seine Freiheit zu nehmen, oder?«

Sinnend betrachtete er sie. »Gut«, sagte er schließlich mit gefährlicher Ruhe in der Stimme. »Dann werde ich bis nächste Woche warten.«

119

Als sie gegangen war, ließ er seinen Blick über den Schreibtisch schweifen. Schon als er zurückgekommen war, hatte er gesehen, dass sie an seinen Papieren gewesen war.

Er griff nach dem Telefonhörer und wählte Zechows Nummer. »Bereiten Sie für Mittwoch alles so vor, wie wir es besprochen haben«, sagte er und legte dann wieder auf. Grübelnd setzte er sich. Sie würde ihm gehören. So oder so, aber er wollte wissen, auf welcher Seite sie stand.

Und das schien keineswegs sicher. Er dachte daran, was er vor sechs Wochen erfahren hatte, als sie einen der polnischen Juden festnahmen, der im September seiner Verhaftung entkommen war. Er war ausgiebig verhört worden, weil man zu Recht annahm, dass er Unterstützung erhalten haben musste, und gestand schließlich, dass er unter anderem in einem Keller bei einer Gruppe von deutschen Juden untergetaucht war. Heinrich hatte daraufhin eine Observierung der Gruppe anordnen lassen, um in Erfahrung zu bringen, wie weit sie vernetzt waren. Zechow hatte diese Aufgabe übernommen, und er und seine Leute hatten festgestellt, dass sie anderen Juden halfen und dafür vielfach auch kriminelle Delikte begingen –

sie stahlen und fälschten Papiere. Brisant war aber vor allem etwas anderes. Die Fingerabdrücke, die sie heimlich von ihnen genommen hatten, stimmten mit denen auf einem der KZ-Fotos überein, die im Ausland und mehreren Botschaften hier in Berlin aufgetaucht waren. Doch das war nicht alles gewesen. Zechow hatte ihm außerdem mitgeteilt, er habe Edith von Stettenheim mehrfach in den Keller gehen sehen!

Er musste zugeben, dass er es erst nicht glauben wollte.

Es war ein schmerzhafter Moment. In all den Monaten hatte ihn die Vorstellung, dass sie ein Verhältnis mit diesem Juden hatte, wahnsinnig gemacht. Es war eine Mischung aus Enttäuschung und verzehrender Eifersucht, die er verspürte, wenn er nur daran dachte.

Kurz nachdem man Jules Cohn damals verhaftet hatte, war er in den Raum gegangen, in dem er verhört wurde, um den Mann zu sehen, dem sie freiwillig das gab, was sie ihm verweigerte. Er erkannte Cohn, obwohl es Jahre her war. Die Erkenntnis, dass die beiden schon früher befreundet gewesen waren, steigerte seine Wut nur noch mehr. Kurz trug er sich mit dem Gedanken, Cohn selbst zu verhören, doch dann verwarf er die Idee. Nüchterne Kälte war unabdingbar für eine erfolgreiche Vernehmung, doch zu der war er nicht fähig. Stattdessen hatte er für den nächsten Tag Cohns Überführung nach Sachsenhausen angeordnet.

Er konnte es Edith einfach nicht verzeihen, und nun musste er erkennen, dass sie nicht nur ein Verhältnis hatte, sondern möglicherweise auch ihr Land und Volk verriet.

120

Sie hatten sich im Tiergarten verabredet – auf einem abgelegenen Weg, wo nur wenige Spaziergänger unterwegs waren. Emil sah sich ein paarmal um, bevor er hastig auf Edith zukam und überrascht vor dem Kinderwagen stehen blieb. Er lächelte.

»Ich dachte, du solltest sie wenigstens einmal sehen …«, sagte sie und holte die Kleine heraus. Annabelle öffnete angesichts dieser Störung verschlafen ihre Äuglein, reckte die winzigen Finger und suchte sofort die vertraute Wärme ihrer Mutter. Als sie das fremde Gesicht bemerkte, das sich zu ihr beugte, hielt sie erstarrt inne.

»Hallo, kleine Annabelle!« Emils hochstehende Wangenknochen hoben sich, als er voller Wärme lachte.

Die Kleine blickte ihn mit aufgerissenen Augen an.

Emil berührte zart ihre Wange, und sie stieß einen glucksenden Laut aus. »Ich wünschte, Jules wüsste von ihr«, sagte er mit belegter Stimme.

Edith nickte traurig. In den Monaten, nachdem Jules verhaftet worden war, hatte sich zwischen Emil und ihr eine tiefe Freundschaft entwickelt. Die Sorge um Jules verband sie. Immer wieder hatten sie überlegt, ob sie nicht irgendetwas tun könnten. Doch eine Flucht aus dem KZ war unmöglich.

Solange es ihre Schwangerschaft noch erlaubte, hatte Edith die Gruppe weiter unterstützt und mit ihnen gearbeitet, ja sich sogar stärker als zuvor dafür engagiert. Doch seit der Geburt musste sie sich etwas zurücknehmen. Die Situation war für sie alle schwieriger geworden. Emil, Henry und Eva waren inzwischen von der Reichsarbeitsverwaltung in einem der sogenannten kriegswichtigen Betriebe zur Zwangsarbeit eingeteilt worden. Die drei hatten jedoch noch Glück im Unglück gehabt und waren einem Betrieb zugesprochen worden, der erträgliche Arbeitsbedingungen hatte. Der Besitzer war den Nationalsozialisten selbst nicht besonders wohlgesonnen und behandelte sie anständig. Andrik hatte es dagegen geschafft, durch ein gefälschtes Schreiben seines angeblichen Arbeitgebers zunächst von dem Zwangseinsatz freigestellt zu werden.

Die beiden ließen sich auf einer Parkbank nieder. Edith hatte die Kleine zurück in den Wagen gelegt und wippte leicht den Griff, bis Annabelle wieder eingeschlafen war.

»Ich war gestern im Reichssicherheitshauptamt bei Heinrich!«, sagte sie dann.

Ein zweifelnder Ausdruck machte sich auf Emils Gesicht breit – er hatte nicht vergessen, was sie ihm vor einem halben Jahr erzählt hatte. »Bist du wirklich bereit, das zu tun, Edith?«

Sie wandte ihm mit nüchterner Miene den Kopf zu. »Ich würde alles dafür tun, damit Jules freikommt, das weißt du, Emil. Allerdings bin ich mir nicht sicher, ob Heinrich sein Wort halten wird. … Und vielleicht gibt es ja noch eine andere Möglichkeit«, fügte sie zögernd hinzu. Sie berichtete ihm von dem Gefangenentransport.

Emil schwieg, aber man sah ihm an, dass es in seinem Kopf arbeitete und er sofort alle Möglichkeiten durchspielte. Er lächelte. »Das wäre so dreist, es könnte schon wieder gut gehen! Die anderen würden bestimmt mitmachen. Aber wenn wir das tun, müssten wir danach alle untertauchen und aus Deutschland fliehen …« Er brach ab, aber auch ohne dass er es aussprach, wusste Edith, was er dachte. Dass sie, wäre Jules nicht verhaftet worden, vielleicht längst alle weg wären. Emil blickte sie nachdenklich an. »Uns blieben danach nur ein paar Stunden, bis sie den Wagen entdecken würden.«

Edith nickte vorsichtig. »Aber da noch drei andere Gefangene nach Berlin gebracht werden, würden sie nicht sofort auf uns kommen, und wenn überhaupt, wäre ich das einzige Verbindungsglied. Sollten sie uns wirklich suchen, wären wir mit unseren gefälschten Pässen längst in Italien oder der Schweiz!«

Emil überlegte. »Bis nächsten Mittwoch ist nicht viel Zeit, um so etwas zu planen. Ich werde mich krankschreiben lassen und die Zeit nutzen, um die Strecke etwas genauer zu erkunden. Und wir brauchen mehr Leute, doch das dürfte kein Problem sein.« Er hatte grübelnd das Gesicht verzogen. Und so begann ihr Plan Gestalt anzunehmen.

121

Dezember 1940

Der beste Punkt, den Wagen zum Anhalten zu zwingen, war kurz hinter Frohnau an einer einsam gelegenen Stelle auf der Landstraße, legten sie fest. Gewöhnlich begleiteten die Transporte neben dem Fahrer nur zwei Wachen. Die Gefangenen waren hinten im Laderaum mit Handschellen gefesselt, sodass sie ohnehin keine Gefahr darstellten.

»Geschossen wird nur, wenn es nicht anders geht«, bestimmte Emil. Neben ihm, Andrik und Henry würden sie noch von zwei weiteren Männern, zwei polnischen Juden, unterstützt werden, denen sie im letzten Jahr mit neuen Papieren geholfen hatten. Eva sollte die Männer aus einiger Entfernung gegebenenfalls vor anderen heranfahrenden Fahrzeugen warnen und Edith zu Hause warten.

»Aber ich könnte doch zumindest Eva unterstützen«, widersprach Edith.

Aber Emil schüttelte den Kopf. »Du bist emotional viel zu involviert, und außerdem hast du das Kind! Und wie du richtig festgestellt hast, bist du für Heinrich das einzige Verbindungsglied. Sobald wir Jules befreit haben, werden wir dich benachrichtigen.«

Edith nickte bedrückt. Alles Weitere war bereits organisiert. Sogar die Zugfahrkarten hatten sie schon. Sie würden nicht direkt in die Schweiz reisen, da die Grenze streng kontrolliert wurde, sondern sich über Österreich erst nach Italien begeben und von dort weiter Richtung Davos fahren.

Die Nacht von Dienstag auf Mittwoch schlief Edith nicht und war den gesamten Tag nervös. Sie hatte alles vorbereitet, eine leichte Tasche mit dem Nötigsten für Annabelle gepackt. Sie würde alles zurücklassen – die Fabrik ihres Vaters, die Wohnungen, das Geld, aber nichts davon bedeutete ihr noch etwas. Vergeblich versuchte sie sich abzulenken.

Am Nachmittag hörte sie, wie Maximilian von einem seiner Termine aus dem Ministerium nach Hause zurückkehrte. Er sprach mit Johann und begab sich direkt in sein Büro, ohne zu ihr zu kommen. So ungewöhnlich sein Verhalten war, sie war erleichtert, ihm nicht gegenübertreten zu müssen. Wenn sie außer Landes war, würde sie ihm einen Brief schreiben … Angespannt lief sie auf und ab und durchlebte ein nervenzehrendes Wechselbad der Emotionen. Zweifel und Angst überkamen sie, die fast im gleichen Augenblick von dem überwältigenden Glücksgefühl abgelöst wurden, dass sie schon bald Jules wiedersehen würde. Dann erfasste sie sogleich wieder eine schreckliche Furcht. Was, wenn etwas schiefging oder der Wagen gar nicht kam, weil sie kurzfristig den Transport verschoben hatten? Ihr Herz raste.

Draußen wurde es dunkel. Als es sechs Uhr war, steigerte sich ihre Anspannung ins Unerträgliche, aber dann wurde sie plötzlich ruhiger, beinah gefasst. Sie starrte auf den Zeiger, der sich in quälender Langsamkeit Minute für Minute auf der großen Uhr vorwärtsbewegte. *Jules …* Sie stellte sich vor, was gerade passierte, und schickte ein Stoßgebet gen Himmel.

Um halb sieben kehrte die Angst zurück. Sie nahm Annabelle auf den Arm und drückte sie an sich. Die Wärme ihrer Tochter beruhigte sie. Die Kleine griff nach ihrem Finger. Edith küsste sie voller Liebe und sah zur Uhr. Sie hielt die Ungewissheit einfach nicht mehr aus. Es war schon drei viertel sieben. Sie starrte das Telefon an, als könnte sie es mit ihrem Blick endlich zum Klingeln bringen. Emil war davon ausgegangen, dass die Aktion selbst nicht länger als ein paar Minuten dauern würde. Sie würden die Gefangenen befreien, die Wachen und den Fahrer mit den Handschellen fesseln, hinten in den Laderaum sperren und den Wagen tief in den Wald hineinfahren und dort abstellen … Ungefähr bis drei viertel sieben sollte sie einen Anruf von ihnen aus der Telefonzelle der nächsten Ortschaft bekommen. Der Zeiger stand auf sieben Uhr. Sie sank auf einen Stuhl. Wie gelähmt beobachtete sie, wie die Zeit voranschritt, und die Gewissheit, dass es nicht so gelaufen war, wie sie es geplant hatten, wuchs. Um halb acht klingelte das Telefon. Sie riss den Hörer hoch.

»Edith?« Es war Eva. Sie schluchzte. »Du musst weg … schnell. Es ist alles schiefgegangen.« Ihre Stimme überschlug sich. »Es war eine Falle. Der Wagen, es waren keine Gefangenen darin, aber lauter bewaffnete SS-Männer. Ich habe es von Weitem beobachtet. Sie haben alle festgenommen. Nur Andrik und ich konnten entkommen.«

Starr vor Entsetzen hörte Edith ihr zu. Alle Farbe wich aus ihrem Gesicht. *Eine Falle. Jules war nicht in dem Wagen gewesen …* Sie dachte daran, wie Heinrich sein Büro verlassen hatte, und plötzlich begriff sie, dass er es von Anfang an geplant hatte. Es war ihre Schuld.

»Edith, hörst du mich?«, fragte Eva voller Angst, weil sie nichts sagte.

»Ja.« Mehr brachte sie nicht heraus. Sie war wie gelähmt.

»Du musst sofort von zu Hause weg. Sie werden zu dir kommen.«

Dann wurde der Hörer aufgelegt.

Sie hatten sie verhaftet! Es war vorbei. Jules würde nicht freikommen. Was sollte sie jetzt nur tun? Annabelle! Ihr durfte nichts geschehen. Panik durchflutete sie, als sie an ihre Tochter dachte. Sie musste fliehen, aber mit dem Baby würde sie nicht weit kommen. Heinrich würde sie durch die Gestapo überall suchen lassen, und sie wussten jetzt, dass sie versuchen wollte, mit einem gefälschten Pass über die Grenze zu kommen. Jede Grenzstation würde über eine alleinreisende Frau mit einem Säugling informiert werden, wenn sie es nicht schon längst war. Voller Grauen wurde Edith bewusst, dass ihr Schicksal besiegelt war.

Maximilian – er war der Einzige, der ihr helfen konnte. Sie nahm Annabelle auf den Arm und hastete in sein Büro.

Er saß an seinem Schreibtisch und arbeitete. Langsam hob er den Kopf – die Kälte, die ihr aus seinem Gesicht entgegenschlug, ließ sie erstarren. Er wusste es! »Maximilian … ich brauche deine Hilfe, bitte. Nicht um meinetwillen, aber für Annabelle.« Sie streckte ihm in einer Hilfe suchenden Geste ihre Hände mit dem Baby entgegen. Als sie seinen angewiderten Blick wahrnahm, zuckte sie zusammen.

Drohend erhob er sich aus seinem Stuhl. »Wie kannst du es wagen!«

»Maximilian …« Tränen liefen über ihre Wangen.

»Ich wurde heute Mittag ins Reichssicherheitshauptamt

bestellt. Heinrich Raven hat mir alles erzählt. Dass du dich mit einem Juden eingelassen hast und mir seinen Bastard unterschieben wolltest. Verlass mein Haus. Sofort!«, fuhr er sie an.

»Nein, bitte. Ich verstehe dich, aber das Kind, es kann doch nichts dafür …«

»Das hättest du dir vorher überlegen sollen. Verlass mein Haus. Es ist ohnehin deine einzige Chance. Sie sind schon unterwegs hierher!«, erklärte er ihr eisig.

Sie starrte ihn entsetzt an und stolperte aus seinem Büro. Nur mit der Tasche für Annabelle und ihrem Mantel rannte sie aus dem Haus.

122

Paul konnte es nicht mitansehen, wie Dora litt. Es kam ihm vor, als hätte das Schicksal nur darauf gewartet, dass sie sich in Sicherheit glaubten, um dann umso härter zuzuschlagen. Er verstand ihre Trauer diesmal besser, weil er Anastasia selbst in den Armen gehalten hatte, weil ihn von dem ersten Augenblick an, als er sie in Doras Armen gesehen hatte, eine tiefe Liebe zu diesem kleinen Geschöpf durchströmt hatte. *Seine Tochter …* Nach ihrem Tod hatte er geweint und war verzweifelt gewesen, doch seine Trauer war schnell durch seine Sorgen um Dora verdrängt worden. Er hatte mit Dr. Ludwig über seine Befürchtung gesprochen, seine Frau könnte sich etwas antun, und der Arzt riet ihm, einen Spezialisten aufzusuchen. Aber Paul scheute sich, diesen Weg einzuschlagen. Seine Angst, man könnte Dora in eine Anstalt einweisen, war zu groß. Immer wieder gab es Gerüchte, was Schreckliches mit den Patienten dort geschah, die als eine Belastung für die Volksgemeinschaft bezeichnet wurden. Nein, er konnte keine Hilfe von außen annehmen.

»Du musst etwas essen, Dora«, sagte er liebevoll.

Sie nickte apathisch, aber es gelang ihr kaum, mehr als eine Gabel voll hinunterzuschlucken. Immerhin, es war die dritte. Sie mussten einen Tag nach dem anderen schaffen. Paul unterdrückte ein Seufzen, als es auf einmal draußen klingelte. Um diese Zeit? Er erhob sich stirnrunzelnd von seinem Stuhl und ging zur Tür.

Es war Edith. Ihr Gesicht war verweint, und er konnte sich nicht entsinnen, diese Frau, die sonst immer die Eleganz in Person war, jemals in einem solch aufgelösten Zustand gesehen zu haben. Sie wirkte verzweifelt, und die nackte Angst spiegelte sich in ihren Augen. In ihren Armen hielt sie ihr Kind.

Paul lief ein Schauer über den Rücken.

»Ich muss mit Dora sprechen!«, stieß sie hervor.

Er ließ sie herein, obwohl er sicher war, dass es keine gute Idee war, wenn seine Frau das Kind sah, und er instinktiv die Gefahr spürte, die sie mit sich ins Haus brachte.

Sie stürzte in schnellen Schritten an ihm vorbei. Eilig lief Paul ihr hinterher und beobachtete ungläubig, wie Edith Dora, die kaum aufgeblickt hatte, heftig an der Schulter rüttelte. »Du musst mir zuhören. Du bist der einzige Mensch, dem ich vertrauen kann.« Sie schluchzte. »Ich werde verhaftet werden, du musst Annabelle nehmen!«

Paul, dem sich die Haare sträubten, schritt ein.

»Das können wir nicht. Das ist Maximilians Aufgabe, Edith.«

Sie drehte ihm ihr verweintes Gesicht zu. »Nein, er hasst sie, es ist nicht sein Kind. Jules ist der Vater von Annabelle …«

Verwirrt wandte Dora ihr den Kopf zu. Irgendwie schienen Ediths Worte durch ihre Depression zu ihr gedrungen zu sein. »Jules?«

»Ja!« In hastig hervorgestoßenen Sätzen erzählte Edith ihnen alles – von ihrem Verhältnis, der Arbeit der Gruppe, von Jules' Verhaftung und wie sie heute bei der geplanten Befreiung schließlich alle in eine Falle gelaufen waren.

Paul hörte ihr wie versteinert zu. Plötzlich wurde ihm bewusst, in welche Gefahr Edith sie brachte. »Sie werden dich sofort suchen. Auch hier. Jeder weiß von deiner Freundschaft zu Dora!«

Edith nickte. Immer noch liefen ihr die Tränen über die Wangen. »Ja, ich weiß, ich werde auch sofort gehen, aber bitte, ihr müsst Annabelle nehmen. Sagt, es wäre euer Kind.«

Er wollte Nein sagen, aber der Anblick des Babys erweichte sein Herz – und er sah Dora. Wortlos war sie aufgestanden und hatte Annabelle in ihre Arme genommen.

Edith küsste das Kind auf die Stirn. »Ich vertraue sie dir an, Dora. Bitte liebe sie, als wenn es deine eigene Tochter wäre!«

»Du musst jetzt gehen«, sagte Paul entschieden und fasste sie am Arm, obwohl er sich selbst dafür hasste.

Sie nickte.

»Ich werde auf sie achtgeben«, sagte Dora leise.

Edith, die sich schon zum Gehen gewandt hatte, hielt in ihrem Schritte inne und drehte sich noch einmal zu ihr, als wollte sie sich das Bild ihrer Tochter ein letztes Mal einprägen, dann stürzte sie aus dem Haus …

CARLA

123

Sie hatten Jules wie gebannt zugehört, während er von seiner Zeit im KZ erzählte. Die Schrecken der Vergangenheit waren so lebendig geworden, dass ihnen einen Moment lang die Worte fehlten.

»Wie konnten Sie das nur alles aushalten«, entfuhr es Carla schaudernd.

»Ich konnte es nicht. Ich habe mich in die Musik und meine Erinnerungen geflüchtet. Es war fast so, als wäre Edith jeden Tag bei mir gewesen. In gewisser Weise hat dieser Obersturmbannführer mir das Leben gerettet, indem er mich immer wieder dieses Foto ansehen ließ. Jedes Mal, wenn ich es mir angeschaut habe, hatte ich das Gefühl, Edith würde mich tatsächlich anblicken, und es hat mich daran erinnert, dass ich noch etwas anderes war als dieser misshandelte glatzköpfige Sträfling, dem man jede Würde geraubt hatte. Dadurch bin ich innerlich nicht vollständig gebrochen.«

Er trank einen Schluck von seinem Mineralwasser. »Es ist sehr schwer, in einer Welt der Zivilisation, in der wir heute leben, klarzumachen, wie das war. Ich habe fast jeden Tag für diesen Mann gespielt. Er war sehr launisch. An manchen Tagen hat er mich gerügt, sogar angeschrien, gebrüllt, weil er der Meinung war, ich würde nicht mit genug Inbrunst spielen. Er drohte mir, er würde mich wieder zurück zu meinem alten Arbeitskommando in die Ziegelsteinherstellung schicken. Dann wieder schien er fast ein schlechtes Gewissen zu haben und hat mir etwas zu essen gegeben und mich sehr höflich und beinah zuvorkommend behandelt. Diese Willkür, die Unberechenbarkeit war immer das Schlimmste …«

Jules blickte auf seine Uhr. »Ich würde mich sehr gerne mit euch weiterunterhalten, aber ich fürchte, ich muss zur Probe. Wollt ihr nicht morgen Abend zu meinem Konzert kommen, und wir gehen danach zusammen essen? Dann kann ich euch auch alle Fragen zu Edith beantworten.«

Carla lächelte warm. »Sehr gerne.«

Sie sahen ihm hinterher, wie seine Gestalt durch die Lobby entschwand.

»Er ist beeindruckend. Wie kann es sein, dass er keinerlei Hass empfindet?«, fragte sie, als sie sich auf den Rückweg zu ihrem Hotel machten und wieder in den Mietwagen stiegen.

David drehte sich zu ihr. »Er hat mir einmal gesagt, dass er irgendwann verstanden hat, dass man vergeben können muss, wenn man weiterleben will, sonst vergiftet und zerstört einen der Hass für immer.«

Einen Moment lang schwiegen sie beide.

Als sie schließlich wieder vor ihrem Hotel hielten, war es vier Uhr. Genug Zeit, wie Carla fand, um von Stettenheim noch einen Besuch abzustatten.

David bot ihr an, sie zu fahren. »Ich setze dich aber an der Straßenecke vorher ab, denn wenn von Stettenheim mich sieht, wird er dir das Gespräch bestimmt sofort verweigern«, sagte er mit einem Grinsen.

124

Die Haushälterin war dieses Mal wesentlich freundlicher und bat sie gleich in die Eingangshalle hinein. »Wenn Sie einen Augenblick warten würden …«

Kurz darauf kehrte sie zurück. »Der gnädige Herr erwartet Sie in der Bibliothek.« Carla folgte ihr den breiten Flur entlang zu einer doppelten Flügeltür, die sie öffnete.

»Mrs. Whiteman«, verkündete die Haushälterin in den Raum hinein, als würde man ihr eine Audienz gewähren.

Maximilian von Stettenheim, der in einem Buch gelesen hatte, blickte auf. Ein Lächeln glitt über sein Gesicht, und er erhob sich, abgestützt auf seinen Gehstock, aus dem Sessel. Neben ihm stand wie beim letzten Mal ein Tablett mit Kaffee und Cognac.

»Mrs. Whiteman, wie reizend. Wollen Sie mich glauben lassen, dass eine schöne Frau wie Sie, möglicherweise doch Interesse an der Gesellschaft eines alten, aber erfahrenen Mannes haben könnte?«

Carla musste lächeln. »Vielen Dank, dass Sie noch einmal Zeit für mich haben. Ehrlich gesagt, habe ich doch noch einige Fragen.«

Er deutete auf den Sessel ihm gegenüber. Wie von Zauberhand tauchte ein Dienstmädchen auf, das Kaffee für sie brachte. »Nun, mit welcher Auskunft kann ich Ihnen heute behilflich sein?«

Sie überschlug die Beine. »Kannten Sie Heinrich Raven?«, fragte sie dann.

Von Stettenheim nahm bei ihrer Frage einen misstrauischen Ausdruck an. »Ja«, bekannte er einsilbig.

»Waren Sie befreundet?«

»So kann man das kaum nennen. Weshalb interessiert Sie

denn Heinrich Raven? Ich dachte, Sie sind auf Spurensuche nach der Vergangenheit Ihrer Mutter?«

Carla erkannte, dass sie von Stettenheim mehr erzählen musste. Sie entschied sich, ihm die Wahrheit zu sagen, oder zumindest einen Teil davon. Zögernd gestand sie ihm, dass Heinrich Raven nach dem Krieg auf der Suche nach ihren Eltern gewesen war, kurz nachdem diese nach England ausgewandert waren. »Meine Mutter leidet heute unter starken Depressionen und ist verwirrt, und ich habe immer das Gefühl, dass ihr Zustand irgendetwas mit ihrer Vergangenheit zu tun hat.«

Von Stettenheim hatte ihr schweigend zugehört. »Raven war auf der Suche nach Ihren Eltern?«, fragte er schließlich ungläubig.

Carla nickte.

»Vielleicht hat es etwas mit Edith zu tun gehabt«, sagte er nachdenklich und blickte auf sein Glas. »Er war verrückt nach ihr!«

Sie musste zugeben, dass sie mit dieser Auskunft nicht gerechnet hatte. Irgendetwas, dessen Tragweite sie noch nicht ganz erfasste, schien sich auf einmal logisch zu verbinden. »Sie meinen, Raven war hinter ihr her?«

Von Stettenheim zog die Brauen hoch. »Diese Formulierung wäre noch eine Untertreibung. Er hätte alles getan, damit sie ihn erhörte. Seine Besessenheit hat Edith im Grunde auch erst in Gefahr gebracht. Wäre Raven nicht gewesen, wer weiß, ob ihre Affäre jemals herausgekommen und sie verhaftet worden wäre!«

Einen Augenblick glaubte Carla, sich verhört zu haben. »Sie wurde verhaftet?«, entfuhr es ihr fassungslos.

Von Stettenheim nickte. »Das wussten Sie nicht?«

Carla schüttelte den Kopf.

»Nun, Raven hat sie beschatten lassen, und dabei ist er auf ihre Liaison mit diesem Juden gestoßen …« Von Stettenheim trank einen großen Schluck von seinem Cognac, und es war ihm anzumerken, dass er sich nicht gerne erinnerte. Sein Blick hatte etwas Stählernes, als er weitersprach: »Am Tag ihrer Verhaftung hat er mich in das Reichssicherheitshauptamt einbestellt wie irgendeinen dahergelaufenen Verdächtigen und mir von Ediths Affäre mit dem Juden erzählt – und mir eröffnet, dass das Kind nicht von mir sei.« Seine Hand spannte sich um das Glas. »Ich war so außer mir vor Wut, ich habe Edith später aus dem Haus geworfen – zusammen mit dem Kind. Nur wenige Stunden darauf ist sie verhaftet worden.«

Carla hatte ihm erstarrt zugehört.

»Wann war das?«, fragte sie dann.

»Am 8. Dezember 1940, den Tag vergesse ich nie«, erklärte er, und etwas in seinem Ton verriet ihr, dass er nicht besonders stolz auf sein damaliges Verhalten war.

Nachdenklich verabschiedete sie sich schließlich von ihm.

Wenig später berichtete sie David, der in einem Restaurant am Wannsee auf sie gewartet hatte, was von Stettenheim ihr Unglaubliches erzählt hatte. Er reagierte kaum weniger fassungslos als sie selbst.

»Sie wurde verhaftet? Das hat Jules nie erwähnt, als er mich gebeten hat, ihm bei der Suche nach Edith zu helfen«, sagte er.

»Nun, wenn sie sich nach dem Krieg wiedergesehen haben, war das für ihn vielleicht gar nicht so von Bedeutung«, versuchte Carla, eine Erklärung zu finden.

David runzelte die Stirn. »Vielleicht. Außerdem kam Jules im Februar 1940 bereits ins Konzentrationslager. Er muss von Ediths Verhaftung also ohnehin erst im Nachhinein erfahren haben. Wir werden ihn einfach morgen fragen.«

Carlas Blick glitt aus dem Fenster, wo man den Wannsee sehen konnte. »Etwas verstehe ich einfach nicht«, sagte sie, als sie den Kopf wieder grübelnd zu David wandte. »Dass Raven verrückt nach Edith war, ist eine Sache, aber weshalb war er hinter meinen Eltern her? Es gelingt mir einfach nicht, einen Zusammenhang dazwischen herzustellen!« Und sie merkte, dass sie seit geraumer Zeit noch etwas anderes beschäftigte.

»Glaubst du, dass der SS-Mann, der in Cornwall an Land gespült wurde, Heinrich Raven war?«

David sah sie an. »Ja, es spricht jedenfalls eine Menge dafür. Leider habe ich noch immer nichts von meinem Kontaktmann aus Israel gehört, der das vielleicht bestätigen könnte. Aber selbst wenn es Raven war, dann erklärt es trotzdem nicht, weshalb er 1959, vierzehn Jahre nach dem Krieg, auf einmal in England aufgetaucht ist, oder?«

»Nein«, stimmte sie ihm seufzend zu. »Manchmal kommt es mir vor, als würden wir uns im Kreis drehen!«

125

Am nächsten Vormittag fuhren sie beide erneut nach Kladow hinaus, um Dr. Ludwig aufzusuchen. Der pensionierte Arzt war ein drahtiger grauhaariger Herr Ende siebzig, der noch immer eine beeindruckende Vitalität versprühte. Er schüttelte ihnen die Hand.

»Meine Frau erzählte mir schon, dass Sie kommen werden«, begrüßte er sie und bat sie ins Wohnzimmer. »Und Sie sind also die Tochter von Dora Behringer«, sagte er, als sie in den Sesseln am Fenster Platz nahmen. Seine Frau brachte Kaffee und Kuchen.

Carla stellte David vor und berichtete ihm kurz, dass sie aus England kam und was sie zu ihm führte. »Sie kannten meine Mutter, nicht wahr?«

Dr. Ludwig nickte. »Aber ja, sie war meine Patientin. Ich mochte sie sehr. Es war schrecklich, was ihr passiert ist.« Er schüttelte mit betrübter Miene sein grauhaariges Haupt. »Dieses Baby. Ich erinnere mich noch gut, weil es mir so unglaublich leidtat.«

Carla erstarrte. Sie versuchte zu verstehen, was er meinte. »Meine Mutter hatte eine Fehlgeburt?«

Er blickte sie irritiert an und schüttelte den Kopf. »Nein, es war viel schlimmer, das Baby – es war ein Mädchen – starb, als es bereits auf der Welt war. Es war gerade zehn Tage alt. Ein Herzfehler, so wurde vermutet. Aber Ihre Mutter war schon traumatisiert, weil sie sich so lange ein Kind wünschte und zuvor in einer anderen Schwangerschaft ein Baby verloren hatte. Sie wünschte es sich so sehnlich! Ich weiß noch heute, wie glücklich sie war, als sie die Kleine schließlich in den Armen hielt …«

Carla rang um Fassung. Davon hatte sie nichts gewusst. Sie merkte, dass David sie ansah. Unwillkürlich musste sie daran denken, wie schlecht es ihr selbst nach ihrer Fehlgeburt im letzten Jahr gegangen war. Über viele Wochen war sie von tiefer Trauer erfüllt gewesen, aber ein Kind zu verlieren, das bereits auf der Welt war? Das musste furchtbar sein.

»Wissen Sie, wie das Kind hieß?«

Dr. Ludwig hob bedauernd die Schultern. »Nein, dessen entsinne ich mich leider nicht mehr. Es ist ein Nachteil meines Berufs, dass man im Laufe der Jahre so viele Gesichter sieht, dass man die Namen oft vergisst. Ich bin mir nicht einmal sicher, ob ich den Namen von der Kleinen damals überhaupt erfahren habe.«

Carla nickte. »Es ist ja auch lange her. Meinen Vater kannten Sie auch, oder? Wissen Sie, wie er mit dem Tod des Kindes zurechtkam?«

»Er war sehr, sehr traurig, aber vor allem in Sorge um Ihre Mutter. Eine Zeit lang hat er sogar befürchtet, dass sie sich etwas antun könnte.«

Ein Frösteln ergriff Carla, weil sie erfasste, wie doppelt schrecklich der Verlust von Anastasia später für ihre Mutter gewesen sein musste. Zum ersten Mal begriff sie, wo die Depressionen ihrer Mutter ihren Ursprung genommen haben mussten.

»Sie wussten nichts von dem Kind«, stellte Dr. Ludwig erstaunt fest, der sie aufmerksam beobachtet hatte.

»Nein«, gab Carla zu. »Weder meine Mutter noch mein Vater haben je darüber gesprochen.«

Dr. Ludwig rührte etwas Sahne in seinen Kaffee. »Nun ja, manchmal will man die unschönen Dinge im Leben lieber hinter sich lassen. Ich habe mich sehr gefreut, dass Ihre Mutter so schnell ein weiteres Kind bekommen hat. Es war wie ein Wunder.« Er lächelte.

David wandte ihm den Kopf zu. »Verzeihen Sie, wissen Sie noch, wann das Kind gestorben ist?«

Dr. Ludwig nickte. »Ja, das war 1940. Im November, kurz nach den schweren Luftangriffen der Deutschen auf Coventry.«

Carla hatte plötzlich das Gefühl, keine Luft mehr zu bekommen. *1940?* »Sind Sie sicher?«

»Aber ja!«

Sie dachte daran, was die alte Dame aus dem Lebensmittelladen erzählt hatte – dass ihre Eltern im Dezember 1940 mit einem gerade neu geborenen Baby von Kladow in die Stadt gezogen waren. Und noch etwas fiel ihr ein: Anfang Dezember 1940 war Edith verhaftet worden. Eine dunkle

Ahnung ergriff sie. Sie sah David an, dass er das Gleiche dachte wie sie.

»Meine Eltern haben nicht die ganzen Kriegsjahre in Kladow gelebt, oder?«, fragte sie mit belegter Stimme, um sich noch einmal zu vergewissern, ob die Mutter der Verkäuferin die Wahrheit erzählt hatte.

Dr. Ludwig schüttelte den Kopf. »Nein, kurz nachdem das Kind gestorben war, sind sie zurück in die Stadt gezogen. Selbst der Krieg konnte sie nicht daran hindern. Ich glaube, es hingen einfach zu viele schreckliche Erinnerungen mit dem Haus zusammen. Später, als die Bombennächte im Zentrum immer schlimmer wurden, sind sie dann aber doch wieder zurückgekommen. Wir hatten aber kaum Kontakt. Ihre Eltern lebten in dieser Zeit sehr zurückgezogen. Ich habe mich gefreut, dass sie noch ein Kind bekommen haben, aber es kam mir immer so vor, als hätte sie der Verlust ihrer ersten Tochter tiefgreifend verändert …«

DORA

126

8. Dezember 1940

Paul versuchte, ruhig nachzudenken. Es war kaum ein paar Stunden her, dass Edith das Haus verlassen hatte.

Dora und er mussten zurück in die Stadt, und zwar noch heute Nacht. Niemand durfte das Kind sehen, sonst würden sofort Fragen gestellt werden, denn mit Sicherheit hatte sich der Tod ihres Babys in der engeren Nachbarschaft in Kladow längst herumgesprochen. Glücklicherweise hatte er sonst noch niemand darüber informiert. Doras Depression hatte seine Aufmerksamkeit zu sehr beansprucht, als dass er dafür die Kraft und Zeit gefunden hätte.

In der Stadt – er dankte Gott, dass er die Wohnung dort immer gehalten hatte – wusste noch niemand etwas, und Dora war dort einige Male in der Schwangerschaft gesehen worden. Sie würden Annabelle einfach für Anastasia ausgeben. Trotzdem war es ein Risiko, in jeder Hinsicht. Was, wenn ihnen durch Zufall jemand aus Kladow begegnete? Wie sollten sie die Existenz des Kindes dann erklären? Falls doch irgendjemand begann, Fragen zu stellen, konnte man sehr schnell auf Edith kommen. Und dann würden die Probleme erst richtig anfangen. Nicht nur, dass sie ein fremdes Kind für ihr eigenes ausgaben, es war auch noch halbjüdisch. Sie verstießen gegen so viele Gesetze auf einmal – das Zuchthaus war ihnen sicher.

Es war vermutlich ein Riesenfehler. Er seufzte und blickte zu dem unschuldigen Baby, das von alldem nichts ahnte. Die Kleine wimmerte leise in den Armen von Dora, die sie besänftigend hin und her schaukelte. Zumindest hatten die Ereignisse seine Frau aus ihrer Apathie gerissen. Sie sah furchtbar müde aus, aber in ihr Gesicht war Leben zurückgekehrt – und ein so liebevoller Ausdruck, dass ihm angst und bange wurde. Es war nicht ihr Kind. Was, wenn Edith zurückkam? Für den Moment verbot er sich, darüber nachzudenken.

»Dora, wir müssen reden.«

Sie nickte.

»Wir haben nur eine Chance – wir müssen sie als unser Kind ausgeben und so tun, als wäre sie Anastasia, aber niemand darf uns hier sehen …« Er erklärte ihr alles, und sie hörte ihm aufmerksam zu und schien genau zu begreifen, was er meinte. Dora wirkte plötzlich wie jemand, den man aus dem Tiefschlaf gerissen und unter eine eiskalte Dusche gestellt hatte. Das Baby wimmerte noch immer. »Sie hat Hunger, die Arme. Ich werde ihr etwas zu trinken geben«, sagte sie und stand auf. Er blickte ihr hinterher, wie sie in die Küche entschwand. In diesem Augenblick hörte er den Wagen, der vor dem Haus hielt. Noch bevor sie klingelten, sah er durch einen Gardinenspalt, dass es die Gestapo war. Seine Hände wurden feucht. Bestimmt suchten sie nach Edith.

Dann hämmerten sie auch schon gegen die Tür. Er öffnete beklommen. »Ja?«

»Paul Behringer? … Wir haben einige Fragen an Sie und Ihre Frau!« Ihr Blick war bedrohlich, und sie traten einfach an ihm vorbei ins Haus.

»Worum geht es denn?«

»Sie haben einer verdächtigen und gesuchten Person vorübergehend Unterschlupf gewährt: Edith von Stettenheim.«

Paul fehlten die Worte. Er starrte die Beamten ungläubig an und wollte gerade protestieren, als Dora mit dem Baby auf dem Arm auf der Schwelle auftauchte. »Das stimmt nicht«, sagte sie mit klarer Stimme. »Mein Mann hat sie sofort des Hauses verwiesen.«

Die beiden Gestapobeamten wandten überrascht den Kopf zu ihr – genauso wie Paul.

»Sie brauchen uns nichts vorzumachen, Frau Behringer, wir wissen, dass Sie eine enge Freundin von Frau von Stettenheim sind«, sagte der eine der Gestapobeamten schließlich kalt.

Dora blickte ihn unbeeindruckt an. Etwas an ihrer Haltung erinnerte Paul plötzlich daran, wie sie vor vielen Jahren in seinem Krankenzimmer den jüdischen Arzt versteckt hatte. »Das tue ich auch gar nicht. Ich bin mit Frau von Stettenheim aufgewachsen, meine Mutter hat als Dienstmädchen im Haus ihrer Eltern gearbeitet, wir waren immer eng befreundet, aber in den letzten Jahren ist unser Kontakt weniger geworden. Und dass sie dieses Verhältnis hatte, mit diesem … Juden, das wusste ich nicht.« Sie schaffte es tatsächlich, aufrichtig empört zu klingen. Wenn Paul sie nicht besser gekannt hätte, er hätte ihr selbst geglaubt. Wie sie da stand, blond und blauäugig, mit dem Baby auf dem Arm, verkörperte sie das Ideal der deutschen Frau, das überall propagiert wurde.

Auch die Gestapobeamten schienen mit einem Mal zu zögern. »Es geht nicht nur darum, Frau von Stettenheim war auch Mitglied in einer Widerstandsgruppe, sie hat in mehrfacher Hinsicht ihr eigenes Land und Volk verraten.«

Dora schaute die beiden Männer entsetzt an. »Das ist ja furchtbar!«

»Sie hat Ihnen gegenüber nichts davon erwähnt?«, fragte einer der Männer streng.

Paul schüttelte den Kopf. »Nein, sie hat nur erzählt, dass sie jüdische Menschen unterstützt und hilft … Aber ich habe ihr gleich gesagt, dass wir damit nichts zu tun haben wollen, und sie aufgefordert zu gehen.«

Dora nickte zustimmend, während sie das Baby, das wieder aufgewacht war und unruhig wurde, in ihren Armen wog.

»Nun, damit haben Sie richtig gehandelt«, sagte der andere Gestapobeamte. »Wir werden Ihre Angaben natürlich überprüfen, aber heute wollen wir es dabei belassen. Frau von Stettenheim wurde ohnehin bereits verhaftet.«

Das Baby weinte leise. Paul nahm erleichtert wahr, dass es seiner Frau gelang, ihr Entsetzen zu verstecken. Er brachte die Beamten zur Tür.

Als er zurückkam, saß Dora auf einem Stuhl und streichelte die Kleine. Er sah, wie Tränen über ihre Wangen rollten.

»Was werden sie mit ihr machen, Paul?«

127

Drei Wochen später

Das Gebäude lag etwas abseits. Sie wusste, dass hier die Verhöre geführt wurden. Die Aufseherin stieß sie in einen Raum – nur ein großer Tisch und zwei Stühle befanden sich darin. Die Wände waren kahl und grau, genau wie der Fußboden. »Setzen!«, herrschte sie sie an. Edith leistete dem Befehl gehorsam Folge, nicht aus Angst, sondern weil sie keine Kraft verspürte, sich zu widersetzen. Beinah dankbar sank sie auf den Holzstuhl. Sie war müde, so unendlich müde …

Drei Wochen waren seit ihrer Verhaftung vergangen, die

sie sich im Lager nun in sogenannter Schutzhaft befand. Jeden Tag musste sie, angetrieben von den Schreien und Schlägen der Wächterinnen und SS-Leute, zwölf Stunden arbeiten – in einer Schneiderei, die Häftlingskleidung herstellte. Morgens und abends standen sie endlos in der Kälte beim Appell, in der Nacht schlief sie in einem pritschenartigen Bett in einer der Baracken, in denen die Gefangenen untergebracht waren, und das Essen war so wenig, dass sie ständig ein bohrendes Hungergefühl verspürte.

Die Aufseherin musterte sie. »Spiel nicht die Heldin und sag ihm, was er wissen will, sonst wirst du es schnell bereuen.« Dann schloss sich die Tür hinter ihr. Sie gehörte zu den etwas Netteren unter dem Wachpersonal. Es gab andere, denen man ansah, welche Befriedigung ihnen die Bestrafungen und Gewalt bereiteten, die sie an den Häftlingen ausübten. Edith hatte es schon mehr als einmal zu spüren bekommen.

Sie dachte an ihre Tochter. *Annabelle.* Die Trennung von ihr trieb ihr noch immer die Tränen in die Augen. Es fühlte sich an, als hätte man ihr ein Stück ihrer selbst geraubt. Dora würde sich um sie kümmern. Wenigstens das war ihr ein Trost, doch der Gedanke, dass sie Annabelles erste Schritte, die ersten Worte, die sie sprach, nicht miterleben würde, war schlimmer als die Schläge, die sie erhielt. Sie musste überleben, für ihr Kind und auch für Jules. Vielleicht würden die Engländer mit den Amerikanern eine Allianz schließen und Deutschland besiegen, so hoffte sie.

Die Müdigkeit überkam sie erneut. Einen Augenblick fühlte sie sich in Versuchung, den Kopf einfach vor sich auf dem Tisch abzulegen, als sie von der anderen Seite des Raumes ein Geräusch hörte. Erst jetzt bemerkte sie, dass sich dort eine zweite Tür befand, die jemand geöffnet hatte. Sie senkte den Blick und sah nur, wie ein Paar Männerstiefel auf sie zukam.

Furcht erfasste sie. Weshalb wollte man sie erneut verhören? Sie hatte alles gesagt.

Ein Stuhl wurde über den Boden gezogen, und jemand setzte sich ihr gegenüber.

»Hallo, Edith!«, sagte eine ihr bekannte Stimme.

Sie fuhr zusammen. Heinrich! Genugtuung schlug ihr aus seinem Gesicht entgegen. Ihr schlimmster Albtraum war wahr geworden. Kurz nach ihrer Verhaftung hatte sie damit gerechnet, ihn zu sehen, sogar befürchtet, er könnte sie selbst verhören. Als man sie dann hierherbrachte, nahm sie an, dass sie für ihn aufgehört hatte zu existieren. Während der vielen Stunden, die sie Zeit gehabt hatte nachzudenken, war ihr klar geworden, dass er wahrscheinlich schon lange alles gewusst hatte. Die Abscheu, mit der er auf ihre Schwangerschaft reagiert hatte, war ihr in Erinnerung gekommen, ebenso wie seine Fragen und Anspielungen. Wie furchtbar dumm sie gewesen war!

Unsicher blickte Edith ihn jetzt an. Ihr war klar, dass sie nicht mit seiner Gnade rechnen konnte. Sonst wäre sie nicht hier. Panik ergriff sie. Die letzten drei Wochen hatten sie zur Genüge verstehen lassen, dass die Gesetzmäßigkeiten ihres bisherigen Lebens nicht mehr existierten. Sie war eine Gefangene, die keine Rechte besaß – und er konnte mit ihr machen, was er wollte. Bei der Erkenntnis, wie ausgeliefert sie ihm war, schauderte sie.

Sie beobachtete, wie er eine dicke Akte öffnete, die vor ihm lag.

»Rassenschande, Volksverrat, politischer Widerstand und kriminelle Aktivitäten – ziemlich viel, das man dir vorwirft! Aber keine Angst, hier wird man einen besseren Menschen aus dir machen, Edith!« Sein Blick war genauso kalt wie seine Stimme.

Sie schwieg und versuchte, sich ihre Angst nicht anmerken zu lassen.

Er beugte sich über den Tisch zu ihr. »Für wie dumm hältst du mich eigentlich, dass du geglaubt hast, ich würde darauf hereinfallen? Schon als ich dich an der U-Bahn am Kaiserdamm traf, habe ich gemerkt, dass du lügst. Ich habe dich die gesamte Zeit beschatten lassen …«

Sie erstarrte. Die ganzen Monate während ihrer Schwangerschaft hatte sie immer wieder überlegt, weshalb die Gestapo Jules auf einmal verhaftet hatte. Es war ihre Schuld, nur durch sie war Heinrich auf alles gekommen. Tränen stiegen ihr in die Augen, sie dachte an Jules, und auch Emil und Henry … Hoffentlich war wenigstens Eva und Andrik die Flucht gelungen.

Heinrich war aufgestanden und kam um den Tisch herum auf sie zu. »Schau dich an, was aus dir geworden ist!« Er legte seine Hand unter ihr Kinn und zwang sie mit grobem Griff, ihn anzusehen. Plötzlich wurde sein Gesichtsausdruck milder – vermutlich hatte er diese unvermittelten Stimmungswechsel für seine Verhöre trainiert. »Es gibt niemanden außer mir, der dich hier schützen kann, das verstehst du doch, oder?«

Sie sah ihn an, und das Einzige, woran sie denken konnte, waren Annabelle und Jules, denn sie ahnte, was auf sie zukam. Er war nicht hergekommen, um sie zu verhören.

»Antworte mir«, herrschte Heinrich sie an. Seine Halsschlagader pochte, und einen Augenblick glaubte sie, er würde sie schlagen.

»Ja, das habe ich verstanden.«

Er ließ ihr Kinn wieder los, und seine Hand glitt stattdessen ihren Hals hinunter, legte sich einen Augenblick um ihre Kehle, als wollte er ihr noch einmal deutlich machen, was geschehen würde, wenn sie sich wehrte. »Du wirst es wiedergutmachen!«, sagte er und begann ihre Häftlingsjacke aufzuknöpfen. Ein hungriger Ausdruck zeigte sich in seinen Augen, als er sie anstarrte. Ohne den Blick von ihr zu nehmen, schnallte er seinen Gürtel mit der Waffe ab.

128

Berlin

Die ersten Wochen waren seltsam für Dora gewesen – es fiel ihr schwer, die Kleine mit Anastasia anzusprechen, sie tatsächlich den Platz ihrer toten Tochter einnehmen zu lassen, während in ihr gleichzeitig ein so tiefes Gefühl für das Baby entstand, als wäre es ihr eigenes. Noch in derselben Nacht, als die Gestapo bei ihnen auftauchte, waren sie mit ein paar Sachen nach Berlin gefahren. Genau wie in Kladow hatten sie in ihrer alten Wohnung bereits vor der Geburt ein Kinderzimmer eingerichtet, und fast war es so, als wären sie nun wirklich mit ihrer Tochter zurückgekehrt.

Manchmal weinte das Baby, es schien den Verlust seiner Mutter zu spüren und den Geruch ihrer Haut und Klang ihrer Stimme zu vermissen. Dora hielt Annabelle so oft es ging in ihren Armen und nahm sie nachts mit zu sich ins Bett. »Sie braucht das, sie wird fühlen, dass sie ihre Mutter verloren hat!«, sagte sie bittend, und Paul nickte nur. Er war distanzierter als sie, doch sie merkte, dass ihn die Kleine tief in seinem Inneren genauso rührte.

Wann immer sie in der ersten Zeit mit dem Kind unterwegs war, sprachen sie Nachbarn und Menschen an, selbst solche, die sie nur vom Sehen kannten.

– *»Ich gratuliere.«*

– *»Was für ein süßes Ding.«*

– *»Ein Mädchen? Ach, sie kommt ganz nach Ihnen.«*

Dora lächelte, nahm die Kleine auf den Arm, um sie zu zeigen, und erzählte, dass sie Anastasia hieß, und jedes Mal, wenn sie das tat, begann sie, mehr und mehr zu ihrer Tochter zu werden. Sie liebte das Baby schon bald, als wäre es ihr eigenes Kind, vielleicht sogar mehr, weil seine Existenz sie wie ein unerwartetes Geschenk aus der tiefsten Verzweiflung gerissen hatte.

Jedes Mal, wenn sie die Kleine ansah, erinnerte sie sich aber auch an Edith. Der Gedanke, was mit der Freundin geschehen war, quälte sie so sehr, dass sie einmal sogar bei Maximilian anrief.

»Man hat mich nur informiert, dass sie in irgendein Lager gekommen ist, aber selbst das interessiert mich nicht – Edith existiert für mich nicht mehr«, ließ er sie kalt wissen.

In ein Lager … Dora fielen sofort die vielen furchtbaren Geschichten ein, die man darüber hörte. In ihrer Naivität hoffte sie, dass man Frauen vielleicht nicht mit der gleichen Härte behandelte, aber als sie ihren Bruder bei einem ihrer seltenen Treffen – es war nach Weihnachten, und er hatte der Kleinen sogar ein Geschenk mitgebracht – dazu befragte, schüttelte er nur den Kopf. »Da gibt's keinen Unterschied: Wer zum Verräter an unserem Reich und dem Führer wird, der verdient keine Gnade, ob nun Frau oder Mann.«

Die Kehle hatte sich ihr bei seinen Worten zugeschnürt, und sie war froh, dass sie ihm nichts von Ediths Verhaftung erzählt hatte. Seine Genugtuung, schließlich hatte er die Freundin noch nie gemocht, hätte sie nicht ertragen.

Im Nachhinein ergab plötzlich so vieles einen Sinn – Ediths Zweifel, ihr Gefühl, dass man helfen und etwas gegen Hitler tun müsste. Dora erinnerte sich an all ihre Gespräche.

Dennoch hätte sie niemals gedacht, dass Edith und Jules heimlich ein Paar geworden waren – ihre engste Freundin und der Mann, der ihr das Leben gerettet hatte! Ich würde alles tun, um ihr Kind zu schützen, dachte sie und beugte sich bei diesem Gedanken über Anastasias Bettchen und hob sie hoch. Die Kleine stieß einige Laute aus und lächelte sie an. Langsam entstand eine echte Bindung zwischen ihnen.

Manchmal war sie allerdings in Sorge, ob sie das Kind in Berlin auch vor den äußeren Gefahren würde behüten können. Im Gegensatz zu Kladow war der Krieg hier spürbar. Nachts wurden sie oft vom Sirenengeheul des Fliegeralarms geweckt. Drei lange Töne für den Voralarm, dann hatten sie und Paul gerade genug Zeit, sich schnell anzuziehen und mit Anastasia und dem Luftschutzkoffer hinunter in den Keller zu hasten. Über Stunden verharrten sie dort mit den anderen Hausbewohnern. Von fern hörte man dabei das Flakfeuer und Motorengeräusche der herannahenden feindlichen Flieger – ein vibrierendes Summen, das immer lauter wurde, und wenig später dann die Explosionen, ein schreckliches Krachen, unter dem die ganze Stadt zu erzittern schien. Die anderen Kinder weinten, doch Anastasia blieb meistens still und griff nur nach ihrem Finger. Aber an der Art, wie fest sie ihn hielt und nicht mehr losließ, erkannte Dora ihre Angst.

»Das wird nicht besser werden!«, sagte Frau Dachner aus dem Lebensmittelladen nach einer solchen durchwachten Nacht einmal zu ihr, als sie bei ihr einkaufte. »Da sehnen Sie sich manchmal wahrscheinlich nach Ihrem friedlichen Kladow zurück, was?«

»Ach, es geht doch noch«, sagte Dora leichthin und hoffte, dass man ihr nicht anmerkte, wie sehr sie solche Bemerkungen fürchtete, denn natürlich war es seltsam, dass sie hierher zurückgekommen waren.

129

Es war nie vorhersehbar, wann und wie oft Heinrich kam, aber er verlangte immer, sie zu sehen. Sie fragte sich, ob die Lagerführung und Aufseherinnen wirklich glaubten, er würde sie so oft verhören. Wahrscheinlich interessierte einfach niemanden, was mit ihr geschah, und Heinrich war ohnehin mächtig genug, tun zu können, was er wollte.

Edith ließ es über sich ergehen. Manchmal war er grob und behandelte sie wie ein billiges Straßenmädchen, fast als machte es ihm Spaß, sie zu erniedrigen, dann wieder wollte er, dass sie ihn küsste, zärtlich war, und sprach mit ihr, als wären sie ein Liebespaar. »Du hättest alles von mir haben können. Warum hast du dein Land verraten und das, woran ich glaube?«, sagte er oft anklagend, und sie blieb still. Von anderen Insassinnen wusste sie, wie brutal und grausam er bei seinen Verhören sein konnte, doch er schlug sie nie. Edith hoffte und fürchtete in gleichem Maße, dass er eines Tages von ihr genug haben würde, denn sein Schutz sicherte ihr Überleben. Als er sie das erste Mal gezwungen hatte, sich ihm hinzugeben, hatte er wortlos die Striemen auf ihrem Rücken betrachtet, die ihr eine der Aufseherinnen zugefügt hatte. Danach war sie nie wieder in dieser Weise geschlagen worden. Oft gab er ihr auch etwas zu essen, das sie hungrig zu sich nahm.

Dennoch merkte sie, wie mit den Wochen und Monaten, die dahingingen, ihr Wille zu überleben schwächer wurde. Immer schwerer fiel es ihr, das Bild ihrer kleinen Tochter in ihrem Inneren zu bewahren, es vor ihre Augen zu zwingen, genauso wie das von Jules. In den Nächten weinte sie voller Verzweiflung, weil sie Scham und Ekel über sich selbst empfand, doch irgendwann versiegten auch die Tränen. Etwas brach in ihr. Es war, als würde ihr die Welt dort draußen langsam entgleiten und mit ihr sie selbst. Die Monate verstrichen, und die harte körperliche Arbeit, das Appellstehen davor und danach, bei dem sie oft gegen die Ohnmacht kämpfte, die Erniedrigungen, die Tritte, die ständige Angst und Furcht vor den Aufseherinnen wie vor Heinrich, das alles ließen sie eine immer stärkere Erschöpfung und Leere in sich fühlen. Sie sehnte sich nach Ruhe und Frieden, nach einem Platz, an dem es kein Leid, keine Grausamkeit und Ungerechtigkeit gab – und nach Stille. Die Töne und Geräusche im Lager waren wie eine eigene Folter – die Schreie und das Schluchzen der Gefangenen, das Klatschen der Riemen, die kreischenden und dann wieder brüllenden Stimmen der Aufseherinnen und SS-Leute, die niemals Gnade kannten …

Als der Husten kam, ignorierte Edith ihn. Sie wusste, dass sie nicht krank werden durfte. Aus der Krankenbaracke kam man nicht zurück. Aber dann eines Morgens, es war ein kalter Tag, und der Wind pfiff durch ihre Kleidung, war ihr so unendlich heiß. Ihre Stirn glühte, und sie wankte auf dem Weg zum Appellplatz. Vielleicht war es gut, wenn einfach alles vorbei sein würde … Olga, eine der polnischen Frauen, die neben ihr lief, griff sie am Arm. »Was ist mit dir? Du bist ja krank«, sagte sie dann erschrocken, als Edith auch schon merkte, wie ihr schwarz vor Augen wurde und ihr im selben Augenblick die Sinne schwanden.

130

Berlin 1943

Anastasia streckte, die eine Hand am Gitter des Treppengeländers, mit konzentrierter Miene vorsichtig ihren Fuß vor und stieg die Stufe hinunter. Dann blieb sie stehen und nahm die nächste in Angriff. Eine nach der anderen. Eine Locke fiel ihr dabei in die Stirn.

»Das machst du ganz toll, mein Liebling!«, sagte Dora mit einem Lächeln, die unten am Treppenabsatz stand und sie in die Arme schloss.

Die Kleine blickte sie stolz an, und Dora küsste sie. »Komm, mein Schatz, jetzt gehen wir einkaufen!«

»Milch kaufen«, sagte Anastasia ernst.

»Ja, Milch und Obst und unser Abendessen, Schätzchen.«

»Und Bonbon!«

Dora lachte, denn das Wort gehörte mit zu den ersten, die Anastasia gelernt hatte, weil Frau Dachner, die Besitzerin des Lebensmittelladens, ihr regelmäßig einen schenkte. Sie strich Anastasia liebevoll über das Haar. Sie war jetzt zweieinhalb und machte jeden Tag neue und große Sprünge in ihrer Entwicklung und Sprache. Doch der schönste und besonderste Tag würde für Dora wohl immer der bleiben, als Anastasia sie eines Morgens mit einem Strahlen angesehen und *Mama* zu ihr gesagt hatte. Wie sehr sie sie liebte!

Die Kleine griff nach ihrer Hand, und sie machten sich auf den Weg zum Lebensmittelladen, der gleich an der Ecke war.

Unten am Kiosk streifte Doras Blick die Zeitungen – der Krieg, der inzwischen ins vierte Jahr ging, bestimmte wie immer die Schlagzeilen. Auf dem halben Erdball kämpfte man gegeneinander – in Afrika genauso wie in Asien und Europa. Deutschland befand sich seit zwei Jahren nun auch noch im Krieg mit der Sowjetunion, die man in der Hoffnung auf einen schnellen Sieg angegriffen hatte, doch danach sah es inzwischen nicht mehr aus. In Stalingrad hatte die sowjetische Armee nach langen und erbitterten Kämpfen gerade die Wehrmacht geschlagen.

Deutschland geriet mehr und mehr unter Druck, auch wenn das keiner laut sagen durfte. Dora hoffte einfach nur noch, dass der Krieg endlich ein Ende fand.

Sie stellte sich in die Schlange vor dem Lebensmittelladen. In der Scheibe prangte ein Schild: *Einkauf für Juden nur zwischen 16:00 – 17:00 erlaubt.*

Unwillkürlich fasste Dora die Hand der Kleinen fester. Sie verbot sich, daran zu denken, dass all diese schrecklichen Verordnungen auch für Anastasia galten, sollte jemals herauskommen, wer sie wirklich war. Juden mussten inzwischen einen gelben Stern tragen, und immer mehr von ihnen wurden abgeholt – zur Deportation in den Osten. Anfangs hatten sie alle noch geglaubt, dass sie nur umgesiedelt wurden, aber inzwischen gab es zu viele Gerüchte, was wirklich mit ihnen geschah. Dora verdrängte die furchtbaren Gedanken daran.

Frau Dachner begrüßte sie, als sie endlich an der Reihe war, und sie reichte ihr ihre Lebensmittelkarte. Die Rationen von Brot und Fleisch waren im letzten Jahr stark reduziert worden. Mit Wehmut dachte Dora manchmal an ihren Garten in Kladow zurück, in dem sie selbst Gemüse und Obst angepflanzt hatte.

»Und der ist für dich, meene Kleene!«, sagte die Verkäuferin und reichte Anastasia zum Abschied wie erwartet einen Lutschbonbon.

Die Kleine strahlte.

Auf dem Rückweg kam ihnen der Briefträger entgegen. »Post für Sie, Frau Behringer!«

Er drückte ihr vor der Haustür zwei Briefe in die Hand. Der eine trug den Absender von Maximilian von Stettenheim, stellte sie überrascht fest. Zurück in der Wohnung, setzte sie sich an den Küchentisch und öffnete den Umschlag.

Liebe Dora,
es tut mir leid, Dir eine traurige Mitteilung machen zu müssen, die ich Dir angesichts Deiner langen und engen Freundschaft mit Edith nicht vorenthalten möchte. Ich habe heute mit einigen Wochen Verzögerung die Nachricht erhalten, dass Edith in ihrer Haft im Konzentrationslager verstorben ist.

Ich wünschte, es wäre anders gekommen.

Maximilian von Stettenheim

Voller Entsetzen starrte Dora auf die Zeilen vor sich. *Edith war tot?* Nein, das konnte nicht sein. Sie schluchzte auf, und der Schmerz, der sie durchfuhr, war so groß, dass sie glaubte, ihn nicht ertragen zu können. Bilder der Erinnerungen stiegen vor ihren Augen auf – sie sah die Freundin vor sich, wie sie als Kind mit ihr zusammen oben auf der Galerie im Haus der Theußenbergs heimlich die Erwachsenen beim Tanzen beobachtet hatte, in der Schule, als sie gegen Lisa Meyenburg für sie Partei ergriffen hatte, und später als strahlende junge Frau, von Männern umworben.

Sie weinte bitterlich, als sie sich entsann, wie sie beide sich einst als kleine Mädchen auf dem Dachboden mit einer Nadel in den Finger gestochen und ewige Freundschaft geschworen hatten. Sie hatte Edith geliebt wie eine Schwester. Weinend sank sie mit dem Kopf vor sich auf den Tisch. Ihre Schultern bebten, als sie plötzlich spürte, wie jemand sie am Ärmel zog.

»Mama, Mama!?«

Sie blickte auf. Anastasia starrte sie erschrocken an.

Dora zog das Mädchen in ihre Arme. »Jemand, den ich sehr geliebt habe und der dich sehr geliebt hat, ist von uns gegangen«, erklärte sie dann, obwohl sie nicht sicher war, ob die Kleine sie verstand.

Das Kind strich ihr über die feuchte Wange und drückte sich eng an sie, als wollte es sie trösten. »Mama, nicht weinen …«

»Ich liebe dich, mein Schatz«, flüsterte Dora und hielt sie ganz fest in ihren Armen. Sie schämte sich, dass ihr ausgerechnet in diesem Augenblick bewusst wurde, dass Anastasia nun tatsächlich für immer ihre Tochter sein würde.

CARLA

131

Sie waren beide einen Moment still, nachdem sie sich von Dr. Ludwig verabschiedet hatten und ins Auto gestiegen waren.

»Ich kann es nicht glauben, aber es passt alles zusammen«, sagte Carla schließlich zu David. »Ende November 1940 verliert meine Mutter das Kind, obwohl zu dieser Zeit eigentlich meine Schwester geboren wurde. Am 8. Dezember wirft Maximilian von Stettenheim Edith mit ihrer kleinen Tochter aus dem Haus, und genau zu dieser Zeit ziehen meine Eltern plötzlich wieder nach Berlin und tauchen dort mit einem neugeborenen Baby auf …«

David nickte. »Deine Mutter war ihre engste Freundin, es wäre normal gewesen, wenn sie sich an sie gewandt hätte. Dann wäre Anastasia Jules' Tochter!«, fügte er hinzu.

»Und gar nicht meine leibliche Schwester«, sagte sie mit belegter Stimme. Die Erkenntnis schmerzte überraschend stark. Hatte Anastasia sich deshalb nie bei ihr gemeldet? Doch noch viel mehr beschäftigte sie die Frage, warum ihre Eltern überhaupt nach England gegangen waren. Plötzlich bekam der übereilte Umzug und die Tatsache, dass sie niemandem ihre Adresse hinterlassen hatten, eine ganz neue Bedeutung. War Edith bei ihnen aufgetaucht und hatte ihre Tochter zurückhaben wollen? Hatten ihre Eltern Anastasia vielleicht sogar entführt, weil sie sie nicht wieder zurückgeben wollten? Sie war damals fünf Jahre alt gewesen, und sie hatten bestimmt eine sehr enge Bindung zu ihr aufgebaut. Gedanken und Spekulationen tobten durch Carlas Kopf.

Sie sah David an, dass es ihm nicht anders erging.

»Dann ist Anastasia weggelaufen, weil sie herausbekommen hat, dass sie gar nicht das Kind meiner Eltern war«, mutmaßte Carla. Beklommen wurde ihr bewusst, wie schrecklich dieser Moment für Anastasia gewesen sein musste.

»Ja, und sie hat erfahren, dass Edith ihre Mutter ist. Deshalb hat sie in Berlin Nachforschungen nach ihr angestellt. Nur eines wusste sie offenbar nicht … dass Jules ihr Vater ist«, stellte David grübelnd fest.

Er hatte recht, denn sonst hätte Anastasia ihn gesucht und Kontakt mit ihm aufgenommen, ging es Carla durch den Kopf. Sie seufzte. »Aber das alles erklärt trotzdem nicht, was 1946 mit Edith geschehen ist und warum Heinrich Raven nach meinen Eltern gesucht hat!«

»Nein«, gab David zu.

132

Zum ersten Mal hatte Carla das Gefühl, dass sich die vagen Konturen und Umrisse dessen, was damals geschehen war, abzuzeichnen begannen. Als sie sich am Abend mit David auf den Weg in die Philharmonie machte, musste sie immer wieder an Anastasia denken. Selbst wenn sie nicht die gleichen leiblichen Eltern hatten, sie würde trotzdem genauso ihre Schwester bleiben. Das hätte sie ihr gerne gesagt.

Als sie aus dem Taxi stiegen, blickte sie zu David. Er trug einen Anzug – selbst in der eleganten Kleidung behielt er seine Lässigkeit, und sie erinnerte sich auf einmal an das Fest in London bei Phil Harrison, als sie ihn dort auch schon einmal so gesehen hatte. Nicht einmal drei Wochen lag dieser Abend zurück. Wie sehr sich ihr Leben seitdem verändert hatte!

Menschenströme waren auf dem Weg in die Philharmonie – das Konzert war ausverkauft. David und sie hatten Plätze direkt vor dem Podium, das sich im Zentrum des Saals befand und um das herum das Publikum auf mehreren verschachtelten Ebenen saß.

Gebannt lauschte sie schon bald dem Konzert, in dessen Mittelpunkt Jules' Auftritt stand. Schon bei ihrer Begegnung im Hotel hatte Carla seine Persönlichkeit beeindruckend gefunden, aber auf der Bühne entfaltete sich nun sein gesamtes Charisma. Sein Alter schien von ihm abzufallen, als er spielte und die Augen dabei voller Leidenschaft und Hingabe schloss, während der Bogen bald sanft über die Saiten seiner Violine strich, dann wieder tanzte und tobte und er dabei eins mit der Musik wurde. Wie ein Funke sprang sein Spiel von ihm auf das Publikum über und ging mit ihm eine Verbindung ein, die etwas Magisches hatte. Carla merkte, wie sie fortgetragen wurde in eine andere Welt, in der Töne und Melodien tief in ihr Emotionen berührten und sie für Augenblicke alles andere vergessen ließen. David hatte ihre Hand gegriffen. Als sie ihm den Kopf zuwandte und ihn anlächelte, erkannte sie, dass er das Gleiche fühlte wie sie.

Später holten sie Jules von seiner Garderobe ab, wo er noch Autogramme gab. Menschen drängten sich davor. Er wirkte ein wenig müde und erschöpft, aber seine Augen glänzten.

Als junger Mann hatte er in Berlin beim Philharmonischen Orchester gespielt und 1933 dort Berufsverbot bekommen, weil er Jude war, wusste sie von David. Sie fand es plötzlich ein schönes Gefühl, dass er heute in genau derselben Stadt so von den Menschen umjubelt wurde.

»Danke, dass Sie mir das Geschenk gemacht haben, Sie spielen hören zu dürfen«, sagte sie später zu ihm. »Es war wundervoll!«

Er lächelte. »Da müssen Sie vor allem Beethoven danken. Aber ich freue mich, dass Sie Freude daran hatten«, erwiderte er bescheiden.

»Wart ihr nicht schon beim *Du?*«, fragte David mit hochgezogenen Brauen.

Sie lachten.

Jules hatte in einem französischen Restaurant einen Tisch reserviert. Sie unterhielten sich entspannt, aßen und ließen das Konzert etwas nachklingen, bevor sie schließlich auf ihre Nachforschungen über Edith zu sprechen kamen.

»Du hast mir nie erzählt, dass sie verhaftet wurde und auch im KZ war«, sagte David zu ihm.

Ein erstaunter Ausdruck zeigte sich in Jules' Augen. »Nein, vielleicht, weil ich es selbst verdrängt habe, dass sie damals so leiden musste«, gab er zu. »Während meiner Gefangenschaft habe ich immer gehofft, dass sie aus Deutschland weggegangen ist.« Er schaute David prüfend an. »Aber ich dachte auch nicht, dass diese Zeit für deine Nachforschungen von Bedeutung ist. Das alles lag ja hinter uns, als Edith und ich uns nach dem Krieg wiedergesehen haben.«

»Möglicherweise spielt es eine Rolle«, erwiderte David zögernd.

»Es gibt so viele Dinge, die nicht zusammenpassen«, versuchte Carla Jules zu erklären. »Seltsamerweise behaupten mein Vater und auch der Bruder meiner Mutter zum Beispiel, dass Edith bereits 1943 verstorben sei.«

Jules trank einen Schluck von seinem Bordeaux, bevor er

David und sie anblickte. »Nun ja, das ist im Grunde gar nicht so seltsam, denn sie war auch tot«, sagte er dann. »Zumindest offiziell.«

Er bemerkte Carlas und Davids verwirrte Mienen. »Ich muss vor 1943 anfangen, damit ihr das versteht. 1940, als ich verhaftet wurde«, begann er und erzählte dann, was damals geschehen war, wie Edith und die anderen die Arbeit der Gruppe fortgesetzt hatten und glaubten, ihn bei dem Gefangenentransport befreien zu können, und am Ende selbst ins KZ gekommen waren. Ein Schatten lag auf seinem Gesicht, während er sprach. »Es war schrecklich. Edith wurde in einem Frauenlager inhaftiert und dort 1943 sehr, sehr krank«, berichtete Jules. »Eine Lungeninfektion. Das Leben im Lager hing an vielen seidenen Fäden, aber wenn man gesundheitlich einmal ernsthaft in Mitleidenschaft gezogen war, glich das einem Todesurteil. Man wurde nicht wieder gesund.«

David und Carla hatten ihm beklommen zugehört. »Aber dennoch hat Edith überlebt …?«, sagte Carla.

Jules nickte angespannt. »Heinrich Raven war ihr Verderben, aber in diesem Fall auch ihr Glück. Er wollte sie nicht verlieren. Auf seine kranke Weise hat er sie wahrscheinlich geliebt. Er sorgte dafür, dass sie die richtige medizinische Behandlung bekam. Sie wurde gesund, blieb aber geschwächt. In Ravensbrück hätte sie nicht überlebt, doch selbst Heinrichs Macht war nicht groß genug, sie dort wieder rauszuholen. Deshalb ließ er ihren Namen und ihre Häftlingsnummer heimlich mit denen einer toten Gefangenen vertauschen. Mit dieser neuen Identität wurde Edith in ein Außenlager gebracht, wo er Aufseher und Kommandanten kannte, die ihm wohl etwas schuldig waren und sie mehr schonten. Edith musste zwar weiter als Zwangsarbeiterin in einer Fabrik arbeiten, aber unter erträglicheren Bedingungen, und sie befand sich näher an Berlin und seinem Einfluss. Sie hielt auch eine Weile durch, aber 1945, bei Ende des Krieges, bekam sie erneut eine Lungenentzündung.«

Einen kurzen Moment lang war es still am Tisch.

»Dann könnte es sein, dass meine Eltern 1943 wirklich geglaubt haben, dass sie tot ist«, sagte Carla schließlich nachdenklich.

Jules nickte.

»Und was ist 1945 dann geschehen?«, fragte David. »Wie kam Edith nach New York?«

Jules strich sich durch sein graues Haar. »Sie hatte großes Glück. Sie war schwer krank. Nachdem klar war, dass die Russen vor Berlin standen, suchten Aufseher und Kommandanten des Lagers das Weite. Auch Heinrich. Edith, die ihre eigene Schwäche fühlte, schrieb ihren Mädchennamen auf ein Stück Papier und dazu die Adresse ihrer Eltern in der Schweiz und die ihres Bruders in Amerika. Diesen Zettel trug sie immer bei sich, damit man wusste, an wen man sich wenden sollte, falls ihr etwas passierte. Nach der Befreiung kam sie schließlich in ein Lazarett, aber die medizinische Versorgung war sehr schlecht. Es gab ja kaum Medikamente. Sie hat mir später erzählt, dass sie sich an diese Zeit kaum erinnert. An irgendeinem Tag musste sie das Gefühl gehabt haben, dass es ihr besser ging. Das Fieber war zurückgegangen, und sie wollte einfach nur weg.

Aber in Berlin war nichts mehr, wie es war. Die ganze Stadt war ja zerbombt und Edith viel kränker, als ihr bewusst war. Sie brach auf der Straße zusammen, und es war ihr Glück, dass sie von einer amerikanischen Patrouille gefunden wurde – die Amerikaner hatten in diesen Tagen gerade die Stadt erreicht –, die ein Major begleitete. Sie erweckte das Mitleid des Mannes, der den Zettel bei ihr entdeckte. Der Major strengte Nachforschungen an. Er fand heraus, dass ihre Eltern in der Schweiz nicht mehr lebten, aber ihr Bruder Carl an der Seite der Amerikaner als Offizier gekämpft hatte. Wie sich später herausstellte, war er in den letzten Kriegstagen gefallen, aber zu diesem Zeitpunkt war das noch nicht bekannt. Edith war so krank, dass sich der Major dafür einsetzte, sie nach Amerika zu bringen, da sie in Deutschland nicht die nötige medizinische Behandlung erhalten konnte. Und so kam sie nach New York …«

Er schwieg, aber man sah ihm an, wie sehr die Erzählung über Edith die Erinnerung an sie in ihm wieder zum Leben erweckt hatte.

»Und dort seid ihr euch wieder begegnet«, sagte David schließlich.

Ein Lächeln glitt über Jules' Gesicht. »Ja, dort sind wir uns wieder begegnet, einige Monate später, es war wie ein Wunder …«

EDITH

133

New York, Winter 1945/46

Sie betrachtete das Zimmer, in dem sie lag, und versuchte sich ins Bewusstsein zu rufen, dass der Albtraum vorbei war und sie sich weit entfernt von Deutschland befand, aber es gelang ihr nicht. Die letzten Monate waren nur vage und schemenhaft in ihrer Erinnerung, die Zeit, die davor lag, dafür umso deutlicher. Sein Gesicht verfolgte sie im Schlaf. Sie schloss die Augen. Er konnte ihr nichts mehr tun! Ungefähr zwei Wochen, bevor die Russen gekommen waren, war er einfach verschwunden. Schon in den Monaten davor hatte sie seine gelegentliche Nervosität und zunehmende Angst bemerkt. »Du wirst dich daran erinnern, dass du nur wegen mir noch lebst und ich immer versucht habe, dich gut zu behandeln, nicht wahr?«, hatte er sie gefragt, und sie hatte genickt, weil ihr nichts anderes übrig geblieben war. Sie wusste, hätte sie die Möglichkeit gehabt, sie hätte ihn getötet. Er hatte ihr zu essen und Medikamente gegeben, dafür gesorgt, dass sie überlebte, aber das, was er ihr angetan hatte, würde sie ihr Leben lang wie eine schwelende Wunde in sich tragen. Er hatte sie benutzt, gedemütigt, vier lange Jahre … Als er verschwand, war sie bereits krank gewesen. Sie lag in einer der Baracken jenseits des Fabrikgeländes mit den anderen, die wie sie zu schwach zum Fliehen waren, und man hörte draußen auf den Straßen die

Schüsse der Maschinengewehre und die Explosionen. Über Tage war das so gegangen. Irgendjemand hatte ihr ein bisschen zu trinken und etwas vertrocknetes Brot dagelassen, und schließlich waren die Russen gekommen. Danach gab es große Lücken in ihrer Erinnerung. Sie entsann sich nur noch des Lazaretts – ein großes Zelt, das sie irgendwo in der Stadt aufgeschlagen hatten –, an die Trümmer und an den Major, der sie hochgehoben hatte. Dann war das Fieber wiedergekommen. Menschen hatten sich über sie gebeugt, man gab ihr Sauerstoff, und später befand sie sich in einem Flugzeug. Die Leute sprachen eine andere Sprache, hatte sie verwundert festgestellt.

Als sie wieder zu sich kam, war sie in einem Krankenhaus gewesen, in einem echten, in dem man die Menschen nicht quälte, sondern ihnen wirklich half, und sie war in einem anderen Land. Es war alles so sauber, so still und weiß um sie herum, dass sie erschrak. Man versuchte ihr begreiflich zu machen, wo sie war. Eine der Schwestern, die etwas Deutsch sprach, kümmerte sich um sie. Edith erzählte ihr, was hinter ihr lag. In den Augen der Schwester standen Tränen – und ihr wurde bewusst, wie lange sie in einer Welt ohne Mitgefühl gelebt hatte.

Die Schwester war es auch, die ihr später von dem Tod ihrer Familie erzählte. Ihre Eltern in der Schweiz lebten nicht mehr, und Carl war gefallen. Von keinem von ihnen hatte sie sich verabschieden können …

Ein Anwalt kam und erklärte ihr, dass sie als Erbin im Testament ihres Bruders eingesetzt sei. Sie weinte und hatte das Gefühl, erneut in eine tiefe Dunkelheit gerissen zu werden. Man bot ihr an, mit einem Psychiater zu reden, aber sie lehnte ab. Wie sollte sie über das, was sie erlitten hatte, je mit jemandem sprechen? Am Ende blieb ihr nichts, dachte sie, denn auch Jules war tot. Heinrich hatte es ihr einige Monate vor Kriegsende mitgeteilt. *»Mach dir keine Hoffnungen auf ein Wiedersehen. Er ist schon im letzten Jahr umgekommen«*, hatte er voller Grausamkeit gesagt.

Nun war sie allein! Es gab keine Familie mehr, keinen Mann, den sie liebte – alles war ihr genommen worden. Sie verspürte in sich eine schreckliche Leere. Nur der Gedanke an Annabelle hielt sie noch aufrecht. Doch sie wusste nicht einmal, ob Dora und Paul mit ihrer Tochter überlebt hatten oder ob sie auch, wie so viele, durch einen der Bombenangriffe getötet worden waren. Berlin war fast völlig zerstört worden – ein Ruinen- und Trümmerfeld. Edith hatte Fotos in einer amerikanischen Zeitung gesehen und nicht glauben können, dass das die Stadt war, in der sie aufgewachsen war. Es gab keinen Strom, keine Telefonverbindung, und Post zu schicken war aussichtslos. Ohnehin war Edith zu dieser Zeit noch so schwach, dass sie kaum ein paar Schritte gehen konnte. Ihre Lunge war durch die Monate der Krankheit nach wie vor stark in Mitleidenschaft gezogen.

In einer Nacht träumte sie dann von einem kleinen Mädchen – es lachte und streckte seine Arme nach ihr aus, und Edith wusste, dass es Annabelle war. Fünf Jahre wäre sie jetzt fast alt, wurde ihr klar, als sie mit klopfendem Herzen erwachte. Nach diesem Traum wuchs ihre Zuversicht, dass ihre Tochter noch lebte. Sie musste zu ihr, sie musste noch einmal zurück nach Deutschland.

Zum ersten Mal ließ sie sich in diesen Tagen einen Spiegel geben. Sie weinte, als sie sich sah, denn sie erkannte sich selbst nicht mehr. Die Frau, die ihr entgegenblickte war eine Fremde: blass, abgemagert, die Augen unterhöhlt und das Gesicht gezeichnet von dem, was sie durchlitten hatte. Furchterregend wirkte sie. Wie sollte sie so je ihrer Tochter gegenübertreten?

Doch etwas in ihr war erwacht, der Wille zu kämpfen, weil sie plötzlich ein Ziel hatte, nämlich Annabelle wiederzusehen. Edith zwang sich zu essen, zu schlafen, sich zu bewegen und täglich ein paar Schritte mehr zu gehen. Tag für Tag ging es ihr besser. Die Ärzte waren zufrieden, und man hatte sie schließlich zu ihrer weitergehenden Regeneration in ein Sanatorium überwiesen.

Das war einige Wochen her, und inzwischen fühlte sie, dass ihre Kraft langsam wieder zurückkehrte. Ihr Gesicht war noch immer schmal, aber die Augen weniger unterhöhlt, und die Haut hatte ein wenig von ihrem einstigen rosigen Teint zurückbekommen. In wenigen Tagen sollte sie nun entlassen werden.

Der Anwalt, der sie über ihre Erbschaft informiert hatte, kam an diesem Nachmittag. Er hatte ihr eine Reihe von Papieren gebracht und auch ihren neuen Ausweis mit dem Visum, etwas Geld und den Schlüssel von Carls Wohnung in New York. »Sie können die Mietwohnung jederzeit kündigen, aber es ist ein schönes Apartment an der Upper West Side. Ich denke, Sie sind bestimmt froh, erst einmal eine Bleibe zu haben«, sagte er. Er sprach fließend Deutsch. Nicht zum ersten Mal fiel ihr das auf, doch heute wollte Edith wissen, warum.

»Woher stammen Sie ursprünglich?«

Er zögerte und nahm seine Brille ab. »Frankfurt. Ich bin 1938 emigriert.«

»Da haben Sie gut dran getan«, sagte sie leise.

Er nickte mit ernster Miene und wirkte dabei fast ein wenig schuldbewusst. »Wenn ich Ihnen irgendwie helfen kann, egal wobei, lassen Sie es mich bitte wissen. Bleiben Sie hier«, riet er ihr. »Es ist ein schönes Land, es ist frei …«

»Ich werde hierbleiben«, erwiderte Edith. »Aber ich muss vorher noch einmal nach Deutschland zurück.«

Er schüttelte den Kopf. »Sind Sie sicher? Da ist nichts mehr, kein Stein steht mehr auf dem anderen.«

»Ich weiß, aber es gibt noch etwas, dass ich dort zu erledigen habe.«

Er verabschiedete sich schließlich. Erst, als er gegangen war, sah sie, dass er seine Tageszeitung vergessen hatte. Sie blätterte sie durch. Auf den ersten Seiten ging es noch immer um die Kriegsfolgen, die die Welt wohl noch einige Jahre in Atem halten würden. Edith blätterte weiter, doch nicht nur mit der Sprache, sondern auch mit dem Inhalt der Zeitung wusste sie wenig anzufangen – vier lange Jahre war sie vom Weltgeschehen ausgeschlossen gewesen. Alles war ihr fremd geworden. Edith wollte die Zeitung wieder weglegen, als ihr Blick unten auf der Kulturseite für die Stadt New York hängen blieb. Dort stand die Ankündigung eines Konzerts. Sie erstarrte. Im ersten Moment war sie sicher, dass es sich um einen Irrtum handeln musste.

Benefizkonzert für Flüchtlinge
Das Orchester der Stadt New York – mit dem Gastsolisten
Jules Cohn aus Israel (Violine)

Jules war tot – wie konnte das sein? Ihr Puls raste, und der Schweiß brach ihr aus. Sie war froh, dass sie saß. Heinrich hatte sie angelogen, wurde ihr dann klar. Als hätte er ihr im letzten Augenblick, da feststand, dass der Krieg und damit auch sie für ihn verloren war, noch einmal eine schreckliche Grausamkeit antun wollen.

Jules hatte überlebt … Sie strich mit dem Finger über seinen gedruckten Namen, als plötzlich die Druckerschwärze vor ihren Augen verschwamm und sie merkte, dass sie weinte.

134

Sie hatte sich eine Karte im Vorverkauf in einer der mittleren Reihen an der Seite gekauft. Er sollte sie während des Auftritts nicht sehen.

In einem neuen Kleid saß sie einige Tage später zwischen den vielen fremden Menschen und spürte, wie ihre Hände feucht wurden, in denen sie das Programm hielt. Als die Darbietung begann, hielt sie ihre Nervosität kaum aus. Er war als Letzter auf die Bühne getreten. Ihr Herz raste – er war es tatsächlich. *Jules!* Selbst von Weitem konnte sie erkennen, dass er sich verändert hatte: Er war schmaler geworden, und seine immer noch schönen Gesichtszüge wirkten markanter, härter und gezeichnet. Der Ausdruck seiner Augen war ernst, aber genauso warm wie früher. Er deutete dem Publikum eine Verbeugung an, und das Orchester begann zu spielen. Als er einige Takte später den Bogen hob und die ersten Töne auf seiner Violine erklangen und er dabei die Augen schloss, hielt sie unwillkürlich den Atem an. Sie sah ihn vor sich, wie er früher manchmal in Carls Wohnung für sie gespielt hatte, und plötzlich durchströmte sie ein tiefes Glücksgefühl. Er lebte, er spielte, er stand wieder auf der Bühne … dort, wo er immer hingehört hatte, und zum ersten Mal seit sehr, sehr langer Zeit glitt ein Lächeln über ihr Gesicht.

Später ging sie zu seiner Garderobe. Sie stand draußen ein Stück entfernt im Flur und beobachtete, wie man ihm Blumen brachte. Durch die halb geöffnete Tür lauschte sie, wie zwei Journalisten ihm Fragen stellten, und sie nahm seine Stimme wahr. Sie wartete, bis all die Menschen wieder gegangen waren. Das Herz schlug ihr bis zum Hals, als sie schließlich, ohne zu klopfen, die Tür öffnete und in seine Garderobe trat.

Jules hatte sich gerade ein Glas Wasser eingegossen und drehte sich überrascht zu ihr herum. Seine Smokingjacke lag neben ihm auf dem Stuhl, und er hatte ein höfliches Lächeln auf dem Gesicht, als erwartete er, einen weiteren Journalisten oder begeisterten Konzertgast zu sehen.

Fast tat er ihr leid. Für den Bruchteil einer Sekunde schaute er sie ungläubig an, dann wurde er leichenblass, das Glas entglitt seiner Hand und fiel mit einem dumpfen Aufschlag zu Boden. Wasser spritzte über seine Schuhe und den Teppich, und er griff Halt suchend nach der Tischkante neben sich.

In diesem Augenblick begriff sie, dass er sie ebenfalls für tot gehalten hatte.

»Edith?«, brach es aus ihm heraus.

»Jules!« Es war kaum mehr als ein Flüstern, das über ihre Lippen kam. Tränen liefen über ihre Wangen.

Und dann war er auch schon mit zwei Schritten bei ihr und riss sie in seine Arme. Sie standen da und hielten sich beide fest, als hätte jeder von ihnen Angst, der andere könnte ihm gleich wieder entgleiten und es wäre nur ein Traum.

Sie hätte nicht sagen können, wie lange sie so gestanden hatten, als Jules sich ein Stück von ihr löste.

»Du lebst …«, sagte er leise und voller Glück. Er strich ihr durchs Haar, fasste sie an den Schultern, forschend glitt sein Blick über sie, und noch immer sah man ihm an, dass er es nicht glauben konnte.

Edith hatte plötzlich das Gefühl, als würde sich eine Fessel von ihr lösen, die sie bis jetzt gefangen gehalten hatte. Sie schaute ihn an und verlor sich in der Wärme seiner dunklen Augen, die bis tief in ihr Innerstes drangen, und erinnerte sich, wie sie ihn das letzte Mal vor fünf Jahren auf der Straße vor Carls Wohnung gesehen hatte. Sie hatten sich verabschiedet, und sie war schon ein Stück weitergelaufen, als sie sich an der Ecke noch einmal umgedreht und ihm zugewinkt hatte. Bewegungslos hatte Jules vor dem Haus verharrt und ihr hinterhergeblickt – selbst aus der Ferne hatte sie sein Lächeln sehen können. Es war ein Bild, das sich in ihren Kopf gebrannt hatte.

»Küss mich, bitte, ich muss spüren, dass es Wirklichkeit ist, dass du es tatsächlich bist«, sagte sie jetzt mit erstickter Stimme.

Er strich ihr mit dem Finger vorsichtig über die Wangen, wischte die Tränen aus dem Gesicht, bevor sein Mund den ihren suchte und er sie sehr sanft und behutsam küsste, als ahnte er, was hinter ihr lag. Es war so vertraut – der Geschmack seiner Lippen, der Geruch seiner Haut, seine Arme, die sie umfingen und hielten, diese Mischung aus tiefer Verbundenheit und Geborgenheit. Sie hatte es alles vergessen, als wäre ein Teil von ihr tot gewesen, aber auf einmal drängten sich durch die Jahre des Grauens, durch all die erlittenen Demütigungen und Qualen, in denen sie gelernt hatte, Berührungen gleichermaßen zu scheuen wie zu fürchten, die verlorenen Erinnerungen an früher, an Zeiten, in denen sie eine andere Frau gewesen war – und glücklich mit ihm.

Sie merkte, dass in Jules' Augen ebenfalls Tränen standen. Deutlicher als zuvor auf der Bühne fielen ihr die scharfen Konturen in seinem Gesicht auf, die Wangenknochen, die sich unter seiner Haut abzeichneten, und vor allem der Ernst, der selbst jetzt, als er sie anlächelte, nicht aus seinem Ausdruck weichen wollte. »Ich habe jeden Tag an dich gedacht«, sagte er leise.

135

Später, als sie zusammen das Konzerthaus verließen, war es längst dunkel geworden. Hand in Hand liefen sie durch die von funkelnden Lichtern erhellten Straßen von New York. »Ich hatte immer gehofft, du wärst in die Schweiz zu deinen Eltern geflohen. Es war furchtbar. Warum bist du nicht fortgegangen?«, fragte er und war stehen geblieben.

Er erzählte ihr, dass er in den Todeslisten der Lager, die nach dem Krieg veröffentlicht wurden, ihren Namen gefunden hätte und wie verzweifelt er danach gewesen war.

»Ich wollte nicht ohne dich gehen, nachdem du verhaftet wurdest. Ich liebe dich, ich habe dich immer geliebt, Jules«, erwiderte sie und berichtete ihm dann, wie sie und die anderen geplant hatten, ihn zu befreien, und dabei selbst verhaftet worden waren. Auch von Heinrich erzählte sie ihm, nicht alles, aber doch, wie sie diesem Mann im KZ ausgeliefert gewesen war und nur überlebt hatte, weil er sie, nachdem sie so krank geworden war, unter einem anderen Namen in ein Außenlager in der Nähe von Berlin gebracht hatte, und wie sie später nach dem Krieg schließlich nach Amerika gekommen war. Schweigend hörte Jules ihr zu, und sie konnte den Schmerz, der sich bei ihren Worten in seinem Gesicht spiegelte, selbst fühlen.

Edith erfuhr auch, wie er selbst überlebt und dass ihn nur sein Talent als Violinist vor dem Tod gerettet hatte. Sie standen zusammen an einer Brücke am Hudson River, und er hatte den Arm um sie gelegt.

»Ich müsste dankbar sein, dass ich überlebt habe, aber ich kann nicht aufhören, an die vielen Toten zu denken, an die, die in diesen Jahren so elend und grausam leiden mussten und umgekommen sind«, sagte er. Voller Trauer starrte er auf das dunkle Wasser hinaus.

Edith lehnte sich tröstend an ihn. Der Wind ließ ihr Haar in der Luft wehen. Nur zu gut konnte sie Jules verstehen. So viele Menschen, die sie kannten, hatten nicht überlebt. »Ich weiß, was du meinst, aber ich glaube, dass wir es gerade denen schulden, die sterben mussten, unser Leben jetzt zu leben und es jede Sekunde wertzuschätzen«, erwiderte sie eindringlich.

Jules drehte sich zu ihr. Einen Moment lang schwieg er, aber in seinem Blick lag ein so tiefes und intensives Gefühl, dass es ihr die Kehle zuschnürte. »Ich liebe dich, Edith«, sagte er, und dann küssten sie sich.

Natürlich war sie in Versuchung, ihm von Annabelle zu erzählen, davon, dass sie ein Kind hatten – das aus ihm und ihr entstanden war. Doch obwohl sie wusste, wie glücklich Jules diese Nachricht gemacht hätte, wagte sie nicht, ihm von ihrer Tochter zu berichten. Erst musste sie wissen, ob Annabelle noch am Leben war. Sie wollte Jules keine Hoffnung machen, die sie vielleicht gleich wieder zerstören musste.

Eine Zeit lang liefen sie eng umschlungen durch die Straßen.

In einem kleinen italienischen Restaurant aßen sie schließlich spät etwas zu Abend. Es war voll, und der Wirt wies ihnen einen Tisch in einer Nische zu. Jules ließ ihre Hand nicht los. »Das konnten wir früher nie machen.«

»Nein«, sagte sie und küsste ihn. Einige der Gäste musterten sie neugierig, aber freundlich, und Edith musste daran denken, was der Anwalt zu ihr gesagt hatte. *Es ist ein freies Land …*

Später gingen sie in Carls Apartment, wo Edith jetzt lebte. Sie saßen auf dem Sofa, ohne einander auch nur einen Moment loszulassen. Die ganze Nacht redeten sie und schwiegen auch viel zusammen, weil sie beide keine Worte fanden für das, was hinter ihnen lag.

Draußen graute bereits der Morgen, als Jules sie ernst anblickte. »Ich liebe dich, Edith!«, sagte er erneut. »Ich will mich nie wieder von dir trennen müssen.«

Sie zog ihn zu sich. »Das will ich auch nicht. Ich will mit dir leben – für immer!«

JULES

136

Berlin 1975

Jules fuhr sich mit der Hand durch sein Haar.

»Es erscheint mir immer noch wie ein Traum, dass wir uns dort tatsächlich wiedergesehen haben, dass wir beide überlebt hatten …«, sagte er mit bewegter Stimme. »Ich verschob meinen Flug, der am nächsten Tag nach Israel zurückgehen sollte, und die zwei Wochen, die folgten, verbrachten Edith und ich jede freie Minute zusammen. Wir spazierten stundenlang durch New York, redeten und schwiegen zusammen und trauerten um die, die es nicht wie wir geschafft hatten. Unsere Liebe war fast noch stärker als damals in Berlin. Aber es gab auch Momente, die nicht leicht waren. Edith hatte Albträume, und manchmal, wenn ich sie berührte, spürte ich, wie sie zusammenzuckte, auch wenn sie das zu verbergen suchte. Ich hatte Angst, dass unsere Beziehung sie überfordern könnte, nach dem, was sie durch Heinrich erlitten hatte. Sie reagierte beinah aufgebracht, als ich das sagte, und griff meine Hände: ›*Nein, verstehst du denn nicht? Jedes Mal, wenn du mich berührst, wenn du mich küsst, löschst du ein Stück von dem aus, was er getan hat!*‹ Und ich glaube, so war es wirklich. Es erschien mir als so ein unglaubliches Geschenk, dass unsere Liebe durch all das, was wir durchgemacht hatten, nicht zerstört worden war. Wir sprachen darüber, zusammen ein neues

Leben anzufangen, uns nie wieder zu trennen. Doch dann sagte Edith mir, dass sie noch einmal nach Deutschland zurückmüsse. Sie wollte die Scheidung von Maximilian, mit dem sie juristisch gesehen ja verheiratet war, und ihre Vermögensangelegenheiten dort regeln.«

Jules umklammerte den Stiel seines Glases. »Wenn ich gekonnt hätte, ich hätte sie begleitet, aber damals, so kurz nach der Befreiung, war es mir unmöglich, noch einmal in dieses Land zurückzukehren. Es ging einfach nicht. Edith verstand das. Wir verabredeten, dass sie nach Berlin und ich nach Israel fliegen würde, wo ich mehrere Konzertauftritte hatte. Zehn Tage später sollte sie nach Tel Aviv nachkommen, damit sie einen Eindruck von dem Land bekam, in dem wir zusammen leben wollten. Sie hatte sogar schon den Flug nach Israel gebucht. Als wir uns am Flughafen verabschiedeten, hatte ich ein schlechtes Gefühl.« Er stockte, und man sah ihm an, wie schwer es ihm noch heute fiel, darüber zu sprechen. »Vielleicht habe ich unterbewusst geahnt, dass ich sie nie wiedersehen würde ... Jedenfalls, wie ich es David schon erzählt habe, kam sie zehn Tage später nicht in Tel Aviv an. Ich wusste nicht, was ich tun sollte. Es war beinah unmöglich, direkt nach dem Krieg in irgendeiner Weise mit Deutschland zu kommunizieren. Die gesamte Infrastruktur war ja zerstört worden. Man konnte nicht einfach so wie heute telefonieren oder ein Telegramm senden, und außerdem wusste ich nicht einmal, wo Edith in Berlin untergekommen war. Es war schrecklich. Sie hatte meine Adresse in Tel Aviv und auch meine Telefonnummer, und ich sagte mir, dass sie, im Gegensatz zu mir, jederzeit mit mir Kontakt aufnehmen konnte, wenn sie das wollte. Doch das tat sie nicht. Obwohl ich es nicht glauben konnte, dachte ich, sie sei vielleicht doch wieder zu Maximilian zurückgegangen oder wollte unbedingt in Deutschland bleiben und hatte gemerkt, dass sie mit mir zusammen nicht mit der Vergangenheit abschließen konnte. Aber ich hörte nicht auf, an sie zu denken. Einige Monate später bin ich sogar noch einmal nach New York geflogen, aber in dem Apartment von Carl wohnte inzwischen jemand anderes. Da war mir klar, dass sie nicht zurückkehren würde. Ich habe trotzdem noch an Dora, an deine Mutter, geschrieben«, sagte er zu Carla. »Weil ich hoffte, dass sie etwas über ihren Verbleib wüsste, aber der Brief kam Wochen später mit dem Vermerk *Unbekannt verzogen* zurück.« Er brach ab, und auch ohne dass er es aussprach, konnte man sich vorstellen, durch welch schreckliche Zeit er damals gegangen war.

Er blickte Carla und David an, und mit einem Mal schien all seine Verzweiflung von damals durchzubrechen. »Wenn ich ehrlich bin, habe ich nie verstanden, warum sie überhaupt noch einmal nach Berlin zurückgekehrt ist. Sie hätte ihre Angelegenheiten auch alle von New York aus regeln können. Später habe ich oft überlegt, ob ihre Gründe für diese Reise vielleicht nur vorgeschoben waren.«

»Nein, Jules.« Carla legte die Hand auf seinen Arm. »Es gab tatsächlich einen Grund, warum Edith nach Berlin zurückwollte. Allerdings hast du recht, es war nicht die Scheidung oder ihr Vermögen – sie hatte ein Kind, ihr hattet ein Kind, das sie holen wollte«, sagte sie sanft.

In Jules' Gesicht spiegelte sich eine solche Fassungslosigkeit, dass sich ihre Kehle zuschnürte. »Ein Kind! Aber wie … das kann nicht sein!?« Dann begriff er.

»Sie muss es kurz nach deiner Verhaftung erfahren haben, es ist im November 1940 zur Welt gekommen«, erklärte David.

Jules sah ihn an. »Und als sie ins KZ kam?«

»Sie muss ihre Tochter meiner Mutter gegeben haben. Kurz bevor sie festgenommen wurde. Edith und sie waren zur gleichen Zeit schwanger und haben beide eine Tochter bekommen, aber das Kind meiner Mutter, meine Schwester, ist einige Tage nach der Geburt gestorben«, führte sie aus, und dann erzählten sie Jules, was sie in Berlin herausgefunden hatten.

Ein ungläubiger Ausdruck spiegelte sich noch immer auf Jules' Gesicht. »Dann habe ich wirklich eine Tochter!? Aber was ist mit Edith passiert?«

Carla hatte plötzlich das Gefühl, eine schwere Last auf ihren Schultern zu spüren. »Ich glaube, es gibt nur einen Menschen, der uns darauf eine Antwort geben kann – mein Vater! Ich werde mit ihm reden. Nach allem, was ich herausgefunden habe, wird er vielleicht endlich dazu bereit sein.«

137

Cornwall, zwei Tage später

Sie hatte ihn angerufen und gesagt, dass sie am nächsten Tag kommen würde. Obwohl sie kein Wort darüber verlor, wo sie gewesen war, hörte Paul an dem seltsamen Unterton ihrer Stimme, dass sie es wusste. Nicht alles, das konnte sie nicht, aber genug, um zu ahnen, was damals geschehen war.

Als er den Hörer auflegte, fühlte er sich alt und müde. Carla war nach Berlin geflogen. Tom hatte es ihm erzählt. Sein Schwiegersohn hatte auch herausgefunden, dass dieser Journalist ihr bei ihren Nachforschungen half. Wie ein Besessener hoffte Tom, noch Einfluss auf die Ereignisse nehmen zu können. Sogar mit Carlas Psychiater hatte er gesprochen. Mit Unbehagen dachte er an sein letztes Gespräch mit Tom. »Hör zu, Paul, auch wenn Carla alles herausfindet, was immer es sein mag – sie hat einen Unfall mit einem schweren Erinnerungsverlust gehabt. Jeder wird uns glauben, wenn wir sagen, dass sie labil ist …«

Er war sprachlos gewesen und hoffte mit einem Mal, dass Carla sich wirklich von diesem Menschen trennen würde. Was seinen Schwiegersohn anging, hatte ihn seine Menschenkenntnis schmählich im Stich gelassen. »Sie ist meine Tochter, Tom, und ich liebe sie. Wie kannst du glauben, dass ich ihr das antun würde! Ich hätte sie schon mit dieser Berlin-Reise nicht anlügen dürfen, ich hätte ihr von Anfang an die Wahrheit sagen sollen …«, sagte er und wünschte, das hätte er tatsächlich getan. Doch seine Angst, Carla könnte sich von ihm abwenden und er sie verlieren, war zu groß gewesen. Am Ende hatte alles nichts genutzt, denn nun würde vermutlich genau das geschehen.

Dora und er hatten versucht, vor ihrer Schuld zu fliehen, aber immer wieder hatte sie sie eingeholt – man konnte seinen Taten nicht entkommen. Schon lange hatte Paul das voller Bitterkeit erkennen müssen. Es gab nur noch eine Lösung, wurde ihm klar. Er stand auf und griff nach seinem Mantel. Noch einmal fuhr er bei seiner Frau vorbei. Es ging ihr nicht gut, als spürte sie durch die Schichten ihrer Verwirrtheit hindurch, was in Bewegung geraten war.

»Ach, Paul«, sagte sie wie ganz früher mit einem Seufzen.

Er legte den Arm um sie. »Ich liebe dich«, sagte er.

Sie lächelte. »Das weiß ich doch, Paul.«

Dann machte er sich auf den Weg zum Kommissariat. Pete Howard blickte überrascht auf, als er in sein Büro trat.

»Herr Behringer! Das ist lange her. Was kann ich für Sie tun.«

Paul straffte sich, als er den Kommissar ansah. »Ich möchte ein Geständnis ablegen!«

EDITH

138

Berlin, Winter 1945/46

Die Stadt war ihr fremd geworden. Obwohl sie ihr Leben dem Sieg der Alliierten verdankte, schockierte sie das Ausmaß der Zerstörung und des Elends, das Edith in ihrer alten Heimat überall sah.

Nicht alles war die Folge der schweren Bombenangriffe, wie sie wusste. Als längst schon klar war, dass der Krieg verloren war, hatten die Nazis noch Befehl gegeben, die Stadt bis zum letzten Mann zu verteidigen, hatten selbst U-Bahnen geflutet und Brücken gesprengt, um nichts dem Feind zu überlassen. Wer sich weigerte, wurde erschossen.

Berlin, mein schönes Berlin, wo bist du nur geblieben, dachte Edith traurig, während sie den Ku'damm entlangfuhr.

Es würde ihr nicht schwerfallen, Deutschland für immer hinter sich zu lassen. Sie war sicher, dass Israel ihr gefallen würde, aber sie wäre mit Jules auch in jedes andere freie Land dieser Welt gegangen. Die zwei Wochen, die sie miteinander verbracht hatten, gaben ihr die Gewissheit, dass ihre Liebe nicht nur stärker als früher war, sondern sie es gemeinsam auch schaffen würden, die traumatischen Verletzungen und Erlebnisse der vergangenen Jahre hinter sich zu lassen, um wirklich ein neues Leben anzufangen. Sie würde Zeit brauchen, genau wie er, um zu vergessen, und eine Narbe würde immer bleiben, aber sie war bereit, dafür zu kämpfen. Am Ende würde Heinrich nicht über sie gesiegt haben. Manchmal fragte Edith sich, was aus ihm geworden war, ob man ihn verhaftet hatte und er zu den Tätern gehörte, die in Nürnberg vor Gericht standen. Sie hoffte es sehr.

Es war ihr schwergefallen, Jules nicht den wahren Grund für ihre Reise nach Berlin zu nennen. Mehr als einmal war sie in Versuchung gewesen. Doch sie war sicher, dass ihre Entscheidung richtig war. Sie wollte ihm nicht die Hoffnung auf eine Tochter schenken, bevor sie wirklich wusste, ob Annabelle noch lebte. Es gab zu viel, das ihm angetan worden war, zu viele Menschen, die er verloren hatte. Voller Trauer hatte er ihr in New York erzählt, dass Emil und Henry in Auschwitz umgekommen waren. Eva und Andrik war dagegen die Flucht gelungen.

Ihr Weg führte Edith als Erstes zu Maximilian. Seine prachtvolle Villa am Wannsee war unversehrt, aber sie sah in der Einfahrt mehrere amerikanische Militärfahrzeuge stehen. Offensichtlich hatte man das Haus vorübergehend für die Unterkunft der Alliierten beschlagnahmt. Maximilian musste mit dem Gästehaus vorliebnehmen.

Sein erschütterter Gesichtsausdruck, als sie in der Tür vor ihm stand, ließ sie kalt.

»Du lebst? Mein Gott, man hat behauptet, du wärst im Lager gestorben«, stieß er hervor.

Sie erinnerte sich an ihre letzte Begegnung, an den Moment, in dem er nicht einmal für ihr Kind Mitleid gezeigt hatte, und blickte ihn voller Verachtung an. »Es gibt ein paar Papiere, die du unterschreiben musst. Ich will die Scheidung«, beschied sie ihm nur.

Er wirkte auf einmal unsicher. »Wenn es um die Firma deines Vaters und die Immobilien hier in Berlin geht – es tut mir leid, es ist alles verkauft und das Geld längst weg. Ich dachte ja, du wärst tot«, beeilte er sich zu erklären.

»Keine Angst, ich werde keine rückwirkenden Ansprüche erheben, aber dafür wirst du diese Papiere hier sofort unterschreiben, und wir werden uns nie wiedersehen, Maximilian.« Sie reichte ihm den Stift.

139

Er hatte gelernt, unsichtbar zu sein, in der Menge unterzugehen und zwischen den vielen Menschen und Flüchtlingen aus den Ostgebieten nicht aufzufallen. Noch bevor die Russen und später die Briten und Amerikaner gekommen waren, hatte er alle Beweise seiner alten Identität vernichtet, seinen Ausweis und seine Mitgliedschaft in der SS verbrannt, sich seiner persönlichen Gegenstände entledigt und sich endgültig von seinem alten Dasein verabschiedet. Seine Haare wiesen dank eines alten Färbemittels, das er in einem zerbombten Drogeriegeschäft gefunden hatte, nun einen hellen Braunton auf. In den Trümmern verbargen sich viele nützliche Dinge, lernte er. Vor allem in den Taschen der Toten. Messer, Kleingeld und selbst ein neuer Ausweis waren so in seinen Besitz gekommen. Das, was von dem rußgeschwärzten Foto noch zu erkennen war, hätte er selbst sein können. Auch das Alter stimmte fast. Seitdem war Heinrich Stefan Hochmeister.

Lisa und seinen Sohn würde er nie wiedersehen, aber wie sollte er ihnen auch unter die Augen treten – jetzt, wo der Krieg, das Reich und der Führer und alles, wofür er gekämpft hatte, verloren waren. Hitler hatte sich das Leben genommen, genau wie Goebbels. Einige Tage war Heinrich in seiner Trauer in Versuchung gewesen, es ihnen nachzutun. War es nicht besser, seinem Leben ein Ende zu bereiten? Die Schmach und Demütigungen würden noch schlimmer als nach dem letzten Krieg sein.

Mehrere Male hatte er seine Pistole aus dem Halfter gezogen und vor sich gelegt, doch dann war ihm klar geworden, dass er leben wollte – auch für sein Land. Dort draußen gab es viele wie ihn. Vielleicht würde es ihnen gelingen, die Geschicke Deutschlands eines Tages erneut in die Hand zu nehmen. Aber dazu musste er überleben. Genau das erwies sich indessen als Kampf. Er hatte keine Bleibe, schlief irgendwo in den Ruinen oder brach in Wohnungen ein, stahl sich zu essen und nahm anderen ohne Mitleid etwas weg, selbst wenn er sie bedrohen musste. Das Recht des Stärkeren regierte die Welt, in diesen Zeiten mehr als jemals zuvor. Doch eines Tages begriff er, dass es nicht ewig so weitergehen konnte. Kaum besser als ein Tier lebte er. Er brauchte Geld. Aber woher? Und da war ihm jemand eingefallen, der noch immer etwas besaß. Heinrich war in einem der Nachrichtenblätter der Militärregierung wieder auf ihn aufmerksam geworden. Dort wurde berichtet, dass Maximilian von Stettenheim gerade aus dem Internierungslager zurückgekehrt war. Wieder einmal hatte der Adlige Glück gehabt. Doch Heinrich wusste genug, um ihn zu Fall zu bringen. Das Haus am Wannsee war beschlagnahmt worden, entdeckte er, aber es hielt ihn nicht davon ab, in von Stettenheims derzeitiges Zuhause, das Gästehaus, einzubrechen und dort in wirkungsvoller Weise am Kamin auf ihn zu warten, bis dieser nach Hause kam.

»Nennen Sie es Unterstützung eines alten Weggefährten«, sagte Heinrich mit einem kalten Lächeln zu von Stettenheim, nachdem er erklärt hatte, was er wollte.

Dieser war intelligent genug, sich nicht zu widersetzen. Mit

Genugtuung sah Heinrich, welchen Schreck ihm sein unerwarteter Besuch bereitete. Er gab ihm, was er im Haus hatte.

Seitdem kam Heinrich regelmäßig. Auch an diesem Tag war er auf dem Weg zu ihm. Er dachte gerade darüber nach, wie sehr es ihm gefiel, von Stettenheim in der Hand zu haben, als er unerwartet in seinem Schritt innehielt. Eine Frauengestalt kam von dem Grundstück der Villa. Sie wandte sich, ohne ihn zu sehen, sofort nach rechts. Obwohl er nur ihren Rücken erblickte, hätte er schwören können, dass es Edith war. Ihm stockte der Atem. Das konnte nicht sein! Sie war so krank gewesen, sie konnte nicht überlebt haben. In einigem Abstand folgte er der Frau vorsichtig und sah schon bald, dass er sich nicht täuschte. Es war tatsächlich Edith! Sie sah gut aus, fast wie eine Wiedergeburt ihres früheren Ichs. Die alte dunkle Begierde erfasste ihn. In den Jahren, die sie ihm zu Willen sein musste, hatte er sie gehasst, weil er nicht aufhören konnte, sie zu begehren – selbst dann noch, als sie abgemagert und in ihrer Sträflingskleidung schon lange kein schöner Anblick mehr war. Vielleicht, weil sie ihm trotz allem nie das Gefühl gegeben hatte, sie wirklich zu besitzen.

Er musste sich zusammenreißen, sie jetzt nicht anzusprechen. Doch das konnte er nicht wagen. Plötzlich interessierte es ihn, was aus ihrem Leben geworden war und wo sie jetzt hingehen würde. In einigem Abstand folgte er ihr.

140

Dora war mit Anastasia vom Einkaufen gekommen. Das Angebot war kläglich. Es fehlte an allem, und die Rationen auf den Lebensmittelkarten waren reduziert. Die meisten Menschen hungerten. Dora war froh, dass sie im Sommer Unmengen Obst und auch Gemüse aus dem Garten in Gläsern eingelegt und eingekocht hatte. Zumindest um den Winter zu überstehen, würde es reichen, und auch sonst konnten sie sich nicht beschweren, denn sie bekamen Hilfe.

Sie erinnerte sich, wie vor einigen Wochen auf einmal ein britischer Offizier mit strenger Miene in Begleitung zweier Soldaten vor ihrer Tür gestanden hatte. Dora war voller Angst, als er nach Paul fragte, denn sie hatte die Geschichten über die Internierungslager gehört und befürchtete schon, man wollte Paul verhaften. »Mein Mann hat sich nichts Zuschulden kommen lassen. Er war nicht einmal in der Partei«, sagte sie sofort, als der Offizier unerwartet lächelte. »Das weiß ich«, sagte er in akzentfreiem Deutsch. »Sind Sie Frau Behringer?«

Dora nickte und spürte, wie Anastasia sich an ihr Bein schmiegte. Neugierig sah die Kleine die Männer an.

»Ja, und das ist meine Tochter Anastasia.«

»Es freut mich, Sie kennenzulernen«, sagte der Offizier. »Mein Name ist Leonard Kirschbaum, ich bin der älteste Sohn von Jacob Kirschbaum. Ihr Mann hat meinem Vater damals sehr geholfen, und ich wollte mich nur erkundigen, ob es Ihnen gut geht.«

Dora hatte die Männer sofort hereingebeten und darauf bestanden, ihnen eine Tasse Kaffeeersatz anzubieten.

Am Abend war Kirschbaum wiedergekommen. Er berichtete, dass sein Vater sich bester Gesundheit erfreue und es in wenigen Jahren geschafft habe, in London erfolgreich seine Geschäfte fortzusetzen.

»Dank Ihnen, muss ich hinzufügen. Er hat mir gesagt, was Sie für ihn getan haben.«

»Aber nein«, widersprach Paul. »Es ist mir unangenehm genug, dass ich davon profitiert habe. Ich habe übrigens noch einiges in Verwahrung von ihm.« Und dann erzählte er Leonard Kirschbaum von den Scheunen. Seit dem Kriegsende beschäftigte ihn, wie er nur den Besitz zurückführen und Kontakt mit den Emigranten aufnehmen könnte. Paul gab dem Offizier die Liste mit den Namen seiner ehemaligen Klienten und was er für wen in den Kellern gelagert hatte.

Ungläubig starrte Kirschbaum darauf. »Das haben Sie alles aufbewahrt?«

Paul nickte, und so hatten sie sich mithilfe des Offiziers, der seine Möglichkeiten in der Militärbehörde nutzte, an die Arbeit gemacht und angefangen, die Leute aufzuspüren.

»Mein Vater lässt Ihnen ausrichten, wenn Sie jemals Hilfe brauchen, egal wobei, sollen Sie sich bitte an ihn wenden. Und dasselbe gilt auch für mich«, sagte Kirschbaum, der ihnen seitdem nicht nur regelmäßig echten Kaffee und Schokolade für Anastasia brachte, sondern dafür sorgte, dass sie auch andere Lebensmittel und Kohle zum Heizen bekamen.

Weniger erfreulich war, dass in einem Nachrichtenblatt ein lobender Artikel über Paul erschien, nachdem die Kellereingänge der Scheunen aufgerissen worden waren und man die ersten Besitztümer zurückgegeben hatte. Seitdem fanden sich regelmäßig widerliche anonyme Beschimpfungen in ihrem Briefkasten.

»Na ja, nur weil der Krieg vorbei ist, sind sie nicht auf einmal alle ausgestorben«, sagte Paul mit einem Achselzucken.

Es war ein kleines Übel angesichts der Rührung und Freude derer, die ihren Besitz zurückbekamen.

Ja, eigentlich ging es ihnen wirklich gut. Der Krieg war vorbei, und sie hatten überlebt – und sie waren eine kleine, aber glückliche Familie. Voller Liebe blickte Dora zu Anastasia, der sie noch ein Brot gemacht hatte, weil sie so hungrig war. »Mama, ich hab bald Geburtstag!«

Dora lächelte. »Und wünschst du dir denn auch etwas?«

Die Kleine nickte. »Einen Kuchen mit Kirschen und Kerzen und ein Springseil.« Ihre Augen leuchteten.

»Na, da wollen wir doch mal sehen, was sich machen lässt«, gab Dora zur Antwort.

Anastasia sprang von ihrem Stuhl auf. »Fertig!«

»Wasch dir die Hände, mein Schatz, bevor du nach oben gehst!«

Die Kleine nickte, und Dora wollte sich gerade an die Vorbereitungen für das Abendessen machen, als es draußen klingelte. Sie ging zur Tür.

Im ersten Augenblick erkannte sie sie nicht wieder und glaubte, ein Gespenst vor sich zu sehen. Sie war schmal geworden, beinah zerbrechlich, aber es war vor allem der Ausdruck ihrer Augen, der nichts mehr mit der Frau zu tun hatte, die Dora einmal gekannt hatte. Ein tiefer Ernst spiegelte sich darin – und noch etwas anderes, etwas Gezeichnetes, das ahnen ließ, was Schreckliches hinter ihr lag. Dora erschauerte. *Wie konnte das sein – sie war tot, seit über drei Jahren …* Sie fühlte, wie ihr die Tränen über die Wangen liefen. »Edith!«

Sie fielen sich in die Arme. »Du lebst«, stieß Dora hervor und zog sie ins Haus.

»Ja.«

Erst da merkte Dora, dass die Freundin nicht die gleiche Wiedersehensfreude wie sie zu empfinden schien. Sie wirkte zurückhaltend und vorsichtig. Dora sah, wie ihre Augen ruhelos durch den Flur glitten und dann an den Kinderschuhen und dem kleinen Mantel an der Garderobe hängen blieben. Eine tiefe Erleichterung zeigte sich in ihrem Gesicht.

Das Kind … sie war wegen Anastasia gekommen. Nur deshalb war sie hier. Sie wollte ihr das Mädchen wegnehmen. Panik ergriff Dora allein bei dem Gedanken. Es war *ihre*

Tochter. Sie würde ihr Leben für sie geben. Edith musste das verstehen. Die Kleine war kaum ein paar Wochen alt gewesen, als sie verhaftet wurde, und besaß keinerlei Erinnerungen an ihre Mutter. Fast fünf Jahre waren seitdem vergangen. Dora war es gewesen, die Anastasia die ersten Worte beigebracht hatte, die ihre Hand hielt, als sie zu laufen anfing, die an ihrem Bett gewacht hatte, wenn sie krank war, und sie in den Bombennächten auf ihrem Arm in den Keller getragen hatte. Ohne sie hätte das Kind nie überlebt. Nur sie war ihre Mutter.

Und dann sah sie an Ediths Blick, dass sie genau wusste, was in ihr vorging, und ihre Zurückhaltung nichts anderes als Angst war, sie könnte Schwierigkeiten machen. »Bitte, Dora, ich muss sie sehen. Annabelle ist das Einzige, was mich in diesen Jahren am Leben gehalten hat«, sagte sie leise.

Dora versuchte, ruhig zu bleiben, aber es gelang ihr nicht. »Ich verstehe dich ja, Edith, aber es ist viel Zeit vergangen. Sie weiß doch gar nicht, wer du bist. Lass uns darüber erst einmal in Ruhe reden.«

Edith starrte sie an. »Nein. Ich will sie sehen, sofort. Ich bin dir dankbar, dass du für sie gesorgt hast, aber sie ist meine Tochter, und nichts wird daran jemals etwas ändern!« Sie blickte sich suchend um. Doras Panik verstärkte sich.

»Wo ist sie? … Oben?«, fragte Edith. Und dann ging sie auf die Treppe zu.

Dora trat der Schweiß auf die Stirn, ihr Herz raste, und erneut stiegen ihr Tränen in die Augen. *Sie würde ihr Anastasia wegnehmen.* Wäre Edith doch nie zurückgekommen! »Nein, warte!«, rief sie.

Doch die Freundin ging, ohne sie weiter zu beachten, an ihr vorbei und eilte die Stufen hoch. Dora lief ihr hinterher.

»Edith …« Sie war schon fast oben, als sie sie an ihrem Mantel zu fassen bekam und festhalten wollte, aber Edith rutschte durch den unerwarteten Ruck an der Treppenstufe ab, fiel nach hinten und riss sie mit sich. Sie verloren beide das Gleichgewicht, taumelten aneinander Halt suchend um sich selbst und prallten schließlich unten am Treppenabsatz auf das Geländer. Edith direkt mit dem Hinterkopf. Man hörte ein unschönes Geräusch, als sie aufschlug, und ein Stöhnen entwich ihr. Dora, die halb auf sie gefallen war, richtete sich benommen auf und sah voller Entsetzen, wie Edith mit aufgerissenen Augen vom Geländer rutschte, die letzten Stufen polternd hinunterglitt und schließlich unten auf dem Boden liegen blieb. Sie blickte Dora an und stöhnte. Ihre Lippen bewegten sich.

»Edith!« Dora stürzte zu ihr, und dann hörte sie, was die Freundin mit letzter Kraft sagte. Es war kaum mehr als ein Flüstern. *»Annabelle …«*

Im selben Augenblick erstarrten ihre Gesichtszüge, und alles Leben wich aus ihr.

»Edith!« Dora fasste sie schluchzend an den Schultern. Doch die Freundin bewegte sich nicht. Sie war tot! Was hatte sie getan? Ein panischer Schrei entfuhr ihr.

»Mama, was ist passiert? Wer ist die Frau?«

Dora fuhr herum. Oben auf dem Treppenabsatz stand das Kind und blickte verängstigt zu ihr herunter.

»Anastasia, geh in dein Zimmer und warte, bis ich zu dir komme. Hast du verstanden?«

Das Mädchen nickte eingeschüchtert und gehorchte. Es war selten, dass die Mutter in so strengem Ton mit ihm sprach.

Dora hörte, wie sich oben die Zimmertür schloss. Sie weinte und griff verzweifelt nach Ediths Hand. Das hatte sie nicht gewollt. Sie hatte die Freundin geliebt wie eine eigene Schwester, und jetzt war sie schuld an ihrem Tod. Was sollte sie jetzt nur tun? Sie musste die Polizei informieren. Aber Anastasia durfte die Tote nicht sehen. Es war schon schlimm genug, dass sie überhaupt etwas mitbekommen hatte. Sie musste auf Paul warten. Plötzlich glaubte sie aus den Augenwinkeln eine Bewegung am Flurfenster zu sehen. War dort jemand? Sie stand rasch auf, doch sie konnte niemanden entdecken. Hastig zog sie die Vorhänge vor, dann sank sie neben Edith auf den Boden und weinte fürchterlich.

Nur wenig später drehte sich ein Schlüssel im Schloss. Paul kam. Erschrocken blickte er auf seine völlig aufgelöste Frau und die Tote.

»Paul, du musst die Polizei holen!«, stieß Dora hervor. Schluchzend erzählte sie ihm, was Grauenhaftes geschehen war. Sein Blick glitt zu Edith.

»Dora, wenn ich zur Polizei gehe, wird es zu einer Untersuchung kommen«, sagte er zögernd. »Sie werden alles erfahren, und selbst wenn sie dir glauben sollten, was ich nicht denke, sie werden uns das Kind wegnehmen …«

Dora starrte ihn entsetzt an.

141

Der Schock saß tief, und der Schmerz, den er empfand – das musste er zugeben –, überraschte ihn. Bis nach Kladow raus war er ihr gefolgt und hatte sich gefragt, was sie bloß hier draußen wollte. Dann hatte er gesehen, wer ihr die Tür öffnete. Dunkel erinnerte er sich an die Freundin, die damals mit im Haus ihrer Eltern aufgewachsen war. Die beiden waren unzertrennlich gewesen. Dem Gesichtsausdruck nach zu schließen hatte sie Edith lange nicht gesehen. Heinrich hatte sich an das Haus herangeschlichen und die beiden Frauen durch das Fenster beobachtet. Es war alles so schnell gegangen, dass er glaubte, seinen Augen nicht zu trauen. Der heftige Wortwechsel, wie Edith hochstürmte und die andere hinterher, der Sturz … Sie war tot, es gab keinen Zweifel. Er verstand nicht, was sich zwischen den beiden abgespielt hatte, bis er das kleine Mädchen am Treppenabsatz sah. Die dunklen Haare, die Ähnlichkeit zu ihren Zügen … In all den Jahren hatte er sich nie Gedanken gemacht, was aus dem Kind geworden war. Er war davon ausgegangen, dass es trotz allem bei von Stettenheim aufgewachsen war. Dunkel entsann er sich aus den Gestapoakten, dass Edith ungefähr eine Stunde vor ihrer Verhaftung bei Dora und Paul Behringer gewesen war, die sie aber laut ihrer Aussage wieder weggeschickt hatten. Nun begriff er, warum sie damals noch einmal hierhergefahren war.

Er blieb am Fenster stehen und musste sich einen Augenblick zu weit vorgewagt haben, denn plötzlich zog Dora Behringer hastig die Vorhänge zu. Wenig später kam ihr Mann nach Hause. Heinrich rechnete damit, dass sie die Polizei holen würden. Doch er täuschte sich. Versteckt im Garten, beobachtete er das Haus und wurde Zeuge, wie Paul Behringer den Wagen von der Straße in die Einfahrt dicht an das Haus bis zum Hintereingang heranfuhr. Während er sich noch fragte, durch welche Beziehungen der Mann in diesen Zeiten nur an Benzin gekommen war, konnte er sehen, wie er in der Dunkelheit etwas Großes auf seinen Armen trug und in den Kofferraum lud. Da wurde ihm klar, dass sie Ediths Leiche einfach verschwinden lassen wollten.

142

Sie hatten eine schlaflose Nacht. Dora weinte. »Ich habe sie umgebracht, Paul. Aber das wollte ich nicht. Ich hatte nur solche Angst, dass sie mir das Kind wegnimmt.«

»Dora, es war ein Unfall«, sagte er, während er selbst die Bilder aus seinem Kopf zu verdrängen suchte, wie er später mit der Leiche zu ihrem Stück Land gefahren war und hinter den Scheunen, wo sich ein kleiner Hain mit Bäumen befand, mit seinen eigenen Händen ein Grab geschaufelt hatte. Ihm war noch immer übel. Und dann hatte das Kind Fragen gestellt. Die Kleine hatte kurz etwas mitbekommen und war verängstigt, weil ihre Mutter so aufgelöst war. Paul hatte Mühe gehabt, sie zu beruhigen, und ihr immer wieder liebevoll erklärt, dass dort keine Frau gewesen sei. Das Kind durfte auf keinen Fall über den Vorfall sprechen.

»Nein, es war meine Schuld«, sagte Dora jetzt erneut. »Ich habe sie auf der Treppe zurückgerissen. Meine Angst war so groß, und ich konnte nicht mehr klar denken. Ich sollte mich der Polizei stellen!« Sie schluchzte.

Er redete auf sie ein. »Es war ein schreckliches Unglück. Wir müssen es für das Kind tun, Dora.«

In diesem Augenblick klingelte es an der Tür. Er überlegte kurz, einfach nicht zu öffnen, aber dann dachte er daran, dass sein Wagen vor der Tür stand. »Geh lieber nach oben«, sagte er zu Dora.

Ein groß gewachsener Mann stand vor der Tür. Er war einfach gekleidet, doch an seiner Haltung war deutlich zu erkennen, dass er Jahre seines Lebens in einer Uniform gesteckt hatte. Er lächelte kühl und überlegen. Paul kannte dieses Lächeln – es hatte ihm nur allzu oft aus dem Gesicht der alten Machthaber entgegengeblickt.

»Wir sollten uns unterhalten«, sagte der Unbekannte.

»Nein, kein Interesse.«

Paul wollte die Tür schließen, aber der Mann hatte schnell seinen Fuß dazwischengestellt. »Über gestern Abend!«, setzte er hinzu, und dann schob er ihn zur Seite und war auch schon im Haus.

»Ich habe Erkundigungen über Sie eingezogen. Sie haben Juden geholfen, ihr Geld und ihre Wertsachen verwahrt. Sie sind ein Volksverräter«, sagte er voller Verachtung, während er durch das Wohnzimmer stolzierte. »Menschen wie Sie sind schuld daran, dass wir unseren Kampf verloren haben, und haben uns ins Verderben gestürzt.« Hass schwang in seiner Stimme.

Paul starrte ihn an. Vielleicht war er wahnsinnig? »Darüber gibt es unterschiedliche Ansichten«, entgegnete er kühl.

»Mag sein, aber nicht über gestern«, sagte der Mann und ließ sich in einen Sessel sinken. »Wird schwer nachzuweisen, dass es keine Absicht war. Vor allem da die süße Kleine *ihre* Tochter war, nicht wahr? … Ich will das Geld, das Sie haben. Und zwar alles, jede Mark, die Sie mit Ihren Geschäften verdient haben, sonst gehe ich zur Polizei und den Militärbehörden!«

Paul fröstelte. Woher wusste er von dem Kind? Plötzlich fühlte er die Gefahr, die von ihm ausging. Der Mann meinte es ernst.

Er nickte. »Gut, aber Sie müssen mir ein paar Tage Zeit geben. Das Geld ist zum Teil angelegt und auf verschiedene Banken verteilt. Und ich muss es vorher anmelden, wenn ich über so große Summen auf einmal verfügen will.«

Es war offensichtlich, dass der Mann mit mehr Widerstand gerechnet hatte. Er musterte ihn misstrauisch. »Ich gebe Ihnen achtundvierzig Stunden!«

Paul schüttelte den Kopf. »Selbst wenn ich wollte, das reicht nicht. Ich brauche mindestens vier Tage.«

Der Mann starrte ihn an. »Bis Freitagmittag um zwölf. Keine Stunde mehr«, sagte er schließlich und ging.

Paul sah ihm hinterher, wie er die Straße entlang aus seinem Sichtfeld verschwand.

»Wer war das?«, fragte Dora erschrocken, die hinter ihm in der Tür aufgetaucht war.

Er versuchte, ruhig durchzuatmen, und dachte daran, was Leonard Kirschbaum vor einiger Zeit zu ihm gesagt hatte.

»Ich erkläre es dir gleich, Dora, aber vorher muss ich dringend noch etwas erledigen!«

Paul wusste, dass es ein Hotel in Gatow gab, das dank der örtlichen Nähe zur britischen Militärregierung bereits wieder über eine Telefonverbindung verfügte, und machte sich auf den Weg dorthin. Er meldete ein Gespräch nach England an.

»Herr Kirschbaum, hier spricht Paul Behringer … Danke, ehrlich gesagt, nicht so gut. Ich brauche Ihre Hilfe, meine Familie ist in Gefahr.« Er berichtete Jacob Kirschbaum, dass er erpresst werde, von einem ehemaligen Nazi, der von seinen Hilfeleistungen Juden gegenüber erfahren hatte, dass dieser Mann vermutlich nicht allein sei und er auch schon seit einiger Zeit anonyme Briefe bekäme und jetzt um das Wohl seiner Familie fürchtete. Kirschbaum wollte gar nicht mehr wissen. »Selbstverständlich helfe ich Ihnen, wenn Sie zu diesem Schritt bereit sind. Ich habe genug Verbindungen, um das schnell zu regeln. Seien Sie vorsichtig!«

Nach dem Telefonat fuhr Paul nach Hause und erzählte Dora alles. Sie weinte erneut. »O Gott, es ist meine Schuld«, brachte sie verzweifelt hervor. »Nach dem schrecklichen Sturz, als Edith dort so leblos auf dem Boden lag, hatte ich das Gefühl, einen Schatten am Fenster zu sehen …«

Paul nickte benommen. »Er hat alles beobachtet. Hör zu, er wird uns nie in Ruhe lassen mit dem, was er weiß. Wir werden hier weggehen, aber niemand darf das mitbekommen. Ich habe eben mit Jacob Kirschbaum telefoniert. Er wird uns ein Visum für England besorgen.«

Am nächsten Tag fuhr Paul zu einem Anwalt, dem er eine weisungsgebundene Vollmacht erteilte, und dann zu den Banken und regelte seine Angelegenheiten. Er dankte seiner weisen Voraussicht, dass er angesichts der instabilen Währungen schon während des Krieges einen großen Teil seines Vermögens selbst in Diamanten angelegt hatte, die er nun einfach aus dem Safe nahm.

Kirschbaum besorgte ihnen wie besprochen das Visum, das ihm die Botschaft aushändigte. Am Mittwochmorgen verließ Paul wie gewohnt mit einem Aktenkoffer das Haus und fuhr zum Bahnhof. Schon am Abend vorher hatte er dort heimlich in einem Schließfach einen Koffer mit den notwendigsten Sachen deponiert. Dora hatte auch auf dem Fotoalbum bestanden. »Wenigstens etwas aus Berlin und von unserem alten Leben will ich mitnehmen!«

Sie folgte ihm zwei Stunden später mit Anastasia, und zusammen stiegen sie am Nachmittag mit einer Reisesondererlaubnis, die ihnen Kirschbaums Sohn ausgehändigt hatte, in den Zug, der sie über die deutsche Grenze in die Niederlande brachte. Von dort setzten sie am nächsten Tag mit dem Schiff nach England über …

PAUL

143

Cornwall, 1975

Der Kommissar stellte ihm wortlos ein Glas Wasser hin, das Paul in großen Schlucken trank. Er bemerkte den nachdenklichen Blick von Pete Howard.

»Warum erzählen Sie mir das eigentlich alles? Das Ganze hat sich nicht einmal in England abgespielt«, sagte der Kommissar schließlich.

»Es hängt alles zusammen. Und verstehen Sie nicht, ich habe sie selbst beerdigt, die Leiche einfach verschwinden lassen und bin nicht zur Polizei gegangen«, erklärte Paul mit brüchiger Stimme.

Pete Howard seufzte. »Damit haben Sie ohne Frage gegen eine Reihe von Gesetzen verstoßen, aber wenn Sie denn – obwohl es offensichtlich ein Unfall war – unbedingt das Bedürfnis verspüren, dafür noch zur Rechenschaft gezogen zu werden, müssen Sie sich schon an die deutschen Behörden wenden.«

Paul schwieg. Der Kommissar und er kannten sich schon lange, und Pete Howard wusste um die Tragödien, durch die seine Familie in den Jahren gegangen war. Sein Blick glitt aus dem Fenster. Es war ein nüchterner grauer Hinterhof, in den er schaute. Während er erzählt hatte, war die Vergangenheit wieder so gegenwärtig geworden, als würde er sie noch einmal erleben. Er erinnerte sich wieder an die erste Zeit in England. Mit den Diamanten hatten sie sich das Haus in Cornwall gekauft – einsam gelegen, damit niemand sie dort zu schnell aufspüren konnte. Nach und nach hatte sich Paul sein übriges Geld und die Wertpapiere aus Deutschland transferieren lassen. Er verlor dabei, wie alle Emigranten, aber sie kamen finanziell trotzdem gut aus. Doch Dora machte ihm von Anfang an Sorgen. Die Schuld, die sie über Ediths Tod verspürte, lastete schwer auf ihr. Hilflos musste er mitansehen, wie seine Frau sich mit ihren Selbstvorwürfen mehr und mehr zerfleischte. Immer wieder weinte sie verzweifelt. »Alles wurde Edith genommen, Paul. Ihre ganze Existenz, sie war vier Jahre im KZ und hätte endlich ein neues Leben anfangen können. Sie war meine beste Freundin, ich habe sie geliebt …«

Paul redete mit seiner Frau, versuchte sie zu beruhigen, ihr stets aufs Neue vor Augen zu führen, dass es ein Unfall gewesen war und nicht ihre Schuld, aber seine Worte drangen oft gar nicht zu ihr durch. Ein Jahr, nachdem sie nach England geflohen waren, passierte dann das völlig Unerwartete: Dora wurde schwanger. Sie bekamen eine Tochter. Die Schwangerschaft und Geburt verliefen komplikationslos, Carla war ein gesundes kleines Mädchen. Paul hoffte, dass das Kind Dora helfen würde, besser mit dem tragischen Unglück von Ediths Sturz leben zu können, aber das Gegenteil passierte. Die Gewissensbisse seiner Frau verstärkten sich. Erst nach und nach begann Paul zu verstehen, dass für Dora der Glaube, sie könnte keine eigenen Kinder bekommen, bis dahin eine Entschuldigung und Rechtfertigung gewesen waren, weshalb sie Edith an jenem Tag nicht zu Anastasia hatte lassen wollen.

Nun begann sie immer öfter in Phasen tiefer Depression zu stürzen. Zweimal musste Paul sie in eine Klinik einweisen. Natürlich fürchtete er, dass sie den Ärzten dort alles gestehen könnte, aber das tat sie nicht.

Die Kinder waren es, die sie in der Zeit dazwischen aus ihren Schuldgefühlen und quälenden Selbstvorwürfen rissen. Dora liebte sie beide gleich, und trotz allem war sie ihnen eine gute Mutter. Niemals hätte man gedacht, dass Anastasia nicht ihr leibliches Kind war. Doch Paul ging es anders. Er schämte sich heute dafür, aber damals, besonders in den Zeiten, wenn seine Frau im Krankenhaus war, begann er zu trinken. Seine Verzweiflung wuchs, weil er erkannte, dass Dora nie darüber hinwegkommen würde. Er wollte sich betäuben und dachte oft, er hätte Edith einfach in jener Nacht zusammen mit ihrem Kind wieder wegschicken sollen. Wäre nicht alles anders gekommen? Ihr Leben besser und glücklicher verlaufen?

Nun aber schien es ihm, dass Anastasias Existenz ihr Leben zerstört hatte. Er fing an, mehr und mehr zu trinken, um die Phasen zu überstehen, in denen es Dora gelegentlich besser ging und er trotzdem schon ahnte, dass immer dann, wenn sie etwas Glück verspürte, unweigerlich der Zeitpunkt nahte, an dem sie umso tiefer in den Abgrund gerissen wurde. Das Kind war schuld, dachte er immer wieder, obwohl er sie doch auch geliebt hatte. Aber als Anastasia älter wurde und Edith äußerlich mehr und mehr ähnelte, schaffte er es manchmal kaum noch sie anzusehen. Sein Ton ihr gegenüber wurde scharf und ungerecht. Anastasia stritt deshalb mit ihm, und er wurde laut, erhob sogar die Hand und schlug sie. Dann weinte sie, und er hasste sich selbst, trank noch mehr, um seinem jämmerlichen Selbst zu entfliehen. Was war nur für ein Mensch aus ihm geworden? Er wusste, dass es falsch und schändlich war, was er tat, aber der Alkohol hatte längst die Kontrolle über ihn. Bisweilen versuchte Dora einzugreifen, aber nicht immer hatte sie die Kraft dazu.

Nur die Augen seiner jüngsten Tochter Carla, die flehend von ihm zu Anastasia blickten, wenn sie wieder einmal stritten, drangen in dieser Zeit noch zu Paul durch. Sie verfolgten ihn im Schlaf, und tief in seinem Inneren war ihm klar, dass die Schuld, die er seiner ältesten Tochter gegenüber auf sich lud, eine war, die niemals zu tilgen war. Unweigerlich kam ihm ihr letzter Streit in den Sinn, und er drehte sich zurück zu dem Kommissar, der ihn noch immer fragend ansah.

»Das ist nicht alles«, sagte Paul. »Ich habe einen Mord begangen, dreizehn Jahre später …«

HEINRICH

144

England, 1959

Als er seinen Fuß auf englischen Boden setzte, verspürte er eine tiefe Genugtuung. All die Jahre hatte er sich immer wieder den Augenblick vorgestellt, wenn er ihn und seine Familie endlich finden würde. Es hatte gedauert, aber nun war es so weit.

Nie würde er jenen Freitag vergessen, als er gegen Mittag nach Kladow gefahren war und dort vor verschlossenen Türen stand. Erst glaubte er, Behringer habe sich verspätet, aber dagegen sprach, dass auch seine Frau und das Mädchen nicht da waren. Er wartete. Lange. Als sie auch am Abend nicht kamen, brach er heimlich in das Haus ein. All ihre Sachen waren da – Kleidung, persönliche Gegenstände, sogar einige Wertsachen, die er sofort einsteckte. In der Küche stand sogar noch der Abwasch … Es wirkte, als würden sie jederzeit durch die Tür treten, doch dann entdeckte er, dass das Wasser abgestellt war, und er wusste, dass sie das nicht mehr tun würden. Sie waren weg. Geflohen! Behringer hatte ihn zum Narren gehalten. Heinrich hatte vor Wut geschäumt und in den nächsten Tagen angefangen, Nachforschungen anzustellen. Dora Behringer hatte einen Bruder, den er ausfindig machte. Ein einfach gestrickter Kerl, der früher für die Gestapo gearbeitet hatte und ihm beteuerte, er würde selbst nicht wissen, wohin seine

Schwester verschwunden war. Er glaubte ihm, ließ aber trotzdem seinen Zorn an ihm aus. In den Wochen, die folgten, bemühte er sich, irgendeine Spur von der Familie zu finden. Er vermutete, dass sie in eine andere deutsche Stadt gezogen waren. Zu dieser Zeit hatte er wieder Kontakt zu einigen ehemaligen SS-Kameraden vom Reichssicherheitshauptamt, die wie er untergetaucht waren. Man versuchte, ihm zu helfen, aber auch über seine alten Verbindungen gelang es ihm nicht, etwas herauszufinden. Die Behringers blieben wie vom Erdboden verschluckt. Irgendwann würde er sie dennoch finden, schwor er sich. Doch damals war er erst einmal mit seinem eigenen Überleben beschäftigt.

Die Jahre nach dem Krieg waren hart für ihn. Er blieb weiter im Untergrund, denn sogar der israelische Geheimdienst suchte ihn, obwohl er offiziell als vermisst galt. Dann aber kam die große Wende – der Kalte Krieg sollte sich für ihn als ein Geschenk erweisen. Über einen alten SS-Kameraden kam Heinrich in Kontakt mit einem ehemaligen General der Wehrmacht, der für die westlichen Geheimdienste arbeitete. Er warb einstige Mitarbeiter des Reichssicherheitshauptamts und der Wehrmacht für eine Unterorganisation an, die im Austausch für ihr Wissen eine neue legale Identität erhielten. Von diesem Moment an ging sein Leben wieder aufwärts. Er widmete sich mit Leidenschaft seinen neuen geheimdienstlichen Aufgaben.

Dabei vergaß er Behringer nie. Es ging Heinrich nicht allein um das Geld – er verdiente jetzt gut –, sondern es war eine Frage der Ehre, dass er sich nicht von einem hergelaufenen Steuerberater, der Juden half, zum Narren halten ließ. Abgesehen davon nahm er ihm und seiner Frau den Tod von Edith persönlich übel.

Als sein neuer Stand gefestigt war, begann er wieder Nachforschungen anzustellen. Jede Spur schien dabei ins Nichts zu führen. Gerade das stachelte ihn nur noch mehr an. Die Behringers waren 1946 definitiv in keine andere deutsche Stadt gezogen. Doch wohin dann? Es war für Deutsche nach dem Krieg unmöglich gewesen, einfach das Land zu verlassen. Er begann zu begreifen, dass sie Hilfe gehabt haben mussten, aber es gelang ihm nicht, die Ereignisse zusammenzusetzen, bis 1958! In diesem Jahr fand er heraus, dass das Haus der Behringers in Kladow verkauft worden war. Ein Anwaltsbüro in Berlin hatte die Angelegenheit abgewickelt. Der Auftrag war durch ein Londoner Partnerbüro erfolgt. Die Spur führte also nach England. Von da an war es ein Leichtes gewesen.

Und nun war er hier! Er lächelte kalt.

145

Sie hatten sich wieder einmal gestritten. Paul goss sich einen doppelten Whisky ein und leerte das Glas fast in einem Zug. Er hatte sie mit Kälte gestraft, obwohl er wusste, dass das für sie am schlimmsten war. Anastasia konnte nichts dafür, immer wieder sagte er sich das. Doch wäre sie nicht, dann hätte er Dora nicht verloren, die Dora, in die er sich einmal verliebt hatte … Dreizehn Jahre waren seit der Tragödie vergangen, aber es war kein Tag vergangen, an dem seine Frau nicht an Edith dachte. Er entsann sich, wie sie eine Zeit lang ständig das Fotoalbum auf ihren Knien hatte und sich wieder und wieder wie besessen die Bilder von Edith ansah. Voller Wut hatte er die Fotos eines Tages schließlich aus dem Album herausgerissen.

In Doras Blick hatte kaum mehr als ein stummer Vorwurf gelegen. Das Album hatte sie nie wieder hervorgeholt.

Bei der Erinnerung daran griff er erneut nach der Flasche.

Wenn es seiner Frau besser ging, versuchte sie, Anastasia zu schützen. »Wie kannst du nur? Lass sie, Paul, sie ist unser Kind«, sagte sie zu ihm.

Er bemühte sich, Anastasia aus dem Weg zu gehen, aber in der letzten Zeit war sie aufsässiger geworden. Sie wurde erwachsen und wehrte sich mehr und mehr. »Manchmal denke ich, dass du mich hasst«, hatte sie neulich unter Tränen zu ihm gesagt. Er war zusammengezuckt. Einige Tage hatte er sich danach zusammengerissen, doch heute war ihm das Unentschuldbare herausgerutscht. Sie hatte vor ihm gestanden und zu der Flasche gedeutet. »Du solltest weniger trinken, dann würden wir uns auch nicht so oft streiten, Dad.«

»Wenn du nicht wärst, würde ich das vielleicht auch gar nicht tun«, hatte er kalt erwidert. Im selben Augenblick hatte es ihm auch schon leidgetan. Fassungslos hatte sie ihn angesehen und war vorhin aus dem Haus gerannt.

Es klingelte, und er sprang auf, hoffte, dass Anastasia zurückgekommen war. Diesmal musste er sich entschuldigen und würde es auch tun.

Er riss die Tür auf und erstarrte beim Anblick des Mannes, der vor ihm stand.

»Herr Behringer!«

Paul fragte sich, wie er ihn nach all den Jahren gefunden hatte. Er sah gepflegter aus als früher, trug einen strengen Seitenscheitel, der seine kalten, beinah brutal wirkenden Gesichtszüge noch betonte. Doch seltsamerweise verspürte Paul keine Angst, oder der Alkohol nahm sie ihm.

»Was wollen Sie?«

»Mein Geld!«

»Es ist *mein* Geld, und Sie bekommen keinen Penny!«

»Das sehe ich anders. Haben Sie wirklich geglaubt, ich lasse das mit mir machen?«

»Erpressung ist auch strafbar!«

»Aber längst nicht so schlimm wie Mord.«

Paul verspürte plötzlich Wut. Er hatte das Gefühl, ohnehin nichts mehr verlieren zu können. »Es war kein Mord, sondern ein Unfall, ein tragischer. Das wissen Sie genau. Und wenn Sie zur Polizei gehen wollen, dann tun Sie es. Das Ganze liegt dreizehn Jahre zurück, und Sie haben keinerlei Beweise!«

Er sah dem Mann an, dass er mit dieser Reaktion nicht gerechnet hatte. »Sie werden zahlen, sonst werden Sie es bitter bereuen«, verkündete er drohend.

»Nein, und jetzt verschwinden Sie, sonst rufe *ich* die Polizei. Hier in England hat man nichts für ehemalige Nazis übrig.«

Einen Augenblick glaubte er, der Mann würde sich auf ihn stürzen, doch dann presste er nur die Lippen zusammen. »Das wird Ihnen noch leidtun!«

146

Paul hatte einfach die Tür geschlossen und war zurück ins Haus gegangen. Aus dem Fenster sah er, dass sich der Mann mit schnellen Schritten in Richtung Steilküste entfernte. Die Drohung hatte gewirkt. Er merkte, dass seine Gedanken zu Anastasia zurückkehrten. Er bereute zutiefst, was er gesagt hatte.

Seine jüngste Tochter, Carla, kam ins Wohnzimmer. »Wo ist Anna?«

»Sie ist noch mal rausgegangen.«

Die Zwölfjährige strich sich ihre glatten Haare aus dem Gesicht und musterte ihn prüfend. »Ihr habt euch wieder gestritten«, stellte sie fest.

Paul nickte.

Sie ließ sich auf der Sessellehne nieder. »Warum tut ihr das immer, Dad?«

Er zuckte die Schultern. »Weil das Leben kompliziert ist. Aber dieses Mal war es meine Schuld«, gab er zu.

»Sie kommt bestimmt gleich wieder«, sagte Carla. Wenn sie sich stritten, rannte Anastasia oft nach draußen. Als würde sie Luft zum Atmen brauchen. Ein, zwei Stunden später kam sie dann wieder zurück und ignorierte ihn.

Doch heute war dem nicht so. Um fünf Uhr begann sich seine Frau, die von ihren Einkäufen zurückkam, Sorgen zu machen. »Vielleicht ist sie noch zu einer Freundin gegangen«, versuchte er, Dora zu beruhigen, obwohl er selbst in Sorge war. Er rief bei Lauren und zwei anderen Schulfreundinnen an. Aber auch dort war Anastasia nicht.

Dora kam schließlich mit blasser Miene aus der Küche. »Carla sagt, ihr habt euch schon wieder gestritten! Wo ist sie?«

Sein schlechtes Gewissen wurde plötzlich übermächtig. »Ich werde sie mal suchen gehen.«

Mit zügigen Schritten, bei denen sein Knie schmerzte, lief er nach oben zur Steilküste. Der Wind peitschte ihm ins Gesicht. Was war nur aus ihm geworden. Er musste mit dem Trinken aufhören! So konnte es alles nicht weitergehen.

Suchend blickte er sich um. Aber von Anastasia fehlte jede Spur. Dafür sah er jemand anderes – den Mann. Er kam in seinem langen Mantel auf ihn zugeschlendert. Als Paul den Ausdruck in seinem Gesicht sah, die tiefe Genugtuung, überlief ihn ein eisiger Schauer. »Suchen Sie jemanden? Ihre Tochter vielleicht?«

Er ging voller Wut auf ihn zu. »Wo ist sie?«

Der Mann lächelte kalt. »Weit weg – sie ist gerannt, nachdem ich ihr erzählt habe, wer sie ist und was Sie mit ihrer echten Mutter getan haben!«

Paul erstarrte vor Entsetzen. »*Nein!*« Seine Stimme war kaum mehr als ein heiseres Flüstern.

Der Mann beugte sich dicht zu ihm. »Doch. Habe ich dir nicht gesagt, es wird dir leidtun? Ich werde dein Leben zerstören!«

»Du Schwein!« Paul stürzte sich auf ihn, und sie gingen beide zu Boden. Das Überraschungsmoment ließ ihn kurz die Oberhand gewinnen, und er holte aus und traf ihn mehrmals, aber dann reagierte der Mann. Er war nicht nur weitaus kräftiger und stärker – und auch nüchterner –, sondern wusste offenbar auch genau, wo er seinen Gegner treffen musste. Paul zuckte stöhnend vor Schmerz zusammen, als ihn die Faust und das Knie des anderen mehrmals mit voller Wucht an Magen und Kopf trafen. Er verspürte einen schrecklichen Schwindel, ihm wurde übel, doch der Mann, der auf ihm saß, schlug immer weiter zu. Sein Ausdruck war kalt. Er würde ihn töten, begriff Paul. Panik erfasste ihn. In einem letzten Anflug von Überlebenswillen krampfte sich seine Hand in das karge Gras, und er fühlte einen Stein unter seinen Fingern. Er umklammerte ihn, holte aus und traf den Mann mit voller Wucht an der Schläfe – er kippte um und blieb leblos auf der Seite liegen. Paul rollte sich stöhnend von ihm weg und rang nach Atem.

Dann blickte er zu dem Mann – er bewegte sich nicht. Ich habe ihn umgebracht, dachte er schaudernd. Nun war er auch noch ein Mörder!

PAUL

147

Der Kommissar hatte ihm schweigend zugehört und sich einen Zigarillo angezündet. »Und Sie behaupten, dieser Mann sei derselbe, dessen Leiche Sie damals angeblich nicht identifizieren konnten?« Seine Brauen zogen sich zusammen.

Paul nickte.

Pete Howard blies den Rauch aus. »Aber der Mann ist nicht durch einen Schlag am Kopf gestorben«, sagte er dann. »Er ist ertrunken!«

Müde zuckte Paul die Achseln. »Aber ohne den Schlag wäre er nicht die Klippen hinuntergestürzt, oder?«

Pete Howard musterte ihn, als würde er überlegen, ob er ihn noch für zurechnungsfähig hielt. »Das bleibt Spekulation, aber wenn Sie bei dem Zweikampf nach einem Stein im Gras gegriffen haben, lagen Sie einige Yards entfernt von der Klippe. Er hätte schon mehr als ein paar Schritte taumeln müssen!«

Paul schwieg.

Pete Howard stand mit einem Seufzen auf. »Gehen Sie nach Hause, Mr. Behringer. Wir tun am besten so, als hätte es dieses Gespräch nie gegeben, und lassen Sie mich Ihnen einen guten Rat geben. Erzählen Sie Ihrer Tochter Carla, was damals geschehen ist! Sie war bei mir und hat es verdient, die Wahrheit zu erfahren.«

CARLA

148

Ein beklommenes Gefühl ergriff Carla, als sie am Nachmittag auf ihr Elternhaus in Cornwall zufuhr. David und Jules hatten verstanden, dass sie erst einmal allein mit ihrem Vater sprechen musste. Die beiden hatten sich ein Zimmer in einer Pension in Boscastle genommen.

Ihr Vater stand bereits in der Tür.

Sie erschrak, als sie ihn sah. Er wirkte mitgenommen und um Jahre gealtert. »Ich habe Tee gemacht«, sagte er statt einer Begrüßung. Sie nickte und folgte ihm ins Wohnzimmer.

»Ich war in Berlin.«

»Das hat Tom mir erzählt«

»Tom?«

»Ja, er war auch bei deinem Psychiater. Ich verstehe, wenn du dich von ihm trennst«, fügte er hinzu. Dann wich er ihrem Blick aus, als spürte er genau wie sie, dass der Moment der Wahrheit gekommen war.

Sie suchte ihre Worte mit Bedachtsamkeit aus. »Dad, Anastasia ist nicht meine Schwester, nicht wahr?«

»Nein.«

Carla schluckte. Sie hatte nicht erwartet, dass er es so schnell eingestehen würde. »Edith ist Anastasias Mutter!«, sagte sie dann.

Er nickte.

Sie holte tief Luft. »Und was ist mit Edith geschehen? Habt

ihr sie … umgebracht, weil sie ihre Tochter zurückwollte?«, stieß sie leise hervor.

Sie bemerkte die Betroffenheit, die kurz in den Augen ihres Vaters aufflackerte, dass sie ihnen das tatsächlich zutraute. Er schüttelte den Kopf. »Nein, es war ein Unfall, ein schrecklicher, tragischer Unfall!« Und dann erzählte er ihr, was er kurz zuvor schon dem Kommissar berichtet hatte.

Voller Bestürzung hörte sie ihm zu. Zum ersten Mal in ihrem Leben sah sie ihren Vater weinen.

»Vielleicht hätte ich diesem Mann das Geld einfach geben sollen. Dann hätte er mich und uns alle in Ruhe gelassen – und Anastasia wäre nicht weggelaufen. Ich wollte mich wirklich bei ihr entschuldigen …«

Carla blickte ihn an. Seine Selbstvorwürfe erschütterten sie, und sie verspürte Mitleid und eine tiefe Traurigkeit über das, was geschehen war. Es war eine furchtbare Tragödie.

»Warum hast du es mir nicht gesagt, als ich dich nach Edith gefragt habe?«, fragte sie ihren Vater schließlich.

»Ich wollte nicht, dass du von unserer Vergangenheit belastet wirst. Als du im Sommer anfingst, Fragen zu stellen, hatte ich solche Angst, du könntest dich von uns abwenden, wenn du erfährst, was geschehen ist. Dann hattest du den Unfall und konntest dich nicht erinnern …« Er ließ den Satz unbeendet, aber auch so verstand sie. »Ich wollte dich nicht auch noch verlieren«, setzte er leise hinzu.

Sie griff mit zugeschnürter Kehle seine Hand. »Das hättest du nicht!«, erwiderte sie. Im selben Augenblick fragte sie sich jedoch, ob das stimmte. Wie hätte sie ohne den Hintergrund ihrer Nachforschungen reagiert? Wäre sie nicht einfach nur entsetzt gewesen? Sie hätte die gesamte Tragweite der Ereignisse nicht begriffen, musste sie zugeben. Ein einziger Moment, eine kurze impulsive Handlung, als ihre Mutter versucht hatte, Edith auf der Treppe festzuhalten, hatte auf dramatische Weise ihrer aller Leben für immer verändert. Ihre Eltern hatten einen hohen Preis für ihre Taten zahlen müssen – ihr persönliches Glück. Doch nicht nur sie. Sie dachte an Edith – und ebenso an Jules.

»Dad, es gibt etwas, das du wissen solltest … Anastasia lebt«, sagte sie zögernd und erzählte ihm, was sie herausgefunden hatten, auch dass der Mann, der ihn erpresst hatte, Heinrich Raven gewesen war. Diesen Verdacht hatte Davids Kontaktmann beim Mossad kurz vor ihrer Abreise bestätigt. »Wir wissen zwar, dass Anastasia lebt, aber nicht, wo sie ist«, fügte Carla hinzu.

Fassungslos blickte ihr Vater sie an. Dann glitt eine solche Erleichterung über sein Gesicht, dass es Carla erneut die Kehle zuschnürte. »Ich hatte es immer gehofft. Nachdem der Mann sagte, *dass sie gerannt ist,* war ich mir sicher, Anastasia wäre weggelaufen. Aber schließlich fanden sie ihren Rucksack und ihr Halstuch. Ich habe mir solche Vorwürfe gemacht.« Seine Stimme brach. »Ich bereue jeden einzelnen Tag, was geschehen ist, Carla. Dieses Unglück mit Edith, das, was ich Anastasia angetan habe und was sie erfahren musste, ihr Verschwinden, der Selbstmordversuch deiner Mutter … Das ist eine Schuld, die nicht wiedergutzumachen ist.«

Sie sah, dass er die Wahrheit sprach und wie sehr er unter den Folgen seiner Taten litt, und musste plötzlich daran denken, was Jules in seiner Biografie geschrieben hatte. »*Manchmal sind es die Dinge im Leben, über die wir nicht sprechen und unerwähnt lassen, weil uns die Worte fehlen und sie zu groß und gewaltig sind, um sie in ihrem Schmerz, ihrer schweren Last … auszudrücken, die von Bedeutung sind. Obwohl wir nach außen den Anschein erwecken, jene Ereignisse hätten nie existiert, um es uns leichter zu machen, sind sie es doch, die am prägendsten für unser Dasein sind.«*

Ihr Vater berichtete ihr auch, dass er bei der Polizei gewesen sei, um ein Geständnis abzulegen, aber Pete Howard ihn wieder nach Hause geschickt habe.

Sie dankte dem Kommissar insgeheim. »Dad, es gibt jemanden, dem du erzählen musst, was damals geschehen ist«, sagte sie. »Der ein Recht darauf hat, es zu erfahren – Jules!«

149

Als er nach Cornwall gekommen war, zusammen mit Carla und David, wusste er, dass seine Reise zu einem Ende kommen würde. Schon lange ahnte er, dass Edith nicht mehr lebte, und seitdem David in Erfahrung gebracht hatte, dass sich ihre Spur 1946 in Berlin verlor, war diese Ahnung mehr und mehr zu einer Gewissheit geworden.

Carla betrat die Pension, und er sah an ihrem Gesicht, dass er recht hatte, noch bevor sie es ihm sagte. Sie wirkte erschüttert und hatte geweint. »Jules. Mein Vater möchte mit dir sprechen.«

»Sie lebt nicht mehr, oder?«, fragte er leise.

Sie waren zu ihm gefahren. Jules erinnerte sich, dass er Paul Behringer einmal in den frühen Dreißigerjahren getroffen hatte. Der ehemalige Sportler war damals ein energiegeladener junger Mann gewesen. Jetzt erkannte man, dass das Leben, das hinter ihm lag, kein leichtes gewesen war.

»Ich wusste nicht, dass Sie noch leben, das müssen Sie mir glauben. Wir sind immer davon ausgegangen, dass Sie damals umgekommen sind, aber ich hätte es überprüfen müssen«, sagte Paul.

Schweigend hörte Jules ihm zu, als er stockend zu erzählen begann, was 1946 Schreckliches geschehen war.

Seine Gefühle hätten nicht zwiespältiger sein können. Paul schilderte, wie seine Frau versucht hatte, Edith auf der Treppe festzuhalten, und Jules musste sich an jenen Abend erinnern, an dem er Dora an der Spree das Leben gerettet hatte. Er verstand, was der Verlust des Kindes für sie bedeutet hätte, aber als er hörte, wie Edith mit dem Namen ihrer Tochter auf den Lippen gestorben war, empfand er nur Trauer und Wut – auf die Behringers genauso wie auf das Leben, Gott oder auch das Schicksal. Er spürte, wie der Schmerz, den er seit der letzten Begegnung mit Edith in sich trug, übermächtig wurde und sank in sich zusammen. Die Frau, die er geliebt und nie vergessen hatte – sie war tot! Tränen liefen über seine Wangen. Die kurzen Momente der Hoffnung und des Wünschens, sie könnten sich vielleicht doch noch einmal begegnen, sich in den Armen halten, erzählen, was in ihrem Leben geschehen war – all das würde nie stattfinden. Es war vorbei, er würde Edith nie wiedersehen!

Und nicht einmal ein Grab gab es, eine Möglichkeit, ihrer zu gedenken.

In Paul Behringers Gesicht spiegelten sich tiefe Scham und Reue, während er sprach, aber Jules verspürte kein Mitleid mit ihm. Nicht in diesem Moment. Er saß nur stumm da, dachte an die langen Monate, in denen er auf Edith gewartet hatte, geglaubt hatte, sie würde noch kommen, an das Kind, das man ihm vorenthalten hatte … Er hätte nicht sagen können, wie lange er so gesessen hatte, als ihm durch seinen Schmerz irgendwann dennoch bewusst wurde, dass Anastasia nicht leben würde, wenn Dora und Paul sich damals nicht ihrer angenommen hätten. Wäre sie mit Edith ins KZ gekommen, hätte sie als Baby kaum ein paar Wochen überstanden. Jules fragte sich, wie sie jetzt wohl aussah. Ob sie Edith oder ihm ähnelte. Er musste seine Tochter finden!

150

Das kleine Haus von Vlad lag genauso heruntergekommen und verfallen auf dem Felsen wie immer. Nur er stand dieses Mal nicht draußen.

Ein strenger Wind wehte ihnen entgegen. Jules hatte seinen Kragen hochgeschlagen. Seine Kondition war überraschend gut. Mit raschen Schritten war er neben ihr und David hergelaufen, als könnte es ihm nun nach all den Jahren nicht schnell genug gehen.

»Lasst mich erst mit ihm sprechen«, bat Carla einige Yards von dem Haus entfernt. Sie spürte Davids Blick, der noch immer prüfend auf ihr lag. Bei der Rückkehr von ihrem Vater hatte er ihre geröteten Augen gesehen, aber sie hatten noch keine Gelegenheit gehabt, alleine miteinander zu sprechen. Sie musste daran denken, was Jules am Flughafen zu ihr gesagt hatte. Völlig unvermittelt hatte er sich in einem Augenblick – David hatte noch ein Telefonat geführt – zu ihr gedreht: »Ihr seid ein schönes Paar. Er liebt dich, Carla, das tut er nicht oft. Und ich kenne ihn gut!«

Sie war rot geworden. »Das tue ich auch!«, hatte sie erwidert, und Jules hatte nur genickt, als wäre ihm das längst klar.

Auf dem Flug zurück hatte Carla dann über ihre Schwester nachgedacht, versucht, sich in Anastasia hineinzuversetzen, und sich gefragt, was sie, nachdem Heinrich ihr so brutal die

Wahrheit sagte, getan hatte. Wie konnte es ihr gelingen, so spurlos zu verschwinden? Während sie darüber nachdachte, war sie immer sicherer geworden, dass Vlad ihr geholfen hatte.

Sie lief die letzten Schritte zum Haus und öffnete, ohne zu klopfen, die Tür. Er saß auf einem Hocker und schnitzte etwas.

»Was willst du?«, herrschte er sie an. Sein zugewucherter Bart und die buschigen Augenbrauen ließen kaum etwas von seinem Gesicht erkennen, aber dennoch konnte sie sehen, dass er die Lippen zusammenkniff.

»Antworten!«

Er starrte sie an. »Ich hab dir nichts zu sagen. Verschwinde!«

Carla ließ sich nicht einschüchtern. »Meine Schwester war bei Ihnen, bevor sie verschwunden ist, oder?«

»Alles, was ich weiß, habe ich der Polizei gesagt«, erwiderte er unwirsch und schnitzte weiter.

»Nein, das glaube ich Ihnen nicht«, sagte sie und kam einen Schritt auf ihn zu. »Sie haben ihr geholfen. Ich weiß, dass Anastasia noch lebt.«

»Selbst wenn, es ist besser so für sie.«

»Sie hat Ihnen alles erzählt«, stellte sie fest, während sie beobachtete, wie seine wettergegerbten Finger gekonnt eine Form in das Holzstück kerbten. Der flüchtige Moment, in dem er kurz hochsah und sich ihre Augen trafen, verriet ihr, dass sie recht hatte. Sie entsann sich, was David über Vlads Zeit bei der Armee erzählt hatte, und ahnte, dass es nur einen Menschen gab, dem gegenüber er bereit sein würde zu sprechen.

»Sie wissen nicht alles. Ihr Vater, ihr richtiger Vater, sucht nach ihr!«, erklärte sie und verließ das Haus. Sie kehrte mit Jules zurück.

Ein überraschter Ausdruck glitt über Vlads Gesicht, als er Jules Cohn erblickte …

VLAD

151

Cornwall, 1959

Als sie das erste Mal zu ihm gekommen war, hatte sie plötzlich auf der Schwelle gestanden, ohne dass er sie hatte kommen hören. »Verschwinde«, hatte er sie genau wie alle anderen angeherrscht, und ein bedrohliches Gesicht gemacht.

»Ich weiß nicht, wohin«, erwiderte sie. Seltsamerweise schien sie nicht die gleiche Angst vor ihm zu haben wie die meisten. Vlad erkannte, dass sie die Tochter der Deutschen war – sie hatte geweint und wirkte unglücklich. Doch er wollte keine Menschen bei sich.

»Bitte, kann ich einen Augenblick bleiben? Ich bin auch still«, bat sie da.

Sie hatte etwas an sich, dass er es nicht über sich brachte, sie rauszuwerfen, so schwieg er einfach. Das Mädchen ließ sich auf einen Hocker sinken und sah ihm beim Schnitzen zu. Tatsächlich sagte sie kein Wort.

Sie blieb vielleicht zwanzig Minuten, dann stand sie auf. »Danke«, sagte sie und verschwand. Von da an war sie immer wiedergekommen.

Fast immer hatte sie zuvor geweint. Einmal bemerkte er einen roten Abdruck auf ihrer Wange. »Mein Vater hasst mich, und ich weiß nicht, warum«, sagte sie leise.

Er kochte ihr Tee, aber sie sprachen nie viel. Auch so begriff er, was war, und sie tat ihm leid, weil sie noch nicht wusste, wie die Welt da draußen wirklich war.

Eines Tages kam sie völlig verstört zu ihm. Sie weinte wieder und zitterte, und er erkannte sofort, dass diesmal etwas viel Schlimmeres geschehen sein musste. Unter Tränen berichtete sie ihm von dem Mann und wie er sie gezwungen hatte, sich anzuhören, was ihre Eltern getan hatten …

»Ich will weg, nur ganz weit weg, und sie nie wiedersehen! Sie sollen denken, dass ich tot bin.«

Er glaubte, dass sie es nicht ernst meinte, doch dann stand sie auf. »Auf Wiedersehen, Vlad. Danke, dass ich immer herkommen durfte.«

»Willst du das wirklich, weggehen – für immer?«

Sie nickte.

»Du bist nicht mal volljährig. Du wirst nicht weit kommen.«

»Aber zurück kann ich nicht. Niemals. Sie haben meine Mutter umgebracht!«

»Hast du wenigstens einen Ausweis?«

Sie schüttelte den Kopf. »Nur meine Schülerkarte.«

»Ich werde dir helfen.«

Auf seiner Suche nach Strandgut hatte er vor einigen Wochen das Portemonnaie einer jungen Frau mit einem Ausweis gefunden. Vlad hatte ihn aufbewahrt – so wie er alles aufbewahrte. *Lizzy Thompson.* Es würde hinkommen. Vlad wusste, wie man Papiere veränderte. Das hatte er bei der Armee für seine Einsätze in Deutschland gelernt. Mit dem Foto ihrer Schülerkarte würde es ein Leichtes sein. Er half Anastasia auch, ihr Äußeres zu verändern. »Bist du sicher, dass du das willst?«, fragte er immer wieder. Sie nickte stumm.

»Du darfst nie wieder hierher zurückkommen! Man wird denken, dass du tot bist!«

»Genau das will ich!«

Ihren Rucksack und ihr Halstuch behielt er bei sich. Dann war sie gegangen. Er wartete etwas und verspürte einen Moment der Traurigkeit, dass er sie nicht wiedersehen würde.

Schließlich nahm er ihre Sachen und lief die Steilküste ein Stück hinunter. Überrascht blieb er auf seinem Weg stehen, als er an den Klippen zwei Gestalten miteinander kämpfen sah. Einer von ihnen war der Deutsche. Er war unterlegen, der andere, der auf ihm saß, schlug gnadenlos und voller Härte auf ihn ein.

Vlad ahnte, dass er der Mann war, der Anastasia alles erzählt hatte. Er war sich sicher, der Deutsche würde sterben, als er unvermittelt mit etwas gegen die Schläfe seines Angreifers schlug und dieser zur Seite fiel und liegen blieb. Vlad duckte sich hinter einem Felsen und beobachtete, wie der Deutsche sich nach einigen Augenblicken wankend vor Schmerz wegbewegte. Er wartete etwas, bevor er Anastasias Sachen über die Klippen ins Meer warf und auf den Mann zuging, der bewegungslos auf dem Boden lag.

Sein kaltes Gesicht mit dem Seitenscheitel jagte ihm einen Schauer über den Rücken. Er starrte auf das aufgerissene Hemd. Seitlich auf dem Brustansatz war eine Tätowierung auf der Haut zu erkennen: das Symbol eines SS-Totenkopfs. Vlad kannte es nur zu gut, und auch das Gesicht des Mannes kam ihm bekannt vor! Lange Monate des Grauens stiegen vor seinem inneren Auge auf. Er hielt seinen Finger an den Puls des Mannes. Er lebte! Sein Blick glitt zum Meer. Dann packte er ihn.

CARLA

152

»Dann hat Vlad ihn getötet?«, sagte Carla nachdenklich, als Jules aus dem Haus des Kriegsveteranen mit blasser Miene wieder zu ihnen kam und erzählte, was er erfahren hatte.

»Ja«, bestätigte Jules. »Ich weiß, dass es nicht richtig ist und Heinrich Raven vor Gericht gehört hätte, aber ich empfinde nur Erleichterung, dass es ihn nicht mehr gibt, nach dem, was er den Menschen angetan hat.«

Einen Moment lang schwiegen sie alle.

Schließlich blickte Jules sie und David niedergeschlagen an. »Aber Vlad weiß nicht, wo Anastasia ist. Er hat mir nur berichten können, dass er ihr damals mit dem Ausweis einer Touristin weitergeholfen hat, die Lizzy Thompson hieß – und er hat das hier bekommen!« Er zeigte ihnen eine Postkarte.

Danke, dass Sie mir geholfen haben. Es geht mir gut, und ich versuche, ein neues Leben anzufangen. Passen Sie auf sich auf.

A.

David griff danach und versuchte den Poststempel zu entziffern. »Es sieht aus wie … *Kirkcaldy!* Das ist ein Ort in Schottland«, sagte er verblüfft.

An irgendetwas erinnerte Carla der Name. Sie blickte auf die Vorderansicht der Karte, die eine Schwarz-Weiß-Fotografie eines alten Spielfilms mit Humphrey Bogart zeigte. *Wie die Charlie-Chaplin-Karte*, schoss es ihr durch den Kopf. Und plötzlich wusste sie wieder, weshalb ihr der Ortsname bekannt vorkam. Sie schauderte. Das Hotel, in dem ihre Mutter versucht hatte, sich das Leben zu nehmen, hatte in Kirkcaldy gelegen. Dort hatte man sie in der Nähe auch ins Krankenhaus gebracht. Carla hatte plötzlich vor Augen, wie sie als Dreizehnjährige weinend vor ihrem Vater stand. »Aber warum hat sie versucht, sich in Schottland das Leben zu nehmen, Dad?« Hilflos hatte er die Achseln gezuckt. »Ich weiß es nicht, Carla, vielleicht hat sie gedacht, es wäre leichter für uns, wenn man sie weit weg von uns findet!«

Ihre Mutter hatte Anastasia gesehen, wurde ihr jetzt schlagartig klar – nach ihrem Verschwinden! Sie erzählte David und Jules, an was sie sich eben erinnert hatte, und beschloss, noch einmal zum Heim zu fahren.

Ihre Mutter, die gerade vom Abendessen aus dem Speisesaal gekommen war, stand in ihrem Zimmer am Fenster und blickte hinaus in die Dunkelheit. Carla trat neben sie und griff ihre Hand.

»Wie geht es dir, Mum?«

»Gut.« Ihre Mutter lächelte, wirkte aber wie so oft weit weg.

Carla wusste, dass sie es vorsichtig angehen musste. »Manchmal würde ich gerne wissen, was Anastasia jetzt macht«, sagte sie schließlich beiläufig.

Ihre Mutter nickte. »Ich habe sie so lange nicht mehr gesehen«, erwiderte sie traurig. »Arbeitet sie nicht mehr in dem Café?«

Carla blickte sie an. »Du meinst in Kirkcaldy?«, wagte sie einen vorsichtigen Vorstoß.

Ihre Mutter nickte. »Sie geht bestimmt oft ins Kino.«

»Ins Kino? Wie kommst du darauf?«

Doch sie antwortete ihr schon nicht mehr.

In einem Café. Davon gab es bestimmt einige in Kirkcaldy. »Wir werden sie einfach alle abklappern. Vielleicht ist ja ein Café neben einem Kino«, mutmaßte David, als sie ihn später traf. Jules hatte sich bereits hingelegt. Verständlicherweise hatten ihn die Ereignisse des Tages erschöpft und sehr mitgenommen, aber sie begriffen auch, dass er mit seiner Trauer allein sein wollte.

»Ich wünsche mir auch für ihn, dass wir Anastasia finden. Aber wie wahrscheinlich ist es, dass sie nach sechzehn Jahren noch in diesem Café arbeitet?«, wandte Carla zweifelnd ein.

David lächelte. »Aber wir wissen jetzt den Namen, unter dem sie wahrscheinlich eine neue Existenz angefangen hat. Damit werden wir sie finden!«

153

Schottland, zwei Tage später

Wie konnte ein Ort mit fünfzigtausend Einwohnern so viele Cafés und Pubs haben? Sie waren inzwischen in nahezu jedem gewesen, so kam es Carla vor, und hatten überall nach einer jungen Frau gefragt, die hier 1960 gearbeitet hatte. Sogar ein altes Foto von Anastasia hatten sie den Leuten gezeigt, aber alle schüttelten nur immer wieder höflich den Kopf.

Carla fühlte, wie eine zunehmende Frustration in ihr aufstieg, während sie über das Kopfsteinpflaster der mittelalterlichen Straße lief. Vielleicht lagen sie mit allem ganz falsch! In dem Telefonbuch, in das sie nach ihrer Ankunft als Erstes geschaut hatten, war keine Lizzy Thompson zu finden gewesen.

Wahrscheinlich war Anastasia längst umgezogen, und sie würden sie nie finden! Sie blickte zu Jules, der darauf bestanden hatte, sie zu begleiten, und erstaunlicherweise keine Spur von Erschöpfung zeigte, obwohl sie schon seit Stunden unterwegs waren.

»Dort drüben waren wir noch nicht, oder?« David zeigte auf eine Mischung aus Café und Bar, die *Casablanca* hieß. Innen hingen überall Filmplakate, und es herrschte eine gemütliche Atmosphäre. David und Jules setzten sich an einen Tisch, während Carla zu der Kellnerin hinter der Bar ging. Sie musste Ende dreißig sein.

»Entschuldigen Sie, kennen Sie eine Lizzy Thompson?«

Sie schüttelte den Kopf, während sie zwei Getränke auf ein Tablett stellte. »Nein, kenne ich leider nicht!«

Ein Mann, der gerade eine Kiste hereingetragen hatte, drehte sich mit einem argwöhnischen Ausdruck zu ihr. »Kann ich Ihnen vielleicht helfen?« Er war attraktiv, um die vierzig und hatte rötlich braune Haare. Sein Auftreten verriet ihr, dass er der Besitzer sein musste.

»Ja, ich bin auf der Suche nach jemandem«, erklärte Carla mit einem Lächeln. »Hat hier mal eine Lizzy Thompson gearbeitet? Kennen Sie sie vielleicht?«

Sein Gesichtsausdruck verschloss sich abrupt. »Nein, tut mir leid.«

Er wandte sich ab, doch etwas an der Art, wie er das tat, war merkwürdig. Wusste er doch etwas? Carla zog das Foto aus ihrer Handtasche, um es ihm zu zeigen, als plötzlich die Tür des Cafés aufgerissen wurde.

»Daddy, Daddy …« Ein kleines Mädchen mit dunklen Locken rannte durch den Raum und flog auf den Mann zu. Er bückte sich lachend und hob sie hoch. »Mia!« Er gab ihr einen Kuss.

»Mummy und ich haben Blumen gekauft.« Sie nestelte an seinem Ärmel. »Darf ich hierbleiben?«

Carla starrte das Mädchen an, als hätte sie ein Gespenst gesehen. Sie war vielleicht vier Jahre alt, aber trotzdem war die Ähnlichkeit nicht zu übersehen – die dunklen Locken, die Augen …

»Es tut mir leid, Jayden, sie war einfach nicht davon abzuhalten«, ertönte in diesem Moment eine fröhliche weibliche Stimme.

Carla fuhr herum. Eine Frau mit einem großen Blumenstrauß unter dem Arm war hinter dem Mädchen hereingekommen. Sie war schwanger – und es war ihre Schwester.

Im selben Augenblick hatte sie sie ebenfalls bemerkt. »Carla …«, stieß sie leise hervor.

ANASTASIA

154

Am Anfang hatte sie versucht, jeden Gedanken an früher und ihre Familie zu verdrängen. In ihrem Kopf hatte sie immer wieder die Stimme des Mannes gehört, als hätten sich seine Worte in ihr Innerstes gebrannt: »*Sie sind nicht deine Eltern. Sie haben dich nur zu sich genommen, weil deine richtige Mutter im KZ war. Sie hieß Edith Theußenberg, hat es mit einem Juden getrieben, der dein Vater ist. Aber nach dem Krieg, da wollte Edith dich wiederhaben, und weißt du, was die Frau, die sich deine Mutter nennt, getan hat? Sie hat sie die Treppe hinuntergestürzt!*«

Es war sein Gesicht, das sie nie vergessen würde. Die Genugtuung, die darin zu lesen stand, während er sprach und ihr Leben zerstörte. Erst wollte sie ihm nicht glauben, aber dann begann sie voller Entsetzen zu begreifen, dass er die Wahrheit sagte, denn plötzlich erinnerte sie sich an eine lange zurückliegende Begebenheit in ihrer Kindheit. Sie war vielleicht fünf Jahre alt und hatte mit ihren Eltern noch in Berlin gelebt. Es waren kaum mehr als schemenhafte Bilder. An der Tür hatte es geklingelt. Sie war in ihrem Kinderzimmer. Dann hörte sie auf einmal einen dumpfen, polternden Lärm – und einen Schrei. Als sie erschrocken aus ihrem Zimmer gelaufen kam, lag unten an der Treppe eine fremde Frau. Ihre Mutter weinte verzweifelt. Später sagte ihr Vater, sie hätte das nur geträumt, aber sie hatte immer gewusst, dass das nicht stimmte.

Kurz darauf waren ihre Eltern und sie nach England gegangen. Es passte alles – die Depressionen ihrer Mutter, die Ablehnung ihres Vaters, der Wut, ja beinah Hass für sie zu empfinden schien. Ihre echte Mutter war tot, und sie war nicht ihr leibliches Kind, war ihr an diesem Nachmittag vor sechzehn Jahren schmerzhaft klar geworden. Als sie endlich die Kraft fand, sich von dem Mann loszureißen, war sie geflohen – erst zu Vlad und dann mit seiner Hilfe weiter nach Schottland.

Sie fing in einem Café an zu arbeiten, nannte sich Lizzy Thompson und erfand eine Biografie, wer sie angeblich war. Es war eine einsame und schwere Zeit. Die Vorstellung, was ihre Eltern getan hatten, verfolgte sie. Ihr ganzes Leben, alles, was sie bisher gewesen war und man ihr erzählt hatte, war eine Lüge.

Nur an Carla, ihre kleine Schwester, die für all das nichts konnte, dachte sie mit anderen Gefühlen. Sie vermisste sie und verspürte ein schlechtes Gewissen bei dem Wissen, dass sie sie für tot hielt. Einmal sah sie in dem Postkartenständer eines kleinen Ladens eine Karte mit dem Foto eines alten Charlie-Chaplin-Films, den sie beide früher einmal zusammen angeschaut hatten, und schickte sie ihr. Nur die Adresse tippte sie mit einer Schreibmaschine und schrieb nichts dazu.

Ungefähr ein Jahr, nachdem sie verschwunden war und es ihr anfing, etwas besser zu gehen, stand auf einmal ihre Mutter vor ihr. »Anastasia«, sagte sie bittend, ein Schatten ihrer selbst.

Sie begriff, dass sie sie über den Stempel der Postkarte an Carla gefunden haben musste. Ihr gegenüberzustehen war mehr, als sie ertragen konnte. Es war schrecklich, sie erinnerte sich noch heute, wie sie zitterte, weil sie in ihren Gefühlen so hin- und hergerissen war. Sie hasste sie, wollte sie nie wiedersehen, und trotz allem hatte sie sie so furchtbar vermisst. Vielleicht war sie gerade deshalb besonders hart zu ihr. »Ich bin nicht mehr Anastasia, und du bist nie meine Mutter gewesen. Ich weiß, was du getan hast. Verschwinde aus meinem Leben. Ich will dich nie wiedersehen!«

Sie war blass geworden und hatte sie so entsetzt angesehen, dass Anastasia beinah schwach geworden wäre, doch dann hatte ihre Mutter sich umgedreht und war gegangen.

Sie selbst war vor den Blicken der Gäste nach hinten geflüchtet. Jayden hatte sie später weinend im Lagerraum gefunden. Damals hatte er gerade als Barkeeper im Casablanca angefangen. »Was ist denn, Lizzy?«

»Nichts«, hatte sie gesagt, obwohl es offensichtlich war, dass es nicht stimmte. Jayden war klug genug, nicht zu insistieren, und nahm sie einfach schweigend in den Arm.

Erst später, als sie längst ein Paar waren, hatte sie ihm die Wahrheit erzählt. »Ich weiß nicht, wer ich bin, ich kenne meine Eltern nicht. Es fühlt sich an, als hätte mir dieser Mann einen Teil meines Ichs gestohlen, als er mir die Wahrheit erzählt hat«, versuchte sie, ihm zu erklären. Jayden bestärkte sie darin, Nachforschungen nach Edith Theußenberg anzustellen. So war sie schließlich nach Berlin gereist. Von dem, was ihr die Leute dort erzählten, gelang es ihr, eine vage Vorstellung ihrer leiblichen Mutter zu bekommen. Sie ahnte, dass sie ihr ähnlich gesehen hatte, und wünschte, sie hätte sie gekannt, genauso wie ihren Vater, von dem sie nie etwas würde in Erfahrung bringen können, weil sie nicht einmal seinen Namen wusste.

Als sie schließlich nach Schottland zurückkehrte, spürte sie innerlich ein wenig mehr Frieden. Sie konnte ihren Eltern in Cornwall nicht verzeihen, doch mit den Jahren, die dahinflossen, fiel es ihr schwerer, nur an das zu denken, was sie Schlimmes getan hatten. Auch die anderen Augenblicke kehrten zurück – Erinnerungen an ihre Kindheit, die auch schön waren, in denen ihre Eltern voller Liebe mit ihr und Carla spielten, ihnen Geschichten vorlasen, Ausflüge mit ihnen machten und ihr Vater noch nicht getrunken hatte. Sie fragte sich oft, wie es wohl Carla ging. Einmal, bei einer Reise nach London, war sie sicher, sie kurz auf der Straße zu sehen. Ihre Augen trafen sich, doch Anastasia tauchte schnell wieder in der Menge unter. Wie sollte sie ihrer Schwester erklären, warum sie gegangen war, ohne ihr die Wahrheit über ihre Eltern zu sagen?

Etwas in ihr wurde mit der Zeit weicher – vielleicht waren es auch die Jahre, die vergangen waren. Vor allem in den bedeutenden Momenten ihres Lebens – als Jayden und sie heirateten, das Casablanca kauften und schließlich ihre Tochter Mia zur Welt kam – wusste sie, würde ihre Mutter ihr heute noch einmal gegenüberstehen, sie wäre nicht fähig, sie noch einmal mit denselben harten Worten zurückweisen, sondern würde ihr Fragen stellen. Viele Fragen!

»Wünschst du dir manchmal, sie deshalb noch mal zu sehen?«, fragte Jayden, der sie so gut kannte.

»Ich kann nicht zurück. Das ist vorbei!«, sagte sie, und das hatte sie auch immer geglaubt – bis heute …

Anastasia merkte, wie ihr die Blumen aus der Hand glitten und zu Boden fielen. Fassungslos blickte sie ihre Schwester an. Das aparte Gesicht mit den grünen Augen gehörte einer erwachsenen Frau, aber trotzdem konnte sie eindeutig die Züge der damals Zwölfjährigen erkennen. Sie war ihr fremd und gleichzeitig so unglaublich vertraut. Ihr langes Haar fiel ihr weit über die Schultern, und als ihr Blick sie traf, lag darin ein stiller Vorwurf und zugleich eine solche Freude, dass Anastasia der Atem stockte.

»Carla«, stieß sie erneut hervor, und dann fielen sie sich in die Arme. Beide fingen sie gleichzeitig zu sprechen an, lachten und umarmten sich unter Tränen erneut. Plötzlich hielt Carla inne.

Erst in diesem Moment bemerkte Anastasia, dass sich von einem der Tische zwei Männer erhoben hatten. Der eine musste der Freund oder Mann ihrer Schwester sein – sie erkannte es an der Art, wie er zu Carla schaute –, der andere war älter und schien nur sie zu sehen. Ein Lächeln glitt über sein Gesicht, und er blickte sie an, vertraut und voller Wärme, fast als würde er sie kennen …

Sie spürte, wie ihre Schwester sie sanft am Arm fasste. »Anastasia, ich muss dir jemanden vorstellen. Jemand sehr Besonderes. Das ist Jules – dein Vater!«

Sechs Monate später

155

Die Sonne schien durch einen Spalt der Gardinen. Carla öffnete verschlafen die Augen und drehte sich zur Seite, doch der Platz im Bett neben ihr war leer. Benommen richtete sie sich auf. Es war fast zehn Uhr. Sie griff nach ihrem Morgenmantel und warf ihn über, bevor sie den langen Flur entlang zu Davids Büro lief. Schon von Weitem hörte sie sein schnelles Tippen.

Als sie durch die Tür trat, unterbrach er lächelnd seine Arbeit. »Guten Morgen, Langschläferin!« Er zog sie zu sich, und sie ließ sich auf seinen Knien nieder.

»Zehn Uhr ist für Samstag durchaus eine gesittete Zeit«, erwiderte sie und schlang die Arme um seinen Hals. Fast ein halbes Jahr waren sie jetzt zusammen und verliebter denn je.

Nach den dramatischen Ereignissen im letzten Herbst war viel passiert.

Ihre Schwester, die im Winter einen kleinen Sohn namens Collin zur Welt gebracht hatte, und sie hatten wieder regelmäßigen Kontakt. Jules war inzwischen ein fester Bestandteil von Anastasias Leben. Er hatte sich eine kleine Wohnung in Kirkcaldy gemietet, und wann immer er in Europa war, verbrachte er auch ein paar Tage dort bei seiner Tochter und ihrer Familie. Er hatte ihr viel von Edith und früher erzählt, auch von ihrer Freundschaft zu Dora.

Das Wissen, dass ihre Mutter Edith nicht absichtlich die Treppe hinuntergestoßen hatte, machte es ihrer Schwester etwas leichter, nicht jeden Kontakt mit ihren einstigen Eltern zu verweigern. Paul hatte Anastasia um ein Gespräch gebeten.

Carla hatte ihrer Schwester angesehen, wie nachdenklich sie nach dessen Geständnis war. »Ich weiß, er zeigt Reue und es tut ihm wirklich leid, aber trotzdem, seitdem ich eigene Kinder habe, kann ich noch weniger verstehen, wie er mir das damals antun konnte«, sagte sie zu Carla. Es würde viel Zeit brauchen, um ihm zu verzeihen. Dafür war Anastasia schließlich zu Dora gefahren. Jules war es gewesen, der sie zu diesem Besuch bewegt hatte. Er hatte ihr von Doras Selbstmordversuch in Schottland erzählt und wie er ihr vor vielen Jahren in einer Nacht in Berlin selbst einmal das Leben gerettet hatte. »Sie muss ihren Frieden machen, Anastasia«, sagte Jules. »Das kann sie nur, wenn du zu ihr gehst.«

Auch er selbst hatte Dora besucht, und obwohl Carla nicht wusste, was er zu ihr gesagt hatte, spürte sie, dass es ihrer Mutter seitdem besser ging.

Jules hatte ihren Vater außerdem gebeten, ihm genau zu erklären, wo er Edith in Berlin begraben hatte. Das Feld mit den Scheunen befand sich noch immer in Pauls Besitz, wie sich herausstellte. Im Januar war Jules zusammen mit Anastasia und ihrer Familie nach Berlin geflogen, Carla und David hatten sie begleitet. An dem kleinen Hain, wo sich Ediths Grab befand, hatten sie Blumen niedergelegt und jeder einen Stein, um ihrer zu gedenken. Jules hatte Mozarts Requiem auf seiner Violine gespielt. Es war ein trauriger, aber schöner Moment gewesen, und sie hatte gespürt, wie wichtig es vor allem für Jules war, noch einmal richtig von der Frau, die er so geliebt hatte, Abschied nehmen zu können.

So viel war passiert. Fast ungläubig erinnerte sich Carla, wie unglücklich und verzweifelt sie im letzten Jahr gewesen war. Tom und sie hatten inzwischen die Scheidung eingereicht. Ihre Erinnerung aus der Zeit vor dem Unfall war allerdings nie ganz zurückgekommen, doch es besaß keine

Bedeutung mehr für sie. Das, was sie hatte wissen müssen, hatte sie in Erfahrung gebracht. Sie hatte ihre Schwester gefunden – und noch viel mehr! Mit einem Lächeln küsste sie David.

Danksagung

Ich möchte an dieser Stelle allen jenen danken, die mich bei der Arbeit und auf dem Weg zu diesem Roman unterstützt und begleitet haben: meiner Familie und meinen Freunden; meiner Lektorin Carola Fischer, die mit ihren wichtigen Anmerkungen und Fragen die Geschichte auch dieses Mal wieder wertvoll bereichert hat; meinem Agenten Joachim Jessen; Britta Hansen und Eileen Sprenger vom Diana-Verlag – ich freue mich ganz besonders über das Cover; Liane, die abermals zu meinen Erstlesern gehört, genauso wie meinem Mann, dem dieses Buch erneut gewidmet ist und der die Welt meiner Romane ebenso teilt wie mein reales Leben.

Mein Dank gilt aber auch einer Reihe von Autoren, deren Bücher für mich eine bereichernde und unentbehrliche Hilfe waren, um die Zeit unter der Diktatur der Nationalsozialisten politisch, historisch und auch menschlich besser zu begreifen. Einige bedeutende möchte ich hier auch namentlich nennen: Allen voran *Das Dritte Reich und die Juden* von Saul Friedländer; *Hitlers willige Vollstrecker* von Daniel Jonah Goldhagen; *Berlin 1933–1945* von Michael Wild u. Christoph Kreutzmüller (Hrsg.); *Judenverfolgung in Berlin* von Wolf Gruner; *Überleben im Dritten Reich* von Wolfgang Benz (Hrsg.) und in ganz besonderer Weise auch die persönlichen Lebensberichte *Der Passfälscher* von Cioma Schönhaus, *Ich trug den gelben Stern* von Inge Deutschkorn und *Auf festem Fusse* von Hermann Zondek.

Im Jahr 2013 gab es in Berlin anlässlich des 80. Jahrestags der Machtergreifung der Nationalsozialisten und des 75. Jahrestags der Novemberpogrome das Themenjahr *Zerstörte Vielfalt.* Im Mittelpunkt der zahlreichen Ausstellungen und Aktivitäten stand vor allem die Erinnerung an die Menschen in Berlin, die einst zur Vielfalt dieser Stadt beigetragen haben. Ihre Schicksale waren für mich eine gleichermaßen wichtige wie bewegende Informationsquelle.

In diesem Zusammenhang möchte ich auch noch die beeindruckende ständige Ausstellung *Wir waren Nachbarn* im Rathaus Schöneberg nennen, die mich die Stadt, in der ich seit Langem lebe, noch einmal mit einem völlig neuen Blick hat sehen lassen.

Claire Winter, Berlin im Januar 2015

LESEPROBE

CLAIRE WINTER

Die geliehene Schuld

1949 blicken vier junge Menschen aus Deutschland einer hoffnungsvollen Zukunft entgegen. Doch die Vergangenheit lässt sie nicht los: Sowohl für Vera und Jonathan als auch für Marie und Lina werden die Folgen des Zweiten Weltkrieges zu einer ungeahnten Gefahr.

ISBN 978-3-453-29194-2
erscheint im März 2018

Prolog

Allgäu, April 1945 …

Dichte Wolken schoben sich immer wieder vor den Mond, der für kurze Augenblicke gerade genug Licht spendete, um die schroffen Felsen der Berggipfel sichtbar werden zu lassen, bevor sie auch schon wieder von der nächtlichen Schwärze verschluckt wurden. Die Männer, die sich im Schutz der Dunkelheit die Berge hinaufkämpften, kannten ihren Weg. Gelegentlich hielten sie inne, verlangsamten ihren Schritt, bis sie sicher waren, ausreichend Halt auf dem manchmal unebenen und oft gefährlich rutschigen Grund zu haben; dann stiegen sie mit ihrer wertvollen Last eilig weiter. Wie geisterhafte Schatten bewegten sie sich vorwärts. Keiner von ihnen sprach ein Wort oder wagte, ein Licht anzuzünden.

Über Wochen hatten sie alles vorbereitet und die Plätze sorgfältig ausgesucht – einsam und weit voneinander entfernt gelegen.

Als die Männer die Stelle, die sie in dem hiesigen Gebirge ausgewählt hatten, schließlich erreichten, machten sie sich stumm und schnell an die Arbeit. Der Stahl der abgedichteten Kisten blitzte kurz im Dunkeln auf, ehe sie sie in die Tiefe der Gruben hinabließen, die sie schon Tage zuvor ausgehoben und zur Tarnung abgedeckt hatten. Anschließend schütteten sie alles wieder mit Erde zu und verteilten Moos und Steine auf den Stellen.

Es war der letzte Teil ihrer Beute, den sie heute vergruben. Ein kalter Regen, der ihre Spuren verwischen würde, schnitt ihnen scharf ins Gesicht, ohne dass sie es wirklich spürten. Einen kurzen Moment lang standen die Männer einfach nur still da. Vielleicht zum ersten Mal wurde ihnen bewusst, dass ihre Welt für immer untergegangen war und ihre Augen trafen sich. Sie streckten ein jeder die Hand aus und schlugen ein, um den Pakt, den sie geschlossen hatten, erneut zu besiegeln.

Der Morgen graute bereits, als sie sich wenig später in unterschiedliche Richtungen an den Abstieg machten. Keiner von ihnen wusste, wann sie sich wiedersehen würden …

Jonathan

1

Köln, Mai 1949, vier Jahre später

Der Laden, den man ihm beschrieben hatte, lag am Ende der Straße. Suchend irrten Jonathans Augen über die Häuser. Die Kölner Innenstadt unterschied sich auf den ersten Blick kaum von der in Berlin – Ruinen, zerstörte Fassaden mit ausgebrannten Fenstern, Trümmerhaufen und kaum ein unversehrtes Haus dazwischen. Wegbeschreibungen sind eine eigene Herausforderung geworden, dachte er bei sich und unterdrückte ein Seufzen.

Erleichtert atmete er auf, als er das Geschäft schließlich an der nächsten Ecke entdeckte. Er beschleunigte seinen Schritt. Es war ein kleiner Gemischtwarenhandel, in dem man neben Lebensmitteln auch Seife, Kurzwaren und Papier erstehen konnte. Eine dünne alte Frau in einem Kittel stand hinter der Ladentheke. Sie nickte ihm grüßend zu.

»Kann ich bei Ihnen Packpapier oder einen Pappkarton kaufen? Ich müsste dringend etwas verschicken.« Jonathan griff nach seiner Aktentasche und zog die Unterlagen hervor, um die Größe der Sendung zu veranschaulichen.

Sie musterte erst die Mappe, dann ihn. Neugierde blitzte in ihrem Gesicht auf, und er fragte sich einen Moment lang, ob man ihm die schlaflosen Nächte und das, was hinter ihm lag, so ansah. »Pappkartons haben wir nicht, aber Packpapier«, sagte sie schließlich mit einer überraschend heiseren Stimme. Ihre magere Hand griff hinter sich nach einer braunen Rolle und Schnur.

»Würde es Sie stören, wenn ich das Paket hier fertig mache? Ich müsste es gleich verschicken.«

»Aber nein, junger Mann.« Sie nickte ihm zu. »Hier, die werden Sie bestimmt brauchen.« Sie reichte ihm eine Schere und deutete auf einen kleinen Tisch, der sich am Ende einer engen Reihe mit hohen Regalen befand, an dem er das Paket einpacken und beschriften konnte.

Ein eigenartiger Geruch nach scharfem Putzmittel und Vorräten hing hier hinten in der Luft. Jonathan schnitt ein großzügiges Stück von dem braunen Papier ab.

Dann hielt er plötzlich für einen Augenblick inne. Was, wenn er sich alles nur einbildete? Unwillkürlich sah er wieder sein Zimmer in der Pension vor sich, als er gestern nach seinen Recherchen dorthin zurückgekehrt war. Vielleicht war es wirklich nur ein gewöhnlicher Einbruch gewesen? Diebe, die nach Geld, einer Uhr oder irgendwelchen Sachen gesucht hatten, die sie verkaufen konnten? Die meisten Menschen hatten noch immer kaum genug zum Überleben. Doch die Art, wie die Matratze vom Bett gezogen und die Möbel verrückt worden waren, hatte so gewirkt, als hätte jemand nach etwas ganz Bestimmten gesucht. Nein, er täuschte sich nicht.

Eilig schrieb Jonathan ein paar persönliche Zeilen zur Erklärung, die er dem Paket beilegte. Seine Kehle schnürte sich zu, als er überlegte, zu berichten, was er in Köln noch erfahren hatte. Doch er entschied sich dagegen. Die Zeit war zu knapp.

Als er fertig war, gab er der Frau die Schere zurück und zahlte. Er bedankte sich und ließ sich noch beschreiben, wo sich das nächste Postamt befand, bevor er mit dem Paket unter dem Arm wieder nach draußen trat.

Sein Blick hob sich für einen Moment zum Dom, dessen Silhouette sich majestätisch über der Stadt zeigte. Wie durch ein Wunder hatte das berühmte Wahrzeichen während des Krieges keinen größeren Schaden genommen.

Passanten eilten geschäftig an Jonathan vorbei, und er lief mit dem Strom der Menschen mit, zwischen denen er sich halbwegs sicher fühlte. Dennoch drehte er sich einige Male wie unter einem Zwang um. Seitdem er am Morgen von seinem Besuch im Untersuchungsgefängnis gekommen war, hatte er den Eindruck, dass man ihn beobachtete.

Ein Frösteln ergriff ihn, obwohl es Ende Mai war und die Temperaturen angenehm warm waren. Noch einmal führte er sich vor Augen, was er in den letzten Wochen herausgefunden hatte. Voller Bitterkeit erinnerte er sich an das Gespräch mit dem italienischen Priester, das seine schlimmsten Vermutungen bestätigt hatte. Als Journalist gehörte es zu seinen Aufgaben, Geheimnisse aufzudecken und die Wahrheit ans Licht zu bringen. Aber in seiner gesamten journalistischen Laufbahn hatte er nie einen Fall wie diesen erlebt. Etwas, das solche Ausmaße hatte! Es wäre dumm zu glauben, dass er sich nicht in Gefahr befand. Vor allem, wenn er bedachte, was noch geschehen war. Ein angespannter Ausdruck glitt über Jonathans Gesicht.

Dass er trotz allem immer an Gerechtigkeit geglaubt hatte, erschien ihm jetzt wie blanker Hohn. Wenn es alles stimmte … die Öffentlichkeit musste davon erfahren! Bei dem Gedanken fasste er das Päckchen unter seinem Arm fester.

Nur einige Meter weiter wurde bereits das Gebäude sichtbar, in dem sich die Post befand. Jonathan beschleunigte seinen Gang und ignorierte, dass sein Knie dabei ein wenig schmerzte. Er warf noch einmal einen kurzen Blick über seine Schulter, bevor er die Stufen zum Eingang hochstieg.

Zwei Männer, die ihre Hüte ins Gesicht gezogen hatten, waren auf der anderen Straßenseite zu sehen. Standen sie schon länger dort? Einer von ihnen rauchte eine Zigarette und musterte ihn.

Hastig trat Jonathan durch die Tür in den Schalterraum, in

dem er sich in der Schlange anstellte. Ein Kunde hinter ihm stieß gegen ihn. Er zuckte zusammen.

»Verzeihung«, murmelte der Unbekannte.

Jonathan nickte knapp. »Keine Ursache«, erwiderte er. Der Mann, der ihm ein entschuldigendes Lächeln schenkte, wirkte harmlos. Doch Jonathan merkte, dass er immer noch nervös war.

Endlich war er an der Reihe. »Einmal nach Berlin, bitte. Per Eilzustellung.« Erleichtert sah er, wie der Postbeamte den Umschlag mit Marken und Stempel und einem Expressvermerk versah und das Päckchen zwischen den anderen Sendungen in einem der großen Körbe verschwand. Es kam ihm vor, als hätte ihm jemand eine schwere Last von den Schultern genommen.

Als er die Post verließ, waren auch die beiden Männer vor dem Gebäude verschwunden. Befreit atmete er durch und spürte, wie er endlich wieder ruhiger wurde.

Er überlegte, was er heute noch tun musste. Bevor er nach Berlin zurückreiste, wollte er unbedingt mit dem Anwalt sprechen. Er bog in eine leere Straße ein, die weiter in das Viertel führte, in dem seine Pension lag. Schritte waren plötzlich hinter ihm zu hören, und Jonathan wollte sich gerade umdrehen, als sich ein lautes Motorengeräusch von vorne näherte. Ein Lieferwagen bog um die Ecke. Er fuhr zu schnell – viel zu schnell. War der Fahrer betrunken? Der Wagen raste in der engen Straße direkt auf ihn zu. Jonathan suchte panisch nach einer Möglichkeit, auszuweichen. Das Fahrzeug kam immer näher.

Für den Bruchteil eines Augenblicks sah er das Gesicht des Mannes hinter dem Steuer – die zusammengekniffenen Augen und die Entschlossenheit in seinen Zügen. Wie aus weiter Ferne hörte Jonathan hinter sich jemanden aufschreien, während im selben Moment Gedanken, Bilder und Erinnerungen in einer aberwitzigen Geschwindigkeit durch seinen Kopf rasten und ihn in einem Strudel mit sich rissen. Er hätte in dem Brief doch schreiben sollen, was er in Köln noch Schreckliches erfahren hatte, durchfuhr es ihn, als ihn der Wagen auch schon erfasste – und er als Letztes ihr Gesicht vor sich sah.

Vera

2

Berlin, Mai 1949, drei Tage später

Die aufgehende Sonne hatte die Straße in ein warmes, helles Licht getaucht. Draußen war es ruhig und friedlich – nur das Gezwitscher der Vögel war zu hören und aus der Ferne die Stimmen einiger Kinder zu vernehmen. Vera, die mit ihrer Tasse in der Hand an das geöffnete Fenster getreten war, lauschte einen Moment andächtig. Noch vor einigen Wochen wäre das undenkbar gewesen, und man hätte stattdessen das nicht abreißen wollende Motorengeräusch der Flugzeuge gehört, die auf ihrem Weg nach Tempelhof über die Dächer der Stadt hinweggedonnert waren. Über elf Monate war Westberlin allein über die Luftbrücke versorgt worden. Nur drei Jahre nach Kriegsende war die Blockade der Sowjets für sie alle ein Schock gewesen.

Vera trank einen Schluck von ihrem Kaffee, den sie von ihren sorgfältig aufbewahrten Bohnen frisch aufgebrüht hatte, die nach wie vor schwer zu erstehen waren, und genoss die wärmenden Strahlen auf ihrem Gesicht.

Berlin war noch immer weit von der Normalität entfernt. Aber zumindest frisches Obst und Gemüse konnte man jetzt wieder kaufen, der Strom wurde nicht mehr nur für ein paar Stunden zugeteilt, und der Verkehr funktionierte auch einigermaßen. Erst im Nachhinein war den Menschen in Westberlin und auch ihr selbst klar geworden, wie ernst die Lage der letzten Monate wirklich gewesen war.

Ihr Blick wanderte die Straßen entlang, in der kaum mehr als die Hälfte der bürgerlichen Mietshäuser, die hier um die Jahrhundertwende entstanden waren, noch bewohnbar waren. Unwillkürlich blieben ihre Augen an den zarten Trieben eines Bäumchens hängen, das sich direkt gegenüber auf der anderen Seite inmitten der Schutt- und Mauerreste einer Häuserruine seinen Weg ins Leben erkämpfte. Ein Lächeln glitt über ihr Gesicht. Die Durchsetzungskraft der Natur war beeindruckend und beruhigend zugleich, wie sie fand. Sie nahm einen letzten Schluck von ihrem Kaffee und wandte sich vom Fenster ab, nachdem sie auf die Uhr geschaut hatte. Es wurde Zeit, dass sie sich fertig machte. Um acht musste sie in der Redaktion sein.

Die Wohnung, in der sie lebte, war winzig und spärlich möbliert. Doch sie war dankbar, überhaupt ihre eigenen vier Wände zu haben und nicht mehr länger ein Zimmer zur Untermiete bewohnen zu müssen, wo sie gezwungen war, sich mit anderen Bewohnern Küche und Bad zu teilen.

Ohne groß zu überlegen, griff sie nach einem leichten Sommerkleid aus ihrem Schrank – sie besaß ohnehin nur zwei –, schlüpfte hinein und kämmte sich vor dem kleinen Spiegel, der auf der Kommode neben ihrem Bett stand. Vor drei Wochen hatte sie ihr dunkelblondes Haar abgeschnitten, das ihr bis dahin fast bis zur Taille gegangen war. Nun fiel es ihr in leichten Wellen bis auf die Schultern hinab. Der Anblick war ihr noch immer ein wenig fremd. Doch sie hatte eine Veränderung gewollt und gebraucht. Ein sichtbares Zeichen! Ihr Rücken straffte sich. Bewusst vermied sie es, zu dem umgedrehten Foto zu sehen, das nach wie vor auf ihrem Nachttisch lag. Es ganz wegzupacken hatte sie dann doch nicht fertiggebracht.

Sie musterte ihr Gesicht, den ernsten Ausdruck, der sich auf einmal darin zeigte. Sie wusste, dass sie so ungeschminkt und unfrisiert jünger als siebenundzwanzig aussah, obwohl sie sich innerlich um Jahre älter fühlte, aber so ging es wohl den meisten ihrer Generation. Entschlossen verdrängte sie die Schatten der Vergangenheit, die sich noch immer so oft in ihr Bewusstsein zurückschlichen, ohne dass sie etwas dagegen tun konnte. Aber sie wollte nicht mehr zurückdenken, sondern diese Zeit und ihre Schrecken endlich für immer hinter sich lassen. Vera zog ihre Lippen nach und ordnete das Haar. Dann griff sie nach ihrer Handtasche und der Strickjacke. Sie war schon fast an der Tür, als sie noch einmal innehielt, zurückging und eine leere Milchflasche mit Leitungswasser in der Küche füllte, die sie mit nach unten nahm.

Bevor sie zu ihrem Fahrrad ging, überquerte sie die Straße und goss das kleine Bäumchen an der Ruine. Sein Lebenswille hatte etwas Unterstützung verdient – seit Tagen hatte es in Berlin nicht geregnet.

»Na, da sieht man es wieder – manchem Baum geht's besser als den Menschen in dieser Stadt«, ertönte eine grimmige Stimme hinter ihr, als sie gerade die letzten Tropfen ausschüttete. Es war die alte Frau Lehmke, ihre Nachbarin, die unter ihr wohnte und sie, auf ihren Stock gestützt, kopfschüttelnd von der anderen Straßenseite aus beobachtete.

Vera ließ sich von ihrem unfreundlichen Auftreten nicht beeindrucken.

»Guten Morgen, Frau Lehmke«, erwiderte sie, während sie über die staubigen Mauerreste stieg und zu ihr kam. Im Gehen klopfte sie ihr Kleid sauber. »Ich werde heute nach Redaktionsschluss noch einkaufen. Soll ich Ihnen vielleicht etwas mitbringen?«

Frau Lehmke zögerte, doch schließlich nickte sie widerwillig. Das lange Schlangestehen fiel ihr schwer. »Nun ja, Milch und ein halbes Pfund Kartoffeln wären schön.« Sie kramte in ihrem verschlissenen Stoffbeutel und reichte ihr die Lebensmittelkarte, die Vera entgegennahm.

Missbilligend sah ihr die alte Dame zu, wie sie ihr rostiges Fahrrad aufschloss. »Wirklich, Fräulein Lessing, das ist doch kein Fortbewegungsmittel für eine junge Frau!«

Vera schwang sich mit einem Lächeln ungerührt auf den Sattel. »Was soll man machen, Frau Lehmke!? Bis heute Abend!« Sie winkte ihr im Wegfahren zu und bemerkte dabei, dass am Nachbarhaus die hochgewachsene Gestalt eines Mannes stand, der zu ihr herüberblickte. Etwas an seiner Haltung weckte ihre Neugier, doch leider blendete sie die Sonne, sodass sie weder sein Gesicht erkennen noch sagen konnte, wie alt er war.

Sie trat in die Pedale und fuhr Richtung Kaiserallee.

Der frühe Sommer, der über Berlin hereingebrochen war, hatte das Gesicht der Stadt verändert. Ein zartes leuchtendes Grün zeigte sich an den Bäumen und Sträuchern, die zwischen Ruinen und Einschusslöchern überlebt hatten. In den Cafés hatte man trotz der frühen Morgenstunde bereits begonnen, Stühle nach draußen zu stellen, und in den Mienen der Menschen spiegelte sich seit Langem wieder ein Gefühl der Lebensfreude. Vera spürte, wie der Fahrtwind ihren Rock um die Beine flattern ließ, und eine ungewohnte Leichtigkeit ergriff sie.

3

Die Redaktion des *Echo*, wie die Zeitung hieß, für die sie arbeitete, war in Schöneberg untergebracht, in einem notdürftig reparierten Flachbau, den sie nach knapp zwanzig Minuten erreichte.

Vera schloss ihr Fahrrad ab und grüßte im Vorbeigehen Erwin, den alten Portier, und eine Gruppe von Kollegen, die noch draußen standen, rauchten und sich unterhielten, bevor die montägliche Konferenz beginnen würde.

Oben im ersten Stock kam ihr in dem großen lang gestreckten Büro eine Frau mit hochgesteckten kastanienbraunen Haaren entgegen. Es war Wilma, die Sekretärin, die dabei war, die Post zu verteilen.

»Guten Morgen, Vera. Hier, das gebe ich dir gleich.« Sie reichte ihr einen Stapel Briefe und zwei Päckchen und war schon an dem nächsten Tisch, als sie sich noch einmal umdrehte. »Übrigens, Jonathan hat am Freitag noch angerufen und wollte dich sprechen.«

Überrascht blickte Vera die Sekretärin an, während sie die Post in der Schublade ihres Schreibtischs verstaute. Sie würde die Briefe nach der Konferenz lesen. »Was wollte er denn?« Jonathan und sie waren schon seit der Kindheit eng befreundet. Er wollte heute eigentlich von seiner Reise zurück sein, wie sie wusste. Für die Recherchen eines Artikels war er zwei Wochen in Tirol, Italien und wohl auch in Köln gewesen. Vera wunderte sich, dass er sie so kurz vor seiner Rückkehr noch angerufen hatte. Ferngespräche waren teuer.

Wilma zuckte die Achseln. »Hat er nicht gesagt. Er meinte aber, dass er heute wieder in Berlin wäre.«

Vera nicke. »Danke.« Bestimmt würde sie ihn gleich sehen. Sie machte sich auf den Weg zum Konferenzraum, wo das Gewirr der lauten Stimmen bereits bis nach draußen auf den Flur drang. Ein Teil der Kollegen hatte schon um den langen Tisch herum Platz genommen. Gesprächsfetzen über Wochenendunternehmungen und die aktuellen politischen Entwicklungen waren von allen Seiten zu hören.

»Na, Vera! Schönes Wochenende gehabt?« Fred, der für das Wirtschaftsressort arbeitete, rutschte mit einem Augenzwinkern zur Seite, um ihr Platz zu machen. Bevor sie ihm antworten konnte, wurde es plötzlich schlagartig still. Alfred Lubowisky, der Chefredakteur, war in den Raum getreten. Mit seinen fast sechzig Jahren war der gestandene Journalist, der lange Jahre unter den Nationalsozialisten Schreibverbot gehabt hatte und sogar verhaftet worden war, eine imposante Erscheinung, die von allen respektiert wurde.

»Morgen!«, sagte er knapp in die Runde. Dann begann er, konzentriert die Themenvorschläge der Ressorts einen nach dem anderen durchzusprechen, und ließ sich von seinen Redakteuren außerdem auf den neuesten Stand ihrer Beiträge bringen. Das *Echo*, das wie alle Zeitungen noch immer unter der Aufsicht der Alliierten stand, erschien wöchentlich und beleuchtete unterschiedlichste Themen aus Gesellschaft und Politik.

Vera, die ausschließlich für den Kulturteil schrieb, berichtete kurz über zwei mögliche Buchrezensionen und einen Artikel über die neue Theaterlandschaft in Westberlin. Obwohl das *Echo* auch überregional verkauft wurde, lag sein Schwerpunkt auf Berlin, und Lubowisky sprach sich für den Bericht über die Theater aus. Die Diskussionen wandten sich schnell wieder politischen Themen zu, wie dem gerade in Kraft getretenen Grundgesetz und den ersten Bundestagswahlen, die im August stattfinden würden. Vera enthielt sich jeden Kommentars, als die Redakteure kurz darauf erhitzt über zwei juristische Fälle zu diskutieren begannen, bei denen es wieder einmal um die Verurteilung zweier deutscher Kriegsverbrecher ging. Nicht ohne Grund wollte sie am liebsten nichts mit Politik zu tun haben. Jonathan warf ihr das manchmal vor. *»Wenn wir die Möglichkeit haben, unsere Gesellschaft neu zu formen und an ihrem Aufbau mitzuwirken, müssen wir doch auch moralisch in unseren Artikeln Position beziehen. Gerade du musst das doch verstehen!«*

Sie schätzte Jonathan für seine Einstellung und auch für sein journalistisches Engagement, aber sie selbst war nun mal anders. Ja, sie war ehrlich genug, um zuzugeben, dass sie an all das nicht mehr erinnert werden wollte! Das Einzige, was sie sich wirklich wünschte, war ein Neuanfang, und sie war sich ziemlich sicher, dass es den meisten anderen Menschen in diesem Land und wahrscheinlich in halb Europa ebenso ging.

Sie wunderte sich, wo Jonathan war. Es sah ihm nicht ähnlich, die Konferenz am Montag zu verpassen.

»Gut, meine Damen und Herren. Dann mal alle wieder an die Arbeit!«, riss sie die tiefe, ein wenig dröhnende Stimme von Alfred Lubowisky aus ihren Gedanken, der sich von seinem Stuhl erhob. Die Journalisten taten es ihm nach und begannen sich zu zerstreuen. Vera griff nach ihrer Tasche, als sie sah, wie Wilma vom anderen Ende des Ganges auf den Chefredakteur zugeeilt kam, der noch mit zwei Redakteuren zusammenstand.

»Ein Telefonat für Sie!«

Lubowisky nickte und folgte ihr.

Von ihrem Schreibtisch aus beobachtete Vera wenig später, wie der Chefredakteur am Ende des großen Büros hinter der Glasscheibe telefonierte, die seinen Arbeitsplatz von dem der übrigen Mitarbeiter trennte. Es schienen keine guten Neuigkeiten zu sein, die er erhielt, denn sein Gesicht war erstarrt, und er sank mit ungläubig entsetzter Miene auf einen Stuhl.

Vera wollte sich betreten abwenden, als er unerwartet den Kopf zu ihr drehte, während er sprach. Dann legte er mit einem Nicken den Hörer auf.

Was hatte das zu bedeuten? Mit einem unguten Gefühl öffnete sie die Schublade, in die sie die Post hineingelegt hatte, und nahm dabei aus den Augenwinkeln wahr, wie das Rollo vor der Glasscheibe hinuntergelassen wurde.

Auf einmal stand Wilma vor ihr. »Herr Lubowisky möchte dich sprechen!«

Vera nickte erstaunt und folgte ihr.

»Schließen Sie bitte die Tür, Vera, und setzen Sie sich.«

»Ist etwas passiert, Herr Lubowisky?«, fragte sie unsicher, denn der Chefredakteur klang ungewöhnlich ernst. Plötzlich fiel ihr sein fahler Gesichtston auf, und sie bemerkte, dass er ihrem Blick auswich. Er schien nach den richtigen Worten zu suchen. »Es hat einen Unfall gegeben. In Köln«, sagte er schließlich.

In Köln? Sie spürte, wie sich alles in ihr verkrampfte. »Ist etwas mit Jonathan?«

Sein Blick war Antwort genug. »Ja«, sagte er dann mit tonloser Stimme. »Er wurde von einem Lkw angefahren und dabei schwer verletzt … Er hat nicht überlebt.«

Sie starrte ihn an, während seine Worte nur langsam in ihr Bewusstsein drangen. Ein Schwindelgefühl ergriff sie. Das konnte nicht sein! »Er … er ist tot?«

Lubowisky nickte, und sie merkte, wie ihr innerlich und äußerlich zugleich kalt wurde. Jede Empfindung begann in ihr abzusterben. Sie kannte den Zustand nur zu gut, und es kostete sie all ihre Kraft, dagegen anzukämpfen und sich nicht an diesen Ort zu flüchten, an dem sie nichts mehr erreichen konnte, an dem kein Schmerz mehr zu spüren war.

»Ich weiß, sie standen sich sehr nah«, sagte Lubowisky.

Vera ignorierte seine Bemerkung. Sie wusste, es hatte immer mal wieder Gerüchte unter den Kollegen gegeben, weil Jonathan und sie eine so ungewöhnlich enge und vertraute Beziehung verband. Aber die Wahrheit war, dass zwischen ihnen nie mehr als Freundschaft bestanden hatte. Sie kannten sich seit ihrem achten Lebensjahr. Jonathan war wie ein Bruder für sie – die einzige Familie, die ihr noch geblieben war, denn sie hatte im Krieg ihre Eltern und auch ihren Mann verloren. In den schweren Zeiten, die hinter ihr lagen, hatte Jonathan ihr immer zur Seite gestanden, und er war es auch gewesen, der ihr im letzten Jahr geholfen hatte, beim *Echo* unterzukommen.

»Was genau ist passiert?«, fragte sie mit zugeschnürter Kehle.